SPIN

LARS KEPLER BIJ UITGEVERIJ CARGO

Hypnose
Contract
Getuige
Slaap
Stalker
Playground
Jager
Lazarus
Spiegelman

Lars Kepler

Spin

Vertaald door Edith Sybesma

CARGO

2022

AMSTERDAM

Lars Kepler waarschuwt dat in *Spin* sommige gebeurtenissen uit het boek *Lazarus* en enkele details uit *Slaap* onthuld worden.

Op pag. 243 wordt het nummer 'Walk the Earth' van Europe geciteerd,
van het album *Walk the Earth*.
Tekst en muziek: Joey Tempest, Dave Cobb, Mic Michaeli, Aaron Raitiere.

Cargo is een imprint van Uitgeverij De Bezige Bij, Amsterdam

Oorspronkelijke titel *Spindeln*
Oorspronkelijke uitgever Albert Bonniers Förlag, Stockholm
Published in the Dutch language by arrangement with Salomonsson Agency,
Stockholm, Sweden
Omslagontwerp Villa Grafica, Diemen
Omslagillustratie © Hummingbird Advertising and Design AB
Foto auteur Karl Nordlund
Vormgeving binnenwerk Peter Verwey
Druk en bindwerk Wilco, Amersfoort
ISBN 978 94 031 0751 6
NUR 305

uitgeverijcargo.nl

MIX
Papier van
verantwoorde herkomst
FSC® C004472

Bij de productie van dit boek is gebruikgemaakt van papier dat het keurmerk van de Forest Stewardship Council (FSC®) mag dragen. Bij dit papier is het zeker dat de productie niet tot bosvernietiging heeft geleid.

Ooit was er in Zweden een seriemoordenaar, Jurek Walter geheten, die van alle moordenaars in Noord-Europa de wreedste was en de meeste slachtoffers maakte.

Uiteindelijk hield inspecteur Joona Linna hem tegen.

Omdat Joona niet in aangeboren of metafysisch kwaad gelooft, zou hij het eerder zo formuleren dat Jurek in de loop der jaren dat deel van zijn ziel was kwijtgeraakt dat de mens de mogelijkheid geeft menselijk te zijn.

Van de weinigen die van Jureks bestaan wisten, zou de meerderheid waarschijnlijk beweren dat de wereld beter af was zonder hem.

Jurek Walter is dood, maar wat verdwijnt, is natuurlijk nooit helemaal weg, niet alsof het nooit heeft bestaan. Veel zaken in onze wereld kunnen van plaats verwisselen en wat heeft opgehouden te bestaan laat een gevaarlijke leegte achter, die op de een of andere manier gevuld zal worden.

1

Margot Silverman hoort de hoeven over de houtsnippers klepperen als haar paard over het verlichte pad galoppeert.

Het is een koude avond in augustus en de lucht is zwart.

De bomen vliegen voorbij en worden donker, verdwijnen helemaal en vangen dan het eerste licht van de volgende lantaarnpaal op.

Margot is hoofd van de Nationale Operationele Afdeling van de politie. Ze gaat een paar keer per week paardrijden op Värmdö om haar hoofd leeg te maken en tot zichzelf te komen.

Haar hartslag stijgt door het hoge tempo.

Het paard raast over het smalle pad.

Delen van de periferie flitsen voorbij alsof ze in de spotlights staan: de wortels van omgevallen bomen, de met kreupelhout begroeide grenslijn door het bos en een vochtig shirt met een smiley aan een slagboom.

Ze buigt zich naar voren en voelt de wind in haar ogen en op haar lippen.

In de galop, een asymmetrische drietelgang, is de ene kant van de rug hoger dan de andere. Elke drietakt eindigt met het optillen van de rechtervoorvoet, waarna het contact met de grond verdwijnt.

De seconden waarin ze zweven veroorzaken vlinders in haar buik.

Catullus is een warmbloedige Zweedse ruin met lange benen en een stevige nek. Om hem in galop te laten gaan hoeft Margot alleen haar been maar naar achteren te verplaatsen en haar heup naar voren te brengen.

Margots vlecht bonst bij elke hoefslag op haar rug.

Een ree rent over een open plek met wiegende varens. De lantaarns op het laatste stuk zijn kapot en Margot kan de grond voor zich niet meer zien. Ze sluit haar ogen, vertrouwt op het nachtzicht van Catullus en laat zich meevoeren op de perfecte, golvende beweging.

Als ze haar ogen weer opendoet, ziet ze het licht van de stal tussen de bomen door, ze mindert vaart en ze gaat over in gestrekte draf.

Het zweet staat tussen haar borsten en op haar rug, en haar dijen en liezen zijn verzuurd na een uur intervaltraining.

Ze rijdt in stap door de hekken naar binnen en stijgt af.

Het is bijna elf uur en Margots zilvergrijze Citroën is de enige auto op het parkeerterrein.

Ze leidt Catullus in het donker naar de stal. De trens rammelt en de hoeven stoten dof tegen het droge, vertrapte gras.

Door de muren klinken harde bonzen uit een van de boxen.

Catullus blijft onverwacht staan, hij tilt zijn hoofd op en schuift een stukje naar achteren.

'Wat is er?' vraagt Margot. Ze kijkt het donker in, naar de tractor en de brandnetels.

Het paard is bang en blaast lucht uit door zijn neusgaten. Ze aait over zijn hals en probeert hem verder te laten lopen naar de ingang van de stal, maar hij wil niet.

'Wat is er aan de hand, kerel?'

Hij trilt en maakt dan een scherpe draai alsof hij op hol zal slaan.

'Wo-ho,' zegt ze om hem af te remmen.

Margot houdt hem tegen met de teugels en stuurt hem resoluut in een halve cirkel, door het hoge gras het knerpende grind op.

De drie lampen aan de gevel geven elk voorwerp drie scherpe schaduwen.

Catullus blaast en laat zijn hoofd zakken.

Margot kijkt naar de duisternis bij de gevel en huivert, ook al ziet ze niets.

Pas als ze in de verlichte stal komen, zet ze haar helm af. De punt van haar neus is rood en haar blonde vlecht ligt zwaar op de doorgestikte stof van haar jack. Haar rijbroek is vies boven de hoge laarzen.

Het ruikt sterk naar hooi en mest.

De paarden staan stil in hun boxen.

Ze leidt Catullus door de stalgang naar de wasplaats, neemt het zadel af en hangt het in de verwarmde zadelkamer.

Er rinkelen stijgbeugels tegen de planken wand.

Margot zal Catullus wassen, een deken over hem heen leggen en hem voeren in de box, ze zal hem wat extra zout geven, het licht uitdoen en naar huis rijden.

Ze voelt in haar jaszak of ze de oude zilveren heupflacon van haar vader niet is kwijtgeraakt. Die zit vol met handalcohol, niet omdat dat nou zo praktisch is, maar omdat het haar geluk brengt en altijd goed is voor een grapje.

De deur naar het erf kraakt.

Margot voelt zich niet op haar gemak. Ze keert terug naar de stalgang en kijkt naar de deur.

Catullus stapt rond in de box. Er druppelt water uit de slang en een donker stroompje loopt om de zweetschraper heen naar het putje in de vloer.

Een van de paarden verderop briest. Hoeven bonken op de vloer. De meterkast aan de muur bromt.

'Hallo?' zegt Margot.

Ze houdt haar adem in, blijft even stil staan kijken naar de deur en de duisternis achter het raam, waarna ze zich weer naar Catullus omdraait.

De lamp aan het plafond wordt in het zwarte, gewelfde paardenoog weerspiegeld.

Ze aarzelt even, pakt dan haar telefoon en belt naar huis. Johanna neemt niet op en de angst begint door haar maag te wervelen. Margot heeft al twee weken het idee dat ze geobserveerd wordt en ze heeft zelfs gevraagd of de dienst Intern Toezicht of de Säpo haar om de een of andere reden in de gaten houdt. Ze is helemaal niet paranoïde, maar door een aantal anonieme telefoontjes en een paar verdwenen oorhangers is ze zich gaan afvragen of zijzelf of Johanna een stalker achter zich aan heeft gekregen.

Margot doet nog een poging, de telefoon gaat over en de signalen vallen als peilloden door diep water. Net voordat ze wordt doorgeschakeld naar de voicemail knettert er iets.

'Kletsnat en naakt,' zegt Johanna als ze heeft opgenomen.

'Hoe krijg ik het toch voor elkaar om altijd te bellen als je onder de douche staat?' vraagt Margot glimlachend.

'Wacht, ik zet de speaker aan...'

Er klinkt gerammel en dan verandert de geluidsruimte. Margot bedenkt dat Johanna zonder kleren aan in hun verlichte slaapkamer staat, goed zichtbaar vanuit de appelboomgaard.

'Hallo?'

'Ik droog me af,' zegt Johanna. 'Ben je op weg naar huis?'

'Ik moet de kleine man nog afspoelen.'

'Rij voorzichtig.'

Margot hoort dat Johanna zich afdroogt terwijl ze praten.

'Doe de gordijnen dicht en check of de deur op slot zit.'

'Dit klinkt als *Scream*,' zegt Johanna. 'Je staat nu eigenlijk in de tuin naar me te kijken en voordat ik de deur op slot kan doen ben je al binnen.'

'Dat is niet grappig.'

'Oké, baas.'

'Ik wil helemaal geen baas meer zijn, ik ben er niet goed in. Ik deed het goed als inspecteur, al was ik iets te zelfverzekerd, maar als chef...'

'Hou op,' valt Johanna haar in de rede. 'Ik zou je best als chef willen hebben.'

'Olala,' lacht Margot en haar humeur klaart meteen op.

Johanna trekt het rolgordijn omlaag en het snoer rinkelt tegen de radiator.

'Zet de sirene nu maar aan en kom naar huis,' zegt ze op enige afstand van haar telefoon.

'Zijn de meisjes lief naar bed gegaan?'

'Alva vraagt zich af of je meer van je paard houdt dan van haar.'

'Ai,' zegt Margot en ze lacht.

Zodra ze het gesprek hebben beëindigd, komt het gevoel van onbehagen weer terug. Het rinkelende geluid tegen de radiator gaat nog even door en dan wordt het stil. Het moet hier uit de stal zijn gekomen, denkt Margot. Zo klinkt het altijd als de emmers die in de gang hangen tegen elkaar aan schommelen.

Een van de paarden drukt met zijn flank en zijn benen tegen de muur, zodat het kraakt.

Ze draait zich om naar de deur.

Het lijkt wel of een lang iemand zich probeert te verstoppen in de schaduw naast de voerkamer.

Ze begrijpt dat het de kast met bezems, scheppen en mestschrapers moet zijn, ook al lijkt die verder naar voren te staan dan zou moeten.

De wind gaat dreunend over het zinken dak en laat de ramen aan hun haken schokken.

Ze loopt door de stalgang. De tralies voor de boxen schieten in haar ooghoek voorbij, zware paardenhoofden glanzen in het licht van de lamp aan het dak.

Ze zou graag willen dat Johanna de keukendeur controleerde; voor de kinderen is het moeilijk die goed af te sluiten. Maar ze weerhoudt zich ervan haar nog eens te bellen.

Ze zal alleen voor Catullus zorgen, naar huis rijden, een douche nemen, in haar warme bed kruipen en gaan slapen.

Het licht flikkert en wordt zwakker.

Ze blijft staan, luistert en kijkt voorbij de wasplaats naar de kleedkamer.

Alles is stil en dan klinkt er een snel tikken.

Alsof er een bal van dun zilverdraad over de vloer rolt.

Als Margot zich omdraait, verstomt het geluid meteen. Ze begrijpt niet waar het vandaan kwam.

Ze zoekt met één hand steun bij de voorkant van een box en kijkt weer naar de deur.

Van achteren komt het tikken snel dichterbij.

Catullus tilt zijn hoofd op, terwijl Margot een harde klap op haar onderrug voelt. Waarschijnlijk een trap van een paard, denkt ze nog voordat ze voorovervalt.

De wereld is in een oogwenk verdwenen.

Haar hoofd bonst.

Margot ligt op haar buik, ze is met haar voorhoofd en lippen op de betonnen vloer gevallen. Ze heeft een vreemd brandend en knijpend gevoel in haar rug.

Er hangt een bittere geur in de lucht.

Net als ze beseft dat er een pistool is afgegaan, hoort ze een harde piep in haar oren. De paarden zijn bang, ze bewegen allemaal in hun box, ze bonzen tegen de wanden, stappen heen en weer en ademen stootsgewijs door hun neusgaten.

Margot begrijpt dat ze is neergeschoten. Ze bloedt hevig en haar hart slaat veel te snel.

'Lieve God, lieve God...'

Ze bedenkt dat ze moet opstaan en naar huis rijden om tegen haar dochters te zeggen dat ze van hen het meest van alles houdt.

Er komt iemand haar kant op lopen en opeens wordt Margot bang om dood te gaan.

Er klinkt een knarsend geluid, gevolgd door gerinkel tegen de radiator.

Ze heeft geen gevoel in haar onderlichaam, maar merkt dat iemand haar aan haar benen naar de deur sleept.

Haar heupbeen schraapt over de vloer.

Margot probeert zich aan een trog met ruwvoer vast te houden, maar ze is te zwak.

Een emmer valt om en rolt een stukje.

Haar jack en shirt kruipen omhoog.

Ze ademt snel en begrijpt dat de kogel haar ruggengraat heeft geraakt. Er gaat telkens een scheut van pijn door haar romp.

Het zijn net klappen met een bijl die ze maar in één richting voelt.

Margot wordt als een slachtdier weggesleurd, drijft als een bootje van boomschors op de stroom, zweeft als een zeppelin boven de akkers.

Ze krijgt wonderlijke gedachten.

Ze weet dat ze het niet mag opgeven, dat ze moet blijven vechten, maar ze is zo zwak dat ze haar hoofd niet meer omhoog kan houden.

Haar neus, mond en kin worden open geschaafd over het beton.

Het laatste wat Margot ziet voordat ze het bewustzijn verliest, is het glanzende bloedspoor dat ze achterlaat op de vloer.

2

Lisa staat met haar rug naar het raam en laat haar hand met het beslagen cocktailglas op de vensterbank rusten.

Het is midden in de nacht en ze bevindt zich in een bungalow in Rimbo, samen met twee mannen.

De ene is vijftig jaar, gekleed in een pak en een lichtblauw overhemd, hij heeft kort haar, grijs bij de slapen, en zijn nek lijkt stijf. Hij gooit de lege ijsblokjesvorm in de gootsteen, schenkt gin in de karaf en doet er tonic bij.

De andere man is begin twintig, breedgeschouderd en lang. Hij heeft een kaalgeschoren hoofd en ivoorwitte handpalmen en staat te roken onder de afzuigkap.

Lisa zegt iets en houdt haar hand voor haar mond als ze lacht.

De oudere man verlaat de keuken en een paar tellen later gaat de lamp in de badkamer aan. Zijn schaduw is van buitenaf vaag te zien door de dunne gordijnen.

Lisa is net negenentwintig geworden, ze draagt een plissérok en een zilvergrijze blouse die om haar borsten spant, haar donkere haar is glad geborsteld.

Ze is met een gehemeltespleet geboren en heeft een wit litteken op haar bovenlip.

De jongeman laat zijn peuk in een bierblikje vallen, loopt naar Lisa toe en laat haar iets zien op zijn telefoon. Hij slaat haar reactie glimlachend gade, zegt iets op gedempte toon en strijkt haar van haar wang.

Ze kijkt hem aan, gaat op haar tenen staan en zoent hem kort op de mond. Hij wordt ernstig, kijkt naar de gang, buigt dan naar voren en kust haar innig.

Saga Bauer observeert hen via de display van haar camera, ziet hoe de jongere man zijn hand onder Lisa's rok steekt en haar door panty en slip heen tussen de benen streelt.

Het is stil in het kleine recreatiepark.

Een uur geleden heeft Saga de kruiwagen van de buurman gehaald, hem op de kop voor de hoge schutting gelegd en is erop geklommen.

Vanaf dit punt houdt ze de grote ramen van de bungalow in de gaten die uitkijken op de tuin aan de achterkant. Het licht uit de keuken en de woonkamer bereikt de rechte stammen van de dennen en de dennenappels op het droge gras.

De oudere man komt terug en blijft in de deuropening van de keuken staan. De beide anderen stoppen met zoenen en lopen naar hem toe.

Saga laat de telelens van de camera op de bovenkant van de schutting rusten om een rustig beeld te krijgen, maar het drietal heeft zich al naar de gang verplaatst.

Lisa's man zat bij Saga in de klas op de politieacademie en was al snel bij de politie van Norrmalm terechtgekomen. Hij vermoedt dat zijn vrouw vreemdgaat als hij nachtdienst heeft, maar heeft haar daar nog niet mee geconfronteerd.

In plaats daarvan heeft hij het detectivebureau in de arm genomen waar Saga tegenwoordig werkt. Hoewel ze hem bij het intakegesprek heeft gewaarschuwd dat je de waarheid niet altijd wilt weten, besloot hij haar in te schakelen.

Nu bevindt Lisa zich samen met de beide mannen vlak voor de donkere slaapkamer. Wat ze doen, is niet te zien, maar hun schaduwen bewegen langs de deurpost en de open deur.

Saga controleert of de camera loopt.

Het scherm is zwart, totdat een van de mannen de vloerlamp bij het nachtkastje aanknipt. De drie hebben bijna al hun kleren uitgetrokken. Lisa staat met haar rug naar het raam, duwt haar slip omlaag, stapt eruit en krabt aan haar rechterbil.

Ze heeft afdrukken rond de taille van het elastiek van de panty en blauwe plekken op haar kuit.

De muren zijn honingkleurig en het grote bed heeft een sierlijk koperen hoofdeinde.

Aan de muur hangt een foto van de bokser George Foreman. Het lamplicht glinstert in het glas.

De jongere man gaat op de rand van het bed zitten en neemt met zijn lichaam het meeste lamplicht weg.

De oudere man gaat liggen en haalt een condoom uit de bovenste la van het nachtkastje. Lisa komt naar hem toe, gaat schrijlings op zijn schenen zitten en wacht totdat hij zover is.

Ze zegt iets, hij pakt een geel sierkussen van de vloer en duwt dat onder zijn achterste.

Lisa kruipt over hem heen en zoent hem op de borst en de mond. Net voordat hij in haar komt, verdwijnt haar gezicht in de schaduw.

De jongere man zit nog steeds op de rand van het bed en probeert stijf genoeg te worden om een condoom om te doen.

De snelle stoten van de geslachtsgemeenschap planten zich voort naar de staande lamp, zodat de gouden franjes van de kap ervan trillen.

Saga wacht op het moment dat Lisa's gezicht zichtbaar wordt.

Zolang haar gezicht niet duidelijk op de film te zien is tijdens de daad, kan ze het overspel ontkennen. Ze kan berouwvol zijn omdat ze een andere man heeft gezoend en beweren dat ze het huis had verlaten op het moment dat een andere vrouw daar aankwam.

De mechanismen van de ontkenner werken altijd samen met die van de leugenaar.

In het huis achter Saga gaat het licht aan.

Lisa stopt, legt een hand op de rug van de jongeman en zegt iets. Hij reikt naar een fles olie die op het andere nachtkastje staat.

Ze zit nog schrijlings op de heupen van de oudere man en leunt naar voren als de jongere op zijn knieën achter haar komt zitten.

Lisa's dijen trillen van de pijn als hij haar anaal penetreert. De drie zijn even helemaal stil en dan beginnen de beide mannen voorzichtig te stoten.

Het licht is nog steeds te slecht.

Saga hoort iemand aankomen over het gras achter haar, ze kijkt even over haar schouder en raadt dat het de buurman is die haar heeft ontdekt.

'Dit is privéterrein,' zegt hij. 'Je kunt niet...'

'Politiewerk,' kapt ze hem af en ze kijkt hem aan. 'Houd afstand.'

De man, die een witte snor en een jagersvest draagt, komt met een gestreste blik dichterbij.

'Mag ik een legitimatie zien?' zegt hij.

'Straks,' antwoordt Saga en ze kijkt weer in de camera.

Het tegenlicht gaat langs de drie op het bed en werpt een schaduw over het stoffige glas van het raam. Af en toe is het gezicht van de jongere man en profil te zien, de neus en de gespannen mond. Er glimt een nat lichaamsdeel in het schijnsel, schommelende billen, een gerimpelde nek en gespannen dijbeenspieren.

'Ik bel de politie,' waarschuwt de buurman.

Een van de drie stoot per ongeluk tegen het nachtkastje, waardoor de lamp omvalt en tegen de fauteuil aan blijft liggen.

Opeens wordt Lisa's gezicht vol verlicht. Haar mond is open en haar wangen zijn rood. Ze zegt iets en sluit haar ogen; de witte borsten trillen en haar haar schommelt voor haar gezicht heen en weer.

Saga filmt nog even door, stopt dan de opname, zet het lenskapje op de camera en klimt van de kruiwagen. De buurman stapt naar achteren met zijn telefoon tegen zijn oor. Ze laat haar ongeldige dienstpas van de Säpo zien, terwijl de man contact krijgt met een centralist.

Saga steekt zijn grasveld over, klimt over het hek en volgt dan de weg naar de zwemsteiger. Haar motorfiets staat naast de afvalcontainers op het parkeerterrein.

Als ze haar camera in haar tas heeft gedaan, belt ze haar baas. Ze kijkt uit over de platte rotsen en het donkere water.

'Met Henry Kent.'

'Sorry dat ik zo laat nog bel,' zegt ze. 'Maar je wilde dat ik verslag zou uitbrengen...'

'Ja, precies,' valt hij haar in de rede.

'Oké, maar nu ben ik in elk geval klaar en ik heb alles op film.'

'Mooi.'

Saga heeft haar blonde haar in een lange paardenstaart en ondanks de donkere kringen onder haar ogen en de diepe, verticale rimpel op haar voorhoofd is ze nog altijd ontzettend mooi.

'Kan ik... mag ik de camera morgenvroeg op kantoor afgeven, omdat het nu al zo laat is?'

'De camera moet meteen terug,' antwoordt hij.

'Het punt is alleen dat ik vroeg op moet en...'

'Wat snap je niet?' onderbreekt hij haar met stemverheffing.

'Niets, maar ik...'

Ze zwijgt als ze zich realiseert dat hij heeft opgehangen. Ze zucht, stopt de telefoon in de binnenzak van haar jack, trekt de rits omhoog, zet haar helm op en stapt op haar motor. Ze rijdt het parkeerterrein af en volgt de weg tussen de recreatiewoningen door.

Na haar lange ziekteverlof wilde Saga niet terugkeren naar haar baan bij de Säpo, maar informeerde bij de NOA. De personeelschef had geantwoord dat er geen vacatures waren, maar dat haar competentie uiteraard interessant voor hen was, en had beloofd het met de leiding te bespreken.

Toen bleek dat Saga, ook al voelt ze zich klaar om weer bij de politie te gaan werken, daarvoor eerst groen licht moest krijgen van de psycholoog van het Crisis- en Traumacentrum van de politie.

In afwachting daarvan werkt Saga voor Kents detectivebureau aan overspelzaken en achtergrondchecks. Naast de detectivebaan brengt ze bijna al haar vrije tijd door als coach van twee kinderen met het syndroom van Down.

Saga woont alleen, maar heeft een seksuele relatie met de anesthesist die meer dan drie jaar geleden haar halfzus onder narcose heeft gebracht in het Karolinska Ziekenhuis in Huddinge.

Het is halfvier 's ochtends als ze voor het kantoor van het detectivebureau in de Norra Stationsgatan blijft staan, de deurcode intoetst, de lift neemt naar de derde etage, de deur opendoet en het alarm uitschakelt.

Saga kijkt routinematig naar de post in de plastic bak achter de deur en vindt een met tape omwikkeld doosje met haar naam erop. Ze neemt het mee naar haar hokje, legt het op haar bureau en gaat zitten. Nadat ze in de computer heeft ingelogd haalt ze de geheugenkaart uit de camera, duwt die in de kaartlezer, hevelt de film over naar de computer en archiveert hem.

Met een duf hoofd kijkt Saga uit het raam naar het nachtverkeer van Norrtull, naar wegen, bruggen en verlichte monden van autotunnels.

Als de harddisk van de computer begint te kraken schrikt ze op uit haar verzonkenheid en staat op. Ze bergt de camera op in de kluis en keert terug naar haar werkplek.

Met ogen die prikken van slaapgebrek trekt ze de bruine tape van de doos, maakt hem open, houdt hem onder de lamp, stopt haar rechterhand erin en haalt er een prop papier uit. Een verfrommelde kindertekening met iets erin.

Ze vouwt de tekening open op haar bureau. Er komt een bundeltje van wit linnen met kant tevoorschijn.

Ze pakt een potlood en duwt de dunne stof rond een grijs voorwerp open.

Het is een tinnen figuurtje, niet meer dan twee centimeter hoog.

Het licht glinstert in het grijze metaal.

Ze zet de lamp in een andere hoek en ziet dat het tinnen figuurtje een man voorstelt met een baard en een jas met smalle schouders.

3

De glasscherven op de vloerbedekking knarsen onder Joona Linna's voeten als hij langzaam door de hotelkamer loopt.

De man met het gerimpelde gezicht hangt met een gebroken nek in de strop en schommelt krakend heen en weer in de raamopening.

De voorkant van zijn overhemd is donker van het bloed dat uit de diepe insnijding van het touw komt.

Stukjes glas vallen rinkelend op de vensterbank onder hem.

Zijn laatste fluistering echoot na in Joona's hoofd.

De woorden kronkelen als een slang door zijn lichaam, zonder een comfortabele plaats te vinden of een weg naar buiten.

Joona weet dat de hangende man dood is, dat de halswervelkolom gescheurd is, maar toch moet hij zijn pols voelen en hij steekt voorzichtig zijn hand naar hem uit. Dan gaat de telefoon.

Joona opent zijn ogen, pakt de telefoon van het nachtkastje en neemt met gedempte stem op voordat hij nog eens kan overgaan.

'Sorry dat ik zo laat nog bel,' zegt een man.

Joona stapt uit bed, ziet dat Valeria haar slaperige ogen opendoet, aait over haar wang en loopt met de telefoon naar de keuken.

'Waar gaat het over?' vraagt hij zacht.

'Ik ben Walied Mohammed van de regionale eenheid Stockholm-Zuid... Om halfelf heeft de alarmcentrale een telefoontje gekregen van Johanna, de vrouw van Margot Silverman. Margot was rond negen uur naar manege Beatelund bij Gustavsberg op Värmdö gegaan en had allang thuis moeten zijn. Johanna kon de kinderen niet alleen thuis laten, maar ze was bang dat Margot een ongeluk had gehad, dus de meldkamer stuurde een eenheid... Zojuist hebben de collega's die erheen zijn gegaan verslag uitgebracht. Ze hebben Margot niet gevonden, maar schijnbaar lag er heel veel bloed op de vloer van de stal... Ik weet niet, ik dacht dat u dat zou willen weten.'

'Bedankt, ik ga er meteen heen,' antwoordt Joona. 'Kun jij zorgen dat niemand iets aanraakt? Dat is belangrijk, vraag de collega's ter plaatse niets te ondernemen totdat ik er ben. Ik kom met mijn eigen technicus en dan nemen wij het over.'

Joona beëindigt het gesprek, belt zijn oude vriend Erixon en legt de situatie uit.

Het is nu vijf over twee.

De patrouillewagen is drie kwartier geleden bij de stal aangekomen.

Er zijn vijfennegentig minuten verstreken sinds Johanna 112 heeft gebeld. Wegversperringen plaatsen heeft geen zin. Ze kunnen nu alleen de locatie onderzoeken en proberen te achterhalen wat er is gebeurd.

'Oké,' fluistert Erixon.

'Ik weet dat je last hebt van je rug, maar ik...'

'Dat komt wel goed.'

'Ik heb de beste technicus nodig die we hebben,' legt Joona uit.

'Maar omdat die niet opnam op dit uur, heb je mij maar gebeld,' grapt Erixon in een poging zijn ongerustheid te verbergen.

Ze spreken af bij de oprit naar de stal. Joona gaat terug naar de slaapkamer en kleedt zich aan. Valeria komt in haar dunne nachthemd uit bed en slaat een vest om haar schouders.

'Wat is er aan de hand?' vraagt ze.

Joona doet snel het horloge om dat hij van zijn dochter Lumi heeft gekregen. Ze heeft het gekozen omdat de wijzerplaat dezelfde kleur grijs heeft als zijn ogen.

'Er belde net een collega,' antwoordt hij en hij maakt de knopen van zijn broek vast. 'Ik moet weg, het is...'

'Iemand die je kent,' constateert ze.

'Ja, Margot. Ze is niet thuisgekomen na het paardrijden,' antwoordt hij en hij trekt zijn overhemd aan.

'Wat zeggen de agenten die als eersten ter plaatse waren?'

'Ze hebben haar auto gevonden en bloed in de stal,' antwoordt hij.

'Mijn hemel.'

'Ik weet het.'

Hij loopt snel naar de wapenkast, toetst de code in, haalt zijn Colt Combat eruit, hangt de holster over zijn schouder en maakt op weg naar de gang de riempjes vast. Valeria loopt achter hem aan, geeft hem snel een zoen en doet de deur op slot, terwijl hij naar de liften rent.

Terwijl de vouwdeuren van de garage opengaan, denkt Joona aan Margot en aan hun eerste ontmoeting. Ze was hoogzwanger, was net inspecteur geworden en haalde hem bij haar onderzoek, ook al was hij geen politieman meer.

Hij rijdt de helling op en de smalle steeg in, slaat links af de Sveavägen in en verhoogt zijn snelheid als hij richting Klaratunnel rijdt.

Op dit tijdstip is er bijna geen verkeer.

Hij laat Stockholm achter zich. Flats en verlichte winkelcentra vliegen voorbij, fabrieksgebouwen, villawijken en dan duizelingwekkend hoge bruggen over zee-engtes en baaien.

Joona Linna is inspecteur bij de Nationale Operationele Afdeling van de politie. Hij heeft meer ingewikkelde moordzaken opgelost dan enige andere rechercheur in Noord-Europa. Sinds zes jaar woont hij samen met Valeria de Castro en hij heeft een volwassen dochter uit zijn eerste huwelijk.

Aan weerszijden van de oprit naar de manege staat een politieauto.

Het blauwe licht zwiept over de bomen en het asfalt. Het lijkt wel of er met krachtige windstoten water over de grond wordt geblazen.

De bestelbus van Erixon staat aan de andere kant van de weg geparkeerd. Hij woont in Gustavsberg, slechts vijf minuten hiervandaan.

Joona zet zijn auto langs de weg, loopt naar zijn collega's toe, groet hen en vraagt of ze de oprit willen afzetten.

De nachtlucht is koel. Alles is stil en donker. Op de paardenboerderij na is hier geen bebouwing, enkel bos en weiland.

Erixons forse gestalte beweegt in het licht van de koplampen van de bestelbus.

Hij staat voor bandensporen in het zand van auto's die over de afrit naar de Ingarövägen gereden zijn, giet vloeibaar gips in elke afdruk en zorgt dat hij de hele omwenteling van het wiel meekrijgt.

'Laten we hopen dat het maar een vergissing is,' zegt hij zacht.

'Ja,' antwoordt Joona.

Ze stappen in Erixons bus en rijden het korte stukje naar de stal. De koplampen openen een tunnel van witte bomen en veldgras door het duister. Het grind knerpt onder de banden.

Ze komen langs weiden met rijen voerautomaten en een platgetreden paardenbak en zien dan Margots auto op het parkeerterrein staan.

Erixon zet de bus langs de weg.

Er valt nog niets te zeggen. Ze trekken wegwerpoveralls aan en lopen naar de auto, fotograferen die en schijnen met een zaklamp door de ramen.

Het licht glimt in het glas en valt dan in het interieur: het stuur en de stoelen, een blikje energiedrank in het vak van de console, snoepwikkels en een dikke map van de NOA.

Ze lopen naar de stal.

De koplampen van de eerste politieauto ter plaatse schijnen op een tractor en een woud van brandnetels tegen een roodbruine gevel.

Drie kauwen rumoeren verontrust boven een bosschage.

Erixon fotografeert, spuit fixeermiddel in alle voet- en bandensporen, markeert met cijfers en noteert actiepunten.

Een geüniformeerde collega staat stil in het licht van de open bagageruimte van de politieauto met een rol afzetlint in zijn handen.

'Waar is je maat?' vraagt Joona.

'In de stal,' antwoordt hij met een vermoeid gebaar.

'Blijf staan,' zegt Erixon en hij begint sporen om de agent heen veilig te stellen.

Als iets waarschijnlijk is, is het meestal ook waar, dat weet Joona. Maar soms moet hij dat truïsme bij zichzelf herhalen, als hoop zijn denken binnendringt.

Hij kan de gedachte nog niet accepteren dat hij vermoedelijk naar Johanna en de kinderen zal moeten gaan met het bericht dat Margot dood is.

Erixon en Joona naderen de stal met behoedzame passen. De buitenverlichting is uit, maar in het licht dat door de kieren van de deur komt, is te zien dat een deel van de grond aangeveegd is.

'Kun je daar met infrarood op schijnen?' vraagt Joona.

'Daar wordt het waarschijnlijk tijd voor,' zegt Erixon met een zucht.

Hij loopt naar zijn bestelbus en komt terug met een steekwagentje met de uitrusting erop, haalt de lamp tevoorschijn en knipt hem aan.

'Allemachtig...'

Het grind voor de deur verbleekt in het onzichtbare licht, terwijl het bloed scherp naar voren treedt in zwarte, draderige clusters.

Ondanks het vegen zijn er grote hoeveelheden bloed te zien in een duidelijke lijn recht vanaf de deur, die na twee meter helemaal ophoudt.

Erixon maakt foto's en neemt op vijf verschillende punten een paar scheppen grind en vult daar vijf afzonderlijke dozen mee.

'Ik moet nu naar binnen,' zegt Joona.

Erixon loopt naar de stal, zoekt naar vingerafdrukken op de deurkruk, op de hele deur, op de deurpost en de muur ernaast.

'Mijn mentor deed altijd elastieken om zijn schoenen, maar ik leg liever rijkelijk staptegels neer,' zegt hij en hij haalt een stapeltje uit de plastic verpakking.

Hij opent de deur, legt hijgend de eerste tegel achter de drempel en trekt schoenhoesjes aan.

Joona loopt met hem mee de stal in.

De tralies voor de boxen glinsteren in het gele licht van de lamp aan het dak. De tweede agent staat volkomen stil voor de zadelkamer.

In de stalgang is midden op de betonnen vloer een grote bloedplas te zien. Vanaf de plas loopt een lang sleepspoor naar de plaats waar de vloer is aangeveegd.

Vanaf daar zijn tot aan de deur parallelle strepen bloed van de halen met de bezem te zien.

De dader is achteruitgelopen en heeft zijn voetsporen uitgewist.

'Joona Linna,' zegt de agent. 'Ik dacht al bijna dat je niet echt bestond, maar ik dacht dat... ik net zo goed rustig kon blijven staan voor het geval dat wel zo was.'

'Bedankt.'

Terwijl Erixon staptegels neerlegt, neemt Joona de plaats delict in ogenschouw. Alle paarden doezelen in hun box, op een onrustig bewegende zwarte ruin op de wasplaats na.

De dader heeft niet geprobeerd het misdrijf te verhullen, denkt Joona. Hij wilde alleen de sporen van zijn eigen schoenen van de ondergrond verwijderen.

Erixon schijnt met een fel strijklicht op de vloer, maar alle voetsporen zijn uit de stalgang verdwenen. Hij zucht, probeert een andere hoek en geeft het dan op.

‘Er zijn geen voetsporen... en de deurkruk is afgeveegd,’ zegt hij.

Joona loopt over de tegels.

Het grootste deel van de primaire bloedplas is al opgedroogd, maar het midden bestaat nog uit slijmerig stolsel.

Er is geen afgeworpen bloed, er zijn geen grote achterwaartse spetters.

Margot is met een eenhandig wapen beschoten.

Een pistool met een vrij lage mondingssnelheid en een patroon met een holle punt, aangezien de kogel in haar lichaam is blijven zitten.

Erixon bevochtigt het ene wattenstaafje na het andere met een natriumchlorideoplossing, strijkt ermee over het droge bloed en stopt ze in plastic bewijszakjes.

Joona’s blik is geconcentreerd als hij langzaam verder loopt, terwijl hij de schaduwen die deze afdrukken hebben achtergelaten in zich opneemt.

Er ligt veel bloed, hoelang ze hier heeft gelegen valt niet makkelijk vast te stellen, maar het bloed stroomde nog uit haar lichaam en was nog niet gaan stollen toen ze werd weggesleept.

Een zwarte voerbak staat scheef en er is een decimeterlang spoor van plastic schraapsel op de vloer te zien.

‘Wat denk je?’ vraagt Erixon, die Joona’s blik heeft gevolgd.

‘Wil je Bluestar rond die plas spuiten?’ vraagt hij.

Erixon haalt de flacon en spuit op alle vlakken waar geen zichtbaar bloed is.

De chemische substanties in de spray geven het bloed een tijdelijke luminescentie. Elk klein bloeddruppeltje licht ijsblauw op.

Joona staat stil. Hij probeert de plaats delict met grotere precisie af te lezen, nu al het bloed tot op het kleinste spatje zichtbaar is.

Hij registreert de vorm van elk druppeltje in relatie met de ondergrond en de zwaartekracht.

Vijfendertig centimeter van de plas is het koude licht van een paar vage vlekken zichtbaar.

Joona loopt er over de staptegels naartoe en buigt zich naar voren.

Bij de bloedvlekken op het beton is wat roze lippenstift te zien.

Ze is hard op haar gezicht gevallen.

Erixon fotografeert en Joona loopt rond naar de andere kant, bukt en kijkt naar een serie van zes lichtgevende bloeddruppels rechts van de plas.

Aangezien bloed een grotere oppervlaktespanning heeft dan water, zullen druppels die op een enigszins glad oppervlak vallen niet uiteenspatten, maar hun gelijkmatige randen houden, zoals de serie druppels op de geslepen betonvloer.

De eerste vijf druppels zijn enigszins spits, vanwege een rechts gerichte bewegingsenergie, maar de laatste is volkomen rond.

'Zoek naar deeltjes van een detonator in deze druppels,' zegt Joona en hij wijst naar de serie.

'Die heb ik nog niet eerder gehoord, maar dat ga ik doen,' antwoordt Erixon.

'De dader is rechtshandig, heeft de loop van achteren tegen haar lichaam geduwd, heeft een schot gelost en is een stukje meegegaan in de beweging van haar val, voordat hij het wapen op deze manier zijwaarts bewoog, vrij langzaam, en bleef staan.'

'Je denkt dat deze druppels van de loop van het pistool zijn gevallen?'

'Margot is voorover gesmakt, met de kogel nog in haar lichaam, ze is met haar gezicht op de grond gekomen en haar lippen zijn gebarsten.'

'We weten niet of het Margots bloed is,' probeert Erixon.

'Dat is haar lippenstift.'

'Weet je dat zeker?'

'Ik ben zeker van de tint.'

'Dat klinkt niet goed,' mompelt Erixon.

'Ja, maar Margot was nog in leven, aangezien ze zich aan die bak heeft vastgehouden.'

'Ik probeer het met amidozwart.'

'De dader heeft haar aan haar voeten naar buiten gesleept, terwijl ze leefde. Hij heeft haar in de auto getild en die een stukje naar voren gezet, is de stal weer in gegaan om de sporen weg te vegen en de deurkruk en de deur schoon te maken. Daarna is hij tot aan de auto met de bezem over het grind gegaan en is weggereden.'

4

De zeestraat ligt stil als een zijden laken in het heiige zonlicht. Het kleine gezelschap in de gehuurde motorboot meert aan de westkant van het eiland aan, ze trekken hun reddingsvest uit, laden hun spullen uit en lopen een pas of tien over het zandstrand naar de bosrand, waarna ze rust nemen.

Emma steunt op haar kruk en bedenkt dat ze tegen de anderen zal zeggen dat ze op hun leeftijd toch nog wel honderd meter zouden moeten kunnen lopen.

Samir is buiten adem en hoest in zijn geruite zakdoek. Lennart klapt trillend zijn stoel uit en gaat zitten en Sonja trekt haar oranje jas een stukje op, gaat op een rotsblok zitten en opent haar rugzak.

'Niemand komt aan het eten voordat we er zijn,' zegt Lennart.

'Ik neem alleen even wat drugs,' antwoordt ze en ze haalt een potje pillen tevoorschijn.

Ze hebben gekookte eieren meegenomen, aardappelsalade, koude gehaktballetjes met dijonmosterd, broodjes tonijn en vier pilsjes, opgerolde pannenkoeken met frambozenjam, een thermoskan koffie en een flesje cognac.

Emma steekt een sigaret op en kijkt naar hun voetstappen in het zand, voorbij drijfhout en aangespoelde rommel. Iets verder weg lijkt het wel of iemand onlangs iets zwaars vanaf het strand helemaal naar de bosrand heeft gesleept.

'Bernie, soms zie ik alles als door een stuk glas,' fluistert ze.

Nadat haar man Bernie was overleden, is ze met hem blijven praten. Soms opent ze de kledingkast en praat tegen zijn zomerpak. Tegen haar vrienden beweert ze dat de vrijheid haar goed bevalt, maar in werkelijkheid mist ze Bernie elke dag.

'Moeten we het opgeven en alle leuke dingen aan de volgende generatie overlaten?' vraagt Samir.

‘Om de dooie dood niet,’ antwoordt Lennart en hij staat op.

Emma leidt hen het door de wind geteisterde bos in, om de verweerde rotsen heen. Haar kruk blijft haken tussen twee boomwortels die uit de aarde omhoog zijn geduwd. Als ze hem los probeert te wrikken, is het net alsof iemand eraan trekt, recht de grond in.

Ze krijgt een impuls om het uitstapje af te breken, te beweren dat ze zich niet goed voelt, maar ze loopt toch nog iets verder naar de open plek toe, voordat ze het gezelschap weer laat rusten.

Lennart klapt zijn stoel uit en Samir zegt glimlachend dat hij sterretjes ziet.

‘Ik geef bloed op,’ moppert Sonja.

Nadat alle vrienden hun partner hadden verloren, hadden ze het genootschap Occulte Senioren opgericht, met het motto: Onze voorsprong is één voet in het graf! Ze reizen naar plaatsen waar het spookt, nemen deel aan seances en ontmoeten sjamanen. Ze geloven geen van allen in spoken, maar vinden het spannend om dit samen te doen en een paar keer zijn ze echt geschrokken.

‘Moet je luisteren,’ zegt Emma en ze gaat voor de andere drie staan. ‘De cholera-epidemie heeft in de negentiende eeuw in Europa zo’n honderd miljoen levens geëist.’

‘Ik weet het nog goed,’ grapt Lennart.

‘Marx beweerde dat de geschiedenis zich herhaalt,’ gaat Emma verder. ‘Eerst als tragedie en dan als farce. Zweedse instanties wilden de besmetting bij de grens tegenhouden en ze richtten een quarantainestation in voor vaartuigen uit Rusland en Finland, op een eiland genaamd Fejan.’

‘Dat zijn geen halve maatregelen,’ mompelt Sonja.

In de verte krast een kraai en de zon verdwijnt achter de wolken. Opeens krijgt het hele bos iets lugubers.

‘Fejan ligt ongeveer vier kilometer oostwaarts,’ gaat Emma verder en ze wijst met haar kruk. ‘De mensen die op Fejan stierven, werden op onbewoonde eilanden begraven... We komen nu bij een van de grootste cholerakerkhoven van de archipel.’

Ze richten hun blik allemaal op de open plek die vaag te zien is tussen de kronkelige grove dennen en schuine stammen.

‘En daar zijn spoken?’ vraagt Lennart.

'Zoveel als aambeien op je kont,' mompelt Sonja.

'Ik versta je helaas niet,' zegt hij en hij keert haar zijn werkende oor toe.

Sonja zet met een zucht de picknicktas op de grond en loopt de open plek op. De takken van de bosbes trillen achter haar en Emma ziet haar oranje jas tussen de bomen verdwijnen.

'Maar alle gekheid op een stokje,' gaat Emma verder. 'Ik heb een heleboel volksverhalen gelezen en documenten van de Scherenkust-stichting... geen enkele bewoner van de scherenkust zou vrijwillig een voet op dit eiland zetten, maar...'

Ze zwijgt als ze het idee heeft dat ze een gestalte tussen de stammen en struiken ziet staan, vlak achter Sonja. Het is een kleine man die Bernies linnen pak draagt. Het is hem te groot en zijn schouders zijn merkwaardig scheef.

'Kom es,' roept Sonja vanaf de open plek.

De drie lopen naar de open plek en zien haar bij een langwerpig pakket staan, waarvan het smalste uiteinde tegen een berkenstam is gezet. Het pakket is misschien twee meter lang en gemaakt van lakenstof en plastic, omwikkeld met touw dat in de omringende bomen verstrikt is geraakt.

'Wat is dit in vredesnaam?'

Dit had ze dus voor een gestalte tussen de bomen achter Sonja aangezien, begrijpt Emma. Ze vraagt zich af of het hier tijdens een storm naartoe kan zijn gewaaid. Misschien zijn het reddingsvesten of fenders in oud zeildoek gewikkeld.

'Een kunstproject?' vraagt Samir met een glimlach.

Emma duwt met haar kruk tegen het pakket en voelt dat het zo zacht is als een koeienuier, en tegelijkertijd veel te zwaar om door de wind te worden verplaatst.

Lennart mompelt iets in zichzelf, klapt zijn mes open en loopt erheen.

'We laten het liggen,' zegt Emma. 'Ik heb hier geen goed...'

Ze zwijgt als hij een diepe snee in het dikste deel van het pakket maakt. Vanuit de opening stroomt een grijze smurrie met roodbruine strepen en klontjes op het gras. Er komt een prikkende chemische lucht van af waarvoor ze allemaal terugdeinzen. Als het waterigste slijm in de grond is weggezakt is tussen de hoopjes bruine gelei op het gras een half opgeloste voet te zien.

*

Op dit moment werken er drieëndertig politiemensen fulltime aan de verdwijning van Margot Silverman, en daarnaast vijftien experts van het Nationaal Forensisch Centrum.

De grote vergaderzaal van de Nationale Operationele Afdeling fungeert als commandocentrum.

Rond de grote tafel met waterglazen, koffiekopjes, laptops, schrijfblokken, pennen en leesbrillen zitten vijf rechercheurs.

Het is niet voor iedereen makkelijk om professioneel in het onderzoek te staan. Er zijn al een paar keer verhitte ruzies ontstaan.

'We hebben het wel over Margot, verdomme, onze Margot,' schreeuwde Petter Näslund, waarna hij de kamer uit liep.

De kerngroep wordt geleid door inspecteur Manvir Rai. Zijn ouders komen uit Goa, wat volgens hem de oorzaak is dat hij geen vooroordelen heeft, behalve ten aanzien van Portugezen.

Hij is welsprekend en scherpzinnig, hij heeft altijd een frons op zijn voorhoofd en draagt een zwart pak, een wit overhemd en een smalle zwarte stropdas.

Hij geeft een korte presentatie met foto's van manege Beatelund op Värmdö.

In het licht van de projector bewegen stofdeeltjes in glinsterende stromen.

Als laatste punt neemt Manvir mogelijke bedreigingen door, onderzoeken waarover Margot de leiding heeft gehad en algemene bedreigingen die tegen de politie zijn gericht.

'Een team is bezig iedereen in kaart te brengen die uit een inrichting is vrijgelaten of met verlof is geweest. Vanavond krijgen we een eerste rapport,' besluit Manvir, waarna hij Joona het woord geeft.

Joona staat op, laat zijn jasje over de rugleuning van de stoel hangen en gaat voor de andere rechercheurs staan.

Hij heeft de bovenste knoopjes van zijn overhemd losgemaakt en zijn mouwen opgestroopt, hij ziet er uitgeput uit, bijna koortsig, maar zijn ogen zijn diepgrijs, als geslepen titanium.

Ook al brengt hij veel tijd achter de computer op zijn kamer door, zijn spieren en vele littekens getuigen van alle jaren in een operationele functie en van zijn militaire opleiding in onconventionele man-tegen-mangevechten.

'Zoals jullie weten, heeft het NFC bevestigd dat het bloed op de vloer van Margot was, dat het haar urine, haar ruggenmerg en haar hersenvocht was,' begint hij. 'Ze zijn druk bezig voetsporen en vingerafdrukken te vergelijken met die van de vaste bezoekers van de stal. Het gaat om achtentwintighonderd afdrukken, maar het is niet bepaald waarschijnlijk dat we sporen van de dader zullen vinden.'

'Hij is voorzichtig, maar niet professioneel,' zegt Manvir.

'We hebben een bandenspoor van een lichte vrachtwagen bij de uitrit naar de Ingarövägen, die niet overeenkomt met de voertuigen die daar vaker komen. Het zou afkomstig kunnen zijn van de auto die we zoeken.'

'Wat is de volgende stap?' vraagt Greta Jackson.

Greta is expert in daderprofilering en is gepromoveerd in gedragswetenschap en criminologie.

Ze heeft lichtblauwe ogen en kort grijzend haar en draagt een strakke broek en een bleekroze fluwelen jasje.

'We wachten nog op verdere analyses,' antwoordt Joona. 'Zojuist heb ik de bevestiging gekregen dat de handafdruk op de voerbak die jullie op de foto hebben gezien van Margot is, wat betekent dat ze leefde toen ze naar buiten werd gesleept... Ik zeg het nog maar eens, omdat het betekent dat er een kans bestaat dat we haar leven kunnen redden... Ik weet dat jullie allemaal bereid zijn alles te geven, maar ik wil toch benadrukken dat er extreem veel haast bij is, omdat ze in de ruggengraat is geschoten.'

'Weten we zeker dat ze neergeschoten is?' vraagt Greta.

'Ik kan het bloedbeeld niet anders zien,' antwoordt Joona. Op dat moment wordt er aangeklopt.

Randy Young, het voormalige vriendje van Saga Bauer, komt de vergaderzaal binnen met zijn werktelefoon in zijn hand. Hij draagt een spijkerbroek, een donkerblauwe gebreide trui en een bril met een zwart montuur. Hij heeft stoppeltjes, die als een donkere schaduw op zijn hoofd te zien zijn. Randy heeft veertien maanden geleden de eenheid Cybercriminaliteit verruild voor de NOA.

'Joona, Stockholm-Noord voor jou, ik denk dat het belangrijk is,' zegt Randy en hij geeft hem het toestel.

'Met Linna,' zegt Joona en hij hoort een snelle ademhaling.

'Hallo, ik wil alleen zeggen dat, dat... We hebben de communicatie rond de verdwijning van Margot Silverman over de radio gevolgd,' zegt een man met onvaste stem. 'En nu denk ik... het valt natuurlijk niet te verifiëren, maar... godallemachtig, ik...'

'Met wie spreek ik?' vraagt Joona.

'Sorry, met Rickard Svenbro in Norrtälje, recherche.'

Het wordt weer stil en Joona hoort een zacht gejammer. De collega is duidelijk geschokt en heeft moeite om samenhangend te praten.

'Oké, Rickard, ik luister naar je, neem de tijd,' zegt Joona zacht.

'We hebben dus de resten, de stoffelijke resten van een mens gevonden, denken we, het valt niet te beschrijven, het is verschrikkelijk, afgrijselijk.'

'Waar zijn die stoffelijke resten?'

'Waar? Op de grond... op een eilandje vlak bij de haven van Kapellskär.'

'Wil je vertellen wat er zo afgrijselijk aan is?'

'Het is een opgelost lichaam, in zuur, denk ik... maar midden in de smurrie lag een zakflacon met de naam Ernest Silverman erin gegraveerd.'

5

Joona zit in de recreatiezaal van de Enskede-school te wachten, samen met Astrid, een van de kinderen met het syndroom van Down van wie Saga coach is.

Astrid is elf jaar, ze heeft lang donker haar en grote, dromerige ogen, haar schouders zijn rond en ze kijkt bijna altijd blij.

Ze heeft een witte plastic bak met nagellak voor zich staan. Terwijl ze haar favoriete kleuren eruit haalt en ze op een rijtje voor Joona zet, vertelt ze hoe elke tint heet.

'Rouge Noir,' zegt ze en ze laat een nagellak zien.

'Mooi,' zegt hij.

'Zou jij die kiezen?'

'Ik weet het niet, ik hou ook van roze,' antwoordt hij.

Ze zoekt in de plastic bak en zet dan een puntig glazen flesje voor hem neer.

'Lady Like.'

'Mijn favoriet,' zegt hij.

Joona is meteen van Kapellskär hiernaartoe gekomen, terwijl Erixon samen met nog zes technici op het eiland is gebleven.

De natuurlijke haven was een klein zandstrand, dat als een wig in de rotsachtige westzijde van het eiland was geslagen.

Het lichaam was langs de ene strandkant gesleept, maar de afdrukken van de schoenen van de dader waren uitgewist.

Erixon heeft enkele sporen veiliggesteld in het bos, maar gezien de voorzichtigheid van de dader zitten daar waarschijnlijk geen sporen van hem bij.

Vliegen kropen zoemend over de voet en over de resterende botdelen in het gras.

Toen Erixon met de Naald belde, zei hij dat de stoffelijke resten op de maaginhoud van een roofdier leken, op geheel en gedeeltelijk verteerd voedsel.

'De binnenste laag van de zak is gemaakt van dik rubber en ik ga ervan uit dat de dader natriumhydroxide heeft gebruikt om het lichaam op te lossen,' vertelde hij.

Joona wilde er niet aan denken, maar hij weet dat het mogelijk is dat Margot nog leefde toen de chemische afbraak begon.

Astrids mond is gespannen van concentratie en haar lange wimpers trillen achter haar bril als ze Joona's nagels roze lakt.

'Sorry,' fluistert ze en ze glimlacht breed als hij per ongeluk lak op een vingertop krijgt.

'Mijn nagels zijn te kort.'

'Ja, maar het wordt toch mooi.'

'Heel mooi,' zegt hij en hij glimlacht.

Joona volgt de zachte penseelstreken met zijn blik en na een tijdje wordt de diepe rimpel in zijn voorhoofd gladgetrokken. Er blijft een bleke streep van over, die langzaam verdwijnt als het meisje van hand verandert.

Saga had hem gebeld en gezegd dat ze hem onmiddellijk moest spreken, maar toen hij kwam, moest ze Nick helpen met douchen na de voetbalwedstrijd.

Joona bedankt Astrid en zit op zijn nagels te blazen als Saga en Nick het lokaal binnenkomen.

Saga draagt een bleekblauwe spijkerbroek, basketbalschoenen en een gebreide IJslandse trui. Haar lange haar zit in een stijve vlecht en haar gezicht is niet opgemaakt.

Joona staat op en laat zijn nagels zien.

'Wauw,' lacht Nick.

'Prachtig,' zegt Saga.

Joona bedankt Astrid nog eens en zegt dat hij zich nog nooit zo mooi heeft gevoeld. Ze lopen het gebouw uit en Saga zorgt dat de kinderen met de schooltaxi meegaan, waarna zij en Joona samen in de zon over het trottoir lopen.

'Hoe is het leven als privédetective?' vraagt Joona met een scheve glimlach.

'Tamelijk ondraaglijk.'

'Wat vervelend nou.'

'Ja, maar ik moet een baan hebben, de verzekering betaalt niet meer uit.'

'Je weet dat je altijd geld kunt lenen als...'

'Dat weet ik,' valt ze hem in de rede. 'Bedankt, maar het is oké, ik red me wel... als ik maar terug mag komen bij de politie.'

'Natuurlijk.'

'Ik heb bij de NOA gesolliciteerd,' vertelt ze.

'Niet bij de Säpo?'

'Nee, ik geloof dat ik daar wel klaar mee ben,' antwoordt ze. 'Ik denk dat ik een veel concretere job nodig heb, ik ben goed in moordonderzoeken, dat kan ik het best... en eigenlijk droom ik ervan om met jou samen te werken.'

'Dat zou fantastisch zijn,' zegt hij kalm.

'Maar ik weet zeker dat ze pas naar mijn sollicitatie kijken als de psycholoog groen licht heeft gegeven.'

'Zo gaat het altijd.'

'Ik heb dit echt nodig,' zegt ze zonder hem aan te kijken.

Om een aanbeveling van de politiepsycholoog te krijgen moet ze zelfinzicht tonen en een stabiel humeur, ze moet haar financiën op orde hebben, een sociaal leven hebben en liefst een vaste relatie.

'Hoe dan ook... ik heb je gevraagd hierheen te komen, omdat ik maar een halfuur heb voordat ik naar een werkafspraak moet,' legt ze uit en ze blijft voor haar motor staan. 'Mijn baas houdt me in de gaten als een, ik weet niet wat... maar maakt niet uit, want ik moet... Ik voel dat ik echt met je moet praten over de vondst op Kapellskär, ik kan niet zeggen wie me dat heeft verteld, maar...'

'Randy.'

'Ik zeg niets,' glimlacht ze.

Joona's hart krimpt ineen als hij ziet dat haar helderblauwe blik weer die gejaagde intensiteit heeft gekregen. Saga haalt een plastic mapje uit haar rugzak en geeft het aan hem. Door het troebele plastic heen is de ansichtkaart te zien die ze drie jaar geleden heeft gekregen.

Ik heb een bloedrood Makarovpistool. In het magazijn zitten negen witte kogels. Een ervan is voor Joona Linna. De enige die hem kan redden ben jij.

Artur K. Jewel

Joona geeft met een knikje aan dat hij de kaart herkent, draait hem om en kijkt naar de zwart-witfoto uit 1898 van het oude cholerakerkhof in Kapellskär, waar de stoffelijke resten van Margot zijn gevonden.

'Ik weet het, maar Jurek Walter is dood,' zegt hij.

'Maar de Bever leeft.'

'Hij zit in Wit-Rusland in de gevangenis voor doodslag, we hebben geprobeerd hem thuis te krijgen, maar we hebben geen uitwisselingsverdrag met hen.'

De Bever was door Jurek gerekruteerd en was hem tot aan zijn dood trouw gebleven. Daarna was hij spoorloos verdwenen, tot vorig jaar, toen Interpol hem had geïdentificeerd in een inrichting in Wit-Rusland.

Een windvlaag gaat ruisend door een boomtop en een paar blonde lokken die zijn losgeraakt uit Saga's vlecht wapperen in haar gezicht.

'Oké, maar... maar ik heb het gevoel dat deze moordenaar op de een of andere manier door Jurek is gedefinieerd.'

'Ik weet het echt niet, Saga... het is een enigszins merkwaardige samenloop van omstandigheden, met dat cholerakerkhof, dat wel, maar... ik kan me heel moeilijk voorstellen dat de moord op Margot iets met mij te maken zou hebben, ik bedoel...'

'Maar het gaat wel om jou,' kapt ze hem af en ze draait de ansichtkaart nog eens om. 'Voor mij... Zoals ik het zie, is Margots dood een soort apostille, een bewijs dat de dreiging jegens jou echt is.'

'Die kaart is drie jaar oud,' protesteert hij.

'Maar nu gebeurt het.'

6

Saga parkeert haar motor en loopt de schemerige Star Bar in. Op tv-schermen aan de muren is een Duitse voetbalwedstrijd te zien. Er zitten krassen in de vloer en de flessen achter de bar worden door een blauwe ledlamp verlicht.

Simon Bjerke zit in zijn politie-uniform in een van de achterste afgezonderde zitjes. Hij heeft een groot glas bier voor zich en kijkt op een met stickers beplakte laptop.

Zijn gezicht is gerimpeld, zijn snor slordig getrimd en zijn ogen zijn dik. Als hij Saga ziet, sluit hij de laptop en leunt met gekruiste armen achterover.

'Saga Bauer, de knapste van de klas, in meerdere opzichten...'

'Dat zei je de vorige keer ook al.'

'De knapste, de slimste, wilde niet daten of drinken, kwam bij de Säpo terecht... en is nu terug op de bodem bij ons.'

'Je hebt niet alles in de hand,' zucht ze en ze gaat tegenover hem zitten.

'Je wilde me iets laten zien,' zegt hij en hij neemt een slok bier.

'We zijn klaar met het onderzoek en je hebt het recht er kennis van te nemen. Nu of wanneer je maar wilt,' deelt Saga mee.

Hij kijkt haar met een omfloerste blik aan.

'Ik heb het recht er kennis van te nemen?'

'Je kunt ook besluiten het niet te doen,' zegt ze.

'Dus ze gaat vreemd?' vraagt Simon met een gespannen glimlach en onder zijn rechteroog begint een spiertje te trekken.

'Moet ik daarop antwoorden?' vraagt Saga.

'Weet je het zeker? Mijn Lisa? Ik bedoel, het is geen vergissing?'

'Wil je onze mening horen?' vraagt Saga.

'Wat zit je te lachen, verdomme? Wat is er zo grappig?'

'Ik lach niet, ik probeer vriendelijk te zijn in een situatie die jou kennelijk gestrest maakt.'

'Ik ben niet gestrest, ik wil alleen de waarheid weten.'

'De waarheid waarover?'

'Of mijn vrouw een hoer is, verdomme.'

Het wordt weer stil en Simon neemt nog een slok bier. Saga ziet dat zijn hand trilt als hij het glas neerzet.

'Je bent naar ons toe gekomen omdat je het vermoeden had dat je vrouw een andere man ontmoet, terwijl jij...'

'Dat interpreteer ik als een ja,' onderbreekt hij haar.

Saga overhandigt hem een donkergrijze map met in de rechterbovenhoek in zilveren letters de tekst DETECTIVEBUREAU KENT B.V.

'Hierin staat precies wat we te weten zijn gekomen, welke waarnemingen we hebben gedaan en welke conclusies we hebben getrokken... en hier zijn alle bijlagen en foto's,' zegt ze en ze geeft hem een USB-stick.

Simon opent de laptop en stopt de USB-stick erin. Het scherm is vlekkerig van vingerafdrukken en spetters. De lampen boven de bar worden er schuin in weerspiegeld.

'Misschien moet je het verslag eerst lezen,' zegt Saga.

Hij klikt het videobestand aan, opent het en start de weergave.

Een vloerlamp is omgevallen en ligt tegen de fauteuil, het schijnsel verspreidt zich in dubbele ellipsen over de muur en verlicht zijn vrouw terwijl ze geslachtsgemeenschap heeft met twee mannen.

Lisa zit schrijlings op de ene man en steunt met haar handen aan weerszijden van zijn romp op het bed.

Haar wangen zijn rood en haar mond staat open. Het diepe litteken op haar bovenlip verbleekt bij elke hijgende ademteug.

De andere man zit op zijn knieën achter Lisa, hij houdt haar billen vast en stoot naar voren, zijn blik is geconcentreerd en zijn rug glimt van het zweet voordat het korte filmpje afgelopen is.

'Sodemieter op,' brult Simon en hij gooit zijn bier over Saga heen. 'Vuil secreet dat je bent, smerig uitschot...'

De weinige gasten aan de tafeltjes draaien zich naar hen om en de barkeeper komt hun kant op. Saga's blouse en broek zijn doorweekt. Zonder iets te zeggen staat ze op en ze loopt weg.

'Ik hoop dat je sterft,' roept Simon haar na. 'Ik hoop dat je verkracht en vernederd wordt en sterft...'

Ze loopt naar buiten, kijkt op haar telefoon hoe laat het is en constateert dat ze geen tijd heeft om thuis andere kleren aan te trekken. Haar baas heeft een enorm strak schema opgesteld voor alle medewerkers en houdt hen scherp in de gaten.

Alle andere detectives van het bureau zijn de rest van de dag voor verschillende opdrachten op pad en de baas wil niet dat het kantoor onbemand is als hij om twee uur naar de sportschool gaat. Bovendien moet ze om vier uur een rapport af hebben over een geval van handel met voorkennis dat een familiebedrijf splijt.

Saga rilt in haar natte kleren als ze terugrijdt naar het detectivebureau in de Norra Stationsgatan, de lift neemt naar de derde verdieping en de deur opendoet.

De lampen in het lege kantoor branden, de computers glimmen donker op de vijf bureaus, en Henry's rasperige stem is door de glazen wand heen te horen.

Zoals gewoonlijk zit hij met de lamellen dicht te bellen in zijn kamer.

Saga loopt snel naar binnen, trekt haar natte kleren uit en hangt ze op de radiatoren onder de twee ramen. Ze gaat in haar ondergoed achter haar bureau zitten, logt snel in, kijkt op de klok, ziet dat ze op tijd is en gaat meteen aan de slag met het rapport.

Haar versleten witte beha is doornat van het bier en de rand van haar blauwe slip is vochtig.

Haar schouders en buikspieren zijn scherp getekend in het lamplicht, ook al bokst ze al een paar jaar niet meer.

Opeens wordt het stil in Henry's kamer en Saga rilt. Kent heeft beveiligingscamera's door het hele kantoor, zelfs op de wc's, maar beweert dat ze alleen 's nachts aanstaan.

Ze stopt met typen en denkt weer aan de ansichtkaart en de stoffelijke resten van Margot op het cholerakerkhof van Kapellskär.

Het zit haar dwars dat ze geen idee heeft hoe ze Joona moet beschermen.

Ze weet dat hij zich niet zal verstoppen, dat hij geen lijfwacht zal accepteren.

Het idee dat zijn onverschrokkenheid ditmaal gevaarlijk kan zijn, dat het onderschatten van de dreiging zal worden afgestraft, laat haar niet los.

De deur van de baas z'n kamer gaat open en Saga keert terug naar het rapport, ze hoort dat hij enveloppen in het bakje voor uitgaande post legt en over de plankenvloer loopt.

Henry Kent is negenendertig jaar, heeft kort donker haar en een verzorgd baardje, een kleine rechte neus en groene ogen met bruine vlekjes. Hij draagt dure pakken en is heel extravert. In zijn kindertijd bestrafte zijn vader hem door hem te branden met een sigaret en Henry's armen en borst zijn met ronde littekens bezaaid. Die laat hij graag zien en dan vertelt hij er glimlachend bij dat hij zijn vader haat, ook al heeft die hem discipline bijgebracht.

Hij loopt langzaam naar de ramen achter Saga en kijkt naar het spitsverkeer en de bruggen die het zicht op het water van Brunnsviken en het Hagapark belemmeren.

'Was de klant tevreden?' vraagt hij en hij draait zich naar haar om.

Ze stopt met typen en kijkt hem aan.

'Ik heb onze routine gevolgd, maar hij wilde de opname absoluut zien, werd boos en gooide bier over me heen.'

'We voegen de wasserijkosten toe aan de factuur,' zegt hij en hij loopt naar haar toe.

'Zoals ik gisteren al zei, was het beter geweest als jij het onderzoek met hem had besproken,' zegt ze.

'Mijn pak is duurder dan jouw hele garderobe.'

'Ik wil alleen maar zeggen dat het een onaangename situatie was,' houdt Saga vol.

'Je mag je ondergoed wel op de radiator in mijn kamer drogen,' zegt Henry.

'Grappig,' zucht Saga.

'Of misschien heb je liever een natte slip?'

'Hou op,' waarschuwt ze en ze kijkt hem in de ogen.

'Waarmee?'

'Dat weet je best.'

'Ik heb niets tegen MeToo, maar een grapje maken of een compliment geven moet kunnen,' antwoordt hij en hij kijkt haar aan.

'Mee eens.'

'Je ziet er geweldig goed uit, je hebt een mooi lichaam.'
'Oké, zo kan-ie wel weer.'
'Je kunt ook dank je wel zeggen,' antwoordt Henry met luide stem.
'Dank je wel.'
'Ik weet dat je deze baan nodig hebt.'
'Dat heb ik gezegd, ja, die is heel belangrijk voor me.'
'Als ik je ontsla, kun je niet eens beveiliger worden,' zegt hij.
'Nee, waarschijnlijk niet,' zegt ze.
Hij wendt zijn ogen van haar af.
'Ik moet zo weg, stuur me de bijgewerkte versie van Johnson versus Johnson voor vier uur.'
'Komt goed, ik ben ermee bezig.'
Henry loopt naar de deur, maar blijft staan en draait zich om.
'Denk je echt dat de NOA jou een aanstelling zal geven? De Nationale Operationele Afdeling?'
'Heb je mijn privémail gelezen?'
'Jij komt nooit meer bij de politie,' zegt hij en hij loopt het vertrek uit.

7

In het weekend helpt Joona Valeria regelmatig op haar kwekerij in Nacka. Tijdens het fysieke werk krijgt hij zijn gedachten vaak op orde.

Ook al draaien alle medewerkers van de NOA overuren om Margots moordenaar te grijpen, het lijkt alsof het vooronderzoek stilstaat. Ze hebben werkelijk geen enkel aanknopingspunt.

De moord op Margot is een raadsel, alsof het een vergismoord is.

Het vergelijken van sporen heeft niets opgeleverd en ze wachten nog steeds op het rapport van het forensisch medisch onderzoek en een aantal achterstallige laboratoriumuitslagen.

Joona haalt acht zakken turf uit de buitenkelder en legt ze voor de kweekbakken op de grond.

Hij draagt Finse laarzen, een oude spijkerbroek en een marineblauwe gebreide trui met verfvlekken van toen hij afgelopen herfst het houtwerk van het huis had geschilderd.

Joona blijft staan en kijkt naar Valeria, die met de kruiwagen vol bemeste tuinaarde tussen de rijen vruchtbomen in potten door loopt.

Ze heeft een pleister op haar wang en haar krullen zitten vol met strootjes en droge naalden. Ze draagt werkhandschoenen en rubberlaarzen bedekt met opgedroogde modder, een zwarte spijkerbroek en een vies rood gewatteerd jack.

Zo mooi, zo fantastisch, denkt Joona.

Hij wil haar al een hele tijd ten huwelijk vragen en hij denkt dat ze ja zou zeggen.

Maar niet als ze de waarheid over hem wist.

Als Joona het gevoel heeft dat hij de wereld alleen maar slechter maakt, rookt hij opium. En dat kan hij haar niet vertellen. Hij is niet verslaafd, maar doet het toch steeds weer, ook al neemt hij zich telkens voor ermee te stoppen.

Hij kan niet tegen het idee Valeria te verliezen of haar verdriet te doen.

Na de middelbare school had Valeria een man leren kennen die een paar jaar ouder was dan zij en ze was tot over haar oren verliefd geworden. Hij was aan de drugs en zij probeerde hem te helpen. Ze kreeg twee zonen, maar raakte na verloop van tijd zelf verslaafd aan heroïne en kwam in de gevangenis terecht nadat ze had geprobeerd acht kilo hasj uit Estland binnen te smokkelen.

Ook al zijn er vele jaren verstreken, ook al heeft ze nooit een terugval gehad en ook al heeft ze na haar gevangenisstraf haar beide zonen alleen opgevoed en altijd haar werk goed gedaan, ze heeft het zichzelf nog niet vergeven.

En ze zou het hem ook nooit vergeven.

Joona heeft zelf geen antwoord op de vraag waarom hij soms zo diep moet gaan dat zijn eigen dood binnen handbereik is. Hij heeft het geprobeerd uit te leggen als een manier van omgaan met verdriet, als een erkentenis van zijn eigen zwakheid, die nodig is om weer verder te kunnen ploeteren, maar dat is onzin.

De waarheid is dat er iets in hem is gebeurd toen hij de strop om Jurek Walters nek legde. Telkens als Joona 's nachts wakker wordt, kan hij de echo van Jureks laatste fluistering horen.

Het stof wolkt op door het vlakke zonlicht als Joona turf begint te scheppen.

Valeria blijft staan, strijkt het haar uit haar gezicht en kijkt uit over de smalle en gebarsten asfaltweg.

Er komt een witte bestelbus aan.

Joona zet de schop tegen de kweekbak, loopt naar Valeria toe en gaat naast haar staan.

'Dat is Erixon,' zegt hij.

'Wist je dat hij zou komen?'

'Nee, maar ik denk dat ik wel weet wat hij komt vertellen,' antwoordt hij.

Het busje blijft op de keerzone staan, de deur gaat open en er valt een chipszak op de grond, waarna Erixon moeizaam uitstapt.

'Wat zit je hier op een prachtige plek,' zegt hij tegen Valeria en hij zwaait met zijn arm. 'Magisch.'

'Dank je,' zegt ze en ze glimlacht.

Ze trekt haar handschoen uit en geeft hem een hand.

'De liefde die ik voor onze vrienden van het plantenrijk voel, wordt helaas niet beantwoord... Heb je niet een paar mooie plastic bloemen voor me?' grapt hij met een droevig gezicht.

'Ik kan ze wel voor je bestellen,' lacht ze.

'Ze verwelken waarschijnlijk alsnog,' zegt Joona.

'Waarschijnlijk wel, ja,' zegt Erixon met een zucht.

Valeria werpt Joona een korte blik toe om te laten zien dat ze de situatie begrijpt.

'Ik wilde net naar binnen gaan om me op te frissen en met het eten te beginnen. Je kunt gerust blijven eten, Erixon,' zegt Valeria en ze loopt naar het woonhuis.

Ze kijken haar na, zeggen een poosje niets, slenteren doelloos naar de rijen jonge boompjes en blijven daar staan.

'Ik wilde het niet over de telefoon vertellen, maar Margots DNA is bevestigd, het waren haar stoffelijke resten die in die zak zaten,' zegt Erixon.

'Dat wisten we eigenlijk al,' zegt Joona en hij laat zich op een stapel pallets ploffen.

Erixon schopt in het grind en kijkt Joona dan met vochtige ogen aan.

'Het is waarschijnlijk het vreselijkste wat ik ooit heb gezien... In het pakket van stof en plastic zat een zak van rubber... Het lichaam is ter plekke met natriumhydroxide opgelost, caustische soda... De doodsoorzaak is niet vast te stellen.'

'Dus ze kan nog in leven zijn geweest in die zak?'

'Ik weet het niet. Heb je de foto's van forensische geneeskunde gezien?'

Erixon geef hem een C5-envelop en kijkt de andere kant op als Joona hem opent en er twee kleurenfoto's uit haalt.

Op de eerste foto ligt de hele inhoud van de zak op een snijtafel met hoge randen. Margots opgeloste weefsel is slechts een slijmerige, geelgrijze, half doorzichtige massa, met hier en daar klontjes erin. Naast een vrijwel volledig blootgelegde ruggengraat is vaag een bloedrode voet zonder tenen te zien.

Op de tweede foto heeft de Naald chemicaliën en vocht weggespoeld en de niet opgeloste delen die van Margot zijn overgebleven naast elkaar op een stalen aanrecht gelegd.

Een schedel met een beetje haar en delen van halsspieren en strottenhoofd, kale botten, een dijbeen en een grijs, bloederig deel van het bekken en het achterste.

'En wat de stal betreft,' zegt Erixon en hij kucht even. 'Je had natuurlijk gelijk, het lab heeft in de vijf bloeddruppels deeltjes van een ontsteker gevonden. En nou komt het... behalve sporen van antimonium is er ook kalium, tin en kwik aangetroffen.'

'De patroon had een slaghoedje met knalkwik,' zegt Joona en hij stopt de foto's weer in de envelop.

'Ik heb het uitgezocht, maar die patronen worden nergens meer gemaakt, ze zijn maar een paar jaar gebruikt in het Oostblok, maar als je goed zoekt kun je ze waarschijnlijk in oude munitiedepots vinden.'

'Hebben jullie de kogel in de stoffelijke resten gevonden?' vraagt Joona en hij duwt met twee vingers tegen zijn linkerooglid als een steek van migraine zich kenbaar maakt.

'Ja, die heb ik in mijn mobiele laboratorium, ik dacht dat je hem wel zou willen zien.'

Ze lopen naar de bestelbus en horen de wind door de bladeren van de jonge vruchtbomen gaan.

'Het eigenaardige is dat de mantel van de kogel spierwit is, zo wit als sneeuw,' zegt Erixon en hij kijkt Joona aan.

'Wat is het voor metaal?'

'Het kan alleen maar witgekookt zilver zijn... al het zilver dat gebruikt wordt, bevat een beetje koper, ook sterlingzilver, maar ik denk dat de dader de zilveren mantel van de kogel heeft verwarmd totdat alle koper geoxideerd was... en daarna heeft hij het koperoxide door zuur laten wegvreten, zodat de mantel een laag van spierwit zilver heeft gekregen.'

Erixon opent de deuren van de bestelwagen en klimt er zuchtend in, knipt de lamp boven het bureautje aan en maakt de riemen rond de stoel los. Joona komt ineengedoken achter hem aan om zijn hoofd niet te stoten tegen het dak.

'Er zitten geen vingerafdrukken op,' zegt hij en hij trekt een lade open. 'Neem plaats en zeg het maar als je een fasecontrastmicroscoop nodig hebt.'

'Oké.'

Erixon pakt een pincet met porseleinen punten, haalt de kogel uit een klein doosje en legt hem op een objectglaasje.

Joona gaat achter het bureau zitten en verandert de stand van de lamp.

De kogel is zwaar vervormd, de witte mantel lijkt op een uitgebloeide tulp en de loden kern is zo plat als de knoop van een jas.

'Holle punt,' zegt Joona.

'De diameter van de kogel is 9,27... dat is een kwart millimeter meer dan de kogels die jij gebruikt,' vertelt Erixon.

'Dus het is een Makarov?'

'Ja,' knikt Erixon.

'Met een slaghoedje met knalkwik en een mantel van witgekookt zilver.'

'Het is heel merkwaardig,' zucht Erixon en hij kijkt Joona aan. 'Maar dat vind jij niet?'

'Jawel,' antwoordt Joona aarzelend.

'Wil je me vertellen waar dit over gaat?'

'Te zijner tijd,' antwoordt Joona.

Als Erixon weg is, zet Joona de schep en de kruiwagen in de gereedschapsschuur. De zon gaat onder achter de boomtoppen en het bos vult zich met duisternis.

Joona vraagt zich opnieuw af wat het macabere besluit om Margots lichaam op te lossen eigenlijk betekent.

De kwekerij is in een grijs schemerduister verzonken, de zakken turf liggen op een rij en het water in de regenton is een glanzende pupil.

Het verband met de ansichtkaart die Saga heeft gekregen is nu onweerlegbaar. Artur K. Jewel is een anagram van Jurek Walter. Het pistool waarnaar de afzender verwijst, is een Makarov en volgens de kaart moet het magazijn negen witte kogels bevatten.

Een van de kogels is voor mij bestemd, denkt Joona. En volgens de afzender is Saga de enige die me kan redden.

Wie kan die ansichtkaart hebben geschreven?

Van Jurek Walters familie is niemand meer over en zijn handlanger, de Bever, zit in Wit-Rusland in de gevangenis.

Er is geen sprake van een copycat – de modus operandi van deze moordenaar houdt geen verband met die van Jurek.

Jurek deed nooit aan spelletjes zoals anagrammen of raadsels, denkt Joona en hij loopt naar de rij glimmende broeikassen.

Om niet het risico te lopen tekeningen of geschreven materiaal achter te laten, had hij een ingewikkeld gedachtepaleis gemaakt.

Van mijn kant gezien leek het een raadsel, denkt Joona, maar voor Jurek was het gewoon een visueel systeem van coördinaten waarmee hij het overzicht hield over alle graven van zijn slachtoffers.

Hij had zijn gedachtepatroon niet afgemaakt. Op het laatste geografische punt bij Moraberg waren geen graven.

Maar het is duidelijk dat de persoon die de ansichtkaart heeft gestuurd iets met Jurek te maken heeft – en daarmee ook met Saga en mij, bedenkt hij.

Joona zou de gesprekken met Saga willen voortzetten. Hij moet het er met de plaatsvervangende chef van de NOA over hebben of ze geen tijdelijke aanstelling als civiel onderzoeker kan krijgen, in afwachting van het groene licht van de psycholoog.

Een bloedrode Makarov met negen witte kogels.

De 9 x 18 Makarovpatronen passen in het Makarovpistool dat meteen na de Tweede Wereldoorlog in de Sovjet-Unie werd geproduceerd en in gemoderniseerde vorm nog steeds in grote delen van de wereld wordt gebruikt.

De moordenaar heeft Margot beslopen in de stal, haar in de ruggengraat geschoten, naar buiten gesleept en in de auto getild. Op het cholerakerkhof van Kapellskär, honderdtwintig kilometer daarvandaan, heeft hij het lichaam laten oplossen.

Joona leegt de bladermand op de composthoop en kijkt de duisternis tussen de stammen in, over bosbessenstruiken en heide heen, tot waar het bos zich helemaal sluit.

Hoog tussen de takken van de dichtstbijzijnde den beweegt een onrustige vogel.

Er vallen twee dennenappels op de grond.

Joona wendt zich af, loopt terug naar de gereedschapsschuur en hoort het gras achter zijn rug omhoogkomen in zijn voetsporen. Hij hangt de mand naast de harken en rieken en kijkt op naar het huis. Er stroomt geel licht uit het keukenraam en Valeria's schaduw beweegt over het gordijn.

Hij rolt een slang op de haspel, ziet dat de deur van de verste kas op een kier staat en veegt zijn handen af aan zijn broekspijpen.

Het grindpad knerpt onder zijn grove laarzen.

Hij ziet zijn eigen silhouet weerspiegeld in de ruiten, omgeven door een wazig licht uit de keuken.

Even is het hakkende dreunen van een helikopter te horen en dan wordt het weer stil.

Hij loopt langs de rij kassen. Voor de laatste, die Valeria voor een deel als opslag gebruikt, blijft hij staan.

De deur is open.

Joona kijkt naar binnen en ziet een grijze kat langs een zak kippenmest glippen.

Hij houdt de deur open en loopt de kas in. Het middenpad is bestraat met betonnen tegels.

Er hangt een bittere geur van tomatenplanten, die aan weerszijden van hem de lucht in schieten en hun bladeren tegen het glas duwen. Ze vormen een gang die in duisternis eindigt.

De kat is niet te zien.

Er klikt een relais en dan is een zacht sissen van het irrigatiesysteem te horen.

Langzaam loopt hij langs de smalle oppottafel.

Achterin is vaag het overvolle opslagdeel te zien.

De avondhemel boven het glazen dak is donker.

Een plakkerig plastic zakje zit in een aarden pot geduwd.

Joona loopt door.

Hij hoort de kat blazen en buiten breekt een tak.

Tegen een houten bak staat een schop met een gebroken steel.

Joona blijft staan en kijkt naar Valeria's oude meubels.

De grote mahoniehouten ladekast staat scheef, doordat twee van de poten zijn ingezakt. Alles wat op het meubelstuk gestapeld was is op de grond gevallen. Valeria's Portugese scheepskist ligt op zijn kant met het deksel open. Er zijn een paar foto's uit gevallen en een blauw tegeltje met een kompasroos, dat is gebroken.

De deur kraakt en Joona draait zich snel om. Hij pakt de steel van de schop vast, maar laat die weer los als Valeria de lampen aandoet.

'Ben je hier?' zegt ze en ze komt naar hem toe. 'Wat is er gebeurd?'

'De poten hebben het begeven,' zegt hij en hij wijst.

'Daar kijk ik morgen wel naar... Het eten is klaar.'

Hij raapt de drie foto's van de vloer en geeft ze aan haar.

'Mijn vader werd veertig,' zegt Valeria en ze laat een atelierfoto van haar hele familie zien.

'Die zou je moeten inlijsten.'

'Of deze,' zegt ze en ze glimlacht.

Hij pakt een verbleekte kleurenfoto van haar aan. Valeria is een jaar of vijf, ze glimlacht met grote tanden en houdt een voetbal onder haar arm.

'Cool,' zegt hij en hij kijkt naar haar.

Met een frons op haar voorhoofd staat ze naar de laatste foto te kijken. Drie tienermeisjes zijn met hun haren los en in witte kleren het water in gewaad. Ze dragen een grote lichtblauwe sculptuur die een vrouw voorstelt met een sluierachtige jurk en een voile van kraaltjes.

'Ben jij dat in het midden?' vraagt hij.

'Nee, ik snap het niet... dit is een rite... Mãe d'Água, heel bekend, maar onze familie deed er nooit aan mee, mijn vader was soms nogal streng.'

'Zijn het vriendinnen van je?'

'Nee... ik heb dus geen idee, ik heb deze foto nooit eerder gezien,' zegt ze peinzend.

*

Brandon heeft de Millennium-kebabpizza met extra saus gegeten en is nu in café Blå Krogen bezig aan zijn vijfde biertje.

Hij zit met zijn telefoon in zijn hand te wisselen tussen verschillende datingdiensten en houdt de gesprekken op gang. Maar van de personen met wie hij communiceert heeft vanavond niemand zin in een afspraak.

Hij denkt vaak dat hij terug zou moeten verhuizen naar Uppsala, maar hij heeft geen energie om zijn leven op te pakken en zijn baan in Kristinagården is ondanks alles best prima.

Hij heeft besloten om nooit meer bij de kerk te komen, maar de gedachte aan het aangeharkte grind, de smalle paden en het bankje in het donker tussen de lantaarnpalen laat hem niet los.

Daar heeft hij Erik ontmoet.

Het is Brandons enige lange relatie. Die heeft zeven maanden standgehouden, tot de zomer toen Erik een Interrailtocht wilde maken en vrij wilde zijn.

Toen Brandon de hoop had opgegeven dat Erik terug zou komen keerde hij bijna dwangmatig terug naar het park bij de kerk.

Maar daar is niets wat hem verder helpt, zijn gevoel van eigenwaarde wordt er niet sterker door, hij vindt er geen troost en zelfs geen seksuele bevrediging.

In het beste geval is het intensief en zo uitputtend dat hij bij thuiskomst kan slapen.

Zijn oude vrienden hangen bij het voetbalveld rond of in het centrum van Hallstavik. Hij wil hen beslist niet tegenkomen, daarom zoekt hij zijn toevlucht in deze delen van de stad.

Hij drinkt zijn glas leeg, staat op en schuift de groene stoel onder de tafel, steunt met zijn hand tegen een van de vlekkerige pilaren, loopt over de krakende vloer, bedankt de barkeeper en zegt gedag.

De nazomerlucht brengt de geur van zomervakantieavonden mee, de hemel is zwart en een plastic GB-ijsmannetje botst bij elke windvlaag tegen het hekje om het terras.

Brandon wankelt, zo dronken is hij. Hij weet dat hij naar huis zou moeten gaan, maar de rusteloosheid drijft hem naar de landweg die langs de papierfabriek loopt. Het is een gigantisch complex van fabrieksgebouwen, raamloze bakstenen gevels, enorme bergen natte spaanders, stapels boomstammen en vrachtauto's.

Net een dystopische sciencefictionfilm, denkt hij.

Hij stapt van het trottoir af en loopt over het pasgemaaide gazon tussen de hangberken en linden door. De voorkant van de kerk is verlicht, maar het parkeerterrein is donker. Een tamelijk nieuwe Volvo staat tegen de muur.

Brandon blijft staan, hij voelt de duizeligheid door zijn hersenen trekken en ziet de bewegingen in het donker door de beslagen autoramen.

Hij loopt met onvaste passen heuvelop, naar de kronkelende weg en het lege bankje dat hij altijd opzoekt.

Het is zwart in het donker onder de es.

Hij kijkt om zich heen en gaat naast het bankje staan.

Beneden passeert een auto over de landweg en daarna is alleen de wind in de bomen te horen. Een zacht ruisen en smiespelen van de dunste takken, dat wordt gevolgd door een gesmoorde schreeuw.

Zo zacht dat die bijna niet te horen is – en dan is het weer stil.

Brandon kijkt langs de flauwe bocht van de weg over het kerkhof.

Een man van middelbare leeftijd in een bruin leren jack staat met een gestreste glimlach achter een struik.

Brandon voelt een natte spetter in zijn nek.

Een zware regendruppel, die brandt als kokend water. Hij veegt hem weg met zijn hand en krijgt opnieuw een druppel op zijn vingers.

'Au, verd...'

Hij stapt opzij, de smalle weg op en kijkt omhoog. Drie meter hoog in de boom hangt een pakket van plastic en stof, met tape en touw eromheen. De grote bundel begint te schudden en schommelt zachtjes heen en weer, zodat de stevige tak ervan kraakt.

8

Een grote stoet met het stoffelijk overschot van Margot Silverman in een witte kist rijdt op deze sombere dag in het midden van augustus Stockholm binnen.

De tocht gaat van het steenrode politiebureau in Haninge-Centrum, waar Margot haar loopbaan bij de politie begon, naar de Maria Magdalenakerk in Stockholm, waar de priester die haar en Johanna heeft getrouwd de begrafenisdienst zal leiden.

De zes voorste politiemotoren die de zwarte rouwauto escorteren, komen de Söderledstunnel uit en slaan links af.

De Hornsgatan is tussen Slussen en de Timmermansgatan afgesloten.

Vlak voor Mariatorget slaat Margots stoet links af, rijdt om de wijk heen en de begraafplaats op.

De grote klok luidt mistroostig als zes geüniformeerde collega's in een wit overhemd met zwarte stropdas en een rouwband om de linkerbovenarm de kist over het plaveisel dragen. Ze passeren de militaire vendelier en lopen het schemerdonker van de kerk in.

*

Door de streperige ramen die uitzicht geven op de files op de Norra länken en op de witte lucht valt een melancholiek licht het kantoor binnen.

Saga zit al vijf uur achter haar laptop en heeft al die tijd niets gegeten. Ze zit in haar hokje met oordopjes in dertien opgenomen gesprekken op dubbele snelheid uit te werken.

Haar vingers bewegen rap over de toetsen en haar hart bonst van de stress.

Ze heeft twee uur vrij gevraagd voor de begrafenis en daar heeft haar baas in toegestemd op voorwaarde dat de uitwerking voor die tijd klaar is.

'Ik kan na de plechtigheid terugkomen om het af te maken,' had ze gezegd.

'Als je weggaat voordat je klaar bent, hoef je helemaal niet meer terug te komen,' had hij geantwoord.

Saga verhoogt haar tempo nog verder en concentreert zich erop geen versprekingen of tussenwerpsels te missen.

Haar voorhoofd glimt van het zweet.

Na een nachtelijke opdracht is ze nog steeds gekleed in een rode leren broek en een T-shirt met de glinsterende schedel van Damian Hirst op de borst.

Saga wurmt haar voeten uit de pumps, terwijl ze het document afmaakt, de uitwerking opslaat, het versleutelde bestand aan haar baas mailt, uitlogt en de computer afsluit.

Ze loopt snel naar de gang en trekt haar motorschoenen en haar jack aan.

'Nu al klaar?' vraagt Henry door de deur van zijn kamer heen.

'Ik heb je het document gestuurd.'

'Maar ik wil een print op mijn bureau,' roept hij.

Saga trekt haar schoenen weer uit, start de computer op, logt in, opent het document, klikt op afdrukken en loopt naar de printer, niet de blaadjes aan elkaar en klopt op de deur van de kamer van haar baas.

Als hij niet reageert, loopt ze snel terug naar de computer, logt uit, doet het licht uit, ruimt snel haar bureau op, loopt dan nog eens naar de deur en klopt aan.

'Kom binnen,' zegt Henry traag.

Ze opent de deur en loopt naar binnen. Haar baas zit in zijn leunstoel het tijdschrift *Connoisseur* te lezen.

'Hier is de uitdraai die...'

'Dank je, leg maar op mijn bureau,' zegt hij zonder haar een blik waardig te keuren.

Ze doet wat hij zegt, keert vervolgens terug naar de hal, trekt haar schoenen weer aan, verlaat het kantoor en rent de trappen af, terwijl ze de knopen van haar jack dichtmaakt.

Op het trottoir haalt ze met trillende handen haar motorfiets van het slot, ze rijdt hem de straat op, stapt op en start.

Saga rijdt iets te snel en raakt bijna in een slip als ze afslaat naar de Klarastrandsleden. In de tunnel houdt ze een hoge snelheid aan, ondanks de smalle ruimte tussen de betonnen muur en de langzaam rijdende auto's.

Ze weet dat haar positie op het detectivebureau totaal onhoudbaar is, maar tegelijkertijd zal de politiepsycholoog haar geen groen licht geven als ze ontslagen wordt.

Midden op de Centralbrug komt een trein recht op haar af over het spoor naast de rechterbaan. De leidingen boven de locomotief knetteren elektrisch.

De motorfiets slingert door de luchtverplaatsing als ze elkaar passeren.

Saga rijdt naar huis.

Ze woont maar vijf minuten van de kerk en wil niet in een rode leren broek en in een T-shirt met een schedel erop naar de begrafenis gaan.

Het is na drieën en de plechtigheid is al begonnen als ze voor haar deur blijft staan. Ze zet haar motorfiets neer, neemt niet de moeite om de beveiligingscamera's te controleren zoals ze anders altijd doet voordat ze naar binnen gaat, rent de trappen op, stapt over de post in de gang heen en schopt haar schoenen uit.

Saga knoopt haar broek open terwijl ze de slaapkamer in rent, schuift hem naar beneden en trapt hem uit, gooit haar leren jack op het bed, trekt de zwarte jurk aan, maar ziet af van een panty. Terwijl ze terugloopt naar de gang, trekt ze een zwarte jas aan en kiest dan voor haar sportschoenen in plaats van de pumps die ze had klaargezet en verlaat haar appartement.

Ze sprint de heuvel van de Bellmansgatan af, vangt de zwarte stalen paal met haar linkerhand, zwaait eromheen en rent de stenen trap af, maar moet stoppen als er een lijnbus voorbijraast over de Hornsgatan.

Saga rent over de rijstroken en de trap op naar het kerkhof, ze loopt schuin tussen de graven door naar de kerkdeur. Ze legitimeert zich bij een van de geüniformeerde agenten, wordt afgevinkt op de lijst van genodigden en loopt het donkere kerkportaal in.

Na haar revalidatie op het eiland Idö had Saga om een persoonlijk gesprek gevraagd met Severin Balderson, de oude dominee van de Maria Magdalenakerk. Midden in dat gesprek had ze beseft dat ze weer bij de politie in dienst moest komen om zichzelf te kunnen vergeven en ze was opgestaan en weggelopen. Daar denkt ze nog vaak aan.

Toen ze zijn naam op de rouwkaart zag staan, had ze het plan opgevat om na de dienst naar hem toe te gaan en haar excuses aan te bieden omdat ze in een brief aan de aartsbisschop had geklaagd over zijn provocerende opmerkingen over een almachtige God die de kinderen beschermt.

Als Saga het schip van de kerk in komt, zet het politiekoor net het lied 'Härlig är jorden' in. Ze gaat op de achterste bank onder de orgelgalerij zitten en trekt haar jas uit.

Vooraan in het koor staat een witte kist overladen met rode rozen. Het licht van stevige kaarsen beweegt omhoog langs de witgekalkte luchtbogen en gewelven.

Margots naaste familie heeft tijdens een kleinere ceremonie voorafgaand aan deze afscheid genomen, maar Johanna is gebleven en zit met rechte rug vooraan naast Joona.

De kerk is vol met geüniformeerde politiemensen met een rouwband.

Het koor zwijgt en de dasspelden van de mannen glinsteren in het licht van de kaarsvlammen als ze opzij stappen.

Een jonge dominee loopt over de rode loper, de treden naar het schip af, en blijft dan staan. Hij kijkt uit over de gemeente en begint te praten over een leven dat te vroeg eindigt, over een dood die niet te begrijpen is.

Johanna's schouders schokken van het huilen en Joona geeft haar een zakdoek.

Saga slaat het blaadje met de liturgie open en ziet dat dominee Severin Balderson zal voorgaan in de dienst, net zoals ze had gedacht.

Maar dit is hem niet.

Waarom is er een andere dominee?

Het zweet stroomt over haar rug en ze kan zich totaal niet concentreren op het gezamenlijke gebed.

Saga weet dat ze een manische kant heeft die soms bezit neemt van haar gedachten, maar toch kan ze het niet laten om stiekem haar telefoon te pakken.

De vrouw naast haar in de bank reageert op het bleke schijnsel en werpt haar een teleurgestelde blik toe.

Saga probeert de telefoon onder haar jas te verbergen, ze buigt zich naar voren, googelt Severin Balderson, vindt zijn Facebookpagina en staart naar zijn baardige gezicht met borstelige wenkbrauwen.

Het tinnen poppetje dat met de post naar het detectivebureau is gekomen lijkt op hem. Ze moet het door een vergrootglas bekijken en ze moet met Joona praten.

*

De droeve klanken van de slotpsalm galmen door het schip van de kerk. Joona leidt Johanna over het middenpad. Hij heeft een arm om haar middel geslagen en voelt haar krachteloosheid, haar knieën knikken de hele tijd.

De banken zitten vol met in het zwart geklede mensen die hun hoofd gebogen houden.

Ze lopen door het donkere kerkportaal en komen in het volle zomerlicht. Mussen kwetteren in de struiken en merels zingen.

Voor de kerk staat al een glimmende zwarte taxi op haar te wachten.

'Ik kan het niet bevatten,' zegt ze en ze blijft staan.

'Dat zal tijd kosten,' antwoordt Joona gedempt.

De mensen die de kerk uit komen, stromen aan twee kanten langs hen heen.

'Ik denk dat ik haar misschien toch moet zien,' zegt ze. 'Alleen om echt te begrijpen dat ze er niet meer is. Ik weet dat jij dat geen goed idee vindt, maar ik ben bang dat ik er spijt van krijg als ik haar niet nog een laatste keer zie. Stel je voor dat ik nooit zal begrijpen dat ze er niet meer is, dat ik blijf geloven dat ze thuis zal komen en 's nachts bij me in bed zal kruipen.'

'We kunnen weer naar binnen gaan, straks is iedereen weg, je kunt daar zo lang zitten als je wilt, maar ik vind niet dat je de kist moet openmaken.'

'Oké,' fluistert ze en ze slikt hoorbaar.

'Zal ik vragen of de taxi kan wachten?'

'Ik weet het niet, ik moet eigenlijk naar huis, naar de meisjes... Ik vind het zo erg om Margot alleen te laten en...'

Johanna barst weer in huilen uit. Joona houdt haar vast totdat ze kalmeert. Hij loopt met haar mee naar de taxi, ondersteunt haar bij het instappen, sluit het portier en ziet de auto wegrijden.

Joona draait zich weer om naar de kerk. De mensen slenteren weg of staan in groepjes bij elkaar. Saga staat voor de kerkdeur met de dominee te praten. Telkens als een van de andere begrafenisgangers blijft staan om voor de dienst te bedanken, krijgt ze een gestreste trek op haar gezicht.

Joona pakt zijn telefoon en zet hem weer aan. Inspecteur Manvir Rai, die het vooronderzoek naar de moord op Margot leidt, heeft een bericht ingesproken.

Joona loopt naar het kerkhof, gaat onder een enorme es staan en luistert.

'Met mij, Manvir, ik weet dat je op de begrafenis bent, maar we hebben weer een lijk gevonden, dezelfde methode, dezelfde moordenaar...'

Joona luistert het hele bericht af, stopt de telefoon in zijn binnenzak en ziet dat Saga hem in het oog heeft gekregen. Ze loopt snel over het stenen pad en hij loopt haar tussen de grafstenen door tegemoet.

'Ik moet met je praten,' zegt Saga grimmig.

'Kom maar mee, ik heb een beetje haast,' antwoordt Joona en hij loopt in de richting van de Bellmansgatan.

'Wat is er aan de hand?'

'Er is weer een opgelost lichaam gevonden, bij de kerk van Hallstavik.'

'Nu net?'

Ze steken het grind schuin over en lopen de laan in.

'De politie heeft er gisteravond al een telefoontje over gekregen, maar dat namen ze eerst niet serieus...'

'O nee,' kreunt Saga.

'De man die belde was kennelijk nogal dronken en hij had het over een cocon uit de ruimte.'

'Oké,' zucht ze.

Ze komen op de Bellmansgatan en lopen over het trottoir aan de linkerkant.

‘De Naald is daar nu.’

‘Is het slachtoffer geïdentificeerd?’

‘Nee, het lichaam is volledig opgelost, het hing er al wat langer,’ vertelt Joona en hij klikt zijn auto open. ‘Maar de Naald heeft een examenring gevonden van de theologische faculteit in Uppsala, wat betekent dat de dode waarschijnlijk een geestelijke is.’

‘Hij heet Severin Balderson,’ zegt Saga en ze kijkt hem aan.

9

Joona is met Saga meegegaan naar het detectivebureau en gaat nu aan de grote tafel in de vergaderkamer zitten, achter een microscoop met een digitale display. Een zilvergrijze reflectie van zijn horloge trilt op de wand naast hem.

Saga heeft latex handschoenen aan als ze met een doos terugkomt van haar werkplek.

'Dit zat donderdag bij de post.'

Voorzichtig slaat ze het papier en de dunne witte lap opzij, pakt een tinnen figuurtje op – zo klein als een pistoolpatroon – en zet het op het objectglaasje.

'Het moet hem zijn,' zegt ze na een korte blik op de display.

Joona kijkt naar het grof gebeeldhouwde gezicht van het tinnen poppetje: een man met een baard, forse wenkbrauwen, diepliggende ogen en een smalle neus.

Zo grijs als een lijk in een mortuarium.

Saga laat een foto van Severin Balderson zien op haar telefoon – het tinnen poppetje lijkt zonder twijfel op hem.

'Ik heb met de andere dominee gesproken,' zegt Saga. 'Severin is al een paar dagen weg, maar kennelijk is hij een periodieke drinker en wilden ze hem wat tijd geven.'

'Oké, ik bel de Naald en vraag hem een DNA-vergelijking uit te voeren.'

De deur van de vergaderkamer gaat open en Saga's baas Henry Kent komt met een teleurgestelde trek om zijn mond binnen.

'Wat is hier gaande, Saga?' vraagt hij.

'Ik help de politie met een...'

'Dat is geweldig,' valt hij haar in de rede. 'Maar misschien snap je dat je dat niet onder werktijd kunt doen.'

‘Ik heb nog een uur vrij.’

‘Oké, maar nu heb ik iemand nodig die een paar overhemden van de stomerij haalt.’

‘Moet ik met hem praten?’ vraagt Joona met gedempte stem.

‘Nee, laat maar,’ antwoordt ze en ze richt zich weer tot haar baas. ‘Henry, ik heb even wat tijd nodig met Joona, maar zodra ik klaar ben, ga ik de overhemden halen. Dan haal ik ze uit het plastic en hang ze aan de cederhouten hangertjes in je kast.’

‘Heb je in mijn laatjes gerommeld?’ vraagt hij als hij het tinnen figuurtje ziet.

‘Hoezo zou ik daarin hebben zitten...’

Saga onderbreekt zichzelf, loopt naar haar baas toe en duwt hem met één hand tegen de muur.

‘Wat doe je?’

‘Je doelde op het tinnen figuurtje, toch, toen je vroeg of ik in je klotelaatjes had gezeten?’ vraagt ze op scherpe toon.

‘Rustig,’ zegt Joona.

‘Ik heb dit tinnen figuurtje donderdag met de post gekregen,’ gaat ze verder.

‘Oké, maar...’

‘Jij was hier donderdag niet,’ kapt ze hem met luide stem af.

‘Dat kan kloppen,’ zegt hij.

‘Waarom vraag je dan of ik in je laatjes heb gerommeld?’

‘Ik dacht...’

‘Omdat er meer figuurtjes voor mij zijn gekomen. Of niet?’

‘Ik heb er eentje opgeborgen,’ antwoordt Henry. ‘Dat zit in het onderste laatje van...’

‘Was dat pakketje ook aan mij geadresseerd? Nou? Heb je mijn persoonlijke post opengemaakt? Dat is verdomme illegaal,’ gilt ze.

‘Dit is mijn bureau en mijn...’

Hij stapt met een bange blik opzij en loopt vervolgens achter haar aan als ze zijn kamer binnengaat. Saga trekt de laden van zijn bureau open, gooit blaadjes, mapjes en schoenspanners op de grond, ziet een doosje dat lijkt op het vorige en haalt het eruit.

‘Je wordt ontslagen, keihard ontslagen...’

‘Hou je kop, Henry,’ valt ze hem in de rede. ‘Ik stop en je geeft me de referenties die ik feitelijk verdien, anders kom ik terug.'

Ze veegt zijn laptop op de grond om ruimte te maken, maait pennen en ordners weg met haar hand en zet het doosje op het bureau.

'Joona,' roept ze.

Haar baas rilt en gaat voor Joona aan de kant. Saga pakt een pen en duwt de flappen van de doos voorzichtig omhoog.

Joona komt dichterbij en blijft naast haar staan.

Behoedzaam haalt ze het bubbeltjesplastic weg en daarna een verfrommeld blad dat uit een boek is gescheurd. Een tinnen figuurtje wordt zichtbaar.

'Margot,' zegt Joona met gedempte stem.

10

De plaatsvervangende chef van de NOA, Morgan Malmström, besloot na het gesprek met Joona meteen dat het onderzoek naar de beide moorden moet worden beschouwd als een zogenaamde 'uitzonderlijke gebeurtenis'.

Een dergelijk besluit is in de eerste plaats bedoeld om het reguliere politiewerk niet te laten lijden onder de buitengewone situatie die is ontstaan en die veel middelen vergt. Voor dat onderdeel wordt tijdelijk een eigen organisatie opgezet met een eigen staf, eigen financiën, eigen experts, juridisch medewerkers en operationele middelen.

Morgan Malmström heeft Manvir Rai tot commandant benoemd en Manvir heeft op zijn beurt Saga Bauer een proefaanstelling gegeven als civiel onderzoeker.

Het is maandagochtend kwart over zes als Saga samen met Joona de glazen hal van het hoofdbureau van politie binnenloopt, haar tijdelijke pasje door de scanner haalt en door de draaideur loopt.

'Welkom bij de NOA,' zegt Joona, als ze op de achtste verdieping uit de lift stappen en door de gang lopen.

Ze komen langs de lege, opgeruimde keuken en langs een rij gesloten deuren. De kunststof vloer glimt in het licht van de tl-buizen en een poster met informatie over het pas ingerichte Explosieven Informatie Centrum wappert in de tocht die ze veroorzaken.

Het drukke gesprek tussen Manvir, Greta en Petter verstomt abrupt als Joona de deur opent en Saga de grote vergaderkamer binnen laat gaan.

Aan de lange wand hangen dronefoto's van de twee vindplaatsen en van de stal waar Margot Silverman in de rug is geschoten.

Op de grote vergadertafel liggen tussen de koffiekopjes en de laptops pas uitgeprinte detailfoto's van de beide tinnen figuurtjes, samen met de voorlopige analyses van het laboratorium.

‘Bedankt dat jullie me mee laten doen,’ zegt Saga en ze geeft de drie inspecteurs een hand. ‘Ik weet dat ik veel van jullie zal leren en ik hoop tegelijkertijd een bijdrage te kunnen leveren aan het leggen van deze puzzel.’

Manvir verzoekt haar plaats te nemen op een stoel achter een nieuwe laptop, hij schraapt zijn keel en legt uit hoe er moet worden ingelogd. Petter krijgt een eigenaardig gesmoorde stem als hij haar zijn hulp aanbiedt.

‘Het zijn mijn zaken niet,’ begint Greta. ‘Maar ik weet zeker dat ze er genoeg van heeft om op haar uiterlijk beoordeeld te worden, ze wil gerespecteerd worden vanwege haar ervaring en omdat ze goed is in haar werk.’

‘Dat zeiden ze ook over mij toen ik begon,’ grapt Joona.

‘Uiteraard,’ zegt Greta glimlachend en ze zet haar leesbril op.

Er wordt aangeklopt. Voordat iemand kan reageren, gaat de deur open en Verner Zandén, het hoofd van de Säpo, komt binnen. Hij is twee meter lang en gaat gekleed in een gekreukte broek en een bruin jasje.

‘Saga, ik hoopte al dat je weer bij ons zou komen,’ zegt hij met zijn diepe basstem.

‘Dat had je best eens mogen zeggen,’ merkt ze op.

‘Ik dacht alleen dat je...’

‘Ook al zou ik nee hebben gezegd,’ besluit ze.

‘Sorry dat ik stoor, maar ik moet even weten of iemand hier goed is in goochelarij... Ik heb mijn kleinkinderen beloofd dat ik hun oma zou laten zweven.’

‘Moet Maja zweven?’ vraagt Greta met een schuine glimlach.

‘Verner, we proberen te werken,’ zegt Saga.

‘Ja, sorry,’ zegt hij. Hij glimlacht en beent het vertrek weer uit.

Beneden op de Polhemsgatan klinkt een autoalarm, iemand trekt een piepende kar door de gang en de ventilatie ruist monotoon.

‘Zullen we beginnen?’ vraagt Manvir en hij kucht even. ‘Joona heeft verteld over de ansichtkaart en de negen witte kogels, de Makarov en de dreiging jegens, jegens...’

‘Hem,’ vult Saga aan.

‘Het is idioot,’ zegt Petter.

‘Ik weet het, we hebben een patroon,’ antwoordt ze. ‘De jacht is begonnen, maar tot nu toe op de voorwaarden van de moordenaar.’

‘En daar raken we erg gestrest van,’ zegt Manvir met een knikje.

‘Wat zegt Joona?’ vraagt Petter.

‘Wat ik altijd...’

‘Heb je de zaak al opgelost?’ onderbreekt hij hem.

‘Nee, maar dat komt binnenkort.’

‘Nou, geweldig.’

‘Rustig, Petter,’ zegt Greta.

‘Voor mij is dit persoonlijk, ik hield van Margot,’ zegt Petter met trillende kin.

‘Het is voor iedereen hier persoonlijk,’ zegt ze.

‘Oké,’ zucht Petter.

Hij staat op en gaat voor het raam staan, haalt een blikje snus tevoorschijn en stopt een portie onder zijn lip.

‘Ik heb een paar vragen voor je, Saga, voordat we gestructureerd aan het werk gaan. Is dat goed?’ vraagt Greta.

‘Jazeker.’

‘Wil je eerst een kop koffie of zo?’

‘Nee, dank je,’ zegt Saga en ze buigt zich naar voren.

‘Het eerste wat ik wil weten,’ zegt Greta en ze neemt een leeg blaadje van het schrijfblok voor zich, ‘heb je enig idee waarom de moordenaar zich uitgerekend tot jou richt?’

‘Nee, maar daar ga ik achter komen,’ antwoordt Saga.

‘Oké, ik begin opnieuw... Waarom denk je dat hij die ansichtkaart aan jou heeft gestuurd?’

‘Omdat ik de enige ben die Joona kan redden. Dat is de reden die hij zelf aangeeft,’ antwoordt ze.

‘Wil hij dat Joona gered wordt?’ vraagt Greta.

‘Ik denk dat hij wil dat de verantwoordelijkheid bij mij komt te liggen.’

Petter keert terug naar zijn plaats en gaat met een plof zitten.

‘Maar waarom juist bij jou?’ gaat Greta verder, zonder haar ogen een moment van Saga af te wenden.

‘Dat weet ik niet, maar er is een verband met Jurek Walter.’

‘Het anagram op de ansichtkaart,’ zegt Manvir.

‘En wat is het verband, denk je?’ vraagt Greta.

‘Waarschijnlijk gaat het om iemand die zich met Jurek identificeert, iemand die hem misschien bewondert omdat hij zo lang actief heeft kunnen zijn zonder te worden tegengehouden.’

‘Maar waarom zou hij Joona willen doden?’ vraagt ze.

‘Joona heeft Jurek gedood.’

‘En waarom wil hij dat jij hem tegenhoudt?’ vraagt Greta en ze buigt zich naar voren.

‘Misschien omdat het mij niet is gelukt om Jurek tegen te houden,’ antwoordt Saga.

‘Je bedoelt dat hij de verantwoordelijkheid voor het stoppen van het doden bij jou neerlegt – om je vervolgens te zien mislukken.’

‘Ja.’

‘Interessant,’ knikt Manvir.

Joona moet zijn best doen om een trotse glimlach te bedwingen, omdat Saga zo concreet heeft geantwoord zonder de geringste poging om haar eigen falen te verdoezelen of goed te praten.

‘Ik heb deelgenomen aan een symposium over seriemoordenaars dat de FBI in San Antonio, Texas, had georganiseerd,’ vertelt Greta. ‘De meeste deelnemers stelden al vroeg vast dat het een mythe is dat seriemoordenaars gepakt en tegengehouden willen worden.’

‘Misschien is dat niet de primaire drijfveer,’ zegt Joona.

‘Dat weet ik, ik zeg alleen dat zij van mening zijn dat het een misverstand is dat voortkomt uit het gegeven dat seriemoordenaars na verloop van tijd vaak overmoedig worden. Het is niet waar dat ze gepakt wíllen worden, ze hebben alleen het gevoel dat ze niet gepakt kúnnen worden.’

‘Maar veel seriemoordenaars communiceren... met de politie of de media, zonder dat daar praktische redenen voor zijn,’ merkt Joona op. ‘En dat kun je niet alleen verklaren met de stelling dat ze overmoedig zijn geworden.’

‘Nee, dat klopt, dat ben ik met je eens, dat heb ik ook gezegd op het symposium,’ zegt Greta en ze knikt.

‘Ik heb niet de ervaring die jullie hebben,’ zegt Saga. ‘Maar dit hangt toch samen met het klassieke idee dat veel seriemoordenaars als kind pyromaan waren. Iets wat terugkomt als ze volwassen zijn, maar dan...

in de vorm van een spel, of hoe moet je het noemen, waarin ze de controle verliezen en daarmee de verantwoordelijkheid afschuiven op iemand anders. Alsof ze willen zeggen: "Ik sticht een brand die verderf zal zaaien als niemand hem blust."'

'Heel goed,' zegt Greta en ze kijkt haar met haar ernstige ogen aan. 'Naar mijn idee zegt onze moordenaar dat inderdaad precies. "Saga, ik heb je gewaarschuwd, je weet wat er gebeurt als je de brand niet blust, ik heb negen witte kogels, vanaf nu heb jij de volledige verantwoordelijkheid voor de mensen die doodgaan."'

'En dat kan hij beweren omdat ik beide slachtoffers had kunnen redden als ik de tekenen goed had geïnterpreteerd...'

'De tinnen figuurtjes kwamen bij Saga voordat de moorden hadden plaatsgevonden, ze geven aan wie het slachtoffer gaat worden, op een moment dat er nog tijd is om hen te redden,' zegt Joona.

'We hebben twee mannen van het observatieteam voor het detectivebureau neergezet om niet meer pakketjes mis te lopen,' vertelt Petter.

'Mooi zo,' zegt Joona.

Manvir staat op en pakt een detailfoto van het tinnen figuurtje dat Margot voorstelt. Terwijl hij ernaar kijkt, worden de rimpels in zijn vlezige voorhoofd dieper.

'Wat weten we van de dader?' vraagt hij en hij gooit de foto weer op de tafel.

'Alleen dat hij wil dat we het weten,' antwoordt Joona.

'Zijn we daar zeker van?' vraagt Greta.

Manvir maakt de knopen van zijn jasje los, loopt naar het whiteboard, pakt een zwarte marker van het plankje en begint met een piepend geluid te schrijven.

Dader communicatief, misschien om verantwoordelijkheid af te schuiven.
Verwijzingen: Jurek Walter, Saga en Joona.
Tinnen figuurtjes: gestuurd aan Saga, geven aan wie het volgende slachtoffer is.
Munitie: Makarov 9 x 18 mm parabellum, mantel van witgekookt zilver, Russisch slaghoedje met knalkwik.
Moordplaats ≠ vindplaats.

De lichamen zijn in rubberen lijkzakken opgelost met natriumhydroxide.
Slachtoffers: een vrouw van middelbare leeftijd, hoofd van de NOA, en een oudere man, dominee van de Maria Magdalenakerk.

Manvir draait zich om naar de anderen, wil iets zeggen maar zwijgt en laat zijn gesticulerende hand weer omlaaggaan.

'Dit is een seriemoordenaar,' zegt Joona. 'Hij heeft negen kogels in het magazijn... Misschien heeft hij eerder gemoord, dat weten we niet, maar ik weet zeker dat hij weer gaat moorden als we hem niet snel vinden.'

'Negen slachtoffers,' zegt Saga zacht.

'Waarom negen?' vraagt Petter.

'Dat kan een belangrijke vraag blijken te zijn,' zegt Joona.

'Zal ik dat van die slachtoffers op het bord schrijven?' vraagt Manvir.

'Ja.'

Seriemoordenaar met negen beoogde slachtoffers.

Manvir draait zich om, duwt de dop op de marker en steekt hem dan omhoog alsof hij het woord wil vragen.

'We hebben geen vingerafdrukken, geen biologisch materiaal, geen vezels die niet bij de verpakkingen horen... maar de deeltjes van een ontsteker in Margots bloed kunnen niet de bedoeling geweest zijn,' zegt hij.

'Misschien niet,' antwoordt Joona. 'Maar het bevestigt alleen wat hij ons al heeft getoond.'

'Ik vind toch dat we verder moeten gaan met dat kwik,' zegt Greta.

'Goed idee,' zegt Joona.

'Volgens de laboratoriumuitslagen bestaan de figuurtjes, zoals we al dachten, uit gewoon tin, dat natuurlijk onmogelijk te traceren is,' zegt Manvir en hij draait zich weer om naar het bord.

'En voor het gieten van tin heb je geen speciale ruimte of uitrusting nodig. Omdat het smeltpunt zo laag is, kan het in een gewone keuken,' zegt Saga, terwijl Manvir schrijft.

Gebrek aan sporen: dader is voorzichtig en heeft kennis van forensische techniek.
Materiaalkennis: tin gieten, witgekookt zilver, natriumhydroxide.

Ze laten de uitvergrotingen van de tinnen figuurtjes rondgaan. Severins grove gezicht, zijn baard en zijn wenkbrauwen en Margots markante neus, de frons op haar voorhoofd en de vlecht over haar schouder.

'Toen ik klein was, maakte ik animaties met kleipoppetjes,' vertelt Petter. 'En ik kan zeggen dat ik veel preciezer was... Ik bedoel, onze moordenaar heeft niets aan de afwerking gedaan, niet gevijld, geen naden weggewerkt of overtollig materiaal weggeslepen.'

'Ik weet het, ik heb tinnen soldaatjes gegoten,' knikt Manvir en hij noteert nog een punt.

Geen pietje-precies.

Greta staat op, hangt de uitvergrotingen van de twee tinnen figuurtjes aan de lange wand, keert terug naar de tafel, gaat zitten, schenkt water in haar glas, drinkt en veegt haar mond af met een servet.

'De pakketjes zijn vanaf twee verschillende plaatsen in Stockholm verstuurd,' zegt Manvir. 'Het ene is afgegeven bij de Tijdschriftenspecialist in de Odengatan en de tweede komt van het postagentschap bij de Coop in Midsommarkransen. We hebben twee teams die nu alle beveiligingscamera's in de buurt controleren, maar we observeren die plekken niet, omdat hij daar waarschijnlijk niet terug zal komen. Er zijn duizenden plaatsen waar hij uit kan kiezen...'

'Er zitten geen vingerafdrukken op de dozen, op de tape of op de rest van de verpakking,' vertelt Petter. 'We analyseren de uitgescheurde boekpagina, het bubbeltjesplastic, de kindertekening en de oude lap die...'

Hij onderbreekt zichzelf als iedereen in het vertrek hetzelfde bericht krijgt via Rakel: er is een nieuw pakketje gekomen voor Saga Bauer.

11

Er rijdt een politiewagen met zwaailicht en loeiende sirene van Detectivebureau Kent in de Norra Stationsgatan naar het politiebureau in Kungsholmen. Er staan al twee technici voor de glazen deur als hij stopt. Ze nemen het pakketje in ontvangst en leggen het in een grotere doos, die ze aan een klein explosieventeam overdragen.

Het team laat een hond los, die driftig aan de doos snuffelt, waarna ze een snelle ETD-scan uitvoeren naar explosieve stoffen en met behulp van röntgen de inhoud bekijken.

Er is alleen een ruw stukje metaal zichtbaar.

De technici krijgen de doos terug van het explosieventeam, ze lopen snel de hal in, door de veiligheidscontrole, en nemen de lift omlaag naar het laboratorium, waar de kerngroep in beschermende kleding staat te wachten.

De inspecteurs staan er zwijgend en ongeduldig bij terwijl de ene technicus het pakketje, geadresseerd aan Saga Bauer p/a Detectivebureau Kent, op de lichtbak legt en begint te fotograferen.

De enige zichtbare afdrukken zijn een set handschoenafdrukken, waarschijnlijk van de postsorteerders.

Een vrouwelijke technicus met groene ogen snijdt de onderkant van de doos met een scalpel voorzichtig los, haalt een prop papier tevoorschijn, vouwt die open en separeert een bundeltje witte katoen.

‘Schiet op, schiet op,’ zegt Greta met gespannen stem.

Terwijl ze allemaal naar de vrouw staren die het bundeltje openmaakt, onderzoeken twee andere technici de binnenkant van de lege doos en de verpakking op sporen en afdrukken.

‘Nu komt het erop aan,’ zegt Petter gespannen. ‘We weten niet hoeveel uur we hebben voor het identificeren van het volgende slachtoffer, maar er is verdraaid veel haast bij.’

‘Zoek naar afdrukken, er moet iets zijn,’ zegt Manvir met gestreste stem.

‘De microscoop, kom op, kom op.’

‘Voorzichtig aan,’ waarschuwt Petter.

Met zachte behoedzaamheid verwijdert de technicus het stoffen servet van een twee centimeter hoog tinnen figuurtje. Vervolgens pakt ze met een pincet het figuurtje op en legt het op het objectglaasje van de microscoop.

De vijf inspecteurs gaan om de microscoop heen staan, terwijl zij de vergrotingsfactor en de scherpte instelt. De display verspreidt een mat, grijs schijnsel. Het hoofd van het tinnen poppetje is buiten beeld, maar de gladde gestalte draagt een overhemd met korte mouwen met epauletten en een embleem op de rechterarm.

‘Een politieagent,’ constateert Joona.

Het poppetje draagt een riem met een pistool en een wapenstok eraan en houdt zijn pet in zijn hand.

De vrouw met de groene ogen stelt de microscoop zo in dat het hoofdje zichtbaar wordt en doet een stap opzij.

Iedereen staart naar het grove gezicht met een snor, diepe rimpels vanaf de neushoeken en wallen onder de ogen. De nek is krachtig, de oren zijn klein en er zitten een paar rare bulten op het kale hoofd, het lijkt wel de basis van een gewei, het lijken wel rozenstokken.

‘We hebben vijfendertigduizend agenten om uit te kiezen,’ mompelt Manvir en hij buigt zich naar voren.

‘Wat moeten we in vredesnaam doen?’ vraagt Petter gestrest.

Saga trekt wit weg en doet een stap naar achteren. Joona wendt zijn blik af van de microscoop en kijkt naar haar.

‘Oké, luister,’ zegt Manvir. ‘We versturen foto’s van het gezicht via onze communicatiegroep op Rakel.’

‘Saga, jij herkent hem, of niet?’ vraagt Joona.

‘Ik denk dat het een collega van City Norrmalm is. Simon Bjerke,’ antwoordt Saga.

‘Simon Bjerke? Wie is dat?’ vraagt Manvir en hij zet zijn mondkapje af.

‘Ik weet alleen dat hij een tijdje terug het detectivebureau heeft ingeschakeld,’ antwoordt ze.

'Je klinkt zeker van je zaak,' zegt Greta op doordringende toon.

'Ja,' knikt Saga.

'Ben je dat? Zeker van je zaak?'

'Hij heeft bij me in de klas gezeten op de politieacademie.'

'Dat geeft ons misschien de voorsprong die we nodig hebben om hem te vinden voordat het te laat is,' zegt Joona.

'Oké, snel dan,' zegt Manvir.

De vijf verlaten snel het laboratorium en trekken de beschermende kleding uit. Petters overall is vast blijven zitten in zijn schoen en sleept achter hem aan totdat hij erin slaagt hem weg te trappen. Op weg naar de deur trekt Manvir zijn handschoenen uit en stopt ze in zijn zak.

Terwijl ze snel door de gang lopen, zoekt Petter het adres van Simon Bjerke op, zijn mobiele nummer en zijn functienummer op Rakel. Terwijl hij Simons mobiele nummer belt, probeert Manvir contact met hem op te nemen via Rakel.

'Ik bel de regionale meldkamer,' zegt Greta, terwijl ze doorloopt.

Ze krijgt de wachtcommandant van de regionale meldkamer aan de lijn, die vertelt dat Simon Bjerke dienst heeft.

'Sst!' zegt ze en ze schakelt de speaker in. 'Waar is hij?'

'Ik zie dat Simon en zijn collega Haron Shakor zojuist naar Årsta zijn gegaan na een melding en...'

'Waar ging dat over?' vraagt Greta en ze blijft staan in de gang.

'Er is gebeld over een groep mannen die aan het treiteren zijn in een halalwinkel...'

'Dus daar zijn ze nu? Kun je ons met hen doorverbinden?' vraagt Greta.

'Dat gaat niet, kennelijk staan hun portofoons in *direct mode*,' antwoordt de commandant van de meldkamer.

'Stuur wagens,' zegt Joona.

'Zijn er wagens in de buurt?' vraagt Greta en ze haast zich verder door de gang.

'Even kijken... Ja, we hebben er een bij de Globe en een in de Östbergavägen bij het Årstafält.'

'Stuur die erop af,' zegt ze.

De vijf inspecteurs rennen het laatste stukje naar de liften.

'Ik rij ernaartoe,' zegt Joona en hij drukt op het liftknopje.

'Wat is het plan?' vraagt Petter.

'Om dit keer op tijd te zijn,' zegt Saga.

'Simon is waarschijnlijk veilig zolang hij bij zijn collega is,' zegt Manvir.

'Ik neem hem mee hiernaartoe,' zegt Joona en hij opent de deur van het trappenhuis.

'Zal ik meegaan?' vraagt Saga snel.

'Alleen Joona mag operationeel werken,' zegt Manvir snel.

'Waar slaat dat op,' roept Saga.

Het geluid van Joona's snelle voetstappen op de trap naar beneden verdwijnt abrupt als de stalen deur met een doffe bons dichtvalt.

'We gaan naar onze afdeling en zoeken alles op wat we over Simon hebben, we moeten een compleet profiel maken,' zegt Manvir en hij drukt nog eens gefrustreerd op het liftknopje.

'Wat is er met Simon Bjerke? Waarom zou iemand hem willen vermoorden?' vraagt Greta. 'Snap jij dat, Saga?'

*

Joona haalt een tankwagen in, passeert Liljeholmen op de E20 en gaat op de linkerbaan rijden. Op het viaduct over de Södertäljeleden slaat hij af naar weg 75.

Hij heeft zojuist het bericht gekregen dat de beide politiewagens ter plaatse zijn en bezig zijn de boel af te zetten.

Joona rijdt het industriegebied binnen dat is ontstaan rond de Årstacombiterminal, passeert een verlopen Best Western-hotel, een Burger King en een groot tankstation met een autowasstraat en ziet driehonderd meter verderop het zwaailicht van een politieauto over het asfalt en langs gebouwen gaan.

Groothandels, afvalcontainers en laadperrons flitsen voorbij.

Joona stopt voor een politiewagen die de weg blokkeert.

Er is een groot gebied met linten afgezet.

Hij stapt uit de auto, loopt haastig naar een geüniformeerde collega toe en legitimeert zich.

'We hoorden zojuist dat je zou komen,' zegt de man.

'Wat is er aan de hand?' vraagt Joona.

'Dat weten we niet precies, maar de collega's reageerden op een 35 over een ruzie of een overval en zijn kennelijk naar binnen gegaan... Het laatste wat de meldkamer heeft gehoord is dat het een gijzelingssituatie was geworden, dat we moeten afwachten... sindsdien is het stil.'

Onder de dakoversteek is een lichtgroen-met-wit bord vastgeschroefd met daarop de tekst HALAL GROOTHANDEL naast een rond embleem in groen en zwart.

De gevel is uit gele baksteen opgetrokken, de stalen deur zit dicht en voor de drie kleine ramen is de luxaflex neergelaten.

Op het platte dak staat een groot ventilatieaggregaat voor de koelruimte. Een strookje tape fladdert horizontaal in de lucht.

Tussen het parkeerterrein en het gebouw liggen oude koelvitrines en kasten op de grond.

'Hebben jullie binnen gekeken?' vraagt Joona.

'We hebben de opdracht gekregen om op het arrestatieteam te wachten.'

De politieauto van Simon en Haron staat op het parkeerterrein, tussen een zilverkleurige Hyundai met het embleem van de vleesgrossier op het portier en een roestig bestelwagentje.

'Wanneer zijn ze hier?'

'Over vijfentwintig minuten, is me verteld.'

'Ik heb een van jullie aan de achterkant nodig en een op het dak ernaast,' zegt Joona en hij keert terug naar zijn auto.

Hij opent de kofferbak, haalt zijn kogelwerende vest tevoorschijn, trekt het aan en hoort een vrouw opgewonden achter zich praten.

'Je luistert niet naar me...'

'Ik luister als je eerst met me meeloopt,' zegt een agent op scherpe toon.

'Mijn vader is daar...'

'Je mag hier niet komen, het terrein is afgezet.'

Joona trekt de riem om zijn bovenlichaam strak, draait zich om en ziet dat een agent een vrouw van middelbare leeftijd belet om dichter bij de halalzaak te komen.

'Het is het bedrijf van mijn vader,' gaat ze verder. 'De koelvitrine is gloednieuw, het ventilatiesysteem is nieuw, het is zijn levenswerk... Laat me los, ik heb het recht om hier te zijn!'

‘Nee, dat heb je niet, dit is...’

Joona loopt om de gele afvalcontainer heen en hoort niet wat de agent tegen haar zegt, maar haar reactie is nog steeds boos.

‘Oké, ik ga mee als je naar me luistert,’ zegt ze. ‘Mijn vader is binnen, hij is een oude man... Ze treiteren hem, snap je, jullie moeten iets doen, ze zijn met z’n drieën, ze hebben pistolen en geweren en...’

Ze onderbreekt zichzelf als er plotseling opgewonden stemmen in de halalzaak klinken, er rammelt iets tegen de muur en er valt iets stuk op de vloer. Daarna wordt het weer stil.

12

De geüniformeerde agent tilt het plastic lint op en leidt de boze vrouw weg van het afgezette gebied. Ze lopen langs de lange gevel en na twintig meter blijven ze voor een rij gesloten aluminium rolluiken staan.

De agent pakt haar bij de bovenarm, maar ze trekt zich los.

Er dwarrelt stof over het parkeerterrein in de augustuszon.

Joona loopt snel achter hen aan, zegt tegen de agent dat hij het overneemt en richt zich dan tot de vrouw.

Haar ogen zijn groot en vochtig en haar volle lippen trillen van angst. Ze draagt een spijkerbroek, een wit windjack en een geruite Burberrysjaal.

'Ik ben Joona Linna, inspecteur bij de Nationale Operationele Afdeling van de politie, en ik zal alles doen om je vader te helpen...'

'Wat ik daarnet al probeerde te zeggen...'

'Wacht even, ik weet dat je bang bent en ik zal naar je luisteren, maar vertel eerst eens hoe je heet.'

'Nora, maar dat maakt niet uit, ze vallen daarbinnen met drie man mijn oude vader Aias aan.'

'Ik hoor wat je zegt, Nora, maar kun je vertellen wat er precies is gebeurd?'

Ze schuift wapperende donkere lokken achter haar oor.

'Eerder vanochtend was er nog niets aan de hand, ik was in de winkel bordjes aan het schrijven met mijn vader,' vertelt ze en ze veegt over haar mond. 'En toen kwamen de Broers hier, hun busje stopte buiten en mijn vader zei dat ik de politie moest bellen en door de achterdeur naar buiten moest gaan, door het kantoor naast de koelcel dus.'

'Wie zijn de Broers?'

'Tien jaar geleden heeft mijn vader hun vader eruit geconcurreerd en nu willen ze alles terug hebben... Ik ken een van hen van school,

Branco, hij is eigenlijk een aardige jongen, hij zat in het voetbalteam waar mijn vader trainer van was.'

'Zijn het beroepscriminelen?'

'Dat denk ik niet, maar ze hebben brieven gestuurd en 's nachts gebeld, ze hebben het bij de rechtbank geprobeerd, want het gaat om veel geld, veel vlees, mijn vader kan het niet eens meer aan.'

Door de tranen is haar eyeliner uitgelopen en in de rimpeltjes onder haar ogen gaan zitten.

'Nora, je moet uit de buurt blijven en naar de agenten hier luisteren, anders bemoeilijk je ons werk. Dat snap je toch wel?'

Ze knikt en veegt met trillende vingers langs haar neus.

'Ik ben alleen zo bang dat ze mijn vader iets aandoen.'

'Dat weet ik, maar ik ga nu naar binnen om met hen te praten.'

'Gaat u de winkel in?'

Joona tilt het blauw-witte lint op en loopt langs Andersson Groente en Fruit.

Bij de goedereningang staan drie plastic stoelen rond een tafel met een bierflesje vol met peuken.

Hij loopt door, stapt over een laag hek en gebaart naar zijn collega's dat hij naar binnen gaat. Hij loopt langs de gevel van de halalzaak en klopt op de deur.

'Simon? Ik moet met je praten,' zegt hij en hij doet de deur open.

'Er mag niemand binnenkomen,' schreeuwt een man met hese stem.

'Rustig maar, ik wil alleen even met Simon praten,' zegt Joona. Hij loopt met zijn handen boven zijn hoofd naar binnen.

'Wat krijgen we nou?!' reutelt een baardige man met een hagelgeweer meteen rechts van de deur. 'Heb je me niet gehoord?'

'Jawel, maar ik heb hier geen tijd voor,' antwoordt Joona. 'Ik moet Simon vinden, ik heb gehoord dat hij hier is...'

Joona registreert en beoordeelt de situatie onmiddellijk. De vijf personen in de halalwinkel zijn een seconde verwijderd van een bloedbad, alleen een soort oppervlaktespanning van angst beschermt op dit moment hun leven.

Achter de koelvitrine zo'n vijftien meter verderop staat Aias in een witte jas. Hij duwt een slachtmes tegen Branco's hals.

Branco's pistool ligt op het bloederige aanrecht.

Rechts van de buitendeur, bijna bij de toonbank, staat de baardige man met een Benelli M4 Super 90, die hij op Aias richt.

Naast de vitrine met blikjes limonade, energiedrankjes en flesjes water bevindt zich de geüniformeerde collega Haron. Hij zit op één knie, ondersteunt zijn rechteronderarm met zijn linkerhand en richt zijn Sig Sauer op de man met de baard.

Achteraan in de ruimte, bij de tafel met een pompthermoskan en plastic theekopjes, staat een magere man met een blonde paardenstaart nerveus te trappelen met een Glock 34 gericht op de collega-politieman.

'Haron, Simon en jij zijn op de melding afgegaan. Jullie zijn hier samen gekomen,' gaat Joona op kalme toon verder.

'Hij is aan de achterkant, geloof ik,' antwoordt Haron, die de man met de baard onder schot blijft houden.

'Oké, ik moet me melden,' zegt Joona neutraal.

'Blijf staan, verdomme,' zegt de blonde met bange stem.

'Ik pak alleen mijn telefoon,' zegt Joona.

'Ik schiet je makker dood, ik schiet die smeris dood, ik schiet...'

'Rustig maar, Danne, het komt goed,' roept Branco met half gesmoorde stem.

Joona pakt langzaam zijn portofoon en belt Manvir.

De sfeer is knetterend elektrisch. Iedereen kan elk moment de controle over zichzelf verliezen. Een zweetlucht breekt door de geur van rauw vlees en vochtig beton heen.

'Met Manvir.'

'Heb je over de situatie in Årsta gehoord? Simon Bjerke is niet in het gebouw, waarschijnlijk is hij aan de achterkant.'

'Wie is Simon, verdomme?' vraagt de blonde.

'Ik neem het op met de staf,' zegt Manvir.

'Nou zul je het hebben, verdomme, nou zul je het hebben,' fluistert de baard en hij staart Aias met wilde ogen aan.

Hij is extreem opgefokt, het geweer trilt in zijn handen, de kolf is gedeukt en het magazijn is van een type waar vijf hagelpatronen in passen. Het is erg onwaarschijnlijk dat hij de oude man van deze afstand zou missen.

'Nou allemaal luisteren,' zegt Joona en hij stopt de telefoon in zijn zak. ‘We zitten duidelijk in een impasse. Jullie drieën zijn broers, bedenk dat wel. Als een van jullie per ongeluk een schot lost, gaan twee van jullie dood en de derde krijgt levenslang.’

‘Hou je kop,’ schreeuwt de baard.

‘Wacht even. Als jij Aias neerschiet, zal hij nog snel Branco’s keel doorsnijden, terwijl mijn collega jou doodschiet,’ zegt Joona kalm. ‘En misschien kan Danne zijn Glock nog afvuren en mijn collega verwonden voordat ik hem ontwapen en inreken.’

Buiten klinkt opgewonden gepraat en dan horen ze Nora’s wanhopige stem. Aias trilt en er loopt een straaltje bloed van het mes langs Branco’s hals.

Joona kijkt naar de langzaam heen en weer wiegende kunststof lamellen voor de koelruimte en via de wazige weerspiegeling in de witte tegelwand ziet hij Branco’s handen.

‘Tering, Branco bloedt,’ roept de blonde opeens.

‘Niks aan de hand, geen probleem,’ roept hij terug. ‘Echt niet, niks aan de hand, geen...’

‘Nu is het genoeg, tijd voor actie,’ reutelt de baard en hij zet een stap naar voren.

‘Het is maar een krasje, het was niet de bedoeling,’ zegt Joona geruststellend. ‘Aias, voorzichtig aan met dat mes, je dochter staat buiten, ze zegt dat ze Branco kent van school.’

‘Dat weet ik,’ antwoordt de oude man.

‘Hij zat in het team waar jij trainer van was en...’

‘Ik weet het, het spijt me, ik probeer...’

‘Het maakt ons niet uit wat jij probeert,’ brult de baard.

Zijn vinger trilt op de trekker en er valt een zweetdruppel van het puntje van zijn neus.

‘Luister, voordat ik jullie een voorstel doe, wil ik zeker weten dat iedereen begrijpt dat dit een patstelling is. Jullie kunnen geen van allen iets doen zonder dat alle wapens tegelijkertijd worden afgevuurd. Jullie kunnen niet eens naar me kijken, jullie moeten blijven richten, en intussen kan ik zonder probleem mijn Colt uit mijn schouderholster halen.’

‘Niet doen,’ roept de baard. ‘Ben je niet goed bij je hoofd?’

‘Jullie kunnen geen van allen je wapen tegen mij gebruiken,’ zegt

Joona. Hij haalt rustig zijn pistool tevoorschijn en laadt het door.

'Dit meen je niet,' fluistert Danne.

Branco boert gestrest en doet even zijn ogen dicht.

'Jullie kunnen niets doen,' legt Joona uit. 'Ik zou ieder van jullie nu kunnen neerschieten, maar...'

'Is die vent compleet gestoord?'

'Luister naar me,' gaat Joona verder. 'We hebben niet bepaald veel tijd, maar ik ben van plan dit op te lossen voordat het landelijke arrestatieteam hier komt binnenstormen.'

'Wat wil je, verdomme?' schreeuwt de baard.

'Ik heb begrepen dat Aias jullie vader er op een nogal smerige manier uit heeft geconcurreerd en dat jullie...'

'Ik heb harder gewerkt,' zegt de oude man.

'En nu zijn jullie drieën hier om alles terug te halen, maar zo werkt dat niet. Het enige wat er gebeurt is dat jullie in de gevangenis terechtkomen.'

'Mooi,' zegt de baard.

Hij likt zijn lippen en de loop van het hagelgeweer komt met een bons op de glazen vitrine.

'Maar er is een betere oplossing,' zegt Joona. 'Haron, wil jij je wapen alsjeblieft laten zakken?'

'Maar...'

'Doe maar, het is in orde.'

Harons ogen zijn paniekerig als hij zijn Sig Sauer op de vloer richt. De ventilatoren van de koelvitrine slaan brommend aan en de flessen in de koelkast beginnen te rammelen.

'Danne, nu kun jij het hetzelfde doen.'

'Nee,' zegt de blonde met een nerveuze glimlach.

'Maar je kunt op z'n minst je vinger van de trekker halen.'

'Oké, dat doe ik dan wel, verdomme,' zegt hij.

Joona loopt langzaam over de betonnen vloer naar de man met het hagelgeweer toe. Naar binnen gelopen steentjes knarsen onder zijn schoenen.

'Ik wil dat jullie het eens worden met Aias,' vervolgt Joona. 'Er is veel vraag naar halalvlees.'

'Waar denk je dat dit over gaat,' valt de baard hem in de rede.

'Zoveel dat Aias dat niet in zijn eentje aankan, genoeg voor jullie allemaal... en ik zag dat hier bedrijfsruimte leegstaat, op een beter adres zelfs, dichter bij het hotel.'

'Luister niet naar deze onzin.'

Joona houdt zijn Colt Combat omhoog, haalt het magazijn eruit en stopt het in zijn zak, haalt de patroon uit de loop en laat hem rinkelend op de cementen vloer vallen.

De baard trilt van de adrenaline, hij is niet in staat zijn wraakzucht los te laten en kan elk moment zijn hagelgeweer afvuren.

'Die kunnen jullie huren,' gaat Joona verder. 'Dan hebben jullie een locatie... en jullie kunnen het koelaggregaat en de vitrines die hierbuiten staan meenemen. Die krijgen jullie gratis. Zo is het toch, Aias?'

'Natuurlijk, neem ze maar mee,' knikt de oude man.

De blonde laat zijn pistool zakken, zijn hand trilt en hij heeft rode wangen. De baard fluistert in zichzelf en houdt het wapen zo stevig vast dat zijn knokkels er wit van worden.

'Jullie kunnen de leveringen op elkaar afstemmen,' zegt Joona, terwijl hij naar de vitrine loopt. 'Aias, kun jij hun de facturen laten zien, zodat ze kunnen uitrekenen hoe groot de winst wordt als...'

Midden in zijn zin, zonder een blik naar opzij, maait Joona met zijn arm en duwt de loop van het geweer van de baard omhoog, terwijl het wapen tegelijkertijd met een oorverdovende knal afgaat.

De kogelzwerm raakt de lamp aan het plafond.

Joona draait zich snel om en slaat met de kolf van de Colt op het voorhoofd van de baard, terwijl hij het hagelgeweer uit zijn handen grist en het op de blonde richt.

Er komt een regen van glas van de tl-buis en specie op hen neer.

De baard valt achterover, met zijn hoofd tegen de muur, en zakt met open mond en knipperende ogen in elkaar.

De armatuur en het aluminium rooster kletteren naar beneden en verbrijzelen de vitrine. De glasscherven vallen op het vlees.

De blonde laat zijn pistool op de grond vallen.

Haron schopt het aan de kant en haalt de handboeien tevoorschijn.

Aias gooit het mes weg, wendt zich af en begint met zijn handen voor zijn gezicht te huilen. Branco slaat een arm om zijn schouders en probeert hem te troosten.

13

Een kartonnen bordje dwarrelt met een heleboel stof om een betonpoer en fladdert verder over het gebarsten laadperron, naar de volgende rij gebouwen.

Aias zit op een brancard achter een ambulance. Nora houdt zijn hand vast, terwijl hij met een politieagent praat.

Joona rent over het parkeerterrein en blijft staan bij Simon Bjerkes collega Haron Shakor, die zijn kogelwerende vest in de bagageruimte van de patrouillewagen legt.

'Simon was niet achter het gebouw, hij is nergens op het terrein,' zegt Joona.

'Vreemd,' antwoordt Haron zonder hem aan te kijken.

'En zijn portofoon staat niet in direct mode, maar helemaal uit,' gaat Joona verder.

'Ik weet niet wat ik moet zeggen.'

'De tijd dringt.'

Het landelijke arrestatieteam komt met de drie broers de halalwinkel uit. Het hoofd van de man met de baard zit in het verband en ze hebben allemaal handboeien om.

'De afspraak staat,' roept Aias hun na. 'Ik hou me aan mijn woord!'

Branco houdt zijn blik glimlachend vast, totdat hij in een van de zwarte busjes van het arrestatieteam verdwijnt.

'Luister, ik begrijp dat je Simon probeert te dekken,' gaat Joona verder. 'Maar alleen naar binnen gaan, zoals jij deed, is ontzettend gevaarlijk.'

Haron schudt zijn hoofd.

'Ik wilde hem aan de achterkant hebben en...'

Hij zwijgt als hij een oproep krijgt via Rakel, hij maakt het toestel los uit de houder aan zijn jack en zet het geluid harder.

‘Haron, over,’ klinkt een vermoeide stem.

‘Simon?’ zegt hij en hij zet een paar stappen opzij. ‘Er is hier een inspecteur van de NOA, die je wil...’

‘Ik kom eraan,’ valt de man hem in de rede. ‘Alleen even pissen en iets kopen voor...’

Er klinkt een klap, er knettert iets en dan is het stil.

‘Simon? Simon, over,’ zegt Haron op gestreste toon. ‘Simon, over!’

‘Zeg waar hij is,’ zegt Joona scherp.

Haron kijkt hem met een vreemde blik aan.

‘De verbinding werd zomaar verbroken...’

‘Haron, als je weet waar hij zich nu bevindt, moet je het vertellen,’ zegt Joona en hij klikt zijn auto open.

‘Waar gaat dit...’

‘Zeg op,’ kapt Joona hem bot af.

‘Simon heeft de hele middag in de L.A. Bar gezeten, die zit verderop, bij het voetbalveld van Årsta,’ antwoordt hij en hij wijst over de daken van de gebouwen.

‘Kom mee.’

Ze stappen in, Joona scheurt weg en belt de regionale meldkamer, terwijl ze op hoge snelheid over het verkeersplein boven de snelweg rijden.

‘Dus hij drinkt,’ zegt Joona.

Haron vertelt over Simons alcoholisme, dat hij keer op keer belooft er iets aan te doen, maar dat het alleen maar erger is geworden.

‘Ik dek hem al jaren,’ zegt hij.

Een uur voordat de melding over de ruzie in de halalwinkel kwam, had Haron Simon voor de kroeg afgezet. Toen hij zijn collega probeerde te bereiken, had Simon zijn portofoon uitgezet en Haron was er alleen op afgegaan.

Op het laatste rechte stuk verhoogt Joona zijn snelheid, schuift door naar de tegemoetkomende rijbaan, komt met twee wielen op het trottoir voor de L.A. Bar tot stilstand en stapt uit.

De kroeg zit op de hoek van een crèmekleurige flat met rode balkons. Stoffige markiezen beschaduwen het lege terras.

Joona rent naar de deur en trekt hem open.

Drie mannen zitten zwijgend met een glas bier aan verschillende tafeltjes, ze volgen een voetbalwedstrijd op de tv.

De karaokehoek is leeg en de barkeeper zit met een kop koffie achter de toog op zijn telefoon te kijken.

Joona loopt met grote stappen recht op hem af en laat zijn dienstpas zien.

'Waar is de politieman? De geüniformeerde agent?' vraagt hij.

'Die is weggegaan, hij heeft een minuut of tien geleden betaald,' antwoordt de barkeeper en hij verplaatst een metalen bak met papieren servetten en bestek.

'Was hij alleen?'

'Hij is altijd alleen.'

'Weet je waar hij naartoe is gegaan?' vraagt Joona, terwijl hij in de spiegel ziet dat Haron het café binnenkomt.

'Geen idee,' antwoordt de barkeeper.

'Kom op! Het is belangrijk!'

'Ik heb alleen gezien dat hij rechtsaf ging, maar...'

Joona draait zich om en loopt snel weer naar de uitgang, Haron houdt de deur voor hem open en loopt dan achter hem aan.

'Het klonk alsof Simon buiten was toen hij zei dat hij ging pissen,' zegt Haron.

Joona begint langs het gebouw te rennen, langs de Thai Spa, een trap af en het parkeerterrein op.

Een kraai stijgt fladderend op van de afvalcontainers.

Joona trekt zijn pistool en loopt een stille binnenplaats op met voetpaden en een parkje. De wortels van de grote berken hebben het asfalt opengebroken.

Verderop ziet hij een speeltuin met een rode glijbaan.

Joona kijkt om zich heen en begint langs de achterkant van het gebouw te lopen naar een hoge buitentrap met een roestige stalen leuning.

Achter de trap klinkt een knarsend, schrapend geluid.

Joona gebaart naar Haron dat hij in een wijde boog achter hem aan moet komen.

De schommel in de speeltuin beweegt knerpend in de wind.

Joona loopt geruisloos verder, zijn schouder strijkt langs de onderkant van de trap. Hij ruikt een geur van vochtige baksteen en rotte bladeren en dan de ijzerhoudende geur van bloed.

Het knarsende geluid klinkt weer, heel dichtbij.

Joona zet een stap naar voren en richt het pistool op de schemerige hoek achter de trap.

Een kelderraam is vanbinnen bedekt met aluminiumfolie.

Twee ratten verdwijnen met een schrapend geluid achter een hardboardplaat.

De grond bij de trap is vochtig van het bloed.

Er loopt een sleepspoor langs de muur, dat na drie meter abrupt stopt.

Joona rent in de richting van het bloedspoor en verder, langs het hele gebouw, totdat hij de binnenplaats uit is. Hij kijkt rond over de lege straat, slaat rechts af en blijft midden op het kruispunt staan.

Er zijn geen auto's of mensen te zien.

Ze zijn weer te laat.

Joona belt de meldkamer, vraagt om wegafzettingen en helikopters en brengt verslag uit aan Manvir.

Als hij terugkomt op de binnenplaats, ziet hij dat Haron naar het bloed staat te kijken. Zijn armen hangen slap langs zijn lichaam en hij ziet er uitgeput uit, alsof hij op de snelweg achter het stuur in slaap zou kunnen vallen.

Op de grond naast het natte sleepspoor ligt Simon Bjerkes bodycam en bij het roestige rooster van een afvoerputje glinstert een melkwitte patroonhuls.

*

In de vergaderkamer van de NOA zit Joona samen met de andere inspecteurs zwijgend te wachten. Erixon heeft het onderzoek van de plaats delict overgenomen en weet dat hij elke kleine vondst meteen moet rapporteren.

Bij de wegafzettingen rond Årsta zijn honderden auto's doorzocht, maar dat heeft niets opgeleverd, net zomin als het speuren met helikopters. Er zijn geen beveiligingscamera's in de omgeving, maar een team is bezig met een buurtonderzoek om te achterhalen of iemand iets heeft gezien.

IT-expert Johan Jönson draagt een flodderige pyjamabroek en een

T-shirt met de tekst GOT THE T-SHIRT. Hij legt zijn telefoon aan de oplader en zet dan een laptop op tafel.

Een van de politietechnici haalt Simon Bjerkes camera uit een doos en laat hem zien alsof het een rariteit in een veilinghuis betreft.

'We hebben alle afdrukken genomen die er zijn, maar zijn er toch voorzichtig mee geweest,' zegt hij en hij probeert zijn bril hoger op zijn neus te krijgen door overdreven met zijn ogen te knipperen.

Johan Jönson trekt latex handschoenen aan, pakt de camera aan, schudt er zachtjes mee en legt hem dan naast de laptop op tafel.

'Filmtime,' zegt hij en hoest overdreven.

Simon Bjerkes bodycam had in *stealth mode* gestaan, wat betekent dat de camera opneemt ook al lijkt het of hij uitstaat.

Het rode lampje aan de voorkant knippert niet, zoals het anders zou doen.

Alle bodycams van de politie slaan continu beelden op in het interne geheugen, zodat je bij het afspelen kunt zien wat er dertig seconden voor het begin van de opname gebeurt.

De reden is dat je anders de reden voor het activeren van de camera zou missen, wat meestal de centrale gebeurtenis is voor het vooronderzoek. Vanwege de privacy zijn deze eerste seconden echter geluidloos.

'Willen jullie geluid of niet?' vraagt Johan.

'Er is geen geluid,' zegt Manvir bijna boos.

'Natuurlijk wel, dat wordt pas gewist als je het materiaal overbrengt naar het cameraplatform... en zelfs dan nog niet, als je heel precies wilt zijn.'

'Dan willen we geluid.'

'Dat maakt het iets makkelijker voor me,' zegt Johan en hij kloont de geheugenkaart in zijn laptop.

Hij legt de camera weer in de doos van de technici, trekt zijn handschoenen uit en draait de laptop naar de anderen toe.

'Zijn jullie er klaar voor?' vraagt hij en hij kijkt de rechercheurs aan.

'Ja,' antwoordt Saga.

De film begint abrupt met dreunende wind in de microfoon en knerpende voetstappen over het asfalt. De camera zit op Simon Bjerkes borst en het schommelende beeld nadert de trap aan de achterkant van het gebouw.

'Simon?' klinkt de gestreste stem van Haron via de luidspreker van de portofoon. 'Er is hier een inspecteur van de NOA, die je wil...'

'Ik kom eraan,' kapt hij hem af.

Simon loopt de ruimte achter de trap in en blijft voor het kelderraam staan. Het scheve aluminiumfolie achter het glas creëert een wazig spiegeleffect van zijn slappe gezicht. Midden in de modderige bladermassa's van de speeltuin is de glijbaan vaag als een rode ster te zien. Opeens lijkt er iets grijs over het gras te stromen.

'Alleen even pissen en iets kopen voor...'

In de zilverachtige reflectie duikt schuin achter hem opeens een ineengedoken schaduw op, die bliksemsnel naar voren beweegt.

Voordat Simon zijn zin kan afmaken, verjaagt een harde knal al het andere geluid. De grond komt omhoog, er klinkt een klap in de microfoon en het beeld gaat op zwart.

Er zijn hijgende ademhalingen te horen.

Simon schreeuwt van de pijn als hij op zijn zij rolt en de camera activeert. Het geluid wordt meteen veel duidelijker, je hoort dat hij vreselijk veel pijn heeft, hij jammert angstig tussen de snelle ademteugen door.

Alleen de zonovergoten toppen van de berken zijn te zien.

Het geluid van een langzaam rijdende auto die nadert en stopt.

Iemand loopt snel over het asfalt.

De camera schokt en wordt weer op de grond gericht.

Door Simons uitgeputte geschreeuw heen klinkt een machinaal, gierend geluid. Er knipperen lichten, de gevel wordt zichtbaar en glijdt een meter omhoog, waarna hij blijft staan.

'De camera is losgeraakt,' zegt Joona.

Het gierende geluid gaat door, er ratelt iets van metaal en Simon kreunt van de pijn.

'Het klinkt alsof hij in een gehaktmolen wordt vermalen,' fluistert Petter.

'Hij wordt met een lier op een laadbak gehesen,' zegt Joona.

Het wordt stil, er klinken een paar klappen en dan rijdt de auto weg. De camera ligt nog op de grond en filmt parallel aan het asfalt.

Even later wordt de eerste rat zichtbaar, meteen gevolgd door nog twee en dan klinken er langzaam naderende stappen.

'Dat zijn mijn voetstappen, ik heb ze net gemist,' constateert Joona.
'Laten we nog eens kijken,' zegt Saga.
'Kun je het beeld van de dader scherper krijgen?' vraagt Greta.

14

Johan Jönson scheurt een hoekje van een rood zakje Pop Rocks, brengt de opening naar zijn lippen en laat het suikergoed in zijn mond vallen.

Er volgen kleine explosies als het koolzuur wordt vermengd met speeksel, terwijl hij het beeld van de dader scherper probeert te krijgen.

'Dat zal niet lukken,' antwoordt hij en hij leunt achterover. 'Er zijn geen lijnen, het is een soort waas.'

Manvir staat op, strijkt met zijn hand over zijn stropdas en gaat in een hoek van het vertrek staan, zijn blik gefixeerd op de verticale lijn waar beide muren samenkomen.

Petter staart naar zijn rug en doet zijn mond open om iets te zeggen, maar Greta houdt hem tegen.

'Laat hem,' zegt ze gedempt.

Johan Jönson klikt op een zwart icoontje dat eruitziet als een oud mechanisch labyrintspel en het computerscherm wordt meteen helemaal zwart.

'Ik probeer een programma dat X-terminal heet, maar ik denk niet dat het zal helpen...'

Joona bestudeert het eerste forensisch technische rapport van de binnenplaats in Årsta, Greta vergelijkt foto's van de drie slachtoffers en Petter bladert verstrooid in een exemplaar van het politieblad. Saga staat achter Johan en staart met een scherpe rimpel in haar voorhoofd naar het computerscherm.

'Lukt het niet?' vraagt ze.

'Nee, beter dan zo wordt het niet,' antwoordt hij en hij kijkt haar met rode ogen aan.

Ze verzamelen zich allemaal achter Johans laptop, behalve Manvir, die in de hoek blijft staan. De scherpste afbeelding van de dader is nog steeds niet meer dan een grijze wolk achter Simons rug. De schouders en de ronding van het hoofd zijn vaag te zien, maar gelaatstrekken, extremiteiten of kleren zijn niet te onderscheiden.

'Zou je de lengte van de dader niet moeten kunnen schatten?' vraagt Greta.

'Lastig,' zegt Johan. 'Zoals ik het zie, loopt hij voorovergebogen of... het ziet er in elk geval nogal raar uit.'

'Misschien rent hij op handen en voeten,' zegt Saga.

'Dit is toch niet normaal,' zucht Petter.

'Ik weet het, we hebben misschien niet zoveel,' zegt Joona. 'Maar we hebben een eerste glimp opgevangen, we hebben de snelheid gezien, de verrassing.'

'Als een roofdier,' fluistert Greta.

'En we weten dat hij stil is, dat hij niets zegt,' gaat Saga verder.

Het wordt opeens donkerder in het vertrek als de laptop op stand-by gaat. De ventilator remt ruisend af en wordt stil. Een langzaam tikken van de warme behuizing is het enige geluid.

'We waren er dichtbij,' zegt Greta en ze kijkt Joona aan. 'Het scheelde maar weinig of we hadden hem gepakt.'

'Wie weet,' antwoordt Joona.

'Als je vijf minuten eerder was gekomen of als Simon zijn portofoon niet had uitgezet, dan hadden we hem gehad.'

'Dat lijkt misschien zo,' antwoordt Joona en hij knikt naar het whiteboard en naar de foto's aan de muur. 'Maar dit is nog steeds het spel van de moordenaar, hij heeft de regels gemaakt en wij verplaatsen ons waarschijnlijk alleen in het tempo dat hij wil.'

'Maar ik denk... Als we iets sneller, iets slimmer worden,' gaat Greta verder. 'We weten dat Margot in de manege op Värmdö is neergeschoten en is gevonden op het oude cholerakerkhof bij Kapellskär, we weten nog niet waar Severin is neergeschoten, maar hij is op een kerkhof in Hallstavik gevonden.'

'Twee begraafplaatsen, dat kan een patroon zijn,' zegt Saga.

'En Simon is bij een bar neergeschoten,' gaat Greta verder. 'Maar we kennen de vindplaats nog niet.'

'Hij kan nog in leven zijn,' herinnert Petter haar.

'Ik weet het, ik weet het... Ik snap dat hij op dit moment waarschijnlijk in een rubberen zak ligt te vechten voor zijn leven,' zegt Greta en ze wendt haar gezicht af.

'Het is zoals het is,' gaat Petter verder.

'Ja, maar ik moet er niet aan denken, dat gaat niet, niet als ik me tegelijkertijd op mijn werk moet concentreren.'

'Ik wilde het alleen even zeggen, maar...'

'En nu heb je het gezegd,' valt ze hem in de rede.

'Maar de vraag is wat we nu moeten doen,' maakt Petter zijn zin af en hij strijkt met zijn handpalmen over de tafel.

'We moeten hem vinden,' fluistert Greta.

'Dit roofdier is actief op een vrij groot terrein,' zegt Saga. 'Ik bedoel, van de manege op Värmdö naar het kerkhof van Hallstavik is misschien zeventig kilometer... Als we daar de middellijn van een cirkel van maken, hebben we het over... bijna vierduizend vierkante kilometer.'

'En er is geen reden om aan te nemen dat hij binnen die cirkel blijft,' zegt Greta.

'Hoe dan ook, we kunnen hier niet blijven zitten,' zegt Petter en hij staat op van zijn stoel. 'Nee toch? Manvir?'

'Laat hem,' zegt Greta nog eens.

'We verdubbelen de middellijn, gaan naar de betrokken regio's en zeggen dat ze wagens naar alle begraafplaatsen moeten sturen,' zegt Joona.

'Dat ga ik meteen doen,' antwoordt Petter. Hij is bezig op te staan als er op de deur wordt geklopt en Randy binnenkomt.

Hij draagt een zwarte spijkerbroek en een grijs jasje. De hoekige wenkbrauwen geven zijn vriendelijke gezicht een strenge uitdrukking.

'Ik heb nu van alle eenheden in Årsta een verslag binnen,' zegt hij en hij kucht even. 'Het heeft helaas tot nu toe niets opgeleverd... buurtonderzoek, wegafzettingen, snelheidscamera's, observatie.'

'Ze moeten nog even doorgaan,' zegt Greta.

Randy doet een poging Saga's blik te vangen, waarna hij 'oké' fluistert, de vergaderzaal verlaat en de deur achter zich sluit.

Manvir komt zonder een woord te zeggen uit de hoek, loopt naar het whiteboard, pakt een marker van het plankje en voegt de feiten toe die er met het derde slachtoffer bij zijn gekomen.

Seriemoordenaar met negen geplande moorden.
Slachtoffer 1: een vrouw van middelbare leeftijd, hoofd van de NOA.
Slachtoffer 2: een oudere man, dominee van de Maria Magdalenakerk.
Slachtoffer 3: een man van middelbare leeftijd, politieman met alcoholverslaving.
Dader communicatief, misschien om verantwoordelijkheid af te schuiven.
Schiet slachtoffers van dichtbij in de rug.
Verwijzingen: Jurek Walter, Saga en Joona.
Tinnen figuurtjes: gestuurd aan Saga, geven aan wie het volgende slachtoffer wordt.
Munitie: Makarov 9 x 18 mm parabellum, mantel van witgekookt zilver, Russisch slaghoedje met knalkwik.
Heeft een auto met elektrische lier.
Moordplaats ≠ vindplaats.
De lichamen zijn in rubberen lijkzakken opgelost met natriumhydroxide.
Gebrek aan sporen: voorzichtig, heeft kennis van forensische techniek.
Materiaalkennis: tin gieten, witgekookt zilver, natriumhydroxide.
Beweegt zeer snel, als een roofdier.

Manvir klikt de dop op de marker, zet een paar stappen naar achteren en leest de punten door, waarna hij zich tot de anderen richt.

'Saga, je had het er eerder over dat de dader zich op de een of andere manier met Jurek Walter identificeert,' zegt hij.

'Ja... vanwege het anagram op de ansichtkaart, dat misschien een spelletje is of een manier om ons uit de tent te lokken,' antwoordt ze.

'Maar hoe weet hij überhaupt van Jurek als al het materiaal over hem geheim is?' vraagt Greta.

'We hebben een ernstig lek naar de media gehad,' antwoordt Joona.

'Wat drie politiemensen weten, weet de hele wereld,' zegt Manvir laconiek.

'Aan het eind van het vooronderzoek waren er heel veel mensen bij betrokken,' zegt Joona. 'En naderhand hadden we hier een grote groep die al Jureks koud geworden sporen volgde in een poging vermiste lichamen te vinden.'

'Maar waarom Jurek?' vraagt Greta. 'Onze dader is geen copycat, als je het over de modus operandi hebt, integendeel eigenlijk.'

'Er moet een ander verband bestaan,' zegt Saga.

'We hebben tot nu toe drie moorden... maar hoe ziet zijn modus operandi er eigenlijk uit?' vraagt Manvir met een gebaar naar het whiteboard.

'Hij heeft zijn slachtoffers bestudeerd, waarschijnlijk gedurende een vrij lange periode, en weet waar en wanneer hij kan toeslaan,' zegt Saga en ze staat op van haar stoel.

'Goed voorbereid,' zegt Manvir en schrijft het op het bord.

'Hij besluipt hen van achteren, doet een onverwachte, snelle uitval en schiet hen van dichtbij in de rug.'

'We hebben een nieuwe huls van witgekookt zilver... dezelfde afmetingen als de klassieke Makarov-munitie van 9 x 18 mm, die past in Sovjet-Russische Makarovpistolen,' komt Manvir ertussen.

'De kogel verlamt de slachtoffers voorafgaand aan het vervoer, stel ik me voor,' zegt Saga en ze wijst naar de foto's van bloedsporen in de stal. 'We weten niet waarom hij hen niet meteen doodt, maar dat is duidelijk een deel van de methode.'

'Mee eens,' zegt Greta.

'Vrij kort na het wegvoeren laat hij de lichamen achter op een nieuwe plek, misschien een begraafplaats,' gaat Saga op steeds dringender toon verder. 'In een rubberen zak gevuld met natriumhydroxide, een sterk bijtende base. De zak is omwikkeld met plastic, lakens en touwen.'

'De Naald heeft de directe doodsoorzaak niet kunnen vaststellen, hij weet niet of het de schotwond is of iets anders,' zegt Joona. 'We weten niet eens of de slachtoffers dood waren toen het aanvreten begon.'

'Godsamme,' mompelt Petter.

'Hij wil zijn slachtoffers niet alleen doden, hij wil ze vernietigen,' zegt Joona zacht.

Saga zoekt haar stoel weer op en Manvirs gezicht is bleek als hij de dop lostrekt en opschrijft:

Dader is goed voorbereid, bestudeert slachtoffers vooraf, kent hun gewoonten.
Heeft reden om slachtoffers in leven te houden.
Vernietigt slachtoffers.

Manvir legt de marker op het plankje, gaat terug naar zijn plaats, maakt de bovenste knoop van zijn jasje los, trekt zijn broekspijpen een eindje op en gaat zitten.

'De tinnen figuurtjes zijn het grootste raadsel,' zegt hij. 'Ze vormen zijn specifieke manier om met ons te communiceren.'

'Hoe moeten we die interpreteren? Waarom tin, waarom überhaupt sculpturen?'

'Mijn eerste associatie is natuurlijk tinnen soldaatjes,' zegt Manvir. 'Toen ik klein was, goten we soldaatjes, die beschilderden we en stelden ze op volgens verschillende historische veldslagen.'

'Daar hoef je bij de jeugd van tegenwoordig waarschijnlijk niet mee aan te komen,' zegt Greta glimlachend.

'Geef nog eens een paar concrete waarnemingen,' zegt Manvir zonder haar glimlach te beantwoorden.

'De dozen die aan Saga gestuurd zijn, zijn van de meest voorkomende soort in Zweden en onmogelijk te traceren. Hetzelfde met de tape, het zijn spullen die overal worden verkocht,' zegt Petter en hij houdt twee foto's omhoog.

'De tinnen figuurtjes lijken verpakt te zijn in wat de dader bij de hand had, misschien iets wat hij in afvalbakken heeft gevonden,' zegt Greta. 'Vies plastic, oud papier, lappen stof.'

'De technici hebben nergens afdrukken of biologische sporen op gevonden,' gaat Petter verder.

Joona slaat een map open, haalt er foto's van het verpakkingsmateriaal uit, legt ze voor zich op tafel en laat zijn ogen eroverheen gaan.

Een gescheurd T-shirt met een logo van het baseballteam The Dodgers en een halve barkaart.

Een stuk wit bubbeltjesplastic met een gescheurde sticker van Gustavsbergs porseleinfabriek.

Een uit een naslagwerk gescheurde bladzijde. Aan de ene kant is een artikel te zien over de trogons, een vogelfamilie, en over het mineraal troiliet. Aan de andere kant staat een grote foto van het paard van Troje afgebeeld op een amfoor uit 670 voor onze jaartelling.

Een met kant afgezet stukje stof en een fotokopie van een oude, met de hand getekende kaart van al-Majdal, een stad aan een meer.

Op de achterkant van het blaadje staat een kindertekening in rood krijt, die een gezin aan de eettafel voorstelt.

Greta kijkt naar Joona's geconcentreerde gezicht en naar de foto's voor hem op tafel.

'Joona, waar denk je aan?' vraagt ze.

'Het tinnen figuurtje van Margot was ingepakt in een artikel over het paard van Troje en in plastic van Gustavsberg,' antwoordt Joona. 'Dat van Simon in een barkaart en een stuk stof met het logo van een baseballteam uit Los Angeles.'

'De manege en de L.A. Bar,' zegt Saga ademloos.

'Het roofdier geeft van tevoren aan waar hij zijn volgende slachtoffer zal neerschieten,' zegt hij.

'Grote genade,' fluistert Greta.

'Het tinnen figuurtje van de dominee zat in deze stof gewikkeld,' zegt Joona en hij geeft de foto aan Saga.

'Waarschijnlijk van een doopjurk,' zegt ze.

'Ik heb de stad al-Majdal opgezocht, maar die bestaat niet meer,' zegt Saga met haar telefoon in de hand. 'De plek hoort bij de Israëlische plaats Migdal, of Magdala in de taal van Jezus...'

'Maria van Magdala,' zegt Greta.

'Wie zoekt uit of de Maria Magdalenakerk een doopjurk mist?' vraagt Joona.

'Dat doe ik,' zegt Petter snel.

'Dus hij vertelt ons van tevoren wie hij gaat vermoorden en waar... en toch hebben we hem niet kunnen tegenhouden,' zegt Manvir, die zuchtend zijn stropdas losmaakt.

'Je bent nog geneigd het met hem eens te zijn dat wij een deel van de schuld op ons moeten nemen,' mompelt Petter.

'Hou op,' zegt Greta.

'Het is gewoon zo ontzettend frustrerend.'

'Dat weet ik, mee eens, maar nu weten we wat de spelregels zijn,' antwoordt Greta en ze staat op van haar stoel. 'Als het volgende figuurtje komt – en dat zal komen – is dat het startschot.'

15

Francesca Beckman is een van de psychologen van het Crisis- en Traumacentrum, dat verbonden is aan de politie. Zij moet het allesbepalende antwoord geven op de vraag of Saga weer volledig in dienst kan komen.

Drie jaar geleden kwam Saga's jacht op Jurek Walter als een boemerang bij haarzelf terug. Opeens was zij een stuk wild, dat alles op alles zette om haar familie te redden.

Toen haar halfzus Pellerina, die te lang in een doodskist opgesloten had gelegen, aan de gevolgen daarvan overleed, stortte Saga's wereld in.

De Säpo betaalde twee jaar revalidatie en psychologische hulp op een gespecialiseerde afdeling op Idö. Toen ze naar Stockholm terugkeerde, was ze sterk genoeg geworden om niet meer alleen aan zelfmoord te denken.

Het middaglicht dringt door schommelende takken, waarna het de spreekkamer binnenvalt.

Saga heeft het gevoel dat de hele kamer draait en als een strandbal een heuvel afrolt.

Ze zit op het voorste puntje van een lichtblauwe fauteuil. Ze knikt zwakjes en kijkt in Francesca's bruine ogen.

In plaats van persoonlijke foto's of kindertekeningen hangt er een grote ingelijste foto met een bosmotief achter de psycholoog. Als Saga haar ogen van Francesca afwendt, kijkt ze recht naar een open plek met verspreid licht en een beek die tussen bemoste keien door kronkelt.

'Je hebt absoluut grote vorderingen gemaakt, je komt hier op de afgesproken tijd, je doet je werk goed en je coacht twee kinderen met het syndroom van Down,' zegt Francesca. 'Dat alles bij elkaar genomen was de reden dat ik tegen de plaatsvervangende chef van de NOA heb gezegd dat ik je kon goedkeuren voor bureaudienst.'

Francesca's gezicht is mooi, ook al zijn haar wangen bedekt met talloze littekentjes die van haar oren tot onder het haar lopen.

Ze is in de vijftig en zo lang dat ze met haar benen languit zit om niet met haar knieën tegen het bureau te stoten.

'Maar ik werk operationeel, ik ben operationeel, dat is wie ik ben, dat heb ik geprobeerd duidelijk te maken,' zegt Saga.

'Dat weet ik,' antwoordt de psycholoog en ze zet haar leesbril af.

'En het is belangrijk voor me,' gaat Saga verder en ze wipt met haar ene voet. 'Ik denk dat het goed voor mij zou zijn om terug te mogen komen, om te mogen voelen dat ik het operationele werk aankan, want ik weet dat ik dat aankan.'

'Ik hoor wat je zegt,' antwoordt Francesca.

'Ze hebben me nodig bij de NOA, dat klinkt misschien overdreven, maar...'

'Saga, het is te vroeg,' valt de psycholoog haar vriendelijk in de rede. 'Dat is mijn oordeel, je hebt vooruitgang geboekt, maar...'

'Je weet niets van me,' zegt Saga met stemverheffing. Ze staat zo heftig op dat de stoel tegen de muur achter haar slaat. 'Je weet niets van politiewerk, van wat wij meemaken, wat er van je gevraagd wordt als het erom spant.'

'Vertel het me,' zegt Francesca geduldig.

'Sorry,' mompelt Saga en ze gaat weer zitten. 'Ik ben alleen teleurgesteld.'

'Ik dacht dat je blij zou zijn dat ik er positief tegenover sta dat je weer bij de politie begint.'

'Dat ben ik ook, maar ik ben niet gemaakt voor bureaudienst, ik...'

Saga zwijgt en vouwt haar handen om ze rustig te houden.

'Dus het beviel je vandaag niet bij de NOA?'

'Het is het beste wat me in jaren is overkomen, het was interessant, ik weet dat ik een nuttige bijdrage heb geleverd... Ik bedoel alleen dat ik het gevoel heb dat ik veel meer kan betekenen als ik operationeel mag werken, samen met Joona.'

Ze zwijgt en haar blik gaat naar de trillende reflecties van de zon op de muur onder het raam.

'Ben je Randy al tegengekomen?' vraagt Francesca in de richting van haar afgewende gezicht.

'Ja... of tegengekomen, hij kwam vandaag verslag uitbrengen bij de NOA.'

'Wat voor gevoel had je daarbij?'

'Oké, ik bedoel, niets aan de hand.'

Francesca zet haar leesbril weer op en bladert in een schrijfblok.

'Je hebt gezegd dat je het met hem had uitgemaakt om jezelf te straffen.'

Saga haalt diep adem en kijkt haar weer aan.

'Zo voel ik dat niet meer, maar... eerst kon ik mezelf niet uitstaan, dat heb ik verteld, ik vond dat ik geen liefde verdiende, ik vond dat ik niet eens het recht had om te leven.'

'Maar nu heb je een nieuwe relatie... met Stefan.'

'Ja,' antwoordt Saga.

'Wil je daar iets over vertellen?' vraagt de psycholoog na een korte stilte.

'Ik weet het niet, het is nog een beetje vroeg... Ik heb geen idee wat het gaat worden, ik wil er geen druk op zetten, we hebben allebei ons eigen leven, maar we zien elkaar regelmatig en voor mij is dat op dit moment genoeg.'

'Vind je dat je zijn liefde verdient?'

*

Saga zet haar motorfiets op het parkeerterrein voor de grijze gevel, toetst de code in, opent de deur en loopt de trap op naar de tweede verdieping. Ze klopt voorzichtig aan, opent de deur, doet die zachtjes achter zich dicht en op slot, trekt haar schoenen uit en hangt haar jas aan de kapstok.

Stefan kijkt niet op van de laptop op de keukentafel als Saga binnenkomt en groet. Ze ziet dat hij op een internetforum zit, 'Yemoja-massage' vijf sterren geeft en dan een commentaar begint te schrijven over een van de sekswerkers.

Saga wacht een paar seconden en loopt dan naar de badkamer, ze kleedt zich uit en draait de douchekraan open.

Haar maag krimpt ineen van angst, zoals altijd als ze hier is.

Stefan Broman is anesthesist en woont met zijn vrouw Jessica en hun beide zonen Nils en Lennart in een villa in Djursholm. Daarnaast heeft hij de beschikking over een klein appartement in de Blomgatan in Solna, slechts een paar minuten fietsen van zijn werk in het Karolinska Ziekenhuis.

Saga spoelt zorgvuldig alle zeep van haar lichaam, omdat Stefan gevoelig is voor het kleinste beetje parfumgeur. Ze droogt zich af, hangt de handdoek op, loopt in haar blootje de badkamer uit en gaat op de stoel in de slaapkamer zitten.

De luxaflex is dicht, maar toch valt er een smoezelig licht op de kunststof vloerbedekking en de saaie meubels.

Ze ziet dat zijn schoonmaakster hier vandaag is geweest, het bed is opgemaakt en er is een wit draadje van de mop aan de plint onder de radiator blijven hangen.

Saga rilt van de kou als Stefan bijna een uur later de slaapkamer in komt en de pillende deken van het bed trekt.

'Ga liggen of ga naar huis,' zegt hij.

'Ik wil niet naar huis,' antwoordt ze en ze gaat op haar rug in bed liggen.

Soms probeert ze zichzelf wijs te maken dat ze nu alleen een puur seksuele relatie wil, dat dat het maximale is wat ze aankan, dat dit de manier is waarop ze haar leven wil leiden.

Hij duwt haar dijen zakelijk uit elkaar en gaat op haar liggen.

Stefan houdt er niet van als ze nat is.

De weinige keren dat hij tederheid had getoond, was dat wel gebeurd, maar toen was hij uit bed gestapt, had haar kleren bij elkaar geraapt en het trappenhuis in gesmeten en haar naar huis gestuurd.

Dat maakt niet uit.

Ze wil hem niet kwijt en bijt hard op haar tong als ze het risico loopt meegesleept te worden.

Saga staart naar de lamp aan het plafond om hem niet in de ogen te kijken, ze fixeert het draadje stof dat in de luchtbewegingen schommelt.

Stefan stoot snel en agressief, scheldt haar uit als ze niet heel stil blijft liggen, gebruikt vulgaire scheldwoorden en fluistert dat hij haar aan al zijn vrienden zal uitlenen.

Na een poosje neemt hij haar met één hand in een wurggreep, hij knijpt in haar keel en begint hard te stoten.

Haar lichaam wordt helemaal slap. Ze ziet sterretjes door zuurstofgebrek.

Ze hoort alleen het kraken van het bed en zijn brullende uitademing als hij eindelijk klaarkomt en zich terugtrekt.

Ze rolt op haar zij, hoest in haar elleboog en ademt zo zacht mogelijk.

Hij ligt hijgend op zijn rug, zijn oren en zijn borstkas zijn rood.

Stefan weet het niet, hij herinnert zich haar niet, maar ze is met hem verbonden omdat hij lid was van het operatieteam in het Karolinska Ziekenhuis op de dag dat haar leven verwoest werd.

Hij was de anesthesist van haar zus.

Nadat ze hem op Tinder had gevonden en naar de foto had gekeken, liep ze naar de badkamer om over te geven. Met hem naar bed gaan is haar manier om het verdriet vast te houden, aangezien dat zoveel meer is dan niets.

'Ik ben nu bij de NOA begonnen,' zegt ze.

'Wat verdien je?'

'Dat weet ik niet, ik wil gewoon...'

'Slim,' zucht hij.

'Zal ik eten bestellen?' vraagt ze en ze stapt uit bed.

'Daar hebben we geen tijd voor, ik wil nog even slapen voor de training.'

'Ik dacht...'

'Je hoeft hier niet te komen,' valt hij haar in de rede. 'Zo leuk is het niet.'

'Je hoeft niet boos te worden als ik vraag of...'

'Ik wil niet met je eten, ik ben je vriend niet.'

'Dat weet ik, maar ik heb je nodig.'

Hij geeft haar 1,5 milligram Frivelle om een eventuele zwangerschap af te breken en slaat haar gade terwijl ze de pil doorslikt.

Als Stefan dronken is, zegt hij vaak dat hij vrouwen haat die denken dat ze onweerstaanbaar zijn of een carrière hebben, dat hij vrouwen veracht die een keizersnee laten doen en hoopt dat ze er een lelijk litteken op hun buik aan overhouden.

Saga kleedt zich aan zonder zich eerst te wassen, omdat hij wil dat ze nat is van het sperma tussen haar benen als ze op de motor stapt. Dat het langs haar bovenbenen loopt als ze een belangrijke vergadering heeft op haar werk vindt hij een grappige gedachte.

Zodra ze in het trappenhuis is, haalt ze een papieren zakdoekje uit haar tas, veegt zich zorgvuldig af en gooit het buiten in de afvalbak.

De tranen beginnen pas te stromen als ze op de motor stapt. Het verdriet welt in haar op en knijpt haar keel dicht, zodat ze bijna geen adem kan halen.

Terwijl ze naar huis rijdt, bedenkt ze dat Jurek haar leven nog steeds regeert.

Dat ze niet meer bij de politie werkt, dat ze niet tegen liefde kan, komt door hem.

Ze zou er alles voor doen om de klok terug te draaien en een nieuwe kans te krijgen om hem te doden.

Dat had zíj moeten doen.

Saga komt langs het terrein van het Karolinska Instituut, zie de Norra Tornen-flatgebouwen recht voor zich, maar slaat rechts af naar de Essingeleden.

Wat was dat met Jurek Walter? Hoe had zijn radioactiviteit haar kunnen vergiftigen?

Als Jurek eenmaal in je hoofd zit, raak je hem nooit meer kwijt.

Dat ziet ze soms in Joona's ogen.

Hij is ook niet vrij.

Dat geldt waarschijnlijk ook voor de dader, bedenkt ze opeens. Hij is verdwaald in Jureks labyrint, heeft te diep in zijn ogen gekeken.

Ze rijdt over de Västerbrug. Het oranje licht van de avondzon wordt in het rimpelende water onder haar weerkaatst.

De rillingen gaan over haar rug bij dat idee. De dader is verdwaald in Jureks labyrint.

Maar van de mensen die Jurek hebben ontmoet, is bijna iedereen dood.

Wie kan het dan zijn?

In de stralen van de zon lijken de boomkronen op het eiland Långholmen in brand te staan.

Was hij een slachtoffer of was hij iemand die Jurek wilde rekruteren, iemand die is losgeraakt van een van de vele haken aan zijn lange lijn?

16

Ze zet haar motor een huizenblok verder neer, pakt haar telefoon, opent geroutineerd de beveiligingsapp en kijkt naar de weergave van de vier camera's in real time: de gang met de voordeur, de keuken, de woonkamer en de slaapkamer met het raam.

Alles is rustig en onaangeroerd in haar appartement.

Ze gaat naar de geschiedenis.

Aangezien alleen geregistreerde bewegingen op de harddisk worden opgeslagen, is de laatste opname van het moment dat ze zelf de gang in loopt, haar schoenen aantrekt en een hele poos met haar voorhoofd en handen tegen de deur blijft staan – minutenlang – voordat ze naar buiten gaat.

Saga krijgt het altijd benauwd als ze een afspraak met Stefan heeft, omdat ze weet dat ze zichzelf straft, maar ze wist niet dat ze zo lang aarzelde, ze dacht dat ze zich alleen even vermande voordat ze wegging.

Zodra ze thuis is, gooit ze al haar kleren in de wasmand en neemt een snelle douche. De nieuwe gedachte laat haar geen seconde los.

Het roofdier is door Jurek verwond.

Ze droogt zich af en trekt haar roze ochtendjas aan.

Het is halfacht 's avonds als ze met haar laptop op schoot in bed gaat zitten en op internet begint te zoeken naar Jurek Walter.

Ook al is al het materiaal over hem geheim, de zoekmachine genereert meer dan drieduizend resultaten op de naam, als ze die tussen aanhalingstekens zet.

Het gaat in de meeste gevallen om blogs en podcasts die zich interesseren voor true crime en cold cases.

Sommige formuleringen keren bijna woordelijk terug, zoals dat Jurek Walter een moderne mythe is en een schaduw in de statistiek van verdwenen mensen.

Op een forum schrijft iemand dat Jurek Walter, volgens een betrouwbare bron bij de politie van Oslo, een grafschenner en trofeeënverzamelaar was. Iemand anders heeft het over massagraven bij Madrid.

Saga bedenkt dat ze specifiekere, onderzoekstechnische zoekwoorden moet toevoegen of precieze locaties, maar in plaats daarvan typt ze de voornaam van haar zus, Pellerina, in na die van Jurek en drukt op Enter.

Het aantal resultaten blijft ditmaal beperkt tot dertien. Ze scrolt omlaag en huivert als ze ziet dat er een website bestaat die 'The Jurek Walter files' heet.

De haartjes op haar armen gaan rechtovereind staan, ze ademt diep in en gaat dan naar de site. Een korte blik is genoeg om vast te stellen dat degene die de inhoud heeft gecreëerd gebruik heeft gemaakt van een heleboel geheim materiaal van zowel de NOA als de Säpo.

Als ze naar beneden scrolt en bij de laatste foto komt die van Jurek is gemaakt voordat hij uit de beveiligde psychiatrische afdeling van het Löwenströmska Ziekenhuis ontsnapte, moet ze de laptop even sluiten en zich op haar ademhaling concentreren.

Vervolgens klikt ze langs onscherpe foto's van het paspoort waarmee Jurek Zweden is binnengekomen, het vingerafdrukkenformulier van de politie dat na de arrestatie in het Lill-Jansbos is gemaakt, forensisch technische informatie en het begin van een biografie.

Saga constateert dat bijna al het materiaal authentiek is en rechtstreeks verband houdt met Jurek Walter. Slechts een paar foto's zouden gefabriceerd kunnen zijn, zoals een bebloede stoel die uit de Hasselgården afkomstig heet te zijn, een tehuis voor dementerenden.

De website lijkt geen ander doel te hebben dan zo veel mogelijk materiaal rond Jurek Walter openbaar te maken.

Een soort fanpage, bedenkt ze.

De site wordt beheerd door iemand die zich Karl Speler noemt.

Ze zoekt op zijn naam en ziet dat hij echt bestaat, hij komt uit Zuid-Afrika, woont in Älvsjö, heeft een vaste aanstelling gehad als journalist bij het boulevardblad *Expressen*, maar is ontslagen en lijkt tegenwoordig een soort wappie te zijn.

Ze herinnert zich vaag dat de Säpo de hele oplage van *Expressen* in beslag had genomen toen ze hoorden dat er een reportage in stond over de jacht op de seriemoordenaar Jurek Walter.

Karl Speler moet de schrijver van het artikel geweest zijn.

Saga keert terug naar zijn website, klikt de biografie in wording aan en leest een kort telefonisch interview met Susanne Hjälm.

Jaren geleden werkte Susanne als arts in de beveiligde bunker waar Jurek Walter verbleef, ze liet hem toe in haar hoofd en zit nu een lange gevangenisstraf uit in de penitentiaire inrichting Hinseberg.

Susanne antwoordt heel ontwijkend op Karls directe vragen, maar het is duidelijk dat haar leven verwoest is door de ontmoeting met Jurek Walter.

Ze is gescheiden, heeft de voogdij over haar beide dochters verloren en krijgt geen bezoek in de inrichting.

Het uitgewerkte interview eindigt ermee dat ze zomaar ophangt als Karl haar vraagt naar Joona Linna.

Saga klikt op de link info@jurekwalterfiles.com, schrijft een kort bericht dat ze Karl Speler graag zou willen spreken en ondertekent met haar naam en telefoonnummer.

Ze verstuurt het mailtje en is nog niet eens teruggekeerd naar de website als de telefoon gaat. Ze neemt op.

'Met Saga.'

'Met Karl Speler,' zegt een man met een snelle ademhaling. 'Spreek ik met Saga Bauer?'

'Ja, ik heb zojuist gemaild.'

'Oké, sorry, ik ben een beetje *starstruck*,' legt hij haastig uit.

Waarschijnlijk had Karl Speler besloten de waarheid over Jurek Walter openbaar te maken nadat de krant met zijn artikel was geconfisqueerd en hij was ontslagen, bedenkt Saga. Hij moet er ontzettend veel werk in hebben gestoken om alle informatie te vinden en aan elkaar te passen.

In zijn verhaal spelen Joona en zij een hoofdrol naast Jurek.

Ze hoort zijn ademhaling en bedenkt dat het voor hem natuurlijk een raar idee is om met iemand te praten die hij jarenlang van een afstand heeft gevolgd, gedocumenteerd en bestudeerd.

'Heb je even tijd?' vraagt ze.

Hij giechelt gestrest naast de telefoon.

‘Of ik tijd heb om met een neergedaalde engel te praten? Ja, ik kan wel een paar minuten van mijn betekenisvolle en rijke leven missen.’

‘Je lijkt meer van Jurek Walter te weten dan enig ander buiten de politie,’ zegt ze.

‘Zonder twijfel,’ antwoordt hij, met zijn mond veel te dicht bij de microfoon.

‘En wat sommige zaken betreft meer dan de politie.’

‘Misschien,’ zegt hij.

‘Ik zou je ontzettend dankbaar zijn als je me wilde helpen met het in kaart brengen van mensen die Jurek hebben ontmoet en nog in leven zijn.’

‘Dat is goed.’

‘Iedereen is interessant... iedereen die op zijn weg is gekomen.’

‘Oké, maar...’

‘Je hebt mijn mailadres,’ zegt ze.

‘Maar als ik mijn onderzoek met jou moet delen, wil ik je ontmoeten, ik wil je mijn materiaal laten zien bij een kop koffie of zoiets.’

‘Ik heb het alleen erg druk nu.’

‘Ik begrijp het,’ antwoordt hij beledigd. ‘Ik wacht wel totdat je wat meer tijd hebt.’

‘Zo bedoelde ik het niet,’ haast ze zich te zeggen. ‘Het is nu allemaal heel hectisch en ik heb geen tijd om te wachten, we kunnen vanavond al afspreken als dat jou uitkomt.’

*

Saga trekt een spijkerbroek en een warme trui aan, stapt weer op de motor en rijdt naar Hornstull. Midden op de Liljeholmbrug bedenkt ze dat het maar weinig had gescheeld of Karl Speler had zich teruggetrokken. Op het allerlaatste moment besefte ze dat hij in ruil voor informatie een stukje van haar wilde hebben, dat hij haar in het echt wilde zien en haar wilde vragen naar dingen die hij nog niet weet.

Bleke wolken trekken langzaam over de donkere hemel boven het gladde water van de baai.

Ze neemt het viaduct over de snelweg bij Brännkyrka, rijdt langs de brandweerkazerne en verder in de richting van het Långsjönmeer.

Ze komt langs grote, vrijstaande huizen met bloeiende tuinen. Het licht uit verschillende ramen flikkert tussen glimmende bladeren door.

Er is geen mens te zien, er rijdt geen auto, de wereld is donker en dromerig.

Ze kan niet echt een logische verklaring vinden voor wat ze gaat doen.

Ze voert in het geheim een operationele actie uit en begrijpt dat het haar kansen op een aanstelling bij de NOA zou kunnen verpesten.

Het geluid van de motor knettert eenzaam boven de lege straten.

Saga mindert snelheid, slaat rechts af en blijft staan op de oprit van een grote onder architectuur gebouwde villa uit de jaren zestig.

Ze zet haar motor op slot en tuurt door een rij keukenramen naar binnen. Ze ziet een eettafel en marmeren werkbladen en kijkt door een hekwerk van licht hout een zitkamer met een bankstel in, en een enorme eetzaal met een glazen wand naar de tuin.

Er brandt licht, maar ze ziet niemand.

Karl Speler heeft haar gevraagd om niet bij de voordeur aan te bellen, maar naar de keukeningang te gaan.

Saga loopt schuin over het gazon naar de zijkant van de villa.

In de verte blaft een hond.

De tuintegels zijn bedekt met mos.

In een oud jampotje drijven honderden sigarettenpeuken.

Naast de keukendeur zit een stukje tape met de naam SPELER boven een draadloze bel.

Ze drukt op de knop en zet een stap opzij.

Er klinken zware bonzen binnen en dan wordt de deur geopend door een kleine, stevige man van middelbare leeftijd. Hij heeft een rond gezicht met lichte wenkbrauwen en zijn blonde haar is kortgeknipt op een lok aan de voorkant na, die over zijn hoofd naar achteren is gekamd.

'Dat is snel, kom binnen,' zegt Karl en hij glimlacht met puntige hoektanden.

Hij draagt witte sokken, een blauwe spijkerbroek en een T-shirt met de tekst DEPECHE MODE onder een gekreukt jasje.

Ze loopt een krap halletje in, waar jassen aan de kapstok hangen. De deur naar de keuken zit dicht en voor haar leidt een smalle trap naar het souterrain.

'Wat ontzettend leuk,' zegt hij, terwijl hij de deur met trillende handen achter haar op slot doet.

Karl loopt voor haar uit de trap af, blijft staan en draait zich naar haar om als hij merkt dat ze aarzelt.

'Ik huur het souterrain van een gezin, daar woon ik, we storen elkaar niet als het niet per se nodig is.'

'Zijn ze nu thuis?' vraagt ze.

'Dat geloof ik niet.'

Ze stapt over sportschoenen en een paar cowboylaarzen heen die op de deurmat zijn uitgetrapt en loopt achter hem aan naar beneden.

'Het is handig om de zaklamp van je telefoon te gebruiken,' zegt hij en houdt zijn blik op haar gevestigd. 'Ik heb problemen met de stroom in mijn kleine museum, de aardlekschakelaar klapt de hele tijd om.'

Ze zet haar mobiel aan.

Er loopt een glinsterende zweetdruppel over zijn ronde wang.

De trap kraakt bij elke stap die ze zetten en Karls schaduw schommelt voor hen uit. Het licht zwaait heen en weer van het schuine dak naar een bleke plastic vloer.

Ze weet dat ze hier niet alleen naartoe zou moeten gaan, ze weet dat ze Joona het adres had moeten sturen, maar ze wilde het risico niet lopen om te worden tegengehouden.

Er klinken snelle, schrapende geluiden door de muren, het lijken wel de slagen van een schaatser.

Karl houdt met zijn rechterhand de leuning vast. De gouden schakels van zijn horloge schrapen langs het hout. Om zijn duim zit een vieze pleister.

Met een manische klank in zijn stem vertelt hij een onsamenhangend verhaal over bijzondere mensen uit zijn tijd op de school voor de journalistiek en bij verschillende krantenredacties waar hij heeft gewerkt.

Hij zwijgt als ze in een grote, donkere ruimte komen. Karl zet een paar stappen naar binnen, draait zich om en kijkt haar met half dichtgeknepen ogen aan.

'Saga Bauer... op bezoek in mijn museum,' zegt hij alsof hij het niet kan geloven.

Ze laat het licht van haar telefoon door de grote kamer schijnen.

Door twee kleine ramen tegen het plafond zijn hoog gras en een plastic voetbal te zien.

De muren zijn bedekt met ingelijste foto's die met Jurek te maken hebben: citaten, forensisch medische informatie, kopieën van haar en Joona's materiaal.

Op het plafond is een grote kaart getekend, waarop Jureks stelsel van graven gemarkeerd staat, van het Lill-Jansbos tot aan het laatste onbenutte punt op de snelweg bij Moraberg.

Midden op het crèmekleurige linoleum staan drie glazen vitrines op een rij. Aan het plafond hangen rails met donkere lampen die erop zijn gericht.

'Kom,' zegt Karl en hij maakt een gebaar dat ze binnen moet komen.

Ze loopt achter hem aan, maar blijft staan als het licht in een grote vitrine valt, waarin de spade van de kapel op Högmarsö ligt.

'Je herkent hem, ik heb hem voor een habbekrats van de erfgenamen gekocht,' vertelt hij.

In de volgende vitrine liggen Saga's bloederige sloffen uit de forensisch psychiatrische bunker en in de laatste staan drie donkerbruine glazen flesjes met het narcosemiddel Sevofluran.

'We zijn aan het eind van de rondleiding gekomen,' zegt hij.

17

Karl Speler opent een deur naar een verlichte kamer. De schrapende geluiden zijn weer te horen, nu dichterbij.

Saga schakelt de zaklamp van haar telefoon uit en loopt achter hem aan een keuken zonder ramen in. Op een lange bar van donker hout staan glazen, een shaker, een ijsemmer en een sifon voor spuitwater.

Aan de muur achter de bar hangt de vlag van Zuid-Afrika en een amandelvormig schild, versierd met hondentanden.

'De keuken en de bar,' zegt hij als bij een bezichtiging en hij loopt door.

Ze loopt langs een stofzuiger op de vloer, waar warmte vanaf komt. Een verschrompelde ballon die een handgranaat voorstelt zweeft onder het plafond en glijdt weg op de tocht.

Ze lopen om een ouderwetse kauwgomballenautomaat van rood metaal heen, met een glazen bol, een draaiknop en een luikje.

'En hier hebben we de zitkamer. Laten we hier maar gaan zitten,' zegt hij en hij duwt een deur open.

Saga's hart gaat sneller slaan als ze twee mannen ziet die ieder aan een kant van een Amerikaans shuffleboard staan.

Ze schuiven een puck heen en weer die zoevend over de geschuurde houten baan schiet.

Als ze binnenkomt, stoppen de beide mannen en kijken haar aan.

De oudste van de twee heeft een grote neus, donkere wenkbrauwen en lang haar. Hij heeft zilveren ringen aan alle vingers en draagt een strakke leren broek en een zwart T-shirt.

'Niet te geloven,' zegt hij. Hij glimlacht en komt voorzichtig dichterbij zonder zijn blik van haar af te wenden.

'Die vent die zo staart is Dragan,' vertelt Karl. 'En dat is Rüssel, hij is bang voor virussen.'

Een jongensachtige dertiger met smalle schouders en een grote bril zwaait nerveus naar haar. Hij is rood rond de mond en draagt bruine loafers, een beige broek en een overhemd met een geruite slip-over.

Dit vertrek heeft ook geen ramen. Rond een lage tafel met brandende geurkaarsen staan bruine leren fauteuils. Het licht van een staande lamp valt op een tv-toestel en een plank met een spelcomputer en controllers, een kaars in de vorm van het Vrijheidsbeeld en een rood blikje.

Saga realiseert zich dat de trap naar de keukeningang de enige weg naar buiten is en de zware sifon op de bar het beste slagwapen.

'Sorry dat we je aanstaren, maar Saga Bauer...' zegt Dragan. 'Voor ons ben je mythisch en... net zo mooi als op de foto.'

'Minstens,' voegt Karl eraan toe.

'Minstens,' herhaalt Dragan traag.

'Ik ga wijn halen,' zegt Karl en hij loopt de kamer uit.

Aan de muur hangt het artikel uit de geconfisqueerde oplage van *Expressen*, met een foto van Jurek die direct na zijn arrestatie in het Lill-Jansbos is gemaakt. De beknopte tekst gaat over een geheime seriemoordenaar op vrije voeten. De politie ontkent iets van de zaak te weten en met vooronderzoeksleider Saga Bauer van de Säpo is geen contact te krijgen.

Karl komt terug met dillechips in een glazen schaal, een box rode wijn uit Californië en vier wijnglazen.

'Waarom gaan jullie niet zitten?' zegt hij met een glimlach.

Saga, Karl en Dragan nemen plaats in de fauteuils, Rüssel gaat op een stoel schuin achter Dragan zitten. Karl laat de wijn schuimen als hij de vier glazen inschenkt. Er spatten druppels op het tafelblad.

Saga krijgt een glas, proost met hen, doet alsof ze drinkt en kijkt naar de drie verwachtingsvolle mannen. Ze beseft dat ze waarschijnlijk erg hun best hebben gedaan, ze hebben gestofzuigd, een geurkaars aangestoken, wijn gekocht, chips in een schaal gedaan en misschien de wc schoongemaakt en de klep dichtgedaan.

'Voordat we beginnen,' zegt Karl. 'Ik moet het weten, ben ik paranoïde of heeft de Säpo ervoor gezorgd dat ik mijn ontslag kreeg bij de krant?'

'Natuurlijk heeft de Säpo dat gedaan,' antwoordt Saga meteen.

'Dat zei ik toch?' zegt hij met een stralend gezicht en een knikje naar de anderen.

'Wat een eikels,' verzucht Dragan en hij glimlacht.

Er hangt een vreemde geur in de lucht, als van verbrand haar en ammoniak. Karl drinkt zijn glas leeg en schenkt het nog eens vol.

'Wat ik graag wil weten,' begint Saga. 'Omdat jij, jullie... zoveel research hebben gedaan...'

'Vooral Karl,' komt Rüssel tussenbeide.

'Weet jij of er nog mensen in leven zijn die Jurek hebben ontmoet en door hem zijn beïnvloed?'

'Oké, ik begrijp het,' zegt Karl. Hij zucht en kijkt haar weifelend aan.

'Ik ga je niet vragen hoe je aan geheim materiaal bent gekomen,' zegt ze geruststellend.

'En ik ga jou niet vragen hoe je aan goedkeuring voor operationele dienst bent gekomen.' Hij glimlacht.

'Ik werk nu bij de NOA.'

'Dat weten we,' zegt Dragan en hij schuift met trillende hand een haarlok achter zijn oor.

Rüssel kijkt gestrest naar Karl, die met langzame bewegingen een pakje sigaretten tevoorschijn haalt, erin kijkt en het op tafel legt.

'Het zit zo,' begint Karl. 'Eerlijk gezegd voel ik misschien geen grote dankbaarheid jegens de politie, maar omdat jij het bent en je hiernaartoe bent gekomen, kan ik me een ruil voorstellen.'

'Wat voor ruil?' vraagt ze.

'Er zitten nog gaten in mijn biografie, die jij kunt opvullen,' antwoordt hij en hij glimlacht zo breed dat zijn puntige hoektanden weer te zien zijn.

'Quid pro quo,' zegt Rüssel snel op doffe toon.

'Ik ga niets vertellen wat met mijn vader of mijn zus te maken heeft,' verklaart Saga ernstig.

'Daar hebben we begrip voor,' zegt Dragan.

Hij zit onderuitgezakt met zijn benen wijd en een voldane glimlach om zijn mond. Karl krabt aan zijn rechterenkel en kijkt haar aan.

'Mijn eerste vraag is vanzelfsprekend,' zegt hij en hij leunt naar voren.

'Ik luister,' antwoordt Saga ernstig.

'Ben je hier omdat Jurek Walter nog leeft?'

'Nee,' antwoordt ze.

'Ik heb de foto's van de Nederlandse politie, ik heb het hele autopsieverslag, maar dat soort dingen kun je natuurlijk fingeren.'

'Hij is dood,' zegt ze en ze kijkt hem in de ogen.

'Echt?'

'Ja.'

'Dat zei ik toch,' fluistert Rüssel.

'Rüssel zag het feit dat Joona Linna weer een normaal leven leidt als een bewijs dat Jurek echt dood is,' legt Dragan uit.

'Maar ik moest het toch vragen,' zegt Karl en hij glimlacht. 'Ik bedoel, ze is hier niet voor de gezelligheid of omdat ze vindt dat Jurek Walter de coolste moordenaar van de wereld is.'

'Waarom ben je hier dan na al die jaren?' vraagt Dragan.

Saga ademt diep in.

'Ik heb een dreigbrief gekregen van iemand die zich Artur K. Jewel noemt,' zegt ze.

'En wie is dat?' vraagt Dragan en hij kijkt Karl vragend aan.

'Hè? Hoe moet ik dat weten?' vraagt Karl met blozende wangen.

'Het is een anagram,' legt ze uit.

'Natuurlijk,' zegt Rüssel en hij knikt.

'Wat?' vraagt Dragan. 'Wat zei je? Artur K. Jewel?'

'Ja.'

'Oké,' fluistert hij. 'Ik snap het... wat gestoord.'

'En aangezien Jurek dood is,' zegt Karl met nadruk, 'en aangezien zijn hele stamboom met hem is uitgestorven, moet het iemand anders zijn... een ander soort verband.'

'Heeft deze Artur K. Jewel iemand vermoord?' vraagt Dragan.

'Daar kan ik niet op antwoorden, omdat het om een lopend onderzoek gaat.'

'Natuurlijk,' zegt Karl en hij bijt op zijn nagelriemen.

'Ik krijg er de bibbers van,' zegt Rüssel met een glimlach.

Dragan pakt de wijn en schenkt Saga bij, ook al heeft ze niets gedronken. Vervolgens schenkt hij zijn eigen glas vol. Rüssel gaat op zijn handen zitten, slaat zijn ogen neer en zuigt zijn lippen naar binnen.

'Ik moet naar boven om een sigaretje te roken, maar ik voel dat ik daar geen tijd voor heb,' zegt Karl. Hij pakt de sigaretten van tafel en stopt het pakje in zijn binnenzak.

'Ik kan nog veertig minuten blijven,' zegt Saga.

'We gaan door, we gaan door.'

'Wie heeft een reden om mij en Joona te bedreigen... en zou op het idee komen om de naam Artur K. Jewel te gebruiken?' vraagt ze.

'Geen idee... Bijna iedereen die Jurek heeft ontmoet is dood, zoals je al zei,' antwoordt Karl.

'En dat beperkt de keuze,' zegt Rüssel en hij duwt zijn bril omhoog.

'Toen ik doorhad met welk project Jurek zich de laatste jaren van zijn leven bezighield, ben ik over de hele wereld op zoek gegaan naar personen voor wie hij zich zou kunnen interesseren,' vertelt Karl.

'Goed idee,' zegt ze met een bemoedigend knikje.

'Ik heb een eigen top drie gemaakt van mensen die in een constellatie met Jurek zouden kunnen zitten...'

Zijn ronde gezicht ziet er zowel ernstig als opgejaagd uit. De blonde wenkbrauwen zijn gefronst en zijn mond heeft alle kleur verloren.

'Welke drie?' vraagt Saga rustig.

'Ik weet niet of Jurek een van hen ooit heeft ontmoet, maar mijn jokers zijn in elk geval Jakov Fauster op nummer één, Aleksandr Pitjoesjkin op twee en Pedro Lopez Monsalve op drie.'

'Die ken ik,' zegt Saga. 'De twee eersten zitten in de gevangenis... en Monsalve is oud en heeft een zeer zwakke gezondheid. Hij woont in Colombia en heeft geen paspoort.'

Karl eet de helft van de chips in de schaal op en veegt zijn hand af aan zijn spijkerbroek.

'Mijn beurt om vragen te stellen,' zegt hij en hij kijkt haar in de ogen. 'Ik vond het moeilijk om in kaart te brengen wat er nou eigenlijk is gebeurd in de bunker onder het Löwenströmska Ziekenhuis.'

'Dat was een geavanceerde infiltratie,' antwoordt ze.

Hij brengt haar met een handgebaar tot zwijgen.

'Ik ken de omstandigheden, ik heb de opnames beluisterd, maar ik wil weten wat er tussen jullie is gebeurd, wat je zag en voelde.'

Ze klemt haar kaken stevig op elkaar en knikt dan.

'Het was mijn taak om hem aan het praten te krijgen, zonder hem in mijn hoofd te laten komen,' vertelt ze toonloos.

‘Zoals ik het zie, heeft Jurek voor jou iets gevoeld wat hij voor niemand anders voelde en kwam dat dicht bij liefde in de buurt,’ zegt Karl.

‘Maar dat geloof ik niet,’ antwoordt ze en ze wendt haar ogen af.

‘Hij noemde jou een sirene, dus moet er sprake zijn geweest van verleiding,’ zegt Rüssel snel met zijn eentonige stem.

‘Hij wilde me alleen laten geloven dat ik bijzonder was in zijn ogen,’ antwoordt ze.

‘Maar hij heeft je niet vermoord, terwijl hij dat wel had moeten doen,’ houdt Karl vol.

‘Hij dacht dat hij in de toekomst iets aan me zou hebben, aangezien hij een geheime deur naar mijn ziel had gevonden die ik zelf niet kende.’

‘Niet te geloven, die man,’ zegt Karl met een hoofdknik.

‘Een klassiek geschoolde strateeg,’ zegt Rüssel snel. ‘Doel, middel, methode.’

Saga tilt haar glas op, doet alsof ze wil drinken, als haar opeens iets te binnen schiet.

‘Ik kom terug op mijn belangrijkste vraag... Wie van alle mensen die Jurek hebben ontmoet zijn nog in leven?’ vraagt ze.

‘Jij, Joona en Lumi... en de Bever natuurlijk,’ zegt hij en hij drinkt zijn derde glas leeg. ‘Reidar Kohler Frost is overleden, maar zijn kinderen leven nog, ze wonen allebei in Londen en hebben al die jaren interviewverzoeken van mij en alle andere media beleefd afgewezen.’

‘Heb je hun contactgegevens?’

‘Die stuur ik je.’

‘Bedankt.’

Karl staat op, loopt een paar passen, haalt een hand door zijn achterovergekamde lok en kijkt Saga weer aan.

‘Goh, ik heb zoveel vragen, ik raak er gestrest van,’ zegt hij. ‘Jurek is een keer naar jouw huis in de Tavastgatan gekomen, je was gewapend, maar je hebt hem niet gedood.’

‘De grootste vergissing van mijn leven... Hij had me laten geloven dat ik hem levend nodig had,’ antwoordt Saga en ze probeert de opwellende angst de kop in te drukken.

‘Ondanks Joona’s waarschuwing.’

'Ja,' antwoordt ze en ze kijkt op haar telefoon hoe laat het is. 'Het wordt tijd...'

'Mogen we een foto nemen met jou erbij?' vraagt Rüssel en zijn wangen worden rood.

'Oké, maar... nog één ding,' zegt ze. 'Karl, jij hebt een telefonisch interview gedaan met Susanne Hjälm in de gevangenis.'

'Die was ik vergeten, zij leeft nog,' antwoordt hij en hij gaat weer zitten.

'In de uitwerking op je website lijkt het alsof ze zomaar ineens ophing,' zegt Saga.

'Ja, ik dacht dat er iets mis was gegaan en heb haar nog eens gebeld en toen schreeuwde ze dat ze Joona Linna haatte.'

'Begreep je waarom?'

'Nee, nou... Ik vat het zo op dat ze hem de schuld ervan geeft dat zij een agent heeft doodgeschoten, maar dat weet ik niet, ik heb geprobeerd contact met haar te krijgen nu ze vrij is, maar ze heeft geen adres of telefoonnummer.'

Saga veert overeind.

'Is ze vrij?' vraagt ze.

'Jazeker, ze is drie jaar geleden vrijgekomen, op 1 september.'

Saga voelt dat haar hart even iets sneller gaat slaan. Ze veegt over haar mond, terwijl ze maanden en jaren telt. Susanne Hjälm is drie jaar geleden op 1 september vrijgelaten uit de gevangenis. Dat was twee weken voordat Saga de ansichtkaart kreeg met de foto van het cholerakerkhof bij Kapellskär.

Jurek Walter was in het hoofd van Susanne Hjälm gekropen toen ze in de gesloten inrichting werkte. Voordat ze in haar woning werd gearresteerd, had ze een agent gedood en een poging gedaan twee anderen te doden.

'Bedankt,' zegt Saga en ze staat op. 'Ik was graag wat langer gebleven, maar...'

De drie mannen staan snel op en halen hun mobiele telefoons tevoorschijn. Een voor een komen ze bij haar staan om te poseren voor de foto's.

Hun handen trillen en als Karl Speler dicht bij haar komt staan, voelt Saga de vochtige warmte die door zijn huid wordt uitgewasemd.

18

Saga wordt wakker in haar bed van het klepperen van de brievenbus. De post valt met een zware bons op de vloer van de gang. Ze knippert met haar ogen in de lichte slaapkamer. Het is halfzeven en de zon schijnt door het gordijn. Ze gaat op haar zij liggen en sluit haar ogen. Het is laat geworden gisteren en ze had eigenlijk nog een paar uur willen slapen.

Ze denkt aan de drie mannen in het souterrain, dat ze maar foto's bleven maken, dat Karl iets van haar wilde kopen voordat ze wegging, haar sokken, het elastiekje in haar haar, wat dan ook.

Saga reikt naar de telefoon op het nachtkastje, als het tot haar doordringt dat het veel te vroeg is voor de postbode.

Ze stapt snel uit bed, pakt haar pistool van de commode, loopt in haar onderbroek snel de gang in, ziet het samengeperste doosje op de vloer, haalt de deur van het slot en rent de trappen af en de voordeur uit.

De Tavastgatan ligt er verlaten bij.

Ze rent op blote voeten naar de kruisende Blecktornsgränd. De trap naar de lagergelegen Hornsgatan is leeg.

Op de hobbelige stoep voor het café staat een oude man met een rollator, die haar met glanzende ogen aankijkt.

Ze gaat weer naar huis, doet de deur op slot, doorzoekt snel haar appartement, legt haar pistool neer, trekt latex handschoenen aan, loopt met het vieze en beschadigde doosje naar de keukentafel en neemt via Rakel contact op met de kerngroep.

'Goedemorgen, Saga,' zegt Manvir met heldere stem, alsof hij al uren wakker is.

'Iedereen doet mee aan het gesprek, behalve Petter,' zegt Joona.

'Oké, ik denk dat ik een nieuw tinnen figuurtje heb gekregen,' vertelt

Saga. 'Er is net een doosje gekomen, een paar minuten geleden.'

'Maar je hebt niet gezien wie...'

'Nee, ik sliep en was niet snel genoeg.'

'Je hebt het doosje nog niet opengemaakt?' vraagt Greta.

'Ik heb handschoenen aangetrokken en...'

'Maak je niet druk om vingerafdrukken en vezels,' valt Joona haar in de rede. 'Maak het gewoon open, er is haast bij als we ditmaal op tijd willen zijn.'

Ze trekt de tape eraf, vouwt de flappen van het doosje open, steekt haar hand erin, haalt er een pakje uit en legt het op tafel. Voorzichtig vouwt ze een witte zakdoek open, legt een prop krantenpapier bloot en diept daar een tinnen mannetje uit op.

'Het is een nieuw figuurtje,' bevestigt ze.

'Nu hebben we de kans hem een stap voor te zijn,' zegt Manvir ademloos.

'Zie je wie het voorstelt?' vraagt Joona.

'Dat gaat niet, het gezicht is geplet... Ik maak een foto,' zegt ze.

Saga zet het zilvergrijze figuurtje op tafel, in het invallende ochtendlicht, maakt een foto en vergroot die. Er zijn geen gelaatstrekken te onderscheiden op het beschadigde gezicht, alleen een stukje van een hoog voorhoofd, een oor en de ronding van het hoofd.

Ze stuurt de foto's naar haar collega's.

Het poppetje is iets langer dan de eerdere figuurtjes, zo'n tweeënhalve centimeter, en het gaat om een slanke man in pak met een aktetas en grote schoenen.

'Saga, wat is dat op de rug?' vraagt Joona even later.

Ze pakt het tinnen figuurtje op en inspecteert de rug. Het betreft geen sporen van de gietvorm, zoals ze had gedacht, maar een ingekerfd patroon.

'Hij heeft er iets in gekerfd... het lijken wel een heleboel wolkjes, ik weet het niet, het is heel vaag... Ik zal proberen een betere foto te maken.'

'Wat maken we hieruit op? Wie is het volgende slachtoffer?' vraagt Greta.

'Dat valt onmogelijk te zeggen,' antwoordt Saga.

'Verdomme,' fluistert Greta.

'We gaan over naar de verpakking,' zegt Joona snel.
'De tijd dringt,' waarschuwt Greta.
'We hebben een verfrommeld krantenartikel en een zakdoek, een stoffen zakdoek,' vertelt Saga.
'Waar gaat het artikel over?' vraagt Manvir.
'Over een verlaten metrostation.'
'En aan de andere kant?' vraagt Greta met gestreste stem.
'De algenbloei in de Stockholmse archipel...'
'Heeft die zakdoek bijzondere kenmerken?' vraagt Joona.
'Er staat een monogram op, of hoe dat heet... een geborduurde A in de ene hoek.'
'Ga eens terug naar het artikel over het water,' zegt Joona.
'Ik denk dat we ons moeten concentreren op de metro,' zegt Saga.
'Wordt er een specifieke plaats genoemd in verband met die algenbloei?' vraagt Joona.
'Nee, maar er is een tabel met een heleboel plaatsen... Tyresö, Österåker, Värmdö, Nacka, Saltsjöbaden, Ingarö...'
'We gaan verder met het metrostation,' zegt Manvir.
'Is dat Kymlinge?' vraagt Joona.
'Ja,' antwoordt ze.
'Ik ga meteen de alarmcentrale bellen,' zegt Greta.
'Lees de beide artikelen zorgvuldig door,' zegt Joona. 'We moeten weten of er meer plaatsen worden genoemd of aangeduid.'
Terwijl Saga zich op het lezen probeert te concentreren, hoort ze Greta bellen met de alarmcentrale. Vier wagens in de omgeving reageren op de oproep.
Saga leest met bonzend hart alle tekst aan beide zijden van het krantenknipsel. De enige specifieke plaats die wordt genoemd is het spookstation op de blauwe metrolijn, Kymlinge, dat tussen Hallonbergen en Kista ligt. Het werd gebouwd omdat er een aantal overheidsinstanties naartoe zouden worden verplaatst vanuit het centrum van Stockholm. Toen de overheid in plaats daarvan besloot de instanties naar heel andere plaatsen in Zweden te verhuizen, werd de bouw van het bijna voltooide station abrupt gestaakt.
'Geen andere plaatsen,' zegt ze.
'Ik rij naar Kymlinge,' besluit Joona.

'Dan zien we elkaar daar,' zegt Saga en ze hangt op voordat iemand kan protesteren.

*

Verner Zandén zet zijn bril op, sluipt de slaapkamer uit, doet de deur voorzichtig achter zich dicht om zijn vrouw Maja niet wakker te maken en loopt de trap af.

Het grote huis ligt in een zachte schemering.

Bij elke stap kraakt het eikenhouten parket onder zijn gewicht.

Bij de Säpo is alles geheim, behalve de chef, bedenkt Verner.

Zijn naam en foto zijn overal.

Eergisteren was een doorzichtig mannetje met een bleek gezicht en een bril met kleine ronde glazen achter hem aan gelopen in de Ica Maxi.

Verner merkte dat de man hem een paar keer stiekem fotografeerde.

Dat is niet ongebruikelijk, maar deze man gedroeg zich anders. Hij glimlachte niet, toonde geen enthousiasme en leek meer op een vreugdeloze verzamelaar.

'Van zielen,' opperde Maja toen Verner over hem vertelde.

En vannacht was de doorzichtige man in de droom over Sebastian opgedoken.

Verner droomt nog steeds over zijn broertje, dat met een open ruggetje was geboren. Sebastian was elf toen hij tijdens een van de vele operaties was overleden.

Soms zijn de dromen ontzettend verdrietig. Verner en zijn vader zitten in een kleine wachtkamer als de arts naar buiten komt om te vertellen dat de operatie is mislukt. Verner valt huilend op zijn knieën, doorstroomd door een grenzeloos verdriet, of hij ziet zijn vader naar buiten lopen in de eerste sneeuwbui en brullen als een gewond dier.

Soms zijn het uitgesproken nachtmerries, waarin Sebastian hem door alle kamers van het huis achternazit. De onderontwikkelde ruggengraat sleept als een zware staart achter Sebastian aan, bonst over drempels en slaat tegen deurposten.

Vannacht deed de doorzichtige verzamelaar van Ica Maxi mee in de droom, hij opereerde Sebastian met een keukenmes, legde het gedeelde staartbeen bloot, sneed weefsel en vliezen weg, wikkelde er keukenpapier omheen en ritste de ruggengraat open.

Verner schrok wakker uit de droom en bleef vervolgens een hele poos buiten adem naast Maja liggen, waarna hij stilletjes opstond.

Nu loopt hij de donkere gang in, langs de twee salons met fluwelen gordijnen voor de ramen, naar de serre, om zoals gewoonlijk te kijken hoe het weer is.

Hij kijkt tussen de grote huizen aan het water door naar de baai. Het rimpelende water glinstert in het zonlicht.

Elke ochtend voor het ontbijt gaat Verner zo'n vijf kilometer hardlopen. Hij maakt altijd tempo in het Svärdsö-natuurgebied en loopt verder over de Älgövägen naar het Grand Hotel. Hij heeft wisselende routes terug aan de overkant van het meer. Maar op dinsdag, als hij thuis werkt, eindigt hij zijn hardlooprondje in het buitenzwembad, dat hij een uur voor zichzelf alleen heeft. Verner zit in het bestuur van de vereniging, maar betaalt toch de volle prijs voor het abonnement, die natuurlijk belachelijk hoog is voor één persoon die gebruik wil maken van de sauna en in zee wil zwemmen. Maar hij geniet van de omgeving, het merkwaardige classicisme van de jaren twintig, de stilte en de eenzaamheid. Dit is zijn meditatie, zijn moment van mindfulness voorafgaand aan de rest van de week.

Na de sauna trekt hij zijn gewone kleren aan, wandelt naar huis en brengt Maja ontbijt op bed.

Verner wordt zo verblind door het ochtendlicht dat hij bijna niets ziet als hij terugloopt door de salons.

De boiler in de kelder maakt een bonzend geluid. Het klinkt alsof iemand een rubberlaars in de droger heeft gegooid.

Verner is niet overdreven technisch, maar krijgt toch complimenten van Maja als hij naar de kelder gaat, de stekker uit het stopcontact trekt en hem er weer in stopt.

Hij loopt de donkere gang in. De deur naar de zitkamer staat wijd open en belemmert zijn zicht.

Had hij dat niet moeten zien toen hij de andere kant op liep?

Hij blijft staan en kijkt naar de banken en de tv in de schemering, het Chinese theeservies op het buffet en Lars Lerins weemoedige aquarel aan de muur.

Zijn whiskyglas van gisteren staat nog op tafel.

Hij sluit de deur van de zitkamer en bedenkt dat hij poolshoogte zal gaan nemen in de kelder, als het bonzende geluid stopt.

Hij luistert of hij voetstappen hoort, vraagt zich af of Maja wakker is geworden, zelf de zaak ter hand heeft genomen en zijn technische vaardigheden overbodig heeft gemaakt.

Maar het huis is opeens angstaanjagend stil.

Hij gaat naar de bijkeuken, haalt zijn sportkleren uit de droogkast, kleedt zich om, trekt zijn hardloopschoenen aan en doet zijn rugzak om, opent de deur, komt in de koele ochtendlucht, doet de deur op slot en steekt het grasveld over.

Ze hebben allemaal gezegd dat ze zondag komen eten, hun dochters met partner, de kleinkinderen en de bonuskinderen.

Hij moet de barbecue nog schoonmaken en zaterdag de goochelvoorstelling repeteren.

Een jongeman op het secretariaat van de Säpo heeft een oom die lasser is en hij heeft Verner geholpen met een constructie waarmee hij Maja kan laten zweven.

Verner loopt het garagepad af, blijft staan, zet zijn rechtervoet op de gemetselde bloembak en trekt de tong van zijn hardloopschoen recht, waarna hij de weg op jogt.

Het hardlopen gaat in het begin altijd moeizaam, maar vandaag heeft hij het gevoel dat hij skischoenen draagt. Hij probeert meer gewicht op zijn voorvoet te plaatsen en zijn tenen te flexen, maar hij weet dat hij er met zijn lange benen uitziet als een vermoeide eland.

Dat heeft zijn naaste buurman afgelopen voorjaar tenminste gezegd.

Die eng genoeg een gepassioneerde hobbyjager is, zoals Maja opmerkte.

Als hij in het stille bos komt, gaat het gelijk makkelijker. De ondergrond van de middenstrook van de grindweg is perfect.

Het scherpe tikken van een specht breekt door het slaperige geruis van de dennentoppen heen.

Verner denkt weer aan de droom over Sebastian en de verzamelaar, aan het geluid toen hij de ruggengraat openritste.

In de grote bocht, waar de bodem afvlakt, verhoogt hij zijn tempo.

Hij heeft het gevoel dat hij door een enorme zuilenhal rent.

Een eindje verderop staat een zwarte bestelwagen langs de weg. Er zit geen kentekenplaat op en de spatborden zijn bemodderd. Schuin achter de wagen, in de sloot, ligt een volle vuilniszak. De langzame bewegingen van de boomtoppen worden in het zwarte dak weerspiegeld.

19

Naomi Hallberg rijdt over het geasfalteerde voetpad door het sparrenbos van Ursvik. Ze heeft het laatste uur van haar dienst alleen in de patrouillewagen gezeten, omdat het jongste kind van haar partner hoge koorts had gekregen.

Naomi kreeg de oproep van de regionale meldkamer binnen toen ze geparkeerd stond in een steeg buiten het centrum van Kista, vijftien kilometer ten noorden van de centrale delen van Stockholm.

Ze zat te kijken naar een jongeman onder een door vocht aangetaste betonnen trap voor een lichtblauwe metalen gevel. Hij had een heleboel wondjes in zijn gezicht en zijn mond trilde toen hij op een verbogen lepel heroïne verwarmde. Bij zijn voeten lag een oudere vrouw te knikkebollen op een platgestampte doos.

De man brandde zich aan de aansteker en liet hem in het grind vallen, net toen Naomi de melding kreeg.

Het was een Prio 1-melding.

Ze reageerde en reed naar Kymlinge. Onderweg luisterde ze naar de eigenaardige informatie die de centralist haar gaf.

Nu slaat ze een onverharde weg in en gaat weer harder rijden.

De loofbomen flitsen voorbij.

In haar binnenspiegel ziet ze het opwaaiende stof dat zich als een wolk achter de auto verspreidt.

De centralist vertelde dat Naomi de grootst mogelijke voorzichtigheid moest betrachten en aan de andere kant van het stationsgebouw een spijkermat over de weg moest leggen.

Er waren nog vier politiewagens onderweg, maar Naomi zou er als eerste zijn.

Alleen en als eerste is voor haar geen goede combinatie.

Ze herinnert zich dat ze was gaan trillen van angst toen de voetbaltrainer haar onderbroek uittrok. Ze weet niet wat er was gebeurd als niet meteen daarna de stemmen van de andere meiden te horen waren geweest voor de kleedkamer.

Toen ze twintig werd, zou ze met haar zus op stap gaan, maar toen de nieuwe vriend van haar zus opendeed, begreep ze dat ze te vroeg was. Hij liet haar binnen, gaf haar een pil en toen ze wakker werd, lag ze op de ic van Danderyd.

Naomi schakelt het zwaailicht op de dakbeugel uit, remt af en stopt voor een slagboom. Ze stapt uit en loopt er snel naartoe. Ze trekt de pin eruit, duwt de slagboom open en ziet hem tegen de groene vuilnisbakken slaan. Ze stapt weer in de auto en rijdt verder over de hobbelige bosweg die parallel loopt aan het metrospoor.

De vering van de auto schokt en er slaan struiken tegen de portieren.

Als ze tussen de boomstammen door een eerste glimp opvangt van het betonnen gebouw, brengt ze de auto tot stilstand en schakelt de motor uit.

Ze heeft de spijkermat nooit echt gebruikt, maar herinnert zich ongeveer hoe die werkt. Je moet de zware metalen bak in de berm leggen en een scharende slinger met lange spijkers over de weg trekken.

Doe het gewoon, denkt ze.

Met een steen in haar maag stapt ze uit, ze opent de bagageruimte, trekt haar kogelwerende vest aan, zoekt de spijkermat en beseft dat die ontbreekt.

Ze rapporteert terug en krijgt te horen dat het niet uitmaakt, omdat haar collega's nu vanaf de andere kant naderen.

'Wacht op hen,' zegt de centralist.

Naomi stelt de schouderriemen van haar kogelwerende vest goed af, terwijl ze over de bosweg loopt. Dunne nevelsluiers stijgen op uit het groen dat door de ochtendzon wordt verwarmd.

De metrotreinen passeren keer op keer het verlaten station in het bos zonder te stoppen. Het ziet er allemaal nog net zo uit als veertig jaar geleden, toen de bouw werd gestaakt: een ruwbouw met ruimte voor liften, roltrappen en stationshallen.

'Alleen de doden stappen in Kymlinge uit,' luidt een broodjeaapverhaal over een zilverkleurige trein met dode mensen die 's nachts over de metrolijnen van Stockholm rijdt.

De meeste varianten van het verhaal gaan over een jonge vrouw die per ongeluk in de zilveren trein stapt, als ze na een feest naar huis gaat. Ze wordt later onthoofd of krankzinnig aangetroffen op het station van Kymlinge.

Naomi blijft staan, haalt haar dienstwapen uit de holster, houdt het omhoog, kijkt naar de glans van het metaal, naar haar vingers rond de kolf en naar haar lichte nagels.

Het bos is stil, de nevel kronkelt boven de varens, door de lage vegetatie en langs een berkenstam omhoog.

Kopergeel ochtendlicht strijkt over het overstekende stationsdak van kaal beton.

Als in een droom loopt Naomi door de passage die in het hoge prikkeldraadhek is geknipt.

Over een halfuur zit haar dienst erop. Zodra haar collega's er zijn, zal ze naar huis gaan, een paar uur slapen en daarna een pizza bestellen om die in bed voor de tv op te eten.

Ze loopt door het hoge onkruid, het talud op, ze steekt de rails over, klimt op het perron en kijkt in de aankomsthal met perrons voor de beide sporen.

Het is een merkwaardige ervaring om je in dit rudiment van een station te bevinden, zonder tegels, opsmuk, informatieborden of reclame.

Op de kale betonvloer glinsteren regenplassen.

Het enige geluid is een elektrische brom, een soort tikkend relais en de echo van haar voetstappen tussen de kale wanden.

Naomi loopt in de richting van de trap naar de stationshal. De deuropening voor haar is bedekt met graffiti en doet denken aan een spooktunnel in een pretpark.

Ze is bijna vergeten wat ze hier doet, als ze verderop op het perron, dat bijna helemaal schuilgaat achter de scheidingsmuur, een beweging ziet.

Met trillende handen laadt ze haar pistool door en verplaatst zich zijwaarts, zodat ze om de hoek kan kijken.

Het spoor aan de linkerkant zoemt.

Er gaan rimpelingen over de regenplas.

Het gedender van een naderende trein wordt luider.

Stof en vuil stuiven geruisloos op.

Ze gaat op de voorste rand van het perron staan en heft het wapen op het moment dat de trein voorbijraast. Achter de scheidingswand komt een grijs stuk plastic omhoog.

Naomi's haar waait in haar gezicht door de luchtwervelingen. Met een schreeuw van paniek in haar hart brengt ze haar vinger naar de trekker.

*

Verner Zandén zit op de hoogste bank van de sauna. Hij glimt van het zweet en het haar op zijn hoofd is zo warm dat hij het niet kan aanraken.

De bestelwagen die op de bosweg stond, was van een man die borden aan het ophangen was voor een oriëntatieloop voor de jeugd.

Verner was blijven staan en had een paar woorden met hem gewisseld. De open plek naast hen lag vol met bloederige veren en dons.

Het is inmiddels zo warm geworden dat hij bijna niet meer kan ademhalen. Verner stapt van de bank, duwt de deur open en loopt de sauna uit.

Er hangt damp om hem heen, zijn gezicht en schouders zijn vuurrood en het zweet loopt over zijn borstkas en zijn buik. Hij zet zijn bril op, kijkt op zijn horloge, doet zijn trouwring weer om en verlaat het kleedhokje.

Hij vindt het heerlijk om alleen te zijn in het grote herenbad, om zich in de jaren twintig van de vorige eeuw te wanen, om langs de pilaren van de galerij te lopen, langs de vele deuren van de hokjes, de trap af en de binnenplaats met dennen en rododendrons over.

Nog steeds oververhit komt Verner in de ochtendlucht en hij kijkt glimlachend uit over de gladde baai.

Hij blijft een poosje staan om het moment in zich op te nemen.

De brede trap die recht het water in leidt, wordt geflankeerd door twee hoekige torens met vanillekleurige houten panelen en springplanken.

Vanaf het damesbad klinkt het luide gekrijs van meeuwen.

Volgens de informatie die voor het raam van het kassahuisje hangt was het water gisteren vijftien graden.

Verner loopt de trap af en het water in. Het koude oppervlak verandert in brandende ringen om zijn bovenbenen, waarna hij erin duikt.

Iets te laat realiseert hij zich dat hij zijn bril nog opheeft. Die wordt weggerukt en verdwijnt tussen wervelende luchtbellen in het duister.

Proestend komt hij boven, hij zwemt een paar slagen, naar de witte boeien, waarna hij terugkeert naar de trap.

De endorfine stroomt door zijn lichaam als hij het badhuis weer in gaat en de glazen deur achter zich sluit.

Verner doucht en droogt zich af, trekt een joggingbroek, een wit katoenen shirt en sandalen aan. Hij krijgt zin om samen met Maja te ontbijten en koffie te drinken.

De deur van het hokje valt met een klik achter hem dicht.

Hij loopt langs de lange rij blauwe deuren, door naar de ingang, langs het kassahuisje, en verlaat het badhuis.

Als hij de deur achter zich op slot wil doen, kan hij het sleutelgat bijna niet vinden zonder bril.

De grond is bedekt met bruine naalden en dennenappels. Tussen de hoge stammen van de dennen door ziet hij de jachthaven als een zwevende witte formatie.

Hij draait zich om en tuurt naar een pick-up achteraan op het grind. Ergens breekt een dorre tak. Hij kijkt naar de bosrand en probeert zijn blik scherp te stellen. Naast een boomstam ziet hij een wazige gestalte en zijn gedachten gaan onwillekeurig naar de doorzichtige man, de verzamelaar.

Verner loopt naar het voetpad, als hij snelle passen achter zijn rug hoort. Hij draait zich om en precies op dat moment wordt er een pistoolschot gelost. Hij voelt het branden in zijn arm. Een onduidelijke, ineengedoken gestalte glijdt opzij.

Het pistool klikt achter hem, er moet een patroon in de loop zijn blijven steken.

Verner probeert met knipperende ogen de situatie in te schatten, als hij begrijpt dat het eerste schot zijn rechterbovenarm heeft geraakt. De pijn is niet erger dan spierkramp, maar van het warme bloed dat naar buiten gutst en op zijn blote voeten in de sandalen spat wordt hij duizelig.

Het pistool klikt weer. Verner draait zich snel om en rent terug naar de ingang van het badhuis, tast naar de sleutel en maakt de deur met trillende handen open.

De voetstappen van de ander komen snel dichterbij over de stenen.

Verner krijgt de deur open, trekt de sleutel eruit, gaat naar binnen en doet de deur op slot.

Er klinkt een knal en er dwarrelen houtsplinters over de vloer als de deur kapot wordt geschoten. Verner loopt achteruit het oude kassahuisje in, stoot zijn achterhoofd tegen de glazen ruit en rent de galerij naar de kleedhokjes in. Hij kan geen kant op. Zijn benen trillen. Hij blijft bij een van de verste hokjes staan, gaat naar binnen en trekt de deur voorzichtig achter zich dicht.

Iemand moet de schoten hebben gehoord.

Hij doet zijn rugzak af, legt die op het bankje, zoekt naar zijn telefoon en hoort tegelijkertijd de deur van een hokje verderop opengaan.

20

Joona rijdt door het bos en nadert het verlaten metrostation als de teamleider meedeelt dat de verdachte niet is gevonden en ook geen auto met een elektrische lier.

'Zijn er bloedsporen?' vraagt Joona via Rakel.

'We zijn nog bezig met het doorzoeken van de omgeving, maar tot nu toe niets...'

Joona blijft voor de afzetting staan. Het blauwe licht van drie van de vijf politiewagens beweegt langs bomen en beton.

Joona tilt het plastic lint op, loopt naar een geüniformeerde agent en stelt zich voor.

Intussen passeert een metrotrein het station zonder vaart te minderen. De bomen langs het spoor schommelen heftig in de luchtwervelingen.

De agent brengt verslag uit van de actie en zegt dat de FO over een uur wordt verwacht.

Een motorfiets nadert over de bosweg en komt achter Joona's auto tot stilstand.

De bestuurder zet haar helm af en hangt die aan het stuur.

De agent zwijgt abrupt als zijn blik op Saga Bauer valt. Ze draagt een spijkerbroek, een dun leren jack met brede revers en een riem om de taille en komt met grote stappen dichterbij.

'We hadden het mis,' zegt Joona als ze bij hem is.

'Hoe konden we het in godsnaam mis hebben?'

'Het raadsel moet met het water en de zakdoek te maken hebben.'

Een agent in een kogelwerend vest komt het stationsgebouw uit, kruipt door de opening in het hek en komt op een drafje naar hen toe. Haar gezicht is grauw van vermoeidheid, maar haar blik is tegelijkertijd koortsachtig gespannen.

'Dit is Naomi Hallberg, zij was als eerste ter plaatse,' deelt de agent mee. 'Ze is naar binnen gegaan en...'

'Saga Bauer,' valt Naomi hem in de rede en ze blijft tegenover hen staan.

'Ja, dat ben ik,' antwoordt Saga.

Naomi kijkt haar met een eigenaardige blik in de ogen aan.

'Kom.'

Ze volgen haar door het gat in het hek en over de treinsporen.

Het zonlicht wordt versplinterd door de bladeren van de bomen; ovalen van licht wiegen angstig boven de grond. Maar in het station heerst een stoffige schemering.

Naomi neemt hen mee het perron over en de trap op naar de stationshal.

De vloer ligt vol met lege wijnflessen, dode ratten, vuile matrassen, beroet aluminiumfolie, condooms, sigarettenpeuken, een uitgebrand kampvuur, verscheurde dozen, chipszakken en gebroken glas.

Naomi wijst naar een grote betonnen muur die is bedekt met graffiti en tags.

De wirwar van sierlijke namen en doodshoofden wordt gedomineerd door de naam YASH in zwellende letters en een half verwoeste schildering van een meisje met bolle wangen, een ernstig gezicht en grote ogen.

Joona en Saga lopen door naar de wand en blijven staan.

Midden in de ene pupil van het meisje – als de glinstering van haar oog – zit een rechthoekig stuk papier.

Een ansichtkaart met de tekst naar voren.

Joona schijnt met zijn zaklamp op de kaart.

Saga Bauer,
Nu zitten er nog vijf kogels in mijn rode Makarov. Een ervan wacht op Joona Linna. Denk je nog steeds dat je hem kunt redden?
Wie het raadsel niet kan oplossen zal door de doden geoordeeld worden.

Jesu Fatvarok

Joona haalt een papieren bewijszak tevoorschijn, vraagt aan Saga of ze hem vast wil houden, trekt latex handschoenen aan en maakt zich lang. De lijm komt met een krakend geluid los van de betonnen muur. Hij leest de woorden nog een keer en draait dan de ansichtkaart om.

'Dit houdt maar niet op,' mompelt Saga en ze steunt met haar hand op een bevestigingsbeugel voor een brandblusser.

*

Verner Zandén zit op het bankje in het kleedhokje, zijn hand stevig tegen de schotwond in zijn arm gedrukt. Zijn telefoon zit niet in zijn rugzak. Die moet uit het zijvak zijn gevallen toen hij het badhuis in vluchtte en het kassahuisje in tuimelde.

Het ene hokje na het andere wordt geopend, de stappen komen dichterbij.

De koperen haken rinkelen.

Nu pas denkt hij aan wat er met Margot is gebeurd.

Verner probeert zachtjes te ademen en helder te redeneren.

Als hij de schutter verrast, kan hij hem misschien omverduwen en naar de ingang rennen, zijn telefoon pakken, zich in de bosrand verbergen en de alarmcentrale bellen.

Maar als ze met meer zijn, wordt de voordeur waarschijnlijk bewaakt.

Misschien kan hij de trappen af rennen, in het water springen en wegzwemmen.

Opeens ziet hij dat er vlak voor de deur een bloedplas is ontstaan. Als er buiten het hokje druppels liggen, zal hij snel gevonden zijn.

Hij staat geruisloos op, houdt zijn adem in en luistert.

Als de schutter het vijfde hokje in gaat, doet Verner voorzichtig de deur naar de galerij open, veegt met zijn trainingsbroek de spatten van de vloer en gooit dan zijn hele rugzak over het hekje, waarna hij de deur weer sluit.

De rugzak komt met een bons neer op het gras van de binnentuin en rolt met een ritselend geluid tussen de rododendrons.

De schutter blijft staan, het wordt doodstil en dan hoort Verner hem weglopen in de richting van de trap.

Het pistool in zijn hand bonst zacht tegen de spijlen van het hekje.

Verner denkt weer aan zijn broertje, dat hij in zijn nachtmerries door de kamers ziet lopen met zijn open ruggetje.

Hij heeft een kloppende pijn in zijn arm.

Verner gaat met zijn oor tegen de deur staan en probeert de verplaatsing van de dader af te lezen, om erachter te komen wanneer hij zelf uit het zicht zal zijn.

Hij weet dat hij maar een paar seconden heeft om naar buiten te komen.

Het bloed is door zijn shirt heen gedrongen, het stroomt van zijn vingertoppen en druppelt snel op de vloer.

Verner meent krakende passen te horen op het houten terras van de binnentuin, doet voorzichtig de deur van het hokje open en kijkt naar buiten.

Hij ziet slecht zonder bril, maar weet bijna zeker dat er niemand is.

Zijn hart slaat te snel en zijn ademhaling wordt met de minuut oppervlakkiger. Hij begrijpt dat hij niet erg ver zal kunnen zwemmen of rennen.

Zijn enige optie is om erop te gokken dat de ingang niet wordt bewaakt, naar buiten te gaan en hulp te zoeken of zich te verschuilen.

De duizeligheid wordt erger en zijn benen trillen als hij door de galerij met de korenblauwe deuren van de kleedhokjes loopt.

Hij probeert zijn arm stevig vast te houden, maar voelt het warme bloed aldoor tussen zijn vingers pulseren.

Hij richt zijn blik op de trap, maar nu is alles wazig, hij kan de pilaren niet eens meer onderscheiden.

Er loopt bloed over de vingers van zijn verdoofde hand, het laat een smal spoor achter op de vloer.

Het druppelt in de kieren tussen de planken.

Hij bedenkt dat hij het bloedspoor achter zich moet uitwissen als hij buiten is – misschien moet hij een bloedspoor in de verkeerde richting achterlaten om zijn achtervolger te misleiden.

Hij blijft staan, duikt een stukje ineen en kijkt omlaag langs de trap die naar de binnentuin leidt.

Tegen het lichtgele paneel zijn donkergroene formaties te zien.

Bomen en struiken in de zon.

Alles is stil.

Er maakt zich iets grijs los van de achtergrond, het nadert de onderste tree van de trap.

Verner draait zich snel om en loopt wankelend naar de entree. Hij begint zich erg zwak te voelen door het bloedverlies. Hij struikelt als hij de deur naar de hal opent en als hij naar binnen gaat, stoot hij zijn schouder tegen de deurpost.

Hij kijkt ingespannen en als hij dichterbij komt, ziet hij dat de kapotte deur openstaat naar het zonovergoten parkeerterrein.

Delen van het slot en houtsplinters zijn naar binnen gevlogen.

Verner loopt haastig door en ziet zijn telefoon voor het kassahuisje op de grond liggen.

Er ratelt iets over de vloerplanken van de galerij, het klinkt als een rollende stalen knikker.

Hij laat zijn bovenarm los en bukt om de telefoon op te rapen. Als hij zijn rug weer recht, wordt het een paar tellen zwart voor zijn ogen.

Zijn hart klopt snel.

De bonzen op de vloer komen dichterbij.

De telefoon is glad in zijn bebloede hand. Hij kan de knoppen zonder bril niet zien en het lukt hem niet de telefoon aan te zetten.

Hij moet naar buiten en om hulp roepen.

Hij loopt met wankele passen naar de voordeur als hij de snelle ademhaling achter zijn rug hoort. Voordat hij kan reageren gaat er een pistoolschot af.

In het felle zonlicht spat het bloed over de ongelijke bestrating.

De kogel is door de onderkant van zijn rechterlong gegaan.

Zijn telefoon valt op de grond, ratelt door de gang naar het restaurant en glijdt onder een blauw geverfde stoel.

Hoestend wringt Verner zich door het draaihek en loopt naar zijn telefoon.

Hij kan zijn gedachten niet op een rijtje houden, het enige wat door zijn hersenen gaat zijn de woorden 'Ik wil niet dood, ik wil niet dood'.

Het volgende schot raakt hem in zijn dijbeen en hij valt voorover, hij gaat op handen en voeten zitten, brult met zijn diepe basstem, kruipt naar de telefoon, pakt hem en kruipt naar de terrasdeur.

21

Joona rijdt achter Saga aan door het bos, weg van het verlaten metrostation.

Het licht dat door de bomen gefragmenteerd wordt, stroomt over haar heen.

Het achterwiel van de motor laat stof opwaaien, dat door de zonnestralen wegzweeft.

Er schrapen takken langs de zijkanten van de auto.

Joona denkt aan het bericht dat in de pupil van het meisje was geplakt, de vernieuwde bedreiging en de afsluitende woorden die gingen over de straf voor het niet oplossen van het raadsel.

Ondertekend met een nieuw anagram.

Hij had de ansichtkaart omgedraaid en een zwart-witfoto gezien die op een lentedag was gemaakt, de hemel was wit en de bomen waren kaal. Op de foto was een open ijzeren poort te zien en een aangeharkt voetpad dat langs een runensteen bij een witgekalkt lijkenhuis voerde, langs graven en kruisen, naar een kerkje met een steil dak.

Rechts onderaan stond in een ouderwets handschrift 'Gemeente Funbo, 1879'.

Weer een kerkhof, denkt Joona terwijl hij een melding krijgt via Rakel.

De portier van het openluchtbad van Saltsjöbaden heeft 112 gebeld. De voordeur van het herenbad is ingeslagen en er ligt bloed op de vloer.

Joona ziet Saga's motor slingeren als ze het bericht krijgen dat Verner Zandén het herenbad had gereserveerd om het voor zichzelf alleen te hebben.

De hele kerngroep sluit zich onmiddellijk in direct mode aan bij de communicatiegroep op Rakel.

‘We weten niet of het Verners bloed is,’ zegt Petter snel. ‘Het is maar een gissing, we...’

‘Maar helaas,’ begint Joona.

‘We weten niets,’ maakt Petter zijn zin af.

‘Maar helaas klopt het precies met...’

‘Waarom moet je altijd zo verdomd negatief zijn?’ kapt Petter hem af.

‘Wind je niet op,’ zegt Manvir.

‘Wat weten we van de plaats delict?’ vraagt Joona.

‘We krijgen een rechtstreeks verslag van de eerste agenten ter plaatse, dat kan elk moment komen,’ antwoordt Manvir.

‘Maar Verner,’ zegt Petter. ‘Ik snap het niet. Waarom Verner?’

‘Het is niet te begrijpen,’ zegt Greta.

‘Joona?’ zegt Manvir.

‘Is het eigenlijk niet vrij duidelijk dat het tinnen figuurtje Verner voorstelt?’ zegt hij. ‘Het poppetje is langer en slanker dan de andere... en de gekerfde vormen op zijn rug zijn geen wolken maar eikenbladeren.’

‘Natuurlijk,’ zegt Saga.

‘Verdomd,’ fluistert Petter.

Hoe meer tressen met eikenbladeren je op je insigne hebt, hoe hoger je rang binnen de Zweedse politie. Het centrale motief van het wapen van de Säpo is een brandende fakkel met vier eikenbladeren.

‘Maar dan klopt onze theorie over de verpakking niet. Je kunt niet van ons verwachten dat we de halve archipel doorzoeken,’ zegt Manvir.

‘De enige specifieke plaats was het metrostation,’ zegt Saga.

‘De moordenaar wilde dat we daar eerst naartoe gingen,’ antwoordt Joona.

‘Om een nieuwe ansichtkaart voor Saga te vinden,’ zegt Greta.

‘Het is in elk geval duidelijk dat we nog altijd op achterstand staan... het station was niet de plaats van de aanval,’ zegt hij.

‘Maar het badhuis,’ zegt Manvir.

‘De andere kant van het artikel ging over de algenbloei in de archipel en...’

‘Maar dat is niet genoeg, dat is niet eerlijk,’ komt Petter ertussen. ‘Dat is een enorm wateroppervlak met duizenden eilandjes, stranden en rotsen.’

'Ik denk dat we iets over het hoofd hebben gezien,' zegt Joona.

'Saltsjöbaden is nummer vijf op de lijst van plaatsen met algenbloei,' zegt Greta.

'Verdorie,' verzucht Petter.

Saga mindert vaart als ze bij de slagboom komen en slaat daar rechts af. Joona volgt haar en hoort het grind onder de banden knerpen.

'Ik geloof dat we contact hebben met een collega in het badhuis,' zegt Manvir. 'Hier is Manvir Rai van de NOA, over.'

'Jörgen Karlsson, over.'

'Graag een verslag van wat jullie daar hebben,' zegt Manvir.

'Annika en ik waren bij de vuilstort toen we de melding kregen, we zijn er net, we zijn het badhuis net binnengegaan, jezus... ik weet het niet...'

Hij zwijgt, het knettert in de microfoon en dan zijn er snelle ademhalingen te horen.

'Ben je er nog?' vraagt Manvir.

'Het valt niet te beschrijven, er is geen slachtoffer, maar we hebben bloed op het parkeerterrein, een heleboel bloed op de vloer binnen, overal. In de gang naar het terras lijkt het wel een slachthuis, we hebben sleepsporen door de deur naar buiten, op de trap, mijn hemel...'

'Hebben jullie nog andere waarnemingen gedaan, over.'

'Nee, of nou... we hebben een paar lege hulzen gevonden, waarvan één spierwit, ik heb nog nooit zoiets gezien, er moeten technici komen... de deur is kapotgeschoten... en o ja, er was iets... ik snap het niet, maar ze hebben in plinten en deurposten gezaagd, er ligt zaagsel op de vloer.'

'Hebben jullie iets gevonden waaraan het slachtoffer geïdentificeerd kan worden?'

'Een bebloede telefoon, maar die hebben we niet aangeraakt.'

'Mooi.'

'Ik bel Verner,' zegt Greta.

'Zet de omgeving af en wacht op de FO,' zegt Manvir tegen de collega.

'Wacht, daar komt Annika aan... ze wil iets zeggen.'

Op de achtergrond klinkt een opgewonden stem.

'De telefoon die op de grond ligt, rinkelt,' zegt Jörgen. 'De telefoon die...'

'Laat liggen en wacht op onze technici,' zegt Greta met zware stem.

Vóór Saga opent het bos zich naar een gebied met lage gebouwen, wegen en viaducten.

Als het gesprek met de collega in Saltsjöbaden is beëindigd, is de groep even stil.

'Wat was dat met die zaag?' mompelt Petter.

'De lier,' antwoordt Joona. 'De moordenaar heeft de kabel naar binnen getrokken en vervolgens het lichaam naar buiten gehesen, rond hoeken en door deuren.'

'Kan iemand dit begrijpen?' vraagt Manvir. 'Wat wil hij eigenlijk? We zitten nu op drie collega's, van wie twee met een hoge rang.'

'En een oude dominee,' zegt Saga zacht.

'Dit is zo krankzinnig,' zegt Petter.

Joona haalt Saga in, gaat voor haar rijden en leidt haar naar de E4 richting Uppsala.

'Ik denk dat hij slachtoffers kiest met wie we ons verbonden voelen,' zegt Saga. 'Misschien is er verder geen motief, behalve dat we moeten begrijpen dat hij Joona zal vermoorden als ik hem niet weet tegen te houden.'

'Dat zou kunnen kloppen,' zegt Joona gedempt.

'Wat stond er op de ansichtkaart?'

'Wie het raadsel niet oplost, zal worden geoordeeld door de doden,' antwoordt Joona.

'Dus de verantwoordelijkheid om hem tegen te houden ligt bij ons.'

'Bij mij,' zegt Saga.

'Ik praat met de eenheid persoonsbeveiliging en zorg dat Joona bescherming krijgt,' zegt Manvir.

'Nee,' zegt hij.

'Dit is menens.'

'Ik ben erop voorbereid als hij komt,' antwoordt Joona.

'Wat een held,' mompelt Petter.

'Ik ben gewoon voorbereid.'

'Oké, daar hebben we het nog over,' zegt Manvir. 'Zijn jij en Saga op weg naar Saltsjöbaden?'

'Nee, dat is...'

'Ik ging ervan uit dat...'

'Dat wil hij,' gaat Joona verder. 'Maar daar kunnen we niets doen. We gaan naar het kerkhof op de ansichtkaart.'

'Saga, ik moet benadrukken dat je niet in operationele dienst bent,' zegt Manvir. 'Als je met Joona meegaat kunnen we je waarnemer noemen, maar verder kan ik beslist niet gaan.'

'Oké, dank je.'

Saga haalt achter Joona aan een lijnbus in, waarna ze terugkeren naar de rechterbaan. Het leren jack spant om haar schouders en ze voelt dat het losse uiteinde van de riem achter haar fladdert.

Het is dinsdagochtend, bijna tien uur. Wolkenschaduwen bewegen langzaam over velden en akkers, als walvissen diep onder de zeespiegel.

Saga heeft verteld dat de rillingen altijd over haar rug gaan als ze langs het Löwenströmska Ziekenhuis komt. Zelf wordt hij vervuld van een monotone maalstroom van duisternis.

Een roodbruine geluidswal vliegt aan de linkerkant voorbij. De hoogspanningsleidingen tussen de vakwerkmasten glinsteren zilverachtig. Een vrachtwagen met een brede last laat stof opwaaien in de berm.

Joona bedenkt dat de moordenaar elke stap die ze zetten in de gaten houdt. Ze lopen nog steeds aan zijn leiband. De moordenaar weet dat ze zowel naar het badhuis als naar het kerkhof zullen gaan, maar dat zal hen niet helpen om hun achterstand in te lopen, integendeel waarschijnlijk.

Voor zover er geen sterke innerlijke drang is om te worden tegengehouden.

Volgens Joona is dat nog geen uitgemaakte zaak: de overmoed of de wil om tegengehouden te worden tegenover de wil of de angst om zijn plan te voltooien.

Het kan nog alle kanten op gaan.

Misschien zijn de keuzes die hij en Saga de komende tijd maken bepalend voor de uitkomst.

Of dit is slechts een op de spits gedreven spel.

Wil de moordenaar dat ze nu omkeren en naar Saltsjöbaden rijden, zodat hij de tijd krijgt om de zak met Verner erin in alle rust op het kerkhof te leggen? Om vervolgens te beweren dat ze hem hadden kunnen redden als ze niet als katten naar de volgende zonnereflectie hadden gesprongen.

Joona en Saga verlaten de snelweg even ten noorden van het plaatsje Danmark bij een groot industrieterrein met hoge hekken.

Weg 282 brengt hen over de vruchtbare aarde van de Uppsalavlakte, langs akkers en bospartijen, een houtopslag en rode huisjes.

De witte kerk uit de twaalfde eeuw is tussen de bomen door al te zien als ze de afslag naar Funbo nemen.

Joona parkeert achter Saga en stapt uit. De poort is dezelfde als op de ansichtkaart, maar het ijzeren hek is vervangen door een lage stenen muur.

Ze lopen snel over het grindpad langs een runensteen, voordat ze allebei een kant op lopen.

Keurig gesnoeide buxusheggen scheiden de rijen grafstenen en kruisen van elkaar.

Er is geen mens te zien en het parkeerterrein is leeg.

Zowel Joona als Saga heeft de stille hoop dat ze Verners leven kunnen redden als hij op het kerkhof is neergelegd.

Een zwerm duiven fladdert op als Saga om de sacristie heen verdwijnt.

Joona loopt door naar de dichte struiken langs de muur. Op de grond tussen de takken glinstert iets blauws.

Hij rent erheen en ziet dat het een zak tuinaarde is.

Achter een voorraadschuur zijn korte bonzen te horen, alsof iemand de aarde op een pas gedolven graf met zijn handen platslaat.

Joona staat op, stapt zijwaarts en ziet een grote witte zak een meter boven de grond zweven, midden in het eikenbosje achter op het kerkhof.

Hij begint te rennen en ziet Saga vanaf de andere kant aankomen.

De zak is in lakenstof en ducttape gewikkeld. Over de takken en stammen van de eiken lopen een paar gekruiste touwen.

Er zijn geen bewegingen te zien, geen geluiden te horen.

Saga neemt contact op met de alarmcentrale, terwijl Joona zijn dolk trekt en het ene touw na het andere doorsnijdt.

Bij het doorsnijden van sommige touwen verplaatst de zware zak zich een decimeter en het zingt in de overblijvende touwen.

In de boomtoppen klinkt het gezang van vogels.

Uiteindelijk bungelt de zak aan het laatste touw, dat met een dubbele slag om een dikke tak en om de stam heen gewikkeld is.

Saga probeert de zak bij te sturen, als Joona voorzichtig het touw losmaakt en het laat vieren.

Het lichaam komt langzaam omlaag en landt zachtjes in het gras.

De klok in de bruinrode klokkentoren op de heuvel voor de kerkmuur slaat dof.

Joona gaat boven de zak staan, snijdt er voorzichtig een groot kruis in en slaat de punten met lagen tape, stof en dik rubber opzij.

Ze krijgen tranen in hun ogen van een scherpe chemische stank.

Dit lichaam is omgeven door een schuimende derrie, sommige delen zijn geleiachtig en half doorzichtig.

Ook al zijn het haar en de gelaatstrekken verdwenen, het is duidelijk dat ze het lichaam van agent Simon Bjerke hebben gevonden.

22

Manvir, Greta, Joona, Saga en Petter zitten rond de tafel in de grote vergaderzaal van de NOA. Ze hebben een snel ingelaste vergadering met de plaatsvervangend chef, Morgan Malmström.

Hij is een veertiger met een fris, jongensachtig uiterlijk, witte tanden en een relaxte manier van doen.

Iedereen luistert met neergeslagen ogen naar Manvirs verslag uit het badhuis. Hij praat op zakelijke toon en pas als hij Greta hoort snikken onderbreekt hij zichzelf.

'Sorry, ik ben helemaal van slag,' zegt ze en ze veegt de tranen van haar wangen. 'Ik ken Verner, ik ken Maja, ik kan dit niet begrijpen.'

'Zullen we even pauzeren?' vraagt Morgan.

'Nee, niet voor mij, ga alsjeblieft door,' zegt ze en ze pakt een papieren zakdoekje aan.

De zon boven de bomen van het park schijnt door de rij lage ramen naar binnen en verlicht de contouren van Joona's ernstige gezicht. Hij zit roerloos met zijn handen gevouwen op tafel en luistert naar Manvirs briefing.

'Dit leek een onoplosbaar raadsel,' zegt Saga met doffe stem. 'Het doet er niet meer toe, maar Joona en ik hebben nog wat verder gezocht...'

'Hè?' vraagt Manvir met een glimlach.

'Het raadsel kon wel worden opgelost,' zegt Joona.

'Hoe?'

'Het herenbad in Saltsjöbaden heeft van bovenaf gezien de vorm van een hoofdletter A. Daarvoor hadden we maar naar de satellietfoto's hoeven kijken,' antwoordt hij.

Torben Grut, de architect van onder andere het stadion van Stockholm, heeft het badhuis zo ontworpen dat de punt van de A naar het land wijst en de twee poten naar het water.

‘Daar verwijst de zakdoek met de geborduurde A naar,’ zegt Saga.

‘Dus we waren gewoon weer te langzaam,’ zegt Manvir.

‘Ik denk dat we ervan uit kunnen gaan dat de raadsels op te lossen zijn,’ antwoordt Joona. ‘Maar ik weet niet of het goed is om dat te doen.’

‘Je bedoelt dat we de regels goedkeuren door het spel mee te spelen?’ vraagt Greta.

‘Het was maar een gedachte,’ antwoordt hij.

‘Ik heb het lapje stof rond het tweede tinnen figuurtje gecheckt,’ vertelt Petter en hij kucht even. ‘Zoals we al dachten is het afkomstig van een doopjurk die de Maria Magdalenakerk vaak uitleent.’

‘Ben je er geweest?’ vraagt Manvir.

‘Ja, nu net... De doopjurk is vorige week uit het kantoor van de dominee in de Sankt Paulsgatan verdwenen. Het was een schoonmaakdag en de straat was net schoongespoeld, maar ik heb de plaats afgezet en technici laten komen.’

‘Mooi,’ zegt Joona.

‘Tot nu toe hebben we één witte huls en drie gewone gevonden op het terrein van het badhuis,’ zegt Manvir.

‘Of er is sprake van twee verschillende pistolen... of het wapen is geladen met één witte kogel en voor de rest gewone.’

‘Voor elk slachtoffer één witte kogel,’ zegt Manvir.

‘Dus jullie zijn van mening dat het gaat over vier moorden in een geplande serie van negen,’ vat Morgan samen en hij krabt hard aan zijn voorhoofd.

‘Ja.’

‘Waarom negen?’

*

Joona en Valeria zitten aan een tafeltje voor het raam in het Italiaanse restaurant Un Poco in de Karlavägen. De lange gordijnen wapperen als de ober de borden met dampende truffelmacaroni komt brengen.

‘Je hebt je horloge niet om,’ constateert ze en ze brengt de vork naar haar mond.

‘Dat kon ik gisteren niet vinden.’

'Raar.'

'Het duikt wel weer op,' zegt hij.

Valeria is gekleed in een pruimkleurige crêpe jurk en heeft haar krullen in een losse paardenstaart gebonden.

Ze neemt een slokje wijn en veegt met haar vinger langs haar mondhoek.

Joona slaat haar gade en denkt aan de briefing bij de NOA, die was geëindigd met een vermaning van de plaatsvervangende chef.

'Het is een lange dag geweest en ik wil dat jullie nu naar huis gaan,' had hij gezegd en hij had een breed gebaar gemaakt naar de foto's en kaarten op tafel. 'We gaan natuurlijk volgens alle regels van de kunst verder met het vooronderzoek, maar eigenlijk denk ik niet dat we de dader kunnen tegenhouden voordat het volgende figuurtje komt.'

'Ik werk nog even door,' had Saga gezegd.

'Het is verschrikkelijk, maar eigenlijk kunnen jullie niet veel doen, behalve uitgerust zijn als hij zijn volgende zet doet,' had Morgan gezegd. 'De technici, het lab en forensische geneeskunde werken vannacht door... en we hebben gezorgd voor observatie bij Saga's appartement, op onze eigen postkamer hier bij de NOA en op Saga's vorige werkplek.'

Joona weet dat hijzelf en Saga zich in het oog van de storm bevinden, midden in het dradenkruis. De moordenaar richt zich tot hen en ze moeten een manier vinden om om een hoekje te kijken, om datgene te ontdekken wat niet voor hen bedoeld is.

Na de vergadering had Joona Valeria gebeld en ze hadden om acht uur bij Un Poco afgesproken.

Hij was naar zijn appartement in The Cornerhouse gereden, had gedoucht, schone kleren aangetrokken en twee glazen verse jus gedronken. Daarna was hij een poosje voor het raam gaan staan uitkijken over de stad, terwijl het water uit zijn haar in zijn nek en over zijn schouderbladen liep.

Hij had zich aangekleed, had de ring tevoorschijn gehaald die hij in de wapenkast bewaarde en had ernaar gekeken: gepolijst platina en een perfect briljantgeslepen tweekaraats diamant.

Naar elke afspraak met Valeria neemt hij de ring mee, maar hij heeft haar nog geen aanzoek gedaan, omdat hij weet dat hij dan eerst over zijn geheim moet vertellen. Hij is nog niet vaak gezwicht, maar sinds de eerste terugval na Jureks dood is hij een keer of tien naar Laila toe gegaan om opium te roken.

'Waar denk je aan?' vraagt Valeria met een glimlach.

'Nergens aan,' mompelt hij.

Hij voelt dat ze zijn blik probeert te vangen, maar hij wil haar niet in de ogen kijken. Ze kan zijn gedachten altijd lezen, maar nu is hij daar niet klaar voor.

'Aan de zaak?'

'Sorry...'

'Ik vind het een goede regel dat je pas over je onderzoeken vertelt als ze afgerond zijn,' zegt ze. 'Maar als je dat voor mij doet, hoeft het niet, ik luister graag, je kunt alles tegen me zeggen, dat weet je.'

'Bedankt.'

Ze wacht glimlachend tot hij verder zal praten, terwijl de ober hun borden weghaalt.

'Het gaat om Jurek Walter,' zegt hij met gedempte stem. 'Om wat er op dat dak is gebeurd toen ik...'

Hij zwijgt en staart naar het tafelblad. Hoe moet hij uitleggen dat hij veranderd is, dat er iets gevaarlijks bij hem naar binnen is gesijpeld, dat een mycelium van duisternis zich in hem heeft genesteld?

'Heb je weer een aanvaring gehad met Lumi?' vraagt ze zacht.

'Nee, dit gaat alleen over mij.'

'Je hebt het gevoel dat je een grens hebt overschreden,' zegt ze.

'Maar dat ik juist heb gehandeld.'

'En dat zit je dwars, niet alleen dat je een grens hebt overschreden, maar ook dat je nog steeds van mening bent dat dat de juiste keuze was.'

'Zoiets, ja...'

Hij zwijgt weer, terwijl er twee borden risotto met stukjes asperges voor hen worden neergezet.

'Wat denk je dan?' vraagt ze als de ober weg is.

'Sorry dat ik het over saaie dingen heb, maar...'

'Het is niet saai.'

'Maar daar... hoog op het dak, volgens het klassieke citaat van Nietzsche... als een soort schoolbord waarop hij zijn laatste woorden wilde schrijven... fluisterde hij iets.'

'En dat laat je niet los,' vult ze aan.

'Nee, inderdaad.'

'Vertel,' zegt ze rustig.

'Dat kan ik niet... Ik wil die woorden niet uitspreken... maar hij zei het precies tussen mijn impuls om hem over de rand te duwen en het feitelijke duwen in... zodat ik me niet meer kon bedenken.'

'Wat akelig.'

Valeria's gezicht is bleek geworden en haar donkere ogen zijn ernstig.

Joona drinkt een slok wijn en bedenkt dat hij een deel van Jureks slechte kracht is geworden, dat er geen manier is om de verandering na de fluistering tegen te houden, dat hij net zo zal eindigen als Jurek, als iemand die het leven niet begrijpt, de wil van anderen niet respecteert, maar alleen zijn eigen duistere ordening.

'Je hebt hem tegengehouden en hij heeft niets over je te zeggen,' merkt ze op en ze kijkt hem aan.

'Nee...'

Ze zet haar glas neer, buigt zich naar voren en legt haar hand op de zijne.

'Ik begrijp dat zijn woorden bij je zijn binnengekomen,' zegt ze en ze dempt haar stem nog meer. 'Dat je dat moment met je meedraagt... en dat dat de reden is dat je jezelf verdooft als je het gevoel hebt dat je geen kant meer op kunt.'

Hij trekt zijn hand terug.

'Wat bedoel je?' vraagt hij op ijzige toon.

'Ben je nu beledigd?'

Hij antwoordt niet, eet wat en kijkt uit het raam om haar niet aan te hoeven kijken.

'Joona, wat is er?'

'Ik ben gewoon moe,' zegt hij ontwijkend.

'Je had dit willen vertellen, maar op een andere manier,' zegt ze.

'Ik weet niet waar je het over hebt.'

'Je kunt een oude drugsverslaafde niet voor de gek houden... Ik had het meteen door, je manier van praten, je pupillen, de traagheid van je blik.'

'Ik gebruik topiramaat tegen mijn migraine,' zegt hij kortaf.

'Dat zou ik in die tijd ook hebben gezegd,' zegt ze en ze glimlacht.

'Oké, maar ik probeerde te praten over iets wat belangrijk voor me is,' zegt hij en hij legt het bestek op zijn bord.

'Ik luister.'

Hij schudt zijn hoofd, pakt zijn telefoon, kijkt erop, wenkt dan de ober en vraagt om de rekening.

'Doe dit nou niet,' smeekt ze.

'Ik moet aan het werk.'

Joona voelt dat ze naar hem kijkt, terwijl hij zijn creditcard pakt en de ober vertelt dat er op zijn werk helaas een noodgeval is, en dat hij zijn gezelschap alleen moet laten.

Hij staat op en verlaat het restaurant zonder iets tegen Valeria te zeggen of haar aan te kijken en loopt naar het dichtstbijzijnde metrostation.

Het is donker en stil op straat en zijn voetstappen weergalmen tussen de hoge bakstenen huizen.

Joona weet niet waarom hij zich zo gekwetst voelt omdat ze hem en zijn drugsgebruik heeft doorzien zonder daar iets over te zeggen. Hij raakte vervuld van schaamte en ontkende alles instinctief, als een kind. Zij begreep dat en duwde hem in een hoek.

Hij pakt zijn telefoon weer, belt Laila en zegt dat hij over een halfuur naar haar toe komt. Ze probeert het hem uit het hoofd te praten en waarschuwt dat hij te vaak komt, maar hij hangt op terwijl ze nog aan het woord is.

Bij een winkel hangt een oud aanplakbiljet over twee meter afstand houden.

Hij ziet zijn eigen weerspiegeling in de etalage als hij langsloopt en denkt aan Valeria's warme blik toen ze hem smeekte niet weg te gaan.

Als hij bij de trap naar metrostation Rådmansgatan komt, blijft hij staan, hij draait zich om en rent terug. Hij opent de deur van het restaurant, haalt de ring tevoorschijn, loopt met grote stappen de gang door en de eetzaal in. Maar het tafeltje is leeg en afgeruimd. Hij loopt weer naar buiten en belt Valeria, maar krijgt geen gehoor, belt nog eens en geeft het dan op.

Joona loopt naar huis door de Luntmakargatan, waar daklozen in kleine groepjes bij leveranciersingangen slapen. Bij het hek aan de achterkant van Albert Bonniers Uitgeverij staat een man te roken. De gloed verlicht zijn lippen en de onderkant van zijn neus.

Een vrouw pookt met een ijzeren staaf in de glasbak van de milieustraat.

Joona blijft voor zijn deur staan, toetst de code in, gaat naar binnen en loopt door naar de wachtende lift.

De machinerie ruist zachtjes, terwijl hij omhooggaat naar de elfde verdieping.

Als hij op zijn etage uitstapt, ziet hij dat de deur van zijn appartement op een kier staat.

Hij voelt iets hoopvols fladderen in zijn buik als hij bedenkt dat Valeria misschien hiernaartoe is gegaan, ook al weet hij dat het niet zo is.

Achter hem klinkt een zuchtend geluid. Het is de lift die weer omlaaggaat.

Joona haalt voorzichtig de Colt Combat uit zijn schouderholster, ontgrendelt het pistool, loopt geruisloos verder, trekt de deur wijd open en luistert.

Alles is stil.

Hij loopt naar binnen, draait het pistool snel naar rechts, doet de deur achter zich op slot en gaat de slaapkamer binnen, loopt snel om het bed heen, opent de inloopkast, keert terug naar de gang en kijkt in de badkamer.

Er klinkt een zacht tikken.

Joona loopt snel door de zitkamer, steekt het wapen om de hoek en scant de keuken.

Hij stopt het pistool weer in de holster en loopt naar de eettafel.

Het schrijfblok ligt aan de verkeerde kant van de laptop. De bladzijden bewegen in de opstijgende lucht die door het koperen rooster van de vloerverwarming komt.

23

De geur van het eikenhouten parket vermengt zich met de geur van zweet in Studio 2 van het Huis van de Dans. Saga is daar met de beide kinderen die ze coacht.

Twee jaar geleden heeft ze contact opgenomen met de Zweedse Downvereniging, ze is begonnen als vrijwilliger bij verschillende activiteiten en daarna coach geworden van Astrid en Nick.

Een enorme spiegel bedekt de ene lange wand van de zaal en onder de ramenrij aan de andere kant loopt de barre.

Saga zit op haar knieën voor Astrid en helpt haar met haar balletschoenen en beenwarmers.

Beide kinderen zijn het afgelopen jaar met sprongen vooruitgegaan, maar ook al zijn ze elf, het is nog te vroeg om hen naar de jeugdgroep te laten doorstromen.

De andere kinderen van deze groep zijn tussen de vier en acht jaar oud.

Nick is de enige jongen, maar hij is dol op ballet en zegt vaak vol zelfvertrouwen dat hij danser op het Songfestival wordt.

Saga kan haar werk gewoonlijk wel van zich afzetten als ze bij de kinderen is, maar vandaag vindt ze het moeilijk om aan iets anders te denken dan aan Verners dood. Het verlies van Verner heeft haar harder geraakt dan ze had zien aankomen. In al haar jaren bij de Säpo had ze hem bijna dagelijks gezien en hij was in veel opzichten haar mentor geweest. Als het de bedoeling was dat de jacht persoonlijk zou worden, heeft de moordenaar nu zijn zin.

Nick trekt een paar keer aan het kruis van zijn zwarte balletpakje, waarna hij in de hals kijkt.

‘Achterstevoren,’ zegt hij en hij lacht zo breed dat zijn kleine tanden te zien zijn.

'Zal ik je helpen?' vraagt Saga en ze staat op.

'Nee, dat hoeft niet.'

'Dan wacht ik buiten,' zegt ze.

'Wil je niet met ons dansen?' grapt Astrid.

'Dat durf ik niet,' antwoordt Saga net als altijd.

'Jawel,' lacht Astrid.

'Het is te moeilijk,' legt Saga uit.

'We helpen je wel... je moet zo doen, grand plié,' doet Astrid voor.

'Zo?' probeert Saga.

'Je moet je benen buigen,' zegt Nick.

'Demi-plié... en een pirouette.'

Saga draait rond en Astrid klapt in haar handen.

'Je doet het heel goed,' complimenteert het meisje.

'Vind je?'

'Heel goed,' zegt Nick en hij slaat zijn handen voor zijn lachende mond.

'Nog een keer, demi-plié...'

De danslerares komt binnen en loopt met opgeheven borst en gestrekte hals door de zaal. Ze draagt haar donkere haar in een strakke knot in haar nek. Midden in de streep licht van een van de ramen blijft ze staan, ze draait zich om en lacht even naar de kinderen, waarna haar gezicht ernstig wordt.

'*Avant, avant*,' roept ze.

Alle kinderen worden stil en lopen snel naar haar toe, zodat ze hen kan afvinken.

Saga verlaat de danszaal, loopt naar de wachtruimte en koopt een fles plat mineraalwater uit de automaat.

Aan een van de tafeltjes zit een slanke oudere man in een te groot colbert op zijn telefoon te kijken. Op een donkere bordeauxrode bank zit een jonge vrouw een dik bibliotheekboek te lezen.

Saga neemt op de bank tegenover de vrouw plaats, draait de dop van de fles en zet hem aan haar mond.

'Ben jij een ballerina?' vraagt de jonge vrouw op een wat ouwelijke manier.

'Nee... jij?' vraagt Saga.

'Ik wou dat ik aanleg voor dansen had, maar ik wacht alleen op mijn zusje.'

Ze draagt een zilverkleurig windjack, een zwarte spijkerbroek en zilverkleurige sportschoenen. Op de vloer tussen haar voeten staat een vieze rugzak in de vorm van een panda.

Saga kijkt de nieuwe mailtjes op haar telefoon door en haar gedachten gaan weer naar Verner. Hij was door meerdere kogels geraakt het badhuis in gevlucht. Misschien was hij al dood toen hij aan de lier het parkeerterrein op werd getrokken.

De man aan het tafeltje fluistert iets in zichzelf, duwt een servet tegen zijn neus en houdt zijn kaalgeschoren hoofd achterover. Hij heeft hoge jukbeenderen en een diep litteken in zijn hals, alsof hij onlangs een keeloperatie heeft ondergaan.

Saga weet dat ze naar het detectivebureau moet gaan om haar spullen op te halen, maar ze wil haar baas niet tegenkomen. Ze weet dat ze boos zal worden als ze hem alleen maar ziet, vooral omdat hij het onderzoek heeft vertraagd door haar persoonlijke post mee te nemen.

Door de muren van de dansstudio heen klinkt opgetogen gelach.

Een hommel bonst tegen het raam en vliegt weg over de daken.

De jonge vrouw op de bank tegenover Saga heeft steil blond haar, een hoog voorhoofd en lichtblauwe ogen. Haar lippen zijn opeengeperst terwijl ze leest.

Even later slaat ze het boek dicht, met een vinger als bladwijzer ertussen, en kijkt naar de in het grijs geklede man met zijn hoofd achterover.

'Wat lees je?' vraagt Saga.

'Wiskunde... grafentheorie,' antwoordt ze en ze ontmoet Saga's blik.

De man laat zijn kin zakken, fluistert iets en kijkt naar de helderrode bloedvlek op het servet, dat hij vervolgens dubbelvouwt.

'Ken je het logische probleem dat "De zeven bruggen van Koningsbergen" wordt genoemd?' vraagt de jonge vrouw met haar vroegwijze ernst.

'Nee, ik geloof het niet,' antwoordt Saga.

'Het is geen makkelijk raadsel – wil je het horen?'

'Ja, graag,' zegt ze met een glimlach.

'Koningsbergen lag aanvankelijk in Duitsland, maar na de Tweede Wereldoorlog werd de stad door de Sovjet-Unie ingelijfd,' begint de jonge vrouw.

'Kaliningrad,' zegt Saga en ze merkt dat de oudere man meeluistert.

'Hoe dan ook,' gaat de vrouw verder. 'In de achttiende eeuw... waren de oevers en de beide eilanden in de rivier door zeven bruggen met elkaar verbonden... en de vraag is of je een wandelroute kunt vinden waarbij alle bruggen worden gepasseerd, maar nooit meer dan één keer.'

'Ik begrijp het.'

'Ik zal het tekenen,' zegt ze en ze haalt een oud bonnetje uit haar tas. 'Heb je een pen?'

'Nee, sorry...'

De in het grijs geklede man staat op, loopt naar de vrouw toe en overhandigt haar zonder een woord te zeggen een pen.

'Bedankt,' zegt ze en dan begint ze te tekenen.

Saga kijkt naar het geconcentreerde gezicht van de jonge vrouw, naar de gespannen mond en de frons tussen haar lichte wenkbrauwen. De lichtgrijze manchetten van het windjack rond de smalle polsen zijn een beetje vies, de nagels afgekloven. De inkt van de pen is rood en op de zijkant staan de woorden 'De Re Militari' in goud gegraveerd.

'In die tijd hadden de bruggen namen,' zegt de vrouw en ze kijkt op. 'De Honingbrug, De Kramersbrug, De Groene Brug enzovoort.'

'Maar dat heeft niets met de oplossing te maken,' zegt Saga.

'Voor een wiskundige niet, maar vraag het aan een kwantumfysicus,' zegt ze met een glimlach. 'Sommigen zouden het probleem waarschijnlijk overbrengen naar algebraïsche grafen en met behulp van algoritmen...'

De vrouw zwijgt als de oude man iets te haastig opstaat. Hij stopt de telefoon in zijn binnenzak, slentert verstrooid langs de ramen, staat een poosje met zijn rug naar hen toe naar buiten te kijken en loopt dan naar de entree.

De man is net weg als Joona de wachtruimte binnenkomt en naar Saga zwaait.

'Sorry, ik moet met mijn collega praten,' zegt Saga tegen de jonge vrouw en ze staat op. 'Maar ik zal proberen het probleem op te lossen.'

'Vertel volgende week maar wat je hebt bedacht,' zegt ze en ze geeft de tekening met een glimlach aan Saga.

'Oké.'

Saga en Joona lopen de gang een eindje in om ongestoord te kunnen praten. Ze gaan bij de lege speelhoek staan, vanwaar ze de deur van Studio 2 kunnen zien.

'Je hebt me gebeld, wat wilde je?' vraagt Joona.

'Ik heb een spoor dat in de chaos rond Verner is verdwenen,' zegt Saga met gedempte stem. 'En ik wilde het niet ter sprake brengen waar de anderen bij waren, omdat ik een beetje buiten mijn boekje ben gegaan.'

'Waar gaat het over?'

'Ken je Susanne Hjälm nog?' vraagt Saga.

'Ja.'

'Je weet nog dat ze is veroordeeld voor moord op een collega van ons?'

'Ik heb voor de rechtbank en voor het gerechtshof getuigd,' antwoordt hij.

'Hoe dan ook, ze is alweer een tijdje op vrije voeten... en ze lijkt jou de schuld te geven van alles.'

'Hoe weet je dat?' vraagt hij.

Saga weet dat ze niet mag vertellen dat ze bij Karl Speler is geweest en heeft gedaan alsof ze in operationele dienst was.

'Ik heb een bron,' zegt ze alleen.

'Wie?'

'Dat kan ik niet vertellen,' antwoordt Saga. 'Maar Susanne komt overeen met ons profiel... en ze kwam vrij vlak voordat ik de eerste ansichtkaart kreeg.'

'Ze heeft zonder twijfel een zeer sterke band met Jurek,' zegt Joona en hij knikt.

'Hij heeft haar kapotgemaakt, dat weten we, maar ze lijkt de werkelijkheid niet onder ogen te willen zien, of dat kan ze niet aan. Het is makkelijk om de schuld op jou, de politie of het rechtssysteem af te schuiven.'

'Weet je waar ze woont?' vraagt Joona.

'Nee, ze staat niet ingeschreven in de basisadministratie, ze heeft geen bankpassen, geen telefoonabonnement, niets.'

Susanne Hjälm was de verantwoordelijke arts van Jurek Walter in de bunker onder de beveiligde forensisch psychiatrische afdeling van het Löwenströmska Ziekenhuis. Ze stond lange tijd bloot aan zijn duisternis en zat er mentaal helemaal doorheen toen ze met haar gezin onderdook.

'Joona, ik moet je iets vragen... hebben jullie Observatie achter me aan gestuurd?'

'Nee,' antwoordt hij.

'Dan wil ik dat gewoon weten.'

'Natuurlijk.'

'Er zat hier een man in de wachtruimte, die...'

Opgewonden stemmen en applaus klinken door de deur, waarna de kinderen naar buiten stromen.

'Wat?' vraagt Joona.

'Nee, niets, vergeet het maar.'

Astrid en Nick rennen naar buiten en blijven voor Saga staan. Ze zijn beiden vrolijk en hebben rode wangen, Nick maakt sprongetjes op twee benen en Astrid pakt Joona's hand vast om zijn nagels te inspecteren.

24

Nadat ze de kinderen bij hun school in Enskede hebben afgezet, rijden Saga en Joona door naar Upplands Väsby ten noorden van Stockholm.

De wetenschap dat ze de dader misschien dicht op de hielen zitten, maakt hen allebei stil en geconcentreerd.

Susanne Hjälm was agressief paranoïde geworden en hield haar gezin opgesloten in de villa in Sätra. Haar man Mikael vroeg echtscheiding aan nadat ze in hechtenis was genomen, maar ging jarenlang regelmatig met de kinderen op bezoek bij hun moeder in de Hinseberg-inrichting. Dat pakte niet goed uit en nu heeft hij in zijn eentje de voogdij en Susanne heeft een uitgebreid contactverbod opgelegd gekregen. Ze mag niet in de buurt van hun huis, van Mikaels werk of van de school van de kinderen komen.

Mikael en de twee dochters zijn verhuisd naar een eengezinswoning in Runby. Hij werkt nu als badmeester in het Vilundabad.

Joona slaat af naar het grote sportcomplex en rijdt naar een donker, doosvormig gebouw met glaspartijen en een plat dak met gras erop.

Ze gaan naar binnen en vragen bij de receptie naar Mikael Hjälm. De receptioniste antwoordt dat ze denkt dat hij bij een van de bassins is, aangezien de seniorenles over veertig minuten begint.

Het is bijna leeg in het grote zwembad. De lucht is warm en vochtig. Er stijgt een sterke chloorlucht op van het water.

Een bleek licht breekt door de jaloezieën voor de grote raampartijen heen.

Aan de ene korte kant van het grote bassin is een in het wit geklede man bezig een golfdempende lijn op een haspelwagen te rollen.

Zijn kortgeknipte haar wordt al grijs en hij heeft diepe rimpels in zijn voorhoofd. Hij draagt een witte schelpenketting om zijn hals en de mouwen van zijn T-shirt zitten strak om de spieren van zijn bovenarmen.

Joona en Saga lopen om het bad heen.

Harde echo's van hun voetstappen weerkaatsen tussen de muren.

De man kijkt op, het is duidelijk dat hij Joona herkent. Hij trekt wit weg, laat de wedstrijdlijn los en zoekt steun bij het wagentje.

'Maak je geen zorgen, er is niets gebeurd,' zegt Joona snel.

'Dus het gaat niet om Ellen en Anja?' fluistert Mikael.

'Nee, maar we moeten met je praten over Susanne,' zegt Joona.

Mikael gaat langzaam op een van de startblokken zitten en trekt aan de witte schelpenketting.

'Wat heeft ze gedaan?' vraagt hij bijna onhoorbaar.

'We moeten met haar in contact komen, maar ze heeft geen adres,' antwoordt Saga.

'Ik wil er niet bij betrokken worden,' zegt hij. Hij doet een poging te glimlachen, met een bedroevend resultaat.

'Wanneer heb je haar voor het laatst gezien?' vraagt Joona.

'Ze heeft een contactverbod.'

'Dat weten we, maar veel mensen trekken zich...'

'Ik geloof dat ze in een yoga-retraitecentrum woont, of hoe dat heet.'

'Weet je waar?'

'In de buurt van Munkfors, maar willen jullie alsjeblieft niet tegen haar zeggen dat jullie met mij hebben gesproken?'

'Je bent bang voor haar,' zegt Saga.

Hij slaat zijn ogen neer en verzinkt in gedachten. Er druppelt water van de lijnwagen en er breidt zich een grote plas uit op de tegels.

'Joona was erbij, we weten wat er is gebeurd,' zegt Saga. 'We weten van de lange gevangenisstraf, maar daarna, hoe is dat geweest?'

'Hoe dat is geweest? Ik wil nooit meer iets met haar te maken hebben,' antwoordt hij en hij kijkt haar met zijn bloeddoorlopen ogen aan.

Het water klotst in de overloopgoot en de donkerblauwe baanmarkeringen op de bodem van het bad slingeren heen en weer in de breking van het licht.

'Wij zijn van de politie, we kunnen je helpen.'

'Ik wil er gewoon niet over praten,' antwoordt hij ontwijkend.

‘Ze heeft je bedreigd,’ zegt Joona.

‘Je hebt ons toen het leven gered, dat weet ik,’ zegt Mikael en hij kijkt Joona aan. ‘Ik wil je heel graag helpen, dus als het daarom gaat, kunnen we het gesprek voortzetten, al zou ik het voor mezelf liever niet doen, want ik wil niet dat ze weer aan mij en de kinderen gaat denken.’

‘We houden jullie erbuiten,’ zegt Joona.

‘Dank je,’ zegt hij en hij ademt diep in. ‘Ik zal het proberen uit te leggen... Na haar vrijlating was ze veranderd, ze zei dat ze haar leven weer op de rails moest zien te krijgen... om niet alle contact met de kinderen te verliezen... ze mediteerde en ging in therapie om te leren accepteren dat zij schuldig was aan wat er was gebeurd. Ik zei dat ik blij voor haar was... ze ging in een soort commune wonen, deed aan yoga, belde steeds vaker en had het erover dat ik met midzomer met de meisjes bij haar op bezoek moest komen in het centrum, gewoon een dagje... maar dat ging niet, want we zouden de hele zomer bij mijn ouders in Frankrijk doorbrengen.’

‘Hoe nam ze dat op?’ vraagt Joona.

‘Ze begon de kinderen te bellen en te vertellen wat ze met mij zou doen,’ antwoordt Mikael.

‘En wat was dat?’

‘Ze zei dat ze ’s nachts naar ons huis zou komen... dat ze mij om vergiffenis zou laten smeken, dat ze me voor hun ogen zou castreren en... ze zei tegen hen dat ze erbij moesten zitten en moesten bepalen of ik daarna zou mogen blijven leven of zou moeten doodbloeden op de vloer.’

*

Biondo Yoga is een complex even ten westen van Munkfors waar veel cursussen voor vrouwen worden gegeven.

‘We streven ernaar zo veel mogelijk gebieden van onszelf te bewonen en onze energie in te zetten om een verwaarloosde wereld de liefde te geven die hij verdient,’ leest Saga op haar telefoon.

‘Dat klinkt goed,’ zegt Joona.

‘Volgens de website is vandaag de laatste dag van een vijfdaagse retraite waar de deelneemsters door middel van geleide flow- en ademsessies, door te schudden, te dansen en te chanten, de vrouwelijke oerkracht in hun hart, womb space en yoni vinden.'

Manvir heeft contact gehad met de regio Bergslagen en te horen gekregen dat de politie van Munkfors een lopende zaak heeft waarin Biondo Yoga een rol speelt. De plaatselijke politie zal een bezoek brengen aan het cursuscentrum, nadat een vrouw die daar verblijft geweigerd heeft naar de rechtbank te komen om te getuigen tegen een man die haar heeft bedreigd en mishandeld nadat ze hem had verlaten.

Manvir heeft het zo geregeld dat het bezoek van de plaatselijke politie samenvalt met dat van Saga en Joona, zodat ze daar naar binnen kunnen gaan zonder te hoeven vertellen waar ze voor komen.

Ze rijden nu door het dorp, over de rivier de Klarälven en volgen weg 241 naar de noordelijke punt van het meer Ransjön, waarna ze een particuliere bosweg in rijden.

Na drie kilometer wordt de weg geblokkeerd door een dichte slagboom.

'Wij zijn het eerst,' zegt Saga.

Op een pijl van hardboard, die aan twee touwen aan een hek hangt, staat het woord PARKEERTERREIN geschreven. De pijl wijst naar een deel van het weiland naast de weg, waar het hoge gras kortgeleden is gemaaid.

Het ritselt tegen de onderkant van de auto als Joona achteruit wegrijdt en de auto zo neerzet dat hij snel weg kan als dat nodig mocht zijn.

'Kijk of er iets in het dashboardkastje zit wat je nodig hebt,' zegt Joona.

Saga opent de klep, pakt er een holster uit met daarin een compacte Glock 26. Ze duwt de releasepal in, trekt het magazijn eruit en ziet dat er elf parabellumpatronen in zitten. Geroutineerd controleert ze het mechaniek en de slagveer van het wapen, waarna ze het magazijn er weer in klikt.

Ze lopen de warme lucht in. Rond de hoge lupines zoemen insecten.

'Bedankt,' zegt Saga en ze doet de schouderholster om.

Joona wil net zijn portofoon pakken als er een politiewagen op de bosweg verschijnt. De weerspiegelingen van de boomkronen stromen over de voorruit.

Saga wuift en knoopt haar jack dicht.

De auto rijdt door tot de slagboom, de portieren gaan open en er stappen twee geüniformeerde agenten uit.

Joona en Saga lopen naar hen toe en stellen zich voor.

Magnus is in de vijftig, heeft dichte baardstoppels en doorlopende wenkbrauwen. Luke heeft een brede kaak, een kuiltje in zijn kin en een blonde snor.

'Jullie hadden niet helemaal hierheen hoeven rijden vanuit Stockholm... Je kunt het ons voortaan gewoon vragen als jullie hulp nodig hebben,' zegt Magnus.

'Googel de politie van Munkfors maar,' zegt Luke met een glimlach. 'Tot nu toe hebben we nog maar één review.'

'Eén ster van vijf,' straalt Magnus.

'Gefeliciteerd,' zegt Joona.

'Het begin is er,' lacht Magnus.

Saga loopt om de paal heen, door wilgenroosjes en fluitenkruid, terwijl Luke gebukt onder de roestige slagboom door kruipt.

'Au, verdorie...'

'Lucky Luke is gewond,' zegt Magnus.

'Ik heb gisteren een tattoo laten zetten,' licht hij toe.

Hij maakt het kompres aan de binnenkant van zijn onderarm los. Op de rood geworden huid is een kindertekening te zien van twee vrolijke kopvoeters die elkaars hand vasthouden.

'De eerste tekening die mijn dochter van haar en mij samen heeft gemaakt.'

'Mooi hoor,' zegt Saga.

Ze lopen over de grindweg met een middenstrook van hoog gras. Een vogel zingt keer op keer dezelfde paar tonen. Het bos is schemerig en de bodem droog.

Magnus gaat verder over de ster, dat één ster helemaal niet zo slecht is als het klinkt, dat je niet mag vergeten dat hij vijf punten heeft.

Aan hun rechterhand ligt een verwilderde weide, omgeven door een hek van verbleekt hout. Achteraan in de bosrand staat een jachttoren.

Luke vertelt dat Biondo Yoga een informele vrijplaats is geworden voor vrouwen die om wat voor reden dan ook op adem moeten komen, maar dat er ook twee hele gezinnen in het centrum verblijven.

Na een wandeling van tien minuten zien ze het meer glinsteren tussen de bomen en daarna zijn de eerste gebouwen te zien. Ze hebben luchtfoto's van het terrein gezien en weten dat er twee grote gebouwen zijn, één kleiner gebouw en vier kleine huisjes.

'Jullie doen wat jullie moeten doen, jullie praten met Svetlana, en intussen gaan wij op zoek naar Susanne Hjälm,' deelt Joona mee.

'Hier komen de sterrenagenten,' zegt Luke.

Ze komen uit het bos, bij een grasveld dat afloopt naar het water. Alle gebouwen hebben pannendaken, bruinrode gevelpanelen en witte kozijnen.

Er is geen mens te zien.

Op het gras staat een gedekte tafel met borden en glazen. Twee van de stoelen zijn omgevallen. Een yogamatje is door de wind in het riet naast de steiger geblazen.

Ze lopen naar het grootste gebouw, slaan de hoek om, passeren een regenton en blijven staan als ze twee vrouwen op het terras aan het water zien liggen.

'Wat krijgen we nou?' mompelt Magnus.

Ze lopen langzaam de glooiing af, langs de houten vloer. Een gebatikte lap stof beneemt hun het zicht. Een zwarte kat glipt de gestreepte schemering tussen de betonpoeren in. Iemand heeft kleine mosselschelpen op een rijtje langs de rand van het terras gelegd.

Een derde vrouw ligt in het hoge gras met haar benen op de trap en achter de open verandadeuren zijn nog meer lichamen verspreid over de vloer te zien.

25

Saga nadert het huis voorzichtig. De anderen volgen haar. Er heerst een magische stilte. Het enige geluid is dat van insecten boven het onkruid en het beuken van de aangemeerde roeiboot als hij met de voorkant tegen de steiger stoot.

De dichtstbijzijnde vrouw op het terras ligt roerloos op haar rug, met haar mond halfopen en haar ogen dicht. Saga observeert haar slappe gezicht, de lichte lachrimpels en de sproeten op haar neus.

Het licht verandert langzaam boven haar borstkas. De dunne, oranje stof spant om haar borsten als ze langzaam ademhaalt.

'Ze slapen allemaal,' fluistert Saga.

De vier politiemensen lopen langzaam verder, de glooiing naast het terras af. De vrouw aan de voet van de trap kijkt op en sluit haar ogen als ze haar passeren.

De plankenvloer van het terras kraakt onder hun gewicht als ze naar de deuren van een grote yogazaal lopen.

'Hè, toe nou,' zegt een vrouw teleurgesteld.

Ze gaat zitten, met rechte rug, haar benen gespreid en de voetzolen tegen elkaar. Haar zwarte haar zit in een perfecte middenscheiding en is zorgvuldig geborsteld. Ze heeft vermoeide kringen onder haar ogen en een voortand waar een stukje af is.

'Wat is dit?' vraagt Magnus en hij maakt een breed gebaar naar de liggende lichamen.

'Yoga nidra, yogische slaap,' antwoordt ze.

'Sorry dat we storen,' zegt Luke. 'Maar we moeten Svetlana Johnsson spreken.'

De vrouw staat soepel op. 'Luister allemaal,' zegt ze tegen de liggende dames, 'jullie mogen nu uit de nidra komen, of zo lang blijven liggen als jullie willen, maar ik ga nu. Bedankt, ik ben blij dat ik jullie mocht leren kennen.'

Ze loopt met Magnus en Luke mee, de trap af en het gras bij het meer op. Joona en Saga blijven op het terras. Ze kijken of ze Susanne tussen de liggende vrouwen kunnen vinden en als ze haar niet zien, lopen ze de grote yogazaal in.

Het idee is dat zij Susanne vinden en haar discreet inrekenen, terwijl hun collega's Svetlana vragen waarom ze geen gehoor heeft gegeven aan de oproep om te getuigen.

Een jonge vrouw komt de gebogen houten trap af. Ze is op blote voeten, draagt een doorschijnende gele jurk, heeft verwarde blonde haren en droge lippen. De wangen onder haar ogen zijn roodverbrand.

'Kan ik iets voor jullie doen?' vraagt ze met een glimlach.

'Woon je hier?' vraagt Joona.

'Of ik hier woon? Onze zielen zijn vrij – toch? Maar inderdaad, ik ben met de lentenachtevening in de gemeenschap opgenomen.'

'Weet je waar Susanne Hjälm is?' vraagt Joona.

'Susanne? Wat willen jullie van haar?'

'Dat is persoonlijk, maar het gaat om haar kinderen,' zegt Saga.

'En het is dringend,' voegt Joona eraan toe.

Ze kruist glimlachend haar vingers in zijn richting, alsof ze een demon probeert te verjagen, en laat dan een schallende lach horen.

'Nee, ik snap het, kinderen zijn de ware goddelijke manifestatie – ja toch? De baarmoeder en het kind. Maar nu merk ik dat jullie ongeduldig worden van me. Goh, wat een zweverig en lastig mens.'

'Zoiets,' antwoordt Saga.

'Ik ben niet de vijand – voel je dat niet?' vraagt ze zonder haar ogen van Saga af te wenden. 'Er is alleen maar liefde tussen ons tweeën.'

'Mooi.'

Een paar vrouwen gaan rechtop zitten en kijken hen vragend aan.

'Vertel ons waar we Susanne kunnen vinden,' zegt Joona.

'Susanne,' herhaalt de vrouw en ze waait zich koelte toe met haar hand. 'Ze is met de emmers naar de composthoop gegaan, ze zal zo wel terugkomen.'

'Daar kunnen we niet op wachten,' zegt Saga. 'Waar is de composthoop?'

'Jullie moeten alleen begrijpen... we zijn zorgvuldig met het eten, we volgen de ayurvedische regels,' zegt ze. 'En we zijn zorgvuldig met composteren, alleen vrouwen van de ashram mogen erheen.'

'Waar is die composthoop?' vraagt Saga nog eens.

'Een stukje het bos in, er is een pad achter de schuur,' antwoordt de vrouw en ze wijst door het raam naar een schuurtje achter het grote huis. 'Maar we verzoeken jullie met klem onze regels te respecteren...'

Ze lopen het terras weer op. De vrouw loopt met hen mee de trap af en om het huis heen, waarna ze blijft staan en hen met een ongeruste blik nakijkt.

Saga en Joona lopen snel het glooiende grasveld over, langs het schuurtje met gereedschap, brandhout en een hakblok, vinden het pad en lopen tussen de bomen door.

Het bos wordt dichter, het licht wordt zacht en de lucht gemakkelijk in te ademen.

Ze komen langs een omgevallen boom, een enorme den die is omgewaaid. Een zwarte ster van aarde en warrige wortels is uit de grond getrokken, die zich als een luik naar de onderwereld heeft geopend.

*

De yoga-instructrice blijft staan bij de steiger en zegt tegen Magnus en Luke dat ze helaas niet weet waar Svetlana is.

'We moeten echt met haar praten,' begint Luke opnieuw.

'Ik kan jullie niet helpen,' antwoordt de vrouw koeltjes.

'Luister, we weten dat Svetlana het slachtoffer is in deze rechtszaak, maar je bent wettelijk verplicht voor de rechtbank te verschijnen om te getuigen als je wordt opgeroepen, dat is niet vrijwillig.'

'En als je dat niet kunt?' vraagt de vrouw.

'Dan moet dat door een arts worden bevestigd.'

'Er zijn alternatieve manieren om een verklaring op te nemen,' vertelt Magnus. 'Via een videoverbinding, bijvoorbeeld... dan hoeft ze de dader niet te zien. We vinden wel een werkbare oplossing, maar we moeten haar spreken.'

De yoga-instructrice kijkt hen afwijzend aan.

'Jullie hadden een vrouwelijke agent moeten sturen,' zegt ze.

‘Ja, dat was beter geweest, maar dat lukte vandaag niet,’ antwoordt Luke.

‘Het is voor mannen niet verboden om hier te komen, maar het is de bedoeling dat dit een vrijplaats voor vrouwen is...’

‘We kunnen hier bij het water wachten als dat beter is,’ stelt Magnus voor.

‘Oké,’ zegt de vrouw stijfjes en ze kijkt naar een rood huis achter bij de bosrand.

‘Ga je haar voor ons halen?’ vraagt Luke.

‘Ik heb geen toestemming om in de ashram te komen, maar ik zal zorgen dat ze bij het eten te horen krijgt dat jullie hier zijn.’

‘Is het dat gebouw daar?’ vraagt Luke wijzend en hij loopt erheen.

‘Daar mogen jullie niet...’

‘Jij blijft hier,’ valt Magnus haar in de rede en hij gaat voor haar staan.

‘Jullie weten niet wat jullie doen,’ waarschuwt de vrouw met angst in haar ogen.

‘Jij en ik blijven hier staan praten, totdat mijn collega terugkomt met Svetlana,’ zegt Magnus vriendelijk.

‘Ga er niet heen,’ roept ze tegen Lukes rug.

‘Ik moet je vragen stil te zijn,’ zegt Magnus.

‘Dit is privéterrein!’ gilt ze.

‘Het komt goed, heus,’ stelt Magnus haar gerust.

‘Nee,’ antwoordt ze.

‘Ik begrijp dat jullie hier iets heel bijzonders hebben, maar jullie moeten je aan de Zweedse wet houden, ook als jullie dat lastig vinden of het als een inbreuk op jullie privacy zien.’

*

Luke volgt een platgetreden pad door schaduwrijk onkruid naar een rood gebouw met witte hoekbalken en kozijnen en een witte deur.

Hij hoort de boze kreet van de vrouw achter zich en denkt aan de cursussen die hij heeft gevolgd in hoe je tijdens de uitvoering van je politietaak kunt voorkomen dat je moslima’s kwetst.

Maar hier hebben ze geen handleiding voor.

Een windgong met veren en stukjes bot ritselt zacht aan een boom.

Luke weet niet wat een ashram is, maar stelt zich een soort tempel voor met beelden van goden en offervruchten.

Voor een van de ramen aan de lange kant hangen oranje gordijnen met een grote kier ertussen.

Luke loopt tussen hoge varens door, houdt met zijn hand jonge boompjes opzij, stapt zwijgend naar voren en kijkt door het raam.

Er zijn geen mensen te zien in het vertrek, maar op een krukje liggen kleren, een spijkerbroek, een zwarte kanten slip, een gebatikte jurk, vieze sokken en een grote witte beha.

De vloer is bedekt met een glanzende rode stof. Voor de deur naar de gang hangt een donkerblauw gordijn met zilveren sterretjes.

Op een lange tafel staat een glazen schaal met zand, waarin drie wierookstokjes zijn gestoken. Van de smeulende punten stijgen drie smalle, rechte streepjes rook op.

Aan draden aan het plafond hangen overal spiegeltjes op verschillende hoogten.

Een lantaarn van geperforeerd koper verspreidt honderden lichtpuntjes over de saffraankleurige wanden.

De achterste helft van de kamer wordt aan het oog onttrokken door een driedelig vouwscherm van strakgespannen stof met een afbeelding uit een hindoeïstische tempel, de beroemde sculptuur van vier vriendelijk glimlachende vrouwen die expliciete seks met elkaar hebben.

Luke ziet dat de drie wierookstreepjes door een plotselinge luchtbeweging tegelijkertijd van richting veranderen.

De lichtpuntjes op het plafond schommelen heen en weer.

Er is toch iemand in het vertrek.

Hij schermt het licht af met zijn handen en buigt zich naar het raam, zodat het glas beslaat door zijn adem. Een van de spiegels naast het grote vouwscherm draait rond. Langzaam stroomt de kamer voorbij over het spiegelglas. Een paar kussens met gouden kwastjes, de rand van een bed met een rood laken – en dan verschijnt een voet met gespreide tenen.

Een andere spiegel in een zilveren lijst draait sneller. Luke ziet de binnenkant van het scherm voorbijkomen en vangt een glimp op van drie naakte vrouwen op het bed.

26

Joona en Saga volgen het pad door het bos, lopen om een met groen mos bedekte zwerfkei heen en beginnen te rennen.

Alleen het geluid van hun schoenen op de zachte ondergrond is te horen.

Een berk die over het pad is gevallen en door de bomen aan de andere kant is opgevangen heeft een portaal gevormd waar ze gebukt onderdoor moeten kruipen.

Het terrein loopt iets af en als ze op het laagste punt komen, gaan ze langzamer lopen.

'Hebben ze ons in de maling genomen?' vraagt Saga hijgend.

'Er lag wel hier en daar gemorste aarde,' zegt Joona.

Iemand heeft van drie parallelle berken een brug gemaakt over een beekje. Als de stammen onder hun gewicht in het water worden geduwd, klinkt er een smakkend geluid.

Ze rennen verder, over de schuine bodem naast een kale rots.

Het bos wordt weer dichter. Aan de takken hangt draderig mos en de grond tussen de bomen ligt bezaaid met lichtbruine naalden en dennenappels.

Verderop sijpelt een bleek licht door de takken.

Als ze bij een open plek komen, stijgt een bosduif klapwiekend op van het pad.

Daar is niemand.

In een hoop aarde staan een schep en een mestvork gestoken.

Composteerbakken van half vermolmde planken zitten vol met rottende voedselresten, slabladen, aardappelloof en zwart geworden appels.

De stank is hevig en bijna niet te harden.

Ze lopen om een hoop gras en bladeren heen en blijven abrupt staan.

Op de modderige grond achter een roestige kruiwagen ligt een kind ineengedoken. Een meisje met blonde vlechten, vieze handen en een snotneus.

'Hoi,' zegt Saga en ze loopt naar het kind toe.

'Hoi,' antwoordt het kind en ze gaat rechtop zitten.

'Hoor jij bij Biondo Yoga?'

Het meisje knikt en trekt een dor blaadje uit haar haar.

'Heb je Susanne gezien?'

'Ze kwam de emmers legen en is weer weggegaan,' antwoordt het meisje.

'Hoe laat?'

'Dat weet ik niet.'

'Was het vlak voordat wij kwamen?'

'Niet echt,' zegt het meisje, terwijl ze opstaat en aarde van haar rode jurk klopt.

'Mag je hier wel alleen komen?'

Het meisje schudt haar hoofd.

'Maar je doet het toch,' zegt Saga glimlachend.

'Elke dag,' zegt het meisje en ze schudt een vlieg af die op haar hand is geland.

'Waarom wil je hier zijn?'

'Om papa te zien,' antwoordt ze zacht.

'Waar is papa nu?'

Het meisje kijkt automatisch naar de grote berg aarde.

'Mijn god,' fluistert Saga.

*

In een ronde spiegel die aan een zilveren draad achter in de kamer hangt, ziet Luke het spierwitte achterwerk – zachte huid en striae op de heup – van een vrouw die net op dat moment op haar rug rolt.

Luke kijkt tussen haar stevige dijen.

Zijn hart klopt wild.

Hij ziet nog net dat het dunne schaamhaar rood is en de genitaliën lichtroze, voordat de spiegel wegdraait en er een oranje wand voorbijglijdt.

Hij moet gewoon blijven kijken.

De grootste spiegel roteert langzaam. Het glas zit vol met vingerafdrukken. Het bed wordt stukje bij beetje zichtbaar.

Een jongere vrouw met smalle heupen ligt op haar rug met haar gezicht afgewend. Haar polsen zijn met rode sjaaltjes vastgebonden.

Het haar onder haar oksels is zwart, haar buik glimt van het zweet en haar schouderspieren zijn gespannen.

Vingers met paarse nagels glijden omhoog langs haar dijen, haar vagina in.

De roodharige vrouw krijgt vurige vlekken in haar hals en op haar grote, sproetige borsten.

Lukes blik gaat van de ene spiegel naar de andere.

Er glijden afgebakende beelden voorbij: een naar geel neigende blauwe plek op een kuit, lippen die zich rond een bruine tepel sluiten, een hand met afgekloven nagels die over iemands wang aait, rijen verticale littekens op een platte kont en een bleke, gerimpelde buik.

In de grote spiegel is opeens het van hem afgewende gezicht van de vastgebonden vrouw te zien. Haar ogen zijn stijf dichtgeknepen, in haar wimpers zitten parels van tranen.

Als ze iets zegt, begrijpt Luke dat het Svetlana is.

Ze mist een paar voortanden sinds haar man haar vorig jaar in de badkuip heeft mishandeld.

De spiegel draait rond en geeft een bezwete knieholte weer, kussens, een achterhoofd met blonde krullen, de binnenkant van het scherm en de muren, en opeens ziet Luke zichzelf door het raam naar binnen staren.

Zijn gezicht is merkwaardig afwezig en donker tegen de lichte hemel.

De weinige seconden waarin hij zich niet kan losrukken uit zijn rol van toeschouwer lijken op hypnotische wijze verlengd.

Hij blijft op zijn plaats, ook al ziet hij dat er iemand achter hem staat.

Zijn ogen gaan van de spiegel binnen naar de reflectie in de ruit pal voor zijn neus en nu ziet hij de bijl met lange steel in de handen van de gestalte achter hem.

Luke barst meteen van de adrenaline en elke haar op zijn lichaam gaat overeind staan. Zijn hersenen vertellen hem wat hij moet doen: zijn pistool uit de holster halen, zich snel omdraaien en haar in de schouder schieten.

Zijn hartslag beukt in zijn oren.

Voorzichtig haalt hij zijn rechterhand van de vensterbank, laat hem langs zijn buik gaan, naar de holster op zijn heup. Zijn trillende vingers bereiken de gesp precies op het moment dat de vrouw zich met een gesmoord kermen beweegt.

Luke stoot zo hard met zijn voorhoofd tegen het raam dat de buitenste ruit verbrijzeld wordt. Hij trekt zijn pistool, laadt het door en wil zich omdraaien, maar ver komt hij niet.

Iets houdt hem tegen – hij voelt een trekkend gevoel in zijn nek.

Hij probeert het nog eens, maar kan zich niet omdraaien.

Nu pas begrijpt hij dat de bijl in zijn achterhoofd zit, dat de steel de muur van het huis raakt en dat hij zich daarom niet kan omdraaien.

Zijn hart klopt razendsnel.

Er stroomt warm bloed onder zijn boord en over zijn rug.

Hij moet snel zijn, hij moet Magnus vinden en een ambulance laten komen.

Hij wankelt weg van de muur, slaagt erin zich om te draaien en ziet dat een vrouw met bruine vlechten en een getatoeëerde hals met wijd open ogen terugdeinst.

Luke haalt de trekker over en schiet omlaag, tussen de varens.

Het pistool schokt in zijn hand.

Het schot echoot tegen de rotsen aan de overkant van het meer.

Hij wil om hulp roepen, maar er komen geen woorden.

Witte en blauwe lichtcirkels flitsen voor zijn ogen.

Hij loopt achter de vrouw aan, maar kan zijn pistool niet omhoog krijgen, het lijkt wel of het met een elastiek aan de grond vastzit.

Luke denkt aan de siliconen kikker van zijn dochter, die langs een muur kan afdalen, als hij door zijn benen zakt en tussen de varens op zijn linkerheup valt. Hij probeert te kruipen, maar blijft op zijn buik liggen, met zijn gezicht naar de grond, zijn hijgende adem recht naar de aarde.

Een vochtige geur van mineralen, wortels en bittere planten omsluit hem.

Als kind hielp hij zijn moeder op het land met peultjes plukken. Het was een wonder dat die peulen uit zulke kleine bloemetjes waren gekomen.

27

Als het schot de stilte verscheurt, probeert de yoga-instructrice met het zwarte haar Magnus' arm vast te houden, maar hij rukt zich met zoveel kracht los dat ze kreunend naar voren strompelt.

'Laat ons met rust,' schreeuwt ze hem na.

Magnus trekt zijn wapen, terwijl hij over het platgetreden pad door het onkruid rent, hij houdt de loop omlaag en maakt een bocht om een enorme rododendron heen.

Het rode huis staat in de bosrand.

Zijn collega is nergens te zien.

Magnus gaat langzamer lopen, ademt snel en zoekt met zijn blik langs de ramen van het huis. Alles is kalm en stil. Van een windgong komt een droog geritsel.

'Luke!'

Hij ontgrendelt het pistool, legt zijn vinger om de beugel, loopt door naar de deur en doet die open.

'Politie!' roept hij. 'Ik kom naar binnen!'

Hij loopt een krappe gang in met kronkelende behangmotieven. Op de mat staan drie paar schoenen en een donkerblauw fluwelen gordijn bedekt de doorgang naar het volgende vertrek.

'Politie!'

Zijn hand trilt als hij het gordijn een stukje opzijschuift, hij wacht en luistert.

'Ik kom nu binnen,' roept hij nog eens en hij verplaatst zijn vinger naar de trekker.

Hij heft het pistool, duikt met zijn hoofd omlaag onder het gordijn door, loopt de kamer in en scant snel alle hoeken.

De lucht is verzadigd van wierook en zweet. Het lijkt wel of er geen zuurstof in de zaal is.

Hij ademt uit door een smalle opening tussen zijn lippen.

Overal aan het plafond hangen verschillende soorten spiegels. Ze draaien onafgebroken rond en laten de muren en de inrichting rondtollen.

De halve kamer gaat schuil achter een scherm met een erotisch motief.

Een metalen lantaarn verspreidt een warm schijnsel.

Op een krukje liggen een zwarte slip en een spijkerbroek.

Hij loopt voorzichtig door en houdt met zijn arm de spiegels opzij als hij passeert.

De zachte vloer is bedekt met een rode stof.

'Luke?'

Luke is meer dan een collega, hij was de enige die het voor Magnus opnam toen bekend werd dat hij homoseksueel was.

Alle anderen weigerden tegelijk met hem te douchen, samen een dienst te draaien, bij hem in de auto te zitten.

De spiegels schommelen achter hem en werpen snelle reflecties op wanden en plafond.

De lamp op de lage tafel knettert.

Magnus loopt langs het kamerscherm en beweegt zijn pistool er met een zwaai omheen.

Een naakte vrouw ligt slap op haar rug in het grote bed. Ze heeft geen voortanden en kijkt nietsziend naar het plafond.

Magnus laat zijn pistool zakken en voelt dat zijn hand glad is van het zweet.

De buik van de vrouw beweegt op haar langzame ademhaling. Haar benen zijn gespreid en aan de binnenkant van de dijen zijn rode schrammen te zien. Haar polsen zijn vastgebonden met stukken stof die aan een ijzeren oog in de muur zijn vastgemaakt.

'Svetlana?' zegt hij op gedempte toon.

Ze draait haar hoofd om en werpt hem een gedrogeerde glimlach toe.

Een roodzijden lap met goudborduursels, die voor een deuropening hangt, bolt een beetje op door de lucht die naar buiten wordt gestuwd.

'Ben je hier alleen?' vraagt hij, terwijl hij de stukken stof om haar polsen losmaakt.

'Dit is verdomme geen pornofantasie,' zegt ze lijzig en ze kruist haar benen.

'Ik moet weten of er nog mensen in de andere kamers zijn.'

'Alleen de Dood, die... in een doosje zit. Open het deksel en...'

Ze zwijgt, bevochtigt haar mond en sluit haar ogen. Magnus loopt langs het bed en brengt per ongeluk een spiegel in een koperen lijst aan het wiebelen.

Voorzichtig schuift hij met zijn pistool het rode gordijn opzij, kijkt om naar de vrouw op het bed en naar de zwaaiende spiegels en loopt dan een smalle gang in met deuren aan weerszijden.

Het enige licht komt van een bolvormige lamp van rijstpapier aan het plafond.

Er hangt een muffe rioollucht.

De plankenvloer kraakt onder zijn gewicht.

Achter in de gang staat een houten kist met ijzeren beslag, zo groot als een cabinekoffer.

Het licht van de lamp reikt nauwelijks zo ver.

Magnus opent een deur en kijkt in een kleine cel met alleen een smal stalen bed en een kale matras.

Hij loopt verder door de gang.

De sleutel in het slot van de donkere kist glimt in het zwakke licht.

Magnus komt bij een doorgang rechts naar een keukentje met twee kookplaten, een kleine koelkast met vieze vegen rond het handvat en een plank met specerijen.

Een deur verderop in de gang glijdt langzaam open.

'Luke?' fluistert hij.

Er komt geruis uit een ventilatierooster van vergeeld plastic tegen het plafond. De deur gaat weer dicht en het slot klikt.

Magnus' schouder is verzuurd, hij laat het pistool even zakken en bedenkt dat hij zijn bezwete hand aan zijn broek moet afvegen.

Hij is nu vijf meter van de kist.

Die is zo klein dat er geen mens in past.

Hij zet een stap naar voren.

Er klinkt een zacht geknars van roestige scharnieren.

Magnus knippert met zijn ogen en probeert te zien of het deksel opengaat, als er een andere deur voor hem open glijdt in de zachte tocht, waardoor de kist aan zijn oog wordt onttrokken.

Magnus heft zijn pistool en loopt er langzaam heen.

Het ruist weer door het ventilatierooster en de open deur gaat zachtjes dicht.

Nu staat er een grote vrouw met een bril op voor de kist in de gang. Ze heeft blonde krullen, een hoog voorhoofd en een forse onderbeet.

Ze draagt een roodzijden broek en een witte beha en houdt een klein houtsnijmes in haar hand.

Magnus wil net zijn pistool op haar voeten richten en haar toeroepen dat ze het mes moet laten vallen, als een harde knal alles overstemt. Een geweerkogel gaat dwars door zijn dijbeen, zodat het bloed tegen het behang schuin voor hem spat.

Hij laat het wapen vallen, steunt met zijn hand tegen de muur en zakt op de grond.

De kogel heeft zijn dijbeen verbrijzeld, er steken botschilfers uit de uitgangswond en het bloed wordt in krachtige stoten naar buiten gepompt.

Schuin achter hem staat een roodharige vrouw in alleen een slip, die een jachtgeweer op hem gericht houdt.

*

Joona en Saga rennen om de ontwortelde boom heen en zijn net aan de andere kant ervan gekomen als de tweede knal te horen is. Ditmaal is het een ander wapen – het schot komt van een geweer en wordt door muren gedempt. Ze passeren het schuurtje, steken het glooiende grasveld schuin over, springen over een laag hek en lopen door het hoge onkruid naar het huis.

Aan de lange kant is een raam ingeslagen.

De varens eronder liggen plat, alsof iemand er een sneeuwengel in heeft gemaakt.

Saga rent naar Lukes lichaam toe en laat zich op haar knieën zakken, terwijl Joona het huis en de bosrand observeert en van het ene raam naar het andere kijkt.

Een windgong aan een boom rammelt zacht.

Luke is dood.

Saga staat op en schudt even haar hoofd tegen Joona.
'Ik neem de achterkant,' zegt hij snel.
'Wees voorzichtig.'
'Jij ook.'
Saga loopt de gang in, trekt het gordijn weg, kijkt in de hoeken van het grote vertrek, negeert de hangende spiegels, loopt recht naar een vouwscherm en gooit het op de grond.
Een naakte vrouw ligt met haar armen achter haar hoofd op een bed en kijkt haar met vermoeide ogen aan.
'Politie,' zegt Saga met gedempte stem.
Ze pakt de enkel van de vrouw vast, trekt haar op de grond en maakt haar armen op de rug met handboeien vast.
Saga trekt het tweede gordijn weg en loopt de gang in. Door de muren heen klinken bonzen en schreeuwen. De lucht is verzadigd van kruitgeur. Een roodharige vrouw met een geweer draait zich onhandig om. Saga rent erheen en vangt met haar vrije hand de loop op, verbrijzelt haar jukbeen met de kolf van het pistool en rukt het geweer naar zich toe.
Een open deur onttrekt het verste deel van de gang bijna volledig aan haar oog, maar ze begrijpt dat Magnus met zijn broek naar beneden op de grond ligt.
Terwijl Saga de roodharige vrouw met haar buik tegen de grond duwt, ziet ze dat een andere vrouw in een beha en met een mes tussen de tanden op Magnus gaat zitten.
'Niet doen,' hijgt hij, terwijl Saga zich opricht en het pistool heft.
De vrouw pakt Magnus' penis en testikels met één hand vast en pakt met haar andere hand het mes.
Joona komt uit de verste deur, zet drie grote stappen de gang in en trapt de vrouw tegen haar borstkas, zodat ze achteruitvliegt en met haar mes in de hand op haar rug neerkomt.
Saga is er een tel later, ze zet een voet op haar pols en schiet haar in de schouder.
Joona loopt door de gang, opent elke deur en scant de cellen. In de derde zit Susanne Hjälm op het bed met haar handen voor haar oren. Haar bruine haar is gevlochten en ze heeft bloedspatten over haar hele gezicht en in haar getatoeëerde hals.

28

Er zijn twee dagen verstreken sinds de inval in het Biondo Yoga-centrum en Joona en Saga bevinden zich nog in het cellencomplex in het politiebureau van Örebro, om de officier van justitie bij te staan en om zich een beeld te vormen van de plaats waar Susanne Hjälm heeft gewoond, voordat ze haar gaan verhoren.

Luke Larsson was bijna meteen gedood door de klap met de bijl op zijn achterhoofd.

Magnus Wallman is met een traumahelikopter naar het Centralziekenhuis in Karlstad gevlogen. Zijn toestand is ernstig, maar hij verkeert niet meer in levensgevaar.

Joona en Saga hebben al met al veertien uur besteed aan het verhoren van alle vrouwen die in het yogacentrum wonen. Drie van hen worden verdacht van het verheimelijken van een misdrijf en de officier van justitie is bezig met de voorgeleiding van de vier bewoners van de ashram.

Het beeld van het retraitecentrum dat naar voren is gekomen uit het onderzoek van de plaats delict en uit de verhoren, is complex maar duidelijk.

In het begin was Biondo Yoga een gemeenschap voor een alternatieve manier van leven en yoga, die mishandelde vrouwen een vrijplaats bood. In het centrum werden seminars en workshops van hoge kwaliteit gegeven om inkomsten te genereren.

Er bestond een harde kern van vrouwen die elkaar hadden gevonden in hun frustratie over de heersende machtsverdeling tussen de seksen, maar de diepe wonden die ze hadden opgelopen door de onderdrukking en het geweld van mannen, zorgden ervoor dat ze na verloop van tijd paranoïde en extremistisch waren geworden.

Camilla Boman, die goeroe Biondo werd genoemd, was de geestelijk leider. Ze had een soort seksuele heling ontwikkeld om haar aanhangers te laten herstellen van wat zij de heteronormatieve verkrachting noemde.

Waarschijnlijk zou Svetlana niet meer leven als Yoga Biondo haar geen onderdak had geboden. Tijdens de verhoren was ze door en door loyaal aan haar redders en ze was niet van mening dat ze door de bewoners van de ashram was gekrenkt of seksueel misbruikt.

'Voordat ik daar kwam was ik niet meer dan een serie gaten,' zei ze. 'Mannen zijn bezeten van neuken, ze zijn bereid ervoor te doden... Een man zou een zee van stront over zwemmen als hij dacht dat er aan de overkant een gastvrij kutje wachtte.'

Tot nu toe zijn er twee lichamen gevonden die in de composthoop waren begraven.

Het ene is het circa vijf jaar oude stoffelijke overschot van Camilla's man. Hij staat nog steeds ingeschreven op het adres van het retraitecentrum en krijgt elke maand pensioen uitgekeerd.

Het tweede lichaam is geïdentificeerd als Marcus, de man van Ida Andersson. Hij is rond kerst om het leven gebracht en begraven. De omvangrijke fracturen aan de gezichts- en schedelbeenderen zijn hoogstwaarschijnlijk de doodsoorzaak. De bijstand die Marcus kreeg en de kinderbijslag voor de dochter gaan sinds zijn dood naar het yogacentrum.

Ida Andersson wordt nu in hechtenis genomen vanwege poging tot moord, ze wilde geen juridische bijstand tijdens de voorgeleiding en bekende meteen dat zij op Magnus Wallman had geschoten.

Saga heeft alle gesprekken met de ashrambewoners gevoerd, terwijl Joona de verhoren volgde vanuit een andere kamer, met drie camera's in real time.

Ida's rode haar hing los over haar schouders, ze ademde zwaar, alsof het vermoeiend was om op een stoel te zitten, en de vlammen sloegen haar uit zodra de aandacht op haar werd gevestigd.

'Wie heeft jouw man gedood?' vroeg Saga.

'Hij is gevallen.'

'Waar?'

'Op een rots... in het bos... hij gleed uit over een tak... die op de grond lag.'

'De patholoog-anatoom zegt dat hij dodelijk is mishandeld... met een slagwapen, waarschijnlijk een hamer,' zei Saga.

'Daar weet ik niets van.'

Ida stak haar onderlip naar voren in een kinderlijk, beteuterd gebaar.

'Dus jij hebt hem niet vermoord?' vroeg Saga.

'Nee.'

'Wie heeft het dan gedaan?'

Ze trok een paar witte wimpers los, liet ze op tafel vallen en legde ze met haar wijsvinger op een rijtje.

'Ik zeg alleen... dat ik een volgeling ben van goeroe Biondo... Zij weet veel... wat je moet doen... zodat het goed komt met de hele wereld.'

De indruk die het verhoor bij Saga had achtergelaten, was dat Ida geen overzicht had over wat zich in het centrum afspeelde.

Ze leek niet eens te weten wie haar man had gedood, maar ze vertelde dat ze had geholpen het lichaam op de kruiwagen door het bos te rijden, voordat het werd begraven.

Ook al was haar eigen dochter getraumatiseerd door de moord en bezocht ze het graf van haar vader elke dag, Ida toonde geen enkel begrip toen Saga vragen stelde over het meisje.

*

De raamloze verhoorkamer is in een warme lichtgele tint geverfd. Het enige geluid is een statische ruis uit de airconditioning.

Saga zit op een donkerblauwe bureaustoel, het licht van de lamp glinstert in haar blauwe ogen. Vroeger had ze altijd vlechten in haar haar, met kleurige linten, maar sinds een paar jaar laat ze haar haar meestal gewoon over haar schouders en rug hangen.

Op de tafel met vaste microfoons staan plastic flessen met mineraalwater, bekertjes van ongebleekt karton en een doos tissues voor als er iemand moet huilen.

Saga bukt zich en haalt haar telefoon uit haar tas. Er komt een bonnetje mee, dat op de grond valt. Ze leunt naar voren, pakt het bonnetje, draait het om en ziet de schets van het logische vraagstuk van de zeven bruggen van Koningsbergen.

Terwijl ze wacht, begint ze een route te tekenen waarbij alle bruggen één keer worden gepasseerd, maar niet vaker.

De oplossing is moeilijker dan ze had verwacht, en ze heeft al minstens vijftig vergeefse pogingen gedaan als ze voetstappen hoort in de gang.

Ze gooit het bonnetje in de prullenbak. Op hetzelfde moment wordt er op de deur geklopt en de leider van het retraitecentrum, Camilla Boman – ook wel goeroe Biondo genoemd – wordt door twee justitieel medewerkers naar binnen gebracht.

Camilla heeft geen advocaat, die heeft ze tijdens de voorgeleiding al weggestuurd, omdat hij volgens haar een biologisch misbaksel was, een gruwel.

Saga heeft al uitgezocht dat Camilla haar achternaam 'Biondo' heeft ontleend aan Dorothy Marie Biondo, die met Louis Solanas getrouwd was en een dochter, Valerie, had gekregen. Valerie is vooral bekend omdat ze het SCUM-manifest heeft geschreven en in 1968 een poging heeft gedaan om kunstenaar Andy Warhol te vermoorden.

Saga geeft Camilla een knikje en vertelt in het kort hoe het verhoor in zijn werk gaat en welke rechten ze heeft, en ze meldt dat het hele gesprek wordt opgenomen.

Camera 1 zit aan de wand schuin achter Saga en filmt Camilla's gezicht van voren, camera 2 filmt hen allebei van opzij en camera 3 hangt aan het plafond voor een totaaloverzicht.

In het kantoor naast de verhoorkamer kan Joona Camilla van meer kanten zien dan Saga, die tegenover haar zit.

'Ga zitten,' zegt Saga vriendelijk.

Camilla's schouder zit in het verband en een zwart geworden blauwe plek strekt zich vanaf haar borstkas uit over haar hals. Ze is één meter tachtig lang, heeft brede schouders en grote handen met afbladderende paarse nagellak.

De stoel kraakt als ze gaat zitten, achteroverleunt en haar benen spreidt.

Door de combinatie van de stevige onderbeet, de opgetrokken neus en de blonde krullen ziet ze eruit als een boze pop.

'Je volgeling Ida Andersson zegt dat jij weet hoe je de wereld moet redden,' begint Saga op neutrale toon en ze slaat een bladzijde van haar schrijfblok om.

‘O ja?’

‘Gaat het over de verwoesting van het milieu?’ vraagt Saga opzettelijk naïef en ze kijkt Camilla aan.

‘Denk groter,’ antwoordt Camilla zelfverzekerd.

‘Oké, groter.’

‘Jij hebt geen kinderen,’ constateert Camilla en ze buigt zich naar voren.

‘Nee,’ zegt Saga met gespeelde verbazing.

‘Een zaadcel draagt één helft van de chromosomen van de foetus en het eitje de andere helft,’ legt Camilla uit. ‘Zo is het altijd geweest, maar nu zijn onderzoekers erin geslaagd geslachtscellen uit het erfelijke materiaal van een vrouw te maken die het eitje van een andere vrouw kunnen bevruchten. Dat houdt in dat twee vrouwen samen biologische kinderen kunnen krijgen, maar alleen dochters, aangezien vrouwen de genetische informatie die nodig is om jongens te krijgen niet hebben.’

‘Ik begrijp het.’

‘O ja?’ vraagt Camilla en ze trekt haar wenkbrauwen op. ‘We hebben geen mannen meer nodig voor het voortbestaan van de mensheid, we hebben geen mannen nodig om bevrucht te worden... en we zullen geen zonen meer krijgen.’

‘Een wereld zonder jongens en mannen.’

‘Ik ben niet naïef, maar als een groot deel van de vrouwen een gezin sticht met een andere vrouw en zij krijgen alleen dochters, dan verandert het machtsevenwicht. Alle mannen lopen een reëel risico om uitgesloten te worden van het reproduceren van hun erfelijk materiaal.’

‘Je kunt de mannen toch ook vermoorden?’

‘Een mooie gedachte.’

‘Jullie hebben Ida’s man hierheen gelokt en hem doodgeslagen.’

‘Hij had haar dochter meegenomen,’ zegt Camilla onaangedaan.

‘En hoe zat het met jouw man?’

Camilla leunt achterover en kijkt Saga met een dromerige blik aan. Daarna klopt ze op de tafel en staat op.

29

Joona had vanochtend in het hotel geen tijd gehad om zich te scheren en zijn kin en wangen zijn met een dunne schaduw van stoppels bedekt.

Hij zit in het kantoor naast de verhoorkamer, terwijl de zon zich langs de hemel verplaatst. Na verloop van tijd valt het licht door het stoffige raam naar binnen. De schaduw van de pen in het plastic bakje van Legoland verplaatst zich over het bureau.

Een draad van pijn begint in Joona's oog en zoekt zich een weg naar zijn hersenen, maar ebt dan weg.

Jaren geleden heeft Joona een schedeltrauma opgelopen, toen naast hem een auto explodeerde. Dat leidde ertoe dat hij last kreeg van atypische clusterhoofdpijn. Op z'n ergst is de pijn zo hevig dat hij bewusteloos kan raken.

Hij had al zo lang geen ernstige episode meer gehad, dat hij helemaal was gestopt met het preventief innemen van het epilepsiegeneesmiddel Topamax, omdat hij daar moe van wordt, maar de afgelopen weken zijn de voorschokken steeds frequenter geworden.

Joona staat op, laat de luxaflex neer en zet de lamellen schuin. Het beeld op de monitor wordt beter, maar de doorschenen lamellen zijn op het glas te zien.

Camera 1 in de verhoorkamer filmt de tafel, een lege stoel en de muur achter de stoel. Saga is niet in beeld, maar hij hoort het geluid van haar pen over de bladzijden van haar schrijfblok.

Er hangt nog een geur van sesamolie in de lucht na de lunch.

Straks begint het eerste verhoor van Susanne Hjälm, de reden dat ze hier überhaupt zijn.

Hij wacht al bijna tweeëntwintig uur op dit moment, en hij weet niet hoe vaak zijn blik langs de boekenkast met de blauwe ordners, het bureau en de vaste telefoon erop is gegaan, langs de computer, de stapel processen-verbaal van verhoren en het prikbord met het vlekkerige lunchmenu van een Thais restaurant, een vakantiekaart van een collega en een blaadje met de tekst: Hoeveel agenten heb je nodig om een gloeilamp te vervangen? Geen enkele, ze slaan de kamer lens omdat die zwart is.

'Ze komt eraan,' zegt Saga in de microfoon.

*

Twee medewerkers hebben Susanne Hjälm van de waaiervormige luchtplaats op het dak van het complex gehaald.

Saga en Joona hebben strategieën besproken en hebben besloten dat ze het verhoor niet zullen gebruiken om haar te laten bekennen dat ze Luke heeft vermoord. Voor die moord zal Susanne toch wel worden veroordeeld, of ze bekent of niet.

Hun plan is Susanne ertoe te verleiden over Jurek Walter te praten.

Want als Susanne betrokken is bij de moorden op Margot, Severin, Simon en Verner, dan is Jurek Walter een niet afgesloten deel van haar psyche en een sleutel tot het motief voor haar daden.

Ze hebben beiden aldoor al moeilijk kunnen geloven dat zij de seriemoordenaar is die ze zoeken, maar misschien is ze zijn partner.

Ze ziet de hele overheid als haar vijand, ze voelt zich achtervolgd door de politie en haat Joona Linna boven alles.

De medewerkers brengen Susanne naar binnen. Ze draagt de slobberige kleren van het huis van bewaring, met bobbels op de knieën en gerafelde manchetten.

De wachtcommandant krijgt een krabbel van Saga en laat de advocaat binnen, een vrouw van in de veertig met een stompe neus, een grote bril en een brede mond.

Susanne gaat moeizaam zitten, ze zucht en kijkt naar haar handen op de tafel. Haar hals is blauwgroen van tatoeages, haar beide vlechten buigen zich naar haar schouders.

Saga bedenkt dat Susanne een knap gezicht heeft, je kunt je makkelijk een schoolfoto van haar als kind voorstellen, met een wakkere blik en een mooie glimlach, een van de mooiste meisjes van de klas, met hoge cijfers en nieuwe kleren.

Nu heeft ze een verbitterde trek om haar mond, vermoeide wallen onder haar lichtbruine ogen en schilferig eczeem op haar voorhoofd.

Toen Joona haar voor de tweede keer arresteerde, bevond ze zich in een van de kleine cellen met britsen, hij deed haar handboeien om, fotografeerde haar, stelde de bloedspatten in haar gezicht veilig en de verfschilfers van de steel van de bijl in haar rechterhandpalm, terwijl ze mompelde dat ze nog niet klaar was met hem.

'Op je vijfendertigste was je arts met twee specialismen,' begint Saga. 'Je had een goedbetaalde aanstelling, je was vijftien jaar getrouwd met Mikael... Jullie hadden twee dochters samen en woonden in een mooie, grote villa... Je had geen strafblad, geen geregistreerde schulden, geen parkeerboetes, niets.'

'Het eerste bedrijf,' zegt ze zonder op te kijken.

'Wat gebeurde er in het tweede bedrijf? Je werd een moordenaar, je schoot een agent dood en je zat jaren in de gevangenis... Nu is er weer een politieman dood, Luke Larsson. Hij is bijna meteen na de klap met de bijl bezweken.'

'Susanne,' zegt de advocaat en ze steekt een hand op bij wijze van stopteken. 'Ik wil je er even aan herinneren dat je in dit stadium geen vragen hoeft te beantwoorden. Je weet wat ik over de telefoon heb gezegd, waar je aan moest denken.'

'Neem de tijd en vertel in je eigen woorden wat er gebeurd is,' gaat Saga onverstoorbaar verder.

'Ik had de bijl uit de schuur gehaald om een dode berk om te hakken en...'

'Susanne,' onderbreekt de advocaat haar glimlachend.

'Wat is er?' vraagt ze en ze werpt haar een geïrriteerde blik toe.

'We hebben het hierover gehad, je moet beslist geen dingen toegeven of...'

'Wat maakt het uit?'

'Je moet naar me luisteren, anders wordt het voor mij moeilijk je verdediging te voeren.'

'Ik krijg toch levenslang,' zegt ze en ze richt zich weer tot Saga. 'Ik zag dat die agent door de ramen van onze ashram stond te gluren, naar een van onze meest intieme rites... Geen respect of iets, hij komt daar en maakt van onze spiritualiteit en onze liefde een peepshow, verdomme.'

'Ik begrijp het,' zegt Saga.

'Het was alsof er een zwarte glazen ruit brak, hier achter mijn ogen, in mijn hersenen...'

'Susanne geeft toe dat ze daar was, maar niet...'

'Ik had maar één gedachte en dat was dat hij dood moest,' gaat Susanne verder. 'Ga dood, klootzak, ga dood, eikel... De enige kleine teleurstelling na afloop was dat het niet de schedel van Joona Linna was die ik had gekliefd.'

'Waarom?'

'Luistert hij mee?'

'Natuurlijk.'

'Joona,' zegt Susanne en ze kijkt recht in de camera. 'Ik hoop dat je gauw doodgaat, dat het een hel wordt voor jou en je gezin.'

'Waarom haat je hem?'

'Hoe kan een vrouw degene vergeven die haar kinderen van haar heeft afgepakt?'

'Heb je echt goed nagedacht over wat er was gebeurd?' vraagt Saga rustig.

Susannes mond wordt smal en hard.

'Wat denk je?'

'Vertel eens wat de aanleiding was dat jij de voogdij verloor.'

'Joona kwam bij ons thuis en maakte alles kapot.'

'Je werkte op de forensisch psychiatrische afdeling van het Löwenströmska Ziekenhuis,' begint Saga.

'Ja,' antwoordt Susanne.

De advocaat kijkt haar verbaasd aan.

'Je was verantwoordelijk geweest voor de patiënt Jurek Walter, toen je verlof nam,' gaat Saga verder.

'Ja.'

'Waarom? Waarom nam je verlof?'

'Omdat ik mezelf niet meer vertrouwde,' antwoordt Susanne en ze slaat haar ogen neer. 'Ik was veranderd, ik was niet meer de baas over mijn eigen gedachten.'

'Hoe kwam dat?'

Ze glimlacht bij zichzelf en schudt haar hoofd.

'Jurek bracht jou ertoe dingen te vertellen die je niet wilde vertellen, hij liet je naar dingen luisteren die je niet wilde horen,' zegt Saga.

'Zoiets,' antwoordt ze zacht.

'Wat vertelde hij je?'

'Van alles, dat weet ik niet meer.'

'Ik weet dat je nog altijd nadenkt over sommige dingen die hij heeft gezegd. Ik denk zelfs dat je daar elke dag over nadenkt,' zegt Saga kalm.

Susannes ademhaling is zwaar geworden en ze lijkt misselijk te worden.

'Ik was gewaarschuwd dat ik niet naar de patiënt moest luisteren, de meesten deden oordopjes in als ze bij hem in de buurt waren, maar ik weet het niet, dat leek mij onmenselijk.'

'Je bevond je nog steeds in het eerste bedrijf,' constateert Saga.

'Nog een paar weken.'

'Wat kreeg je te horen?'

'Filosofische en morele overwegingen... dingen waar hij me... over wilde laten nadenken.'

'Kun je voorbeelden geven?' vraagt Saga voorzichtig.

Alsof het om een eigen herinnering gaat, begint Susanne te vertellen over een winteravond in een geplunderd bergdorp in de Kaukasus. Het was twintig graden onder nul, de sneeuw knisperde en glinsterde en je neusharen bevroren.

Susanne wringt haar handen en staart voor zich uit als ze met zachte stem vertelt hoe Jurek een moeder en haar volwassen zoon in nachtkleding uit het boerderijtje haalde en hen op het erf vastbond aan de beijzelde zwengel van de waterput.

'Lyalya en Ahmad heetten ze, ze hadden allebei lichtblauwe ogen...'

Jurek trok zijn dolk en duwde die voorzichtig tussen Ahmads tweede en derde rib, iets meer dan de helft van het lemmet, schuin naar boven. De jongeman hijgde als een gewond dier. De moeder viel op haar knieën en smeekte om genade voor haar zoon. Jurek liet het heft los en zag dat het koude lemmet dat uit het lichaam stak besloeg door zijn lichaamswarmte.

'Hij liet hen achter bij de put en sloot zich aan bij zijn onderdeel,' zegt Susanne en ze sluit haar ogen even voordat ze verdergaat. 'Ahmad zou niet doodbloeden zolang het mes erin zat, maar dan zouden ze allebei doodvriezen... Je snapt het al, Lyalya moest het mes eruit trekken om zichzelf los te snijden en de warmte in te gaan.'

De advocaat staat met een lijkbleek gezicht op en verlaat de verhoorkamer zonder een woord te zeggen. Op dat moment begint Susanne de slachtoffers in de graven in het Lill-Jansbos op te noemen.

'Heeft hij jou rechtstreeks bedreigd?' vraagt Saga als ze zwijgt.

'Hij vertelde over een Russische diplomaat die... na zijn pensionering zou terugkeren naar Zweden, om met zijn hele familie zijn vijfenzeventigste verjaardag te vieren,' zegt Susanne en ze kijkt met bloeddoorlopen ogen op. 'Jurek zei dat hij hem zou opwachten en dat hij hen allemaal, volwassenen, oude mensen en kleine kinderen, zou opsluiten in een bunker en hen daarna een voor een levend zou begraven... totdat de diplomaat helemaal alleen op de wereld was.'

Susanne slikt en begint over een vrouw in een kist, maar zwijgt na een paar woorden. Het lijkt haar nu pas op te vallen dat de advocaat weg is.

'Je hebt acht jaar in de gevangenis gezeten, je bent drie jaar geleden vrijgelaten, wat deed je toen je vrijkwam, wat voor plannen had je voor het derde bedrijf, wat wilde je gaan doen behalve je ex-man vermoorden en je kinderen ontvoeren?'

Susanne slaat haar ogen weer neer.

'Mijn advocaat vindt dat ik op mijn woorden moet passen.'

30

De grote vergaderzaal van de NOA wordt fel verlicht door acht tl-buizen. Na Saga's presentatie deelt Manvir mee dat het besluit van de regiochef om niet met de media te communiceren voordat de officier van justitie is ingeschakeld vaststaat.

'De regio Bergslagen geeft morgen een persconferentie, maar ze zullen de betrokkenheid van de NOA niet noemen,' zegt hij.

Greta heeft een diepe rimpel tussen haar wenkbrauwen als ze van haar zwarte koffie drinkt. Ze draagt een krijtstreeppantalon en een gladde zijden blouse in dezelfde ijsblauwe tint als haar irissen.

Petter draagt een spijkerbroek en een donkerblauw T-shirt. Hij zit onderuitgezakt aan de lange tafel, met rimpels in zijn kin en zijn armen gekruist voor zijn borst.

'Zullen we doorgaan?' vraagt Greta. 'Begin bij het moment dat jullie met het kind bij de composthoop hadden gepraat.'

'We renden terug door het bos, hoorden een pistoolschot bij het retraitecentrum en kwamen achter de schuur vandaan toen het geweer werd afgevuurd,' antwoordt Joona en hij stroopt zijn mouwen op.

Saga neemt het over en beschrijft de collega die dood tussen de varens lag, met een bijl in zijn achterhoofd. Greta hapt naar adem. Manvir mompelt 'catastrofe' en gaat met de rug naar hen toe in zijn hoek staan.

'Ik ben naar binnen gegaan,' vervolgt Saga. 'In de gang kwam ik Ida Andersson tegen. Ze had een jachtgeweer. Ik heb haar ontwapend en tegen de grond gewerkt en haar armen achter haar rug geboeid. Op dat moment zag ik... dat een forse vrouw, Camilla Boman, met een mes klaarstond om de andere collega uit Munkfors te castreren.'

'Maar dat is goed afgelopen, heb ik begrepen,' zegt Petter en hij kucht.

'Joona kwam vanaf de andere kant,' zegt Saga en ze wipt rusteloos met haar been.

'Wat gebeurde er?' vraagt Greta en ze draait zich om naar Joona.

Joona denkt terug aan hoe het was gegaan. Hij was met zijn pistool voor zich uit gestoken langs de lange kant van het gebouw gerend, ineengedoken onder de afgedekte ramen door. Toen hij bij de hoek kwam, was hij langzamer gaan lopen.

Uit het omringende bos had hij alleen het ruisen van de boomtoppen gehoord, en het droevige lied van een merel.

Bij de muur lag een roestige goot, die naar beneden was gevallen.

Joona keek over zijn schouder en liep zachtjes door.

Het rook naar benzine, vochtige aarde en gras.

Hij sloeg de hoek om en juist op dat moment klonk er een hard motorgeluid, rammelend en scherp.

Het startkoord met het plastic handvat schoot ratelend de grasmaaier in, die stilstond en schokte.

Een wolk van uitlaatgassen steeg op boven de begroeiing.

Een jonge vrouw liep achteruit over het gras, door struiken en tussen bomen door, ze bukte zich met een dromerige blik en pakte een zeis van de grond.

Joona liep naar haar toe, maar hield het pistool gericht op de gevel van het huis en de achterdeur met het gekreukte gordijn voor het raam.

'Leg die zeis neer,' zei hij en hij schakelde de knetterende grasmaaier uit.

Ze bleef hijgend staan en staarde hem aan. Het was de vrouw met het verwarde blonde haar die ze eerder hadden gesproken.

'Ik kom de zeis nu halen,' verklaarde hij. Hij stak zijn vrije hand op in een geruststellend gebaar en liep haar kant op.

'Je raakt me niet aan,' mompelde ze met verschrikte blik.

'Ik beloof dat...'

Opeens deed ze een horizontale uitval op taillehoogte. De zeis volgde de krachtige draai van haar lichaam. Het lange lemmet zwiepte naar voren. De toppen van de jonge boompjes werden moeiteloos gekapt en vielen ritselend neer, parallel aan hun dunne stammetjes.

Joona hing achterover, het gebogen staal ging langs zijn buik en sneed een paar hangende bladerranken naast hem af.

Hij sprong naar voren en zette zijn voet hard in haar knieholte, terwijl de punt van de zeis de stevige berkenstam in ging.

Met zijn ene hand om haar nek gooide hij haar in het gras, hij richtte het pistool weer op het huis en sleepte haar aan één been terug.

De zeis bleef schommelend aan zijn smalle lemmet in de berk hangen.

Hij maakte haar voeten vast aan de grasmaaier, rende naar de achterdeur en hoorde haar schreeuwen dat hij haar wilde verkrachten.

Joona deed de deur open, ging naar binnen en doorzocht snel de badkamer. Zijn blik ging over een badkuip met een douche, een wc zonder deksel, een wastafel en een vlekkerige spiegelkast.

Hij stapte over een bebloede handdoek op de kunststof vloer, opende een smalle deur en kwam in een gang met deuren aan weerszijden.

Een grote vrouw in een witte beha zat met een mes over Magnus heen gebogen. Hij bloedde hevig uit een schotwond in zijn dijbeen. Joona richtte op de schouder van de vrouw, maar kon niet schieten, omdat Saga zich recht achter haar in de vuurlijn bevond.

Joona hoefde niet na te denken, hij had jarenlang getraind in man-tegen-mangevechten en begreep instinctief dat er alleen voor een rechte trap tijd en ruimte was.

Hij stormde naar voren, tilde in de laatste stap zijn rechterknie hoog op, zette af en raakte haar met de hele onderkant van zijn voet met enorme kracht midden op de borst.

De grote vrouw werd achterover geworpen en hing een moment vrij in de lucht, waarna ze op haar schouders neerkwam en op haar rug over de grond geleed.

De ronde rijstlamp schommelde heen en weer.

Saga was al bij de vrouw, ze zette een voet op haar pols en loste een schot.

De knal sneed door de gang en onder de schouders van de vrouw breidde zich bliksemsnel een bloem van bloed uit.

'Joona, hoe zag het er van jouw kant uit?' vraagt Greta nog eens.

'Ik heb een vrouw met een zeis ontwapend, ben door de achterdeur naar binnen gegaan en heb samen met Saga Camilla Boman en Susanne Hjälm gegrepen,' antwoordt hij kort.

Manvir verlaat de hoek, keert terug naar de tafel, maakt de knopen van zijn jasje los, trekt zijn broekspijpen op en gaat zitten.

'We geloven niet meer in een directe link tussen Susanne en onze seriemoordenaar,' zegt Saga en gestrest verfrommelt ze een leeg medicijnendoosje.

'Pa na deze arrestatie durfde haar ex-man meer te vertellen over de bedreigingen die Susanne tegenover hem had geuit,' gaat Joona verder. 'Wat inhield dat zij tegelijkertijd een alibi kreeg... Susanne treiterde haar ex-man op veel manieren, ze stond bijvoorbeeld urenlang in hun tuin naar binnen te kijken. Ook toen Verner en Margot werden vermoord.'

'Is dat zeker?' vraagt Manvir.

'Haar ex-man heeft haar gefotografeerd en elke keer dat ze dat deed in zijn agenda genoteerd,' antwoordt Saga. 'Met exacte tijdstippen en alles.'

'Toen Susanne vrijkwam, belde ze hem ondanks het contactverbod. Ze beweerde dat ze veranderd was,' vertelt Joona. 'Ze vroeg of ze de kinderen mocht zien... ze wilde dat hij ze in de vakantie naar het yogacentrum bracht, één dag, een paar uur maar bij wijze van eerste stap.'

'Wauw,' fluistert Petter.

Manvir strijkt met zijn hand over zijn smalle zwarte stropdas. Petter leunt achterover en krabt over zijn ronde buik.

Er gaat een schaduw langs de crêpe gordijnen voor de raampartij aan de gangkant. Het geluid van de piepende wieltjes van een documentenkarretje sterft weg.

'Mag ik iets vragen?' zegt Greta en ze neemt een slok water uit haar glas. 'Hoe kwamen jullie op het idee om Susanne Hjälm op te zoeken? Dat snap ik niet... daar hebben we het nooit over gehad.'

'Zij is een van de weinige mensen die aan Jureks invloed hebben blootgestaan en nog in leven zijn,' zegt Joona.

'Ik kwam erachter dat ze een paar weken voordat ik de eerste ansichtkaart kreeg uit de gevangenis was gekomen,' zegt Saga. 'Ze haat de politie, ze geeft ons de schuld van haar verwoeste leven... en ze haat Joona meer dan wie dan ook.'

'Dat is geen antwoord op mijn vraag. Waarom begonnen jullie überhaupt aan een onderzoek naar Susanne Hjälm?'

'Ik kreeg een tip van een bron die ik vertrouw,' antwoordt Saga.

'Wie?' vraagt Greta.
Saga kijkt Greta aan zonder een spier te vertrekken.
'Dat kan ik niet zeggen.'
'Joona?'
'Ik weet het niet, ik vond alleen dat de logica sterk genoeg was om ermee verder te gaan,' antwoordt hij.
'Saga, je weet dat je niet in operationele dienst bent, dat je niet de bevoegdheden hebt van een politiebeambte.'
'Duidelijk.'

31

Manvir loopt naar het whiteboard, veegt bepaalde punten uit, verplaatst andere en voegt nieuwe toe. Vervolgens stapt hij met de marker tegen zijn lippen gedrukt naar achteren. De anderen staan op en gaan voor het bord staan.

Seriemoordenaar met negen geplande moorden.
Bestudeert zijn slachtoffers vooraf, kent hun gewoonten.
Slachtoffer 1: Margot Silverman, hoofd v.d. NOA*, vrouw van middelbare leeftijd.*
Slachtoffer 2: Severin Balderson, dominee v.d. Maria Magdalenakerk, man, 55-plus.
Slachtoffer 3: Simon Bjerke, politieman, Stockholm City, veertiger.
Slachtoffer 4: Verner Zandén, hoofd v.d. Säpo, man, 55-plus.

Er klinkt geruis en gerinkel door het plastic ventilatierooster tegen het plafond. Als er in het kantoorgebouw aan de overkant een raam opengaat, wordt opengezet, zorgt dat voor een felle lichtflits in de vergaderkamer.

Greta staart naar Manvirs lijst, terwijl de frons tussen haar wenkbrauwen dieper wordt.

'Hoe past de dominee in het rijtje?' vraagt ze.

'Ze hebben allemaal een beroep dat hun gezag geeft over andere mensen... dat geldt ook voor hem,' peinst Manvir.

'Drie politiemensen, één geestelijke,' gaat Greta verder. 'Drie mannen, één vrouw...'

Joona kijkt bezorgd, hij heeft donkere kringen onder zijn ogen en het rugpand van zijn jasje is gekreukt. Hij gaat zuchtend op de rand van de tafel zitten, zijn blik op het whiteboard gericht.

Tinnen figuurtjes: gestuurd aan Saga, kondigen het volgende slachtoffer aan.
De verpakking kondigt de plaats aan waar de moord zal plaatsvinden.
Schiet de slachtoffers van dichtbij in de rug.
Munitie: Makarov 9 x 18 mm parabellum, mantel van witgekookt zilver, Russisch kwikzilverslaghoedje.
Heeft een auto met een elektrische lier.
Materiaalkennis: tin gieten, witgekookt zilver, natriumhydroxide.
Moordplaats ≠ vindplaats.
De vindplaatsen zijn begraafplaatsen.
Twee ansichtkaarten met bedreigingen jegens Joona. De verantwoordelijkheid om hem te redden wordt bij Saga neergelegd.

Petter haalt een portie snus uit zijn mond, gooit die in de prullenbak en spuugt. Manvirs lippen zijn blauw geworden van de marker. Saga kijkt naar de kruisende sporen die de wieltjes van de bureaustoelen op de linoleumvloer hebben achtergelaten.

'Zijn we dom?' vraagt Petter. 'Wat zien we niet, verdorie?'

'We zien alleen wat hij wil dat we zien,' zegt Joona.

'Heb jij een beter voorstel?'

'Ik bedoel dat de sporen misschien datgene verdoezelen wat we zoeken, dat we misschien moeten proberen te kijken naar wat er tussen deze punten zit.'

'Want ze leiden nergens naar,' zegt Saga.

'Volgens mij,' zegt Greta en ze veegt een paar kruimels van haar blouse. 'Wat mij stoort is de sterke koppeling met jullie beiden, Saga en Joona... want in combinatie met de fixatie op Jurek Walter is dat geen toeval.'

'Jurek is het cruciale punt,' zegt Joona met gedempte stem.

Ze keren terug naar de grote tafel, schenken verse koffie in en laten de foto's en laboratoriumuitslagen nog eens rondgaan.

'Mag ik iets zeggen?' vraagt Saga. 'Voordat Jurek zijn handlanger de Bever vond, stond hij in contact met een aantal andere criminelen... We hebben geprobeerd ze in kaart te brengen, maar ik zou er drie namen uit willen lichten die zomaar uit onze discussies waren verdwenen...

Jakov Fauster, Aleksandr Pitjoesjkin en Pedro Lopez Monsalve.'

Greta, Manvir en Petter kijken haar vragend aan, ze begrijpen geen van drieën waar dit vandaan komt.

'Fauster en Pitjoesjkin zitten in de gevangenis en Monsalve is stokoud,' zegt Joona.

'Toch vind ik dat we naar hen alle drie moeten kijken, om er zeker van te zijn dat ze niet zijn gevlucht of het land hebben verlaten.'

'Goed,' zegt Greta.

'Heb je dat ook van je geheime bron?' vraagt Petter sceptisch.

Het rinkelt, zoemt en piept als alle leden van de groep hetzelfde bericht binnenkrijgen op hun telefoon en via Rakel.

Op de postkamer van de politie in Stockholm is zojuist een pakje binnengekomen voor Saga Bauer.

Iedereen staat op van tafel en loopt snel de gang in.

'We komen naar beneden,' antwoordt Manvir. 'De EOD is er over twee minuten, ontruim de grote vergaderzaal, roep de FO op en zorg dat het arrestatieteam klaarstaat.'

In de lift naar de vergaderzaal is iedereen stil. Ze weten wat ze moeten doen, ze weten dat dit hun kans kan zijn om de dader tegen te houden.

De EOD heeft al een ETD-controle van het pakketje uitgevoerd en zowel de röntgenopname als de metaaldetector geeft aan dat het een klein metalen figuurtje bevat.

Joona loopt naar de EOD-groep toe om het pakketje in ontvangst te nemen, haast zich dan achter de andere teamleden aan en haalt hen in net voordat ze de vergaderzaal binnengaan, waar een operationele staf wordt gevormd.

Twee onderzoekers in beschermende pakken en met gelaatsschermen komen snel aangelopen, maar Joona zet het pakje gewoon op de voorste tafel neer en begint het samen met Saga open te maken.

Saga trekt de bruine tape eraf en gooit die op de grond.

Een van de FO'ers raapt de tape voorzichtig op en legt die in een forensisch bakje.

Joona vouwt de flappen van het doosje opzij, haalt er een bal van aluminiumfolie uit, maakt die open en vindt een klein pakje van keukenpapier.

Met bijna mechanische routine bedekken de technici twee tafels met plastic afdekfolie en stallen dan hun uitrusting uit.

Uit het pakje keukenpapier haalt Joona een opgerolde foto met een rood elastiekje eromheen.

Er zit een tinnen figuurtje in en als hij dat in zijn handpalm laat vallen, komt er een vlindervleugel mee. Die valt draaiend omlaag naar de tafel.

Een FO'er is er snel bij om de vleugel met een pincet op te pakken en in een plastic buisje te stoppen.

Joona houdt het twee centimeter hoge figuurtje tussen duim en wijsvinger, ziet dat het een vrouw voorstelt, maar kan de gelaatstrekken van het kleine gezicht niet goed onderscheiden.

Saga stapt over het verlengsnoer, trekt de zwarte kunstlederen kap van de digitale microscoop, gooit die op de grond en sluit de kabel aan op de computer ernaast.

Joona legt het figuurtje op het objectglaasje en stelt het licht, de focus en de vergrotingsfactor in.

Het team verzamelt zich voor het computerscherm.

Het tinnen figuurtje stelt een vrouw in een rok en een jumper voor, op lage schoenen. Ze heeft een markante kin, een smalle neus en een pruilmondje.

'Dat is Francesca Beckman, psycholoog bij het Crisis- en Traumacentrum,' zegt Saga luid.

'Weet je dat zeker?' vraagt Joona.

'Ja.'

'Heb je het gehoord?' vraagt Petter aan de telefoon. 'Het is onze psycholoog Francesca Beckman van het Crisis- en Traumacentrum.'

'Ik heb het gehoord,' antwoordt Randy op de achtste verdieping.

'Ik heb haar privénummer,' zegt Saga, ze pakt haar mobiel en deelt het contact met Manvir.

'Petter, zeg tegen Randy dat hij moet uitzoeken waar ze woont,' zegt Joona.

'Ik probeer haar nu te bereiken,' zegt Manvir met de telefoon tegen zijn oor.

'Ze woont in Bromma,' zegt Petter. 'Thaliavägen 9...'

Hij zwijgt als Manvir een hand opsteekt en de luidsprekerfunctie van de telefoon inschakelt.

'Met Francesca Beckman.'

'Met Manvir Rai van de NOA... Wacht, luister naar me, er bestaat een bijzonder ernstige en onmiddellijke dreiging jegens jou...'

'Vraag waar ze is,' zegt Joona.

'Mijn telefoon is bijna...'

Francesca's stem verdwijnt abrupt.

'Hallo? Francesca?'

Manvir probeert opnieuw te bellen, maar het is duidelijk dat de batterij van Francesca's telefoon leeg is.

'Dat kan toch niet waar zijn,' zegt Petter.

'Was ze thuis of op haar werk?' vraagt Saga.

'Dat weet ik niet,' antwoordt Manvir en hij kijkt haar met glazige ogen aan.

'Kutzooi,' fluistert Saga en ze haalt haar hand door haar haar.

'Zullen we niet gewoon het arrestatieteam naar haar huis sturen?' vraagt Petter.

'Ik bespreek het met de staf,' antwoordt Greta en ze loopt snel naar de groep collega's rond de verste tafel.

'Kunnen ze het gesprek niet traceren?' vraagt Saga aan Petter. 'Zeg dat ze haar telefoon moeten traceren!'

'Kunnen jullie de positie van Francesca's telefoon bepalen?' vraagt Petter.

'Ik weet het niet, we gaan het proberen,' antwoordt Randy door de luidspreker.

Petter wrijft hard in zijn ogen. Zijn blauwe T-shirt heeft donkere zweetplekken onder de armen.

'Het duurt te lang, ik stuur twee wagens naar het huis in Bromma,' zegt Joona.

Hij neemt via Rakel contact op met de regionale meldkamer, terwijl Manvir via de telefoon het team op de achtste verdieping instrueert om werkgever, collega's, vrienden en familie te bellen om Francesca op te sporen.

'Haar man werkt bij het gerechtshof in Riddarholmen,' gaat Manvir verder en hij kijkt op zijn telefoon.

'Ik bel hem,' zegt Petter.

'Ze hebben twee volwassen zonen, die in Täby wonen,' gaat Manvir verder. 'Haar zus Jeanette woont in Hägersten en werkt op de pr-afdeling van Skanska, beide zonen studeren aan de Koninklijke Technische Hogeschool...'

'Heb je nog een poging gedaan haar te bellen?' vraagt Saga.

'Dat doe ik de hele tijd, ik krijg meteen de voicemail,' antwoordt hij.

'Haar man zit in een vliegtuig naar Dallas,' roept Petter.

'De zonen nemen niet op, ik krijg nergens gehoor,' zegt Greta.

'Blijf het proberen, blijf het proberen.'

Aan de andere kant van het vertrek slaat de stafchef uit frustratie hard met zijn handpalm op het tafelblad.

'We kunnen haar niet zomaar dood laten gaan,' zegt Saga gestrest.

'We vinden haar wel,' stelt Manvir haar gerust.

'Ik denk dat we het raadsel moeten oplossen,' zegt Joona.

'Vooruit, maak de tafel leeg... we hebben meer ruimte nodig,' zegt Saga.

'Dat ding moet weg,' wijst Petter.

'Kom hier met die stoelen,' zegt Manvir.

Een van de technici komt aanrennen met een stoel en struikelt over het snoer van de microscoop. Het zware instrument valt op de vloer en glassplinters spatten rond hun voeten.

'Ze zeggen dat ze de telefoon niet kunnen traceren,' klinkt Randy's stem door de speaker vanuit zijn kantoor op de achtste verdieping.

'Verdomme,' vloekt Petter, zodat het speeksel op tafel spat.

'Stil nou,' zegt Saga.

Greta komt met een geërgerde frons op haar voorhoofd terug.

'Vier minuten,' mompelt Joona, die het gekreukte aluminiumfolie, het keukenpapier, het plastic buisje met de vlindervleugel en het rode elastiekje bij elkaar legt en de opgerolde foto met zijn vingers glad probeert te strijken.

'We moeten nadenken,' zegt Saga en ze gaat naast Joona staan.

De technicus komt terug en begint de scherven van de gevallen microscoop op te vegen.

'Laat liggen,' zegt ze tegen hem.

'Hou nou allemaal je kop,' roept Petter.

Het is een oude ingekleurde toneelfoto – kleiner dan een speelkaart – die een man voorstelt in kleding die in de zestiende eeuw aan het Engelse hof werd gedragen.

Een fluwelen jasje, een pofbroek, witte kousen en schoenen met brede gespen.

Alle kleuren zijn verbleekt, behalve het bordeauxrode jasje van de man en de gouden ringen aan zijn vingers. Manvir gooit zijn stropdas over zijn schouder en leunt naar voren.

'Kan iemand hier iets uit opmaken?' vraagt Greta en ze schuift een lok van haar grijzende haar achter haar oor.

'Draai hem om,' zegt Joona.

Op de achterkant van de foto staat in piepkleine letters: *Maria Tudor* van Victor Hugo. De Koninklijke Schouwburg, 1882.

'Wordt ze in de schouwburg vermoord?' vraagt Greta sceptisch.

'Dat klinkt iets te makkelijk,' zegt Saga.

'De schroeven worden telkens verder aangedraaid, de moeilijkheidsgraad stijgt,' zegt Manvir met diepe rimpels in zijn voorhoofd.

'Is er iemand die het toneelstuk kent?' vraagt Joona.

'Nee.'

'De tijd tikt door, de tijd tikt door,' mompelt Saga.

'Rustig aan, we vinden haar, we zullen haar vinden,' zegt Petter.

'Ik wil gewoon niet dat ze doodgaat.'

Manvir bijt hard op zijn lip en laat een vergrote foto van de vlindervleugel zien op zijn laptop. De vleugel is roodbruin met een spierwitte streep en bij de punt een geel ovaal.

'Aluminiumfolie, vlinder, schouwburg,' zegt hij.

'We moeten specifieker zijn, wat is het voor vlinder, welke soort, waar vind je hem?' vraagt Joona.

'Dit is te moeilijk,' fluistert Greta. 'Het kost te veel tijd...'

32

Francesca voelt dat haar benen trillen als ze de trap op loopt. Ze heeft haar lege telefoon in haar hand en houdt met de andere de leuning vast.

De woorden van de politieman over een ernstige en onmiddellijke dreiging galmen door haar hoofd.

Ze komt op de bovenverdieping, schuift het kralengordijn opzij en loopt de grote slaapkamer van haar zus in.

Naast het nachtkastje zit een oplader in het stopcontact. Ze loopt erheen en sluit haar telefoon aan.

Achter haar vallen de amberkleurige plastic kralen ratelend tegen elkaar.

In de open la van het nachtkastje liggen een roze massageapparaat, een strip hoofdpijnpillen en een plastic bitje.

Haar zusje gaat elke vrijdag naar het huis van haar vriend op een eiland in het Mälarmeer. Om de week heeft hij in het weekend de kinderen uit zijn vorige huwelijk en dan kan ze haar hond Oki niet meenemen, omdat het jongste zoontje veel last heeft van allergieën.

Francesca logeert altijd in het huis van haar zus als ze op de hond past. Ze loopt er een rondje mee, laat hem in de achtertuin, eet een hapje, zit dan op de bank met een boek en een glas wijn en slaapt in de logeerkamer.

Haar man is nu op dienstreis naar Dallas, maar als hij thuis is kijkt hij toch alleen maar tv en gaat vroeg naar bed. Op zaterdag staat hij om zes uur op om in de keuken naar *Naturmorgon* te luisteren.

Ze voelt zich aangenaam vervreemd in het huis van haar zus. Een huis van rode baksteen, gelakt beukenhout en geslepen glas, dat in de jaren zeventig onder architectuur is gebouwd.

De gordijnen voor het raam van de dakkapel zijn dicht.

Ze legt de telefoon op het nachtkastje. Het scherm is nog steeds zwart.

Het is moeilijk te begrijpen wat de man van de NOA haar probeerde te vertellen.

Een onmiddellijke dreiging.

Het klonk alsof ze haar persoonsbeveiliging wilden aanbieden.

Als psycholoog is Francesca bedreigingen gewend en ze is eigenlijk nooit bang of ongerust. Ze werkt veel met getraumatiseerde mensen en weet hoe ze zijn.

Maar met Jonny was het toch fout gegaan, bedenkt ze en ze loopt naar het raam, schuift het gordijn voorzichtig opzij en kijkt naar de donkere bladeren op het pannendak van de carport, de geasfalteerde oprit en de brievenbus aan de smalle straat.

Jonny Sylvan was een dertiger met explosieletsel, die op haar gefixeerd was geraakt.

Ze denkt aan zijn magere gezicht, zijn gereconstrueerde neus en kaak en de oogprothese met de starende, felle blik.

Hij kon niet begrijpen dat zijn aandacht, die ze kort daarvoor nog vleiend had gevonden, opeens opdringerig en bedreigend was.

Francesca had geen aangifte gedaan van zijn uitbarsting toen hij de bezoekersstoel kapotsloeg, omdat ze wist dat hij een tweede kans nodig had, ze had hem alleen overgedragen aan een mannelijke collega.

Het duurde een paar weken voordat ze doorhad dat Jonny haar stalkte.

Ze keert terug naar het nachtkastje, probeert de telefoon aan te zetten, maar die reageert nog steeds niet.

Misschien zou ze naar beneden moeten gaan, de auto moeten pakken en gewoon naar het politiebureau in Kungsholmen moeten rijden.

Maar dat is waarschijnlijk totaal overdreven.

De hond is nog in de achtertuin – en de deur zit niet op slot.

Bij dat inzicht gaat haar hart sneller slaan.

Ze loopt door het kralengordijn de slaapkamer uit en daalt de krakende houten trap af. Tussen de spijlen aan de rechterkant kan ze met elke trede verder de gang in kijken. De inloopkast, het gastentoilet, de logeerkamer waar ze slaapt en ten slotte de binnendeur naar de hal.

Dit is het donkerste deel van het huis.

Ze komt beneden en blijft even op het roodblonde parket staan om te luisteren.

Links is de keuken met bruine tegels en koperen details.

Recht voor haar is door het ribbelige glas van de deur vaag de woonkamer te zien.

Waarschijnlijk klonk de afgebroken mededeling van de politieman erger dan die in feite was. Zodra haar telefoon het weer doet, zal ze terugbellen en alles uitzoeken.

Francesca opent de deur naar de woonkamer en ziet de meubels als lompe dieren over het grof geslepen glas stromen.

Iets houdt haar tegen.

Ze kijkt naar de vierkante open haard van rode baksteen, de tv-bank, de overvolle boekenkasten en de bruinleren sofa.

De politie had Jonny Sylvan op straat voor haar huis gearresteerd. Hij droeg een bomgordel en beweerde heel rustig dat zij en hij samen in een omhelzing zouden sterven.

Hij kreeg dwangverpleging opgelegd en werd op een gesloten psychiatrische afdeling geplaatst, maar dat was meer dan twee jaar geleden.

Francesca loopt de woonkamer in, de rillingen gaan over haar rug. Ze wil zich omdraaien naar de donkere gang, maar dat verbiedt ze zichzelf.

De deur naar het terras aan de achterkant heeft een kattenluikje, maar ze denkt dat de hond, een tweejarige Japanse chin, te trots is om daar gebruik van te maken.

Hij mag dan kleiner zijn dan een kat, hij is een hond. En hij heet Oki, wat 'groot' betekent in het Japans.

Francesca opent de deur en kijkt naar de weelderige, schaduwrijke tuin, naar de afbladderende meubels, het ruitpatroon van groen mos tussen de tuintegels, het gras, de bomen en heesters.

'Oki?' roept ze met gedempte stem.

Ze loopt naar buiten en voelt de koelte van de tegels onder haar blote voeten, ze passeert de rode bolbarbecue en kijkt naar een metalen schaal met een oude muggenspiraal.

Lage schuttingen, muren en heggen markeren de grenzen tussen de tuinen van de buren. Er is geen mens te zien, maar de geur van brandende houtskool wordt door de wind aangevoerd.

Ze stapt op het vochtige gras en kijkt omhoog naar de steile rotsen, bomen en dichte struiken van het park.

Ze loopt verder langs de knoestige berk en naar de aalbessenstruiken, draait zich om naar het huis en kijkt naar de open deur, de gordijnen voor de ramen van de woonkamer, de donkere keuken en de planten op de vensterbank.

Francesca merkt dat ze glimlacht als ze opeens moet denken aan het gesprek dat ze donderdag met Erland had gevoerd. Ze zaten na te tafelen na de maaltijd en toen had ze verteld dat ze de seks miste, dat het enkel door haar christelijke opvoeding kwam dat ze zich had teruggetrokken. Ze had hem nog nooit zo blij zien kijken. Hij bloosde en probeerde op een volwassen manier te antwoorden dat hij die ook had gemist en dat hij het graag nog eens, in haar tempo, wilde proberen.

Er ritselt iets bij de badkuip van geteerd hout die haar zus per se wilde hebben, maar die ze alleen het eerste jaar heeft gebruikt. Francesca draait zich om en houdt een paar takken opzij.

Achter haar klinken snelle ploffen en daarna luid gekef als Oki aan komt rennen van het huis van de buurman aan de linkerkant, een oude man die Oki vaak gehaktballen voert.

Ze gaat weer naar binnen, met de hond achter zich aan, doet de deur op slot en neemt de sleutel mee.

Oki rent voor haar uit naar de keuken. Zijn poten tikken op de parketvloer van de gang.

Als ze de keuken binnenkomt, staat hij bij zijn bakken te janken, maar heel voorzichtig, omdat hij weet dat ze dat niet accepteert.

'Heb je vandaag geen gehaktballen gekregen?' vraagt ze en ze legt de sleutel op het dienblad op het kastje.

Oki rent naar de deur naar de carport en krabt eraan.

'Wat doe jij nou?' vraagt ze en ze vult de bakken met brokken en water. 'Ik ben nu je baasje. Jeanette heeft genoeg van je. Ze heeft gewacht, maar je wordt maar niet groter.'

De hond vliegt heen en weer.

Francesca loopt naar de deur en voelt aan de kruk. Natuurlijk zit de deur op slot. Haar auto staat zo dicht tegen de rechterwand van de carport dat de deur toch niet open kan.

Ergens in de verte schreeuwt een man.

In gedachten ziet ze de levenloze delen van Jonny's gestreste gezicht. De troebele zweetdruppels die op tafel vielen. Zijn dikke, geborstelde haar dat het gehoorapparaatje verborg. Hij had verteld dat de eerste drukgolf van de explosie de lucifer uitblies die hij naar zijn sigaret bracht.

Hij zei dat hijzelf de vlam was die eindelijk doofde. Hij hield op te bestaan en mocht rusten in de wonderbaarlijke stilte in de armen van de engel.

Francesca weet nog dat hij over zijn harige onderarmen krabde toen hij zei dat de engel hem op de grond had laten vallen, tussen uiteengereten auto-onderdelen en puin. Hij smakte tegen de grond en keerde weer terug naar het leven en naar de vreselijke pijn.

Francesca krijgt vaak te maken met getraumatiseerde politiemensen die gewond zijn geraakt of zelf iemand hebben verwond, die agressief zijn geworden en zichzelf niet meer herkennen, die verslaafd zijn geraakt nadat ze resten van verkoolde kinderlichamen hebben opgegraven.

Er klinken knetterende motorgeluiden door de deur naar de carport, die vervolgens abrupt verstommen.

Iemand is voor het huis blijven staan.

Kan dat de politie zijn, een eerste patrouillewagen?

Er zijn misschien zeven minuten verstreken sinds ze haar hebben gebeld.

Ze loopt snel door de gang, langs de trap, de inloopkast, het toilet en de logeerkamer en opent dan de deur naar de hal.

Misschien hebben ze Jonny al aangehouden, hebben ze geprobeerd te bellen en daarna een wagen gestuurd.

Ze loopt naar het raampje in de voordeur, schermt het licht af met haar handen en kijkt naar buiten.

Een oude pick-up met een lier is achteruit de inrit op gereden.

Het linkerportier staat open.

De lucht trilt boven de warme motor.

Het pad naar de voordeur is verborgen achter dichte struiken. Ze kan niet zien of de bestuurder op dat moment haar kant op komt.

Ze doet een stap naar achteren, steekt haar hand uit naar de lange sleutel in het veiligheidsslot en draait hem om zonder haar ogen van het ruitje af te wenden.

De schoot van het slot glijdt met een klik in de sluitplaat op de deurpost.

Ze trekt de sleutel er voorzichtig uit, als opeens de hele deur trilt.

Ze hapt naar adem en ziet de sleutel tussen haar schoenen op de deurmat vallen, loopt achteruit de hal uit en zoekt tastend steun bij de muur.

De deur trilt opnieuw als de volgende vrachtwagen door de straat komt.

Ze zit zichzelf bang te maken.

De auto is waarschijnlijk gewoon van een hovenier.

Ze draait zich om, kijkt door de donkere gang en vraagt zich af hoelang het zou duren om hulp te krijgen als ze de trap op rent, de slaapkamer van haar zus binnengaat, de telefoon losmaakt, zich onder het bed verstopt, de langzame telefoon laat opstarten, de pukcode en het wachtwoord intikt, de lijst met recente gesprekken opent en de NOA terugbelt.

Waarschijnlijk is de telefoon al zover opgeladen dat ze kan bellen, denkt ze als ze binnen iets hoort rinkelen.

Ze blijft staan en houdt haar adem in.

De keukenlaatjes worden geopend, zodat bestek en keukenmessen rammelen.

Francesca sluipt naar voren, glipt de inloopkast in en trekt de deur achter zich dicht. Ze begrijpt dat ze de krakende trap niet op kan rennen om haar telefoon te gaan halen. Ze moet op de een of andere manier het huis uit zien te komen en dan wegrennen.

33

In de grote vergaderzaal op de begane grond van het politiebureau heerst een gedempte, ingespannen bedrijvigheid. De staf van de commandant stelt een strategie op voor een komende operatie en neemt de hiërarchie door.

Er worden topografische kaarten opgehangen en er worden formulieren voor risicobeoordeling en de beste aanvalsroutes tevoorschijn gehaald.

De technici hebben nog geen afdrukken, biologische sporen of vezels op de verpakking gevonden.

Joona kijkt op de klok en houdt dan het plastic buisje met de vlindervleugel voor de lamp, laat het licht erdoorheen schijnen en draait het buisje om. Het patroon op de achterkant van de vleugel heeft de kleur van vergeeld papier of tabak en de adering doet denken aan de vertakte nerven van een blad.

'Hallo team op verdieping acht,' zegt Petter aan de telefoon. 'Wat gebeurt er? Krijgen we nog antwoorden? Is er niemand die weet waar ze is?'

'We zijn ermee bezig,' antwoordt Randy door de luidspreker van de mobiel.

'Het is mooi dat jullie bezig zijn, maar wij zitten te springen om...'

'Hou je gemak,' valt Manvir hem in de rede.

Verderop voeren twee van de technici een geërgerde discussie.

'Heeft Francesca Beckman iets te maken met de Koninklijke Schouwburg?' vraagt Greta en ze krabt over haar pols.

'Heeft ze dat?' vraagt Petter aan de telefoon.

'Voor zover wij weten niet,' antwoordt Randy.

Joona legt het buisje neer en pakt de theaterfoto weer op, ziet dat de kleuren in de loop der jaren zijn verbleekt, zodat het gezicht van de acteur wel van tin lijkt. Hij wil de foto omdraaien, als er een melding van de regionale meldkamer binnenkomt via de communicatiegroep van Rakel.

'Er zijn twee wagens aangekomen bij het adres,' zegt de wachtcommandant. 'Ik geef je de commandant van het arrestatieteam.'

'Moeten we naar binnen gaan?' vraagt hij.

'Veiligheidsvesten aan,' zegt Joona. 'Eén team aan de achterkant, het tweede belt aan.

Petter laat zich op zijn stoel ploffen en veegt met de rug van zijn hand het zweet van zijn bovenlip.

'Er wordt niet opengedaan,' rapporteert de commandant. 'Er zijn geen tekenen van braak of...'

'Forceer de deur,' zegt Joona snel.

Petter houdt de telefoon omhoog naar de anderen. Zijn gezicht is bleek en glimt bij zijn haargrens.

'Randy op verdieping acht heeft nieuwe informatie,' roept hij.

'Francesca is niet op haar werk, ze is vroeg weggegaan, niemand weet waar ze is,' zegt Randy door de luidspreker. 'Ze is niet in de sportschool, niet...'

'Ik trek dit niet,' zegt Petter en hij ziet eruit alsof hij in huilen zal uitbarsten.

Het knettert in de radio-unit en de commandant vertelt dat ze binnen zijn.

'We zijn in het huis, lopen door alle kamers... Er is hier niemand, en niets wat op een misdrijf wijst,' zegt hij met korte pauzes om adem te halen.

'Ze is niet thuis,' zegt Joona, zodat iedereen het kan horen.

Randy vertelt dat ze zojuist afbeeldingen van de theaterfoto naar het Toneelmuseum hebben gestuurd, naar de journalist Leif Zern en naar de dramaturgieafdeling van de Koninklijke Schouwburg.

'En de vlinder?' vraagt Greta.

'We hebben een collega op de afdeling milieumisdrijven die expert is op vlindergebied,' antwoordt Randy. Hij zit in het Vlindercomité en heeft de vlinderboeken van *Nationalnyckeln*, de serie over Zweedse flora en fauna, geschreven.

Saga's handen trillen van de stress als ze stukje voor stukje het aluminiumfolie onderzoekt onder de nieuwe microscoop.

'De helikopter is nu in de lucht,' rapporteert Greta.

De regionale politiechef heeft een voorbereidend bevel gegeven het landelijke arrestatieteam in te zetten, zodat ze geen tijd verliezen als ze eenmaal weten welke plaats de moordenaar heeft gekozen voor het vermoorden van Francesca.

'Er zijn elf minuten verstreken,' fluistert Joona.

'Denk, denk, denk,' zegt Saga manisch. 'We hebben alles, we weten wie het slachtoffer is, we hoeven er alleen achter te komen waar het zal gebeuren. Dat moet kunnen.'

Een van de technici gaat wat apart staan, probeert zijn tranen te bedwingen, gaat een poosje met de rug naar de anderen toe voor de kaart staan, veegt dan zijn wangen af en keert terug.

'Randy, wat gebeurt er?' vraagt Petter in de telefoon.

'Het gaat te langzaam,' roept Saga tegen hem.

'We bellen iedereen die...'

'We hebben een reactie,' onderbreekt Joona hem en hij steekt zijn telefoon in de lucht.

'Stilte!' roept Petter.

'Met Joona Linna.'

'Met Nisse Hydén,' klinkt een schorre stem.

'Heb je naar de foto van de vlindervleugel gekeken?' vraagt Joona.

'Ik heb hem net gekregen en meteen gebeld,' antwoordt hij.

'Kom op,' zegt Saga.

'Kun je er iets over zeggen?' vraagt Joona en hij gebaart naar Saga dat ze niet moet storen.

'Ja. Het is zonder twijfel een vlinder uit de familie van de *Nymphalidae*. Hij komt niet in het wild in Zweden voor, maar... even bladeren... het is een *Limenitis... archippus*... nee, *Limenitis iphiclus* volgens Linnaeus... Komt voor in Zuid- en Centraal-Amerika... Het gaat om het geslacht *Adelpha*, zustervlinders. Zo worden ze genoemd vanwege de witte strepen op de vleugels... zuster in de betekenis van non dus.'

'Waar zou die in Zweden te vinden kunnen zijn?' vraagt Joona en hij kijkt op de klok.

'Niet in het Vlinderhuis, maar misschien in het Natuurhistorisch Museum of bij een verzamelaar... Ik kan een paar mensen bellen.'

'De tijd dringt,' zegt Joona, waarna hij het gesprek beëindigt.

'Zusters, nonnen? Waar heb je kloosters in Zweden?' vraagt Saga.

'De zusters franciscanessen in Sjövik, het klooster van Linköping, de dochters van Maria in Enköping,' somt Manvir op en hij draait de laptop naar hen toe.

'De schouwburg, het klooster, het theater,' associeert Greta. 'Vlinders, Victor Hugo, Frankijk, de Klokkenluider van de Notre-Dame, Maria Tudor...'

Ze zwijgt als haar stem het door de stress begeeft.

'Notre-Dame, dat is Maria... En we hebben de dochters van Maria in Enköping,' zegt Saga en ze laat haar pen op de tafel vallen. 'Ik weet niet waar dit naartoe leidt, maar heeft Francesca Beckman iets met Enköping of met dat nonnenklooster te maken?'

'Dat gaan we nu uitzoeken,' zegt Randy.

Joona doet een paar seconden zijn ogen dicht en concentreert zich op het vinden van het verband.

'De vlinder heet *Limenitis iphiclus*,' zegt Manvir. 'De Griekse halfgod Heracles, die in Rome Hercules is gaan heten, had dezelfde moeder als Iphicles... ze waren tweelingen en halfbroers, wat op zich heel ongewoon is, het wordt superfecundatie genoemd, wat betekent...'

'Wacht, ik krijg een telefoontje van Leif Zern, de theaterexpert.'

Joona neemt op en zet de telefoon op de speaker.

'Die foto heb ik nog niet eerder gezien,' zegt Leif Zern met ingehouden enthousiasme in zijn stem. 'Maria Tudor is natuurlijk Maria I van Engeland, de vorstin die Bloody Mary genoemd zou worden...'

'Ga door.'

'Ik stel me voor dat de Fransman Victor Hugo er veel plezier in had om de Engelse koningin, met het recht op dichterlijke vrijheid, een minnaar te geven... Fabiano Fabiani, die ondanks haar liefde door middel van onthoofding ter dood wordt gebracht,' zegt Leif Zern en hij kucht even. 'Hier op de foto van de Koninklijke Schouwburg zien we natuurlijk de acteur Georg Dahlqvist, die tevens operazanger was en...'

'Bedankt voor de hulp,' kapt Joona hem af en hij beëindigt het gesprek. 'Luister allemaal... De acteur op de foto is Georg Dahlqvist en ik weet dat er een park in Hägersten naar hem is genoemd... en de zus van Francesca Beckman woont in Hägersten.'

'Zustervlinders,' zegt Saga.

'Petter, kijk of de woning van de zus in de buurt van het Georg Dahlqvistpark staat.'

'Kom op, kom op,' fluistert Saga.

'Ze woont in een villa in de Sankt Mickelsgatan, pal aan het park,' zegt Petter.

34

Francesca staat op schoenen en paraplu's, ingeklemd tussen hangende winterjassen, klapstoelen, tassen met lege flessen, een strijkplank en een ladder. Ze houdt de porseleinen deurknop vast.

Het is weer doodstil.

Haar hartslag dreunt in haar oren als ze de deur op een klein kiertje, minder dan een centimeter, opent om het beter te kunnen horen.

De indringer lijkt de keuken te verlaten en blijft vervolgens stilstaan in de gang.

Als hij naar boven gaat om haar daar te zoeken, kan ze stilletjes door de gang rennen, de woonkamer in en de achtertuin in. Vandaar kan ze verder over de percelen, totdat ze een van de buren tegenkomt.

'Help me, lieve Heer,' bidt ze stil in zichzelf. 'Kom me redden, amen, amen, Maranatha kom, Heer Jezus, kom.'

Het tikkende geluid van Oki's kleine pootjes komt door de gang dichterbij en dan volgen de zwaardere passen van de indringer.

Ze trekt de deur dicht en houdt de porseleinen knop stevig vast, zodat de deur niet open zal zwaaien.

Oki blijft voor de inloopkast staan.

Ze houdt haar adem in.

De zwaardere stappen passeren de deur, de gestalte komt voor de kier van de deur langs en loopt door naar de logeerkamer.

Haar jas en tas liggen daar op het bed.

Ze zuigt voorzichtig lucht op in haar longen.

Hij loopt de logeerkamer in en blijft staan.

Nu heeft hij door dat ze in huis is.

Waarschijnlijk kijkt hij achter het gordijn, onder het bed en in de kast.

Even later loopt hij de gang weer in en opent de deur van de wc.

Toen ze zich in de inloopkast verstopte, was ze met haar linkervoet in een rare hoek op een paar wandelschoenen terechtgekomen en nu heeft ze er geen gevoel meer in.

Ze moet van houding veranderen, maar als ze dat wil doen, rammelen de lege flessen in een plastic tas tegen elkaar.

Opeens wordt het doodstil in de gang.

Haar hand die de knop vasthoudt, trilt.

Ze denkt aan Jonny, dat ze als zijn psycholoog met hem moet praten, het moet mogelijk zijn tot hem door te dringen. Gestrest probeert ze zich te herinneren waar hij rustig van werd toen hij haar patiënt was.

De indringer loopt weer voor de inloopkast langs.

De traptreden kraken onder zijn gewicht.

Francesca herkent het ratelende geluid van het kralengordijn op de bovenverdieping.

Ze opent de deur iets verder en hoort dat de voetstappen doorgaan.

Ze houdt haar adem in en kijkt naar buiten.

Het is stil in de gang.

Een bijzonder ernstige en onmiddellijke dreiging, had de politieman gezegd.

Hadden ze informatie dat hij met een nieuwe bomgordel om naar haar op weg was?

De plastic kralen voor de slaapkamer van haar zus worden stil.

Als Francesca de inloopkast uit stapt, valt de strijkplank tegen de winterjassen.

Haar knieën knikken.

Haar lichaam staat bol van de adrenaline.

Ze rent naar de glazen deur, glipt de woonkamer in en botst tegen het voetenbankje van de fauteuil aan. Als ze bij de deur naar het terras is, beseft ze pas dat die op slot zit en dat ze de sleutel op het kastje in de keuken heeft gelegd.

Het gordijn op de bovenverdieping ratelt weer.

Ze gaat op haar knieën zitten, duwt haar vinger in de rubberstrip onder het kattenluik en trekt het open.

Ze trilt over haar hele lichaam als ze op haar rug op de vloer gaat liggen, het luik met haar hand openhoudt, zich afzet met haar voeten en haar hoofd in de koele buitenlucht steekt.

Er jagen wolken over de lichte avondhemel.

Ze kan niet meer zien of iemand de woonkamer binnenkomt en krijgt een paniekerig gevoel in haar lichaam. Hetzelfde gevoel als toen ze als kind werd achternagezeten en bijna werd gepakt. Het moment voordat het gebeurde, toen ze het wilde opgeven maar toch doorging.

Ze slaagt erin haar schouders naar buiten te krijgen, maar haar armen zitten nog steeds klem langs haar lichaam.

Ze haalt haar rug open en dat brandt.

De hond blaft opgewonden bij haar benen.

Ze kreunt en perst uit alle macht en weet haar armen erdoorheen te krijgen.

Ze duwt met haar handen tegen de deur, maar opeens zit ze vast.

Het kattenluikje is omlaaggevallen en achter de band van haar spijkerbroek blijven hangen. Ze wurmt haar ene hand weer naar binnen, tilt het luikje op en begint naar buiten te kronkelen, als iemand haar ene voet vastpakt.

Schreeuwend wordt ze teruggetrokken door het gat. Ze houdt zich tegen met haar hand en schopt in het wilde weg. De greep om haar voet verslapt en ze duwt zich naar buiten, stoot haar knie tegen de rand en kermt van de pijn.

Ze kruipt over het terras, staat op en begint te rennen, als er een knal uit een vuurwapen klinkt. Glasscherven en houtsplinters worden achter haar naar buiten geslingerd.

Francesca springt over het lage hek, rent door de tuin van de buren, langs een paar tuinstoelen en een parasol. Ze stapt snel over een heg en steekt de volgende tuin over.

Het is donker in de serre met rotanmeubels.

Ze klimt over een muurtje, schramt zich aan de frambozenstruiken, stapt in de zachte teelaarde en strompelt het gazon op.

Een man staat kipspiesjes te barbecueën en twee kinderen springen op een trampoline.

Francesca is doodsbang en haar gedachten zijn chaotisch, maar toch begrijpt ze dat ze de man niet om hulp kan vragen.

Als Jonny zijn bomgordel laat ontploffen, gaan de kinderen dood.

De man staart haar verward aan en doet een stap naar achteren met de barbecuetang in zijn hand.

'Ga naar binnen, ga naar binnen,' zegt ze hijgend. 'Neem de kinderen mee, doe de deuren op slot en bel de politie.'

Ze rent verder door de tuinen van de buren, steekt een smalle weg over, wringt zich door een paar struiken heen, over bestrate delen en langs twee broeikassen, zonder nog meer mensen tegen te komen.

Pas als ze de Betelkerk ziet, blijft ze met schurende ademhaling staan. Haar rug is nat van het zweet en haar benen trillen als ze doorloopt. De witte verf op het houtwerk van de gevel bladdert af. Ze weet dat de reservesleutel in een holle plastic steen zit, tussen de wilde aardbeienplanten naast de trap.

35

De helikopter die boven het hoofdkwartier van het landelijke arrestatieteam had gehangen, was twintig seconden nadat Joona het raadsel had opgelost in zuidelijke richting gevlogen.

Joona nam de lift naar de garage, sprong in de auto en reed snel door de tunnel naar het Fridhemsplan.

De helikopter vloog boven het enorme wegennetwerk van de woonwijk, dat door boomtoppen aan het oog werd onttrokken.

De huizen stonden dicht op elkaar, er was nergens genoeg ruimte om te landen. Twee operators werden neergelaten. Voor een groot kruispunt in de Hägerstensvägen hielden ze het verkeer tegen, zodat de helikopter daar kon landen en de rest van het team aan de grond kon zetten.

De wind van de hoofdrotor veegt het stof van het asfalt en trekt de blaadjes van de struiken in een tuin ernaast.

Een afdaalacht valt ratelend op het asfalt als het touw voor het opstijgen van de helikopter wordt opgerold.

De acht operators dragen allemaal een ballistische helm, een keramisch vest en een pistoolmitrailleur.

Terwijl ze naar het adres rennen, informeert de staf van de commandant hen over gevarenzones, welke routes ze individueel moeten nemen en hoe de actie met andere eenheden wordt gecoördineerd.

Op alle grote wegen die Hägersten uit gaan, worden wegafzettingen voorbereid.

Na Aspudden verlaat Joona de snelweg en net op dat moment rapporteert het arrestatieteam dat het huis leeg is, maar dat de achterdeur, aan de kant van het park, kapotgeschoten is.

*

Francesca staat voor de kerk als ze het geluid van een auto op straat hoort. De paniek neemt weer toe. Met trillende handen steekt ze de sleutel in het slot en draait hem om.

Het motorgeluid komt dichterbij.

Ze maakt snel de deur open, gaat naar binnen en sluit de deur achter zich. Folders met informatie over muziekonderwijs en kerkdiensten ritselen op het prikbord als ze door het kerkportaal loopt en het middenschip betreedt.

Achter haar gaat de binnendeur dicht met hetzelfde geluid als wanneer iemand zijn vingerkootjes laat knakken.

Het is stil en schemerig in de kerkzaal.

Er zitten krassen in de planken van het middenpad tot aan het afgedekte doopbad.

Door de hoge, smalle ramen valt een bleek licht.

Tijdens het rennen is haar angst op de een of andere manier ingekapseld. Francesca draagt hem als een zware urn in haar binnenste. Ze wordt er merkwaardig moe en verstrooid van.

Misschien is het gewoon de eerste adrenaline die haar systeem verlaat.

Ze probeert haar pas over het middenpad te versnellen en kijkt naar de schaduwen van de golvende bladeren op de muur recht voor haar, naar het licht boven het bijzondere kruis van de Betelkerk, dat door een goudkleurige doornenkroon wordt omsloten.

Francesca's familie is sinds de negentiende eeuw baptist en ze gaat hier altijd even zitten als ze in het huis van haar zus logeert.

Nu realiseert ze zich pas dat het misschien dom was om zich hier te verstoppen – als Jonny haar weer heeft gestalkt, weet hij dat ze hier af en toe komt.

Ze passeert het doopbad en loopt de sacristie in. Een lichtgrijze telefoon staat tussen bladmuziek en psalmboeken op het bureau.

Het scherpe geratel van een helikopter trekt over de kerk.

Haar hart begint sneller te kloppen als ze de hoorn optilt en die voor haar oor houdt. Ze hoort niets. Ze duwt een paar keer op de haak en controleert of de stekker in het stopcontact zit.

Nu weet ze niet meer wat ze moet doen.

Misschien moet ze gewoon in een van de harde banken gaan zitten bidden, totdat ze zich veilig genoeg voelt om naar buiten te gaan en iemand te zoeken die voor haar de politie kan bellen.

Ze keert terug naar het middenschip en hoort dan een auto stoppen op het grind voor de kerk.

Ze staart naar de deur en beseft dat de sleutel nog in het slot zit.

Langzaam verplaatst ze zich voor de eerste rij langs naar de zijkant.

Stofvlokken komen over de planken van het middenpad haar kant op.

Ze laat zich op de grond vallen als de deur openzwaait en zich weer met knakkende kootjes sluit.

Langzame voetstappen worden gevolgd door een langgerekt fluitend geluid.

Ze glijdt opzij, kijkt naar het afgedekte doopbad, bedenkt dat ze zich daarin had moeten verstoppen en zich door het heilige water had moeten laten beschermen.

Er naderen politiesirenes.

Er ratelt iets en het fluiten houdt op.

Drie politieauto's rijden langs en verdwijnen.

Het is volkomen stil.

Voorzichtig staat Francesca op.

Over het middenpad ligt een lange kabel.

Er kraakt iets tussen de banken. Ze draait zich om en kijkt om zich heen, maar kan het geluid niet lokaliseren.

Haar nek voelt eigenaardig stijf aan.

'Jonny, ben jij dat?' vraagt ze en ze slikt moeizaam.

Geen reactie. Ze verplaatst zich langzaam langs de ene muur en probeert te begrijpen waar hij zich verstopt.

'Doe alsjeblieft niets doms,' zegt ze en ze hoort zelf hoe erg haar stem trilt.

Ze begrijpt dat hij langs een van de rijen banken over de vloer kruipt. Haar hart bonst zo hevig dat het pijn doet.

'Jonny, luister naar me, ik... Je moet weten dat ik nog vaak aan je denk... Ik was graag doorgegaan met de therapie, we hadden zo'n goed contact...'

Achter de banken rechts rammelt iets van metaal. Ze probeert zachtjes adem te halen, terwijl ze ervan weg beweegt, het middenpad op.

'Ik... ik weet niet waarom je me volgt, of...'

Ze draait zich langzaam om naar het kruis aan de muur, bedenkt dat ze misschien de sacristie in kan rennen, de deur op slot kan doen en uit het raam kan klimmen.

'Maar Jonny, luister... wat er ook gebeurd is, we lossen het op, we lossen het samen op.'

Ze huivert als ze hoort dat hij achter haar overeind komt tussen de banken. Over de plankenvloer naderen voorzichtige voetstappen.

'Ik ga nu weg... en je moet me laten gaan,' zegt ze zonder ook maar een vin te verroeren. 'Maar ik vind dat je weer naar me toe moet komen, ik wil je helpen, ik wilde alleen maar...'

Een hevige knal slaat tegen haar trommelvliezen, terwijl ze een harde duw in haar rug krijgt, alsof iemand een steen naar haar heeft gegooid.

Dan volgt het gevoel dat ze een kom warme melk in haar schoot heeft laten vallen, als het bloed uit haar buik en over haar bovenbenen gutst.

Ze zakt door haar benen.

Ze valt zo plotseling dat ze zich niet met haar handen kan opvangen. Ze komt met haar gezicht op de vloer, haar lippen springen en haar voortanden breken.

Misschien verliest ze een paar seconden het bewustzijn.

De piep in haar oren verandert in een ruisende branding.

Ze heeft ontzettende pijn in haar rug en ze begrijpt dat ze is neergeschoten.

Een witte patroonhuls rolt het stof onder een bank in.

Haar hart bonst en haar ademhaling gaat veel te snel.

Francesca heeft geen gevoel in haar benen, maar ze begrijpt dat hij iets met haar voeten doet en ze is bang dat hij haar zal verkrachten.

Ze probeert te bidden, maar kan de woorden niet vinden, ze weet alleen het slot, dat altijd wordt herhaald.

'Maranatha, kom,' hijgt ze. 'Heer Jezus, kom.'

Ze blijft stil liggen en begrijpt dat ze zal sterven als er niet snel hulp komt. Vanuit de verte dringt het geluid van sirenes door de muren heen.

Opeens glijdt ze achteruit. Ze wordt aan haar voeten over het middenpad gesleept. De vloerplanken worden rood geschilderd met haar bloed. Ze probeert zich vast te houden, maar dat is onmogelijk. Ze rolt op haar rug, kijkt omhoog naar het hoge dak, naar de schuine planken die in de nok samenkomen. Alsof ze naar de binnenkant van een scheepsromp kijkt, bedenkt ze. Alsof de kerk een schip is, met de kiel naar de hemel.

36

Joona stopt achter een politieauto met een zwaailicht op het dak. Hij stapt uit en rent naar het huis van de zus.

Langs struiken, bomen en een bakstenen gevel beweegt blauw licht.

Onder de carport staat een rode Ford.

Twee geüniformeerde agenten spannen afzetlinten over de straat. Het blauw-witte plastic trilt in de wind.

Een lid van het arrestatieteam staat op wacht voor het huis met de pistoolmitrailleur voor zijn borst. Het slot van de voordeur ligt eruit en een van de ramen aan de straatkant is bij de bestorming aan diggelen gegaan.

'Waar is de commandant?' vraagt Joona en hij laat zijn dienstpas zien.

'Aan de achterkant, denk ik,' antwoordt de AT'er.

Joona loopt het huis in en de hal door, komt in de gang en ziet de deur van de inloopkast op een kier staan.

Een ingelijste poster van Joan Baez die Bob Dylan optilt, hangt scheef aan de muur.

Op de vloer van de keuken ligt een huls van een afleidingsgranaat.

Een andere AT'er zit met zijn helm naast zich op de trap en wijst met een vermoeide hand de weg naar buiten.

Joona loopt door de glazen deur naar de woonkamer. De verandadeur aan de achterkant is van binnenuit kapotgeschoten.

'We zijn op de juiste plaats, de dader is hier geweest, maar er zijn geen sporen van bloed,' rapporteert Joona via Rakel als hij op het stenen terras komt, waar glassplinters glinsteren.

De commandant van het arrestatieteam komt naar hem toe, stelt zich voor en vertelt dat het huis leeg was toen ze er binnentraden.

'Jullie hebben een helikopter in de lucht, toch?' vraagt Joona.

'Ja, maar...'

'Doorzoek de omgeving, zoek naar een pick-up met een lier.'

'Maar de staf...'

'We hebben geen tijd te verliezen,' valt Joona hem in de rede. Op dat moment komt er een melding binnen via Rakel.

'De alarmcentrale heeft een melding gekregen van een buurman,' zegt de dienstdoende commandant van de regionale meldkamer. 'Francesca is via de tuin van zijn huis, Sankt Mickelsgatan 83, gevlucht... Ze heeft tegen hem geroepen dat hij naar binnen moest gaan en de politie moest bellen.'

'Heeft hij de dader gezien?' vraagt Joona en hij begint door de tuinen te rennen.

'Nee... en hij weet niet waar Francesca naartoe is gegaan.'

Joona springt over een lage heg, ziet zichzelf weerspiegeld in het glas van een donkere serre en passeert een stenen muur.

In de moestuin zijn sporen van blote voeten te zien, teelaarde is het gras in geschopt. In een zwarte barbecue branden glimmende kolen.

Joona blijft op een smalle geasfalteerde weg staan, kijkt naar beide kanten, loopt door naar de volgende tuin en ontdekt dat er wasgoed van een lijn tussen twee bomen is gevallen. Hij loopt dwars door de heg heen en blijft rennen.

De regionale meldkamer neemt weer contact op en hij krijgt te horen dat ze een melding hebben gekregen van een vrouw die een harde knal heeft gehoord in de Betelkerk.

Joona steekt de volgende tuin over, buigt af langs de gevel van het huis, passeert de garage en slaat links af de Sankt Mickelsgatan in.

Het geratel van de rotor van de helikopter verdwijnt in de richting van Mälarhöjden.

Joona neemt de eerste zijstraat rechts, komt bij de lage houten kerk en trekt zijn pistool. Hij ziet dat het grind aangeharkt is en loopt het schemerduister in.

Een bloedspoor van een voortgesleept lichaam leidt van het schip naar het kerkportaal. Hij loopt de kerkzaal in. Vooraan op het middenpad glimt een donkere bloedplas. Het ruikt nog naar kruit, maar zo zwak dat Joona begrijpt dat hij een paar minuten te laat is. Hij laat zich op de achterste bank zakken en slaat zijn handen voor zijn gezicht.

*

Ondanks veertig politiewagens en helikoptervluchten, buurtonderzoeken, verkeerscamera's en wegafzettingen was de auto niet gevonden. Het is een grote wijk en als je achterafweggetjes neemt, zijn er honderden onbewaakte routes naar buiten.

*

De lucht is wit boven de smoezelig gele huizen van Vällingby. Een kraai zit op een lantaarnpaal eenzaam te krassen.

Joona staat op het trottoir naast een grijze flat met glazen balkons.

Achter een van de ramen onderaan, door een kier tussen de vitrages, is een lichtblauw beeldje te zien dat Onze-Lieve-Vrouw van Fátima voorstelt.

Hij denkt aan de gelijkenis met de sculptuur op de foto die in Valeria's broeikas op de grond lag. Drie meisjes waren het water in gewaad met een lichtblauwe sculptuur van een vrouw die niet Maria was, maar een soort watergodin.

Joona richt zijn blik op de kleine getraliede ramen vlak boven de grond, pakt zijn telefoon en belt Valeria.

'Joona?' zegt ze bijna fluisterend.

'Sorry... Sorry voor mijn stomme gedrag, ik was overrompeld, voelde me betrapt.'

'Dat weet ik, maar...'

Ze ademt diep in, maar zegt dan niets.

'Kun je me vergeven?' vraagt hij.

'Natuurlijk, maar ik ben nog steeds verdrietig.'

'Dat snap ik. Het was stom van me.'

Achter de gordijnen voor de raampjes net boven de grond verandert het licht. Op de vensterbank liggen pollen geel gras.

'Wil je me dit in je eigen woorden vertellen?' vraagt ze.

'Dat zeggen wij altijd bij een verhoor,' zegt hij in een poging de stemming te verbeteren.

Op het asfalt achter een van de flats is een meisje aan het skateboarden. Ze oefent haar kick-flip en het board komt telkens met een ratelend geluid op de kop neer.

'Ik heb geen problemen met drugs, als je dat soms denkt,' zegt hij.

'Mooi zo.'

Er komen twee vrouwen met kinderwagens aan over het trottoir en Joona gaat op het gras staan.

'Wat moet ik zeggen?' vraagt hij.

'De waarheid, graag... als je daaraan toe bent.'

'Wil je zeggen dat ik lieg?'

'Eerst neemt de man drugs, dan nemen de drugs drugs en ten slotte nemen de drugs de man.'

'Ik ben niet verslaafd, Valeria.'

'Zo klinkt het wel, zo klinkt het echt,' antwoordt ze.

Een jongeman in zwart voetbaltenue en met een sporttas over zijn schouder komt het trappenhuis uit en verdwijnt om de hoek van het gebouw.

'Ik heb op een gecontroleerde manier drugs gebruikt. Net zoals ik mijn medicijnen inneem.'

'Ik zal niet boos op je worden,' zegt ze scherp. 'Omdat ik weet dat dat het laatste was waar ik behoefte aan had toen ik verslaafd was, maar als je oneerlijk bent, wordt het...'

'Je snapt het niet,' valt hij haar in de rede.

'Ik snap het juist wel.'

'Jij had de bodem bereikt, dat is iets anders, je bent in de gevangenis terechtgekomen...'

'Nu hang ik op, Joona... ga maar weer terug naar je drugs... en als je klaar bent, wacht ik misschien op je.'

Joona stopt de telefoon in zijn zak, loopt naar de flat, passeert een liggend winkelwagentje, duwt op de knop van de intercom, hoort het knetteren in de kleine luidspreker en leunt naar voren.

'Doe open, ik ben het, Joona,' zegt hij zacht in de microfoon.

Als het slot zoemt, trekt hij de deur open en loopt het trappenhuis in. De lift zit vol met tags die met een spuitbus gemaakt zijn en de glazen ruit is bekrast.

Joona volgt de geronde trap naar het souterrain. Er staat een dichtgebonden vuilniszak voor de deur om hem open te houden. Hij loopt naar binnen, geeft met zijn voet een zetje tegen de zak, laat de zware deur dichtvallen en loopt door naar Laila's schemerige zaal.

De hele vloer is bedekt met een dik stuk plastic.

Op de uitgetrokken bedbank ligt een getatoeëerde man met zijn ogen dicht.

Op het nachtkastje staat een brandende olielamp met een schoorsteen.

Het licht beweegt onrustig over de dikke bovenarmen en slappe handen van de man.

Joona loopt langzaam door naar binnen.

De zeventigjarige Laila staat in het keukentje. In het licht van de afzuigkap is ze bezig met een brievenweger en kleine pakjes van cellofaan. Ze draagt een blauwe spijkerbroek en een zwarte coltrui. Haar korte grijze haar is stekelig van de gel. De rimpels in haar wangen lijken er met een mes in gekerfd en haar dooraderde handen zitten onder de pigmentvlekken.

'Zeg dat hij weg moet gaan,' zegt Joona.

'Hij doet wat hij wil,' antwoordt ze zonder hem aan te kijken.

De man ligt met zijn hoofd in een scherpe hoek en met rimpels in zijn kin op een bruin ribkussen.

'Ik moet alleen zijn,' zegt Joona.

'Je mag op de vloer zitten of later terugkomen,' antwoordt ze en ze schraapt de binnenkant van een pijpenkop schoon met een spatel.

Met geroutineerde bewegingen tikt ze het olieachtige roet – waarvan ze later secundaire opium zal maken – eruit en laat het in een plastic bakje vallen.

37

De olielamp verspreidt een diffuus schijnsel. Er schommelen ruitvormige lichtvlekjes op de betonnen muren en op het plastic op de vloer. De lucht is verzadigd van de geur van opium, riolering en braaksel. Laila klikt het deksel op het bakje en zet het in de koelkast.

Joona loopt naar de man op de bedbank toe, kijkt naar zijn slappe gezicht en duwt zachtjes tegen zijn schouder.

'Ga weg.'

'Hè?' mompelt hij.

'Je moet nu weggaan,' zegt Joona en hij duwt wat harder.

'Rot op,' fluistert de man. Hij knippert vermoeid met zijn ogen en sluit ze dan weer.

Joona pakt met één hand zijn bovenarm vast en met de andere zijn nek, en trekt hem overeind.

'Wat is dit, man?'

Zijn knieën knikken, maar Joona houdt hem overeind.

'Ik ben van de politie, maar voor deze keer laat ik je gaan, als je maakt dat je wegkomt.'

Joona wil hem meetrekken, maar de man blijft staan, houdt trillend een hand voor zijn buik en spuwt op de grond. 'Ik moet even rusten,' jammert hij.

Joona sleept de man mee naar de deur, doet die open en duwt hem naar buiten. De man struikelt over de vuilniszak en komt op zijn achterste in het trappenhuis neer.

'Au, wat heb je, verdomme? Mijn jas hangt nog binnen.'

Joona haalt de jas van de kapstok, gooit hem die toe, doet de deur dicht en keert terug naar de bedbank.

Laila zet haar bril af, draait zich om en kijkt hem met haar rustige blik aan.

‘Moet dat nou zo?’ vraagt ze.

‘Sorry, maar ik moet nadenken, ik heb veel aan mijn hoofd.’

‘Nadenken? Denk je dat die dampen je helpen denken?’

Hij pakt een handdoek van de vloer en veegt de kots van het zeil, draait het vochtige ribkussen om en gaat dan liggen.

Ze pakt de emmer die naast het bed op de vloer staat, leegt hem in de wc en zet hem weer terug.

‘Je hebt een belangrijke klus,’ zegt ze.

‘Ik weet het niet meer, ik schiet tekort, ik weet niets...’

‘Heb je niemand die je kan troosten?’

Als hij niet antwoordt, loopt ze naar de koelkast, haalt er een pakje uit, trekt haar bureaustoel naar de rand van het bed en gaat zitten. In het trillende licht van de olielamp haalt ze de donkere ruwe opium uit het plastic en knijpt er een hoekje af.

‘Je bent nog steeds op weg naar beneden,’ zegt Laila, terwijl ze tussen duim en wijsvinger een plakkerig erwtje rolt.

‘Ik zie het als een zandloper.’

‘Dat is mooi... als je maar in staat bent die zelf om te draaien.’

Ze zet het kogeltje op een beroete naald en houdt het in de warmte boven de schoorsteen van de olielamp. Zodra het begint te smelten drukt ze het als een vlies over het gat in de bolvormige pijpenkop.

Als ze het mondstuk van berkenwortel heeft bevestigd, leunt ze naar voren en geeft hem de pijp.

‘Je lakt je nagels,’ zegt ze.

De opium begint te vonken als hij die verder verwarmt. Er klinkt een borrelend geluid als Joona de warme dampen opzuigt.

Het genot is zo onmiddellijk en alomvattend dat hij tranen in zijn ogen krijgt.

Zijn lichaam raakt ontspannen, Laila’s strenge gezicht wordt mooi en hij weet dat het conflict met Valeria opgelost zal worden.

Een lichtdoorschenen rooksliert kronkelt behaaglijk naar het betonnen plafond.

Hij houdt de pijpenkop nogmaals boven de schoorsteen van de lamp, vult zijn longen en glimlacht breed.

Laila observeert hem.

Hij denkt aan Valeria’s ogen in het restaurant, zuigt het laatste restje van de zoete dampen op, sluit zijn ogen en leunt op het kussen.

De hanger die een van haar zonen heeft gemaakt was aan de buitenkant van de jurk terechtgekomen en ze had het sieraad met haar smalle vingers vastgepakt en weer tussen haar borsten laten vallen.

Joona merkt dat Laila de pijp uit zijn zwakke handen pakt en hem op het nachtkastje legt, terwijl ze een nieuw kogeltje rolt.

Eerst begrijpt hij niet waar de gedachte aan Jakov Fauster vandaan komt, maar dan ziet hij Saga Bauers manische blik voor zich als ze de namen van drie seriemoordenaars herhaalt.

Voordat deze Duitse seriemoordenaar werd gegrepen en er nog jacht op hem werd gemaakt, gaven de kranten hem de bijnaam 'de Berlijnse Zilversmid'. Zijn eerste bekende slachtoffer werd buiten de stad op een treinspoor gevonden, de ogen waren met gesmolten zilver uitgebrand.

Joona heeft geen puf om op te staan, maar bedenkt dat hij snel weg zou moeten gaan om te onderzoeken of er een verband bestaat tussen de Zilversmid en de tinnen figuurtjes van het Roofdier.

Laila verwarmt het nieuwe opiumbolletje boven de lamp.

'Wacht,' fluistert hij.

Ze maakt het vast in het gat, trekt voorzichtig de naald eruit en geeft hem de pijp. Hij pakt hem aan, houdt hem weer in de warmte, zet de steel tussen zijn lippen en zuigt de dampen op.

Als de geluksroes zich door zijn lichaam verspreidt, gaat hij rechtop zitten en kijkt om zich heen in het donkere vertrek.

Hij knijpt zijn ogen tot spleetjes en ziet dat het gefragmenteerde licht van de olielamp op honderden gouden zustervlinders lijkt.

Hij weet niet meer waarom hij weg moet, maar hij geeft de pijp aan Laila en komt wankel overeind.

Het plastic op de vloer glimt als een waterspiegel.

Door de zwerm fladderende vlinders loopt hij naar de deur, hij wappert ze voor zijn gezicht weg, wankelt zijwaarts en stoot een strijkplank om.

Hij bukt en pakt een sjaal uit de doos met gevonden voorwerpen, omdat hij weet dat de kou zich straks snel door zijn bloedsomloop zal verspreiden.

Laila zegt niets, ze houdt de deur voor Joona open en laat hem het trappenhuis in lopen.

Joona houdt zich aan de trapleuning vast en moet even met zijn ogen dicht blijven staan, voordat hij de koele avondlucht in stapt.

Hij houdt de roze sjaal met gouden borduursels in zijn hand en merkt niet dat die achter hem aan over de grond sleept.

Hij volgt het voetpad, terwijl de grond als een carrousel om hem heen draait. Voordat hij zijn blik op de flats kan fixeren, zweven ze al voorbij.

Het effect van de opium neemt nog steeds toe.

De vermoeidheid is bijna ondraaglijk als hij over de stenen van het plein loopt, langs een laag gebouw met een supermarkt en een sieradenwinkel.

De gedachte aan de tinnen figuurtjes en de Berlijnse Zilversmid drijft hem voort.

Voor de ingang naar de metro krijsen meeuwen.

Hij blijft staan, steunt met zijn hand op een afvalbak en bedenkt dat hij even tegen de muur zou kunnen gaan liggen rusten.

Met langzame passen loopt hij door. Voor de McDonald's blijft hij staan, hij gaat op een bankje zitten en concentreert zich, gaat op zijn zij liggen, trekt de sjaal over zich heen en doet zijn ogen dicht.

In de droom dekken hij en Valeria een midzomertafel in haar tuin, met het mooie serviesgoed, weidebloemen en taps toelopende borrelglaasjes.

Hij wordt wakker van pratende en lachende stemmen, maar is niet in staat zijn ogen te openen. Iemand trekt de sjaal van hem af en zegt dat die verdomd sexy is.

'Moet je die nagels zien...'

'Vorige week is er een kind door zo'n viezerik aangerand... bij de Vällingbyschool.'

'Hallo? Ben je wakker? Wil je pijpen?'

Hij voelt dat een van de mannen de zool van zijn sportschoen tegen zijn gezicht duwt.

'Naar huis, jij! Tante? Nu naar huis!'

Zijn bovenbeen brandt. Hij opent zijn ogen, ziet een jongeman met een zilverkleurige honkbalknuppel in zijn handen, maar is te moe om op te staan.

Een van de mannen komt naar hem toe en giet bier in zijn gezicht.

Hij gaat zitten, ziet de man met de honkbalknuppel dichterbij komen, bedenkt dat hij zich met zijn onderarm moet beschermen, maar voordat hij iets kan doen, wordt hij op zijn wang geraakt en hij valt voor het bankje op de grond.

Hij voelt schoppen en slagen en hoort dan een boze vrouw die roept dat ze de politie gebeld heeft.

De mannen rennen lachend weg.

De vrouw helpt Joona overeind. Ze is waarschijnlijk niet ouder dan twintig, heeft dikke zwarte wenkbrauwen en een rode bindi op haar voorhoofd.

'Zal ik een ambulance bellen?'

'Nee, bedankt, het gaat alweer,' antwoordt hij en hij veegt bloed en bier van zijn gezicht.

'Echt?'

'Ja.'

'Ik haat die idioten,' zegt ze en ze kijkt in de richting van de kerk.

38

Toen Saga begreep dat ze er niet in waren geslaagd Francesca te redden, sloot ze zich op in de wc van de NOA en bleef daar een hele poos zitten, met haar ogen dicht en haar armen om zich heen geslagen.

Ze had echt gedacht dat ze het tij deze keer zouden keren.

Ten slotte reed ze naar huis met een ondraaglijk gevoel vanbinnen, onrustig en angstig.

Toen ze besefte dat ze niet kon eten of stilzitten, ging ze naar Boksclub Narva, ook al was ze daar geen lid meer van.

*

De receptie is onbemand en het grijze schijnsel van de frisdrankautomaat valt over de muur met ingelijste foto's van succesvolle leden en posters van kampioenschappen.

In de grote sportzaal ruikt het naar zweet, balsem en schoonmaakmiddel.

Zware bonzen weergalmen tussen de muren als een forse man zich rond de ene bokszak beweegt en hoekstoten uitdeelt. Twee jongere mannen wisselen elkaar af bij het bankdrukken en een vrouw met een rode hoody doet push-ups naast de ring.

Saga is op hoog tempo aan het touwtjespringen terwijl ze haar voetenwerk oefent. Ze probeert de beweeglijkheid en de lichtheid weer te vinden.

Haar oude trainer zei altijd dat de voeten de grond bijna niet mogen raken.

Met de voeten win je de wedstrijd, met verrassende verplaatsingen die alle logica lijken te tarten.

Ze heeft vannacht weer aan de zeven bruggen van Koningsbergen liggen denken, zonder tot een oplossing te komen.

Ze moet haar gedachten op een rijtje zetten, haar concentratie vinden.

De NOA handelt nu in alle opzichten sneller, maar tegelijkertijd worden de raadsels moeilijker.

Het Roofdier doodt mensen in Saga's omgeving om haar onder druk te zetten, om de jacht persoonlijk te maken, de inzet te verhogen.

Ze heeft geen familie die getroffen zou kunnen worden.

Eerder vandaag heeft ze contact opgenomen met de Zweedse Down-vereniging om te zeggen dat ze tijdelijk moet stoppen als coach.

Ook al lijken de slachtoffers personen te zijn met wie ze een conflict heeft gehad, ze kan met Nick en Astrid geen risico's lopen.

De negende kogel is bedoeld voor Joona en alleen zij kan hem redden.

Hij is haar vriend, dat weet ze, ook al kan ze niet begrijpen hoe hij haar alleen heeft kunnen laten met Jurek.

De peervormige boksbal achter haar begint te ratelen.

Een vrouw met een kaalgeschoren hoofd oefent met een verbeten gezicht hoge slagen.

Saga kijkt op de grote klok met tape over de barst in het glas, ziet dat ze al vijfenzestig minuten aan het touwtjespringen is en stopt. Haar snelle ademhaling wordt rustiger. Ze gooit het touw naast haar sporttas, loopt een paar stappen met zware benen en gespannen kuiten, blijft staan en steunt met beide handen op haar bovenbenen.

Er druppelt zweet van haar gezicht op de gespikkelde kunststof vloerbedekking.

De rug van haar T-shirt is nat.

Saga doet al een paar jaar niet meer aan wedstrijden mee, maar vanavond heeft ze besloten weer te gaan trainen. Het boksen helpt haar om te focussen en haar hoofd leeg te maken.

Ze haalt haar telefoon uit de tas, leest het eindrapport van het team dat Randy heeft gestuurd, aarzelt een paar seconden en belt dan zijn privénummer.

'Hoe gaat het met je?' vraagt ze.

'Goed, denk ik... fijn om je stem te horen,' antwoordt hij.

'Het spijt me van mijn opgewonden toon vandaag.'

'Geen probleem, het was een extreme situatie...'

'Krankzinnig,' verzucht ze.

'Hoe voel jij je?'

'Ik vind het vreselijk dat we haar niet hebben kunnen redden,' fluistert ze.

'Ik weet het.'

De lampen aan het plafond glinsteren in de witte plastic vloerbedekking van de boksring. Haar oude trainer wees altijd naar de verzamelingen strepen van schoenen met zwarte zolen om aan te geven welke delen van het oppervlak zelden gebruikt werden.

'Wat doe je nu?' vraagt ze om de stilte te breken.

'Ik zit thuis, ga een was draaien... Linda komt zo.'

'Kunnen we nog even praten?'

'Weet je... dit is niet makkelijk voor haar.'

'Ze is zo mooi.'

'Ik weet het, maar dat gevoel heeft ze niet nadat ze jou heeft gezien.'

'Hou op, je weet wat ik vind van...'

'Maar zo is het,' valt hij haar in de rede. 'Ze zegt dat ik haar zou verlaten... de toekomst zou vergeten, alles wat we hebben gepland... dat ik naar jou toe zou gaan als je ook maar een kik zou geven.'

'En zou je dat doen?' vraagt Saga ernstig.

De vrouw met het kale hoofd zit even haar linkerschouder te masseren en gaat dan verder met de boksbal.

'Saga, ik heb nooit begrepen waarom je het hebt uitgemaakt, waarom ik je niet mocht helpen, ik was er voor je, het was voor ons allebei goed geweest... Je zei dat het voorbij was, maar ik heb gewacht, weet je, ik heb jaren op je gewacht.'

'Dat had je niet moeten doen.'

Saga ziet dat Rick in de ring staat met trainer Sasha Smedberg. Ze zetten hoofdbeschermers op en beginnen zacht te sparren.

De trainer voert het tempo op, duwt Rick de ene hoek van de ring in en geeft een harde stoot tegen zijn lichaam.

Een zwabber die met de steel tegen de touwen staat, valt rammelend om.

Rick glijdt weg, geeft een jab met zijn linkerhand en deelt twee bliksemsnelle hoekstoten uit.

'Ik ben gelukkig met Linda, we hebben het al over kinderen gehad,' zegt Randy op verdrietige toon.

'Mooi... ik ben blij voor je.'

'Maar ik zou nu meteen mijn jas en mijn schoenen aantrekken en niet één keer omkijken als je mij nog een kans zou geven.'

'Ik weet dat je dat niet meent.'

'Misschien niet.'

Rick krijgt een rechtse directe schuin tegen zijn hoofd, doet een stap naar achteren, draait mee met zijn bovenlichaam, geeft een linkse hoek en incasseert tegelijkertijd een harde klap tegen zijn ribben.

'Randy, ik kan niemand gelukkig maken, dat zal ik nooit kunnen,' zegt Saga met een gevoel dat haar hart in een afgrond valt. 'Er is iets mis met me, iets wat...'

De bel gaat bij Randy.

'Is zij dat?'

'Ja.'

'Ga gauw opendoen,' zegt Saga en ze beëindigt het gesprek.

Ze slikt moeizaam, laat de telefoon in haar tas vallen, drinkt wat water uit haar plastic fles, haalt een paar rode bokshandschoenen tevoorschijn, doet ze aan en trekt het klittenband strak met behulp van haar mond.

Snelle stappen bonzen over de vloer van de ring. Rick laat zijn elleboog zakken om zich te beschermen, lokt een uppercut uit en het volgende moment raakt hij de trainer met een combinatie van slagen in het gezicht.

De trainer steekt zijn linkerhand op, zet zijn helm af, wankelt, hangt in de touwen en zucht luid.

'Sorry,' lacht Rick.

Rick Santos is drieëntwintig jaar en maakt deel uit van de wedstrijdploeg van de club. Er wordt al over gepraat of hij misschien bij de volgende olympische equipe zal komen.

Saga weet nog toen hij net bij de club begon, verlegen en spichtig, op blote voeten en met een afgeknipte spijkerbroek in plaats van een short.

Ze loopt naar de zwaarste bokszak, die met ducttape is omwikkeld, en begint met felle linkse hoekstoten.

Ze moeten uit het niets komen, zei haar trainer altijd.

Ze gaat langzamerhand over naar verschillende combinaties op de bokszak en denkt aan de berichten die Stefan Broman, de anesthesist, heeft ingesproken op haar voicemail. Hij wil dat ze naar het feest in zijn appartement in Solna komt vanavond, een uitgesteld verjaardagsfeest.

Stefan heeft haar nooit eerder op een feest uitgenodigd, hij heeft er überhaupt nooit op aangedrongen dat ze zou komen.

Saga weet wat er achter zijn herhaalde telefoontjes zit en ze probeert zichzelf te vertellen dat ze niet verdrietig moet worden.

De afgelopen maand heeft hij meerdere keren gezegd dat hij een film wil maken wanneer hij en zijn collega-artsen met haar naar bed gaan.

Ze heeft het weggelachen en 'geen sprake van' gezegd, maar uit zijn scherpe toon maakt ze op dat hij nu zijn vrienden heeft uitgenodigd en heeft beloofd dat het ervan zal komen.

Saga begint de kracht van haar stoten te oefenen. Het haar zwiept in haar gezicht bij de heupdraai. De bokszak zucht, de ketting rammelt en wordt strak gespannen. Ze vergeet de tijd en gaat steeds harder slaan. De schroeven in het plafond knarsen en er dwarrelen stukjes beton door de lucht.

Ze blijft hijgend staan als ze merkt dat Rick naar haar staat te kijken. Hij heeft gedoucht en zich omgekleed. De vrouw met het kale hoofd is niet meer in de zaal. Een jongeman legt dumbbells en kettlebells op hun plek.

'Saga Bauer,' zegt Rick en hij komt naar haar toe.

'Rick. Ja toch?'

'Je weet wel hoe ik heet,' zegt hij met een glimlach.

'Je doet het goed, wat ik zo hoor.'

'Sasha vindt dat ik niet genoeg train...'

'Dat hou je toch.'

'Ik moest van hem zeggen dat de damesdouche gesloten is.'

'Een beetje laat,' zegt ze en ze trekt aan haar drijfnatte T-shirt.

'Ik weet het,' zucht hij.

'Dan maar niet douchen,' zegt ze en ze pakt haar tas op.

'Je mag wel bij mij douchen als je wilt,' zegt hij.

'Nee, dank je, ik ga naar huis,' antwoordt ze. Op hetzelfde moment beseft ze dat ze de eenzaamheid niet zal kunnen verdragen. 'Of... ik bedoel, als het geen probleem is.'

'Nee, helemaal niet, geen enkel probleem.'

'Oké... graag dan,' zegt ze.

Ze loopt naar de kleedkamers. Uit de mannenkleedkamer komt gelach en het monotone dreunen van douchewater op tegelvloeren en wanden. Bij de dames is met tape een kruis voor de opening naar de doucheruimte gemaakt.

Saga trekt haar jas aan over haar sportkleren en propt de rest van haar spullen in haar stoffen tas. Als ze bij de receptie komt, stopt Rick zijn telefoon in zijn zak. Ze stappen de koele lucht in en lopen samen naar het Odenplan.

'Ik heb een van je wedstrijden gezien,' vertelt hij. 'Ik weet niet meer hoe je tegenstander heette, ze kwam uit Hongarije...'

'Hoe ging het?'

'Je sloeg haar knock-out in tien seconden of zoiets,' zegt hij met een glimlach.

'Mooi.'

'Het was een vet goede combinatie, ik heb hem geprobeerd na te doen.'

39

Tijdens de rit met de pendeltrein zitten ze op hun telefoon te kijken of laten ze hun ogen langs vermoeide gezichten en voorbijflitsende bebouwing gaan.

Ze stappen uit op station Barkarby, nemen de roltrap naar de vertrekhal met grote glaspartijen en deuren naar het viaduct.

Ze loopt samen met hem op de brug over het spoor en de snelweg, ze steken schuin een grasveld over en lopen een wijk met appartementencomplexen in. Alle gebouwen hebben ruw geel pleisterwerk, kleine ramen en balkonschermen van golfplaat.

Ze lopen de voordeur van het derde gebouw in en nemen de trap naar de tweede verdieping. Hij opent de deur, raapt post van de deurmat en laat haar binnen.

'Mooi,' zegt ze als ze door de woonkamer lopen.

'Maar eigenlijk iets te groot, mijn ex is vorig jaar naar Höganäs verhuisd, ik ben zo ontzettend gedumpt,' zegt hij.

Rick haalt een schone handdoek uit de kast in de slaapkamer en geeft die aan Saga. Ze neemt haar sporttas mee naar de badkamer en doet de deur op slot.

De klep en de bril van de wc staan omhoog, er zitten baardharen op de rand van de wastafel en er staat één tandenborstel in het glas.

Routinematig kijkt ze of er verborgen camera's zijn en opent dan de spiegelkast. Er zit geen make-up in, geen tampons, roze scheermesjes of damesparfum.

Ze is een beetje moe van haar achterdocht, maar het zou niet de eerste keer zijn dat een man beweert dat hij single is om seks met haar te kunnen hebben.

Saga trekt haar vochtige kleren uit, gooit ze naast de tas op de grond en bekijkt zichzelf in de spiegel. Haar spieren zijn nog steeds goed doorbloed na de training en op haar bovenlichaam zitten striemen van het elastiek van haar sportbeha.

Ze opent de deur van mat plexiglas, draait aan de knop van de mengkraan, wacht tot het water warm is en gaat dan onder de douche staan. Ze neemt wat van een douchegel die Pro Sport heet, wast zich zorgvuldig en ziet het schuim rond haar voeten op de douchemat dunner worden.

Ze blijft nog even onder de warme straal staan en voelt de spieren van haar nek en rug ontspannen, waarna ze de kraan dichtdraait en zich afdroogt. Haar lichaam is nog steeds een beetje vochtig als ze de schone kleren aantrekt. Ze heeft haar haar een paar keer uitgeknepen, maar toch druppelt er nog water uit de punten als ze de keuken in komt.

'Bedankt dat ik hier mocht douchen, dat was heel aardig,' zegt ze.

'Wil je iets drinken, thee of fris... ik heb niet zoveel...'

'Nee, dank je.'

'We kunnen brood roosteren... als je trek hebt.'

Ze schudt haar hoofd, kijkt in zijn donkerbruine ogen, draait zich om naar de gang en mompelt dat ze naar huis moet.

'Ik kijk al vanaf het begin naar je... totdat je stopte,' zegt hij. 'Maar ik durfde nooit op je af te stappen om een praatje te maken.'

Ze glimlacht, maar weet niets meer te zeggen, ze begrijpt dat zijn successen hem moediger hebben gemaakt en bedenkt dat hij met haar naar bed mag als hij dat wil.

'Je hemdje is nat...'

'Dat is altijd zo, ik heb geen geduld om mijn haar te drogen,' antwoordt ze.

'Je mag wel een T-shirt van mij lenen.'

Ze loopt met hem mee naar de slaapkamer, met een opgemaakt, bijna vierkant bed. Een lichtblauwe plaid ligt opgevouwen op het voeteneinde. Op het nachtkastje staat een lampje met een glimmende porseleinen voet en een witte papieren kap.

Rick trekt een la open, haalt er een T-shirt met het logo van Nike uit en geeft het aan haar.

'Dank je.'

Ze trekt haar topje uit en staat voor hem in haar beha van doorzichtige witte viscose.

‘Je bent waanzinnig knap,’ zegt hij hees en hij slikt hoorbaar.

Hij steekt zijn hand uit en strijkt een paar vochtige pieken uit haar gezicht en kijkt haar ernstig aan.

‘Je hebt al een paar littekens gekregen,’ zegt ze en ze raakt de witte streep boven zijn jukbeen aan.

Ze laat haar vingertop over de snee midden op zijn neus glijden, als hij naar voren leunt en haar op de mond zoent. Zijn lippen zijn warm en zacht. Ze lacht en beantwoordt de kus, laat zich door hem naar het bed brengen, laat hem haar hals zoenen en door de stof heen op haar tepels zuigen. Ze ligt stil als hij met trillende handen haar spijkerbroek openmaakt en die samen met haar onderbroek uittrekt.

Rick rukt zijn shirt uit en hangt het over de openstaande la van de commode. Hij is gespierd, maar nog steeds jongensachtig slank, heeft een rood, met doornen omwikkeld hart op zijn schouder, een zwart geworden blauwe plek op zijn ribben en een op zijn linkerbovenarm die al geel is geworden.

Hij trekt zijn broek uit, maar houdt zijn boxershort aan en zijn horloge om, als hij op haar kruipt in het zachte bed. Ze ligt stil als hij haar opnieuw kust en zijn hand onder haar beha steekt. Hij knijpt voorzichtig in haar borst, kust haar op de punt van haar kin en in haar hals en kijkt haar dan met een bezorgde blik aan.

‘Zullen we doorgaan?’ vraagt hij.

‘Als jij dat wilt.’

Rick schuift omlaag, kust haar buik, venusheuvel en liezen en duwt haar bovenbenen voorzichtig uit elkaar. Ze had verwacht dat hij onstuimiger zou zijn, het zo snel mogelijk zou afhandelen. Hij laat zich afzakken en ze voelt zijn warme adem tegen haar vulva.

‘Dat hoef je niet te doen,’ fluistert ze als hij haar begint te likken.

Ze doet haar ogen dicht, probeert het gevoel weg te houden, maar wordt toch nat. Zijn tong glijdt omhoog, draait rondjes om de clitoris en zuigt zachtjes.

Ze legt haar hand op zijn hoofd, laat haar vingers door zijn korte haar gaan en kan niet anders dan toegeven aan het genot.

Zijn warme tong glijdt bij haar naar binnen.

Ze kreunt onwillekeurig en begint te denken aan warme klei: kneedbaar, zijdezacht en vochtig. Als je er voorzichtig met je vinger in prikt, voel je de aanzuiging van de grond, als je er een sneetje in maakt, komt er van onderen water in.

Ze spant haar bovenbenen en haar billen, ontspant en spant weer aan.

Zijn tong volgt de gleuf, draait rondjes en komt terug.

Ze wil dat hij nog even doorgaat en houdt zijn hoofd met beide handen vast.

Het kriebelt in haar tenen, haar bovenbenen beginnen te trillen, ze gaat sneller ademhalen, ze spant haar achterste en haar onderbuik weer, maar duwt hem weg voordat ze een orgasme krijgt.

Ze gaat zitten, ziet haar ondergoed en spijkerbroek op de vloer en voelt de bonzende warmte tussen haar benen.

'Wat is er?' vraagt hij voorzichtig.

'Niets,' antwoordt ze met warme wangen. 'Ik moet alleen...'

Hij kijkt haar bezorgd aan. Ze bedenkt dat ze moet gaan, dat Stefan en zijn vrienden op haar wachten, maar verandert weer van gedachten en probeert naar Rick te lachen.

'Heb je condooms?' fluistert ze.

Hij knikt, trekt het laatje van het nachtkastje open en haalt met trillende handen een glanzende verpakking tevoorschijn. Ze gaat weer liggen, kijkt naar hem, ziet zijn grote donkere ogen, steekt haar hand uit en fluistert dat hij moet komen.

'Weet je het zeker?'

'Ja.'

Hij gaat op haar liggen, zijn hele lichaam rust dampend warm en zwaar op haar. Ze doet haar benen wijd en laat hem naar binnen glijden.

'*Madre de Dios*,' mompelt hij.

Ze knijpt als hij in haar is, houdt hem vast als hij naar buiten draait, beweegt mee en kreunt in zijn oor.

Ze slaat haar armen om zijn rug als hij stoot, ze streelt zijn billen en volgt het stijgende tempo.

Het bed kraakt, kleine stofdeeltjes stijgen op en zweven glinsterend weg.

Ze worden beiden weerspiegeld in de glimmende voet van de lamp op het nachtkastje, als een erotische potloodtekening.

Rick begint sneller te ademen, zijn rug wordt vochtig en hij jammert dof als hij ejaculeert.

Zwaar en hijgend laat hij zich op haar zakken.

Ze voelt het snelle kloppen van zijn hart tegen haar lichaam, het ontspannen van de spieren.

Hij houdt het condoom met zijn rechterhand op zijn plaats en trekt zich terug voordat hij helemaal slap is geworden, draait op zijn rug, schuift naar haar toe en kust haar op het hoofd.

Ze blijven in hun omarming liggen en praten een poosje. Zijn stem klinkt vrolijk, ontspannen.

'Ik weet niet eens wat voor werk je doet,' zegt hij.

'Dat weet ik van jou ook niet.'

'Ik ben gediplomeerd timmerman... Ik werk bij een klein bouwbedrijf, ABC Bygg.'

'Fantasievolle naam,' glimlacht ze.

'Ik weet het.'

De avondzon valt op de jaloezieën en werpt een schaduw met lichte strepen erin op de wand.

'Ik doe van alles en nog wat,' zegt ze.

'Je hoeft het niet te vertellen.'

'Ik ben lang ziek geweest, een burn-out, zou je kunnen zeggen,' vertelt ze en ze gaat zitten.

'Als je een baan nodig hebt, kan ik met mijn oom praten... Hij is eigenaar van meerdere restaurants en heeft altijd mensen nodig.'

'Dank je,' antwoordt ze en ze begint zich aan te kleden.

'Ik heb het vaak gedaan, afwassen, uien snijden, het is geen leuk werk... en het betaalt ontzettend slecht, maar het is beter dan niets... en je kunt deels zwart uitbetaald krijgen als je dat wilt.'

'Ik ben met iets bezig, eerst kijken of dat wat wordt,' zegt ze en ze trekt haar hemdje aan.

'Oké, maar dan weet je het.'

'Bedankt.'

'Geen probleem.'

Ze glimlacht bij zichzelf als ze zijn T-shirt opvouwt en het weer in de la legt, ze loopt naar het bed, zoent hem op de mond en zegt gedag.

Als ze de avondlucht in stapt en naar station Barkarby loopt, hoort ze hem achter zich 'Saga!' roepen. Ze draait zich om en ziet dat hij in zijn blootje op het balkon naar haar staat te zwaaien.

Ze werpt hem een kushand toe, loopt door en voelt haar hart fladderen zoals het al een hele poos niet meer heeft gedaan. Ze is er misschien niet aan toe om gelukkig te worden, misschien verdient ze Rick of Randy niet, maar ze moet stoppen zichzelf te straffen, stoppen zichzelf pijn te doen.

Saga pakt haar telefoon en blokkeert Stefan Broman als contact. Vervolgens belt ze de politie en doet anoniem aangifte tegen hem vanwege het overtreden van de wet op het kopen van seks.

40

Het is twintig over elf 's avonds en het parkeerterrein voor de Lillkyrkaschool ligt er verlaten bij.

Af en toe komt er vanaf de weg beneden een windvlaag door de struiken, naar het fietsenhok.

Ali zit op de brandtrap aan de korte kant van de sporthal. Telkens als hij zich maar een klein beetje beweegt, ontstaan er verschillende klanken in het metaal, dof en slingerend.

De wind heeft een lege plastic tas tegen de gevel van rode baksteen geblazen.

Zijn fiets ligt op het asfalt onder hem. Achter het voorspatbord is gras blijven zitten.

Ali pakt zijn telefoon om Martin te vragen of de koster hem heeft ontvoerd, als hij het ritmische schrapen van de trapper tegen de gedeukte kettingkast hoort.

Hij springt van de trap, zet zijn fiets overeind en legt de spade over het stuur.

Martin draait het parkeerterrein op, fietst onder een straatlantaarn door en komt met een grote glimlach aangereden.

Voor Ali en Martin is dit het laatste jaar op deze school, na de zomervakantie gaan ze naar Enköping.

Ze fietsen naar de kruising, de villawijk door, en slaan links af de Kyrkvägen in.

De zoekschijf van de metaaldetector steekt als een extra hoofd uit Martins rugzak.

Soms glippen ze 's avonds weg voor hun jacht op de schat. Het begon toen ze op hun elfde hoorden dat het in 1858 gestolen kerkzilver nooit was gevonden. Hun theorie was dat de koster het had begraven, net had gedaan of het gestolen was, en was overleden voordat hij het op had kunnen graven.

Ali en Martin begonnen op de akkers rond de kerk te zoeken en in de stukken bos die als eilandjes tussen de ploegvoren lagen.

Het afgelopen voorjaar hebben ze dichter bij het kerkhof gezocht, buiten de muur, waar vroeger zelfmoordenaars en misdadigers werden begraven.

Ze hebben het er niet serieus over gehad, maar in hun grapjes zijn ze al over de muur gegaan, het kerkhof op.

Aangezien de grafkapel in de kerk bij landhuis Eka hoorde, dat eigendom was van de ouders van koning Gustav Vasa, zijn ze gaan fantaseren over een goudschat.

'Als we stinkend rijk worden, koop ik sneakers van Lil Nas,' zegt Ali en hij zet een tandje bij.

'Ik wil een date met Cardi B,' roept Martin.

Lachend gaan ze weer naast elkaar fietsen. Het wordt donker als ze de laatste villa's achter zich laten. Het gesprek verstomt en alleen hun ademhaling en het schrapende ritme van Martins fiets zijn nog te horen.

Ze stoppen voor het kruispunt, terwijl het licht van een grote auto dichterbij komt. Het is een vrachtwagen met aanhanger. De struiken om hen heen worden gevuld met een droog, wit schijnsel. De grond trilt als hij langsrijdt. Het licht zeilt verder, rond hen waait stof op en hun haar wappert in hun gezicht.

Tussen de bomen aan de rechterkant door zien ze vaag de zwerm onrustige kauwen boven het zwarte dak van de kerk. Ze lijken wel stukken teervilt die loskomen en door de wind worden meegevoerd.

Ali en Martin fietsen weer door, steken de weg schuin over en rijden zwijgend het driehoekige parkeerterrein op.

De dubbele ijzeren poort van het kerkhof staat open.

Ze stappen af en lopen met de fiets aan de hand over het strookje gras tussen de wielsporen die voor de muur langs de akker leiden. Het is stil, op het klaaglijke krijsen van de kauwen na.

Als ze vanaf de grote weg niet meer te zien zijn, laten ze hun fiets in het gras vallen.

Ali's fietsbel rinkelt.

Ze lopen een eindje langs de bemoste muur naar een diepe verzakking, schakelen dan de metaaldetector in en beginnen de grond af te speuren.

De zwerm kauwen cirkelt rond de zwarte klokkentoren en keert dan terug naar het dak van de kerk.

Plotseling verstomt het knetterende geluid van de detector.

Martin heeft hem uitgezet. Hij laat zich op de grond zakken en wijst naar het kerkhof. Voor de klokkentoren staat een pick-up met draaiende motor.

'De koster,' fluistert Martin.

'Heeft hij ons gezien?'

'Dat weet ik niet, ik geloof het niet,' antwoordt hij.

Er klinkt een snijdende, mechanische schreeuw, samen met een gespannen, brommend geluid. Ze horen hout kraken, het brommen gaat nog even door en dan wordt het stil.

De jongens kijken elkaar aan in het donker, ze weten niet wat ze moeten doen: blijven liggen of naar hun fiets toe rennen.

Een paar harde bonzen worden gevolgd door een snel geratel. Daarna wordt er een portier dichtgeslagen en rijdt de pick-up met knerpende banden weg.

Ze blijven nog even liggen en kijken dan over de muur.

Het is stil op het kerkhof.

De windvanen op de gevels van het schip piepen zacht. Ze hebben de vorm van een drakenkop met uitgestoken tong.

Martin glimlacht vrolijk naar Ali en wil de detector weer aanzetten als ze kreunende keelgeluiden horen.

'Wat was dat nou?' fluistert Ali.

'Het klonk als een gewonde ree of zoiets.'

'Ja toch?'

'We gaan kijken.'

Ze laten spade en detector liggen, klimmen over de muur en springen op het keurig gemaaide grasveld. Voorzichtig sluipen ze tussen de grafstenen door tot onder een reusachtige eik, waar ze blijven staan om te luisteren of ze iets horen.

Het klinkt alsof er iets tegen de muren van de klokkentoren bonst en probeert de deur open te duwen.

Ze lopen door, terwijl de drie drakenkoppen zich knarsend omdraaien op het dak, alsof ze allemaal tegelijk de kinderen op het kerkhof in het oog hebben gekregen.

De bonzen en het brullende geluid komen uit de klokkentoren. De deur zit dicht, maar het lijkt alsof iemand een diepe sleuf in de bovenkant van het deurkozijn heeft gezaagd.

'Wat doe je?' fluistert Martin.

Ali loopt naar de deur en klopt erop. De kauwen beginnen weer te rumoeren boven de boomtoppen.

Hij steekt zijn trillende hand uit, duwt de kruk omlaag, opent de deur en ruikt een scherpe chemische geur.

'Hallo?' zegt hij met zwakke stem.

'Kom, we gaan weg,' fluistert Martin.

Ali schakelt de zaklamp van zijn telefoon in en schijnt naar binnen. De houten trap is vochtig, er loopt een soort slijm met rode strepen van de treden.

'Moet je kijken hoe ziek,' fluistert hij.

Er klinken luide bonzen en Ali richt zijn blik omhoog. Een paar meter boven hem hangt een reusachtige cocon van lakens, grijs plastic en tape. Hij schommelt heen en weer en uit een scheur loopt klonterig vocht. Ali krijgt een brandende spetter op zijn hand en geeft een gil van pijn. Hij veegt zijn hand af aan zijn broek, loopt achteruit weg en botst tegen Martin aan.

*

Joona rijdt langzaam over Greiders väg door de wijk met roestrode bakstenen gebouwen, maakt een bocht om het gebouw met de verbleekte blauwe zonneschermen heen en draait het parkeerterrein van Forensische Geneeskunde op.

Het lijkt wel of bij hen allemaal de fut eruit is. Ontmoedigd hebben ze vanochtend de gang van zaken na het laatste tinnen figuurtje zitten analyseren.

Was er iets wat ze beter hadden kunnen doen?

Hoe moeten ze nu verder?

Ze moesten toegeven dat ze nog niets hadden – helemaal niets – wat hen in de praktijk dichter bij het Roofdier had gebracht.

Manvir mompelde 'catastrofe' en ging in zijn hoek staan.

Greta's gezicht werd grauw en de lijnen rond haar mond werden dieper, Petter beet op zijn nagelriemen en Saga's ogen kregen iets gevaarlijks en donkers.

Een soort apathie nam bezit van hen.

Joona zat met zijn handen voor zijn gezicht en probeerde zich te herinneren wat hij had gedacht toen hij de bedbank van Laila verliet. Hij had een of andere ingeving gekregen met betrekking tot de moordenaar, maar nu kon hij niet zeggen of die belangrijk of zelfs maar adequaat was.

Hij zocht in zijn telefoon naar een bericht, een aantekening, maar vond niets. Hij haalde bonnetjes en bankbiljetten uit zijn zakken en zijn portemonnee, maar hij had zijn ingeving nergens genoteerd.

Joona stapt uit de auto, sluit hem af en loopt langs een witte Porsche Taycan. Hij staat dwars over drie parkeervakken. De laadkabel ligt over het gras, gekoppeld aan een verlengsnoer dat door de struiken leidt en omhoog naar een open raam.

Bij de betonnen hellingbaan naar de ingang staat een groep tuinmeubels van witte kunststof. De Naald en Chaya Abdouela zitten er koffie te drinken uit mokken van geëmailleerd metaal.

De Naald is hoogleraar aan het Forensisch Medisch Instituut en Chaya is zijn assistente.

'Nieuwe auto,' zegt Joona zonder een glimlach op te kunnen brengen.

'Fossiele brandstoffen zijn iets uit de steentijd... heb ik begrepen,' zegt de Naald.

'Mooie nagels,' knikt Chaya.

'Dank je.'

'En mooie oogschaduw.'

Ze wijst naar de pijnlijke blauwe plek boven zijn oog.

'Ik weet het... ik heb man-tegen-mangevechten geoefend met...'

Hij onderbreekt zijn leugen als Saga op haar zwarte motor het parkeerterrein op komt rijden. De beide cilinders met een slagvolume van bijna 2000 cc klinken als mitrailleurvuur tussen de bakstenen muren.

Ze stuurt om de auto van de Naald heen en rijdt door tot de tafel, waarna ze de motor uitschakelt, haar helm afzet en die aan het stuur hangt.

'Doctor Abdouela,' zegt Joona met een gebaar naar Chaya.

‘Saga Bauer... Ik werk samen met Joona bij de NOA,’ zegt ze en ze steekt haar hand uit.

‘Zeg maar Chaya,’ zegt Chaya en ze staat op van haar stoel.

Zij en de Naald gooien hun mok leeg in de border en lopen de trap op naar de blauwe deur.

‘Dit is heel naar,’ mompelt Saga.

‘Je moet je erop voorbereiden dat het Verner kan zijn,’ zegt Joona.

‘Ja,’ zucht ze.

‘Zullen we naar binnen gaan?’

‘We hebben nu vijf doden... dat betekent dat er nog vier kogels in het pistool zitten,’ zegt Saga en ze kijkt Joona ernstig aan. ‘Misschien zou je toch persoonsbeveiliging moeten overwegen.’

‘Nee,’ zegt Joona met een glimlach.

‘Alles wat de moordenaar heeft gezegd is tot nu toe uitgekomen.’

‘In dat geval moeten we misschien nadenken over de vraag waarom alleen jij hem kunt tegenhouden.’

‘Interessante... gedachte,’ zegt ze langzaam. ‘Waarom ik? Daar heb ik nog niet over nagedacht.’

‘Laten we dat vanmiddag met de anderen bespreken.’

Ze gaan naar binnen, passeren de receptie, lopen verder door de gang en volgen het geluid van de ritmische hardrockmuziek tot aan de zalen van Forensische Geneeskunde. Joona opent de eerste deur, laat Saga voorgaan en loopt achter haar aan het felle licht in.

De muziek verstomt abrupt als Chaya de stekker uit de draagbare cassetterecorder trekt.

‘Dank je,’ zegt Joona.

‘*And we walk the earth, with our heads held high*,’ neuriet de Naald verder.

‘Alsjeblieft,’ kapt Joona hem vriendelijk af.

‘Sorry,’ zegt hij en hij kijkt Saga aan.

‘Geen probleem,’ antwoordt ze verbeten.

‘Frippe heeft een mixtape gestuurd,’ legt Chaya uit, terwijl ze een plastic schort omdoet.

Op een lange roestvrijstalen tafel liggen een paar duizend kale stukken bot, van kleine splinters tot een complete elandschedel.

‘We waren bezig met het sorteren van de skeletdelen die bij het draineren van het Sanda-moeras zijn gevonden... toen we de zending uit Enköping kregen.'

'Hij ligt in zaal 2,' zegt Chaya met een gebaar naar een verbindingsdeur.

'Dus het is Verner?' vraagt Saga en alle kleur verdwijnt uit haar gezicht.

'Ja,' antwoordt de Naald.

'Gecondoleerd,' zegt Chaya en ze maakt de elastiekjes van haar mondkapje vast achter haar oren, onder haar roze hidjab.

'Dank je,' fluistert Saga.

'Ik vraag het jullie anders nooit, maar ditmaal,' zegt de Naald en hij houdt een blauw potje Vaporub omhoog. 'We hebben de geuren al gedocumenteerd... Net als eerder komen ze van de afbraak van het lichaam door natriumhydroxide.'

'Oké,' zegt Joona, hij smeert een beetje zalf onder zijn neus en geeft het potje aan Saga.

Ze lopen achter de Naald en Chaya aan naar de volgende zaal. Ook al prikt de sterke mentholgeur in hun neus en gaan hun ogen ervan tranen, de stank is alsnog te ruiken.

De lamp die in een lage stand boven de grote snijtafel met goot en dubbele spoelbak hangt, brandt. Er druppelt water uit het mondstuk van de spoelslang. Een zeef van een opvangbak ligt op een plastic zeil, naast het putje in de vloer staat een douchewisser met de steel tegen de muur.

'Eerst nog even dit,' zegt de Naald en hij houdt hen tegen voordat ze ernaartoe kunnen lopen. 'Het hoofd en de beide armen zijn losgeraakt van het lichaam, jullie zullen hem niet op het oog kunnen identificeren... de snelle vertering is doorgegaan totdat hij hier aankwam en we de vretende base konden afspoelen.'

'Dat begrijpen we,' zegt Joona.

'Hij leefde nog toen hij werd gevonden, maar hij was al zo ernstig toegetakeld dat hij waarschijnlijk niet meer bij kennis was...'

'Laten we het hopen,' zegt Chaya zacht.

41

Joona neemt gas terug, draait zachtjes aan het stuur en zet de auto langs de weg voor Verners grote villa in Saltsjöbaden. Hij schakelt de motor uit, maar kan er nog niet toe komen om uit te stappen. Door de geur van menthol heen ruikt hij nog steeds de afschuwelijke stank van de smurrie van opgelost weefsel en chemicaliën bij de Naald.

Hij doet zijn ogen dicht en probeert zich te vermannen.

De identificatie is klaar en het DNA komt honderd procent overeen.

Joona heeft Verner zijn hele werkzame leven al gekend.

De laatste keer dat ze elkaar zagen, was toen hij bij de NOA kwam om te vragen of iemand daar goed was in goochelen, omdat hij zijn kinderen had beloofd dat Maja zou zweven.

Waarschijnlijk wilde hij eigenlijk alleen Saga even groeten.

Joona denkt aan Verners donkere stem, zijn manier om aan zijn neus te trekken als hij nadacht en dat het vaak leek alsof hij de cursus 'Hoe bestuur je een stel extra lange armen en benen' had gemist.

Er fladdert een blauwe vlinder over de motorkap. In de zwarte lak is zijn spiegelbeeld zwart.

Joona verlaat de auto, loopt langs het muurtje onder het verhoogde gazon, passeert de oprit naar de ondergrondse garage, en bereikt de voordeur.

De laatste keer dat hij Maja heeft gezien, was op het politiebal vijf jaar geleden. Ze droeg een mosgroene avondjurk en grapte dat de Säpo een collectie had ontwikkeld die als camouflagekleding kon dienen in de Zweedse natuur.

Hij belt aan en terwijl hij het geluid van de bel hoort wegsterven, bedenkt hij dat er niets moeilijkers bestaat dan het brengen van dit soort berichten. Ze zijn genadeloos, ze maken een eind aan alle hoop op een goede afloop, ze vagen elk idee van redding weg.

Even later doet een lange vrouw van in de dertig open. Hij begrijpt dat het Veronica is, de oudste dochter.

'Dag, ik ben Joona Linna, is Maja thuis?' vraagt hij en hij slikt moeizaam.

'Waar gaat het over?' vraagt ze en ze knippert even met haar ogen.

'Ik kom van de Nationale Operationele Afdeling van de politie.'

'Gaat het over papa?' vraagt ze, terwijl de tranen over haar wangen lopen.

'Ik zou echt graag met Maja willen spreken,' zegt Joona.

'Het is alleen... sorry,' zegt ze en ze strijkt over haar wangen. 'Ze voelt zich op dit moment niet zo goed en...'

Joona hoort voetstappen van twee personen naderen door de gang vanaf de keuken en de serre.

Het zijn Maja en haar jongste dochter Mikaela. Als Maja Joona ziet, verdwijnt alle kleur uit haar gezicht. Ze blijft staan en zoekt steun bij de muur. Een houten schoenlepel valt rammelend op de grond.

'Mama,' zegt Mikaela op bange toon.

Ze probeert Maja mee terug te nemen. Maja schudt haar hoofd en kijkt dan op.

'Joona, alsjeblieft... zeg dat niet,' vraagt ze.

'Ik zou willen dat ik het niet hoefde te zeggen, Maja.'

'Nee, nee, nee,' fluistert ze en ze duwt haar hand hard tegen haar mond.

Mikaela heeft een rood hoofd en fluistert 'het komt goed, het komt in orde', terwijl ze haar moeder mee terug neemt.

Veronica kijkt hen na, raapt de schoenlepel op, hangt hem weer aan de haak en draait zich om naar Joona.

'Ik denk dat ze het misschien nog een keer moet horen,' zegt Veronica en ze zet een paar doffe stappen opzij.

Ze laat Joona doorlopen naar de serre en vraagt of hij iets wil drinken.

Maja zit met een kromme rug en gebogen hoofd aan de eettafel. Ze knijpt hard in een stuk keukenpapier.

Mikaela staat achter haar met haar armen om haar heen.

Achter de daken van de huizen glinstert de baai in het zonlicht. Op de vensterbank ligt de koker met Verners leesbril keurig op een nog niet helemaal opgelost kruiswoordraadsel.

Een schoon koffiekopje staat bij zijn plaats aan het hoofd van de tafel.

Veronica gaat naast haar moeder zitten en aait kalmerend over haar arm.

'Gecondoleerd, ik vind het zo erg, Maja,' zegt Joona.

Maja tilt langzaam haar hoofd op en kijkt hem aan alsof ze was vergeten dat hij er was. De tranen vallen op haar vest, glinsteren even en verdwijnen dan.

'Waarom... Ik kan het gewoon niet begrijpen,' zegt ze met lege stem.

'Het onderzoek loopt nog...'

Mikaela jammert, verbergt haar gezicht tegen de schouder van haar moeder en schokt stilletjes van het huilen.

'Maar jullie zeiden dat hij niet dood was, dat er een kans was dat jullie hem zouden vinden,' zegt Veronica.

'Dat is ons niet gelukt,' antwoordt hij.

'Niet gelukt?' herhaalt Veronica. 'En wordt straks ook onderzocht waarom dat jullie niet is gelukt?'

'Hou op,' fluistert Mikaela tegen haar zus en ze gaat zitten.

'Hoe is papa overleden? Hebben we niet het recht om dat te horen?' vraagt Veronica verder.

'Hij is neergeschoten, met een aantal schoten,' antwoordt Joona.

Maja's lichaam trilt.

'Neergeschoten,' zegt ze zacht en ze droogt haar tranen met het keukenpapier. 'Was dat de doodsoorzaak?'

'Heeft hij erg geleden?' vraagt Veronica.

'Hou op,' gilt de jongste. 'Ik wil het niet horen!'

In iemands tas rinkelt een mobiele telefoon. Niemand is in staat op te nemen of zelfs maar te reageren. Ze blijven gewoon zitten wachten totdat de vrolijke beltoon verstomt.

'En de dader... Ik neem aan dat we het zouden weten als jullie de dader hadden gepakt,' zegt Veronica een hele poos later.

'Het is een lopend onderzoek,' antwoordt Joona.

'Ik laat je uit,' zegt Maja. Ze steunt met haar handen op het tafelblad en staat op.

De dochters blijven met neergeslagen ogen en bleke gezichten zitten als hij hen nogmaals condoleert en samen met Maja de serre verlaat.

Als ze in de schemerige hal komen, blijven ze een poosje zwijgend staan. Verners trenchcoat hangt aan de kapstok en op de plank eronder staan zijn gigantische schoenen.

'Sorry voor Veronica,' zegt Maja en ze slikt moeizaam. 'Ik weet dat Verner je respecteerde, misschien meer dan wie dan ook...'

'Dat was wederzijds.'

'Ik dacht alleen dat ik hem nog jaren bij me zou hebben,' zegt ze met trillende lippen. 'We hadden een fijn leven samen, dat kan niet iedereen zeggen...'

Ze begint weer te huilen en Joona slaat zijn armen om haar heen. Haar rug trilt, zo geschokt is ze. Pas als ze weer iets rustiger ademhaalt, zet hij een stap opzij.

'Nu moet ik voor onze dochters zorgen,' zegt ze.

Het keukenpapier in haar hand is een kleine harde bal geworden.

'Je weet het, als je iets te binnen schiet, hoe onbenullig het ook lijkt, laat het me weten,' zegt Joona en hij opent de deur.

'Er is wel iets,' zegt ze. 'Ik was het vergeten, het is hier zo druk geweest... Maar Verner had het over een bleke man die foto's van hem maakte in de supermarkt een paar weken geleden...'

'Je weet niet waar en wanneer?' vraagt Joona.

'Nee, daar... ik heb geen idee.'

'Als je naar bonnetjes of naar zijn bankrekening kijkt, herinner je je misschien meer,' zegt Joona.

'En ik heb het afgelopen... halfjaar, zal het zijn, een paar keer het idee gehad dat er iemand in huis was geweest.'

'Waren er dingen weg?'

'Nee, maar ze lagen anders,' zegt ze krachteloos.

42

De kerngroep had behoefte aan een nieuwe bespreking, maar niemand zag het zitten om terug te keren naar de NOA na de sombere vergadering van laatst. Bij het idee alleen al voelden ze zich insecten die onder een glas gevangen waren. Ze besloten in plaats daarvan bij een van hen thuis samen te komen en het lot viel op Petter in Lilla Essingen.

Saga stopt op de heuvel voor een anoniem gebouw uit de jaren dertig. De okerkleurige gevel is gevlamd en er vallen schilfers van de onderkant van de balkons.

Een afvalbak die is losgeraakt en tegen zijn paal is gezet, zit propvol met dichtgebonden hondenzakjes.

Ze loopt naar de voordeur van gelakt eiken, tikt de code in, loopt de trap op naar de tweede verdieping en belt aan.

Petter doet open en laat haar binnen.

Zijn donkergrijze flanellen overhemd hangt over zijn verbleekte spijkerbroek.

Twaalf jaar geleden was hij een gespierde man die zijn hoofd kaalschoor om te verhullen dat hij kaal werd en liet hij zich seksistisch uit.

Nu is hij zevenenveertig en gescheiden, hij maakt geen promotie meer, sport niet meer en wordt elk jaar zwaarder.

Hij zet het koffiezetapparaat in de keuken aan en neemt twee stoelen mee naar de woonkamer.

In het steile middaglicht zijn in de plankenvloer rijen spijkergaten te zien van het weggehaalde linoleum.

‘Als de jongens hier zijn, slaap ik op de bank,’ vertelt hij.

‘Hoe oud zijn ze?’

‘De tijd vliegt... Milo is zestien en Nelson is veertien... Ze zijn allebei zo’n stuk langer dan ik,’ zegt hij en lachend geeft hij met duim en wijsvinger een decimeter aan.

'Zijn ze hier om de week?'

'Veel dingen gaan anders dan je verwacht,' zegt hij en hij gaat op de bank zitten.

Saga kijkt naar de ramen. Op de vensterbank van zwarte steen staat een cactus. De jaloezieën zijn opgetrokken en de verkleurde koorden zitten vol knopen.

'Ik weet het,' zegt ze.

'Ja toch?'

De bel gaat en Saga loopt naar de hal om Greta en Manvir binnen te laten. Voordat ze hun schoenen uit hebben, is Joona er ook al.

Petter zet een pak koekjes neer, haalt de koffiekan uit de keuken en schenkt in.

'Heb jij je tanden ook extra gepoetst?' vraagt Petter als hij zich in Joona's richting bukt.

Saga en Joona nemen geen van beiden de moeite om te vertellen waar de mentholgeur vandaan komt, als ze over hun bezoek aan Forensische Geneeskunde vertellen. De stemming wordt bedrukt, niemand weet iets te zeggen, het is weer hetzelfde patroon.

Manvir zet zijn kopje op het schoteltje, fronst zijn vlezige voorhoofd en kijkt iedereen beurtelings aan.

'We hebben tot nu toe elke wedstrijd verloren, daar zullen we mee moeten leven... Maar nu is het genoeg,' zegt hij. 'We moeten het tij keren, het komt steeds dichterbij, het volgende slachtoffer kan heel goed een van ons zijn.'

'Tot nu toe dacht ik dat het Roofdier zijn slachtoffers koos om mij onder druk te zetten,' zegt Saga. 'Hij heeft zijn patroon gevolgd, alles wat hij heeft aangekondigd is gebeurd, het is net een uurwerk dat niet stilgezet kan worden, maar...'

'Zo kunnen we niet denken,' valt Greta haar in de rede.

'Maar vandaag zei Joona iets heel interessants,' gaat Saga verder. 'Hij zei dat als alles wat de moordenaar zegt klopt... we ons moeten afvragen waarom alleen ik hem kan tegenhouden.'

'En op welke manier,' zegt Joona.

'Ik heb het zo geïnterpreteerd dat hij om de een of andere reden voor Saga heeft gekozen,' zegt Petter en hij wrijft met zijn hand over zijn baardstoppels. 'En na verloop van tijd is hij de inzet gaan verhogen door de jacht persoonlijk te maken voor haar.'

'Zo hebben we waarschijnlijk allemaal gedacht,' zegt Saga. 'Maar misschien is er een concrete reden waarom alleen ik hem kan tegenhouden.'

'Als we op die gedachte voortborduren... Wat is er bijzonder aan jou?' vraagt Manvir. 'Wat is er eigenlijk bijzonder aan Saga?'

'Ze heeft jaren voor de Säpo gewerkt,' begint Petter.

'Ze is mooi,' voegt Greta eraan toe.

'Niemand bij de politie heeft zulke grote persoonlijke verliezen geleden als zij,' zegt Joona.

'Er komen psychische aandoeningen voor in mijn familie,' zegt Saga zacht.

'Je hebt een geheime bron die jou informeert,' gaat Manvir peinzend verder.

'Ja,' knikt Saga.

'Heb je die echt?'

'Ja.'

'Kan je bron de aanleiding zijn dat jij als enige de moordenaar kunt tegenhouden?'

'Nee, dat denk ik echt niet.'

'Verder nog iets?' vraagt Manvir.

'Ze heeft haar ontmoetingen met Jurek overleefd,' zegt Joona.

'Dat weet ik niet,' mompelt ze.

'Wat bedoel je?' vraagt Greta glimlachend.

'Nadat ik mijn zus had verloren, ben ik in een zware depressie geraakt,' antwoordt ze en haar wangen en lippen worden bleek. 'Dat ze de laatste dagen van haar leven zo bang en alleen is geweest, dat idee kon ik niet aan.'

'Valeria was er de hele tijd, ze praatte met haar,' zegt Joona troostend.

'Valeria, hou op, zeg,' snuift ze.

'Ik zeg alleen...'

'Wat heeft ze nou helemaal gedaan?' vraagt Saga op iets luidere toon.

'Ze heeft met haar gepraat, haar gerustgesteld en...'

'Haar gerustgesteld totdat ze doodging? Ze had Pellerina kunnen redden als ze alleen maar...'

'Ik denk wel dat ze dat heeft geprobeerd,' valt hij haar scherp in de rede.

'Ze was daar, verdomme, ze heeft niet hard genoeg haar best gedaan,' schreeuwt Saga en ze staat op van de bank. 'Mijn zus is dood, maar Valeria leeft. Mijn zus is een geraamte in een fucking graf.'

'Je weet dat Valeria ook slachtoffer was,' zegt hij beheerst.

'Net als jij, zeker? Iedereen is slachtoffer, iedereen heeft het moeilijk gehad... Nou, je wordt bedankt! Je kunt de pot op...'

Saga verlaat de kamer, loopt de hal in en slaat de voordeur achter zich dicht. Joona staat op en loopt langzaam naar het balkon, dat Petter deelt met zijn buren. Hij leunt tegen de scheidingswand van golfplaat en kijkt de straat door, naar de buurtsuper op de hoek. Boven de rij kleine kelderramen bij het trottoir hangen reclamebiljetten voor afgeprijsde levensmiddelen.

Uit een potje op de vloer komt de geur van oude peuken en opeens wordt Joona teruggezogen naar Laila's opiumtent.

De warme dampen vulden zijn longen, het volgende bolletje werd gerold en zijn gedachten stroomden als een trage rivier rond stenen en hangende takken.

Als Joona zich herinnert dat hij Valeria's glinsterende zilveren sieraad voor zich zag, krijgt hij de verloren gedachte eindelijk te pakken en hij keert terug naar de woonkamer.

'Wat is er?' vraagt Greta als ze de uitdrukking op zijn gezicht ziet.

'Saga's lijst... de lijst van seriemoordenaars die interessant zouden kunnen zijn voor Jurek Walter,' zegt hij. 'Het is maar een idee, maar Jakov Fauster, meester Fauster, werd door de media de Berlijnse Zilversmid genoemd.'

'Dat wist ik niet,' zegt Greta.

'Wat ontgaat me?' vraagt Petter.

'Je verbindt Fausters bijnaam met zilveren kogels en het gieten van tinnen figuurtjes?' vraagt Greta.

'Ja,' antwoordt Joona.

'Hallo?' zucht Petter.

'We proberen alleen een link met het Roofdier te vinden die niet opzettelijk is, die geen deel uitmaakt van zijn plan, zijn spel,' probeert Joona uit te leggen. 'Toen Jurek nog leefde, heb ik nooit onderzoek gedaan naar Fauster, omdat hij al tientallen jaren in de gevangenis zat en nooit met verlof mocht.'

'Maar Jurek kan hem hebben bezocht... Het Roofdier kan hem hebben bezocht,' zegt Greta.
'Waarom werd hij de Zilversmid genoemd?' vraagt Manvir.
'Hij brandde de ogen van zijn slachtoffers uit met vloeibaar zilver en liet hen op verschillende treinsporen rond Berlijn achter,' antwoordt Joona.
'Maar zilver en tinnen figuurtjes,' zegt Manvir sceptisch.
'Dit is veel te vergezocht,' zegt Petter.
'Te zwak,' zucht Manvir. 'We gaan verder met de logica van het Roofdier betreffende...'
'De naam op ansichtkaart nummer twee,' onderbreekt Joona hem. 'Dat is...'
'Jesu Fatvarok?' zegt Petter.
'Dat is een anagram van Jakov Fauster,' zegt Joona.
'Hou op,' glimlacht Manvir.
'Verdomd,' fluistert Petter.
'Waar zit Fauster?' vraagt Greta.
'In Santa Fu,' antwoordt Joona. 'Fuhlsbüttel...'
'Dat is bij Hamburg,' zegt Manvir.
'Ik moet hem spreken,' zegt Joona en hij staat op.

43

Valeria verlaat de achterste broeikas, pakt de kruiwagen en loopt naar de buitenkelder. Ze voelt haar rug en schouders na een dag hard werken. Nu alleen nog even de zakken aardappelen halen, daarna mag ze van zichzelf gaan douchen en eten koken.

De aardappelkelder is uitgegraven onder een natuurlijke heuvel begroeid met gras en slanke berken.

De koele ruimte onder de grond doet haar altijd denken aan het verhaal over koning Svegder in de Ynglingasage. Hij was na een feest op weg naar huis toen er een mannetje opdook, dat vertelde dat hij Odin zou ontmoeten. Het mannetje opende een deur in een enorme rots en koning Svegder keek een schitterende zaal in. De tafels waren gedekt met dampende schalen en er hingen kroonluchters aan het plafond. Maar zodra de koning in de rots was gestapt ging de deur achter hem dicht en niemand kwam ooit te weten waar hij was gebleven.

Valeria trekt de zware deur open, neemt de bladermand mee en loopt de steile trap af.

Een paar haren van haar paardenstaart glinsteren als koper, als ze de laatste zonnestraal passeert en het halfduister in loopt.

Ze is een hele tijd niet in de kelder geweest, ze kon zich er niet toe zetten. De trapgang is veel krapper dan ze zich herinnert.

Een meter of wat onder de grond ontstaat er een heel ander soort stilte.

Het zweet loopt over haar rug.

Een verzadigde geur van aarde en oude bladeren stijgt naar haar op.

Beneden in de kelder brandt de lamp aan het dak. De flessen vlierbessensap glinsteren. Droog zand sijpelt door de kier tussen twee dakplaten.

In de winter heeft de druk van de aarde de wanden naar binnen geduwd en de trap smaller gemaakt.

Ze loopt de trap af en voelt dat haar benen trillen.

De lucht staat helemaal stil.

De ventilatieopeningen zijn waarschijnlijk overwoekerd.

Ze is bijna beneden als er een knal klinkt van een grondzetting. Het dak zakt een decimeter in, er valt droge aarde op de grond.

Er moet iemand recht boven haar staan.

Er ratelen steentjes van de onderste treden.

Haar hartslag dreunt in haar oren.

De bedorven lucht maakt haar duizelig, ze bedenkt dat ze terug moet gaan en draait zich om.

Valeria begrijpt dat het door het zwakke licht komt, maar de trap lijkt zo smal als een konijnenhol.

De deuropening hoog boven haar licht op als koper. De scharnieren knarsen, het licht wordt snel smaller en de deur slaat dicht.

Valeria laat de mand vallen en probeert de wanden met haar handen opzij te houden.

Ze ademt snel om zuurstof binnen te krijgen.

Het wordt zwart voor haar ogen en ze laat zich op de grond zakken.

De deur gaat weer open en ze hoort iemand iets zeggen. Ze kijkt omhoog en ziet een smal silhouet.

'Hallo?'

De gestalte komt de trap af, naar haar toe.

'Ben je gewond?'

Hij trekt haar overeind en draagt haar bijna de trap op; haar werkhandschoenen vallen van haar handen.

De vreemde man helpt haar om op het glooiende gras te gaan zitten. Ze haalt diep adem, houdt haar gezicht omhoog naar de lichte hemel en strijkt met haar hand over haar mond.

'Ik weet niet wat er gebeurde, ik werd een beetje duizelig,' zegt ze.

De man overhandigt haar een grote bos bloemen en een glimmende, hartvormige ballon aan een touwtje.

'Interflora... Ik stopte daarginds,' zegt hij met een gebaar naar de bestelbus in de keerzone. 'En ik zag je daar naar binnen gaan...'

'Bedankt.'

'Gaat het wel?'

'Ja hoor.'

'Dan ga ik maar weer.'

Valeria blijft zitten met het boeket en de ballon en volgt de man met haar blik totdat de auto is verdwenen.

Ze weet dat ze waarschijnlijk hulp zou moeten zoeken voor haar claustrofobie, maar de schuldgevoelens over wat er gebeurd is hebben dat verhinderd. Joona heeft het vele malen ter sprake gebracht, gezegd dat ze zo ernstig getraumatiseerd is dat ze professionele hulp nodig heeft, maar ze weigert zelfmedelijden te krijgen.

De stralen van de rode zonsondergang worden in de broeikassen weerspiegeld, het lijkt alsof ze met stromende lava gevuld zijn.

Valeria's benen trillen nog steeds als ze opstaat en naar het woonhuis loopt. Ze hangt haar werkkleren in de bijkeuken, zeept haar handen in en spoelt ze af boven de stalen gootsteen.

Aan het touwtje van de hartenballon is een moer vastgebonden, zodat hij niet naar het plafond zweeft als ze hem loslaat.

Ze neemt de ballon en de bloemen mee, loopt in haar ondergoed naar de keuken, legt het boeket op het aanrecht, haalt het papier eraf en legt het samen met de kranten en reclamefolders bij het brandhout.

Ze heeft vijfentwintig dieprode rozen gekregen van Joona.

Op het kaartje staat alleen 'Vergeef me, lieve Valeria', in het ronde handschrift van het winkelmeisje.

Ze snijdt de rozen met een keukenmes schuin af en zet ze in een vaas op de eettafel.

Valeria gaat naar boven en doucht totdat ze dampend warm is, waarna ze zich afdroogt en schone kleren aantrekt.

Ze gaat weer naar de keuken en begint aan de aardappelsoep. Als die op het fornuis staat te pruttelen pakt ze haar telefoon en gaat aan tafel zitten. Ze kijkt even uit het raam en belt dan Joona.

'Bedankt voor de bloemen, ze zijn prachtig,' zegt ze.

'Sorry... ik ben stom bezig geweest,' zegt hij. 'Ik heb je pijn gedaan en het voor ons allebei verpest omdat ik niet zwak wil zijn.'

'Bij mij kun je dat.'

'Maar dat wil ik niet, ik wil sterk zijn.'

'Dat willen we allemaal.'

'Daarom heb ik mezelf verteld dat ik controle had over de drugs die ik nam, maar dat is niet waar.'

'Ik weet het, ik heb het ook meegemaakt.'

Ze hoort hem diep inademen.

'Vandaag werd me duidelijk dat de drugs het onderzoek hebben vertraagd, ik was een belangrijk inzicht kwijtgeraakt, daar kon ik voor mezelf niet meer omheen... en toen begreep ik ook wat ik jou, wat ik ons had aangedaan.'

'Mooi,' antwoordt ze en ze veegt de tranen van haar wangen.

'Het zal niet moeilijk zijn om te stoppen nu ik mezelf heb gezien.'

'Daar maak ik me geen zorgen om, voor jou is het maar een fase, jouw drijfkracht is anders, je werk is je passie.'

'Ik ga naar Duitsland, zodra ik daar toestemming voor krijg, dat heeft met de zaak te maken. Maar mag ik je daarna bellen?'

'Ik ga nergens heen, Joona,' zegt ze.

*

Joona blijft met de telefoon in zijn hand staan, fluistert 'dank je' en loopt dan naar de keukentafel, waar al het materiaal over de Zilversmid ligt. Rechtbankverslagen, foto's, krantenknipsels en kaarten waarop moordplaatsen zijn aangegeven.

Joona kan zich er niet toe zetten om voor zichzelf te koken, maar hij moet iets eten om te kunnen werken. Hij opent de koelkast, ziet een half broodje op een bord, eet het staande op en spoelt het bord af, waarna hij verdergaat met het doornemen van het materiaal.

Hij moet uitzoeken welk verband er bestaat tussen de Duitse seriemoordenaar en de Zweedse.

Fauster kan de schakel zijn die het Roofdier met Jurek en met de tinnen figuurtjes verbindt.

Achtentwintig jaar geleden was de jacht op de moordenaar die 'Der Silberschmied aus Berlin' werd genoemd een intensieve fase in gegaan. Eind augustus werd Jakov Fauster in zijn huis in Oost-Berlijn gearresteerd.

Tijdens de rechtszaak weigerde hij vragen te beantwoorden als hij niet met 'meester' werd aangesproken, maar toen aan die eis werd voldaan, legde hij een uitvoerige bekentenis af voor de moord op tien jongemannen.

Via advertenties kwam meester Fauster in contact met homoseksuele mannen die in de meeste gevallen prostitués waren. Hij deed zich voor als rijk en vrijgevig, sprak met hen af op lege parkeerterreinen, drogeerde hen in zijn bestelbus en brandde met vloeibaar zilver hun ogen uit. Hij legde zijn blinde slachtoffers op verschillende treinsporen rond de stad en stond vervolgens op een afstandje te wachten totdat ze overreden werden.

Meester Fauster werd tot levenslang veroordeeld en bracht twee jaar door in de inrichting Moabit, waarna hij werd overgeplaatst naar een pas geopende speciale afdeling van de inrichting Fuhlsbüttel in Hamburg-Noord.

Joona drinkt een glas water en bladert door een psychiatrische beoordeling van Fauster, als Manvir belt.

'We hadden geluk, of hoe je dat moet noemen... De directeur van de inrichting in Fuhlsbüttel, Sabine Stern, kende Verner persoonlijk... Ze raakte erg van slag toen ik vertelde wat er gebeurd is... Je bent er welkom,' zegt Manvir. 'Je krijgt de gelegenheid om met Fauster te praten, ook al is er geen garantie dat hij zal antwoorden op je vragen... of dat hij überhaupt iets zal zeggen.'

'Ik ga meteen een ticket boeken,' zegt Joona.

'Er is nog iets anders wat... wat ik met je moet bespreken... Ben je alleen?' vraagt Manvir en hij ademt door zijn neus.

'Ja.'

Joona gaat voor de grote raampartij staan en kijkt naar de stad beneden. Een ruitwerk van bleekgrijze, zilverige, zwarte en lichtgroene daken. De geluiden van de mensen en het verkeer op straat dringen niet tot deze hoogte door.

'Greta en ik hebben met elkaar gepraat en wij... We zitten een beetje in onze maag met Saga's rol hierin,' gaat Manvir verder.

'Ze wordt soms boos, dat gaat wel over.'

'Daar gaat het niet om.'

'Waar gaat het dan om?'

'Ze is heel goed,' zegt Manvir en hij kucht even.

'Ja.'

'Iets te goed, vinden wij... Ze is aldoor een stap verder, heeft geheime contactpersonen... en alles draait om haar, zoals we laatst ook hebben besproken.'

'De dader richt zich tot haar.'

'Zij heeft alle slachtoffers gekend, ze heeft met hen allemaal een conflict gehad... en ik zou mijn werk niet goed doen als ik niet vroeg of zij erbij betrokken kan zijn.'

'Bij de moorden?'

'Niet puur fysiek, ze heeft een alibi, maar... ze kan met iemand samenwerken... wat zou kunnen verklaren waarom we altijd een achterstand hebben... er is sprake van matchfixing.'

'Goed bedacht... moedig, maar ze is er niet bij betrokken, echt niet.'

'Hoe kun je dat weten?'

'Dat kan ik niet weten, maar...'

'Ze heeft een motief... als het niet Valeria's schuld is dat haar zus is overleden, dan is het de schuld van de politie, van Verner en Margot... en in laatste instantie jouw schuld.'

'Ja, maar ik ken Saga en...'

'Het is mooi dat je loyaal bent,' valt Manvir hem in de rede. 'Maar we zijn een geheim onderzoek naar haar begonnen, dan weet je dat.'

44

Joona neemt de eerste ochtendvlucht naar Hamburg. Het toestel was bijna volgeboekt, maar hij had nog een plaats achterin kunnen krijgen met dreunende motoren en late bediening.

Een door de zon beschenen wolkendek verbergt steden, bossen, akkers en meren ver onder hem.

Hij heeft al het materiaal over meester Fauster doorgenomen en zit nu na te denken over het Roofdier. Zijn pakketjes met tinnen figuurtjes zijn een soort voorbeeld voor de rubberen zakken met lichamen.

Na de paspoortcontrole neemt Joona een taxi naar de dichtbijgelegen inrichting. Een kwartier later draait de auto Suhrenkamp in en komt voor de ingang tot stilstand.

De hemel is wit en de lucht koel als Joona naar de centrale post gaat om zich aan te melden.

Er komen aan één stuk door vliegtuigen met veel gedreun laag over.

De Fuhlsbüttel-inrichting is een mengeling van fraaie negentiende-eeuwse bakstenen gebouwen en moderne, steriele gebouwencomplexen, hoge muren, prikkeldraad, veiligheidszones en elektrische hekken.

De oudste delen werden honderdvijftig jaar geleden in gebruik genomen, in 1933 werden ze een concentratiekamp en later een gevangenis van de Gestapo.

Tegenwoordig is het een moderne inrichting voor langdurig gestrafte mannen.

Nadat hij de veiligheidscontrole is gepasseerd, wordt Joona welkom geheten door een kleine vrouw in een grijs broekpak. Ze is rond de vijftig, heeft een mooi gezicht met verdrietige trekken, zware oogleden en kort blond haar.

'Goedemorgen, ik ben de directeur van de inrichting, Sabine Stern,' zegt ze in het Engels en ze geeft hem een hand.

'Joona Linna.'

'Kende je Verner persoonlijk?'

'Ja.'

'Hij was een fantastische man.'

Ze lopen langs een veiligheidsdeur en nemen de trap naar het stelsel van ondergrondse gangen onder het complex.

'Ik zal bij het verhoor aanwezig zijn, ik heb er de hele ochtend voor vrijgemaakt,' zegt Sabine onder het lopen.

'Bedankt, maar dat is niet nodig,' antwoordt hij.

Ze glimlacht even.

'Je kent meester Fauster niet... Voordat hij met je praat, zal hij gaan onderhandelen. Hij geeft geen informatie gratis weg.'

'Wat wil hij hebben?'

'Waarschijnlijk dingen die jij hem niet kunt beloven,' antwoordt ze.

'Maar jij wel?'

'Ik ben tot bepaalde concessies bereid als het jou kan helpen om Verners moordenaar te stoppen...'

Hun voetstappen weergalmen tussen kale betonnen muren. De lucht is kelderkoud en ruikt naar zand. Het licht van de om de drie meter ingebouwde spots ligt als een slangenprint op de vloer.

'In zijn vonnis wordt ook het veiligheidsniveau van de inrichting in detail bepaald, wat heel ongebruikelijk is in Duitsland... Daarom zit hij op onze afdeling voor extreem gevaarlijke en vluchtgevaarlijke gedetineerden, ook al reageert hij volgens alle deskundigen goed op de penitentiaire behandeling en acht men het mogelijk dat hij weer in de samenleving zal kunnen integreren.'

'Is dat zo?'

'Ja, maar gezien de omvang van zijn misdrijven en de wreedheid ervan is zijn vonnis nog niet omgezet in een straf van een bepaald aantal jaren... wat ons een goede onderhandelingspositie geeft.'

Ze blijven voor een centraal bediende sluis staan en wachten op toestemming. De deur zoemt en zwaait open. Ze lopen het gangenkruispunt in en blijven weer staan. Als de deur achter hen in het slot valt, gaat een deur rechts van hen open en kunnen ze in een nieuwe richting doorlopen.

'Het veiligheidsniveau is hoog, maar als ik het goed begrijp zit Fauster niet in isolatie,' zegt Joona.

'Hij heeft toestemming om andere gedetineerden te ontmoeten, maar hij kiest meestal voor eenzaamheid... Hij mag niet met verlof, maar hij kan brieven sturen, tijd reserveren voor telefoongesprekken – onder bewaking, natuurlijk – en hij mag ook bezoek van buiten ontvangen.'

'Krijgt hij bezoek?'

'Vrij regelmatig zelfs... Vooral van journalisten, criminologen en vertegenwoordigers van verschillende religieuze groeperingen... Toen hij jonger was, kwamen er vaak vrouwen die een relatie met hem wilden.'

Sabine Stern vertelt dat er tot op heden nooit ontsnappings- of bevrijdingspogingen zijn geweest op de zwaarbeveiligde afdeling die een landelijke functie heeft. Alle deuren worden centraal bediend en zullen niet worden geopend bij een gijzelingssituatie, wiens leven er ook op het spel staat.

De hele afdeling zit vijftien meter onder de grond en heeft een eigen luchtplaats in een open schacht met drie niveaus van tralies erboven.

Ze dalen een trap af en lopen rechtdoor een gang in.

Op de kale betonnen muur staat in grote rode letters *Heiße Ware aus dem Knast.*

Ze blijven staan voor een nieuwe veiligheidsdeur met het bordje ABTEILUNG 9.

Het slot zoemt en ze lopen een hal in, passeren een personeelsruimte, een keuken en een controlekamer met monitoren voor de beveiligingscamera's.

De wanden van de afdeling zijn lichtgeel, de kunststof vloeren grijs gespikkeld als bleek graniet, en alle meubels zijn van gelakt grenen.

De gepantserde deuren naar de kamers van de gedetineerden zijn wit geverfd en voorzien van een luikje en een spionnetje.

Sabine blijft staan en trekt de mouw van haar jasje een stukje op om op het horloge rond haar dunne pols te kijken.

'Meester Fauster zit al in de bezoekkamer, maar ik dacht dat je zijn cel misschien zou willen zien,' zegt ze en ze opent een deur.

Joona loopt de krappe kamer binnen met gordijnen voor een nis met een lamp in plaats van voor een raam. De wc heeft een armleuning, de tafel zit aan de vloer vastgeschroefd en het bed is geschikt voor iemand met beperkte mobiliteit.

'Hij spreekt acht talen,' zegt ze met een gebaar naar een overvolle boekenplank met klassieke literatuur en filosofie.

Ze keren terug naar de gang, lopen langs de doucheruimtes en naar een gevangenbewaarder die voor een blauwe, gepantserde deur staat.

Hij groet, ontsluit de deur, laat hen binnen en doet de deur weer op slot.

De man die in de groene kleren van de inrichting achter een tafel zit, is de man die in zijn actieve periode bijna dertig jaar geleden de Berlijnse Zilversmid werd genoemd.

Zijn ronde handen met dikke vingers rusten voor hem op tafel, de schakels van de handboeien lopen door een stalen oog op de tafel.

Recht over de vloer loopt een rode streep, die de veilige afstand tot de gedetineerde markeert.

Aan deze kant van de rode lijn staan twee stoelen achter een kleine tafel met een alarmknop en een plexiglazen ruit als bescherming.

Jakov Fauster, een man met zwaar overgewicht, draagt een bril met dikke glazen. Hij heeft een hoog voorhoofd, lichtbruin haar en korte bakkebaarden. Zijn onderkin verbergt zijn hele nek, zijn schouders zijn rond, zijn armen dik en zijn buik is enorm.

'Meester Fauster,' zegt Sabine.

'Mevrouw Stern,' antwoordt hij met een gebaar naar de ene stoel.

'Dit is inspecteur Linna,' stelt ze Joona in het Engels voor.

'Die een actieve seriemoordenaar in Zweden probeert te vinden... Misschien kan ik u helpen, maar wat krijg ik daarvoor in ruil, hoeveel zijn Zweedse levens waard?' vraagt hij en hij richt zijn blik nu pas op Joona.

Er komt een zwakke lavendelgeur vrij van Sabines kleren als ze gaat zitten. Meester Fauster leunt langzaam achterover, zodat de weerspiegeling van de lamp aan het plafond zijn dikke brillenglazen ondoorzichtig maakt.

'U zult met mij moeten onderhandelen,' deelt Sabine mee.

Hij glimlacht tevreden met zijn kleine mond en steekt een dikke wijsvinger naar haar op.

'Er bestaat een persoonlijk aspect,' zegt hij.

45

Joona trekt zijn stoel naar achteren en neemt plaats naast Sabine. Op het plexiglas zijn sporen van een doekje en reinigingsspray te zien. Meester Fauster ademt zwaar door zijn mond. Zijn tong glimt achter het rijtje kleine, ver uit elkaar staande tanden.

'Wat kan ik voor u doen?' vraagt Sabine.

De metalen schakels van de handboeien rammelen als Fauster zijn handpalmen op tafel legt en zich naar voren buigt.

'De schok toen alles aan het licht kwam bracht de rechtbank ertoe te spreken van een bijzonder zware schuld,' vertelt hij op neutrale toon. 'Ik werd schuldig bevonden aan mijn misdrijven, schuldiger dan verwacht kon worden... Ik begrijp hen, het waren angstaanjagende getuigenverklaringen... maar de woorden "seksueel abnormale tendensen" getuigen van een in mijn ogen ouderwetse zuiverheidsgedachte.'

Hij zwijgt zonder zijn ogen van haar af te wenden en ademt daarna met halfopen mond, alsof hij buiten adem is.

'Wat mij betreft,' zegt Sabine en ze kucht even, 'wat mij betreft is een aanbeveling van onze kant om uw straf om te zetten in een straf voor bepaalde tijd bespreekbaar.'

Hij blijft haar aankijken.

'Ik wil dat mijn straf wordt gewijzigd in vijf jaar ondertoezichtstelling en daarna ontslag volgens artikel 57a van het Wetboek van Strafrecht,' zegt hij.

'Dat zou een grote stap zijn,' antwoordt ze. Het lukt haar niet een glimlach op haar lippen te brengen. 'Maar ik heb alle berichten over uw ontwikkeling gelezen en het zou er het moment voor kunnen zijn.'

Meester Fauster steekt zijn rechterhand zo ver uit als de ratelende metalen schakels toelaten. Sabine staat op, kijkt Joona aan en loopt langzaam over de veiligheidslijn op de gespikkelde kunststof vloer.

Fausters gezicht is geconcentreerd en verwachtingsvol. Ze blijft staan, buigt zich naar voren over zijn tafel en geeft hem een hand.

'Koude vingers, hoge hartslag,' zegt hij en dan laat hij haar hand los.

Hij volgt Sabine met zijn blik als ze terugkeert naar haar stoel en gaat zitten, met haar enkels over elkaar en haar handen op haar schoot.

'Wat zegt inspecteur Linna ervan?' gaat Fauster verder en hij richt zich tot Joona. 'Als ik u help, wil ik dat u een verklaring schrijft dat wat ik voor de Zweedse politie heb gedaan het oordeel van mevrouw Stern ondersteunt, dat mijn straf moet worden gewijzigd in ondertoezichtstelling.'

'Dus u kunt me helpen?' vraagt Joona. Hij kijkt strak in Fausters blauwe ogen en merkt dat ze naar onzekerheid speuren.

'Ja.'

'Dan zal ik een verklaring schrijven,' antwoordt Joona.

'Heeft mevrouw Stern dat gehoord?' vraagt Fauster.

'Ja,' knikt ze.

'Dat is vijf vragen waard,' zegt hij met een bijna joviale glimlach.

'Goed,' zegt Joona.

Fauster recht zijn rug, spreidt zijn benen en plant zijn voeten stevig op de grond. De groene broek kruipt een stukje op. Hij draagt stevige sloffen van grijs plastic en zijn steunkousen zitten strak om zijn dikke kuiten.

'Een inspecteur uit Bolderburen,' zegt hij. 'Hebt u enig idee waar u zich in begeeft door naar mij toe te komen?'

'Wat bedoelt u?' vraagt Joona.

'Weet u iets van mij? Wie ik ben? Weet u dat? Hebt u mijn dossier gelezen?'

'Ja.'

'Hoe ziet mijn psyche eruit? Wat ziet u? Ik wil weten met wie ik spreek.'

'Ik zie seksueel gemotiveerd geweld, zonder directe seksuele delicten,' begint Joona. 'Men schrijft over een narcistische houding ten opzichte van de politie, met elementen van grootheidswaan, maar ik zie iemand die spelregels maakt en zich daaraan houdt om zich niet verloren te voelen.'

'Waarom zouden mijn daden seksueel gemotiveerd geweest zijn?'

'De slachtoffers waren bijna uitsluitend mannelijke prostitués... Het geweld concentreerde zich op de anus, de geslachtsdelen en het gezicht.'

'O ja?' vraagt hij en hij glimlacht zo breed dat zijn kleine tanden te zien zijn.

'Volgens het forensisch medische rapport,' antwoordt Joona.

'Maar ze waren er niet bij toen het gebeurde, of wel? Is het niet zo... dat iedereen ernaar raadt, behalve ik?'

'Natuurlijk,' probeert Sabine te zeggen.

De mondhoeken van meester Fauster gaan omlaag en de ogen achter de dikke glazen worden merkwaardig hard.

'Ik heb geen seksuele gevoelens voor jongens.'

'Hij heeft niet gezegd dat...'

'Kijk naar mijn eerste... Kemal, wat kun je zeggen? Hij was lelijk en dom, hij sprak slecht Duits, had snot in zijn neus, vuil onder zijn nagels, vuil in zijn nek en achter zijn oren... Zijn lichaam trilde en hij beloofde dingen, wilde me pijpen. Ik moest wel lachen, ik had al zilver in zijn eerste oog gegoten, het zakte in elkaar en verdween alsof het er nooit was geweest... Hij poepte in zijn broek en trok zo hard aan de touwen dat er bloed over zijn armen stroomde, net als bij Jezus.'

Fauster leunt achterover op zijn stoel, maar zijn vuisten zijn nog steeds gebald. Sabines gezicht is bleek geworden en haar pupillen zijn vergroot.

'Maar van wat er toen is gebeurd, distantieer ik me nu natuurlijk... Ik ben een ander mens geworden,' verklaart hij op zachte toon.

'Dat is mooi,' zegt Joona.

'Ik heb door de jaren heen veel hulp gekregen.'

Joona heeft de kaart bestudeerd waarop de tien moordplaatsen op verschillende treinsporen rond Berlijn zijn aangegeven. Het eerste slachtoffer, Kemal Ünver, was nog maar negentien toen hij stierf. Gedrogeerd en met weggebrande ogen werd hij op de S-Bahn 2 gelegd, tussen Karow en Buch, net waar het spoor onder de ringweg A10 door gaat. Hij was bij bewustzijn, riep om hulp en was gaan zitten toen de trein schuin uit het zuiden naderde.

'Het was interessant wat u daarnet zei,' zegt Fauster en hij kijkt

Joona in de ogen. 'Dat ik spelregels maak en me eraan houd om me niet verloren te voelen.'

'Is het niet zo?' vraagt hij.

'Zoals ik het zag, heb ik met een karakteristieke modus operandi de kansen wat eerlijker verdeeld... om de spanning erin te houden toen ik me al te superieur ging voelen.'

'Toch zit u hier.'

'Ik ben door een toeval gegrepen, wat een tikje ironisch is,' zegt Fauster. 'Ik had alle benodigde puzzelstukjes weggegeven, maar niemand loste mijn raadsel op.'

'Waarom vertelt u nu de oplossing van het raadsel niet?'

'Omdat die er niet meer toe doet... en omdat ik niets meer te maken wil hebben met de persoon die ik toen was... Wat ik gedaan heb is verschrikkelijk, maar ik was ziek, ik dacht dat ze me aanstaarden, dat ze dingen zagen.'

'We gaan verder,' zegt Joona. 'Want waar ik voor kom doet er nog wel toe en is heel dringend...'

'Ik hoop dat u gelijk hebt dat ik u kan helpen.'

Joona trekt zijn stoel naar voren, over de rode lijn op de vloer, tot aan de tafel van meester Fauster. Dan gaat hij zitten en vertelt over de jacht op de seriemoordenaar die in Zweden gaande is. Hij noemt de vindplaatsen niet, liegt dat alle slachtoffers vrouwen zijn, maar houdt zich verder aan de waarheid en vertelt over de tinnen figuurtjes die het komende slachtoffer aanduiden.

'Ik zal eerlijk zijn,' zegt Fauster als Joona zwijgt. 'Ik weet niet veel, maar ik weet veel meer dan u.'

'Wat?'

'U denkt dat er een verband bestaat tussen de Zilversmid en de tinnen figuurtjes?'

'Onder andere,' antwoordt Joona.

'Dat is de manier waarop de Spin bedankt voor de hulp,' zegt Fauster.

'De Spin?'

'Dat kleine Spinnetje,' antwoordt hij met een gereserveerde glimlach. 'Ik ontvang alleen betalende bezoekers, maar toen ik begreep dat de Spin net ontslagen was uit de psychoseafdeling... en beweerde dat ze mij als mentor nodig had, werd ik nieuwsgierig. Ze kwam hier, schoof haar stoel naar voren, net als u, en zei dat ze negen moorden plande en dat ze het vak wilde leren van de voornaamste nog levende seriemoordenaar in Europa... Ik vroeg haar of ze Gilles de Rais als de grootste aller tijden zag.'

'Maar ze bedoelde Jurek Walter,' zegt Joona.

'Omdat zijn duisternis superieur is... Maar ik heb haar geleerd hoe de politie denkt, hoe forensische techniek werkt... hoe je fouten vermijdt en hoe je het spel leidt... We zijn geen pyromanen, we laten het vuur niet ontsnappen... We zíjn het vuur.'

'Weet u hoe ze heet?'

'Ja, maar u hebt uw vijf vragen al gehad.'

'Ik heb er twee gesteld,' zegt Joona, ook al weet hij dat het zinloos is.

'U begon met de vraag wat ik bedoelde toen ik vroeg of een inspecteur uit Bolderburen enig idee heeft waar hij aan begint als hij naar mij toe komt,' zegt hij en dan richt hij zich tot Sabine. 'Ik ben klaar, ik wil nu terug naar mijn kamer.'

'Geef hem een naam,' zegt ze.

Joona zit recht tegenover Fauster, zo dichtbij dat hij zijn adem en de geur van oude kledingstof ruikt.

'Dit gesprek is opgenomen, hij heeft beloofd een aanbevelingsbrief te schrijven, waarin hij vertelt over mijn hulp...'

'Die krijgt u,' zegt Joona.

'U moet schrijven dat mijn straf naar uw oordeel kan worden omgezet in ondertoezichtstelling.'

'Dat kan ik niet,' antwoordt hij.

'Wat?' vraagt Fauster met een glimlach.

'Aangezien u opnieuw zult moorden,' zegt Joona.

'Dit kunt u niet maken,' protesteert Fauster luid. 'Mevrouw Stern, hij kan een bindende afspraak niet verbreken.'

'Ik heb uw raadsel opgelost,' zegt Joona rustig.

Fauster kalmeert, laat zich achteroverzakken en kijkt in de grijze ogen van de inspecteur.

'Dat kan niet,' zegt hij verbaasd.

'U hebt nog twee moorden te gaan.'

'Hou op,' mompelt meester Fauster en hij slikt hoorbaar.

‘Ik heb de kaarten bestudeerd… Alle slachtoffers zijn op verschillende treinsporen rond Berlijn overleden… het spoor tussen Karow en Buch, waar u Kemal hebt neergelegd, loopt in noordnoordoostelijke richting,’ begint Joona. ‘Slachtoffer twee werd achtergelaten op een noordoostelijk tracé tussen Babelsberg en de Griebnitzsee. Slachtoffer nummer drie op een spoor in oostelijke richting…’

‘Ik begrijp het niet,’ fluistert Sabine.

Meester Fauster zucht diep en sluit zijn ogen, het zweet loopt over zijn wangen.

‘De verschillende sporen beschrijven de stand van de wijzer van een klok, u was nog maar bij tien uur toen de politie uw appartement bestormde…’

‘En als u vrijkomt, bent u van plan het patroon af te maken met elf en twaalf,’ besluit Joona.

Fauster opent zijn ogen en ontmoet Joona’s blik.

‘Wie bent u?’ vraagt hij.

46

Saga zit op een hoge kruk aan een ronde tafel in de kantine van de NOA op de achtste verdieping. Ze eet het potje snelkooknoedels helemaal leeg, ook al zit er geen smaak aan, en drinkt wat van de warme bouillon.

Onder in het potje zit een plakkerige massa die niet is opgelost. Ze prikt er met een eetstokje in, brengt de punt naar haar mond, proeft citroengras, szechuanpeper en zout en begrijpt welke smaak de noedels hadden moeten hebben.

Ze gooit het potje weg, veegt de tafel af, hangt het doekje over de kraan, kijkt op haar horloge, duwt het gevoel van onbehagen over de afspraak weg, loopt naar Manvirs kantoor en klopt op de open deur.

'Kom binnen en ga zitten,' zegt Manvir. 'Greta komt zo... Kies zelf maar een plek.'

'Hebben jullie al iets van Joona gehoord?'

'Nog niet,' antwoordt Manvir en hij typt iets op zijn computer.

Saga gaat in een van de gebloemde fauteuils zitten. Ze weet niet wat ze met haar willen bespreken, maar denkt dat het misschien met haar aanstelling te maken heeft. Ze hoopt dat ze operationele bevoegdheid zal krijgen. Dan zou ze alles kunnen vertellen over Karl Speler en zijn vrienden, en ze zou hen formeel kunnen verhoren.

Een dode plant met een felicitatiekaartje aan een van de droge takken staat in een doos voor oud papier.

Greta komt binnen en doet de deur naar de gang achter zich dicht.

'Pardon,' zegt ze en ze neemt in de andere fauteuil plaats.

'Weet je waarom we je voor een gesprek hebben uitgenodigd?' vraagt Manvir aan Saga.

'Nee,' antwoordt Saga.

'Oké, we hebben een paar vragen...'

Hij zwijgt, rijdt achteruit op zijn bureaustoel en kijkt haar even met gefronst voorhoofd aan. Dan gaat hij verder: 'Je staat op het punt om hier een aanstelling te krijgen... als operationeel rechercheur,' zegt hij langzaam.

'Ik kan het bijna niet geloven,' zegt ze en ze glimlacht.

'Ondanks het feit dat je hier niet bent aangesteld, bevind je je midden in een van de grootste moordonderzoeken die we ooit hebben gehad.'

'Ja,' antwoordt ze.

'Hoe komt dat?'

'Die vraag begrijp ik niet,' zegt ze. 'Al voordat ik aangesteld ben, bedoel je?'

Manvir knikt. 'Ja.'

'Doordat de moordenaar rechtstreeks met mij communiceert,' antwoordt ze.

'Waarom doet hij dat?' vraagt Greta en ze leunt naar voren.

'Daar hebben we het al over gehad,' zegt Saga en ze probeert hun gezichten te lezen.

'Ja, maar dat hij enkel met jou communiceert is niet het enige,' gaat Greta verder. 'Je hebt ook een geheime informant die jou en niemand anders belangrijke informatie geeft.'

'Mag ik weten waar dit over gaat?' vraagt Saga.

'Je bent enorm opmerkzaam geweest als onderzoeker,' zegt Manvir. 'Je had de raadsels van de moordenaar razendsnel door en...'

'Niet zo snel als Joona,' komt Saga ertussendoor.

'Maar zijn logica, zijn deductie kan ik naderhand altijd begrijpen,' zegt Manvir.

'Bij jou lijkt de kennis er zomaar opeens te zijn,' vult Greta aan.

'Nee, nou... jullie weten hoe het is,' probeert Saga uit te leggen. 'De ene keer heb ik geraden op grond van wat ik had gezien... de andere keer heb ik logisch geredeneerd... en een paar keer heb ik hulp gehad van een bron die ik geheimhouding heb beloofd.'

'Maar je hebt erg vaak gelijk gehad, tot op detailniveau... en toch hebben we de moordenaar nog niet weten te achterhalen,' zegt Manvir.

'Is dat niet eigenaardig?' vraagt Greta.

'Als jullie niet snel duidelijke taal spreken, ga ik weg,' zegt Saga. 'Wat zijn dat voor insinuaties, verdomme? Zeg wat jullie bedoelen!'

Er verschijnen rode puntjes van opwinding op haar voorhoofd.

'Jouw vingerafdrukken zijn op het metrostation van Kymlinge gevonden, beneden op het perron,' zegt Manvir en hij schuift het proces-verbaal dat op zijn bureau ligt naar Saga toe.

'Word ik ergens van verdacht?' vraagt ze zonder het proces-verbaal aan te raken.

'Misschien wil je ons iets vertellen,' zegt Greta en op dat moment gaat Manvirs telefoon.

'Het is Joona,' zegt hij en hij schakelt de luidspreker in. 'Hallo, ik zit hier met Greta en Saga.'

'Ik zit nu in het vliegtuig naar huis... het is ontzettend snel gegaan,' zegt Joona. 'Ik heb een politie-escorte gekregen naar het vliegveld van Hamburg, zodat ik deze vlucht niet zou missen...'

Zijn stem klinkt ver weg en metaalachtig achter het gedreun van de vliegtuigmotoren.

'Ze wilden je waarschijnlijk graag kwijt,' grapt Greta.

'Ik heb toestemming gekregen van de gezagvoerder om te bellen voordat we gaan landen...'

'Je hebt met Jakov Fauster gesproken?' vraagt Manvir.

'Ja, klopt, en Saga had gelijk, maar...'

'Nee maar,' zegt Manvir droog.

'Wat?'

'Nee, niks.'

'We hebben in elk geval een doorbraak,' gaat Joona verder. 'Het Roofdier is een vrouw die bij Fauster op bezoek is geweest. Hij noemde haar de Spin, zei dat ze op de gesloten psychoseafdeling van Ytterö heeft gezeten en... ze kwam naar hem toe om te leren hoe ze negen moorden kon plegen zonder te worden tegengehouden... Ik denk dat de slachtoffers, die in rubberen zakken hangen, de methode moeten uitbeelden van een spin die zijn ingesponnen prooi laat oplossen.'

Saga staat op uit de fauteuil.

'Maar we hebben geen naam?' vraagt Greta.

'Nee, maar... Oké, sorry, ik moet stoppen... Ik bel zo snel mogelijk weer.'

Het wordt stil in het vertrek. Manvir legt zijn mobiel naast het toetsenbord van de computer en kijkt vervolgens Saga aan.

'Ga maar weer zitten,' zegt hij.

'We moeten dit toch onderzoeken,' protesteert ze.

'Dat doen we zo,' antwoordt hij.

Ze gaat zuchtend in de fauteuil zitten, richt haar blik op de dossierkast met een grenen schuifdeur en bekijkt het patroon van vingerafdrukken rond het slot.

'We hebben een heleboel antwoorden van je nodig,' zegt Greta.

'Waarover?' vraagt Saga en ze kijkt haar aan. 'Ik heb per ongeluk een hekje aangeraakt in Kymlinge, ik viel bijna flauw... Ik weet zeker dat Joona dat heeft gezien, maar misschien is hij dat vergeten te zeggen.'

'Dit is geen beschuldiging, maar... iets met onderbuikgevoel,' zegt Greta. 'We moeten weten of jij de moordenaar op de een of andere manier hebt geholpen.'

Saga staart haar aan. Ze is helemaal koud geworden.

'Wat?'

'De moordenaar weet veel van forensische techniek, van hoe een plaats delict onderzocht wordt, enzovoort,' zegt Greta.

'Heb je de moordenaar op de een of andere manier geholpen?' vraagt Manvir.

'Waar heb je het over? Joona zei daarnet toch...'

'Ik bedoel, misschien heb je op eigen houtje een poging gedaan te infiltreren en moest je daarom informatie weggeven.'

'Nee,' zegt Saga ongeduldig.

'Oké, dan weten we dat,' zegt hij snel.

Saga staat weer op en voelt dat haar rug klam is van het zweet.

'Joona zei dat er een vrouw achter de moorden zit,' zegt Greta en ze kijkt Saga aan.

'Daar lijkt het op,' antwoordt Saga en ze kan een scheve glimlach om de bizarre situatie niet bedwingen.

'Wist je dat?'

'Als het niet onmogelijk is, is het mogelijk,' antwoordt ze verbeten.

'Weet jij wie die vrouw is?'

'Ik ben het niet, als jullie dat soms denken,' antwoordt ze.

'Dat weten we, maar heb jij de slachtoffers uitgekozen?' vraagt Manvir.

'Wat?'

'Alle slachtoffers zijn mensen in jouw omgeving in wie je teleurgesteld bent...'

'Zo kan het wel weer,' zegt ze boos en ze doet haar best om rustig adem te halen.

'Probeer het van onze kant te bekijken,' zegt Manvir.

'Waarom vragen jullie datzelfde niet aan Joona?' vraagt Saga. 'Hij heeft in de clinch gelegen met Margot en Verner... Hij heeft heel veel antwoorden, hij heeft de tinnen figuurtjes met de Zilversmid in verband gebracht, het anagram opgelost en...'

'We hebben het nu niet over Joona,' protesteert Greta.

'Ik vind dit gewoon heel gemeen, eerlijk gezegd,' zegt Saga.

'O ja?'

'Het is onze plicht deze vragen te stellen,' zegt Manvir.

'Oké, maar het maakt mij niet uit of...'

'En aangezien jij de ernst niet begrijpt, eindigt je proefaanstelling bij ons nu direct,' besluit hij.

'Ik probeer te antwoorden, maar jullie mening lijkt al vast te staan, dus... Fuck off,' zegt Saga en ze loopt de kamer uit.

47

Joona loopt snel door de aankomsthal, de brug over en de parkeergarage in. Hij stapt in de auto en rijdt naar Ytterö.

Zijn telefoon gaat en hij neemt op via de centrale display van de auto. Het is Sabine Stern, de directeur van de inrichting. Ze bedankt hem voor het bezoek en Joona bedankt haar voor de mogelijkheid die hij heeft gekregen om met Jakov Fauster te praten.

Het is even stil.

'Ik had veel over je gehoord voordat je kwam,' zegt ze ten slotte. 'En ik wil dat je weet dat Fauster de gevangenis niet levend zal verlaten.'

'Het is moeilijk te geloven dat hij ooit zal veranderen,' zegt Joona.

'Na je vertrek heb ik naar Fausters activiteiten gekeken en mijn voorganger Herbert gebeld. Toen ik het hem op de man af vroeg, vertelde hij over een incident in het jaar voor zijn pensioen, dat in de doofpot was gestopt... Een van de bewaarders had in een persoonlijk gesprek toegegeven dat hij onder druk was gezet om Fauster te bevrijden...'

'Onder druk gezet? Door wie?'

'Ik heb geen naam, maar de bewaarder had gezegd dat het een vreselijke man was... dat hij de dood zelve was,' antwoordt ze.

Joona bedankt haar, beëindigt het gesprek en probeert Saga te bellen, maar krijgt geen gehoor.

Na de Klarastrandsvägen en de Södertunnel door Stockholm, volgt hij de Nynäsvägen naar Farsta.

De hemel is wit en er valt een buitje.

Hij belt Manvir nog eens, vertelt in detail over het bezoek in Duitsland, dat Sabine Stern het bezoekerslogboek van de inrichting heeft doorgespit zonder een Zweedse vrouw te vinden, wat te verklaren valt met valse identiteitspapieren.

Tot slot meldt Joona dat hij net een telefoontje heeft gehad waarin hij te horen kreeg dat Jurek had geprobeerd Fauster te helpen om uit de inrichting te ontsnappen.

'Zoals Saga zei,' zegt Manvir.

'Hoe dan ook, ik ben op weg naar Ytterö.'

'En dan komen we achter de identiteit van de Spin,' zegt Manvir.

Ze hadden de moordenaar het Roofdier genoemd, bedenkt Joona, vanwege de manier waarop de slachtoffers werden benaderd en onverhoeds overvallen. Die naam lijkt opeens griezelig trefzeker, omdat spinnen extreem efficiënte predatoren zijn.

Drie kwartier later rijdt Joona door het gemengde bos naar het meer Magelungen, hij komt langs twee tennisbanen met rood gravel en stopt op het parkeerterrein naast een groot bakstenen gebouwencomplex.

Ytterö is een gesloten afdeling voor acute psychiatrische zorg, met achtentwintig plaatsen voor volwassen patiënten.

Joona stapt uit, loopt naar de ingang, drukt op de knop naast de intercom en zegt dat hij met de verantwoordelijke arts ter plaatse wil praten.

Tien minuten later komt er een man in slobberige kleding en op afgetrapte sloffen naar de deur en opent die een stukje.

'U wilde praten met iemand hier. Klopt dat?'

Joona trekt de deur open, loopt voor de man langs naar de lege receptie met zitjes en glimmende folders op de tafels.

'Hebt u een afspraak?'

Joona draait zich om en laat zijn dienstpas zien.

'Wie is de verantwoordelijke arts ter plaatse?'

'Dat weet ik eigenlijk niet. Jensen is al naar huis, maar we hebben een psycholoog, een arbeidstherapeut en een fysiotherapeut.'

'Dan ga ik voor de psycholoog.'

'Een goede keus,' zegt de man met een glimlach en hij verdwijnt.

Joona doet nog een poging Saga te bereiken. Terwijl de telefoon overgaat, gaat hij voor een tekening met het evacuatieplan staan.

De afdeling lijkt uit vier met elkaar verbonden gebouwen te bestaan, in hoefijzervorm rond een parkje.

Joona kijkt op de klok als het slot bromt en er een kalende man met pokdalige wangen binnenkomt. Hij draagt een bruine ribbroek en een blauw vest. Op zijn borst hangt een pieper aan een plastic ketting, naast het naambordje met de tekst BROR JANSSON, PSYCHOLOOG.

'Sorry, ik was met een onrustige patiënt bezig.'

'Geen probleem,' zegt Joona en hij geeft hem zijn politiepas.

'We hebben helaas geen plaats meer vrij,' grapt Bror.

'Zelfs niet voor een vermoeide politieman?'

'Misschien kunnen we voor deze ene keer een uitzondering maken,' zegt de psycholoog en hij geeft de pas terug.

'Ik heb informatie nodig over een vroegere patiënt.'

'Hier heerst volledige patiëntveiligheid en geheimhouding, maar ik neem aan dat u dat weet.'

'Dat stadium zijn we allang gepasseerd.'

'Oké dan,' zegt Bror.

Hij ontsluit de deur en laat Joona de gesloten afdeling in gaan.

Ze lopen door een gang met grote ramen, die uitkijken op de omheinde tuin. Er vallen druppels van de bladeren en onder de brandende lantaarns lijkt de regen te zwermen. Bror opent de deur van zijn kantoor en laat Joona binnen in het ruime vertrek.

'Koffie, thee, water?'

'Nee, bedankt...'

Bror neemt plaats achter het bureau. Joona trekt de bezoekersstoel naar achteren en gaat recht tegenover hem zitten.

'Een patiënt,' zegt Bror en hij zet zijn computerbril op.

'Ik heb geen naam, maar waarschijnlijk is ze een jaar of drie geleden ontslagen,' zegt Joona.

'Oké, dat is voor mijn tijd... maar het merendeel van onze patiënten is man, dus het is waarschijnlijk wel te vinden.'

'Ze werd de Spin genoemd.'

'Dat doet bij mij geen belletje rinkelen... maar ik zal zien wat we hebben,' zegt hij en hij logt in op de computer. 'Vorig jaar zijn we overgegaan op een patiëntendossiersysteem dat TakeCare heet... We hebben daarnaast ons oude systeem natuurlijk nog, maar dat is wat lastig.'

Joona kijkt uit het raam naar het grijze water van het meer. Een kajak glijdt voorbij met een perfecte pijlpunt van boeggolven achter zich.

'Drie jaar geleden hebben we zeven vrouwelijke patiënten ontslagen,' zegt hij. 'Katarina Nordin, Jeanette Vogel... Anna-Maria Gomez, Mara Makarov, Gerd Andersson...'

'Makarov,' valt Joona hem in de rede.

'Oké, ze was negentien toen de politie haar naar het Karolinska Ziekenhuis in Huddinge bracht, ondervoed, verward, ze dachten dat ze ongedocumenteerd was... Toen ze bij ons kwam, kreeg ze de diagnose acute paranoïde psychose... en twee jaar later is ze ontslagen.'

'Ik heb het hele dossier nodig,' zegt Joona en hij bedenkt dat de ansichtkaart en de achternaam van de patiënt geen toeval kunnen zijn.

'Dit is alles... behalve haar medicijnen,' zegt Bror, terwijl hij verder klikt.

'Ze is hier bijna twee jaar geweest, er moet...'

'Wacht, hier staat dat... O jee, wat spannend... Sorry, maar ze zat in de groep van Sven-Ove Krantz, dat zegt u misschien niets, maar het betekent dat alle gesprekken op video zijn opgenomen... Dr. Krantz kreeg een enorme onderzoekssubsidie van het Koninklijk Instituut.'

'Is hij hier?'

'Vrij... Maar de films zijn hier wel, in zijn archief,' zegt Bror met een gebaar naar een brandveilige dossierkast naast de boekenkast.

'Kunt u ze eruit halen?'

'Natuurlijk.'

Bror schuift zijn bril op zijn voorhoofd, staat op, loopt naar de loodgrijze kast, toetst een lange code in, draait aan de grove sterknop en opent de gepantserde deur.

Joona staat op, loopt erheen en gaat achter hem staan. Elke plank van de dossierkast is in drie kleinere vakken verdeeld met metalen bakken waar de naam en het persoonsnummer van de patiënt op staan.

'Hier hebben we Makarov,' zegt Bror.

Hij trekt de bak eruit en opent het deksel. Er verschijnt een beteuterde uitdrukking op zijn gezicht en zijn mondhoeken gaan omlaag. Hij draait zich om en laat zien dat de bak leeg is.

'Kijk in de andere,' zegt Joona.

Bror opent het ene bakje na het andere, vergelijkt het persoonsnummer op de zijkant met dat op de harddisk en dat van de handgeschreven status.

'Alles is in orde,' zegt hij, als hij daarmee klaar is. 'Alleen die van haar is... Ik bel mijn collega, we hebben een duobaan...'

Bror keert terug naar het bureau, markeert een contact in zijn telefoon en doet zijn oordopje in.

'Hoi, met Bror, sorry dat ik stoor, maar... oké, fijn... maar ik heb hier iemand van de politie die een dossier wil zien, van een patiënt van Krantz... Hoe wist je dat?'

Hij luistert even met een lege blik en knikt dan.

'Ik snap het. Bedankt.'

'Wat zegt hij?' vraagt Joona.

Bror Jansson draait zich met een peinzende uitdrukking naar Joona om.

'Hij zegt dat jullie hier al zijn geweest. Een vrouw van de NOA, met het uiterlijk van een sprookjesprinses, is hier een uur geleden geweest en heeft al het materiaal over Mara Makarov meegenomen.'

48

Saga staat voor het zilvergrijze doek van de thuisbioscoop. Het is bijna alsof ze zich in dezelfde kamer bevindt als de patiënt in de film.

De jonge vrouw zit ineengedoken in een hoek op de grond, bij het voeteneinde van een bed. Ze houdt haar handen voor haar oren.

Af en toe gaan er schokjes door haar lichaam.

Ze draagt een grijze trainingsbroek met modderige knieën en een T-shirt met de foto van de hoes van *Arrival* van ABBA op de voorkant.

Haar wangen zijn hol, ze heeft zwarte ogen en staart apathisch voor zich uit. Haar klitterige haar lijkt stoffig, haar huid is dof en grijs als beton.

Van een plafondlamp met een roze stoffen kap valt een warm licht over de kleine kamer met een oranje voddenkleed op een lichtgele linoleumvloer, behang met een vriendelijk patroon van lelietjes-van-dalen en een opgemaakt bed met een hoofdbord van berkenhout.

Bij het geluid van een stoel die over de vloer wordt gesleept, krimpt de vrouw nog verder ineen.

'Welkom op Ytterö, Mara,' zegt een man buiten beeld. 'Ik ben Sven-Ove Krantz en ik werk hier als psycholoog. Mijn collega Von Fersen, die de intake heeft gedaan, heeft je als psychotisch gediagnosticeerd... F60.0 volgens ICD-10. Maar dat maakt voor mij niet uit, ik zie jou niet als ziek, zoals ik het zie, ben je niet ziek, maar word je verkeerd begrepen... We zullen elkaar nog vaak ontmoeten en dan hoop ik dat we samen "verkeerd begrepen" in "begrepen" kunnen veranderen.'

Er loopt een glinsterend sliertje speeksel uit Mara's mond.

Het materiaal dat Saga van Ytterö heeft gehaald, bestaat uit drie dunne harddisks met een aantal haarscherpe films en een map met handgeschreven materiaal.

De formulieren en de dossiers beschrijven alleen de lopende therapie, niet de inhoud van de gesprekken. Het zijn vooral dagelijkse aantekeningen over medicijnen, gesprekken over bijwerkingen, interacties, een gewichtscurve en samenspel met andere interne patiënten.

De films bestaan uit tamelijke korte sessies met een interval van een maand. Een soort CGT-georiënteerde gesprekstherapie tussen de psycholoog en de onder dwang opgenomen patiënt Mara Makarov.

Volgens het handgeschreven dossier houdt de methode van Sven-Ove Krantz het volgende in: luisteren en de beschrijving die de patiënt van de werkelijkheid geeft serieus nemen. Daar geen kritische vragen over stellen en niet proberen de onjuistheid ervan te bewijzen. Als een patiënt ervan overtuigd is dat hij wordt afgeluisterd, stelt Krantz voor dat ze luide muziek afspelen in de kamer, dicht bij elkaar gaan zitten en op gedempte toon met elkaar praten.

Saga's telefoon rinkelt, ze kijkt op het scherm, ziet dat het Joona weer is en drukt de oproep weg.

Het licht van een auto die buiten langsrijdt, glijdt diagonaal over het filmdoek, net als de tweede sessie begint.

Mara Makarov wordt gefilmd in haar kamer, door het luikje in de deur, als ze probeert het raam in te slaan met de voet van de staande lamp. Ze is spiernaakt en haar magere lijf zit onder de blauwe plekken en wonden.

Er is spaghetti met tomatensaus tegen de muur gekwakt.

Mara is extreem angstig, ze trilt en schreeuwt iets in het Russisch, zo hard dat haar stem telkens overslaat.

Er zijn twee verzorgers bij haar, die kalmerend tegen haar praten. Ze keert zich naar hen toe, haar pupillen worden groot en er loopt urine langs haar smalle bovenbenen.

Als ze dichterbij komen, valt ze aan met de lamp, maar wordt door de potige mannen overmeesterd en op de grond gelegd en krijgt een intramusculaire injectie in haar bil.

De opname stopt en als die verdergaat, staat de camera weer op een statief in de kamer en ligt Mara in bed. Ze heeft een wit kompres op haar ene oog en een starende blik in het andere.

De spaghetti is snel van de muur geveegd, op het behang zijn rode strepen te zien.

'Mara, ik begrijp dat je hier weg wilt en dat je bang bent dat je wordt vergiftigd,' begint Sven-Ove Krantz. 'Als je wilt kan een verzorger je eten voorproeven, voordat jij ervan eet... maar ik kan je helaas niet ontslaan, dat moet in samenspraak met mijn collega, die jou als psychotisch beschouwt. Snap je? Het zal even duren voordat je weer in de maatschappij terugkeert, maar intussen kun je met mij praten, als er iets is wat ik voor je kan doen... Ik weet dat je nu moe bent, je hebt een kalmerend middel gekregen, Haldol heet het, het is niet gevaarlijk, maar je wordt er suf van... En ik zal je nu laten slapen.'

Saga zet de opname op pauze en neemt het handgeschreven dossier van de psycholoog mee naar de keuken en bladert door naar het eind, naar de commentaren na de laatste sessie en de ontslagprocedure, om erachter te komen waar ze naartoe is gegaan.

Wat Krantz aan het eind beschrijft, is een beheerste jonge vrouw die samenvalt met haar levensverhaal en zelfbeeld. Ze verzorgt zich goed, kleedt zich goed en heeft vergaande plannen voor een wiskundestudie.

'Wie ben je?' fluistert Saga. 'Waar ben je na het ontslag gebleven? Wat heb je gedaan? Waar zit je op dit moment?'

*

Mara Makarov staat achter de werkbank in de werkplaats en wrijft met beide handen stevig over haar gezicht, ze bladert het boek over abstracte algebra door en trekt met rode pen een cirkel om de structuur van complexe getallen.

Met trillende handen opent ze een blik conserven en eet mais met haar vingers, drinkt het troebele vocht en voelt haar maag tekeergaan. Ze gaat op haar knieën zitten en spuugt alles uit in een emmer.

De vrouw op de betonnen hellingbaan is weer bijgekomen. Ze heeft geschreeuwd en gesmeekt, waarna ze haar best deed zich groot te houden en de tranen uit haar stem te weren.

'Luister naar me,' zegt de vrouw. 'Ik weet niet waarom je dit doet...'

Mara geeft slijm op, pakt de maiskorrels van de bodem van de emmer, stopt ze in haar mond en kauwt langzaam.

'Wat is er met je gebeurd?' vraagt de vrouw.

Mara stopt nog wat maiskorrels in haar mond en staat al kauwend op.

'Zou ik een beetje water kunnen krijgen? Ik heb vreselijke dorst...'

De vrouw zwijgt en hijgt als ze door een golf van pijn en angst wordt overspoeld.

Mara veegt met haar hand het boek en de pennen van de werkbank, pakt de blauwe plastic fles, giet chloor op het werkvlak en veegt het schoon.

'Lieve hemel,' kreunt de vrouw en ze hijgt een hele poos voordat ze weer probeert te praten. 'Je hebt me verwond. Wil je erover praten? Ik ben neergeschoten... Jij hebt me neergeschoten, een medemens... Ik bloed en heb vreselijk veel pijn...'

Mara opent een verpakking, trekt steriele kleding en latex handschoenen aan en zet een mondkapje op, trekt een la uit, opent de plastic map met uit bibliotheekboeken gescheurde pagina's. Met een scalpel snijdt ze een stukje uit een foto van Botticelli's schilderij *De geboorte van Venus* en legt er een oude plattegrond van het epidemieziekenhuis van Roslagstull naast. Ze zoekt in de map, vindt een tekst over sterkteleer met betrekking tot sferische gebouwen en legt die achteraan in de rij.

'Merk je dat mijn pijn en angst jouw pijn en angst niet wegnemen?' vraagt de vrouw tussen de snelle ademhalingen door. 'Maar ik denk dat... ik denk dat als je mij helpt, me naar een ziekenhuis brengt... dat alles dan verandert, dat je opluchting zult voelen... Denk je niet?'

Mara stapt opzij en gooit het scalpel, de handschoenen en de beschermende kleding in de bak voor restafval.

'Want als jij iemand helpt... stel je je ook open voor hulp, luister je? Iedereen heeft hulp nodig, we zijn niet alleen, ook al heb je soms dat gevoel... Het is niet te laat, je kunt nog een andere weg inslaan...'

Mara bukt, pakt het scalpel weer op, maakt een diepe snee in de nagel van haar linkerwijsvinger en ademt de pijn in.

Nu kijkt ze pas naar de vrouw op de hellingbaan. Ze ligt stil op haar rug met haar blik gericht op de traversekraan aan het dak. Ze ademt in hijgende stootjes. De kogel heeft haar ruggengraat gemist, is recht door de darmen heen gegaan en vlak naast de navel naar buiten gekomen. Er stroomt bloed onder haar, langs haar voeten en in het afvoerputje.

Mara klimt op de zware gereedschapskast, gaat op haar hurken zitten en kijkt naar het materiaal op de werkbank. Ze schudt bloed van haar hand, ziet de druppels door de lucht vliegen en op de vloer neerkomen.

Ze bedenkt dat ze het ademmasker moet opzetten en de chemicaliënhandschoenen moet aantrekken, de zak met natriumhydroxide moet openen, vijftien liter pellets moet scheppen en die in een minimale hoeveelheid water moet oplossen.

'Kom hier, kijk me in de ogen,' zegt de vrouw zonder de angst in haar stem nog langer te verbergen. 'Ik wil niet dood, ik verdien het niet om dood te gaan... ongeacht wat jij hebt meegemaakt.'

Mara klimt naar beneden, laat de urine via haar benen op de vloer stromen, terwijl ze naar de gereedschapskist loopt om het pistool te pakken. Ze kijkt ernaar, zet de loop tegen haar voorhoofd en richt daarna op de vrouw. Ze knijpt in de trekker, totdat de knal klinkt en er een schok door de bovenbenen van de vrouw gaat.

Er spat bloed op de hellingbaan en op de ijzeren leuning, de vrouw schreeuwt totdat haar stem het begeeft. Dan ligt ze buiten adem in zichzelf te bidden.

'Maranatha kom, Heer Jezus, kom...'

49

Joona zit in de auto op weg naar het politiebureau in Kungsholmen. Met behulp van het persoonsnummer heeft hij de bevestiging gekregen dat de Spin is geboren als Mara Ivanovna Makarovina, maar bij de burgerlijke stand staat ingeschreven als Mara Makarov.

Ze heeft op dit moment geen adres, telefoonnummer of dienstverband.

Haar moeder Tatjana was een internationaal bekende wiskundige.

Als kind woonde Mara in Lidingö met haar ouders en haar zus, die zeven jaar geleden bij een bootongeluk om het leven zijn gekomen.

Ondanks een grote operatie met duikers is alleen het lichaam van de kapitein gevonden.

Joona heeft de registers erop nageslagen, maar vond geen verdenking van een misdrijf.

Bij Hornstull wordt het drukker en op de Västerbrug boven het eiland Långholmen remt hij af. Midden op het hoogste punt van de brug over de Riddarfjärden staat het verkeer helemaal stil. Joona zet de auto in de P-stand en schakelt de motor uit. Hij ziet dat sommige bestuurders hun auto verlaten, naar de voorkant van de file kijken en hun telefoon pakken.

Via de radio hoort Joona dat er voor het oude Rijksarchief twee lijnbussen op elkaar gebotst zijn. Ze blokkeren beide rijrichtingen.

Het water, de gebouwen langs Norr Mälarstrand en het stadhuis liggen in een geel middaglicht.

Mensen uit verschillende auto's raken in gesprek, anderen kijken uit over de stad en wijzen hun kinderen verschillende gebouwen aan.

Een oudere man leunt op de motorkap, steekt zijn pijp op en kijkt alsof dit het beste is wat hem op dit moment kon overkomen.

Joona's werktelefoon gaat en hij neemt op.

‘Je moet hier komen,’ zegt Manvir met gestreste stem. ‘We hebben een nieuw pakketje gekregen, geadresseerd aan Saga... de explosievenopruimingsdienst kijkt er nu naar.’

‘Ik sta in de file, midden op de Västerbrug, het zit muurvast,’ deelt Joona mee.

‘O ja, die bussen, het duurt minstens een uur voordat we...’

‘Misschien met een motor?’

‘Nee, het zit aan beide kanten vast, we sturen een helikopter,’ zegt Manvir en hij beëindigt het gesprek.

Joona kijkt door de spijlen van de brugleuning en ziet het groene koperen dak van het raadhuis en de spits van het politiebureau.

Als het geratel van een helikopter nadert, stapt hij uit, sluit de portieren af, en klimt via de motorkap op het dak van de auto.

De helikopter komt uit het noorden, maakt een bocht en blijft dan boven de brug hangen.

Langzaam zakt hij naar beneden.

De mensen die daar staan, gaan aan de kant.

Joona maakt de knopen van zijn jasje dicht en houdt zijn hand op zijn haar.

Aan een kabel wordt een harnas neergelaten, het schokt in de pulserende wind. De mensen op de brug zijn Joona gaan filmen.

Zijn kleren wapperen om zijn lichaam.

Het ratelende kabaal van de rotor beukt tegen zijn trommelvliezen.

Het licht knippert tussen de rotorbladen door.

Joona vangt het harnas op, stapt erin en maakt het vast. De helikopter stijgt op en hij vliegt met een duizelingwekkende zwaai over de brugleuning.

Hij ziet de stilstaande auto’s, de opgeheven gezichten, de gewelfde ijzeren constructie van de brug en het glinsterende water eronder.

Hij schommelt terug, terwijl de helikopter stijgt.

Het water wordt onder hem vandaan geveegd.

De kabel schudt heftig als hij wordt opgehesen en aan boord getrokken.

Een collega helpt hem naar een lege stoel.

Joona maakt zijn veiligheidsgordel vast en krijgt gehoorbeschermers aangereikt.

De piloot vergroot de aanvalshoek van de bladen van de hoofdrotor, de helikopter hangt naar voren en maakt snelheid.

Ze komen boven Kungsholmen, krijgen toestemming om te landen en dalen schommelend af naar de landingsplaats op het dak van het politiebureau.

Joona rent ineengedoken naar de wachtende lift.

Als er een belletje klinkt en de deuren dichtgaan, zijn er slechts drie minuten verstreken sinds hij op het dak van de auto klaarstond om het harnas op te vangen.

Hij gaat naar de begane grond en rent door de glazen gang van de vide. De technici zijn bezig met een scalpel heel behoedzaam de tape rond de doos door te snijden, als Joona de vergaderkamer in komt.

Manvir, Greta en Petter staan al om de tafel heen. De tijdelijke staf zet zwijgend de uitrusting klaar.

'Gewoon openmaken,' zegt Joona.

Hij pakt het pakketje, trekt de resterende tape eraf, slaat een handdoek opzij, haalt er een prop papier uit en vouwt die open. Uit een glimmend snoeppapiertje haalt hij een tinnen figuurtje tevoorschijn, een poppetje van twee centimeter in een dunne jas.

Hij legt het op het objectglaasje van de microscoop en stelt de scherpte en de vergrotingsfactor in. Op het scherm van de computer is een vaalwit gezicht te zien.

'Wie is het?'

'Geen idee.'

'Verdomme, verdomme,' fluistert Petter en hij wrijft over zijn kin.

Het tinnen figuurtje stelt een man voor met een rechte neus, diepliggende ogen en een gespannen trek om zijn mond. Zijn jas is glad, maar de broek plooit zich rond zijn enkels. Onder zijn sloffen zit een klompje tin met een poreus oppervlak dat na het gieten is blijven zitten.

'Verspreid de afbeelding via Rakel,' zegt Manvir.

'We moeten met Saga overleggen,' zegt Joona.

'Ze is geschorst,' zegt Manvir.

Joona kijkt hem aan. 'Heb je haar van het onderzoek gehaald?'

'Totdat we een paar dingen hebben uitgezocht,' antwoordt hij.

'We hebben haar nodig,' zegt Joona.

'Maar ik heb besloten dat...'

'Je kunt me wat,' valt Joona hem in de rede en hij stuurt een foto van het gezicht van het tinnen figuurtje naar Saga.

'Heb je de foto met haar gedeeld?' vraagt Manvir verbluft.

'Ja,' zegt Joona.

Hij legt de drie delen van de verpakking op tafel en fotografeert ze.

Een gekreukt, glimmend snoeppapiertje met een zilverachtige achterkant en een getekende Afrikaanse zeemeermin als motief.

Een kleine handdoek.

Een zwart-witfoto van iets wat op een gevlochten, langwerpige vaas lijkt.

50

Saga staat op van de keukentafel, draait de koudwaterkraan open en pakt een glas uit het bovenkastje.

In het dossier beschrijft Sven-Ove Krantz dat de patiënt liever niet in bed slaapt. Meestal duikt ze ineen in een hoekje van de kamer. Eerder had ze vreetbuien en gaf ze over tijdens de maaltijden, maar dat doet ze niet meer. Nu hamstert ze voedsel, dat ze op verschillende plekken in haar kamer verstopt.

Saga laat het glas vollopen, drinkt, loopt terug naar de thuisbioscoop en start de weergave.

De ventilator van de projector ruist achter haar rug.

Ze loopt naar voren en stopt als de schaduw van haar hoofd als een ronding aan de onderkant van het filmdoek te zien is.

Mara zit op een stoel in de lichtblauwe broek van de inrichting en een zachte trui met te lange mouwen. Haar grijsblonde, verwarde haren hangen over haar schouders. Het kompres op haar ene oog is groezelig geworden.

'Wil je me vertellen hoe je hier terecht bent gekomen?' vraagt Sven-Ove Krantz. 'De politie heeft je bij Skärholmen gevonden, je lag te slapen op de middenberm van de snelweg... en dat kan natuurlijk niet, het is gevaarlijk en verboden.'

'Ik voelde me veiliger,' antwoordt Mara en ze kruist haar armen voor haar borst.

'Waarom?'

'Daar ben je niet makkelijk te pakken, met overal auto's.'

'Ik snap het, slim... maar wie wil jou pakken, denk je?'

'De KGB.'

'De geheime dienst van de Sovjet-Unie?'

'Die heet nu FSB,' zegt ze ongeduldig.

'Waarom zouden ze jou pakken?'

'Omdat ik aan hen ben ontsnapt, *sljoecha*,' antwoordt ze en ze begint met haar been te wippen.

'Hier in Zweden?'

'Dat kan ik me niet goed herinneren, maar ik denk het wel, ik ben immers hier, ik ben hier geboren en getogen.'

'We hebben geen familieleden van jou te pakken kunnen krijgen die...'

'Wat had je dan gedacht, verdomme?' valt ze hem in de rede. 'Ze hebben iedereen gepakt, mijn ouders, mijn zus, de hele familie, iedereen...'

Haar stem breekt en ze slaat haar ogen neer.

'Kun je erover vertellen?' vraagt Krantz voorzichtig.

'Ik weet het niet meer,' mompelt ze.

'Probeer het.'

'Waarom?' vraagt ze en het wippen met het been houdt op.

'Mara, om mij te helpen begrijpen wat...'

'Jij hoort bij hen,' constateert ze.

'Ik ben psycholoog op de psychiatrische afdeling Ytterö...'

'Ik wist het, ik wist het wel, verdomme,' zegt ze met stemverheffing.

'Wil je mijn legitimatie zien of...'

'*Bljad' zajebal*,' schreeuwt ze en ze staat zo heftig op dat de stoel achter haar omvalt. '*Jobannyj chujesos!*'

'Mara,' zegt hij op kalme toon. 'Als jij denkt dat ik...'

Saga's mobiel laat het geluid van een binnengekomen bericht horen. Het is van Joona. Ze stopt de film, opent haar telefoon en begrijpt dat er een nieuw tinnen figuurtje bij de politie is binnengekomen. Als ze de afbeelding vergroot, ziet ze meteen wie het volgende slachtoffer is.

51

De grote glazen puien weerspiegelen de grijze lucht op het industrieterrein van Kista. Een glimmende zilverkleurige Lexus komt op hoge snelheid voorbij over de snelweg.

Het is stil in de auto, maar de oren van Stefan Broman suizen na de lange werkdag in het Karolinska Ziekenhuis. Hij heeft heen en weer gerend tussen de operatieafdeling en de ic.

Als anesthesist bevind je je in een constante stress, je moet overzicht hebben en je tegelijkertijd volledig op de details concentreren.

Hij moet zich nu ontspannen, hij zal een paar uur lang niet verantwoordelijk zijn voor het redden van iemands leven en kan een beetje aan zichzelf denken.

Op weg naar de garage heeft hij Saga gebeld, maar ze neemt niet op sinds zijn poging haar naar zijn feest te lokken. Dat was een misrekening geweest. Hij had gedacht dat ze al labiel en gebroken genoeg was om akkoord te gaan met die opzet.

Stefan slaat af en rijdt naar het Risingeplan tussen flats door die op een rij kleurloze grafstenen lijken.

Hij stopt voor een vaalgeel gebouw met vlekken van verwijderde graffiti. De beide kelderramen zijn de enige in de hele gevel. De jaloezieën zijn neergelaten achter tralies en vies glas.

Hij stuurt een berichtje aan zijn vrouw Jessica dat hij niet voor het eten thuis is.

Stefan stapt uit, opent de achterklep en haalt de grote cabinekoffer eruit. Hij sluit de auto af en sleept de koffer naar een trapje van beschimmeld beton.

Op de blauwe stalen deur zit een kunststof bordje met de tekst YEMOJA MASSAGE.

Drie uur geleden heeft hij twee stuks viagra genomen, met bij elkaar honderd milligram sildenafil. Zijn hoofd doet pijn en zijn hele gezicht is warm geworden.

Sinds Stefan heeft toegegeven aan zijn speciale voorkeur, heeft hij het bij een tiental verschillende escortmeisjes geprobeerd en hij heeft minstens dertig salons bezocht voordat hij via anonieme aanbevelingen deze vond.

Hij begon met wensen die niet ter discussie stonden, zoals dat ze stil moesten zijn, absoluut stil moesten liggen en geen olie of glijmiddel mochten gebruiken. Hij was vriendelijk en beleefd en gaf hun royale fooien.

De derde keer kwam hij met zijn werkelijke voorstel op de proppen en vertelde hoeveel hij bereid was te betalen als ze de voorwaarden accepteerden.

De grote bedragen waren aanlokkelijk voor de vrouwen en ze vroegen naar de details. Hij gaf overal antwoord op, maar ze konden er niet overheen stappen dat ze volkomen weerloos zouden zijn en bedankten er uiteindelijk voor.

Toen halveerde Stefan zijn aanbod en vond het goed dat een van hen wakker bleef en keek wat er gebeurde, zodat ze kon zien dat het om een doodgewone geslachtsdaad ging.

Vorige week had hij hen tegelijkertijd in slaap gebracht, daar waren ze voor het eerst mee akkoord gegaan.

Sindsdien denkt hij er continu aan, hij had meteen al geweten dat hij het nog eens moest doen.

Voor hem ging een universum open toen hij een uur lang heer en meester was over twee bewusteloze vrouwen. Hun slappe lichamen konden geen eisen stellen aan prestaties, ze konden geen vergelijkingen trekken of hem gestrest maken, er was geen ontevreden of verveelde echtgenote, niemand die op de klok keek en wachtte tot hij klaar zou komen, niemand die aan zichzelf dacht en masturbeerde.

Dit land heeft regenboogvlaggen op de bussen, alles mag en kan, maar als volwassen mensen een afspraak maken waar seks en geld bij komen kijken, worden ze door de politie achternagezeten en bespot door feministen, malen de gedachten in Stefans hoofd.

Zijn hart bonst als hij de stalen deur opent en langs een pot met witte zijden orchideeën in de gang loopt.

Hij komt in een kleine wachtkamer met twee fauteuils en een exemplaar van het gezondheidstijdschrift *Hälsa* op tafel.

In een schaal met water drijven geurkaarsen.

Aan de ene muur hangt een kleine afbeelding van een vrouw in een glinsterende jurk van schelpen en kralen.

Een handdoek belandt met een plof in een wasmand.

Hij staat stil en laat zijn hand op de cabinekoffer rusten, terwijl zijn hoofdpijn afneemt. Zijn gezicht gloeit nog steeds van de hoge dosis sildenafil en af en toe wordt zijn zicht wat wazig, alsof hij door glanzend cellofaan kijkt.

Er wordt een wc doorgespoeld en het knarst in de buizen onder het plafond.

Er klinkt een belletje van een telefoon.

Poeh slentert de wachtkamer in en droogt haar handen af aan de achterkant van haar spijkerrok. De rode schouderbandjes van haar beha lopen parallel aan de zwarte van haar topje. Eigenlijk heet ze Mapula, maar ze noemt zich Poeh, 'net als de beer'.

'Hallo,' zegt hij.

'Stefan...'

'Is Nina hier?'

'Onder de douche.'

Stefan weet dat de salon in handen is van het criminele netwerk van Ramon X, waardoor het voor Poeh en Nina heel moeilijk is om geld naar huis te sturen.

'Heb je een goede dag gehad?' vraagt hij.

'Goed?'

Poeh glimlacht nooit, haar blik is afgestompt, er zit niets meer in. Ze is slank en frêle en heeft een stuk of dertig vlechtjes in haar halflange haar, met goudkleurige kralen aan de uiteinden.

'Is Nina bijna klaar?' vraagt hij.

'We moeten even praten... Wat was dat nou, wat je laatst deed?' vraagt Poeh.

'Wat ik deed? Wat we hadden afgesproken,' antwoordt hij met een verbaasde glimlach.

'Echt?'

Nina komt de wachtkamer in, gekleed in een roze sportbroek, strandschoenen en een T-shirt met een glinsterend hart. Ze is maar één meter vijftig lang, heeft bijna onzichtbare borsten en geen taille. Haar zwarte haar is schouderlang, met een pony tot vlak boven de wenkbrauwen. Ze glimlacht met haar mond, maar haar ogen zijn altijd angstig.

'Ik betaal tien keer meer dan anderen,' zegt hij schouderophalend.

'Dat weten we, maar... maar Nina bloedde,' zegt Poeh toonloos.

'Hoezo bloedde?'

'Uit haar achterste,' antwoordt Poeh.

'Ik doe niets met jullie achtersten,' zegt hij. 'Nina, echt, ik...'

'Maar daarna bloedde ze,' zegt Poeh nog even kalm.

'Nee, nou... ik ben echt heel voorzichtig, dat heb ik toch gezegd? Ik ben arts, dat is mijn verantwoordelijkheid, ik zorg voor jullie, dit is gewoon mijn ding, dat is het enige, iedereen heeft zijn ding, dat hoef ik jullie niet te vertellen, en dit is mijn ding.'

De spieren van haar linkerschouder spannen zich als ze haar hand optilt en een paar vlechtjes achter haar oor schuift.

'Maar je mag geen rare dingen doen, dan moet ik met Ramon praten,' zegt ze met een scherpe frons tussen haar wenkbrauwen.

'Rare dingen? Ik doe geen rare dingen, wacht... Verdomme, sorry, ik werd de vorige keer meegesleept en toen heb ik een vinger in haar anus geduwd, maar dat was helemaal niet hard, dus ik snap niet waarom ze zou bloeden, maar dat moet het dan geweest zijn... Ik zal het niet meer doen, dat beloof ik, ik heb alleen normale geslachtsgemeenschap, dat is mijn ding.'

'Ik weet het niet,' zucht Poeh en ze kijkt naar Nina.

In werkelijkheid had Stefan hun tijdens de narcose beiden een darmspoeling gegeven met water waaraan hij een laxeermiddel had toegevoegd, hij had harde vaginale en anale seks met hen gehad zonder condoom en daarna een Coca-Colafles in Nina's anus gestoken en foto's gemaakt.

'Zal ik weer weggaan?' vraagt hij voorzichtig.

'Ik had na afloop blauwe plekken op mijn bovenbenen,' zegt Poeh.

'Niet door mij,' zegt hij.

'Je moet beloven dat je voorzichtig bent,' zegt ze.

'Natuurlijk, dat ben ik altijd.'

'En dat je niks geks doet.'

‘Je kunt me vertrouwen.’

‘Echt?’

‘Ja, echt... Ik betaal extreem goed, jullie kunnen geld naar huis sturen... Ik ben een zachtaardige jongen, ik ben schoon op mezelf, voorzichtig, medisch specialist... En jullie hoeven maar heel even te slapen.’

‘Wat zeg jij ervan? *Nhung?*’ vraagt Poeh.

‘Ik doe het als jij dat wilt,’ antwoordt Nina gedempt.

‘Oké, Stefan, voor deze keer, nu je hier toch bent...’

‘Dank je.’

‘Maar doe je iets geks, dan is het afgelopen,’ zegt Poeh.

52

De beide vrouwen lopen met Stefan mee als hij de koffer meetrekt naar een van de kamers en hem op de grond laat vallen.

Hij ziet dat er lichtgrijze strepen op de zwarte stof zitten. Hij zal er wel mee langs de auto zijn gegaan toen hij de koffer uit de bagageruimte tilde.

Een poster van een glimmende vrouw op een massagetafel bolt met een ritselend geluid op van de muur door de luchtbeweging om hen heen.

Stefan gebruikt Midazolam als narcosemiddel. De oplossing voor intraveneus gebruik kan ook oraal toegediend worden, ook al duurt het dan langer voordat het werkt.

Hij legt de uitrusting die hij nodig heeft op het nachtkastje, komt overeind en geeft twee dikke enveloppen aan Poeh. Haar blik is volkomen leeg als ze die in ontvangst neemt. Ze kijkt erin, bergt ze op in de kluis in de bezemkast en komt dan weer terug naar de kamer.

'Klaar?' vraagt hij.

Poeh staat met haar armen om zichzelf heen en is enorm gespannen, het zweet glimt op haar gezicht. Nina ziet eruit alsof ze van angst in huilen zal uitbarsten.

Hij heeft al twee flesjes ijskoffie met narcosemiddel en morfine voorbereid, voor pijnstilling en anxiolyse. Hij heeft de sterkte iets verhoogd, maar het tegengif flumazenil meegenomen voor het geval er iets misloopt.

'Drink dit eerst maar... Het is niet zo lekker, maar heel probaat,' zegt hij en hij geeft hun allebei een flesje.

Nina houdt haar ogen neergeslagen en staat met het plastic flesje in haar hand snel en angstig te ademen.

Poeh strijkt met een gestrest gebaar vlechtjes uit haar gezicht. Het lijkt wel of ze de slagen van een springtouw telt of moed verzamelt voor de sprong van een duiktoren.

'Ik kan dit,' mompelt ze en ze neemt een grote slok.

'Nina?' zegt Stefan glimlachend.

Ze hapt naar adem, drinkt, hoest, drinkt nog wat en veegt de tranen van haar wangen.

'Smerig,' zegt Poeh en ze giet de laatste druppels naar binnen.

Als Nina klaar is, pakt hij de flesjes weer aan, legt ze in de koffer en zegt dat ze het ergste hebben gehad.

Stefans wangen worden warm en het glimmende vlies voor zijn ogen is dikker geworden. Hij moet met zijn ogen knipperen om de wijzers van zijn horloge te onderscheiden.

Poeh loopt naar Nina toe om haar gerust te stellen. Ze slaat haar armen om Nina heen, trekt haar tegen zich aan, strijkt over haar haar en kijkt Stefan met een volkomen neutrale uitdrukking aan.

'Ik heb koude voeten,' zegt Nina angstig.

Haar mond trilt, maar ze weet haar tranen te bedwingen.

Stefan heeft een kooldioxidemeter bij zich, een bloeddrukmeter, een zuurstofmeter en een ecg, maar denkt niet dat hij er ditmaal gebruik van zal maken.

'Gaan jullie maar lekker op bed liggen,' zegt hij, als hij aan hen ziet dat de morfine begint te werken. 'Het zal even duren voordat jullie iets voelen, maar ik zit hier de hele tijd...'

Nina glimlacht al als ze met moeite haar strandslippers uittrekt.

De twee vrouwen gaan naast elkaar liggen, beiden met de benen over elkaar geslagen en hun blik naar het plafond.

Nog even, dan zal het narcosemiddel worden geresorbeerd en hem de volledige toegang tot hun lichamen geven.

Hij kijkt op zijn horloge, hoort hun ademhaling vertragen en zwaar en regelmatig worden.

Er gaat een schok door Nina heen, waarna ze in de diepe anesthesie afdaalt. Haar telefoon valt naast het bed op de grond. Achter het plastic beschermhoesje zijn fototjes van haar familie te zien.

Stefan pakt Nina's kleine hand vast, die warm en levenloos is, met droge schilfers rond alle nagels.

Haar hartslag is al gevaarlijk laag en hij bedenkt dat hij eigenlijk hun zuurstofsaturatie zou moeten controleren.

Alles is nu rustig.

Hij kijkt naar de beide vrouwen, hun rustige lichamen en afwezige gezichten.

Ze zijn nu het veinzen en de machtsspelletjes voorbij.

Zijn handen trillen als hij Nina's T-shirt omhoogtrekt en naar haar bijna niet-bestaande borsten kijkt.

Haar bleke lippen zijn halfopen.

Hij voelt haar adem tegen de rug van zijn hand.

Op de gewelfde oogleden zijn dunne, lichtrode bloedvaatjes te zien.

Hij knijpt hard in haar tepel en observeert het slappe gezicht.

Ze hebben geen wil of weerstand meer en voelen geen enkele pijn.

Hij trekt haar slip tegelijk met de trainingsbroek uit en kijkt naar haar platte schaamhaar.

Als hij haar op haar buik draait, ziet ze eruit als een jongen in de vroege puberteit.

Hij loopt om het bed heen naar Poeh.

Haar trots en haar boosheid zijn van haar gezicht geveegd. Hij trekt haar mondhoeken met zijn vingers omhoog.

Zo moet het, denkt hij. Hij schuift haar strakke rok omlaag en gooit hem op de grond. Hij trekt het zwarte topje over haar hoofd. Het blijft hangen achter de vlechtjes en hij rukt het los. Een kraal stuitert weg over de vloer.

Haar zwellende borsten bevallen hem niet en hij laat haar de rode beha aanhouden, ook al staat die hem ook niet aan.

Ze weten niet wat hij met hen gaat doen, dat zullen ze nooit weten. Na afloop zullen ze zich alleen een beetje beurs en angstig voelen.

Stefan trekt zijn lichtbruine pantalon en onderbroek uit en hangt de kledingstukken over de rugleuning van de stoel. Daarna maakt hij de knoopjes van zijn overhemd los, gaat bij Poeh staan en duwt zijn half stijve penis tegen haar dikke lippen, laat hem over haar gezicht glijden en duwt hem tegen haar oog.

Hij trekt haar slip uit.

Ze is geschoren, maar een beetje stoppelig in de liezen. Hij buigt haar linkerknie, draait het bovenbeen naar buiten en kijkt naar de gesloten vulva, leemkleurig en geplooid.

Hij doet wat Dettol op een wattenschijfje, houdt haar schaamlippen uiteen en wast ze zorgvuldig.

Zijn hart slaat nu nog sneller.

Het bloed vult zijn penis, die stijf wordt en rechtop gaat staan.

De gewrichtskapsels van de bekkenbeenderen kraken als hij haar bovenbenen maximaal spreidt, op haar gaat liggen en haar schede binnendringt.

Ze is gesloten en plakkerig, nauw en zonder lubricatie.

Hij bedenkt dat hij Poeh een spierverslappende injectie zal geven en zijn hele hand naar binnen zal duwen.

Terwijl hij stoot, kijkt hij naar Nina, die meewiegt op de bewegingen van de matras.

Ze heeft een verdikte moedervlek tussen haar schouderbladen.

Er loopt speeksel uit haar mond, die tegen de matras gedrukt wordt.

Stefan stopt, trekt zich terug en gaat op Nina liggen. Hij perst zich in haar anus en stoot hard.

Het zweet stroomt vanuit zijn oksels langs zijn bovenlijf.

Zijn hart gaat tekeer en zijn erectie is nu bijna pijnlijk.

Er klinkt een harde bons op de voordeur, als van een vogel die tegen een raam vliegt.

Stefan draait Nina's ene arm op haar rug, duwt haar naar beneden, pakt haar nek vast, knijpt uit alle macht en stoot jammerend.

De opbollende poster wordt tegen de muur gezogen.

Stofvlokken dansen over de vloer.

Stefan knijpt Nina's keel dicht en hoort opeens lichte voetstappen door de wachtkamer. Hij stopt, kijkt over zijn schouder en verwacht Ramon X, maar ziet dan dat het een jonge vrouw is.

Ze beweegt zich snel en is zo grijs als een insect onder een steen.

Stefan trekt zich met een geërgerd 'wat is dit nou?' terug, terwijl een harde knal hem doof maakt.

Zijn rug brandt alsof iemand er kokend water overheen heeft gegooid en meteen daarna valt hij van het bed en komt op zijn schouder neer.

Zijn benen glijden erachteraan, als pasta uit een pan.

Hij heeft een harde piep in zijn oren, hij is in de rug geschoten, in een van de bovenste borstwervels, het ruggenmerg is beschadigd, hij zal verlamd worden.

Het bloed gutst op de vloer.

De wervelkolom moet geïmmobiliseerd worden, hij moet met spoed worden geopereerd.

'Ik betaal,' zegt hij hijgend en hij hoest bloed op uit de doorboorde long.

Stefan ligt op zijn zij met zijn open overhemd om zijn romp gedraaid. Hij kijkt naar zijn naakte onderlichaam in de plas bloed, de penis heeft zich samengetrokken tot een knopje boven zijn testikels.

De vrouw richt een rood glinsterend pistool op Poehs gezicht, maar in plaats van te schieten verlaat ze haastig het vertrek.

Met behulp van zijn armen weet Stefan op zijn buik te rollen en hij trekt zichzelf naar voren. Het is zwaar en zijn hart slaat veel te snel. Hij heeft geen gevoel in zijn onderlichaam, zijn levenloze benen slepen achter hem aan.

Stefan probeert bij de telefoon in zijn broek op de stoel te komen.

Hij stopt hijgend en spuugt bloed, steekt zijn armen uit, maar kan de stoelpoten niet bereiken, hij probeert houvast te krijgen op de kunststof vloerbedekking en trekt zich kermend nog een paar centimeter voort.

Zijn gezichtsveld wordt kleiner.

Als door een omgekeerde verrekijker ziet hij zijn hand naar voren gaan en de stoelpoot met de vingertoppen raken.

De vrouw komt terug.

Ze trekt een staalkabel door de kamer, wikkelt die om zijn enkels en trekt de lus met de lierhaak strak.

'Wat wil je?' hijgt hij.

Ze geeft geen antwoord, loopt naar de stoel, voelt aan zijn kleren, pakt de telefoon en verlaat het vertrek.

Hij laat zijn wang op de vloer rusten, doet zijn ogen dicht en begrijpt dat hij op de vloer van een massagesalon in Tensta ligt dood te bloeden.

53

Als Saga op weg 279 Mariehäll passeert, voert ze de snelheid van haar motor op naar honderdnegentig kilometer per uur. De toppen van de loofbomen en de spitse daken van de villawijk steken boven de met wilde wingerd begroeide geluidswal uit.

Saga begrijpt niet hoe Manvir en Greta redeneren, maar dat ze haar nu hebben geschorst betekent niet dat ze met het onderzoek zal stoppen.

Ze staat er nu helemaal alleen voor, maar ze moet dit doen, ook al overtreedt ze de wet.

De anderen zijn te langzaam.

Meteen na de foto van het nieuwe tinnen figuurtje had Joona foto's van de verpakking gestuurd.

Toen Saga de zeemeermin zag, begreep ze meteen waar Stefan vermoord zou worden. Ze had zijn conversaties met andere sekskopers op een Zweeds internetforum gezien en hoefde niet naar de betekenis van de gevlochten cilinder te raden.

Saga had haar Glock 17 uit de wapenkast gehaald en haar kogelwerende vest en helm gepakt. Ze had haar sportschoenen aangetrokken en was de trap af gerend.

Na Ursvik rijdt ze de E18 op, maar neemt bijna meteen daarna afrit 157, volgt het gekromde viaduct over de snelweg en rijdt rechtdoor op het verkeersplein met een vergeelde cirkel van gras in het midden.

Twee blonde meisjes zitten op een bankje bij een bushalte op hun telefoon te kijken.

Saga ziet dat Joona haar weer probeert te bellen via het vaste telefoonsysteem van de politie.

Ze geeft weer gas op een recht stuk door een laan met grote kastanjebomen en grijze, sombere flats.

Blaadjes en rommel waaien achter haar op.

Ze slaat af, rijdt een paar honderd meter tegen het eenrichtingsverkeer in en stopt voor Stefans zilverkleurige Lexus.

Saga zet haar helm af, maakt snel haar kogelwerende vest vast en trekt de riemen aan.

De grond voor de korte trap naar het souterrain ziet er schoon uit en Saga begrijpt dat ze waarschijnlijk te laat is.

Het slot van de stalen deur is opengebroken, op de traptreden liggen metalen deeltjes.

Ze verplaatst haar vinger naar de trekker, doet de deur open en richt het pistool snel op een smalle gang.

Een mop met bloederige draden ligt in een plas op de grond.

De kunststof vloerbedekking is nog vochtig, een pot met een kunstplant is omgevallen en de kleikorrels zijn eruit gerold.

Het ruikt naar geurkaarsen en zeep.

Saga stapt over de mop heen, loopt geruisloos door de gang, blijft dicht bij de rechtermuur en laat haar wapen even zakken om haar schouder rust te geven.

De deuropening van een kleine wachtkamer wordt bijna geblokkeerd door een tafel.

Alles is stil en de schaduwen zijn statisch.

Ze heft haar pistool weer en loopt snel om de hoek, beweegt met het wapen voorbij twee fauteuils naar beide deuropeningen.

Hier is niemand.

Een glazen schaal met geurkaarsen is op de vloer aan gruzelementen gevallen.

Een ingelijste foto van Beyoncé als Afrikaanse godin hangt scheef aan de muur.

Saga rilt als er opeens water door de buizen tegen het plafond stroomt.

Het haastig opgedweilde bloed vormt dikke strepen, die naar de kamer recht voor haar leiden. De deur staat op een kier en de lamp aan het plafond is aan.

Saga richt met haar pistool op de kier van de deur, ze luistert en nadert de kamer voorzichtig.

Er zit bloed op de kunststof drempel met houtmotief.

Een verbrande geur van kruit vermengt zich met die van vers bloed en ontlasting.

Met de loop van haar pistool duwt Saga de deur voorzichtig open.

Op het bebloede bed liggen twee levenloze vrouwen.

De ene is spiernaakt en ligt op haar buik, de andere draagt een rode beha en ligt op haar rug, met haar benen wijd.

Saga stapt over de drempel, beweegt heen en weer met haar pistool, scant de hoeken en loopt snel om het bed heen.

Stefan is weg.

Overal zit bloed. Mara heeft alleen gedweild om haar eigen voetsporen uit te wissen. In het stof onder het bed liggen kleren.

Er rammelt iets in de wachtkamer en Saga maakt een ronddraaiende beweging met het pistool, gaat op één knie zitten en stoot met haar voet tegen de muur.

Het zijn de buizen.

Het geklater gaat nog even door en verstomt dan.

Saga komt overeind, gaat bij de vrouwen staan en voelt hun pols, ze ziet de ziekenhuisuitrusting in de koffer en begrijpt dat Stefan hen onder narcose heeft gebracht. Hij had het haar een keer gevraagd, maar het laten rusten vanwege haar heftige reactie.

Als Saga de vrouwen voorzichtig in de stabiele zijligging legt, merkt ze dat ze bezig zijn bij te komen uit de narcose.

Een witte patroonhuls valt rinkelend van het bed op de vloer.

'God,' hijgt de ene.

Ze strijkt vlechtjes uit haar gezicht en probeert haar hoofd op te tillen.

'Hij is weg,' zegt Saga. 'Blijf nog even rustig liggen.'

'Wat is er aan de hand?' mompelt ze.

'Jullie zijn gedrogeerd en misbruikt – ik zal een ambulance voor jullie bellen.'

'Geen ambulance, alsjeblieft,' antwoordt de vrouw snel.

'Ik denk dat het goed zou zijn...'

'Geen ambulance,' herhaalt de vrouw.

'Rustig maar, ik heb het gehoord, ik luister, maar het zou beter zijn als je je na laat kijken, begrijp je wat ik zeg?' vraagt Saga en ze schrijft snel het nummer van het Mika-centrum in Stockholm op een visitekaartje.

'Ik ben misselijk,' mompelt de andere vrouw.

'Dat gaat weer over, blijf gewoon rustig liggen en drink een slokje water,' zegt Saga.

'God,' fluistert de eerste weer.
'Bel dit nummer,' zegt Saga en ze geeft haar het visitekaartje.
'Oké.'
'Echt, ze kunnen jullie helpen, ze hebben een geheimhoudingsplicht en staan aan jullie kant... Het kost niets en jullie kunnen anoniem blijven... Snappen jullie?'
'Oké.'
'Bel hen.'
'Gaan we doen,' zegt ze.
'Ik wil jullie niet opjagen, geen paniek, maar ik denk dat de politie zo hiernaartoe komt... dus misschien kunnen jullie zo meteen je spullen pakken en uit de buurt blijven.'
'Oké, bedankt.'
'Jullie kunnen nog vijf minuten rusten.'
Saga loopt achteruit en leest het bloedpatroon op de grond, de spatten op het bed en de muur, en begrijpt dat Stefan – waarschijnlijk tijdens de aanranding – in de rug is geschoten met een kogel die is uitgezet en in zijn lichaam is blijven zitten.
Hij is op de grond gevallen en heeft geprobeerd met behulp van zijn armen weg te tijgeren, terwijl Mara de kabel de salon in trok.
Bloed, zwart merg en ontlasting werden vervolgens uitgesmeerd toen hij aan de lier de kamers door werd gesleept. Hij bood weerstand en hield zich aan de tafel vast, maar was niet sterk genoeg.
Saga ziet haar eigen schoenafdrukken in het slijmerige bloed; die zal ze moeten wegvegen voordat ze vertrekt.
'Hallo?' roept een man.
'Kleed je aan,' zegt Saga op kalme toon tegen de vrouwen op het bed.
Ze verbergt het pistool tegen haar lichaam en loopt de wachtkamer in. Dan duikt er een man van rond de zestig op in de gang.

54

Sinds het laatste tinnen figuurtje wordt de grote vergaderzaal op de begane grond permanent gereserveerd voor het geval er een nieuw pakketje zou komen.

De tijdelijke staf en de leiding van de operatie zijn ter plaatse, er wordt een directe lijn met de regionale meldkamer opengehouden en leden van het landelijke arrestatieteam staan paraat en kunnen een minuut na een voorbereidende order in de lucht zijn.

Achter de rij ramen zweven witte pluizenbollen van bloemzaadjes door een streepje avondlicht op een betongrauwe gevel.

Toen Joona de foto's van het nieuwe figuurtje aan Saga stuurde, ging Manvir weer in de hoek staan, met zijn gezicht naar de muur. Er zijn achttien minuten verstreken en hij staat er nog steeds.

Ze weten nog niet wie het figuurtje voorstelt, maar misschien kunnen ze er op tijd achter komen waar hij zal worden vermoord.

Ze moeten werken vanuit de gedachte dat het mogelijk is om Makarov tegen te houden.

Joona staat bij de grote grenen vergadertafel. De lampen aan het plafond glinsteren in de lak. Naast Petters bureaulegger zijn kringen van koffiekopjes te zien.

Onder een digitale microscoop, die aan een computer met twee extra beeldschermen aan monitorarmen is gekoppeld, wordt elke vierkante millimeter van het tinnen figuurtje bestudeerd.

'We lossen dit nu op, we weten hoe Makarov haar codes construeert, hoe alles in elkaar zit en naar een precieze plaats wijst,' zegt Greta.

Otis, een forensisch onderzoeker, blijft met zijn rolstoel bij de tafel staan, zijn vlinderdasje zit een beetje scheef, zijn blik is vermoeid en zijn bril zit vol met roos.

'Hebben jullie hulp nodig?' vraagt hij.

'Ja,' antwoordt Joona.

Greta trekt haar parelketting recht, zodat het sluitinkje op de juiste plaats komt.

'Dit wordt gewoon steeds moeilijker,' zegt Petter met ingehouden stress in zijn stem.

'Kijk en denk na. Wat zien we? We hebben een plaats nodig, een adres,' zegt Joona.

'Laten we met de handdoek beginnen,' zegt Greta en ze draait hem om. 'Witte badstof, geen monogram, geen label of wasvoorschrift.'

'Geen zichtbare vlekken,' zegt Petter.

'Otis,' zegt Joona. 'Kunnen jullie onderzoeken of er vezels, biologische sporen of verborgen boodschappen zijn?'

'Heeft het haast?' grapt hij en hij trekt een paar latex handschoenen aan.

Voorzichtig tilt hij de handdoek op, legt die in een forensische doos, keert zijn rolstoel en verdwijnt in de richting van zijn collega-onderzoekers.

'We gaan verder met de zwart-witfoto,' zegt Greta. 'Ik gok dat die uit de een of andere catalogus komt, misschien van een veiling, een museum, een tentoonstelling, een heemkundearchief...'

Ze buigen zich naar voren en bekijken de foto van een gevlochten voorwerp, in de vorm van een lange, smalle fles, en lezen dan de gedrukte tekst eronder.

VAKGEBIED:
Visserij

AANGEBRACHTE TEKST:
Opschrift: AC

AFMETINGEN:
Lengte: 113 cm

MATERIAAL:
Hout: jeneverbes, sparrenwortel

Het vel papier is doormidden gescheurd en het valt niet vast te stellen of er meer informatie onder heeft gestaan.

'Het heeft in elk geval met vissen te maken,' begint Greta.

'Een of ander vistuig,' zegt Petter. 'Of een kreeftenval...'

'Een fuik,' zegt Joona.

'Dit moet te vinden zijn, ik zal dit vinden,' mompelt Greta en ze gaat achter haar laptop zitten.

Petter haalt het glimmende, gekreukte papiertje tevoorschijn met een tekening van een Afrikaanse zeemeermin en een achterkant van zilver.

'Een zeemeermin en vistuig... het heeft met water te maken,' zegt Petter.

'Misschien,' antwoordt Joona en hij doet nog een poging om Saga te bellen.

Morgan Malmström, plaatsvervangend hoofd van de NOA, staat met het communicatieteam te praten. Hij heeft een jongensachtig gezicht, maar de zware omstandigheden zorgen ervoor dat je zijn leeftijd er nu doorheen ziet schemeren. Hij heeft grijze kringen onder zijn ogen, zijn lippen zijn gespannen en zijn mondhoeken wijzen naar beneden.

'Joona,' zegt hij en hij kucht even. 'Er zijn vierentwintig minuten verstreken sinds het pakketje is gekomen.'

'Ja,' antwoordt Joona zonder te blijven staan.

'Dit duurt veel te lang...'

'Mee eens.'

Joona loopt langs de staf naar Manvir, die achteraan in de hoek staat. Zijn gezicht is slechts twee decimeter verwijderd van de verticale lijn waar de wanden bij elkaar komen.

'Het spijt me, maar dit gaat niet over hiërarchie,' zegt Joona en hij blijft achter hem staan. 'Als je echt denkt dat Saga betrokken kan zijn bij de moorden, dan maakt het helemaal niks uit dat ze dit materiaal heeft gezien... Maar voordat er reële bewijzen tegen haar zijn, voordat het OM is ingeschakeld, moeten we hulp van haar aannemen, ook als je haar hier niet wilt hebben... omdat de dader met haar communiceert, zich tot haar richt...'

'Saga is geschorst,' zegt Manvir met zijn gezicht naar de muur.

'We hebben geen verband tussen haar en Mara Makarov gevonden, dat kan er natuurlijk desondanks zijn, maar...'

'Ze heeft een motief.'

'Ik begrijp wat je zegt, maar ik ken Saga.'

'Je kende haar, maar door jou is haar leven verwoest, het is niet jouw schuld, maar het is verwoest,' zegt Manvir tegen de muur en hij controleert of de knoop van zijn stropdas recht zit. 'Ik bedoel, denk je echt dat ze nog dezelfde is na alles wat er is gebeurd, dat ze degene is die je ooit kende?'

'Ja,' antwoordt Joona en hij keert terug naar Petter en Greta.

Hij neemt het zilverachtige snoeppapiertje in zijn hand, houdt het tegen de lamp, draait het om en verzinkt in de kleurige afbeelding.

De waterkoeler laat een dof geborrel horen. Petter zit met zijn blik gefixeerd op het computerscherm en met een hand op zijn buik onder het T-shirt.

'Ik bedenk me iets,' zegt Joona en hij kijkt op. 'Het klopt misschien niet, maar ik heb het idee dat ik deze zeemeermin ergens van ken.'

'Waarvan?' vraagt Petter en hij klapt zijn laptop dicht.

'Het is het niet helemaal, maar ze doet me denken aan een foto van een religieuze sculptuur die ik in een van Valeria's kassen heb gevonden... Mãe d'Água.'

'Oké?' zegt Petter en hij glimlacht.

'Volgens mij gaat het om een religie in Brazilië, die candomblé wordt genoemd, een mengeling van katholicisme en Afrikaanse religies.'

'Zoek dat verder uit,' zegt Manvir.

Hij draait zich met een onbewogen gezicht om en keert terug naar zijn plaats achter het bureau.

Niemand zegt iets van zijn periodes in de hoek, iedereen gaat gewoon door alsof hij de hele tijd aan het overleg heeft deelgenomen.

'Het kost allemaal veel te veel tijd,' zegt Petter. 'Het kost veel te...'

'Wacht, luister,' valt Greta hem in de rede. 'Ik heb hem gevonden... de zwart-witfoto, het is een *tena*.'

'Een tena,' herhaalt Petter en hij bijt gestrest op zijn lippen.

'Zo heet die, het is een viskorf, visgerei van vroeger,' zegt ze en ze draait haar laptop naar hen toe.

'Uit een specifieke plaats?' vraagt Manvir.

'Niet dat ik kan zien,' antwoordt Greta en ze struikelt bijna over de provisorische kabelgoot op de vloer.

‘Kunnen we begrijpen waarom Mara Makarov zich met raadsels bezighoudt?’ vraagt Manvir. ‘Ze geeft ons feitelijk een kans om haar voor te zijn.’

‘O ja?’ vraagt Petter en hij zucht.

Hij staat op, pakt een rode stift van het plankje en schrijft ‘tena’ op het whiteboard.

Joona zit achter de computer, zijn blik is rustig en geconcentreerd, een wimper hangt als een lachend mondje aan zijn wang.

‘Hier heb ik het,’ zegt Joona met een gebaar naar de zeemeermin. ‘Ze is een godin, als ik het goed begrijp, een Orixá of Orisha in West-Afrika… beschermvrouw van de rivieren, van de vrouwen… Er zijn veel varianten van de naam, maar de oorspronkelijke schijnt Yemoja te zijn.’

‘Yemoja,’ herhaalt Petter.

‘In het Yoruba.’

‘Waar ik nog nooit van heb gehoord.’

‘Een taal die vijfmaal zo groot is als het Zweeds.’

‘Yemoja en tena,’ zegt Manvir. ‘Waar zit de logica?’

‘Dertig minuten… het is waarschijnlijk al te laat,’ zegt Petter en hij krabt aan zijn hals.

Otis rijdt naar hen toe en komt met een bons tegen de tafel tot stilstand. Hij trekt een zuinig mondje en knippert ingespannen met zijn ogen.

‘Sperma en massageolie op de handdoek,’ zegt hij.

‘Lekker,’ zucht Greta.

‘Geen DNA-match in onze registers, niks te vinden in…’

‘Ik denk dat we hier genoeg aan hebben,’ onderbreekt Joona hem. ‘We zoeken op de woorden tena, Mãe d’Água, Yemoja, Yemanjá, Orisha, Orixá en candomblé in combinatie met massagesalons waar seks gekocht kan worden.’

Joona’s marineblauwe overhemd spant om zijn linkerschouder als hij de trefwoorden op het bord schrijft.

Het wordt doodstil rond de tafel.

Manvir gaat naar het strafregister, het algemene opsporingsregister van de politie en het register van verdenkingen, terwijl de anderen op zowel het darkweb als het open deel van internet zoeken.

‘Hallo!’ zegt Greta en ze staat op van haar stoel. ‘Er is... er is een Yemoja-massage, het is geen geregistreerde activiteit, maar de salon wordt besproken en gerecenseerd op een gezellig forum dat...’

‘Waar zit het?’ vraagt Joona.

‘Aan het Risingeplan in Tensta,’ antwoordt ze.

55

Het pistool schommelt zwaar in zijn holster tegen Joona's romp als hij de trap af loopt naar de blauwe stalen deur met de tekst YEMOJA MASSAGE.

Tensta is een stadsdeel dat voor het eerst wordt genoemd in de zestiende eeuw. Men neemt aan dat de naam van het visgereedschap *tena* afgeleid is.

Joona wacht een paar seconden om de rust te vinden die hij nodig heeft om elk detail van de plaats delict zo goed mogelijk in zich op te kunnen nemen.

Hij ademt in, opent de deur en kijkt in een gang met strepen van opgedweild bloed op de kunststof vloer.

Vlak achter de deur ligt een mop. Het garen is donkerrood en glanst van half geronnen bloed.

Hij doet de lamp aan het plafond aan.

Nieuwe sporen van uitgelopen bloed worden zichtbaar op de vloer. Twee personen hebben de ruimte verlaten nadat de vloer voor de tweede keer was gedweild.

Joona loopt de gang in en komt langs vertrapte kleikorrels en een omgevallen plant. De deurpost heeft een diep, uitgezaagd spoor dat laat zien dat de staalkabel in de volgende kamer van richting is veranderd.

Er nadert een snel geratel.

Het schiet voorbij onder het plafond, volgt de afvoerbuis en verdwijnt in de muur.

Er klinkt een dof gebruis en daarna wordt het weer stil.

Joona volgt Mara's slordig opgedweilde schoenafdrukken naar de wachtkamer.

De hele salon ademt een gevoel van haastige vlucht.

De salontafel staat niet meer op zijn oorspronkelijke plaats en een glazen schaal is op de vloer kapotgevallen.

De sleepsporen van het lichaam van het slachtoffer buigen scherp af naar rechts en leiden naar een donkere kamer met een bed.

De geur van bloed en ontlasting is scherp.

Joona steekt zijn hand naar binnen en knipt het licht aan. Het onderlaken is bloederig. Het slachtoffer is in de rug geschoten en van het bed gevallen.

Bloed, ruggenmerg en darminhoud zijn vooral op de vloer terechtgekomen.

Er is een waaier van kleine bloeddruppeltjes uitgehoest.

De kogel is dwars door de ruggengraat heen gegaan en is waarschijnlijk in de long blijven steken.

Het slachtoffer heeft geprobeerd bij de stoel met zijn kleren te komen, voordat Mara hem tegenhield en de kabel om zijn benen bond.

In een koffer op wieltjes ligt moderne ziekenhuisuitrusting, genoeg om iemand in slaap te brengen en te opereren.

Joona laat zijn blik rusten op de merkwaardige kruisgewijze halen met de vloermop en ziet dan een halve schoenafdruk in bloed op de muur vlak boven de plint.

Een vijfde persoon.

Hij begrijpt dat het Saga is.

Ze heeft in het bloed gestaan nadat het was gaan stollen, is om de een of andere reden op één knie gaan zitten en heeft per ongeluk met haar voet tegen de muur gestoten.

Voordat Saga de salon verliet, heeft ze haar eigen sporen opgedweild, maar dit over het hoofd gezien.

Joona keert terug naar de wachtkamer, loopt de tweede massagekamer binnen, doet het licht in de badkamer aan en ziet dat er een telefoon in het toilet ligt.

Hij kijkt in een bezemkast met een kluis die wagenwijd openstaat. Leeg.

Degenen die hier hebben gewerkt komen niet terug, bedenkt hij en hij verlaat de salon.

Greta staat te praten met de FO'ers die een geparkeerde Lexus onderzoeken. Ze heeft geprobeerd een ladder in haar kous met transparante nagellak te stoppen.

Een van de onderzoekers plaats delict knijpt in haar diamanten oorhanger en kijkt op.

'Jullie kunnen nu naar binnen gaan,' zegt Joona.

'Is er iets waar we speciaal naar moeten kijken?'

'Jullie zullen een telefoon vinden in het toilet,' zegt Joona en hij aarzelt even voordat hij verdergaat. 'En er staat een afdruk van een schoen op de muur rechts in de kamer met het bebloede bed.'

'Oké.'

Joona stopt, draait zich om en zoekt met zijn blik naar beveiligingscamera's en naar ramen van waaruit het souterrain te zien is.

'Volgens getuigen is er om 19.39 uur een pistoolschot gehoord in het souterrain,' zegt Greta. 'Het slachtoffer heet Stefan Broman, hij werkt als anesthesist in het Karolinska Ziekenhuis, woont in Djursholm, is getrouwd met Jessica, heeft twee kinderen... en tot nu toe geen verband met Saga.'

Joona's groep was zestien minuten te laat gekomen om de moord te verhinderen – misschien waren ze op tijd geweest als Saga had meegedaan.

56

Een naakte jongen rent hoog boven op een balklaag van beton. Aan de ene kant steken roestige stukken ijzer van de wapening uit.

Hij komt bij een opening in de vloer, kijkt om zich heen en begint dan de trap af te lopen.

De jongen is doorzichtig en lijkt van lichtblauw glas gemaakt.

Hij daalt verder af, wordt gepakt, omvergetrokken, haalt zijn knokkels open en krijgt een ijskoude lap over zijn gezicht.

Een nieuw jongetje van lichtroze glas rent de trap af. Hij wordt ook gevangen, omvergetrokken, haalt zijn knokkels open en krijgt een ijskoude lap over zijn gezicht.

Stefan Broman opent zijn ogen en begrijpt dat hij heeft gedroomd – hij was bewusteloos geraakt toen de jonge vrouw gaasverband in de schotwond in zijn rug duwde.

Hij herinnert zich dat hij eerder op een laadbak onder een modderig dekzeil had gelegen, met tape voor zijn mond en spanbanden over bovenlichaam en hals.

De wonden op zijn knokkels schrijnen.

Zijn hand was bekneld geraakt onder hem toen hij vanuit de laadbak op de vloer van de werkplaats werd getrokken.

Hij is verward, maar begrijpt dat hij niet lang meer zal leven.

Stefan ligt op zijn rug op een hellingbaan en kijkt omhoog naar het niet geïsoleerde metalen dak en een traversekraan met een dik touw dat door een driedubbele katrol loopt.

Hij herhaalt bij zichzelf dat de jonge vrouw hem heeft aangezien voor iemand van een concurrerend crimineel netwerk.

Er hangt een chemische lucht in de werkplaats en langs de ene wand staat een rij grote zwarte jerrycans.

De jonge vrouw slaat zichzelf een paar keer op de wangen, waarna ze naar hem toe komt en hem in een zak van grof rubber rolt, als een grote peul met stevige zeilringen aan de uiteinden.

Hij heeft geen gevoel in zijn onderlichaam, maar begrijpt dat ze zijn benen optilt en ze in de zak wurmt.

Als de jonge vrouw terugkomt, draagt ze een gelaatsmasker, een grof schort en zwarte chemicaliënhandschoenen.

Met behulp van de traversekraan brengt ze een van de grote kunststof jerrycans boven hem en koppelt de slang aan een ventiel in de rubberen zak.

Er prikt een scherpe geur van geconcentreerde base in zijn neus.

Zijn hart bonst van angst.

Met een zacht klokkend geluid wordt het onderste deel van de zak gevuld.

Stefan kermt als er een paar spatten op de rug van zijn hand belanden en een felle pijn veroorzaken.

Paniek en gevoelens van onwerkelijkheid razen door zijn hoofd als hij begrijpt dat zijn onderlichaam verteerd wordt.

De vrouw haalt met de kraan een nieuwe zwarte jerrycan op.

De wielen van de katrol knarsen onder het gewicht als de jerrycan klotsend boven hem wordt gehesen.

Ze jammert angstig in zichzelf en koppelt met trillende handen de slang aan het bovenste ventiel van de zak.

Nu pas dringt het tot Stefan door wat er staat te gebeuren.

Hij is in de hel terechtgekomen.

De vrouw kotst in een emmer en komt terug met een laspistool voor pvc-vloeren. Ze sluit de opening van de zak boven zijn romp en gezicht en last hem dan dicht.

Het wordt donker en opeens ziet Stefan het doorzichtige jongetje uit zijn droom weer. Zijn naakte lichaam is gemaakt van geel glas. Zijn voeten klepperen over de betonnen vloer. Als hij de voet van de trap bereikt, wordt Stefan door een vreselijke brand omsloten.

57

Saga komt thuis, trekt haar schoenen uit, neemt ze mee naar de keuken, maakt ze zorgvuldig met bleekwater schoon en bedenkt dat Stefan vermoedelijk nu doodgaat.

Ze herinnert zichzelf eraan dat ze de film van haar eigen camera's moet wissen, waarop ze bezig is biologische sporen van schoenen en bovenkleding te verwijderen.

Met een koortsig gevoel trekt ze al haar kleren uit, stopt ze in de wasmachine en start een lang programma. Daarna stapt ze onder de douche.

Het warme water dreunt op haar hoofd en ruist langs haar oren.

Ze zeept zich in en bedenkt dat ze misschien overdreven had gereageerd toen ze de man in de wachtkamer was tegengekomen.

Zijn kale hoofd zat onder de pigmentvlekken, zijn volle baard was rond zijn mond geel geworden en het T-shirt van de Byggmax-bouwmarkt spande om zijn dikke buik.

'Dag, ik heb om acht uur een afspraak bij Nina,' zei hij met een voorzichtige glimlach.

'Heb je het bloed in de gang gezien?' vroeg ze.

'Ja, ik dacht dat...'

'Dat vond je wel oké, omdat je seks wilt kopen,' zei ze en ze richtte het pistool op zijn gezicht.

'Sorry, ik...'

'Wil je zien wat ik met de vorige bezoeker heb gedaan?' schreeuwde ze en ze stootte met de loop tegen zijn slaap.

'Ik ga weer,' mompelde hij en hij strompelde naar de deur.

'Stop met het uitbuiten van vrouwen, ik hou je in de gaten, ik weet waar je woont,' had ze hem nageroepen.

Saga stapt uit de douche, droogt zich af terwijl ze naar de slaapkamer loopt en trekt dan schone kleren aan.

'Ik moet nadenken,' fluistert ze in zichzelf.

Om de een of andere reden is Makarov op haar gefixeerd.

Maar waarom?

Saga loopt de woonkamer in, start de projector en wacht totdat de rechthoek op het filmdoek de volle lichtsterkte heeft bereikt. Ze trekt een stoel naar zich toe, gaat dicht bij het grote beeld zitten en kijkt dan verder naar de sessies van Sven-Ove Krantz op de psychoseafdeling van Ytterö.

Deze keer heeft Mara Makarov haar haar gewassen en geborsteld. Het kompres is weg, het gebied rond het oog is geel, maar niet meer dik. Ze probeert haar onrustige handen gevouwen op schoot te houden, maar veegt keer op keer onzichtbare lokken uit haar gezicht.

Saga voelt een ijskoude rilling door zich heen gaan als ze zich realiseert dat ze Mara al eens heeft ontmoet. In het Huis van de Dans met Astrid en Nick. Mara was de jonge vrouw in de wachtruimte, ze droeg een zilverkleurig gewatteerd jack, las een wiskundeboek en had het over een raadsel dat met bruggen in de stad Koningsbergen te maken had.

Er klinkt een schrapend geluid als de psycholoog zijn stoel over de vloer sleept. Mara volgt hem met haar blik en wacht totdat hij gaat zitten.

'Je zegt dat je mij wilt helpen, dat heb je al vaker gezegd,' zegt Mara en ze zuigt op haar lippen.

'Dat is nog steeds zo, als ik dat kan,' antwoordt Sven-Ove.

'Luister dan eerst eens naar me... Ze leven allemaal nog, behalve oma, ze zijn daar nog, ze wachten op de hulp die ik moet halen.'

'Waarom is dat jouw verantwoordelijkheid?'

'Ik ben ontsnapt uit de cel toen we eten kregen, ik was zo vies en grijs dat de bewaker me niet zag... Toen hij binnenkwam, kroop iedereen in de verste hoek, net als altijd, bang en stil... maar ditmaal stond ik vlak achter de deur tegen de muur gedrukt en ik liep gewoon naar buiten toen hij de doos op de grond zette... Ik zocht mijn weg door de gevangenisgangen... Ik kan het me allemaal niet zo goed herinneren, we hadden een hele tijd geen eten gekregen en ik was ontzettend zwak, maar op de een of andere manier ben ik eruit gekomen, ik geloof dat ik een steile ijzeren ladder op ben geklommen en een luik heb geopend... Ik weet in elk geval dat ik iets later door een weiland met pluizenbollen van uitgebloeide paardenbloemen liep, langs grote huizen, en dat ik bij een autoweg kwam. Mijn enige gedachte was naar huis gaan en contact opnemen met de Zweedse politie om mijn familie te redden. De levens van mijn hele familie hangen van mij af, begrijp je...'

'Dat is duidelijk,' antwoordt de psycholoog rustig.

Mara wrijft hard over haar voorhoofd.

'Ik kan het me alleen niet zo goed herinneren,' zegt ze. 'Je snapt misschien hoe dat voelt, ik weet niet zeker of ik hen weer kan vinden... of wacht, toen ik bij de autoweg kwam, heb ik een bord gezien... *Moja vejave*.'

'Wat is dat?'

'Dat weet ik niet, een naam, het betekent niets, maar ik weet wat ik heb gezien.'

'Mooi, je hebt een bord gezien.'

'*Idi vemoja vejave, idi vemoja vejave*,' fluistert ze, alsof ze de woorden in haar geheugen wil opslaan.

'Sprak de gevangenisbewaarder Russisch?' vraagt hij.

'Natuurlijk.'

'Je bent uit die gevangenis ontsnapt,' zegt hij. 'Maar hoe ben je hier gekomen? De politie heeft je buiten Stockholm op de snelweg gevonden.'

'Dat weet ik niet, misschien was ik niet in Rusland, ik weet niet hoe het werkt, of de Russische veiligheidsdienst geheime gevangenissen in Zweden heeft.'

Mara zit een poosje met haar handen voor haar gezicht, voordat ze de psycholoog weer aankijkt.

'Wat wil je van me?' vraagt hij.

'Dat je contact opneemt met de Säpo en vertelt wat ik heb meegemaakt,' zegt ze. 'Vertel dat mijn familie nog steeds gevangen wordt gehouden, dat ze binnenkort van honger zullen omkomen.'

'Dat zal ik doen, maar het zou mooi zijn als je je nog wat meer details herinnert.'

'Ik probeer het, ik doe niet anders.'

Als Sven-Ove Krantz Mara's kamer heeft verlaten, zet Saga de film op pauze, loopt naar het handgeschreven dossier en zoekt de aantekeningen op die verband houden met deze sessie.

Ik heb een mail aan de Säpo gestuurd waarin ik alles beschreef wat Mara had verteld, zonder erbij te vermelden dat ze wordt behandeld voor een paranoïde psychose, ik kreeg een gestandaardiseerd antwoord, waarin ze zeiden dat zij de zaak vanaf nu overnamen.

Saga glimlacht om de ongebruikelijke, maar eigenlijk vanzelfsprekende en menselijke aanpak van de psycholoog. Ze kijkt uit het raam, voelt dat de natte haarpunten de rug van haar T-shirt vochtig hebben gemaakt en leest dan verder.

Het is duidelijk dat Mara na deze sessie veel rustiger was geworden. De medicatie werd iets verlaagd, ze begon met andere patiënten te praten en tv te kijken in de recreatiezaal. Het leek allemaal heel stabiel, totdat ze op een avond een artikel in de krant *Expressen* las.

58

Joona en Greta ontmoeten elkaar voor een van de verhoorkamers van de politie van Stockholm. Ze zijn daar omdat iemand naar het bureau is gekomen om melding te maken van een moord in een massagesalon in Tensta.

De man heeft al een advocaat ter plaatse en wil alleen praten met iemand die de bevoegdheid heeft beslissingen te nemen over persoonsbeveiliging.

'Je zou daar iets aan moeten doen,' zegt ze met een gebaar naar Joona's schilferende nagellak.

'Ik weet het, ik zal een afspraak maken,' antwoordt hij. Hij klopt op de deur en ze gaan naar binnen.

Een zestiger met een kaal hoofd en een baard zit ineengedoken achter de tafel met zijn handen op zijn schoot. Zijn advocaat is een vrouw van een jaar of dertig met schouderlang haar en lippenstift op een van haar voortanden. Ze draagt een donkergrijze rok, een kort jasje en een witte blouse. Ze zit met rechte rug op het puntje van haar stoel. Ze wacht totdat ze binnengekomen zijn en de deur hebben gesloten, voordat ze opstaat en hun een hand geeft.

'Mijn cliënt wil dat hem getuigenbescherming gegarandeerd wordt,' deelt ze meteen mee.

'Zeker, als daar reden toe is... Dat zal door de afdeling Persoonsbeveiliging worden onderzocht,' antwoordt Greta vriendelijk. 'Maar dergelijke besluiten zijn niet afhankelijk van de aard van de getuigenverklaring... Het gaat alleen om de behoefte.'

'Dan praat ik niet,' zegt de man.

'Kun je zo vriendelijk zijn je cliënt uit te leggen wat de Zweedse plicht om te getuigen voor hem betekent?' vraagt Greta aan de advocaat.

'Dat slaan we over,' zegt Joona en hij gaat naast de man zitten. 'Ik heb nu antwoorden nodig. Hoe heet de salon waar je seks koopt?'

'Mijn cliënt ontkent sekskoop,' haast de advocaat zich te zeggen.

'Yemoja,' antwoordt de man zacht.

'Hij was daar met een verwijzing voor massage vanwege problemen met zijn rug,' verklaart de advocaat.

'Ik was de wachtkamer net binnengekomen toen een psychopaat me met een groot pistool bedreigde en zei dat ze me zou doden, zoals ze de andere cliënt had gedood... Ze zei dat ze wist waar ik woonde...'

'Ik begrijp dat dat beangstigend was,' zegt Joona.

'Wat moet ik doen? Het is een uitgesproken doodsbedreiging en de politie moet me beschermen.'

'Kun je de vrouw met het pistool beschrijven?'

'Blond, boos...'

Joona zoekt een foto van Saga in zijn telefoon en laat die aan de man zien.

'Hebben jullie haar al opgepakt?' vraagt hij verbaasd.

'Zei ze dat ze iemand had gedood?' vraagt Joona.

'Ja.'

'Doodgeschoten?'

'Dat weet ik niet meer.'

'Maar ze zei dat ze iemand had gedood in de salon en ze dreigde jou te doden?' vraagt hij.

'Ja.'

'Waarom zou ze jou doden?'

'Dat weet ik niet.'

'Wat denk je?'

'Je hoeft niet te antwoorden,' brengt de advocaat hem in herinnering.

'Heb je nog iemand anders gezien in de salon?' vraagt Greta.

'Nee.'

'Buiten de salon?'

'Nee.'

'Is je nog iets bijzonders opgevallen?' vraagt Joona.

'Ik geloof het niet.'

'Je hebt de bloedplas en de mop achter de deur niet gezien?' vraagt Joona.

'Hè?'

'Ziet het er altijd zo uit in massagesalons waar je voor je rug naartoe gaat?'

'Mijn cliënt beantwoordt geen vragen meer,' zegt de advocaat.

'Vertel hem maar dat hij zal worden aangeklaagd voor sekskoop,' zegt Greta.

*

De zon komt door de vitrages en valt op het kasjmieren tapijt en het bordeauxrode bankstel. Uit de moderne samowar op de tafel komt een geur van gember en kardemom.

De stoffelijke resten van Francesca Beckman zijn gisteren door een scoutinggroep bij Sandtorpet gevonden. Het pakket lag tussen de overwoekerde resten van een katholiek kindertehuis dat in de vijftiende eeuw bij de kerk van Västerlövsta hoorde.

Vanwege de nieuwe moord en de nieuwe vondst had Manvir een vergadering bij hem thuis in Lidingö belegd. Joona en Greta moesten zoeken naar een villa in de Riddarvägen die leek op twee op elkaar gestapelde schoenendozen, had Manvir gezegd.

Joona zet theekopjes en sierlijke bordjes op de salontafel, als er een klein meisje in een marineblauwe jurk en met stijve vlechten binnenkomt. Ze is een jaar of zes en lijkt niet op Manvir, alleen wat ogen en jukbeenderen betreft.

'Dag,' zegt Joona.

Ze komt nieuwsgierig dichterbij met een kwartviool hangend in haar linkerhand. Een stuk schuimrubber vervangt de kinsteun en kleine stickertjes markeren de drie posities van de hals.

'Waarom heb je roze puntjes op je nagels?' vraagt ze.

'Omdat ik in het circus werk,' antwoordt Joona.

'Je maakt een grapje,' zegt ze en ze glimlacht.

'Ja, maar toen ik zo oud was als jij kon ik goed koorddansen en ik dacht echt dat er een circusdirecteur langs zou fietsen en me zou ontdekken,' antwoordt hij.

'Ik zou een clown worden die pestkoppen bang maakt,' zegt ze.

Manvir komt binnen en zet een schaal met koekjes op de salontafel. Greta en Petter komen achter hem aan met warme melk en suiker.

'Dit is mijn dochter, Miranda.'

'Dag,' zegt Greta.

'Dag.'

'En dit zijn Greta, Petter en Joona,' stelt Manvir hen voor.

'Oké,' zegt ze.

'Ga nu maar naar je kamer.'

'Mag ik een koekje?' vraagt ze.

'Als je klaar bent met oefenen,' antwoordt hij.

'Ik ben klaar.'

'Zo klonk het niet, je vergeet de halve rust...'

'Nee.'

'En je bent nog altijd slordig met je stokvoering,' zegt Manvir.

Het gezicht van het meisje betrekt, ze legt de viool voorzichtig op tafel en gaat in een hoek staan met haar rug naar de kamer. Joona's mondhoeken beginnen te trekken als hij Greta aankijkt.

'Zullen we beginnen?' vraagt Manvir.

Op gedempte toon begint Joona te vertellen over zijn waarnemingen in de massagesalon en over het verhoor van de verdachte sekskoper als Manvir zuchtend opstaat uit zijn fauteuil.

Hij loopt naar Miranda toe, gaat op zijn knieën achter haar zitten en fluistert 'sorry'.

'Pak maar een koekje,' zegt hij.

'Nee,' antwoordt ze zacht.

'Ga morgen maar verder met oefenen.'

Ze draait zich om en geeft hem een dikke knuffel. Daarna loopt ze naar de tafel, pakt een koekje en haar viool en verdwijnt zonder een van hen aan te kijken.

Manvir gaat weer zitten en drinkt zijn thee, terwijl Greta Joona's observaties aanvult met de eerste bevindingen van de FO.

'Denkt iemand van ons dat Saga een seriemoordenaar is? Echt?' vraagt Joona. 'Ik bedoel, ze houdt zich niet altijd aan de regels en ze wordt wel eens boos, maar...'

'Ik weet het,' fluistert Petter.

'We mogen gewoon niet naïef zijn. Het komt vaker voor dat politiemensen naar de andere kant overstappen. Ze hebben massa's contacten, ze hebben gezien dat het systeem onrechtvaardig is, ze hebben het geld zien stromen.'

'Dit gaat niet over geld,' zegt Greta.

'De tweede groep die van kant wisselt, bestaat uit teleurgestelde en getraumatiseerde collega's, voor wie het steeds moeilijker wordt om de donkere kant te verlaten, die weten hoe makkelijk het zou zijn om...'

'Maar nu hebben we het over Saga,' valt Joona hem in de rede.

'Ze heeft voor alle moorden een motief.'

'Een motief?' vraagt Joona. 'Wat voor motief?'

'Wraak, bedoel je?' vraagt Greta.

Manvir zet zijn kopje neer, klopt een paar koekkruimels van zijn vingers en kijkt vervolgens Joona aan.

'Ik denk dat Saga Mara Makarov heeft gerekruteerd om deze moorden te plegen,' vertelt hij. 'Mara is psychisch ziek, ze is makkelijk te beïnvloeden... Saga heeft de woede en de kennis, ze misleidt de politie, maakt de plaatsen delict schoon... en zorgt dat ze steeds een perfect alibi heeft.'

Door de muren van het huis klinkt een vioolmelodie, verstomt dan en begint opnieuw.

'Maar wat hebben we concreet?' vraagt Petter.

'De bloederige schoenafdruk in de massagesalon komt overeen met Saga's schoenen,' antwoordt Manvir.

'Ze werkt gewoon door alsof ze niet is geschorst, ze was sneller dan wij en kwam daar vóór ons aan,' zegt Joona.

'Waarom probeerde ze dan haar sporen uit te wissen?'

'Omdat jij haar verdenkt van...'

'Ze heeft een man bedreigd en beweerd dat ze Stefan Broman had gedood,' onderbreekt Manvir hem.

'Dat klinkt als iets wat Saga zou doen, maar ik denk...'

'Je hoeft haar niet te verdedigen,' kapt Manvir hem af.

'Ik denk alleen dat ze boos was en hem bang wilde maken,' gaat Joona verder.

'Mee eens,' zegt Greta.

'Haar vingerafdrukken vonden we in metrostation Kymlinge,' gaat Manvir verder.

'Ik was daar samen met haar.'

'Heb je haar een bevestigingsbeugel voor een brandblusser zien aanraken?'

'Manvir,' zegt Joona. 'Ik begrijp wat je ziet, maar dit is niets, we kennen Saga.'

'Er is meer... Ze gaf Verner de schuld van alles wat haar was overkomen, ze had een conflict met de dominee, schreef dreigbrieven aan de kerkgemeente, ze kwam demonstratief te laat op Margots begrafenis, op sportschoenen, ze heeft...'

'We hebben geen tijd om...'

'Joona,' onderbreekt Manvir hem, 'we hebben laboratoriumuitslagen van de monsters uit de Betelkerk, waar Francesca Beckman is vermoord. Het spijt me dat ik je dit moet vertellen, maar we hebben een volledige match met Saga.'

'O jee,' fluistert Greta.

'Ze had geen reden om de kerk te bezoeken,' zegt Manvir.

'Nee,' antwoordt Joona op gedempte toon.

'We laten een opsporingsverzoek uitgaan... Saga Bauer wordt vanaf nu als hoofdverdachte beschouwd.'

59

Na de douche zit Saga in haar ondergoed in de keuken pizza te eten met haar handen. Draden gesmolten kaas strekken zich van de doos naar het stuk pizza uit. Ze kauwt en veegt met de rug van haar hand vet van haar lippen.

Ze denkt aan Mara, die naar de dans van de kinderen kwam om haar het moeilijke wiskundige raadsel van de zeven bruggen van Koningsbergen te geven.

Saga zoekt op internet en vindt het antwoord meteen: het raadsel is onoplosbaar. Dat heeft de wiskundige Leonhard Euler in de achttiende eeuw al bewezen.

Wat wilde Mara ermee zeggen?

Saga leest het dossier van Sven-Ove Krantz nog eens, waarin hij schrijft dat het steeds beter ging met Mara, totdat ze in een boulevardblad een artikel las.

Mara besteedt veel tijd aan haar beeldjes van klei. Ze hebben allemaal een markant uiterlijk en individuele trekken. Vandaag zag ik dat ze een vrouw maakte die een slapend kind in haar armen droeg. Toen ik enigszins ondoordacht aan Mara vroeg of het een kerststal zou worden, keek ze me alleen maar verbaasd aan en ging door met haar werk. Mara bleef nog twee uur in het handenarbeidlokaal, voordat ze haar schort afdeed, haar handen waste, naar de recreatiezaal ging en met een boulevardblad op de bank ging zitten.

De tv van een buurman is door de balkenlaag heen te horen, de koelkast bromt en op de muur achter de eettafel trilt een weerspiegeling van de zon.

Saga staat op, gaat voor het raam staan en kijkt naar het appartement aan de overkant van de straat.

Het zit misschien een meter hoger dan dat van haar.

Het ene raam is afgeplakt en achter het tweede staat een glimmende trapladder met daarop blikken verf en kwasten.

Als de zon achter de wolken vandaan komt, schittert die in het metaal van de ladder.

Saga gaat weer aan tafel zitten en eet verder.

De hond van de buren blaft naar de brievenbus.

Saga bedenkt dat ze naar de volgende sessie van Mara Makarov zal gaan kijken en voelt op hetzelfde moment haar stress toenemen.

Er zit haar iets dwars. Wat heeft ze over het hoofd gezien?

Saga loopt bij de tafel weg, naar de slaapkamer, ze trekt sokken aan, haar zwarte legerbroek en een mosgroen T-shirt.

Ze stopt de telefoon in haar achterzak en bedenkt dat ze klaar moet staan als er weer een pakketje komt, ze mag geen seconde verliezen.

Haar gedachten malen door, terwijl ze naar de gang loopt, haar sportschoenen aantrekt, de voordeur van het slot draait, de sleutelbos en de holster met haar pistool op het kastje legt en daarna terugkeert naar de woonkamer en de projector aanzet.

Ze opent de laptop, plugt de laatste harddisk met de sessies van de psycholoog met Mara in en start de film.

Mara Makarov is na haar hevige uitbarstingen weer rustig geworden en staat voor haar stoel. Ze houdt haar donkere blik constant op een punt naast de camera gericht, waarschijnlijk de ogen van Sven-Ove Krantz. Haar haar is glanzend geborsteld en met een clip bij haar ene slaap vastgezet.

'Ik heb in de krant gelezen over een seriemoordenaar,' zegt Mara met gespannen stem. 'Hij heeft twee personen gedood toen hij op een crèche in Gamla Enskede een kind wilde ontvoeren.'

'Een seriemoordenaar?'

'Ty doerak?'

'Mara, ik probeer te begrijpen wat je zegt.'

Saga's hart gaat sneller slaan. Ze weet precies waar Mara het over heeft.

'Er stond een foto in de krant, van de moordenaar, weet je, van opzij en van voren,' probeert ze uit te leggen.

'En hij zit nu in de gevangenis?'

'Hij is ontsnapt, geloof ik, ik weet niet, maar hij is in elk geval vrij... Ik snap hoe het klinkt, maar ik herkende hem, ik weet dat hij het is, ik heb de foto van de seriemoordenaar in de krant gezien en het was de kapitein van onze boot,' zegt Mara en ze gaat op de stoel zitten zonder de psycholoog uit het oog te verliezen.

Saga voelt de rillingen over haar rug gaan als ze begrijpt dat Susanne Hjälm het hierover had gehad. Terwijl Jurek in isolatie zat op de gesloten forensisch psychiatrische afdeling, maakte hij plannen voor wat hij zes jaar later zou doen.

Hij wachtte totdat die diplomaat zijn hele familie bijeen zou brengen in Zweden, zodat hij hen kon ontvoeren en hen allemaal naar een doorgangsbunker kon brengen om hen vervolgens levend te begraven.

'Over wat voor boot heb je het?' vraagt de psycholoog vriendelijk.

'Ik had er eerder niet bij stilgestaan, hoe het begon,' zegt Mara. 'Maar het begon ermee dat mijn opa zijn verjaardag zou vieren en met de familie naar Zweden kwam... We zouden een rondvaart maken en daarna gaan eten in het Grand Hôtel...'

'Ik begrijp het.'

'De kapitein was een gerimpelde man die Russisch sprak, hij is de man op de foto in de krant, Jurek Walter. Het laatste wat ik me herinner is dat we aan dek limonade van Zweedse wilde aardbeien dronken... in matglazen borrelglaasjes zonder voet... en daarna werden we wakker in de cel.'

'Dus jullie waren door een seriemoordenaar ontvoerd?' vraagt Sven-Ove geduldig.

'Ik weet heel zeker dat hij de man op de foto is... maar ik weet niet of hij bij de Russische geheime dienst hoort.'

'En hij is niet dezelfde als de bewaker die af en toe eten bracht?'

'Nee,' antwoordt Mara en ze staat weer rusteloos op.

Saga kijkt naar het grauwe gezicht van de jonge vrouw en bedenkt dat er nooit een ongeluk op zee is gebeurd. Jurek heeft de boot laten zinken om de ontvoering te verdoezelen. Waarschijnlijk had zijn medeplichtige, de Bever, de opdracht gekregen om de familie in leven te houden totdat het tijd was om hen levend te begraven, een voor een. Maar toen Joona Jurek doodde, verliet de Bever zijn post, als een soldaat bij een capitulatie. Mara's familie bleef in gevangenschap, zonder dat iemand hun eten bracht. De Bever was het land uit gevlucht en zit nu een lange gevangenisstraf uit in Wit-Rusland.

'Was het wel een gevangenis, waar jullie opgesloten zaten?' vraagt de psycholoog.

'Ik weet het niet,' zegt Mara en ze krabt over haar armen.

'Zijn jullie naar Rusland gebracht?'

'Ik weet het niet, zeg ik toch. We kregen zo weinig te eten dat ik problemen heb met mijn geheugen, maar misschien waren we de hele tijd wel in Zweden.'

'Oké.'

'Dat hoef je niet te zeggen, je hoeft niet oké te zeggen, ik snap dat het gek klinkt, dat ik eerst zei dat de FSB ons naar een Russische gevangenis bij Moja vejave had gebracht en nu opeens dit... maar toen ik de foto van de moordenaar zag, schoten me opeens een heleboel dingen te binnen.'

'Dat is niet gek, zo werkt het geheugen.'

'Je moet me helpen,' zegt Mara. 'In de krant staat dat een inspecteur van politie, Saga Bauer, het onderzoek leidt. Je moet met haar praten, haar dit vertellen, alles wat ik heb gezegd, dat deze seriemoordenaar mijn familie heeft opgesloten, dat zij hen moet redden.'

'Ik zal het proberen.'

Er glinstert iets op de muur achter Mara. Misschien een weerspiegeling van een horloge of cameralens.

'Er is haast bij,' gaat ze verder. 'Je moet tegen de inspecteur zeggen dat...'

Saga wendt zich af, rukt de kabels uit de laptop en neemt die en de harddisk mee naar de keuken en legt ze boven op het dossier.

Ze heeft opeens begrepen waar ze gestrest door was geraakt.

Op de ladder in het appartement aan de overkant zaten geen verfspetters.

Misschien is het toevallig een nieuwe, misschien is dit de eerste keer dat hij wordt gebruikt, maar anders is het geen schilder die hem daar heeft neergezet.

Anders heeft een scherpschutter zich aan de overkant van de straat geposteerd, bedenkt ze. Een schutter die haar met het vizier van het geweer volgt, in afwachting van het arrestatieteam dat haar deur zal forceren.

Heel rustig loopt Saga naar het aanrecht, pakt de metalen gieter, loopt ermee naar het raam, geeft de varen water en kijkt omlaag naar de straat.

Die is helemaal leeg.

Geen auto's, geen fietsen, geen mensen – de straat is afgezet.

Saga's hele systeem wordt gevuld met adrenaline, het voelt alsof elk haartje op haar lichaam rechtop gaat staan, alsof een ijzige nevel haar omsluit.

Het dreunt in haar hoofd, een stem schreeuwt tegen haar dat ze moet vluchten.

Met bonzend hart loopt ze rustig naar de tafel, pakt een stuk pizza uit de doos, bijt de punt eraf, pakt met haar andere hand de laptop en de rest van het materiaal op en slentert de keuken uit.

Pas als ze vanuit geen enkel raam meer te zien is, begint ze zich snel te bewegen. Ze rent de gang in, legt de pizza op het kastje, stopt de laptop en de laatste harddisk in haar kleine rugzak, pakt het wapen, de sleutels en een zwart windjack, loopt het trappenhuis in, doet de deur achter zich dicht, maar neemt niet de tijd om hem op slot te doen.

Beneden klinken snelle voetstappen.

Ze rent zachtjes de trappen op naar de zolder, ontsluit de stalen deur en doet hem voorzichtig achter zich dicht.

Steile dakgebinten met kale balken rijzen vier meter boven de ongelijke stenen vloer op. De warme, stilstaande lucht ruikt naar oud hout en steen.

Saga doet snel de holster om en trekt haar jack aan, hangt de rugzak over haar linkerschouder, loopt langs de bergruimtes van ver uit elkaar staande, ongeverfde planken naar een houten ladder en klimt naar het metalen luik in het dak dat schoorsteenvegers en sneeuwruimers gebruiken. Voorzichtig klapt ze het open en kijkt met de wind in haar gezicht naar buiten.

Het dak is leeg zo ver ze kan kijken.

Ze klimt uit het luik, sluit het achter zich en houdt zich met één hand stevig aan het veiligheidshek vast.

Haar blik glijdt omlaag langs het steile metalen dak met afbladderende zwarte verf, naar een geel gepleisterde gevel, de rijen ramen op de verschillende verdiepingen en de straat vijfentwintig meter lager.

Kruipend klimt ze via de vaste dakladder naar de nok, ze pakt een stevig metalen veiligheidsoog vast en richt zich voorzichtig op.

Ze kijkt uit over Södermalm, het raamwerk van daken rond de binnenplaatsen van de wijk, de Maria Magdalenakerk, de Götgatan en de Globe.

Het haar waait in haar gezicht.

Er is maar één weg.

Ze rent ineengedoken over de loopbrug langs de nok. Het metaal rinkelt dof onder haar voetstappen. Ze komt bij de zijkant. Alle gebouwen van het blok staan met elkaar in verbinding, maar het koperen dak van het buurpand is steiler en zit veel lager dan het hare. Ze springt naar beneden, landt een meter naast de nok, wankelt en steekt een arm uit om in evenwicht te blijven.

De sleutels vallen uit haar zak, vallen kletterend op het metaal, glijden naar beneden en blijven achter het hekje aan de voet van het dak liggen.

Een meeuw zweeft mee op een stijgende luchtstroom.

Een duizelingwekkend moment heeft ze het gevoel dat de straat onder haar in een diep ravijn zakt.

Saga kruipt omhoog naar de smalle loopbrug op de nok en volgt die tot aan het volgende pand.

Een roestige ladder leidt omhoog naar het nieuwe dak, ze pakt het hekje vast dat langs de nok loopt, houdt zich eraan vast en klimt verder. Ze glijdt uit, stoot haar heup, maar houdt zich vast en komt weer overeind.

De wind trekt aan haar kleren.

Haar benen trillen als ze doorloopt naar een schoorsteen, de staander van het platform vastpakt, eromheen beweegt en afdaalt naar een dakkapel.

Ze kan niets zien achter het kleine raam van enkel glas.

Ze slaat de ruit in met haar elleboog, trekt de scherven eruit en daalt af in een schemerige vliering.

Het is er zo laag dat ze niet rechtop kan staan. Op de ruwe plankenvloer liggen stapels stoffige, honderd jaar oude deuren.

Saga gaat op een vloerbalk zitten, pakt haar telefoon en opent de app van haar beveiligingscamera's.

Ze denkt even dat ze het niet doen, maar ziet bijna tegelijkertijd lichtkegels door de met rook gevulde kamers schieten. Ze wisselt naar HD-stand en vergroot het beeld van de woonkamer. In het zwart geklede agenten met helmen, maskers en pistoolmitrailleurs met wapenlamp bewegen langzaam door de ruimte.

Saga staat op, opent een lage ijzeren deur en loopt een smalle trap af naar de bovenste woonverdieping.

Bij de muur voor de lift zijn zes papieren tassen van Mathem, de onlinesupermarkt, afgeleverd.

Saga daalt af door het trappenhuis, met op de verdiepingen bloemen voor de ramen en fietsen in de hoek.

In de entree staan twee kinderwagens geparkeerd. Saga pakt een ervan, duwt met haar voet de rem omhoog, loopt de deur uit en slaat rechts af.

De Bastugatan is helemaal leeg.

Dertig meter verderop schommelen blauw-witte afzetlinten in de wind. Vlak voor de kruising staat een zwarte bestelwagen met kleine blauwe knipperlichten.

Daar moet ze langs om uit de val te komen.

Zonder haast loopt ze over het trottoir met de kinderwagen, ze blijft staan, in de beschutting van de kap brengt ze een kogel in de loop, legt het pistool op het roze kussen en loopt dan weer door.

Er is geen mens te zien.

Ze probeert haar hoofd leeg te maken en niet aan de inval te denken om niet in de stress te schieten.

Als ze zich uit deze situatie redt, zal ze uitzoeken wat er aan de hand is en dan een actieplan opstellen.

Achter haar blaft een hond.

Met een rustige beweging tilt ze het afzetlint op, gaat eronderdoor en vervolgt haar weg naar de bestelbus.

Ze loopt langs de linkerkant van de politiewagen. Haar blik is ferm naar voren gericht, maar ze kan het blauwe licht in de verchroomde delen van de kinderwagen zien knipperen.

Als ze de hoek om weet te komen, zal ze naar Slussen rennen, in de krioelende menigte op het metrostation ondergaan en in een trein stappen.

Ze is de bestelwagen bijna voorbij, als er een agent uit stapt met een kop koffie in zijn hand.

Saga kijkt naar het pistool in de wagen, ze probeert te doen alsof ze naar een baby kijkt.

Ze ruikt de geur van koffie als ze langs hem heen loopt.

Als ze net voorbij is, hoort ze hem een stap zetten. Het grind knarst onder zijn schoenen. Saga rilt, maar loopt door, ze steekt haar hand uit en pakt het pistool vast.

De agent krijgt een oproep via Rakel en keert terug naar de auto. Saga laat het wapen los en legt het dekentje eroverheen.

60

Saga zet de kinderwagen in een portiek, pakt het pistool, stopt het in de holster onder haar jack, loopt snel het Södermalmstorg over en de trillende glazen deuren door. Ze durft niet om te kijken om te zien of ze wordt gevolgd. Mensen stromen op haar af en langs haar heen. Vlak achter een jongeman passeert ze de poortjes, ze rent de trap af naar het perron en loopt door naar het gedrang verderop.

Er komt een trein aan en er dwarrelt afval langs de rails en de roestbruine stenen.

Saga houdt haar hoofd laag en haar ogen neergeslagen.

De wagons komen piepend tot stilstand.

Ze volgt de stroom van mensen die instappen, maar blijft bij de deuren staan om de wagon snel te kunnen verlaten.

Een man van middelbare leeftijd met een stoppelbaard en een blauw sportjack, die aan de andere kant van het blok met zitplaatsen staat, kijkt naar haar en wendt dan zijn blik af.

De trein komt in beweging en een oudere vrouw met een bos bloemen valt bijna.

Saga is gewend aan starende blikken en vindt het verontrustend dat de man met de stoppels niet vaker naar haar heeft gekeken.

Ze pakt haar telefoon en belt Randy.

De oproep wordt meteen weggedrukt, maar als de trein station Rådmansgatan nadert belt hij haar.

'Ik kan niet met je praten,' zegt hij met gestreste stem.

Aan de akoestiek hoort ze dat hij zich heeft opgesloten op de wc.

'Wat is er in vredesnaam aan de hand?' vraagt ze.

De trein komt met piepende remmen tot stilstand op het station.

'Saga, je moet jezelf aangeven en...'

'Wat is er in godsnaam aan de hand?' zegt ze nog eens.

'Ze onderzoeken jouw betrokkenheid bij de moorden.'
'Denk jij dat ik daarbij betrokken ben?'
'Het maakt niet uit wat ik denk,' antwoordt hij.
'Voor mij misschien wel.'
'Waarom?'
'Omdat...'
De deuren gaan sissend open en Saga observeert iedereen die instapt en de weinigen die op het perron blijven staan.
'Ik moet ophangen,' zegt hij op verdrietige toon.
'Randy, ik heb een schuilplaats nodig, een plek om...'
Hij hangt op en Saga kan nog net op tijd uitstappen voordat de deuren dichtgaan. De man met de stoppels kijkt haar aan door het glas van de deuren, terwijl de trein weer in beweging komt.
Saga loopt recht over het perron en stapt in de eerstvolgende trein in zuidelijke richting.
De deuren gaan dicht en de trein verlaat het perron.
Een vrouw van middelbare leeftijd zit met de rug naar haar toe een appel te eten. Ze observeert Saga via het donkere scherm van haar telefoon.
De wagons slingeren bij een wissel, waarna de trein afremt en tot stilstand komt op station T-Centralen.
Saga verlaat de trein, dringt door de menigte heen en neemt de trap. Een verdieping hoger stapt ze in een gereedstaande trein.
Er klinkt een pulserend waarschuwingssignaal, de deuren gaan niet dicht, het vertrek wordt nogmaals aangekondigd via de luidsprekers.
De vrouw met de appel stapt in, gaat achteraan in de wagon zitten en praat in haar telefoon.
De deuren gaan dicht en de trein rijdt langzaam het station uit.
De gedachten razen door Saga's hoofd. Het landelijke arrestatieteam heeft haar appartement bestormd. Ze denken dat zij rechtstreeks betrokken is bij de moorden. Er moet iets zijn gebeurd na haar gesprek met Manvir.
Ze staat met haar gezicht naar het raam. Haar hartslag is normaal, maar haar hele lichaam plakt van het zweet.
De grijze betonnen muren vliegen voorbij, als bladzijden van een boek waar ze in bladert.

Stadsdelen en stations passeren, de wagons worden langzaamaan leeg, maar de vrouw zit er nog, met het klokhuis in een servet.

Op station Fruängen stapt Saga uit, ze rent de roltrap op, komt buiten en steekt de markt met de fruitkramen schuin over.

Ze kijkt over haar schouder, loopt de grote weg op en houdt rechts aan.

Een wit bestelbusje haalt haar in en blijft een paar honderd meter verder staan.

Ze passeert een open verhuiswagen. Op het trottoir naast de laadklep staan vier dozen opgestapeld en in de overdekte laadruimte liggen spanbanden.

Saga stopt haar telefoon in een van de verhuisdozen en slaat een smalle straat in.

Als ze twintig minuten later bij de jarenzestigvilla met de grote raampartijen komt, loopt ze schuin voor de voordeur langs over de tuintegels, naar de keukeningang. Ze drukt op de bel en stelt zich dan in het halfduister op naast een bolstaand gaashek waar onkruid in verstrikt zit.

Er klinken zware bonzen op de trap en dan gaat de deur open.

'Saga?' zegt Karl Speler verbaasd.

Hij is gekleed in een bruin T-shirt met de tekst GENTLEMEN TAKE POLAROIDS en een zwarte spijkerbroek met omgeslagen pijpen. De koperen gesp van zijn riem verdwijnt bijna onder zijn dikke buik.

'Ben je alleen?' vraagt ze.

'Ja, ik...'

'Mag ik binnenkomen?'

'Natuurlijk, ik moet alleen even...'

Ze stapt naar voren en dringt zich naar binnen, laat hem een stap achteruit doen. Ze sluit de deur, doet hem op slot en knipt het licht in de gang uit.

'Word je gevolgd?'

'Nee,' antwoordt ze en ze loopt de trap af.

Saga hoort hem achter haar aan lopen als ze in het souterrain komt. Acht lampen aan rails aan het plafond zijn op de belangrijkste voorwerpen van het museum gericht. Het glinstert in de vitrine met haar bebloede sloffen. Op een dressoir ligt een kopie van Jureks ouderwetse armprothese.

Ze loopt door naar de schemerige keuken, loopt om het barretje heen, schenkt een glas water in en drinkt.

Karl komt achter haar aan, gaat op een van de krukken zitten en ademt met zijn mond halfopen. Zijn wangen en zijn voorhoofd rond de blonde wenkbrauwen zijn rood.

'Kan ik hier een paar dagen logeren?' vraagt Saga.

'Dat gaat helaas niet,' antwoordt hij en dan lacht hij zo breed dat zijn puntige hoektanden glinsteren. 'Wat denk je? Natuurlijk kan dat.'

'Dank je,' zegt ze en ze vult het glas nog een keer.

'Wat is er aan de hand?' vraagt hij en hij strijkt zijn lange lok naar achteren.

'Ik moet me gewoon even gedeisd houden.'

'Omdat?'

'Dat maakt niet uit – ik wil niet dat jij erbij betrokken raakt.'

'Ik wíl erbij betrokken raken,' antwoordt hij ernstig.

61

Karl schudt met zijn pols, alsof hij de zwarte Rolex met automatische opwinding op gang wil helpen, en kijkt Saga dan rustig aan. Ze drinkt nog een slok, zet het glas neer, veegt haar mond af met haar hand en kijkt hem aan.

'Wat ik vertel, daar mag je niet over schrijven.'

'Oké,' antwoordt hij en hij bijt op zijn duimnagel.

'Begrijp je dat?'

'Ja,' zegt hij en hij knikt. 'Wat is er eigenlijk gebeurd?'

Ze gaat op de barkruk tegenover hem zitten en haalt diep adem.

'Ik probeer een seriemoordenaar tegen te houden en word nu zelf verdacht... van betrokkenheid, geloof ik.'

'Bij de moorden?' vraagt hij.

'Ja, ik denk het,' zucht ze.

'Waarom denk je dat? Wat hebben ze gezegd?'

'Ik ben geschorst van mijn werk en vandaag is mijn appartement door het landelijke arrestatieteam bestormd.'

'Echt?'

'Ja.'

Een gekreukt jasje met een versleten voering hangt aan een haak onder het barretje. Boven is de tv van het gezin te horen.

'Kun je uitleggen waarom je verdacht zou worden?' vraagt Karl.

'Ze komen er binnenkort achter dat ze het mis hebben, maar ik heb nogal veel op eigen initiatief gedaan en heb mijn bevoegdheden overschreden.'

'Maar je bent niet betrokken bij de moorden?'

'Is dat een vraag?'

'Ja.'

'Ik ben er niet bij betrokken,' antwoordt ze kalm.

Saga kijkt het aangrenzende vertrek in. Karls shuffleboard is bedekt met een plastic hoes. Het bankstel, de tafel en de vloer liggen vol met lege bierblikjes, energiedrankjes, tijdschriften, chipszakken, snoeppapiertjes, koekverpakkingen en een tas met afval van McDonald's.

'De NOA weet wie de moordenaar is,' vertelt ze. 'Maar ze schijnen te denken dat ik met haar samenwerk.'

'Dus het is een vrouw?'

'Ze heet Mara Makarov... door jou hebben we haar kunnen vinden, ze is een paar keer bij Jakov Fauster in de gevangenis op bezoek geweest.'

'Echt waar?' zegt hij en hij glimlacht onwillekeurig.

Saga trekt haar windjack uit, rolt het op en legt het op de bar. Ze heeft haar groene T-shirt binnenstebuiten aan en de schouderriem van haar holster zit gedraaid.

'Dus Fauster is de verbindende schakel tussen haar en Jurek?' vraagt Karl.

'Er is meer.'

Ze haalt haar pistool uit de holster, laat het magazijn in haar linkerhand vallen en haalt de patroon uit de loop.

'Wat dan?' vraagt hij.

'Het lijkt erop dat Jurek Walter Mara's hele familie heeft vermoord,' antwoordt Saga.

'Daar weet ik niets van.'

Saga stopt de patroon in het magazijn, duwt dat terug in de kolf en stopt het wapen weer in de holster.

'Wat ik ervan weet, is dat zij op de psychoseafdeling van Ytterö zat, toen jij je artikel over Jurek schreef,' zegt ze met een gebaar naar het ingelijste krantenknipsel. 'Een van de kranten die werden verkocht voordat de editie in beslag werd genomen, was kennelijk in de recreatiezaal van Ytterö terechtgekomen... Mara herkende Jurek meteen als de man die haar familie had gedrogeerd en ontvoerd... ze wist het zeker en eiste van haar psycholoog dat hij met contact met mij opnam.'

'Maar hij beschouwde haar als psychotisch.'

'Ja en nee... Hij heeft me daadwerkelijk gebeld om me over zijn patiënt te vertellen en door te geven wat ze had gezegd.'

Saga zwijgt en keert in haar herinnering terug naar het gesprek met de psycholoog. Ze weet nog dat ze luisterde, vervolgvragen stelde en alles noteerde. Maar het was al te laat, omdat ze in dat stadium al verdwaald was in Jureks duistere labyrint.

'Geloofde je haar verhaal?'

'Nou, ik twijfelde er niet aan dat Jurek haar familie had ontvoerd, maar tegelijkertijd... de plaats waaruit ze was ontsnapt... Moja vejave, of zoiets, was op internet niet te vinden... Wat moesten we doen? Met speurhonden heel Zweden en Rusland afzoeken?'

Ze is weer stil, staart voor zich uit en strijkt langzaam met haar hand over de bar.

'Wat is er met haar zaak gebeurd?' vraagt Karl.

'Wat kan ik zeggen? Je weet hoe het is gegaan... ik heb niemand gered, ik heb overal in gefaald... en waarschijnlijk is dat de reden dat mijn collega's denken dat ik Mara Makarov help om wraak te nemen.'

'Hoe neemt ze dan wraak?'

'Ze heeft personen in mijn omgeving en die van Joona vermoord, een aantal collega's, ze haat de politie omdat we haar familie niet hebben gered... Ze is gefixeerd op mij en haat Joona het meest van iedereen.'

'Waarom?'

'Omdat hij vluchtte toen hij Jurek had kunnen tegenhouden... omdat hij ervoor koos zijn dochter vóór alle anderen te redden.'

'Dat klinkt menselijk.'

'Maar wij, de achterblijvers, moesten een hoge prijs betalen.'

'Je bent boos op hem.'

'Ja, inderdaad... en het maakt me geen zak uit dat dat niet helemaal eerlijk is.'

Ze pakt de rugzak van de vloer en haalt haar laptop en het handgeschreven dossier eruit.

'Je moet jezelf aangeven en alles vertellen.'

'Daar heb ik geen tijd voor,' zegt ze en ze zet de laptop aan.

'Dat is het enige verstandige.'

'Wat?'

'Om jezelf aan te geven, een advocaat te nemen en...'

'Dat gaat niet.'

'Waarom zou je je niet...'

'Geen vragen meer, alsjeblieft. Sorry, maar ik moet nadenken.'

Ze opent het dossier van Sven-Ove Krantz, gaat naar zijn aantekeningen van meteen na de sessie waarin Mara hem vraagt contact op te nemen met Saga, omdat ze hoopt dat haar familie dan kan worden gered.

De psycholoog beschrijft in het kort dat hij naar de recreatiezaal gaat, de krant vindt en het artikel met vette koppen en foto's opzoekt.

Naar mijn oordeel is de tekst speculatief en niet serieus te nemen. Er zijn geen bewijzen voor het bestaan van een seriemoordenaar over wie niets bekend mag worden, ook al zullen de doodslag en de ontvoeringspoging op de crèche wel echt gebeurd zijn. Tegelijkertijd mag je aannemen dat als inspecteur Saga Bauer die zaak werkelijk onderzoekt, samen met de NOA, het allemaal ingewikkelder is dan een voogdijstrijd.

De volgende aantekening gaat erover dat Sven-Ove aan Mara heeft verteld dat hij haar informatie heeft doorgegeven aan inspecteur Saga Bauer. Daarna is Mara een manische episode in gegaan. Ze kon maar aan één ding denken, de inrichting verlaten en de politie helpen met het redden van haar familie.

Saga denkt weer aan het telefoontje van Sven-Ove Krantz, psycholoog op de psychoseafdeling van Ytterö. Hij was welbespraakt en kwam warm en empathisch op haar over.

Hij vertelde over een niet met name genoemde patiënt die had verteld over angstaanjagende ervaringen die verband hielden met haar vooronderzoek.

Saga had de informatie en de opname van het telefoongesprek gearchiveerd, maar het verhaal werd voor haar gevoel onderuitgehaald en tot een psychotische fantasie gereduceerd door de opmerking dat Jurek voor de KGB zou hebben gewerkt.

'Zegt je patiënt waar deze man haar familie naartoe heeft gebracht?' vroeg Saga.

'Nee, dat weet ze niet meer, ze herinnert zich alleen een bord met de naam Moja vejave... Misschien ergens in Rusland, misschien in Zweden,' antwoordde hij.

Saga besefte dat dit een onmogelijk project was, ook als deze familie feitelijk bestond en nog in leven was. Ze bevond zich al in een extreme situatie, die kort daarna verder zou escaleren en in een complete catastrofe zou uitmonden.

62

Na de regen boven het hoogland is het met mos bedekte landschap bijna bovennatuurlijk groen. De rivier de Kaldakvísl heeft een diepe, kronkelende kloof door het vulkanische gebergte gesneden.

Het water verfrommelt het waadpak rond Sven-Ove Krantz' heupen en bovenbenen. De snelstromende rivier probeert hem schuin naar voren te trekken.

Met kleine rukjes haalt hij het zilveren kunstaas met kleurige veertjes en blauwzwarte haartjes in.

Hij verplaatst zich voorzichtig zijwaarts en doet een nieuwe onderhandse worp. Er spatten waterdruppeltjes op zijn rechterhand als de lijn wegschiet en over het wateroppervlak rolt.

De voorslag glinstert en het kunstaas landt perfect in de rustiger middengeul.

Het smeltwater van de grote gletsjer is zo koud dat Sven-Ove geen gevoel meer in zijn voeten heeft, maar hij kan nu niet stoppen.

Het kunstaas komt terecht in water dat een kolkende omweg rond een rotsblok maakt. De top van de drijvende lijn duikt onder en hij tilt de hengel op in een tegengestelde beweging. Onmiddellijk voelt hij de heftige schokken als de haak houvast krijgt. De slip maakt een fluitend geluid als de lijn uitloopt met de steile spurt van de ridderforel schuin over de rivier, het schaduwrijke water bij de loodrechte bergwand in.

Sven-Ove laat de slanke hengel buigen, zodat het bamboe kraakt.

De telefoon bromt in zijn rugzak.

De ridderforel zwemt stroomafwaarts en blijft diep in de donkere rivier. Het suist in de gespannen lijn als de hevige stroming ertegen pulseert.

Sven-Ove kijkt naar het kristalheldere water en wacht totdat de vis uitgeput is.

De sneeuwwitte buik komt in zicht en dan beweegt de ridderforel scherp zijwaarts, recht naar het snelstromende deel van de rivier, het springende, schuimende water.

Sven-Ove probeert weerstand te bieden, hij weet dat het gevaar bestaat dat de lijn door het woeste water wordt gevangen en dat de haak dan uit de bek van de vis wordt getrokken.

Langzaam nadert de vis de stroomversnelling. Sven-Ove spant de slip en ziet de lijn door het voortjagende water snijden.

Hij strekt zijn arm en brengt de hengel omhoog – die zich krakend tot een halve cirkel buigt.

De vis komt zwaar tot stilstand, zet zich af en keert terug naar de bergwand.

Nu zal Sven-Ove geen spurtjes meer toestaan. Hij zal de grote ridderforel tegen de eindeloze elasticiteit van de hengel op laten boksen, totdat hij zo moe is dat hij zachtjes aan land kan worden gehaald.

Na vijf minuten komt de vis boven, hij gaat op zijn zij liggen en laat een cascade van water opspatten met zijn gespartel.

Sven-Ove windt de lijn voorzichtig op en zorgt ervoor dat hij de ridderforel vlak onder het oppervlak houdt, zodat hij niet verstrikt raakt in de voorslag en die losrukt.

Hij leidt hem naar zich toe, laat hem door de bovenste laag van het water glijden, pakt hem voorzichtig boven de kieuwen vast en maakt het kunstaas los. Hij tilt de ridderforel op, kijkt naar zijn perfecte lichaam, de flank met de zilveren vlekken en de loodgrijze rug, geeft een zoen op de ronde neus en laat hem weer wegzwemmen.

Sven-Ove waadt tegen de stroom in terug, voelt zijn voeten niet meer, glijdt bijna uit in de stroom over de ronde stenen, maar bewaart zijn evenwicht en stapt aan land.

Het witte wolkendek drukt zich tegen de donkergrijze bergtoppen aan.

Hij legt de hengel in het groene mos en doet zijn rugzak af en juist op dat moment begint zijn telefoon weer te zoemen.

Hij ruikt de geur van vis aan zijn hand als hij opneemt. 'Met Krantz.'

'Mijn naam is Joona Linna,' zegt een man met een Fins accent. 'Ik ben inspecteur bij de Nationale Operationele Afdeling van de politie.'

'Ik heb eigenlijk vakantie. Waar gaat het over?'

'Het gaat over een voormalige patiënt van u,' antwoordt hij. 'Hebt u tijd voor een ontmoeting?'

'Zeker, ik bevind me honderdvijftig kilometer ten oosten van Reykjavik.'

'Maakt u het kunstaas zelf?'

'Ja,' antwoordt hij verbaasd en hij kijkt om zich heen. 'Dat is een beetje een hobby van me.'

'Herinnert u zich een patiënte genaamd Mara Makarov?' vraagt Joona.

'Ik neem aan dat... dat een inspecteur van de NOA de Zweedse geheimhoudingsplicht kent, wat inhoudt dat Mara zich schuldig gemaakt heeft aan iets heel ergs.'

'Ze wordt verdacht van zes moorden.'

'Kunt u het mis hebben?'

'Hoe was ze als patiënt?'

'Aanvankelijk erg angstig, maar ze reageerde goed op de behandeling, we bouwden de medicatie af naar een stabiel minimum en brachten haar stapsgewijs terug naar de open afdeling.'

Sven-Ove gaat op een rots zitten en vertelt uit zijn hoofd hoe hij Mara en haar trauma leerde kennen en beschrijft dan zijn methode om de psychotische uitspraak als waar te behandelen.

'Daarom deed ik wat mij logisch leek,' verklaart hij. 'Ik heb Mara's getuigenis opgeschreven en ik heb contact opgenomen met de verantwoordelijke inspecteur.'

'Weet u nog wie dat was?'

'Saga Bauer.'

'Hoe reageerde ze?'

'Ze luisterde en bedankte voor de hulp, ik weet niet wat er daarna is gebeurd,' antwoordt hij.

'Weet u nog wat u haar hebt verteld?'

'Niet in detail, dat staat in het dossier, maar het ging erom dat de KGB of een seriemoordenaar Mara's hele familie had ontvoerd en verborgen hield in de buurt van... een plaats met een naam die niet bestaat.'

'Die naam herinnert u zich niet?'

'Alleen dat het Russisch klonk, djajeba vajaba, zoiets, ik weet het niet... Mara beweerde in elk geval dat ze uiteindelijk aan de moordenaar had weten te ontsnappen, maar dat de politie niet naar haar had geluisterd, dat ze haar simpelweg naar de psychiatrische eerste hulp hadden gebracht... Mara beweerde dat ze haar familie zou hebben gevonden en gered als ze niet onder dwang was opgenomen.'

Sven-Ove staat op en kijkt uit over het stromende water, hij voelt het geluk in zijn buik als hij bedenkt dat hij de hele rivier nog vier dagen voor zichzelf zal hebben.

'Heeft Saga Bauer daarna nog verslag uitgebracht?' vraagt Joona.

'Nee, maar daar had ik ook niet op gerekend.'

'Heeft Mara haar verhaal in de loop der tijd gewijzigd?'

'Ze liet het idee van de KGB varen.'

'Wilde Mara dat u met iemand anders contact opnam dan met Saga Bauer?'

'Nee, maar ze vroeg regelmatig of Saga Bauer iets van zich had laten horen.'

'Over wie had ze het verder nog?'

'Vooral over de kapitein van de boot, die volgens haar dezelfde was als de seriemoordenaar op wie Saga Bauer jacht maakte. Ze had het over haar familie, haar ouders Ivan en Tatjana, haar zus Natasja en Natasja's zoontje Ilja.'

'En over de bewaker?'

'Ja, maar zonder naam.'

'Andere patiënten op Ytterö?'

'Die noemde ze af en toe.'

'Had ze het wel eens over Jakov Fauster, meester Fauster?'

'Nee.'

'Jurek Walter?'

'Dat kan ik me niet herinneren, maar volgende week ben ik weer in Stockholm en dan kan ik de dossiers erbij pakken als u dat wilt.'

'Nog één vraag,' zegt Joona rustig. 'Iemand noemde Mara "de Spin"... Wat is uw gedachte daarbij?'

Sven-Ove kijkt uit over het snelstromende water en ziet Mara voor zich, hoort haar kortademige manier van praten.

'Ik weet nog dat ze het vaak over spinnen had die ze tijdens haar gevangenschap had geobserveerd... kleine, kleurloze jagers die hun prooi verlammen, er een zak omheen spinnen, hun gif erin spuiten en hem laten oplossen.'

*

Joona legt zijn telefoon op tafel en kijkt neer op de Adolf Fredrikkerk en over de daken heen naar het raadhuis en het oude politiebureau met zijn spits.

Hij meent te begrijpen wat er gebeurd is. Toen de psycholoog in opdracht van Mara Makarov contact opnam met Saga, was Saga zo belangrijk voor Mara geworden dat ze zich nog steeds tot haar richt, nu ze zelf de rol van dader heeft overgenomen.

Joona moet dringend met Saga praten. Hij gelooft niet dat ze Mara op de een of andere manier heeft geholpen, maar zelfs al zou ze dat hebben gedaan, dan nog is het beter dat ze zich zo snel mogelijk aangeeft.

De media zijn al gaan speculeren, ook al heeft de politie nog geen persconferentie gegeven.

De sfeer bij de NOA is gevaarlijk opgefokt.

Saga's telefoon is gelokaliseerd in Säffle, hij is gevonden in een verhuiswagen die uitgeladen werd.

Saga blijkt iets met Stefan Broman te maken te hebben gehad. Afgelopen zaterdag heeft ze de politie anoniem gebeld om te vertellen dat hij regelmatig seks kocht.

De FO heeft sporen van natriumhydroxide op haar motor gevonden en paardenhaar in een van de tassen.

Manvir heeft huiszoeking laten doen bij Saga en het is goed denkbaar dat de situatie zal escaleren naar een landelijk alarm en in het verlengde daarvan naar gewapende operaties.

Joona denkt aan Saga, stelt zich de gebeurtenissen vanuit haar perspectief gezien voor en weet zeker dat ze begrijpt waarom de verdenkingen op haar worden gericht.

Joona pakt zijn mobiel en belt Morgan Malmström, de hoogste baas van de NOA, om hem van zijn gedachten op de hoogte te stellen.

'Ik begrijp hoe jij erin staat,' antwoordt Morgan na een korte pauze. 'Maar Saga is ondanks alles onze hoofdverdachte, samen met Mara Makarov.'

'Maar dat klopt niet...' zegt Joona. 'Ze heeft heel wat uit te leggen, maar ze heeft voor bijna alle moorden een alibi.'

'Ik weet het, ik bedoel...'

'Ze heeft niemand neergeschoten,' valt Joona hem in de rede.

'Dat zeggen we ook niet, maar ze is erbij betrokken, daar heeft Manvir bewijzen voor... en niet alleen degene die het wapen afvuurt maakt zich schuldig aan moord.'

Joona sluit zijn ogen een paar seconden, gaat zitten en zuigt lucht in zijn longen.

'Het enige wat ik zeg, is dat... als ik Saga ertoe moet overhalen om zich over te geven, en we spreken een plaats af, dan moet ik kunnen garanderen dat alleen ik en niemand anders daar is om haar op te halen en naar de gevangenis te brengen.'

'Zal ze je vertrouwen?'

'Dat denk ik wel, maar het moet allemaal heel discreet gebeuren, geen formele inschrijving, geen officier van justitie, geen persberichten of...'

'Twee dagen,' kapt Morgan hem af.

'Wat?'

'Ik geef je twee dagen.'

'En dan heb ik jouw woord dat ik het helemaal op mijn manier mag doen?' vraagt Joona.

'Ja.'

'Als ik met haar in contact kom, dan bel ik jou en dan regel jij dat we niet langs de inschrijving hoeven te gaan in het huis van bewaring.'

'Als jou dat het beste lijkt,' antwoordt zijn chef.

63

Saga ruimt de salontafel van Karl Speler af om plaats te maken voor haar laptop en de laatste harddisk als hij zegt dat hij een douche gaat nemen.

'Mag ik met jouw telefoon iemand bellen?'

'De code is 915837,' zegt hij en hij geeft haar de telefoon.

Karl verlaat de kamer, Saga gaat op de leuning van de fauteuil zitten en belt Randy's privénummer.

'Met Randy.' Hij klinkt verbaasd.

'Kun je praten?' vraagt ze met gedempte stem.

'Saga, wat is er aan de hand?'

'Ik heb niet gedaan wat zij zeggen.'

'Dat moet je niet aan mij vertellen, ik weet het al,' zegt hij. 'Je moet jezelf aangeven, dan...'

'Dan krijgen we de Spin nooit te pakken,' valt ze hem in de rede.

'Dat is niet jouw verantwoordelijkheid, je werkt niet eens meer bij de politie.'

Saga kijkt naar de voorwerpen die op het plankje van Karls spelcomputer staan. Een waterpijp, een kaars in de vorm van het Vrijheidsbeeld en een in rood- en geelzijden pak gestoken clown op een veer, als een duveltje uit een doosje.

'Is er nog iets belangrijks naar voren gekomen in het vooronderzoek?' vraagt ze.

'Nee, dat geloof ik niet.'

'Geen nieuwe tinnen figuurtjes?'

'Nee,' antwoordt hij.

De vloer rond haar voeten ligt bezaaid met lege chipszakken, snoeppapiertjes, pokerchips en vinylplaten uit de jaren tachtig.

'Het landelijke arrestatieteam heeft mijn appartement bestormd,' vertelt ze.

‘Ik heb alleen iets over een huiszoeking gehoord.’

‘Met pistoolmitrailleurs, scherpschutters, afleidingsgranaten...’

‘Dat is compleet krankzinnig,’ fluistert Randy.

‘Ik begrijp het echt niet,’ zegt ze bijna geluidloos.

‘Je zei dat je een schuilplek nodig hebt, ik kan misschien...’

‘Ik wil niet dat je er nog meer bij betrokken raakt dan je nu al bent.’

‘Het maakt mij niet meer uit.’

‘Ik wilde eigenlijk alleen zeggen, voor het geval ik doodga, dat jij mijn grote liefde was,’ zegt ze en ze beëindigt het gesprek voordat hij iets terug kan zeggen.

Saga haalt diep adem, veegt een paar tranen weg en gaat dan op de bank zitten met de laptop voor zich, om naar Krantz’ afsluitende sessies met Mara Makarov te kijken. Ook al beslaan de gesprekken een tijdsbestek van meer dan een jaar, de patiënt is steeds consequent tot in de details.

Karl Speler komt terug met een handdoek om zijn schouders en haar dat alle kanten op staat. Hij ruimt een grote stapel kranten op, gaat in de fauteuil zitten en kijkt mee naar de therapiegesprekken.

Mara Makarov heeft haar boek over Archimedes’ hefboomwet neergelegd. Haar haar is glanzend geborsteld, haar gelaatsuitdrukking geconcentreerd en haar blik intelligent.

Met kalme stem verklaart ze dat ze weg moet om haar familie te redden. Sven-Ove antwoordt dat ze grote vorderingen maakt, dat de medicatie is verminderd en dat hij het er met zijn collega over zal hebben of ze hier in de herfst weg mag.

Mara heeft het herhaalde malen over Saga Bauer, vraagt of ze iets van zich heeft laten horen, of de moordenaar is gepakt.

‘Ik heb er niets meer over gehoord,’ antwoordt hij.

‘Vreemd,’ fluistert ze.

Een halfjaar later loopt Mara door de kamer als een gekooid dier dat niet heeft geaccepteerd dat het overwonnen is. Ze beweegt zich bijna catatonisch en mompelt angstig in het Russisch.

Ze kan er duidelijk niet tegen dat er zoveel tijd overheen gaat voordat haar verzoek om naar de open afdeling te mogen wordt gehonoreerd. Zodra de psycholoog iets wil zeggen, valt ze hem in de rede en gilt: *‘Idi vemoja vejave, idi vemoja vejave.’* Keer op keer, totdat ze abrupt zwijgt en weer rondjes gaat lopen.

Er zit bijna vijftien maanden tussen deze sessie en de volgende, en daar is ze weer veranderd, ze houdt zich rustig, maar er lijkt een last op haar te drukken.

'Hoe stel je je de toekomst voor?' vraagt Sven-Ove aan het eind van de laatste opname.

'Mijn toekomst?'

'Ja.'

'Heb ik die?'

'Probeer in een of meer zinnen onder woorden te brengen hoe je je toekomst voor je ziet,' moedigt hij haar aan.

'Ik heb een keer een boerderijtje gezien, bij Västerhaninge geloof ik,' zegt Mara. Ze verzinkt even in gedachten en gaat dan verder: 'Ik stel me voor dat ik daar ben met mijn familie, het is een droge zomerdag, er komt stof van de akkers, het gras is geel, de blaadjes van de bomen zijn omgekruld... en ik zit op een stoel in de schaduw bij de tractor, ik eet een kaneelbroodje in boterhampapier en kijk naar de kinderen van Vadim en Aglaja, die croquet spelen... zo stel ik me mijn dood voor.'

Als de laatste sessie afgelopen is, schakelt Saga de laptop uit. Ze kijkt naar Karl, die met zijn armen over elkaar zit.

'Dat was het,' zegt ze.

'Interessant,' antwoordt hij en hij staat op.

Terwijl Saga de laatste aantekeningen in het dossier van Sven-Ove Krantz doorleest, hoort ze dat Karl het bed afhaalt en opmaakt.

De psycholoog beschrijft in het kort dat hij van mening is dat zijn therapie voltooid is en dat de patiënt nu samenvalt met haar levensverhaal en met haar zelfbeeld. Hij maakt een notitie dat hij voortaan bij elke weekvergadering tegen de hoofdarts zal zeggen dat Mara Makarov moet worden ontslagen.

Saga staat op als Karl binnenkomt en zijn gebruikte lakens op de bank legt. Ze kijkt naar zijn ingelijste artikel over Jurek Walter in de geconfisqueerde editie en bedenkt dat hij in de meeste dingen gelijk had, ook al was de werkelijke moordenaar veel erger dan in zijn wildste gissingen.

'Mag ik gebruikmaken van de badkamer?' vraagt ze.

'Er liggen schone handdoeken in de kast bij de douche.'

Saga loopt de badkamer in, sluit de deur en ziet dat de hele schoot van het slot weg is. Ze hangt een badlaken van Grand Hotel Oslo aan een haak.

De lichtblauwe vloerbedekking is bobbelig, op de rand van de wastafel liggen gele scheermesjes en de wc heeft geen klep.

In de achterste hoek naast de wasmachine klimt de zwarte schimmel bijna een meter hoog tegen de muur.

Voordat Saga zich uitkleedt en onder de douche stapt, controleert ze of er geen verborgen camera's zijn.

De mengkraan zit los en is met ijzerdraad bevestigd aan de buizen die van boven komen. Ze draait voorzichtig aan de knop, wacht even en stapt dan onder de warme straal.

Het kletterende water laat het douchegordijn trillen.

Saga wast haar haar met douchegel en denkt aan wat Sven-Ove Krantz had gezegd, dat Mara samenviel met haar levensverhaal. Dat houdt de facto in dat de psycholoog in de loop der jaren meer was veranderd dan zijn patiënt. Hij had haar behandeld alsof ze de waarheid sprak en was langzamerhand gaan geloven dat haar woorden met de werkelijkheid overeenkwamen.

Saga stapt onder de douche vandaan, droogt zich af en ziet dat er onder de wasmachine in de hoek een grote plas schuimend water staat.

Ze trekt haar vieze kleren weer aan, verlaat de badkamer en ruikt meteen de scherpe geur van gebakken bacon. Rond de bar is de lucht nevelig. Uit de stereo klinkt ernstige popmuziek uit de jaren tachtig. Karl heeft voor hen allebei een bord op de hoge bar gezet, en een kan water.

'Je had niet hoeven koken,' zegt ze.

'Ach,' glimlacht hij.

'Ook al heb ik wel trek,' voegt ze eraan toe.

Hij haalt de koekenpan van de pit en zet die op een kurken onderzetter op de bar.

'Ik heb nog wel ander bestek, maar dit gerecht moet je eigenlijk met een lepel eten, heb ik geleerd,' zegt hij.

'Een lepel is prima.'

'Bon appétit,' zegt hij. Hij glimlacht en doet er ketchup op.

Misschien helpt het dat ze trek heeft, maar de combinatie van snelkookmacaroni, gebakken prei en bacon, zout en zwarte peper werkt onverwacht goed.

Onder het eten zegt Karl dat hij het idee heeft dat het er in de journalistiek alleen nog maar om gaat iets te schrijven waar de lezers op klikken, om de reclame-inkomsten te vergroten.

'Maar waar ik me echt zorgen over maak, is de onzelfstandigheid van de journalisten,' vervolgt hij, 'dat ze niet langer hun eigen mening naar voren brengen, maar die van de eigenaren.' Hij veegt zijn mond af.

'Denk je dat?' vraagt ze en ze schept nog wat op.

'Niet echt, maar ik ben verbitterd en dan is het lekker om af en toe wat te zeuren,' zegt hij en hij glimlacht zo breed dat zijn puntige hoektanden zichtbaar worden.

'Je komt uit Zuid-Afrika,' zegt ze met een gebaar naar de vlag aan de muur.

'Ik ben hier op mijn vijftiende naartoe gekomen met mijn moeder... maar ik heb de achternaam van mijn vader gehouden, Speler.'

'Maar je sprak al Zweeds?'

'Mijn moeder komt uit Småland.'

'Hoe was het om hier te komen wonen?'

'Fijn, rustig, koud... ik kwam van een particuliere school en was hier in een jaar klaar met de middelbare school, ik haalde hoge cijfers, werd toegelaten tot de school voor journalistiek... en nu zit ik hier!'

Ze drinkt een slok water, zet het glas op de bar en ziet hoe het licht wordt gebroken in het schommelende oppervlak.

'Er is een probleem met de afvoer in de douche,' zegt ze.

'Het afschot loopt verkeerd,' antwoordt hij. 'De kraan is kapot, er zit een barst in de wastafel... Dit is misschien geen droomplek, maar wat zal ik zeggen, hij past bij mij en mijn carrière.'

'Je hebt alleen een beetje pech gehad.'

'Dat beweert dit appartement ook... dat het de pech heeft van een slechte ligging, dat het benauwd is en gehorig, ik hoor het als de eigenaren boven seks hebben, wat volgens mij een bonus is... Ik heb geen ramen, geen slot, geen afzuigkap... ook geen kaneelbroodje in boterhampapier of...'

'Ik moet gaan,' onderbreekt ze hem en ze laat zich van de kruk glijden.

'Sorry als ik...'

'Ik moet even iets checken,' zegt ze snel en ze veegt haar mond af met een stuk keukenpapier.

Zijn woorden over het kaneelbroodje hadden haar met uiterste precisie geraakt.

'Mag ik mee?' vraagt Karl.

'Als je een auto hebt,' antwoordt ze en ze doet de holster met het pistool om.

'Denk je dat ik iemand met een auto ben?'

'Je hebt een mooi horloge,' zegt ze en ze trekt haar schoenen aan.

'Toen ik achttien werd, wilde mijn vader me zijn Rolex geven, maar die nam ik niet aan, daar was ik te trots voor... deze heb ik voor mezelf gekocht op een veiling toen ik vijftig werd.'

'Ik ben over een paar uur terug,' zegt ze en ze loopt weg.

'Waar ga je naartoe?'

'Naar Västerhaninge...'

Hij pakt snel zijn jas en loopt achter haar aan door het museum. De vitrine met Saga's bebloede sloffen rammelt door hun voetstappen.

'Je denkt dat Mara daar woont, vanwege wat ze zei, over haar eigen dood?' vraagt hij.

'Ze heeft ruimte en privacy nodig om met grote hoeveelheden chemicaliën te kunnen werken.'

'Ik regel een auto,' zegt hij.

'Hoelang duurt dat?'

'Dertig seconden.'

64

Mara Makarov zit in het halfduister in haar keuken op de nagelriem van haar duim te bijten. Op de tafel voor haar liggen drie foto's. Ze pakt een ervan op, scheurt hem doormidden, staat op en loopt naar het fornuis. De lege conservenblikjes op de vloer rinkelen tegen elkaar. Ze zet de kleinste pit op de hoogste stand, draait zich om, maait de foto's van tafel en slaat dan een paar keer hard met haar hand op het tafelblad.

'Idi vemoja vejave,' roept ze en ze pakt haar eigen nek met beide handen vast.

Mara knijpt in haar keel totdat ze geen lucht meer krijgt, terwijl ze naar haar spiegelbeeld in het raam kijkt.

Ze laat los en kijkt naar de meiboom op het erf.

De berkenblaadjes zijn bruin en de veldbloemen dood.

In een kring rond de mast liggen witte schedels en ribben, dijbeenderen en bekkens.

Maar dat deel is slechts een fantasie.

Er klinkt getik van het fornuis. Mara draait zich bliksemsnel om en trekt haar pistool uit de holster.

Ze was de pit vergeten.

Die is rood geworden van de hitte.

Witte skeletten en rood bloed, denkt ze. Wit en rood, wit en rood.

Mara heeft eerder een kleipoppetje gemaakt, naar de foto's gekeken, de gelaatstrekken uitgesneden met de punt van haar mes en er een mal van siliconenrubber omheen gemaakt.

Ze keert terug naar het fornuis en plaatst de kroes met de stukjes zuiver tin in de uitholling in de kookplaat.

Vanochtend heeft ze de traversekraan gebruikt om de zware rubberen zak op de steekwagen te tillen. De benen hingen over de rand van de pallet toen ze hem naar de garagedeur trok.

Hij begon weer te gillen en te trillen van zijn kwellingen toen ze hem op het grind kieperde. De geconcentreerde base had intussen alle huid afgebroken en zijn gezichtstrekken en de kleinere extremiteiten opgelost.

Ze ging in haar pick-up zitten en reed gestrest achteruit naar de garage. Per ongeluk over zijn hoofd heen. De zak scheurde en bloed en hersensubstantie spatten een meter ver over het grind. Ze reed een stukje naar voren, stapte uit, liet de laadklep neer en hees de zak met de lier op tot naast de vastgesjorde jerrycans. Het lichaam was nu helemaal slap, maar af en toe gingen er spiertrekkingen doorheen, alsof het rilde.

Ze laste het gat in de zak dicht, schepte grind over het bloed, parkeerde de auto in de bosrand, dekte hem af, ging weer naar binnen en at een half blikje tonijn in olie, waarna ze overgaf.

Nu staat ze voor het fornuis en ziet hoe de stukjes tin inzakken door de warmte en een spiegelgladde plas met een sterke oppervlaktespanning vormen.

Ze pakt een lucifer, breekt de kop eraf, stopt hem in het vloeibare metaal en ziet een lichtgrijze rooksliert opstijgen.

Ze draait het fornuis uit, pakt de kroes en vult de gietvorm voorzichtig, voelt de hitte door het siliconenrubber heen, schenkt er nog wat bij en trilt.

Een zilveren kraaltje landt op haar wijsvinger. Het brandt even en dan verdwijnt de scherpte van de pijn.

Ze draait trillend haar handpalm naar boven en giet het laatste beetje tin erin.

Het sist als het gesmolten metaal haar huid raakt en haar knieën knikken van de pijn. Mara laat zich op de grond zakken met haar rug tegen de keukenkast. Ze houdt haar rechterhand om haar pols en kijkt naar het metaal dat stolt in haar handpalm en zijn glans verliest.

Ze staat op trillende benen op, peutert het reepje metaal los en hoort het in de gootsteen rammelen.

Klaarwakker van de pijn haalt Mara voor de duizendste keer haar schema tevoorschijn, met tijdlijn, parameters en wiskundige vergelijkingen.

Haar hartslag is nog steeds hoog als ze aan tafel gaat zitten.

Het verleden is nagenoeg perfect, ook al heeft ze het plan een aantal keren moeten bijstellen.

Aan de andere kant van het heden zijn de moeilijkste momenten rood omcirkeld.

Ze bestudeert het causale netwerk van toekomstige alternatieven.

Ze voert telkens nieuwe berekeningen uit over toeval en waarschijnlijkheid, berekent stochastische variabelen en stelt ze tegenover psychologische probabiliteit.

65

In de barnsteenkleurige wegverlichting glijden de schaduwen van de raamstijlen keer op keer over Saga's geconcentreerde gezicht en over haar linkerhand op het stuur.

Karl zit naast haar en dwingt zichzelf niet te vaak naar haar te kijken.

De zwarte Porsche is via de Nynäsvägen zojuist Söderhagen gepasseerd.

Twintig minuten geleden stond Saga op straat voor de grote bungalow waar Karl een appartement in het souterrain huurt. In de weerschijn van de tv in de woonkamer zag ze hem door de keuken van de eigenaren lopen. Hij zei niets, maakte zijn aanwezigheid niet kenbaar, deed geen lampen aan, maar sloop alleen naar de gang en pakte een sleutel uit de kast.

Een paar seconden later gleed de garagedeur open.

Terwijl Saga reed, volgde Karl haar aanwijzingen en zocht naar boerderijen met akkers en tractors bij Västerhaninge.

Hij kon er vijftien vinden, maar geen enkele die een link had met de naam Makarov. Pas toen ze uitgebreider zochten met de namen die Mara had genoemd – Vadim en Aglaja – kregen ze resultaat.

Slechts een jaar voor het bootongeluk in de buitenste archipel van Stockholm had een zekere Vadim Goerkin een boerderij in de Ormstavägen gekocht. Het Russische familielid dat het pand had geërfd nadat Vadim dood was verklaard, heeft nog geen vernieuwde registratie aangevraagd bij het kadaster en daardoor is de boerderij in een soort limbo terechtgekomen.

Bij verkeersknooppunt Fors verlaat Saga de snelweg, ze rijdt langs de donkere steengroeve en onder het viaduct van weg 560 door.

'Voor mij is dit heel spannend,' zegt Karl. 'Maar ik denk... zou het niet verstandiger zijn, zeg maar, om je over te geven en dit aan de politie te vertellen?'

'Daar is geen tijd voor... Ik ben de enige die Joona kan redden,' antwoordt Saga kortaf.

Ze gaat weer harder rijden als de smalle grindweg een bocht maakt om industriële gebouwen van lichtblauw metaal heen.

'Waarom kun jij alleen Joona redden?' vraagt Karl voorzichtig.

'Omdat zij dat heeft gezegd, omdat ze hem boven alles haat.'

'Heeft Makarov gezegd dat...'

'Als ik Mara niet tegenhoud, zal ze hem doden.'

'Je moet met Joona praten.'

'Misschien,' fluistert ze.

Na de grote gebouwen van blauw metaal, met lege parkeerterreinen en rijen afvalcontainers, houdt alle bebouwing op.

Ze rijden over de ratelende grindweg, langs weilanden met elektrische omheiningen en dan het donkere bos in.

Er schrapen takken langs de zijkant van de auto.

Het dimlicht vormt een nauwe zuilengang voor hen.

Ook al mindert Saga vaart zodra ze de diepe kuilen in de weg ziet, de hele auto schokt als ze erdoorheen hotsen.

'We komen in de buurt,' zegt Karl gedempt.

De grond tussen de stammen van de bomen is bijna niet te onderscheiden, dat wordt pas beter als het bos zich opent naar een vlak en lichtgrijs landschap van braakliggende akkers, droog en stoffig in de schemering.

Onrustige kauwen cirkelen rond een bosschage, verderop struinen een paar reeën onder de elektriciteitsleidingen.

'We moeten het bijna kunnen zien,' zegt ze.

Ze volgen een wijde bocht en vangen door de dichte struiken in de berm een glimp op van een donkere boerderij.

Een groep vervallen bruinrode gebouwtjes die zijn samengevoegd.

Er is geen auto te zien, geen licht achter de gebarsten ruiten.

Ze passeren de inrit naar de boerderij, rijden een paar honderd meter door, keren waar dat mogelijk wordt, rijden een eindje terug en stoppen naast een bosschage waar ze vanuit de boerderij niet kunnen worden gezien.

'Ik ga even kijken, maar wat er ook gebeurt, jij moet in de auto blijven,' zegt Saga ernstig.

'Wat moet ik doen? Hier gewoon zitten?'

'Als er een auto... waarschijnlijk een pick-up, het terrein verlaat, verstop je je op de vloer en zodra die in het bos is verdwenen bel je Joona.'

'Moet ik met Joona Linna praten?'

'Zeg dat je in opdracht van mij belt en dat de Ormstavägen bij verkeersplein Fors meteen moet worden afgezet.'

'Oké, prima...'

Ze pakt zijn telefoon uit het vak tussen de stoelen en voegt Joona als contact toe.

'Als je pistoolschoten hoort of als ik niet binnen dertig minuten terug ben, bel je Joona om te vertellen wat er is gebeurd, maar je stapt niet uit,' zegt ze en ze opent het portier.

'Ik snap het.'

'Heb je een zaklamp?'

'Nee... of ik heb dit,' antwoordt hij en hij laat een kleine Maglite aan een sleutelhanger zien.

'Perfect,' zegt ze en ze pakt hem aan.

Hij is van roze metaal en past in een luciferdoosje.

'Wees voorzichtig,' zegt hij als ze uitstapt.

Ze duwt het portier dicht en loopt in de koele lucht naar de boerderij. Het hard aangestampte grind knerpt zacht onder haar schoenen.

De wind jaagt door struiken en onkruid.

Ze blijft staan, trekt haar pistool, houdt het verborgen tegen haar lichaam en loopt dan de smalle oprit in.

Dicht bij elkaar gelegen woonhuizen, schuren en garages zijn tot een grote eenheid samengevoegd. De daken variëren in hoogte en schuinte, de meeste zijn bedekt met golfplaat of zwart geverfd zink.

Naast het huis liggen tractorbanden, laadschoppen voor graafmachines en berkenhout onder een groen dekkleed. In de bosrand staat een ijzeren tank voor diesel voor de tractor, een meter of vier lang, roestrood geverfd.

Saga steekt het grindveld over in de zwakke weerschijn van de hemel.

Vijf groene containers staan tegen de muur van de garage. Het donkerrode gevelpaneel is aan de onderkant verrot.

De verf op raamkozijnen en roeden bladdert af, er ontbreken ruiten en in het onkruid ligt glas.

Ze opent de deksels van de afvalcontainers en ziet dat ze helemaal leeg zijn.

Een grote zwerm eksters komt over de daken heen vliegen, ze gaan in een oude appelboom zitten en stijgen met veel misbaar weer op.

Saga loopt voor de hoge garagedeur langs naar de loopdeur, schuift de zwart geworden grendel opzij en opent hem op een kiertje.

Ze staart het donker in en ruikt een scherpe geur van metaal en olie. Als ze Karls lampje aanknipt, kan ze een roestige tractor met aangekoppelde zaaimachine onderscheiden en een balenpers met lekke banden.

Saga loopt naar binnen, doet de deur achter zich dicht en stapt over een eg vol gedroogd gras heen.

Ze blijft staan en luistert, laat de Glock zakken en voelt het gewicht van het wapen nog in haar schouderspieren.

Op de cementen vloer, tussen palletvorken en voorladers, ligt een dikke ketting.

Ze komt aan de korte kant van de garage, opent de smalle deur en loopt geruisloos een smalle passage met een zandvloer in.

Door de kieren tussen de wandplanken ziet ze het erf.

In het duister voor haar klinkt zacht geritsel.

Saga heft het pistool en schijnt voor zich uit. Een grote rat beweegt rustig door de gang. Hij glipt sloom opzij als ze naar de deur van het volgende gebouw loopt. Saga doet de lamp weer uit, staat in het donker en wil net de haak optillen als ze een sluipend geluid achter zich hoort.

Het klinkt alsof iemand met de hand over de motorkap van de tractor aait.

Ze houdt haar adem in, verplaatst haar vinger van de beugel van het pistool naar de trekker en voert de trekkerdruk langzaam op.

Al haar zintuigen staan op scherp.

Saga hoort voorzichtige voetstappen in het zand achter haar, ze draait zich geruisloos om, richt het pistool naar waar het geluid vandaan komt en knipt de zaklamp aan.

66

Karl Speler zit met de telefoon in zijn hand in de donkere auto, zijn blik gericht op de inrit verderop. Geregeld werpt hij een blik in de zijspiegel om de weg achter hem in de gaten te houden, die een bleek spoor tussen gras, struiken en bomen trekt en vijftig meter verder in een bospartij verdwijnt.

Hij strijkt zijn lok naar achteren en kijkt op zijn horloge.

Saga is nu vijf minuten weg.

Karl denkt weer aan zijn achttiende verjaardag, toen zijn vader vanuit Kaapstad naar Zweden was gekomen. Hij wilde zijn zoon een lunch aanbieden in restaurant Clas på Hörnet, en zijn moeder haalde hem over erheen te gaan.

Hij herinnert zich dat zijn vader veel ouder was geworden, een overhemd met korte mouwen, een kakikleurige broek en bruine lage schoenen droeg.

Het haar op zijn gebruinde armen was spierwit geworden.

Bij het nagerecht zette hij zijn cadeau op tafel. Hij had een lichtblauw cadeaulintje om het originele doosje uit de jaren zestig gebonden.

'Denk je dat je alles goedmaakt door mij je oude Rolex te geven?' vroeg Karl. 'Ik ga weg als je dat ding niet van tafel haalt.'

Karl zal het gezicht van zijn vader nooit vergeten, de gebarsten glimlach, die hij toen zag als irritatie en teleurstelling, maar waarvan hij later begreep dat het een gevecht tegen zijn tranen was.

'Het is toch maar rommel,' had zijn vader gezegd toen hij het cadeau weer in zijn tas stopte.

Karl staart door de voorruit naar de grindweg en de oprit naar het huis en realiseert zich dat hij al een tijdje niet achter zich heeft gekeken. Met een huivering richt hij zijn blik op de zijspiegel en verplaatst zijn hoofd een stukje.

De weg ligt er leeg en bleek bij, maar hij kan niet zien wat er vlak achter de auto is.

Voorzichtig steekt hij zijn hand uit naar de binnenspiegel en draait eraan.

De achterruit is alleen maar zwart.

Hij knippert met zijn ogen en probeert zijn blik scherp te stellen.

Aan de onderkant van het raam verschijnt een soort donkergrijze wolk.

Als er een vegend geluid door de carrosserie klinkt, kijkt hij weer in de zijspiegel.

Het is vast een tak die beweegt in de wind en met zijn bladeren over het achterspatbord strijkt.

Karl wrijft over zijn voorhoofd, leunt met zijn achterhoofd tegen de neksteun en kijkt door de voorruit.

Recht voor hem flikkert licht tussen de struiken door, als een vuur dat wegduikt in de wind. Voordat hij zijn blik erop kan fixeren, is het alweer donker.

Zijn hart is sneller gaan kloppen en hij glimlacht breed bij zichzelf als het absurde van de situatie tot hem doordringt. Op zoek naar een seriemoordenaar, samen met Saga Bauer. Rüssel en Dragan zullen hem nooit geloven.

Karl opent het portier en glipt de koele lucht in, kijkt achter de auto en loopt dan naar voren totdat hij de boerderij kan zien.

Alles is donker en stil.

Hij wil net teruglopen naar de auto als hij licht ziet door de kieren van de plankenwand van een gang die de garage met een groter gebouw verbindt.

Het gestreepte licht stroomt over de grond, tussen de berken door, en glinstert even in twee rode reflectoren. Het zijn net ogen die opengaan en weer dicht.

Het volgende moment is de boerderij weer donker.

De twee rode reflectoren kunnen maar één ding zijn: de achterlichten van een auto.

Hij bedenkt dat hij erheen moet gaan om te kijken of het Mara's pick-up is, maar beseft op hetzelfde moment dat hij dat nou juist niet mocht doen van Saga.

Waarschijnlijk heeft ze de pick-up in de bosrand al gezien toen ze de boerderij naderde.

Karl blijft nog even staan en loopt dan snel terug naar de Porsche. Hij sluit het portier en doet het op slot.

Hij staart door de voorruit naar de weg en de oprit naar de boerderij en checkt dan de binnenspiegel.

Takken bewegen loom in de wind.

Het bos verderop is bijna zwart.

Hij moet denken aan gestapeld vlees, waar hij als kind zo bang voor was, maar zet die gedachte van zich af. Saga is nu twaalf minuten weg.

Hij opent zijn telefoon om te controleren of de batterij opgeladen is. Het licht van het scherm vult het interieur van de auto op een enge manier.

Hij doet de telefoon meteen weer uit, maar begrijpt dat hij op honderden meters afstand zichtbaar moet zijn geweest.

Als een eenzaam vuurvliegje.

Karl legt de telefoon in het vak bij de versnellingspook en denkt aan het bericht dat hij op zijn tweeëndertigste had gekregen, dat zijn vader na een langdurig ziekbed was overleden. Na de begrafenis vertelde hij zijn moeder over de poging van zijn vader zich vrij te kopen door zijn Rolex weg te geven. Karl zei dat hij altijd aan haar kant had gestaan en dat zijn vader nooit had begrepen dat loyaliteit niet te koop is.

'Wat erg,' had zijn moeder gezegd en vervolgens was ze op een stoel neergeploft.

'Wat?' vroeg hij.

'Je vader zei altijd dat jij het horloge zou krijgen als je achttien werd,' vertelde ze. 'En dat was lang voordat hij en ik conflicten hadden.'

Toen pas besefte Karl dat het geen omkoping was, geen poging zich vrij te kopen. Hij had er geen bijbedoelingen mee gehad. Zijn vader had al aan Karl gedacht toen hij het horloge kocht en daarna elke keer dat hij erop keek.

Karl ziet zijn vaders verouderde gezicht voor zich, de gebruinde armen en de witte band om zijn linkerpols.

Hij begrijpt niet waarom hij opeens aan zijn vader moet denken. Komt het door die ene vraag van Saga of doordat hij bang is geworden?

67

Saga loopt door een hal met vijf metalen kasten, een paar uitgedroogde muggenspiralen op de vensterbank, een grote zinken gootsteen en stapels papieren servetten op de cementen vloer.

De hevige adrenalinestoot zakt af.

Toen ze in de gang met de zandvloer was, had ze iemand achter zich gehoord. Dat wist ze zo zeker, dat ze recht het duister in had kunnen schieten, maar toen ze het zaklampje aanknipte, was er niemand.

Haar vinger trilde op de trekker.

Het geluid van sluipende passen was weg.

Nu blijft ze staan voor een smalle deur met een matglazen ruitje en een geplastificeerd bordje met veiligheidsvoorschriften voor de werkplaats.

Dit is Mara's plek, denkt Saga en ze heft haar Glock, waarna ze voorzichtig de deur opent.

Door de ramenrij hoog in de muur valt een zwak licht van de westelijke hemel naar binnen.

Onder het kale metalen dak lopen dikke dwarsbalken met een soort takelsysteem.

Saga luistert even en loopt dan naar binnen, ze kijkt snel naar beide kanten of het veilig is, rent naar voren en duikt weg achter een stalen werkbank.

In een plastic bak liggen een gelaatsmasker en verkleurde chemicaliënhandschoenen.

Er hangt een zwakke geur van verrotting in de stilstaande lucht.

Langs de ene muur staat een rij gigantische jerrycans.

Ze kijkt om de hoek van de bank.

Recht onder de traversekraan ligt een stuk hardboard dat helemaal bedekt is met opgedroogd bloed, het is over de vloer naar een putje gestroomd.

Een betonnen helling leidt naar een laadplatform met een opening waar brede lamellen van vergeeld plastic voor hangen.

Saga bedenkt dat ze het hele gebouw zal doorzoeken en vervolgens een plek zal vinden waar ze Mara kan opwachten.

In plaats van mee te doen aan haar raadspelletjes, zal ze Joona bellen en samen met hem hier een val voor Mara zetten.

Saga staat op en beweegt tegelijkertijd met het pistool over de werkplaats.

Ze blijft doodstil staan en kijkt naar de deuren.

Eerst naar de deur die terugleidt naar de hal en de gang met de zandvloer.

Daarna beweegt ze honderdtachtig graden met het pistool en kijkt naar een geteerde houten deur aan de andere kant van het vertrek, die waarschijnlijk naar het oude woonhuis leidt.

Ze wendt haar ogen af van de deuren en loopt schuin het vertrek door naar de plastic lamellen die voor de opening naar het modernere deel van de boerderij hangen.

Ze stapt over een rol dik rubberdoek en loopt de helling op naar het laadperron.

Achter het vergeelde plastic is vaag een lichtere ruimte te zien met aluminium ventilatieslangen.

Saga duwt met haar schouder tegen het plastic. Er klinkt een plakkerig geluid als de lamellen van elkaar gaan en meegeven. Ze kijkt snel achterom en duwt zich er dan doorheen, ze gaat op een knie zitten en verplaatst haar vuurlijn van de hoge graandroger naar een halfopen deur die toegang biedt tot de graanschuur.

De tijd begint te dringen, over negen minuten gaat Karl Joona bellen.

Saga loopt naar de open stalen deur.

Langs de ene deurpost hangt een stevige deurbalk.

Erachter is een lege opslagruimte te zien met hoge stalen wanden. De vloer is bedekt met meel en tarweafval.

Bijna midden in het vertrek ligt een enorme stapel pallets.

Saga wil zich al omdraaien en teruglopen als ze een onverwacht detail ziet. Op de vloer, vijf meter van de deur, staat een matroesjka, een Russische houten pop waar een reeks steeds kleinere poppetjes in past.

*

Voor de derde keer controleert Karl of de portieren op slot zitten. Hij kijkt in de zijspiegel. De wind gaat door het hoge gebladerte en de takken bewegen zwart tegen de hemel.

De weg is nu bijna niet meer te onderscheiden. Het licht is zo zwak dat het grind lijkt te zweven, alsof het drijft op een rivier en tot een streep wordt uitgerekt.

Hij kijkt door de voorruit.

De kuilen in de weg vloeien samen.

Stel je voor dat Saga de auto niet heeft gezien, dat die verstopt was. Dan rekent ze er niet op dat Mara thuis is.

Hij kijkt in de zijspiegel en dan in de binnenspiegel.

Door de achterruit is de weg naast de auto enigszins zichtbaar. Een boomwortel heeft de grond opgetild en steekt als een knie boven het grind uit.

Voorzichtig draait hij de binnenspiegel en kijkt naar de berm schuin achter de auto.

Het onkruid trilt eigenaardig.

De witte bloemen van het zevenblad buigen langzaam opzij.

Karl kijkt snel in de zijspiegel en daarna weer in de binnenspiegel.

Alles is een paar seconden stil en daarna schommelt de buitenste rand van margrieten. Tussen stelen en gras is een forse hand te zien.

Hij knippert heftig met zijn ogen.

Dit verbeeldt hij zich maar, het zijn neurotische fantasieën.

Hij heeft op zijn twaalfde hersenvliesontsteking gehad, een primaire hersenontsteking met een delirium en epileptische aanvallen.

Wat hij op de toppen van de koorts had ervaren, voordat de ambulance bij het zomerhuisje in Småland aankwam, heeft hem eigenlijk nooit meer losgelaten.

Het was laat op de avond en hij zat alleen op een stoel voor het huis.

Het grasveld lag vol met droge sparappels.

In het licht van de maan ontwaarde hij een gestalte in de bosrand.

Het was een man die bestond uit gestapeld vlees, stukken van verschillende dieren waren aan delen van mensen geregen.

Hij had een dikke nek, een stierenkop en menselijke armen, die glommen van zwart bloed.

De man kwam dichterbij en streek ongeduldig over het gelooide leer van zijn slagersschort, keek bijziend naar het huis en hield zijn hoofd schuin om te luisteren.

Karl durfde niet van zijn stoel op te staan en naar binnen te rennen. Hij bleef volledig verlamd zitten en hield zijn adem in, totdat zijn lichaam begon te trillen in een vreselijke stuip.

Hij kwam pas een dag later weer bij, in het ziekenhuis.

Karl kijkt snel door de voorruit naar de oprit en dan weer in de binnenspiegel, hij steekt zijn hand omhoog en zet hem in de juiste stand.

Er ligt iets in de berm, in zwarte, glimmende stof gewikkeld.

Het beweegt zich langzaam, het onkruid wordt langzaam naar voren gebogen.

Karl zakt onderuit op zijn stoel en probeert zachtjes adem te halen.

Hij krijgt het irrationele idee dat hij niet uit had moeten stappen, dat het net is als in een sprookje, dat hij de man van gestapeld vlees naar zich toe had gelokt door de regels te overtreden.

Hij hoort iets langs de carrosserie schrapen. Het klinkt alsof er lange nagels over de lak gaan.

Karl houdt zijn adem in.

Hij weet niet zeker of er iets in de berm heeft bewogen. Misschien was het gewoon de wind door het onkruid, die een illusie had gecreeerd.

Hij houdt zijn hand voor zijn mond en begint zachtjes tussen zijn vingers door te ademen.

Er bonst iets op het dak van de auto.

Hij weet een schreeuw te onderdrukken.

Er klinkt een schrapend geluid en dan glijdt er een holenduif langs de voorruit, hij herwint fladderend zijn evenwicht en loopt over de motorkap.

Karl kijkt weer in de binnenspiegel.

In de berm is niets te zien.

Hij probeert zich te concentreren.

Het zweet loopt vanuit zijn oksels langs zijn lichaam.

Er is hier niemand, denkt hij, en hij opent het portier. De duif vliegt met een ritselend geluid weg.

Met bonzend hart stapt Karl uit. Hij loopt om de auto heen, kijkt in de berm en schopt tegen het onkruid. Tussen de struiken ligt een zwarte vuilniszak. Hij trekt hem de weg op en kijkt erin. De zak zit vol met oude kleren en losse schoenen.

Karl laat hem liggen en loopt over de grindweg naar de boerderij. Hij is tegenwoordig niet vaak meer bang in het donker.

Het onplezierige gevoel blijft en maakt hem waakzaam.

Maar hij weet dat hij Mara's auto moet saboteren, zodat ze niet weg kan komen.

Hij loopt de smalle oprit in met een strook gras in het midden.

De gebouwen zijn donker, staan dicht op elkaar, met elkaar verbonden.

Heel de donkerrode boerderij is zo gesloten als een rozenknop.

Karl houdt zijn pas in en probeert te bedenken waar het licht dat hij daarnet had gezien vandaan was gekomen. Het moet van het kleine zaklampje zijn gekomen toen Saga van de garage naar het grote gebouw liep.

Hij kijkt naar de plankenwand met kieren, richt zijn blik op het berkenbosje, ziet een grote tank op een onderstel, loopt erheen en ziet opeens de rode achterlichten.

Hij speurt de grond af, vindt een stuk glas bij de groene containers, raapt het op en begeeft zich naar de auto.

Tegen een boomstronk staan stapels gebarsten dakpannen opgestapeld.

Hij loopt langs de dieseltank en ziet dat de auto verstopt staat onder een camouflagenet.

Het is een oude Ford pick-up.

Karl probeert de achterbanden met de scherpe glasscherf door te snijden.

Dat is onmogelijk.

Misschien ligt er een mes of een schroevendraaier in de laadbak, bedenkt hij, en hij bukt om een lus rond een grote steen los te maken en slaat een punt van het net opzij.

Honderden vliegen stijgen zoemend op.

Karls hart begint sneller te slaan.

Het ruikt naar verbrand haar en scherpe chemicaliën.

Er ligt een enorme zak in de laadbak. Karl doet een stap naar achteren en heeft het idee dat hij kleine schokjes ziet onder het zwarte rubber.

68

De kunststof lamellen schommelen smakkend achter Saga als ze terugkeert naar de werkplaats en de helling van het laadperron af loopt.

In de zwarte smurrie rond het afvoerputje bewegen witte maden.

Saga houdt beide deuren in het oog en loopt naar de laatste, die naar het woonhuis leidt.

Een deel van de vloer is bedekt met een geribbelde metalen plaat. Als ze eroverheen loopt, klinken haar voetstappen vreemd, vanwege de ruimte onder de plaat.

Saga stapt over een gereedschapskist, komt bij de zwarte deur en ruikt de geur van teer.

Ze heeft nog zeven minuten voordat Karl Joona belt.

Er komt een sloffend geluid door de muren heen.

Saga veegt haar rechterhand af aan haar broek, opent en sluit die een paar keer om haar vingers soepel te maken en brengt dan het pistool weer omhoog. Ze haalt diep adem, duwt de kruk omlaag, zet de deur een stukje open en loopt een schemerige gang in met een voddenkleed over een doorbuigende plankenvloer.

Ze had alle conflicten naast zich neer moeten leggen en meteen contact moeten opnemen met Joona.

Waarom is ze zo boos?

Het is niet goed dat ze dit alleen doet. Het is te gevaarlijk.

Saga denkt aan de Russische pop, die naar haar had gestaard, en stelt zich voor dat de andere kleinere poppen erin ook naar haar staarden.

Ze knipt Karls kleine Maglite aan en komt bij een opening die met een motorzaag in de rode gevelbekleding van het huisje gemaakt is. De splinters steken uit het doorgezaagde hout.

De opening leidt naar een keukentje met een laag dak en een roederaam dat uitzicht biedt op het erf, waar een verdroogde meiboom staat.

Ze kijkt even naar de deur naar de gang en laat vervolgens haar wapen zakken.

Het ruikt naar afval en bedorven eten.

De keukenvloer ligt bezaaid met lege blikjes waar ravioli, bierworstjes, goulash, tonijn, mais, abrikozen, mosselen, visballetjes of zuurkool in heeft gezeten.

Aan het plafond hangt een lamp met een kap van oranje kunststof. Op het multiplex blad van de eettafel staat een geopend blik bruine bonen naast een boek over algoritmen.

Onder de radiator liggen foto's: een van Joona en een verscheurde van Margot.

In de ene spoelbak staat een bebloede bijl.

Op de muur boven het bruine elektrische fornuis zitten bruine, geglazuurde tegels. Saga houdt haar hand boven het fornuis en voelt de warmte die van een van de kookplaten komt.

Haar hart gaat sneller slaan.

De lege blikken op de vloer schrapen zacht langs elkaar als ze door de keuken naar een gangetje loopt.

Verderop is een badkamer en daar schijnt ze met haar zaklampje in.

Op de vloeren, muren, wastafel en het toilet zitten vieze grijze vegen.

Saga voelt een koude tocht rond haar benen en draait zich snel om, richt op de gang, de voordeur en de opening naar de keuken.

Alles is stil en het licht is onbeweeglijk.

Ze draait zich om, legt haar vinger weer op de trekker en loopt de slaapkamer in. Het rolgordijn is opgetrokken en het nachtkastje is bedekt met een laag stof.

Saga ziet haar eigen spiegelbeeld in een wandkleed achter glas.

Het bed is opgemaakt en onbeslapen, op de strakgetrokken sprei liggen dode vliegen. De deur van de kledingkast staat op een kier. Een uitgedroogde wesp op de vensterbank trilt in een luchtbeweging.

Saga richt haar blik weer op het wandkleed en voelt de adrenaline stromen.

De haartjes op haar armen gaan rechtovereind staan.

In de deuropening achter haar staat Mara.

Een kleine kleurloze gestalte, met grijs haar en een groezelig gezicht.

Saga werpt zich opzij, rolt om en schiet.

Maar Mara is al in de gang.

De snelle voetstappen ratelen over de vloer.

Saga rent achter haar aan, schiet nog eens, maar is te langzaam. De kogel slaat in de deurpost van de keuken, splinters en stof dwarrelen op.

Saga rent door de gang en hoort de blikjes op de keukenvloer rammelen.

Ze richt het wapen op de deuropening, terwijl Mara door het uitgezaagde gat in de muur verdwijnt.

Het rood geverfde pistool glinstert in Mara's hand.

Saga stapt snel tussen de blikjes door en hoort de geteerde deur met een klap openslaan.

Ze rent door het uitgezaagde gat en komt in de gang op het moment dat de zwarte deur terugzwaait.

De planken buigen door onder haar voeten.

Saga schiet drie keer dwars door de deur heen.

Ze hoort Mara's voetstappen weergalmen op de grote metalen plaat in de werkplaats, rent erheen en duwt de deur open.

Mara is bijna bij het laadperron.

Saga bedenkt dat ze 'politie!' moet roepen en Mara moet opdragen om te blijven staan en haar wapen neer te leggen, maar dat doet ze niet.

Mara duikt weg achter een groot motorblok, ze draait zich om en brengt haar wapen omhoog.

Saga werpt zich opzij, stoot haar slaap tegen de gereedschapskist, kruipt achter een kunststof vat met natriumhydroxide en stoot per ongeluk een emmer om, waaruit verrot bloed plenst, dat over de vloer stroomt en in de kier voor de metalen plaat loopt.

Het stinkt verschrikkelijk.

Saga werpt zich opzij, rolt zich om, staat op en richt.

Mara kruipt op het laadperron.

Saga ondersteunt haar rechterhand met de linker. Het vizier en de korrel trillen. Ze probeert een vuurlijn te vinden, maar de takel hangt ervoor. Ze loopt schuin over de plakkerige vloer, ziet Mara's rechtervoet en schiet.

De kogel ketst af op het metalen hek van het laadperron en vliegt de werkplaats in.

Mara rent ineengedoken weg. Saga richt tussen haar schouderbladen en schiet nog eens.

Van de terugslag voelt ze een schok door haar schouder gaan.

Mara laat haar pistool vallen, maar is al aan de andere kant van de kunststof lamellen.

Al rennend schiet Saga nog eens en ze hoort de smakkende geluiden als de kogels door het dikke plastic gaan.

Ze rent door, de helling op.

De lamellen schommelen.

Saga richt erop en probeert de bewegingen erachter te interpreteren.

Een bliksemsnelle schaduw zigzagt door de ruimte en verdwijnt door de geopende metalen deur van de voorraadschuur.

Saga wringt zich tussen de lamellen door en hoort Mara's snelle voetstappen in de grote ruimte.

Zonder te aarzelen volgt Saga haar door de geopende metalen deur, beweegt het pistool in beide richtingen en scant de wanden en de hoeken.

De Russische pop ligt haar aan te staren.

Saga richt haar Glock op de grote stapel pallets in het midden van het vertrek. Er zijn geen andere schuilplekken, geen andere deuren, Mara kan geen kant op.

Saga nadert de pallets in een grote boog en bereidt zich op een aanval voor, als de stalen deur achter haar dichtslaat en de deurbalk erop wordt gelegd.

Iemand heeft haar opgesloten.

Haar hartslag dreunt in haar oren.

Ze loopt door, om de pallets heen, maar daar is niemand.

Saga kijkt om zich heen, ze snapt het niet. Ze heeft Mara's voetstappen gehoord, haar door deze deur zien verdwijnen, ze zat vlak achter haar en ze heeft alle kanten op gekeken.

Er is niets om je achter te verbergen.

De voorraadschuur bestaat enkel uit een vloer en hoge gladde wanden.

Saga loopt om de pallets heen en kijkt weer in het rond.

Ze snapt er helemaal niets van.

Mara moet op de een of andere manier omhooggeklommen zijn en op de smalle lijst boven de deur hebben gezeten.

Saga probeert haar ademhaling te vertragen en veegt met haar onderarm over haar mond.

Over een minuut gaat Karl Joona bellen.

Er zijn geen andere deuren, geen luiken in de vloer.

Ze kijkt omhoog.

Onder het dak, op zo'n twaalf meter hoogte, zit een rij ramen. Ze zijn met dikke lagen spinrag bedekt, als formaties van vieze tule.

Saga stopt haar pistool in de holster en gaat voor de stapel pallets staan.

Er is een smoezelige handdoek over de vloer uitgespreid.

Naast een opgerold jack staat een plastic fles met water.

Dit is Mara's slaapplaats.

Saga herinnert zich de aantekening in het dossier van de psycholoog over Mara's voorkeur voor slapen op de vloer.

In een plastic emmer liggen dode spinnen met kromme poten.

Tussen de planken en blokken van de pallets glinsteren enorme spinnenwebformaties. Sommige zijn wit van het meel.

Saga gaat op haar knieën zitten en reikt tussen de pallets door naar een rood metalen koekblik. Als ze het naar zich toe trekt, knispert het van kapotgetrokken spinnenwebben.

Ze trilt als ze door de muren heen de knal van een pistoolschot hoort en kijkt naar de deur van massief staal, waar aan de buitenkant een stevige balk voor zit.

69

Saga probeert zich te verzetten tegen de golf van angst die haar overspoelt. Ze begrijpt dat het geloste schot kan betekenen dat Karl dood is. Maar als hij nog leeft, dan heeft hij intussen Joona gebeld.

Dan zal ze hier worden gevonden, gearresteerd en naar het huis van bewaring worden gebracht, waarna het OM haar zal gaan verhoren.

Saga zit op de grond met Mara's koektrommel, ze haalt het deksel eraf en legt het op de vloer.

Er zit alleen een uit een notitieboekje gescheurd blaadje in. Ze pakt het op en draait het om.

Mara heeft met trillende hand een stapel schedels en botten getekend en daar 'mijn familie' onder geschreven.

Saga legt het velletje papier terug en ruikt opeens een brandlucht.

Ze draait zich om en ziet blauwgrijze slierten door de kier tussen het deurblad en de deurpost komen en langs de muur omhoogkringelen naar het dak.

Saga staat op, doet een paar stappen naar achteren en kijkt omhoog.

Als de boel in brand vliegt, zijn er weinig opties.

Ze moet de pallets op een andere manier opstapelen, zodat ze via de dakbalken bij de rij ramen kan komen, voordat zich daarboven te veel rook verzamelt.

Ze kan een raam inslaan, op het dak kruipen, op de graandroger springen en zich vandaar naar beneden laten zakken.

Ze begint aan de pallets te trekken.

Ze wegen ongeveer vijfentwintig kilo.

Ze zal een soort groeiende trap van de pallets moeten bouwen waarlangs ze een nieuwe tree naar boven kan sjouwen.

Er stroomt nog steeds rook naar binnen.

Als ze maar genoeg tijd heeft.

Ze trekt snel een aantal pallets op de grond en probeert uit te rekenen hoeveel van de oorspronkelijke stapel ze kan laten staan als ze het dak wil bereiken.

Met elke pallet wint ze maar twintig centimeter aan hoogte – dat zijn vijf pallets per meter – het zal erom spannen of ze genoeg heeft.

Misschien moet ze bovenaan een paar pallets rechtop zetten, als een soort kaartenhuis.

Ze sleept, tilt en stapelt om de eerste etappe van de trap te bouwen.

Ze werkt snel en geconcentreerd.

Het zweet staat tussen haar borsten en haar spieren trillen al van de inspanning.

Saga sleept een pallet de eerste vier treden van de trap op, gooit hem erbovenop, rent naar beneden, pakt de volgende pallet op en slaakt een zucht van pijn.

Een splinter van een gebroken plank staat recht in haar hand.

Ze laat de pallet vallen en er stuift meel op.

De dikke splinter zit aan de binnenkant van haar rechterwijsvinger, vijf centimeter vlak onder de huid. Ze trekt hem eruit, schudt het bloed af en knijpt het gat dicht.

De rook in de nok is zich in onrustige wolkensluiers gaan verzamelen.

Ze gaat door met pallets slepen. Ze heeft er nog dertig nodig voordat ze de volgende etappe van de trap kan gaan bouwen.

Saga blijft staan als de stalen deur kraakt. Ze denkt nog dat het vuur het metaal heeft verhit, als de balk wordt weggehaald en de deur opengaat.

Ze trekt haar pistool en glijdt achter de stapel pallets. Haar pistool is op Karls naakte borstkas gericht. Hij heeft zijn overhemd uitgetrokken en dat voor zijn mond gebonden.

'Snel!' roept hij.

Saga rent naar hem toe en stopt haar pistool in de holster. Buiten brandt de grote graandroger als een fakkel. Het houten raamwerk van kruisende latten stort in en wordt tot gloeiende koolstof verpulverd.

'Ik heb je gezocht,' zegt Karl en hij hoest.

Er zit roet op zijn wangen en hij staart haar met bloeddoorlopen ogen aan. Een felle hitte drukt zich tegen hen aan, door de transportbuis stroomt pikzwarte rook naar binnen.

'We moeten hier weg,' zegt ze.

De plastic lamellen schommelen onrustig in de luchtverplaatsingen die het vuur voeden.

'Ik weet een route,' zegt Karl hijgend.

Ze wringen zich langs de vergeelde stroken en blijven op het laadperron staan.

'Mijn god.'

Het vuur is op weg de hele boerderij te omsluiten en maakt een dof bulderend geluid, als het rommelen van de donder. De houten wanden van de grote werkplaats branden, onder het dak springen ramen en er valt glas naar beneden.

'Ik ben daarvandaan gekomen,' roept hij en hij wijst in de richting van het oude woonhuis.

Ze klimmen van het laadperron en rennen naar de geteerde deur. Het stalen dak boven hen kraakt. De touwen van de traversekraan vatten vlam en het zware blok begint te draaien.

Voor hen klinken knallen, glas verbrijzelt en boomstammen vallen.

Hun schoenzolen smelten als ze over de grote metalen plaat lopen.

Opeens zwaait de zwarte deur open en die staat meteen in lichterlaaie, de lucht wordt naar binnen gezogen en het turbulente vuur doet een uitval met spitse vlammen en vonken.

'Nog één uitweg over,' zegt Saga en ze trekt hem mee terug.

Het dakgebint van de werkplaats lijkt te drijven op een rivier van kolkend vuur.

Vlak voor hen komt een balk naar beneden, hij landt op de werkbank en breekt in een cascade van vonken doormidden.

Grote dakplaten vallen zoevend naar beneden, brandende latten komen er ratelend achteraan.

Ze lopen door.

Saga hoest, haar keel doet pijn.

Karl wankelt en blijft staan, hij zet zijn handen op zijn bovenbenen en spuugt zwart speeksel op de vloer.

'Je moet je mond en neus weer bedekken,' roept Saga.

Met een suizend geluid zuigt het vuur zuurstof aan. Het wordt met de seconde moeilijker om adem te halen. De ene lange kant van de werkplaats golft van zwellend vuur en de muur komt krakend naar binnen toe.

Op de warme lucht worden gloeiende roetvlokken naar boven gezogen.

Saga voelt de hitte van de lucht in haar longen en trekt haar T-shirt voor haar mond.

De ruit in de deur naar de hal is ondoorzichtig. Saga opent de deur, ziet dat het vertrek vol rook staat, neemt Karl mee naar binnen en sluit de deur.

Het gevaar van een brandgasexplosie is extreem groot.

Ze houden hun adem in. Hun ogen branden en tranen. Ze zien bijna niets.

Saga botst tegen de zitbank en slaat rechts af.

De hitte in haar gezicht is fel. De muggenspiralen verschrompelen. De metalen kasten kraken.

In de werkplaats achter hen exploderen vaten met chemicaliën. De ontploffingen beuken als een stormram tegen de deur.

Haar hart gaat sneller slaan, Saga moet snel weer inademen, ze moet door de garage naar buiten zien te komen.

De deur naar de gang zit dicht.

Achter haar gaat Karl op handen en voeten zitten.

Saga steekt haar hand uit en brandt zich als ze deurkruk aanraakt.

Haar longen trekken zich krampachtig samen.

Ze doet een stap terug en schopt de deur open, ook al is dat gevaarlijk.

Het achterste deel van de gang met de zandvloer staat al in lichterlaaie.

Als de brandgassen tot ontbranding komen, zal de hal achter hen binnen enkele seconden in een crematoriumoven veranderen.

Ze moeten de brandende tunnel door om bij de garage te komen voordat het te laat is.

Karl komt wankelend achter haar aan.

Ze vecht tegen de impuls om adem te halen, haar keel spant zich en ze voelt een grote druk op haar slapen.

Het bulderen wordt snel luider, de deur voor hen vliegt open en wordt van zijn scharnieren gerukt in een vuurwolk die uit de werkplaats komt.

Ze strompelen achteruit.

Er komt een regen van brandende splinters op hen neer.

Landbouwmachines kronkelen krakend in de hitte.

Achter hen klinkt een luide zucht.

De hal brandt als een tierelier.

Voordat al haar krachten het begeven, zoekt Saga het deel van de gang dat het felst brandt, werpt zich tegen de muur en raakt die met haar schouder.

Omgeven door vlammende stukken hout en gloeiende splinters duikt ze het erf op.

Ze komt op het grind terecht en rolt door.

Karl komt wankelend en met brandend haar achter haar aan.

Hij heeft roet op zijn gezicht en zijn neusgaten zijn zwart.

Saga slaat de vlammen op haar broekspijpen uit en komt hoestend en hijgend overeind.

De laatste ramen van de garage barsten en het glas klettert naar beneden.

Karl strijkt met een zwarte hand over zijn hoofd, valt op zijn knieën en geeft over.

De groene containers zijn door de hitte gesmolten.

De ene staldeur raakt los, valt naar buiten en steekt het hoge gras in brand.

De hele gang stort in.

Gloeiende vlokken dwarrelen rond tegen de nachtelijke hemel.

Saga probeert Karl overeind te krijgen.

De hevige brandlucht vermengt zich met de geur van diesel.

De bosrand wordt door de brand verlicht. De schaduwen van de berken trillen.

Opeens ziet Saga het kogelgat in de roestrode tank. Op de grond ervoor heeft zich een grote plas diesel gevormd.

'Karl! We moeten hier weg,' roept ze en ze trekt hem mee.

Zonder om te kijken rennen ze zij aan zij over de oprit. Wanneer ze de grindweg bereiken, laat een gloeiende schilfer de dieseldampen ontbranden. Binnen een seconde wordt het vuur de plas en de grote tank in gezogen.

De explosie is verschrikkelijk.

Verscheurd metaal wordt hoog de lucht in geslingerd.

De drukgolf bereikt hen van achteren, stoot de lucht uit hun longen en smakt hen op de grond.

Ze zien een uitdijende vuurbal met beroete contouren.

De geknakte bomen worden door de vlammen gevangen en laaien op in hun val.

Saga's oren suizen, terwijl ze over de weg kruipt en Karl met zich mee trekt de sloot in.

De garage en de werkplaats storten in, rook en vonken spatten naar de hemel, balken breken en stukken golfplaat worden in tweeën gescheurd. De stalen voorraadschuur is het enige gebouw dat nog staat. Zwarte rook kronkelt omhoog naar de donkere hemel. De meiboom op het erf valt brandend om.

70

Joona werpt de harddisk uit zijn vaste computer en maakt de kabel los. Hij staat op van zijn bureau, trekt de luxaflex in zijn kantoor omhoog en werpt een blik op het park beneden. Het dichte gebladerte van de bomen verbergt voetpaden en gebouwen als één groene stapelwolk.

Joona wist dat Manvir loog of iets verzweeg toen hij vertelde over de huiszoeking die in Saga's appartement was gedaan.

Ze hadden twee van de drie harddisks gevonden die ze zonder daartoe bevoegd te zijn had opgevraagd bij de psychoseafdeling van Ytterö. De derde harddisk ontbrak, net als het handgeschreven dossier van de psycholoog.

Joona heeft de in beslag genomen films zojuist bekeken en strijkt met zijn hand over zijn mond.

In het begin was Mara Makarov heel verward, verontwaardigd en onsamenhangend, maar ze werd met elke sessie consequenter.

Ze beweerde dat de KGB achter de ontvoering en de gevangenhouding van haar familie zat, maar toen ze bij toeval de enige foto van Jurek Walter zag die ooit was gepubliceerd, herkende ze hem als de kapitein van de boot.

Aan het eind van de laatste sessie op de tweede harddisk buigt Mara zich naar voren, kijkt de psycholoog ernstig in de ogen en zegt op beheerste toon: 'Als je mij niet laat gaan, moet je ervoor zorgen dat inspecteur Saga Bauer begrijpt dat dit ernstig is, dat mijn hele familie dood zal gaan...'

Joona leunt achterover en denkt aan Saga's verhoor van Susanne Hjälm na de inval bij Biondo Yoga. Om Susannes psyche binnen te dringen had Jurek haar in detail verteld hoe hij de mensen had opgespoord die hem in de steek hadden gelaten en dat hij hele families had uitgeroeid om hen te straffen.

‘Heeft hij jou rechtstreeks bedreigd?’ had Saga gevraagd.

Toen had Susanne zijn woorden weergegeven over een Russische diplomaat die na zijn pensioen zou terugkeren naar Zweden om samen met zijn familie zijn vijfenzeventigste verjaardag te vieren. Jurek zou hem opwachten, hen allemaal grijpen en opsluiten in een bunker en hen daarna een voor een levend begraven.

Een Russische diplomaat, had Susanne gezegd.

Joona drinkt wat water, gaat op de rand van zijn bureau zitten en belt zijn vriend Nikita Karpin op diens privénummer.

Het is helemaal stil in de kamer als de telefoon overgaat.

Karpin heeft dertig jaar voor de KGB gewerkt, waar hij de belangrijkste expert op het gebied van seriemoordenaars was. Hij was formeel gestopt bij de dienst, werd in het geheim onder observatie gesteld en was heel voorzichtig geworden.

Maar ook al lijkt het alsof Rusland van bovenaf wordt bestuurd en hopeloos onveranderlijk is, onder het oppervlak vindt er een groeiende politieke machtsstrijd plaats. Ware vijanden en valse vrienden verwisselen van plaats, heilloze allianties worden verbroken en de balans verandert telkens weer in plotselinge wendingen.

Nikita is nu vijfenzeventig en is net weer in genade aangenomen en benoemd tot chef van de veiligheidsdienst FSB.

‘Bel je nu alweer,’ vraagt Karpin zonder begroeting.

‘We hebben elkaar in geen tien jaar gesproken.’

‘En wat wil je nu weer?’

‘Gefeliciteerd met je benoeming.’

‘Gefeliciteerd met je mooie nagels.’

‘Jullie hebben zorgvuldige agenten,’ zegt Joona en hij glimlacht.

‘Dank je.’

‘Ik dacht dat je misschien over de telefoon kon spreken nu je hoofd van de FSB bent,’ begint Joona.

‘Spreken ze in Zweden niet over de telefoon?’

‘Je weet waarschijnlijk dat ik op zoek ben naar een seriemoordenaar... Mara Makarov.’

‘Ja, ik heb ernaar gekeken... Ze is de kleindochter van Aleksej Fjodorovitsj Goerkin, die een tijdlang ambtenaar is geweest op onze ambassade in Stockholm... Hij was teruggekeerd naar Zweden om zijn verjaardag te vieren met zijn familie.’

'Toen vond er een bootongeluk plaats.'

'Na enige politieke druk werd het vooronderzoek aan Rusland overdragen en de identiteit van onze burgers werd geheimgehouden.'

'Maar er zijn in totaal negen passagiers omgekomen,' zegt Joona en hij huivert van zijn eigen inzicht.

'Goed gededuceerd.'

'Vertel verder,' verzoekt Joona.

'Dit is geen informatie waar de NOA of de Säpo toegang toe heeft, maar Aleksej Goerkin had Jurek Walter opgezocht in het Löwenströmska Ziekenhuis...'

'Zoiets vermoedde ik al,' zegt Joona.

'Ze voerden een lang en vriendschappelijk gesprek, waarin Jurek ten slotte vroeg om diplomatieke druk vanuit Rusland om een eind te maken aan zijn isolatie, die in strijd was met de mensenrechten van de Verenigde Naties enzovoort... Maar in plaats van Jurek te helpen, gaf Aleksej Goerkin de ambassadeur het advies de hele zaak te laten rusten.'

Een paar minuten later eindigt het telefoongesprek even onsentimenteel als het is begonnen met een klacht van Nikita over mensen die zijn tijd verspillen.

Joona gaat achter zijn bureau zitten en denkt aan Mara. Ze was niet psychisch ziek. Ze had de waarheid verteld, maar aangezien alle informatie rond Jurek geheim was, leek het of ze aan waanvoorstellingen leed.

De media deden uitgebreid verslag van de tragische gebeurtenis in de buitenste archipel van Stockholm. Ze meldden dat er werd gevreesd dat alle vijf leden van de Zweedse familie Makarov waren omgekomen. Over de Russische passagiers werd niets gezegd, dat moest allemaal geheim blijven.

In werkelijkheid waren er negen personen omgekomen, daarom bevatte Mara's pistool negen kogels toen ze begon met moorden.

Haar opa, die vijfenzeventig werd, had de boottocht georganiseerd, maar bleef zelf thuis. Hij had de ziekte van Parkinson en kon niet tegen het stampen van een boot. Het was de bedoeling dat de familie 's avonds uitgebreid zou dineren in het Grand Hôtel.

Al snel na het bootongeluk reisde opa Aleksej Fjodorovitsj Goerkin terug naar zijn vaderland Rusland, waar hij bijna een jaar in afzondering leefde, waarna hij zichzelf doodschoot in een berkenbos.

Een heel bekend patroon.

Joona zoekt op de naam Goerkin, krijgt een onverwacht resultaat en verlaat zijn kamer. Hij loopt snel de gang door, langs de nieuwe koffiekamer, naar de grote vergaderkamer waar al het materiaal van het onderzoek is verzameld. Naast de foto's van Mara hangen nu ook foto's van Saga.

'Heb je iets uit de films kunnen halen?' vraagt Greta.

'Ik begrijp waarom Mara de politie haat,' antwoordt Joona.

'En vooral jou,' zegt Petter.

'Om dezelfde reden als waarom Saga de politie en jou haat,' zegt Manvir en kijkt dan weer naar zijn computerscherm.

'Ik denk niet dat dat zo is,' antwoordt Joona.

'We weten dat Saga een onverwerkt trauma heeft, dat met Jurek Walter samenhangt... maar waarom zou Mara Makarov dat hebben?' vraagt Greta. 'Mara las het artikel over Jurek Walter in *Expressen* en daarna was het niet meer de KGB die haar familie had ontvoerd, maar Jurek... wat klinkt als fantasie.'

'Dat wilde ik net vertellen, ik heb een van mijn bronnen gesproken en hij...'

'Heb jij ook al geheime bronnen?' vraagt Petter met een glimlach.

'Hij gaf me informatie waaruit blijkt dat Jurek een sterk motief had om heel Mara's familie te pakken te nemen.'

'Oké,' zucht Manvir.

'Jurek wilde wraak nemen op Mara's opa Aleksej Fjodorovitsj Goerkin, een ambtenaar op de Russische ambassade in Stockholm in de tijd dat Jurek in isolatie in de bunker onder het Löwenströmska Ziekenhuis zat.'

'Wat had hij gedaan?' vraagt Greta.

'Dat is nu niet belangrijk... maar ik heb zojuist een boerderij gevonden die van zijn zoon Vadim Goerkin is geweest. Vadim is samen met Mara's ouders omgekomen bij het bootongeluk...'

'Waar staat die boerderij?' vraagt Manvir.

'Bij Västerhaninge.'

'Daar is vannacht een grote brand geweest,' zegt Petter.

'Dan denk ik dat we Mara's verblijfplaats hebben gevonden,' zegt Joona en hij verlaat het vertrek.

*

Saga heeft een T-shirt met een foto van de synthpopgroep Duran Duran geleend, dat ze draagt als jurk. Haar kleren van die nacht zitten bij Karl Speler thuis in de wasmachine. Ze heeft kompressen op haar schouder en hand en pleisters op de wonden op haar knieën en rechterbovenbeen. Haar armen en onderbenen zitten onder de schrammen en blauwe plekken.

Ze drinkt koffie en zit met Karls telefoon in de hand te lezen over de brand bij Västerhaninge.

Haar oren suisden na de hevige explosie toen ze naar de auto renden. Een steen die de lucht in was geslingerd was op de motorkap terechtgekomen en had een grote krater in het metaal achtergelaten.

Al bij de oprit naar de Nynäsvägen hoorden ze de loeiende sirenes van brandweerauto's en Saga vroeg zich af of ze het zou hebben overleefd als ze in de ruimte met de pallets was blijven zitten.

Ze wilde Karl naar de Spoedeisende Hulp van het Söderziekenhuis brengen, maar hij weigerde, hij was ervan overtuigd dat ze hem met de boerderijbrand in verband zouden brengen.

Er hing een sterke geur van rook en verschroeid haar in de auto.

Karl vertelde dat hij een glimp had opgevangen van twee achterlichten in een korte lichtflits die van haar zaklampje moest zijn gekomen. Hij was erheen gelopen, had in het stukje bos gezocht en had Mara's pick-up onder een camouflagenet gevonden.

'Ik weet niet of ik het goed heb gezien,' zei hij en hij hoestte. 'Maar er lag een grote zak op de laadbak en ik had het idee dat die bewoog. Ik dacht dat er iemand in zat, daar had jij het eerder over gehad, en toen raakte ik een beetje in paniek, ik herhaalde bij mezelf dat ik Joona moest bellen, realiseerde me dat mijn telefoon nog in de auto lag en rende erheen, toen ik een schot hoorde... Natuurlijk kon ik de autosleutel niet vinden, het was net een horrorfilm uit de jaren tachtig, je weet wel, ik zocht in al mijn zakken, toen Mara's pick-up over de oprit reed... Ik liep terug, zag dat de lucht helemaal licht was boven de boerderij en bleef staan. Ik begreep dat de boel in brand stond en dat ik jou moest vinden...'

Ze waren naar een dienstdoende apotheek gereden, hadden brandwondenkompressen met een koelende gel gekocht, waren naar Karls huis gegaan en hadden de gehavende Porsche in de garage gezet. Vervolgens gingen ze naar het souterrain en douchten voorzichtig.

Ze hielpen elkaar met het schoonmaken en verbinden van de wonden. Saga had haar rechterschouder en linkerhand ernstig verbrand.

Het was drie uur 's nachts toen ze een glas whisky namen aan de bar, een paar pijnstillers wegspoelden, welterusten zeiden en gingen slapen.

Saga zet haar koffiekopje neer en veegt haar mond af met een servet van een cafetaria. Karl neuriet bij zichzelf, terwijl hij eieren bakt en brood roostert. Hij draagt een wijnrode pluchen ochtendjas met zijden voering. Hij heeft nog maar een paar pieken haar op zijn geschroeide hoofd en het glas van zijn Rolex is verbrijzeld.

Ze zoekt verder en vindt een artikel dat zojuist in de online versie van *Aftonbladet* gepubliceerd is over de jacht op een seriemoordenaar. De journalist verwijst naar betrouwbare bronnen binnen de politie en schrijft dat een niet met name genoemde voormalige agent van de Säpo de hoofdverdachte is. Behalve die tip heeft hij verder kennelijk geen informatie in handen gekregen. De journalist probeert de indruk te wekken dat een inspecteur van de NOA zich heeft laten interviewen, terwijl de inspecteur duidelijk heeft geweigerd om commentaar te geven op de zaak. Bij gebrek aan echte informatie wordt een kort historisch overzicht over Zweedse seriemoordenaars gegeven, gevolgd door een serie links naar eerdere artikelen over het onderwerp.

Het stelt niets voor, denkt Saga, maar straks wordt het bekend, straks zullen haar naam en foto overal te zien zijn.

Na het ontbijt stopt Saga haar kleren in de droger en daarna helpt ze Karl om de resterende haren op zijn hoofd voorzichtig af te scheren.

'Zonde van je Rolex,' zegt ze.

'Dat maakt niet uit, ik vind het toch een rotding, maar mijn haar... ik had mooi haar.'

'Dit staat je ook goed,' liegt ze.

Hij veegt de haren op en spoelt ze door de wc. Ze gaan weer aan de bar zitten en schenken nog wat koffie in.

'Hoe nu verder?' vraagt Karl.

'Ik weet het niet, ik had een kans om Mara tegen te houden, maar die heb ik verprutst,' antwoordt Saga. 'Ze was te snel, ik snap het niet.'

'Zijn wij hier misschien klaar mee?'

'Hoezo?'

'Wordt het geen tijd om Joona te bellen?' vraagt hij ernstig.

'Ik weet het niet...'

'Ik denk het wel.'

Ze loopt met Karls telefoon naar het museum, blijft voor een vitrine staan, kijkt naar een vel papier met haar inschrijving op de gesloten afdeling van het Löwenströmska Ziekenhuis en ademt diep in voordat ze gaat bellen.

Saga staat met de telefoon tegen haar oor in het licht van de souterrainramen onder het plafond.

'Met Joona Linna.'

'Hoi, met mij, Saga,' zegt ze.

'Goed dat je belt.'

De wind dreunt in zijn telefoon, terwijl hij over een knarsende ondergrond loopt.

'Ik heb niet gedaan wat jullie zeggen, ik ben niet bij de moorden betrokken.'

'Dat denk ik ook niet.'

Saga krijgt tranen in haar ogen en slikt moeizaam. De akoestiek verandert, ze hoort een portier dichtslaan en dan valt er weer een stilte.

'Ik ben in Västerhaninge,' gaat Joona verder. 'Er is brand geweest op een boerderij en de FO heeft hulzen gevonden die bij jouw Glock zouden kunnen horen.'

'Joona, ik... ik probeerde alleen Mara tegen te houden. Dat probeerde ik, maar het is niet gelukt.'

'Je moet je aangeven, ik heb met Morgan gesproken en we zijn het eens geworden over de voorwaarden... Ik heb gezegd dat je met mij en met niemand anders meegaat... Ik breng je naar de Kronoberggevangenis, we nemen de personeelsingang en gaan in een verhoorkamer zitten, zonder dat jouw naam in het systeem terechtkomt.'

‘Goed.’

‘En als je daar bent, moet je alle kaarten op tafel leggen,’ zegt hij. ‘Er zijn veel vragen, maar iedereen is bereid naar je te luisteren, dat komt goed.’

‘Als jij het zegt.’

‘En als alles uitgezocht is, gaan jij en ik samen verder met het vooronderzoek.’

‘Dank je,’ fluistert ze.

‘Ik denk echt dat dat het beste is wat je kunt doen.’

‘Ik bel je over de plaats en het tijdstip,’ besluit ze.

71

Hoog op de heuvel naast de Koninklijke Technische Hogeschool vindt een academisch samenwerkingsproject plaats, gewijd aan natuurkunde, astronomie en biotechnologie. Behalve het moderne en spectaculaire AlbaNova-gebouw wordt het terrein gedomineerd door gebouwen die aan het eind van de negentiende eeuw bij het epidemieziekenhuis van Roslagstull hoorden.

De lange, smalle gebouwen staan in symmetrische rijen, met een ruitsysteem van smalle wegen ertussen.

Alle ziekenhuisgebouwen zijn okergeel gepleisterd, hebben oranjerode dakoversteken, hoge schoorstenen van rode baksteen, en gevels met rijen echte ramen en blinde ramen.

Er valt een dun regentje uit de staalgrijze hemel en donkere wolkenbanken rijzen op boven de omgeving.

Manvir stapt uit de auto, opent het achterportier en maakt de veiligheidsgordel van zijn dochter los. Zijn vrouw heeft dienst en is naar de hartkliniek van het Sankt Göran-ziekenhuis geroepen.

Het parkeerterrein is eigenlijk gereserveerd voor de universiteit, maar Manvir zal de auto de hele tijd in het oog houden.

'Wil je een paraplu?' vraagt hij.

'Dat hoeft niet,' antwoordt Miranda.

Ze knoopt haar kleine trenchcoat dicht, trekt haar vlechten omhoog en laat ze over haar schouders vallen, terwijl ze lopen.

Het terrein is verlaten op dit uur.

Het asfalt glimt tussen de lange, smalle gebouwen, grasvelden en loofbomen.

Met haar zes jaar is Miranda de jongste deelnemer aan de zomercursus in het Huis van de Wetenschap, waar jongeren experimenten doen, colleges volgen en over natuurwetenschap en techniek discussiëren.

‘Vandaag gaan we gekke dingen ontwerpen voor een 3D-printer en we gaan esters maken in het lab,’ vertelt ze.

‘Wat weet je van esters?’ vraagt Manvir.

‘Die krijg je als alcohol met zuurstof reageert,’ antwoordt ze.

‘Zoiets ja… En waar vind je ze?’

‘In snoep dat naar ananas en banaan smaakt…’

‘En als verbindingen in DNA,’ zegt hij.

‘O ja, dat wist ik wel.’

Ze passeren het park met bankjes en blijven voor de ingang staan.

‘Goed luisteren naar de docent, voorzichtig zijn in het laboratorium en niet naar buiten gaan als je mij niet ziet,’ zegt Manvir en hij geeft een zoen op haar voorhoofd.

‘Niet roken als je staat te wachten, papa,’ zegt ze en ze kijkt hem door de regenspetters op haar bril heen aan.

‘Dat doe ik niet, dat was maar één keer… Ik ga tussendoor naar huis.’

De vrouw die verantwoordelijk is voor de cursus komt eraan, ze doet de deur open, groet Miranda en laat haar binnen. Door de glaspartijen ziet Manvir zijn dochter door de gang verdwijnen.

Hij loopt terug naar de auto. Zijn voetstappen galmen zwak tussen de gebouwen. De regen is nog dunner geworden.

Behalve Joona is iedereen er nu van overtuigd dat Saga Bauer direct betrokken is bij de moorden. Niemand twijfelt er meer aan dat ze met Mara Makarov samenwerkt, maar toch wil Morgan Malmström nog geen nationaal opsporingsbericht uit laten gaan.

Hij zal wel bang zijn dat het slechte publiciteit voor de politie zou zijn, maar waarom Joona weifelt, begrijpt Manvir niet.

Saga doet het voorkomen alsof zij de enige is die hem kan redden, terwijl ze feitelijk van plan is om hem te doden. En om iedereen te doden die op de een of andere manier verantwoordelijk kan worden gehouden voor wat Saga’s familieleden is overkomen.

De bewijzen zijn overweldigend. Haar vingerafdrukken op station Kymlinge en haar haren in de Betelkerk, resten natriumhydroxide die op haar motor waren aangetroffen en paardenharen in de ene zijtas die overeenkwamen met Margots paard.

Saga heeft anoniem aangifte gedaan tegen Stefan Broman wegens het kopen van seks, ze was in de massagesalon waar hij werd overvallen, heeft haar sporen daar uitgewist, maar een bloederige schoenafdruk over het hoofd gezien. Tegenover een andere sekskoper heeft ze de moord bekend. Tussen de resten van de afgebrande boerderij die van familie van Mara Makarov was geweest, zijn hulzen en kogels gevonden die met Saga's dienstwapen matchen.

Waarom ziet Joona niet wat alle anderen zien? Waarom heeft hij haar geholpen en haar foto's van het tinnen figuurtje gestuurd, ook al was dat in strijd met een direct bevel?

Is hij verliefd op haar, wordt hij gechanteerd of is hij erbij betrokken, vraagt Manvir zich af en hij voelt de rillingen over zijn rug gaan als hij naast zijn auto blijft staan.

72

Joona zit in zijn appartement boven in The Corner House. Het wolkendek boven de glimmende daken van Stockholm is eentonig grijs.

Randy heeft hem gebeld met zijn privételefoon om te vertellen dat hij een notitie heeft gevonden van de oude veiligheidsafdeling van de NOA.

Die is gemaakt twee maanden nadat Mara Makarov uit Ytterö was ontslagen.

Een invaller bij een schoonmaakbedrijf dat door de veiligheidsafdeling was ingeschakeld, was het archief binnengegaan om daar schoon te maken, ook al hoorde dat niet bij haar taken. In het gewelf waar al het materiaal met betrekking tot Jurek Walter werd bewaard, had ze de vloeren gedweild en de kasten nat afgenomen. De zaak werd overgedragen aan de Säpo, maar het lukte niet haar op te sporen. De werkgever kon niet uitleggen waarom juist zij nooit een formele aanstelling had gekregen of waarom hij zich niet kon herinneren hoe ze eruitzag.

Mara is zo grijs als een spin, bedenkt Joona.

Een plotselinge steek van zijn clustermigraine schakelt zijn gezichtsvermogen een paar seconden uit. Hij houdt zijn adem in en blijft doodstil zitten.

Het zweet staat op zijn voorhoofd en het duurt even voordat hij weer iets kan zien en de pijn tot een speldenprik inkrimpt en verdwijnt.

Hij zoekt steun bij de muren als hij naar de badkamer loopt, het bovenste laatje uittrekt en met trillende hand een strip Topamax pakt.

Het was een korte aanval en hij kan het zich niet veroorloven zijn scherpte te verliezen.

Joona legt de strip terug en loopt naar de keuken om eten te koken. Het plan is om salami, erwtjes, kerstomaatjes, knoflook en pepertjes te bakken en daar spaghetti, rucola en verse basilicum doorheen te scheppen.

Hij wilde dat Valeria hier was. Als hij haar niet in de steek had gelaten, had ze nu met een ingehouden glimlach aan de eettafel kunnen zitten praten, terwijl hij het eten klaarmaakte.

Hij pakt de telefoon, belt haar en voelt de ongerustheid in zijn hart toenemen terwijl de telefoon overgaat.

'Met mij,' zegt hij als ze heeft opgenomen.

'Liefste?' fluistert ze bijna.

Joona krijgt tranen in zijn ogen omdat ze hem voor het eerst liefste heeft genoemd sinds hij haar in het restaurant heeft laten zitten.

'Sliep je?' vraagt hij en hij slikt moeizaam.

'Nee, ik was een boek aan het luisteren,' antwoordt ze.

'Hoe gaat het met je?'

'Goed, beetje pijn in mijn rug... Ik heb net vijfentwintig thuja's geplant in Moraberg... het was een flink eind rijden, het ligt bij Södertälje...'

'Ik weet waar Moraberg ligt.'

Joona begrijpt dat ze haar keuken in loopt en iets verplaatst, hij bedenkt dat hij haar moet vragen of ze bij hem komt eten, maar kan zich er niet toe zetten.

'Is het goed gegaan in Duitsland?' vraagt ze.

'Ja, zeker wel.'

'Hoe is het met jou?'

'Het gaat goed,' antwoordt hij.

'Heb je gegeten?'

'Ik ga zo koken.'

Hij hoort het zuchtende geluid van een kurk die uit een aangebroken fles wijn wordt getrokken en dan een zacht klokken als het glas wordt gevuld.

'Ik wil nogmaals sorry zeggen,' zegt hij.

'Dat hoeft niet.'

'Ik heb geen drugs meer gebruikt, niet meer de aanvechting gehad...'

'Mooi.'

'En ik beloof dat ik...'

'Joona,' valt ze hem vriendelijk in de rede.

'Je hebt gelijk.'

'Ik begrijp dat jouw behoefte om weg te zinken verband houdt met Jurek,' zegt ze. 'Met wat hij op dat dak tegen je fluisterde voordat je hem een duw gaf... met zijn laatste woorden.'

'Het is moeilijk te verklaren.'

'Misschien moet je bekendmaken wat hij zei, om vrij te worden.'

'Ik had steeds het gevoel dat ik het niet aankon om die woorden uit te spreken,' zegt hij en hij haalt diep adem. 'Ook al hoor ik zijn fluistering constant in mijn oren.'

'Je weet toch dat Jurek jou niet kan definiëren?'

Joona loopt de slaapkamer in, gaat voor het raam staan en laat zijn blik over de schemerige Luntmakargatan gaan.

'Maar nu heb ik het gevoel dat ik zijn woorden nog een poosje voor mezelf wil houden,' geeft hij toe.

'Dat klinkt niet goed,' zegt ze.

'Misschien omdat ze me een innerlijke hardheid geven die ik de komende dagen nodig zal hebben.'

Joona hoort dat ze drinkt en het glas op de keukentafel zet.

'Jij hebt de wijn en ik heb de pasta...'

'We zouden bij elkaar moeten zijn,' antwoordt ze.

'Kun je niet naar mij toe komen?'

Een zacht zoeven in de liftschacht dringt door de muren heen.

'Ik merk dat je wordt opgeslokt door deze zaak, je moet geen rekening met mij hoeven houden, ik red me wel,' zegt ze. 'Doe wat je moet doen, maar wat je nodig hebt is je hart, geen hardheid.'

'Wacht,' zegt hij als de lift op zijn verdieping blijft staan.

'Wees voorzichtig, ik wil je niet kwijt,' gaat ze verder.

'Nooit,' antwoordt hij.

'Hoor je dat?'

'Ik bel je snel,' zegt Joona als hij hoort dat er iemand voor zijn deur staat.

Hij legt de telefoon neer, pakt zijn pistool van tafel en loopt snel de woonkamer door naar de gang. Dan wordt er aangebeld. Joona zet het pistool op scherp, houdt het verborgen tegen de muur en doet open.

Hij ziet de liftdeuren nog net dichtgaan voor een man van een koeriersbedrijf.

Voor de deur staat een pakketje.

Hij neemt het mee naar binnen, zet het op de keukentafel en belt de commandant van de operatie. Terwijl hij de tape van de doos trekt, hoort hij het knetteren in de luidspreker.

'Met Rosanna Björn,' zegt de dienstdoende stafchef.

'Met Joona Linna, we hebben weer een pakketje gekregen, het is twintig seconden geleden bij mij thuis bezorgd.'

'Moeten we een team van de EOD sturen?'

'Nee, ik maak het nu open.'

'We zijn stand-by,' zegt ze.

Hij hoort dat ze op een andere lijn contact opneemt met de regionale meldkamer.

Joona opent het deksel van de doos, vouwt de eerste laag verfrommeld krantenpapier open en haalt er een prop uit, van een stevig vel papier.

Hij pakt het tinnen figuurtje tussen duim en wijsvinger en kijkt ernaar.

'Het is Manvir Rai, het figuurtje stelt Manvir Rai voor,' zegt Joona. 'Ik bel hem nu, stuur alle wagens in de buurt naar zijn huis, het is dringend.'

Hij beëindigt het gesprek en belt Manvir. Terwijl de telefoon overgaat, strijkt hij het vel papier glad.

Het is een bladzijde uit een boek, met een ouderwetse tekst over noordse mythologie, geschreven door een bisschop genaamd Olaus Magnus. Midden op de pagina staat een houtsnede die Odin en zijn vrouw Frigg voorstelt, de eerste onder de godinnen, in een lange jurk, met een mutsje, een zwaard en een boog.

Net voordat hij doorgeschakeld wordt naar de voicemail, klinkt er een klik en het wordt stil.

'Joona?' zegt Manvir verbaasd.

'Waar ben je nu? Waar bevind je je?'

'Thuis...'

'Jij bent het volgende slachtoffer, doe de deuren op slot, we komen eraan,' zegt Joona snel.

'Wacht, wat zei je nou?'

'Heb je je dienstwapen in huis?'

'Natuurlijk,' zegt Manvir. 'Zijn Greta en Petter daar?'
'Nee, ik ben thuis, het pakketje is hier bezorgd,' vertelt Joona en hij bedenkt dat Manvirs stem vreemd klinkt.
'Weet je heel zeker dat ik het ben?' vraagt hij.
'Ja, dat weet ik zeker. Heb je de deur op slot gedaan?'
'Ja, maar vertel, wat is het voor verpakking, hoe ziet het raadsel eruit?'
Er zit een soort storing op de telefoonlijn, Joona hoort een pompend, vegend geluid en een snel tikken.
'Ik kijk nu naar het raadsel,' zegt Joona en hij strijkt het verfrommelde krantenpapier glad. Aan de ene kant staat een kort artikel over de Ericsson Globe die van naam is veranderd en nu Avicii Arena heet.
'Ik ben daar met Lucia een keer geweest, maar niet...'
'We gaan verder,' kapt Joona hem af. 'Avicii is opgegroeid in Östermalm, hij is begraven op het Hedvig Eleonorakerkhof en...'
'Dat is het niet, dat is het niet.'
'Oké, aan de andere kant staat een stuk van een artikel over de Colonial Pipeline, die vijf miljoen dollar betaalt aan DarkSide, een hackersgroep,' gaat Joona verder en hij loopt de gang in.
'Zegt me niets.'
'Je hebt toch een badkamer op de bovenverdieping?' vraagt Joona. Hij doet zijn holster om en trekt zijn jasje aan. 'Ga naar boven, ga in de badkuip zitten, zo laag mogelijk met je bovenlichaam, je pistool gericht op de deur en blijf daar totdat...'
'Oké, ik snap het,' zegt Manvir.
Joona blijft aan de lijn, terwijl hij zijn sleutels pakt, het appartement verlaat, de deur op slot doet en de trappen af rent.

73

Manvir brengt de sigaret naar zijn lippen en hoort de gloed knisperen als hij de rook in zijn longen zuigt. Hij staat met bonzend hart onder de dakoversteek aan de achterkant van het laboratoriumgebouw en luistert naar Joona's snelle voetstappen in het trappenhuis. De dunne regen vormt nevelige bollen rond de weinige straatlantaarns. De druppels die van het dak vallen, roffelen op een oude plastic tas op de grond.

'Wat gebeurt er?' vraagt Manvir.

'We zijn onderweg naar jouw huis...'

'Wie allemaal?'

'Iedereen die we hebben... Ik moet je waarschuwen dat de verbinding misschien wordt verbroken als ik de garage in ga.'

Manvir had in een impuls tegen Joona gelogen, omdat hij denkt dat Joona Saga helpt. Daarna moest hij er wel mee doorgaan. Hij gaat nooit naar huis als Miranda naar de cursus is. Als hij alleen thuis is, zoekt hij in de computer, de tassen en de kleren van zijn vrouw naar tekenen dat ze hem bedriegt en dat verafschuwt hij van zichzelf. Hij is bang dat zijn irrationele jaloezie hun huwelijk kapot zal maken – toch wordt het alleen maar steeds erger.

'Wat zat er nog meer in de doos?' vraagt hij en hij slikt hoorbaar.

'Een bladzijde uit een boek van Olaus Magnus, *Historia de Gentibus Septentrionalibus*, de geschiedenis van de Scandinavische volkeren,' antwoordt Joona. 'Het gaat over noordse mythologie en er staat een middeleeuwse afbeelding bij van Odin en Frigg.'

'Worden er geen plaatsen genoemd in de tekst?' vraagt Manvir met een stijgend gevoel van onbehagen.

'Nee...'

'Er moet toch iets staan...'

'Wacht, wacht, ik begin haar manier van denken te begrijpen,' valt

Joona hem in de rede. 'Ik denk dat Mara Makarov van plan is jou bij het Huis van de Wetenschap te vermoorden.'

'Wat wijst daarop?' vraagt Manvir zwak.

'Het klopt... De planeet Venus is de Morgenster, maar volgens de noordse mythologie is Venus de ster van Frigg en precies daar bevindt zich een model van Venus, als een deel van het Sweden Solar System...'

Manvir laat zijn blik over het natte asfalt gaan en ontdekt de betongrijze bol die op een voetstuk midden in het parkje staat.

*

De zware stalen deur sluit zich met een galmende klap achter Joona als hij de trap af rent naar de garage.

'Miranda is nu in het Huis van de Wetenschap op zomercursus,' zegt Manvir.

'Oké, we regelen...'

'Hallo? Joona? Ik bevind me...'

'Ik bel terug,' zegt Joona snel als hij begrijpt dat de verbinding met het telefoonnet verdwijnt.

Hij rent naar de auto, stapt in en steekt achteruit, keert de auto met piepende banden, rijdt de helling op en stopt. De vouwdeuren glijden langzaam open. Hij rijdt het trottoir op, negeert het verkeerslicht, slaat rechts af op de Sveavägen en geeft gas.

Hij belt nog eens, de telefoon gaat acht keer over en dan wordt hij doorgeschakeld naar de voicemail.

Manvir is veilig in zijn eigen huis, bedenkt Joona, de eerste wagens zullen er over een paar minuten zijn.

Hij rijdt nu heel hard.

De jacht kan zeer binnenkort voorbij zijn.

Joona weet bijna zeker dat hij het raadsel heeft opgelost.

Het ene puzzelstukje was de Globe – of de Avicii Arena – die de zon uitbeeldt in het Sweden Solar System, het grootste schaalmodel van ons planetenstelsel.

Het model van de aarde bevindt zich in het Natuurhistorisch Rijksmuseum, Jupiter op Arlanda en Sedna in een park in Luleå achthonderd kilometer hiervandaan.

Het tweede puzzelstukje was de houtsnede van de oud-Noorse godin Frigg.

De planeet Venus werd als haar ster beschouwd.

En het model van Venus staat voor het Huis van de Wetenschap.

Joona slaat rechts af, neemt de busbaan en voert zijn snelheid weer op. Kleine regendruppels landen als agressieve pennetjes op de voorruit.

Iedereen is op weg naar Manvirs huis, maar zelf is hij van plan naar de plek te rijden die Mara voor de moord op Manvir heeft uitgekozen.

*

Manvir kon Joona's redenering niet helemaal volgen, maar begreep wel dat Mara Makarov precies deze plaats heeft aangewezen als de plek waar ze hem wil doden.

Hij laat zijn sigaret naast de muur vallen en loopt snel over het strookje gras naar het Huis van de Wetenschap om Miranda te halen en naar huis te rijden.

De deur zit op slot, hij tikt tegen het glas en kijkt naar binnen, tikt wat harder en sluipt dan langs de grote ramen.

Hij draait zich om en er gaat een schok door hem heen als hij een roestige pick-up met een elektrische lier achter de oude ziekenhuisgebouwen aan zijn rechterhand ziet staan.

'God,' fluistert hij en hij loopt snel de andere kant op.

Hij rent over het gras langs de gevel van het Huis van de Wetenschap, passeert de smalle weg en komt bij het Instituut voor Theoretische Natuurkunde.

Hijgend blijft hij staan en duwt zijn rug tegen de gepleisterde gevel.

Zijn benen trillen en hij ademt snel door zijn neus.

Voor de school verderop staan verhuisdozen in de regen.

Hij probeert helder na te denken, hij begrijpt dat hij zich moet verstoppen of weg moet zien te komen van dit terrein.

De kruisende straten glimmen tussen grote eiken.

Hij kijkt recht voor zich, voorbij het volgende ziekenhuisgebouw, en ziet voor de steile helling in de berm een groene plastic bak met zand staan.

Er sijpelt water door het rooster van een straatkolk.

Manvir trekt zijn dienstpistool, verplaatst zich stilletjes zijwaarts en kijkt om de hoek, naar de hoofdstraat die van het verkeersplein recht naar het ronde gedeelte van AlbaNova leidt.

De wereld is stil, gehuld in de dichte motregen.

Hij draait zich om en loopt langs de gevel naar de volgende hoek, kijkt gestrest achterom en ziet opeens een beweging rechts.

Iemand loopt in de schemering aan de achterkant van een van de gele gebouwen.

Het is een meisje in kleurloze kleren en met een vaalbleek gezicht.

Ze komt snel zijn kant op.

Manvir raakt in paniek, richt het pistool op haar, maar zijn hand trilt te hevig en hij begrijpt dat hij haar van deze afstand niet zou raken.

Hij rent langs de hoek, de smalle weg over, glijdt uit op het natte gras, zwaait met zijn arm, hoort zijn trouwring tegen de muur tikken, loopt om het Instituut voor Theoretische Natuurkunde heen en blijft met bonzend hart staan.

Zijn adem schuurt in zijn longen.

Er komt bloed uit de geschaafde knokkels van zijn linkerhand.

Op trillende benen loopt hij terug. Hij vermant zich en kijkt om de hoek, richt met het wapen tussen de stammen van de bomen, maar ziet Mara nergens meer.

'Mara, hoor je me? De politie komt eraan,' roept hij. 'Geef het op, het is voorbij, je komt nergens.'

Hij draait zich om en rent over de weg langs de rij donkere, glimmende ramen. AlbaNova, met het observatorium en de koepel, ligt aan zijn rechterhand. Twee studenten die op de klapbrug lopen, zien hem en vluchten het gebouw weer in.

De glazen deur schittert.

Manvir heeft het gevoel dat Mara vlak achter hem zit, hij springt over een elektrische step die op de grond ligt en rent hijgend door, het pleintje met de grote bronzen sculptuur op. Hij kijkt om zich heen. Het net van lege, glimmende wegen met lange, smalle gebouwen vliegt voorbij. Hij doet een paar stappen naar voren, weet niet waar hij naartoe moet, kijkt naar de bouwplaats onder aan de steile helling en rent naar het volgende gebouw.

*

Joona rijdt snel over de rechte boulevard, maar moet remmen als twee vrachtwagens een hele kruising blokkeren. Alle auto's staan stil, ook al is het verkeerslicht groen. Er wordt getoeterd en fietsers en voetgangers wringen zich tussen de auto's door.

De commandant rapporteert vanuit de Riddarvägen in Lidingö en zegt tegen Joona dat hij daar niet naartoe hoeft te komen.

'Het huis is leeg, het huis is leeg,' zegt hij.

'Wacht, ik heb tegen hem gezegd dat hij zich boven in de badkamer moest verstoppen,' zegt Joona.

'Daar is niemand.'

'Dit klopt niet... Kijk eens in de garage.'

'Hij is hier niet, de auto is weg...'

Als de vrachtwagens in beweging komen, springt het licht net op rood. Op de kruisende weg komen van beide kanten auto's. Joona rijdt de baan van het tegemoetkomende verkeer op, toetert aan één stuk door, steekt de straat over en geeft vol gas.

74

Zonder om te kijken rent Manvir langs het lange ziekenhuisgebouw waarin het Instituut voor Astrofysica is gehuisvest.

Hij slaat de hoek om, blijft hijgend tegen de gevel staan, houdt zijn hand voor zijn mond en probeert zacht te hoesten.

De korte zijde, aan de kant van het bos, heeft drie blinde ramen.

Manvir kijkt uit over het grasveldje en omhoog naar het dichte groen, de glimmende, druppende bladeren.

Zijn benen trillen en zijn hart bonst.

Zodra hij op adem is, zal hij het bos in rennen, naar de top van de heuvel, langs de steile helling afdalen naar Kräftriket en een auto aanhouden op de Roslagsvägen.

De regen tikt op de donkere bladeren recht voor hem.

Hij begrijpt dat Joona weer gelijk had, hij ziet de planeet voor het Huis van de Wetenschap voor zich, denkt aan Miranda daarbinnen, gekleed in een witte laboratoriumjas en met een plexiglazen gelaatsmasker op.

In de dichte struiken ritselt een vogel.

Manvir voelt zich moe, zijn lichaam is zwaar en tegelijkertijd merkwaardig zwevend en gevoelloos.

Zijn vingertoppen prikken eigenaardig.

Hij laadt zijn Sig Sauer door, loopt langzaam naar de hoek en kijkt de kant van AlbaNova op.

Daar is niemand.

De brug naar het koepelgebouw glinstert in het duister.

Geen beweging te zien op de weg, op het gras of in de oude gebouwen met hun enorme schoorstenen.

Het is harder gaan regenen.

Rond verstopte putjes vormen zich waterplassen.

Het pistool trilt in zijn hand, zijn rug is nat en koud van het zweet.

Dit bestaat niet.

Hij hoort weer het geritsel van de bladeren achter zich en huivert.

De angst is zo ingebed in gevoelens van onwerkelijkheid, dat hij eigenaardig traag wordt.

In de bosrand breekt een droge tak, er klinken lichte voetstappen over het natte gras, als een haas op de vlucht.

Hij bedenkt dat hij moet rennen en zet een paar aarzelende stappen.

Iemand komt snel dichterbij.

Manvir heeft geen tijd om zich om te draaien, hij heeft niet door dat hij schreeuwt en hoort de harde knal van het pistool niet.

Maar als de echo tussen de gebouwen weergalmt, begrijpt hij dat hij een smak heeft gemaakt. Hij ligt op zijn buik op het stukje asfalt bij de granieten sokkel van het gebouw.

Manvir weet dat hij in zijn rug is geschoten, net als de andere slachtoffers. Hij heeft geen gevoel in zijn onderlichaam en kan zijn benen niet bewegen.

Hij is met zijn neus en zijn tanden op de grond gevallen, draait met moeite zijn hoofd en ziet dat zijn pistool in de goot van natte straatstenen ligt, slechts een decimeter van zijn hand.

Er steekt een storm op in zijn oren.

Opeens komt de pijn door de eerste endorfinegolf heen, het voelt alsof hij aan een speer wordt geregen en van de grond wordt opgetild.

Hij knippert met zijn ogen en ziet een schaduw naderen. Mara loopt het laatste eindje over het natte gras, als een spin op weg naar een vlieg in het web.

'Mara,' zegt hij hijgend. 'Je hoeft dit niet te doen, luister naar me, ik weet dat je boos bent op de politie, ik begrijp je, ik ben het met je eens, maar ik had niets met Jurek Walter te maken.'

Manvir ademt snel tussen de pijntoppen door en merkt dat zijn ene hand spastisch is gaan schokken.

'Ik heb een gezin,' weet hij uit te brengen, maar de rest van de woorden is niet meer dan een fluistering. 'Ik heb een dochtertje, snap je, net zo jong als jij was toen jullie die boottocht maakten...'

Manvir moet zijn ogen dichtdoen, hij heeft het gevoel dat zijn lichaam heen en weer schommelt aan de rechtop gezette speer en begrijpt dat hij grote hoeveelheden bloed verliest. Hij concentreert zich en doet zijn ogen weer open.

Mara's vieze sportschoenen bevinden zich voor zijn gezicht. De natte veters hangen los, haar broekspijpen zijn opgerold en modderig.

Ze bukt zich, pakt zijn pistool, loopt om hem heen, trekt aan zijn kleren, vindt zijn telefoon en verdwijnt dan.

Manvirs bloed loopt door de goot. Als de zwaardere regendruppels in de plas vallen, ontstaan er roze belletjes.

75

Blauw neon verlicht de regen rond de oude snackbar. Het licht valt de auto binnen als een spetter van een penseel als Joona het gebouw passeert en de snelheid opvoert op de steile heuvel.

Zijn Colt Combat ligt doorgeladen op de stoel naast hem.

Het pistool maakt een sprongetje als de auto de top bereikt.

Joona rijdt dwars over het plein en blijft schuin voor het Huis van de Wetenschap staan.

Hij pakt het pistool, opent het portier en stapt uit.

Het netwerk van straten glinstert, de gele ziekenhuisgebouwen zijn donker, alles is stil.

Het druppelt uit de bomen rond het model van Venus.

Een sigaret smeult op de grond onder het overstekende dak van het laboratoriumgebouw.

Hij begint gevaarlijk veel pijn te krijgen achter zijn ene oog.

Verderop klinken motorgeluiden.

Joona rent de hoofdstraat in, die naar AlbaNova leidt.

De auto komt dichterbij, de versnellingsbak kraakt.

Joona blijft staan en heft zijn pistool. Op hetzelfde moment vangt hij tussen de huizen door een glimp op van Mara's pick-up, die snel door een dwarsstraat rijdt.

Joona draait zich om en rent terug naar zijn auto, hij stapt in en scheurt weg, slaat links af en rijdt met grote snelheid achter Mara aan.

Een grote verhuiswagen rijdt achteruit bij de school en blokkeert de doorgang.

Joona wijkt uit en rijdt diagonaal over het gladde grasveld, tussen de eiken door en dwars door de bloeiende rozenstruiken heen naar een andere weg.

De ruitenwissers vegen natte bladeren van de ruit.

Hij rijdt de steile Roslagstullbacken af naar een smalle voetgangersbrug over het spoor.

Mara moet rechts af zijn geslagen.

Aan de andere kant is alleen een provisorische grindweg naar de bouwplaats, met kranen en bulldozers.

De scherpe bocht komt snel op hem af.

Een kapotte paraplu fladdert over het trottoir in de wind.

Het bouwverkeer heeft stenen over het asfalt verspreid en de banden glijden zijwaarts als hij het stuur naar rechts draait.

Het achterwiel knalt tegen de stoeprand.

Het pistool valt op de mat voor de stoel.

Hij trapt het gas weer in en ziet een glimp van Mara's pick-up tussen het afvalbrengstation en een rood industriegebouw.

De banden dreunen over de ondergrond.

Joona nadert een bocht.

De spijlen van de ijzeren reling flitsen voorbij als hij langs de delta van de spoorlijn Roslagsbanan komt.

In de verte klinken sirenes van hulpdiensten.

Als Joona de bocht in rijdt, staat er een oude vrouw met een rollator midden op de weg. Hij wijkt uit en passeert links van haar, remt en draait, glijdt over het asfalt, krijgt de auto weer recht en geeft gas.

Op een kort recht stuk langs een zwarte bergwand maakt hij weer snelheid, hij rijdt de Körsbärsvägen in, botst het trottoir op, schraapt met het spatbord langs een parkeerautomaat en komt weer op de weg.

Splinters van het ene remlicht spatten op de grond.

Een slanke man in strakke kleren loopt met een fiets aan de hand over een zebra. Mara's pick-up raakt het achterwiel, de fiets wordt weggeslingerd en smakt tegen een gele bakstenen muur.

De man wankelt met een wezenloze gezichtsuitdrukking achteruit als Joona hem passeert.

De sirenes klinken nu harder.

De migraine slaat uit als een zwarte orchidee.

Joona is Mara tot op honderd meter genaderd als ze bij de Valhallavägen komen.

De pick-up verdwijnt achter het bos.

Blauw licht zwiept over de gevels.

Joona maakt een scherpe bocht, komt op een vluchtheuvel en rijdt het voorrangsbord omver, als de eerste drie politiewagens naderen.

Ze blokkeren de weg efficiënt.

Joona probeert er aan de binnenkant langs te rijden, maar een politiewagen rijdt achteruit, dwingt hem het rempedaal in te trappen en het stuur om te gooien.

De banden krijsen.

Hij ziet collega's wapens trekken en dekking zoeken achter een motorkap.

Zijn auto slipt, botst tegen een politiewagen en komt tot stilstand.

Er valt glas op de grond.

Er komen meer auto's aan.

In het pulserende licht kleurt de regen blauw.

Agenten in uniform komen met getrokken wapens aangerend.

De migraine slaat in volle hevigheid toe, Joona vindt zijn dienstpas in zijn binnenzak, opent het portier en houdt hem omhoog.

Hij strompelt naar buiten en zoekt met één hand steun bij het autodak.

'Het is een collega,' roept iemand.

'Jullie hebben haar gemist, een Ford pick-up,' hijgt Joona en hij probeert iets te zien door een felle stralenkrans heen die zijn gezichtsveld vult.

'Welke kant op?'

Hij knijpt zijn ogen tot spleetjes tegen de verblindende ring van licht, het pulserende blauwe licht van de auto's en het glinsteren van de straatlantaarns in het natte asfalt.

'Rechtsaf, denk ik, ze wil de tunnels in en verdwijnen,' zegt hij en hij laat zich met zijn rug tegen de auto op de grond zakken.

'Is hij gewond?' roept een collega.

'Wegafzettingen, helikopters,' fluistert Joona en hij sluit zijn ogen.

Hij blijft roerloos zitten en hoort de snelle gesprekken via Rakel, auto's die met loeiende sirenes achter Mara aan jagen, ook al is het te laat.

De pijn bereikt een verschrikkelijke top.

Joona houdt zijn adem in, de tijd staat stil.

De secondewijzer begint te trillen en verspringt opeens.

Hij zuigt lucht in zijn longen.

De wijzer beweegt, het balanswiel begint te tollen, tandraderen draaien en de klok komt weer op snelheid.

De pijn vlakt af.

Joona blijft met gesloten ogen zitten, hij hoort de stem van de agenten weer en het geratel van twee helikopters.

Zijn natte overhemd plakt aan zijn lijf.

Hij denkt aan meester Fausters systeem van treinsporen en ziet Mara's patroon opeens heel duidelijk.

Ze heeft zich zowel door Fauster als door Jurek laten inspireren.

Ze laat de lichamen van de slachtoffers die ze als spin heeft gemaakt op verschillende begraafplaatsen achter, in een patroon dat na voltooiing een gigantische M zal vormen.

De M van Makarov of de W van Walter.

76

Bossen, meren en akkers flitsen voorbij in het donker onder de helikopter. Als ze een draai maken, krijgt Joona een glimp te zien van de verlichte kerncentrale en van de glinsterende Botnische Zee.

De enorme reactoren lijken wel drie stoffige blokken marmer in een groeve.

Veertig minuten nadat de pijn het hoogste punt had bereikt, was de migraine helemaal over. Mara Makarov is ontsnapt, ze is in het netwerk van autotunnels verdwenen.

Ondanks het late uur had Joona een vergadering belegd met Petter, Greta en leden van de staf van de NOA.

De spanning was om te snijden.

Iedereen was geschokt, geschrokken en bang.

Uitgaande van de vindplaatsen Kapellskär, Hallstavik, Funbo, Lillkyrka en Sandtorpet tekende Joona een M met negen punten – drie op elke lijn – op een heel gedetailleerde kaart.

De basis van de letter is honderd kilometer.

De plaatsen die toen overbleven om de letter compleet te maken, waren het Fiby-oerbos, de kerk van Forsmark, de mijn van Ramhäll en de snelweg bij het verkeersplein Moraberg in Södertälje.

Meteen werden politie en ambulance naar de vier lengte- en breedtecoördinaten gestuurd.

Toen Joona het bericht kreeg dat er even voor Uppsala een modderige Ford pick-up was geflitst, vroeg hij om een helikopter. Naar de kerk van Forsmark is het een uur rijden vanaf Uppsala. Als Joona gelijk had over Mara's systeem, was ze daarnaar onderweg.

Tijdens de vlucht kreeg hij de eerste rapporten binnen.

Rond de graven uit de ijzertijd in het Fiby-oerbos was tot nu toe niets gevonden, maar de politie wacht op hondengeleiders en honden voor een nieuwe zoektocht.

Een team van de NOA is op weg naar de mijn van Ramhäll.

Op het punt midden op de snelweg E4/E20 in Södertälje was niets te vinden en de speurhonden pikten geen geur op langs bermen en sloten.

Alle eerdere vindplaatsen waren op de een of andere manier te beschouwen als graven.

Joona weet niet hoe Mara Makarov heeft geredeneerd, maar de snelweg is het enige punt dat van dat patroon afwijkt.

De mijn van Ramhäll is ook geen begraafplaats in eigenlijke zin, maar er ligt wel een arbeider begraven die in 1846 bij een ongeluk is omgekomen. Het is nooit gelukt hem uit de ingestorte mijngang te halen.

Nu komt de helikopter met een boog boven het kleine mijndorp Forsmark.

Tussen de kerk en het landhuis van de mijndirecteur loopt een rechte hoofdstraat dwars door het dorp, als een beklemmende illustratie van de beide machtscentra van de plaats.

De helikopter hovert boven het kerkhof.

De rotor ratelt hevig.

Een politiewagen blokkeert de oprit bij het verenigingsgebouw en een ambulance wacht in de laan ervoor.

De helikopter daalt met schommelende bewegingen, rukt bladeren van bomen en landt zacht op het grind voor de kerk van Forsmark. Zand en stof worden weggeblazen, de bomen buigen trillend opzij.

Twee agenten in uniform staan met half dichtgeknepen ogen op de kerktrap, ze houden hun pet vast, zodat die niet wegwaait.

De rotor vertraagt, de bladen draaien met een doffere zwaarte rond.

In het schijnsel van de gevelverlichting worden grote stofwolken opgestuwd.

Joona rent ineengedoken naar zijn collega's. De mannen zijn beiden lang en breedgeschouderd. De ene heeft een zwarte, goedverzorgde baard en een getatoeëerde hals, de tweede is roodharig en sproetig en heeft een portie snustabak achter zijn lip.

'We zijn er net, maar we hebben geen lijk gezien,' zegt de baardige.

'Kijk in de bomen,' zegt Joona en hij loopt rechts om de kerk heen.

De roodharige loopt achter hem aan langs het schip van de kerk.

Hun schoenen knerpen over het aangeharkte grind van het voetpad.

Joona draait zich om, ziet dat de baardige agent recht tegen de koplampen van de ambulance in loopt en bij elke boom in de laan blijft staan.

Alles is stil, als in een winterslaap.

Maar het patroon kan geen toeval zijn.

Joona hoort de ademhaling van zijn collega achter zich.

In de grijze weerschijn van de gevelverlichting kronkelen grindpaden over stukken gemaaid gras, tussen in model geknipte buxussen en rijen grafzerken door.

Ze lopen verder.

Achter de kerk staan vijf grote ratelpopulieren. Joona schijnt bij elk ervan met zijn zaklamp tussen de takken door omhoog.

Het ritselt tussen de bladeren.

De roodharige agent schrikt als er een duif wegvliegt.

Hij haalt de tabak uit zijn mond, gooit die in de border naast de kerk en loopt achter Joona aan.

Achter de grafstenen is een kostershuisje met een pannendak te zien tegen de donkere bospartij die de hoofdweg aan het zicht onttrekt.

Joona steekt het grasveld schuin over. Het licht van zijn zaklamp glimt in een klein raam.

Uit de buitenkraan van de kosterswoning drupt water in een emmer. Een kruiwagen, een slanghaspel en een spade staan tegen de gepleisterde muur. Aan de achterkant liggen oude grafkransen op een composthoop.

Ze lopen langs het gebouw en vandaar het bos in.

Het licht van de zaklampen zwaait langs de bleke stammen. Licht en lange schaduwen wisselen elkaar af tussen de bomen.

Joona loopt om een kleine zwerfkei heen die met groen mos bedekt is.

De muur van het kerkhof is vaag te zien achter de begroeiing.

Achter hem klinkt een knal als zijn collega op een tak trapt.

Ze blijven staan op een overwoekerd fundament en kijken om zich heen. Tegen de muur van het kerkhof tekent zich een enorme eik af. De takken worden door andere bomen aan het zicht onttrokken, maar een diagonale lijn vangt iets van het licht van Joona's zaklamp op.

In de verte klinkt gerammel als van schroevendraaiers en beitels in een metalen emmer.

'Wat is dat voor geluid?' fluistert de collega.

Joona loopt dwars door een dichte struik heen, stapt over een omgevallen berk, houdt een neerhangende tak opzij en schijnt naar voren.

Met zijn linkerhand pakt hij de kolf van het pistool vast.

Van een liggende boomstam is een touw naar de enorme eik gespannen.

'Roep de ambulance,' zegt Joona snel en hij loopt door.

Aan een dikke tak hangt een grote zak, die met plastic, witte stof en tape is omwikkeld.

'Wat is dat in godsnaam?' fluistert de roodharige collega.

Mara is vanaf de hoofdweg achteruitgereden en vlak voor de muur van het kerkhof tot stilstand is gekomen. Ondanks de handrem is de auto achteruitgegleden toen de lier de zak over de muur sleepte en de boom in hees.

De kabel heeft een diepe snee in de tak gezaagd, voordat de zware zak met kruisende touwen was vastgesjord.

'Schiet op,' zegt Joona.

Opeens dwarrelen er stukjes schors van de zwaarbelaste tak van de eik. De ene kant van de zak bolt langzaam op. Stof en plastic worden strakgetrokken en een paar van de touwen trillen.

'Hij leeft nog!' roept Joona en hij begint terug te rennen.

'Mijn god...'

De collega haalt onhandig zijn portofoon tevoorschijn, roept dat er een ambulance moet komen, dringt zich door de struiken heen, valt over de berkenstam maar staat meteen weer op.

Joona rent over het oude fundament, tussen de bomen door, naar de kosterswoning, hij sleept de zware slanghaspel mee en koppelt de slang aan de buitenkraan.

De roodharige agent komt het bos uit en roept met geschrokken stem naar zijn collega.

De wachtende ambulance begint te rijden, het licht van de koplampen komt om de kerk heen en beweegt over de zerken.

De baardige agent komt met getrokken wapen aangerend.

De ambulance rijdt het gras op en blijft voor Joona staan.

De broeder die achter het stuur vandaan komt, is een slanke dertiger met een blonde paardenstaart en vochtige lippen.

'Goedenavond,' zegt hij glimlachend.

De verpleegkundige die om de ambulance heen komt lopen is een vrouw van in de veertig, met kort haar, een scherpe blik en smalle lippen.

Joona legt haar de situatie met de geconcentreerde, bijtende base snel uit.

'De tijd dringt,' zegt Joona als ze hun beschermende uitrusting tevoorschijn halen.

'Dat begrijpen we,' antwoordt de verpleegkundige.

'Ik haal hem intussen naar beneden,' zegt Joona en hij draait de buitenkraan helemaal open voor maximale druk.

De beide agenten lopen met hem mee als hij de slang het bos in trekt. Ze zorgen er zo goed mogelijk voor dat die vrij tussen de bomen door kan lopen.

Het is maar twintig meter, maar het voelt als een eindeloos lang traject.

Als ze eindelijk bij de grote eik komen, laat Joona het mondstuk van de slang op de grond vallen en wijst aan welke touwen moeten worden doorgesneden en welke met twee slagen om andere boomstammen gewikkeld moeten worden, zodat ze de zak neer kunnen laten.

'Voorzichtig nu,' zegt Joona als ze de touwen langzaam laten vieren.

De zak komt met zacht wiegende bewegingen omlaag.

Joona loopt erheen en leidt hem naar de grond. Hij voelt dat het rubber warmte uitstraalt van de chemische reactie die plaatsvindt.

Het ambulancepersoneel is bijna bij hen. Varens zwiepen langs hun kleren en droge takken worden stukgetrapt. Ze slepen uitrusting mee op een brancard en dragen zowel gelaatsmaskers als dikke rubberhandschoenen.

Joona rukt stof en plastic weg en snijdt de dichtgelaste zak open.

De stank is afschuwelijk.

Zijn ogen beginnen te tranen door de sterke chemische dampen.

De verpleegkundige slaat de bovenste flap van de zak opzij.

De roodharige agent schijnt erin.

Hij begint in zichzelf te fluisteren en de lamp trilt in zijn hand.

Joona ziet dat het Manvir is, ook al is zijn gezicht slechts een bloederige, vloeibare laag over zijn schedel.

De chemicaliën hebben bijna al het weefsel opgelost. Hij heeft geen ogen, zijn neus bestaat uit twee gaten en zijn lippen zijn weg.

Zijn borstkas is ingezakt, maar beweegt stootsgewijs, zijn handen en voeten zijn niet meer dan geleiachtige klompen.

'We hebben een heleboel water nodig,' zegt de verpleegkundige.

Joona pakt de slang en begint de vretende base weg te spoelen. Manvir brult en zijn armen trillen.

De verpleegkundige geeft hem een morfine-injectie en de broeder huilt als hij de resten van de kleding van het lichaam trekt.

Manvir rochelt als ze hem op een transportlaken leggen. Samen tillen ze hem op de brancard en vervolgens dragen ze hem uit het bos naar de ambulance.

'We nemen de helikopter,' roept Joona.

Ze rennen met de brancard tussen zich in over de begraafplaats, over het grindpad langs het schip naar het plein voor de kerk.

*

Het ochtendlicht trekt strepen over de hemel als de arts naar Joona toe komt in de wachtkamer van het Academisch Ziekenhuis in Uppsala en vertelt dat Manvir op de operatietafel is overleden.

Joona gaat weer op een van de stoelen zitten en sluit zijn ogen, als de telefoon in zijn zak begint te zoemen.

'Met Joona,' zegt hij.

'Sorry als ik je wakker heb gemaakt.'

'Saga?'

'Ik ben bereid me aan te geven als de afspraak nog geldt,' zegt ze met hese stem.

'Natuurlijk geldt die nog,' antwoordt hij.

'Vind jij dat ik daar goed aan doe?' vraagt ze na een korte pauze.

'Ja, dat vind ik wel.'

'Oké, je komt alleen, je brengt me naar het huis van bewaring, we gaan door de personeelsingang naar binnen. Jullie mogen me verhoren zonder dat er een advocaat bij is, ik beantwoord alle vragen en daarna mogen jullie beslissen of er een verzoek tot inbewaringstelling moet worden gedaan.'

'Ik sta aan jouw kant,' zegt Joona.

'Is dat zo?' vraagt Saga.

'Ja.'

'Aan het eind van de Rörstrandsgatan is een cilindervormige parkeergarage,' zegt ze. 'Daar moet je omheen rijden, helemaal... en bij de muur blijven staan. Vandaag om twaalf uur precies,' zegt ze en dan hangt ze abrupt op.

77

Saga geeft de telefoon weer aan Karl en kijkt naar de roze parkeergarage beneden. Die lijkt wel een grote hoedendoos midden op het geasfalteerde plein voor de roestige rails bij station Karlberg.

De lunchdrukte is begonnen en de enige manier om met de auto bij de parkeergarage te komen is om langzaam tussen de mensen door te rijden, de steile heuvel af.

Naast de ronde muur van de parkeergarage bevindt zich een klein bijgebouw dat aan alle kanten beschut is.

Daar zal Karl staan wachten, gekleed in een zwart windjack met de capuchon op.

Vannacht heeft Saga hier een gat in het hek op de muur geknipt.

Als Joona woord houdt en alleen komt, zal Karl door het gat kruipen, in de auto stappen en Joona nieuwe instructies geven.

Wie als eerste ter plaatse is, is altijd in het voordeel.

Dat feit wordt zowel in *De kunst van het oorlogvoeren* van Sun Tzu genoemd als in het boek over militaire strategie van Wei Liao-tzu.

Als er iets gebeurt wat niet in overeenstemming is met de afspraak, zal Karl de tunnel in rennen die onder de rijstroken en de treinsporen door loopt. Hij zal zijn zwarte jack uittrekken en met de stroom mensen meelopen naar de andere kant en naar de brug naar Kungsholms strand gaan.

Saga zal hier blijven, achter de enorme zakken puin, vanwaaruit ze zicht heeft op de parkeergarage en op de enige weg ernaartoe.

Vlak voor het afgesproken tijdstip zal Saga deur nummer 40 van het gebouw achter zich openzetten.

Ongeacht wat er gebeurt, zal ze zich daarheen terugtrekken, door het trappenhuis lopen en aan de kant van het groene achterhuis weer naar buiten, ze zal over negen binnenplaatsen rennen, via Tomtebogatan 29 de straat op lopen, de Norrbackagatan een eindje volgen en zich in het park achter Günters worstkraam verstoppen.

Daar moet Karl Joona naartoe brengen.

'Hoe is het?' vraagt Karl.

'Ik denk na, ik zoek naar zwakke punten,' zegt Saga en ze voelt aan het fluitje in haar zak.

'Het enige wat je weet, is dat het nooit zo loopt als je hebt gepland,' zegt hij met een glimlach.

'Ik hoop dat dat voor Mara Makarov ook geldt,' zegt ze in zichzelf.

'Ik vind het in elk geval goed dat je je aangeeft,' zegt Karl. 'Ook al moet ik toegeven dat ik deze dagen fantastisch vond. Het waren de mooiste dagen van mijn leven.'

'Zonder jouw hulp had ik het niet gered.'

'Je bedoelt de muziek en het eten,' zegt hij, maar hij kan de blijdschap op zijn gezicht niet verbergen.

'Dat ook,' glimlacht ze.

'Ik wist het.'

'Maar echt... Je hebt mijn leven gered, dat vergeet ik nooit,' zegt ze ernstig.

Karl slaat zijn ogen neer en kijkt blozend een andere kant op.

In gedachten loopt ze het plan nog eens door, vanaf het punt dat Joona aan de achterkant van de garage parkeert tot het moment dat zij in het huis van bewaring is, maar ze vindt geen grote zwakke plekken.

In het ergste geval slaagt ze er niet in haar collega's ervan te overtuigen dat ze onschuldig is en wordt de zaak aan het OM overgedragen.

Het is onbegrijpelijk dat ze in deze situatie verzeild is geraakt.

Als ze bedenkt dat ze op weg is zichzelf aan te geven, wordt ze overvallen door een duizelingwekkend gevoel van vervreemding ten opzichte van haar eigen leven. Ze voelt zich zo ontheemd als een kind dat van school verandert omdat haar ouders moesten verhuizen.

Er dringt zich een herinnering op aan haar kindertijd. Haar ouders waren uit elkaar, maar haar moeder had haar vader voor het eten uitgenodigd. Ze had zich mooi aangekleed en de tafel feestelijk gedekt. Daarna liep ze rusteloos rond en wachtte. Toen het eten koud werd en het duidelijk was dat hij niet zou komen, deed Saga's moeder iets eigenaardigs.

De herinnering daaraan is net een droom.

In de keuken kleedde haar moeder zichzelf en haar dochtertje zwijgend uit. Saga was nog maar zes en dacht eerst dat het een spelletje was, toen haar moeder haar achtereenvolgens haar ondergoed, panty, jurk en hoge hakken aantrok. Het was een raar gezicht, die veel te grote kleren.

Zwijgend maakte Saga's moeder de parelketting vast om haar hals, ze klikte de armband met de drie smaragden rond haar pols en schoof ten slotte haar trouwring om Saga's dunne vinger.

Terwijl Saga in die overdreven uitdossing in de keuken stond, liep haar moeder naakt het huis uit en het bos in.

*

Het is nu drie minuten voor twaalf en Karl heeft zijn positie ingenomen achter het bijgebouw van de parkeergarage. De dichtgeplakte doos die Saga hem heeft gegeven staat tussen zijn voeten.

De afgelopen uren zijn er geen politiemensen in burger opgedoken.

Nu is het druk op straat.

Saga's hart gaat sneller kloppen als ze Joona's zwarte BMW de steile heuvel af ziet komen. Hij rijdt links om de garage heen, verdwijnt even uit het zicht en komt dan aan de achterkant weer tevoorschijn.

Langzaam rijdt de auto door tot aan de muur en blijft dan staan.

Het is twaalf uur.

Het portier aan de bestuurderskant gaat open en Joona stapt uit.

Saga ziet dat Karl het pakket van de grond pakt en door het gat in het hek kruipt. Joona hoort hem, maakt de knopen van zijn jasje los en draait zich om.

Er flitst iets in haar ooghoek.

Er komt een groep jongeren met regenboogvlaggen aan over het voetpad en belemmert haar zicht.

Gestrest zoekt Saga met haar blik over de treinrails, de afgesloten tuinen, ramen en balkons.

Een roffelend, ratelend geluid komt steeds dichterbij.

Saga haalt haar fluitje uit haar zak.

Joona opent het ene achterportier van de auto.

Karl zet een stap naar voren.

Een auto komt de helling af rijden.

Er komen nog meer jongeren langs de garage met trommels en grote ballonnen. Saga laat haar blik langs de flats tegenover haar gaan. De glazen deur van een van de bovenste balkons staat open.

Een enorm spandoek met liefdesboodschappen en bloemen wordt omhooggehouden en bolt op in de wind.

Karl staat aan de verkeerde kant van Joona's auto.

De glazen balkondeur glinstert.

Saga brengt het fluitje naar haar mond.

Tussen ballons en tekstborden door ziet ze dat Karl zijn hand op het dak van de auto legt en daarna zijn hoofd onnatuurlijk snel haar kant op draait.

Een golf van bloed gutst over het zijraam en de portieren van de auto, terwijl zij op het fluitje blaast. Karl wordt omvergeblazen.

De knal van het geweer van de scherpschutter weergalmt tussen de muren.

Kruitdampen dringen door de spijlen van het balkonhekje.

Het geluid van een helikopter komt dichterbij.

Saga's hart bonst. Ze draait zich om, steekt de weg over en loopt door de openstaande deur naar binnen.

78

Trillend over haar hele lichaam loopt Saga door het trappenhuis van de flat naar de binnenplaats. Voor het lage groene achterhuis staat een slanke man in een gekreukt jasje te roken.

'Ik ben op zoek naar...'

'Een schrandere kat,' zegt hij.

'Ja,' antwoordt ze en ze klimt over het hek en rent schuin de volgende binnenplaats over. Ze gebruikt een fiets die tegen een muur staat als opstapje, gaat op de muur staan, springt eraf op een gazon met witte tuinmeubels, loopt door naar een laag hek, stapt eroverheen en loopt dwars door een paar frambozenstruiken naar de volgende binnenplaats, waar drie meisjes aan het elastieken zijn.

Saga blijft staan om boven het putje onder een regenpijp over te geven, ze spuugt en veegt slijm af met haar hand.

De meisjes zijn gestopt met spelen en staren haar na als ze naar een bruinrode schutting rent.

Ze klimt erop en haalt haar buik open als ze zich aan de andere kant naar beneden laat glijden.

Saga wist natuurlijk dat er een kans was op een grotere operatie. Daarom had ze Karl vooruitgestuurd. Ze had nooit verwacht dat ze zouden schieten. Scherpschutters zijn er alleen voor alle zekerheid, voor het geval de operatie volledig uit de hand loopt, voor als er een gijzelingssituatie ontstaat.

Dit was een terechtstelling.

Ze steekt een geasfalteerde binnenplaats met een wasruimte over en klimt over de schutting naar een binnenplaats die een meter hoger ligt dan de vorige.

Op een houten terras staan een barbecue en een paar verkleurde kunststof meubels.

Saga sleept de tafel achter zich aan over het asfalt, gaat erop staan, klimt over de laatste scheidingsmuur en springt in een schaduwrijke binnentuin.

Ze landt in het vochtige gras, struikelt door de bosjes en hervindt haar evenwicht.

Het geluid van de helikopter is nu verder weg.

Haar rechterenkel doet pijn en ze heeft last van buikkrampen.

Ze strompelt door, opent de stalen deur en komt in een fraai negentiende-eeuws trappenhuis met groene marmeren wanden en een rode loper.

Ze loopt snel naar de donkere houten deur met geslepen glas aan de straatkant, legt haar hand op de kruk, maar zet meteen een stap terug.

Buiten rijdt net op dat moment een politiebusje op hoge snelheid voorbij.

Saga wacht een paar seconden, doet de deur dan voorzichtig open en kijkt naar buiten.

Ze begrijpt dat ze buiten de wegafzetting is gekomen. De straat rechts is met auto's geblokkeerd. Ze ziet de ruggen van de agenten, hun kogelwerende vesten en zware wapens.

Ze loopt naar buiten, slaat meteen links af en wandelt doodgemoedereerd over het trottoir. Zes straten verder rijzen de zandkleurige Noordelijke Torens op.

Er komt een politiewagen zonder zwaailicht of sirene haar kant op. Het zijraampje van het rechtervoorportier is open en daar hangt een hand met een elektronische sigaret uit.

Ze gaat met haar rug naar de weg in een portiek staan en doet alsof ze in haar zakken naar de sleutels zoekt.

Door het ruitvormige glas ziet ze dat een oudere vrouw in het trappenhuis op weg is naar de deur.

De politiewagen komt langzaam aanrijden en blijft vlak achter Saga staan.

De collega's krijgen een oproep via Rakel. Ze hoort dat het gaat over een definitief bevel tot schieten om te doden.

Er klinkt gezoem en de deur zwaait open.

Saga moet naar achteren stappen.

De politieauto rijdt met heftig knarsende banden verder.

De oude vrouw kijkt Saga verbaasd aan.

Saga wendt zich af en loopt snel naar de kruising.

In de verte klinken sirenes.

Op de terrassen zitten mensen te lunchen. Rechts van haar, achter de rij wachtenden voor Günters worstkraam, staan vijf politiewagens.

In het draaiende blauwe licht rollen ze spijkermatten uit over de weg.

Er staan mensen te filmen met hun telefoon.

Een van de geüniformeerde agenten zegt dat ze achteruit moeten gaan en hij bevestigt afzetlinten.

Het hakkende geratel van een helikopter weergalmt tussen de gebouwen.

Saga slaat links af en laat de wegversperring achter zich.

Ze dwingt zichzelf om niet te rennen.

Achter haar zijn meerdere sirenes te horen.

Voor een flat staat een steiger. Een vrachtwagen met een laadbak zet een enorme lading gipsplaten op het trottoir en klapt dan de steunen in.

Saga kijkt om zich heen. Een helikopter met een scherpschutter hovert boven een dak en klimt dan verder omhoog.

De vrachtwagen begint te rijden, Saga rent erheen, klimt op de laadbak en trekt een stuk grijs plastic over zich heen.

De auto rijdt langzaam weg van de wegversperring, maar remt dan af en keert aan het eind van de straat sissend om.

Saga glijdt naar de rand van de laadbak en springt eruit.

De pijn in haar enkel komt terug als ze een beetje scheef neerkomt.

De vrachtwagen maakt weer snelheid en rijdt terug naar de bouwsteiger.

Saga stapt het trottoir op, gaat onder een van de grote bomen staan en veegt het gipsstof van haar kleren.

Over de kruisende snelwegbanen en viaducten naar Solna passeert zwaar verkeer.

Achter Saga klinkt een harde knal, gevolgd door het geluid van brekend glas. Ze huivert en haar nek voelt stijf aan als ze zich omdraait.

Een oude man gooit lege wijnflessen in een glasbak.

Ze loopt dicht langs de gevels over de Norra Stationsgatan, als er tien meter verderop een geüniformeerde agent uit een winkel komt en haar kant op kijkt.

Achter hem rinkelt de winkelbel.

Saga kijkt hem niet aan, draait zich rustig om naar de ingang van een autoherstelbedrijf, maar ziet in haar ooghoek dat hij naar zijn dienstwapen grijpt. Met een snelle beweging brengt ze haar hand onder haar jack. Ze trekt haar Glock 17 uit de holster, draait zich snel om, richt en schiet.

Haar elleboog en schouder vangen de terugslag op. Deeltjes van de springlading branden op haar hand.

De kogel gaat recht door het bovenbeen van de agent heen. Bloed en botdeeltjes spatten achter hem weg. De scherpe knal weergalmt tussen de gebouwen.

Saga rent naar hem toe. De agent valt schuin op zijn schouder en kermt van de pijn. In zijn open mond glinstert een gouden tand.

'Schiet me alsjeblieft niet dood,' hijgt hij en hij duwt met zijn hand tegen de wond.

Het bloed gutst tussen zijn vingers door en onder hem vormt zich een plas. Saga pakt snel het pistool uit zijn open holster en gooit het onder een geparkeerde bestelwagen.

Terwijl ze zijn portofoon pakt, rinkelt de winkelbel opnieuw.

Bliksemsnel draait Saga zich om en rent schuin de straat over. Een auto die voor haar uitwijkt toetert aanhoudend. Achter haar wordt een waarschuwingsschot gelost. Ze rent ineengedoken langs het hek. De grond trilt onder haar voeten als er een lijnbus passeert. Er klinkt een zware bons, remmen piepen en er wordt iemand naar voren geslingerd. Het is de tweede agent. Hij komt op straat neer en rolt door. Van de andere kant komt een personenauto, die recht over hem heen rijdt. Het bloed spat over het asfalt.

Remmen knarsen, geblokkeerde wielen glijden over de ondergrond, de personenauto raakt in een slip en draait rondjes.

Saga rent door en dan klinkt er nog een knal. Metaal wordt samengeperst, ruiten verbrijzelen en splinters wervelen over de rijstroken. Ze laat de portofoon vallen en stopt haar Glock in de holster, terwijl ze zo snel mogelijk door de Tomtebodavägen rent.

Haar adrenalinepeil is zo hoog dat het bloed in haar oren dreunt.

Ze rent de brug op die over de Klarastrandsleden naar de campus van het Karolinska Instituut leidt. De gebogen viaducten van de snelwegen nemen als enorme baldakijnen de zon hoog boven haar weg.

Er klinken sirenes van hulpdiensten.

De vieze stalen reling glijdt langs haar heen. Door de spijlen flitsen rijbanen, steile rotswanden en roestige rails voorbij. Hijgend nadert Saga het bruggenhoofd aan de overkant, als ze verderop blauw licht over een bruine gevel ziet gaan. Ze draait zich abrupt om, rent tien meter terug, springt over de reling en glijdt op haar voeten de steile zandheuvel af. De resten van een oude houten trap bezwijken en Saga wordt in de stoffige beweging meegetrokken. Ze valt op haar rug en komt met haar achterhoofd op de grond, glijdt op haar rug door onkruid en rotzooi heen, totdat een roestig hek haar voor de afgrond naar het spoor beneden tegenhoudt.

Ze staat op en rent in een schuine lijn tot onder de brug. Uit haar achterhoofd stroomt bloed in haar nek. Hijgend verstopt ze zich tegen het fundament. Boven haar rijden drie politiewagens met sirene langs.

Het stinkt naar afval en de grond is bezaaid met peuken, lege bierblikjes en verfbussen. Overal rijzen enorme betonnen pijlers als bleke boomstammen op. In de straaltjes zonlicht die tussen de hoge bruggen door vallen, zweeft stof. Verder naar beneden komt een dichte stroom voertuigen de tunnel uit razen. Het geluid van een helikopter nadert.

Langs een gele kabelbeschermingsbuis daalt ze verder af. In het grove grind rond een betonnen fundering liggen de resten van een kapotte eettafel. Ze heeft geen keus, maar weifelt toch even voordat ze het laatste stukje naar de monding van de autotunnel rent. Over het smalle strookje links van de rijbaan loopt ze snel langs de muur. Haar haar danst in de slipstream van de auto's die op hoge snelheid rakelings langs haar rijden. Een vrachtwagen toetert luid en ze drukt zich tegen de muur aan. Ze krijgt zand in haar gezicht als de wagen langs haar heen dendert. Ze spuugt, rent verder door de tunnel en stopt pas als ze weer in het daglicht is gekomen. De eerste etappe zit erop.

Vijftig meter verder komen meer dan tien rijstroken bij elkaar in nieuwe tunnels onder een glimmende flat.

De schaduw van een helikopter strijkt over de snelle stroom van auto's.

Het geluid van de hoofdrotor wordt luider, ze voelt het in haar borst. Vervolgens verdwijnt het. Ze wacht een paar seconden voordat ze zo snel als ze kan door de berm rent en in de volgende tunnel verdwijnt.

79

Saga's linkerschouder glijdt langs de betonnen muur als ze tegen het verkeer in loopt. Om de honderd meter zitten stalen stellages met buisvormige ventilatoren in het dak.

Het dreunt als een waterval.

De ketting van lampen aan weerszijden wekt de illusie dat de tunnel vanbinnen geplooid is, als een darm. Als ze het goed heeft, is het nog iets meer dan een halve kilometer naar Norrtull.

De lucht hangt vol met uitlaatgassen.

In de viezigheid bij de muur ligt een lichtblauw mondkapje. Er komt een groot voertuig op hoge snelheid dichterbij. Saga ziet de vrachtwagen over de personenwagens ervoor heen. Het gele waarschuwingslicht op het dak knippert. De brede lading van de aanhanger bestaat uit enorme metalen onderdelen, zo te zien van een windmolen. Saga duwt zich tegen de muur, ze maakt zich plat en gaat met haar wang tegen het ruwe beton staan. Het knipperende licht wordt voortgestuwd over de grond. Ze houdt haar adem in. De vrachtwagen dendert voorbij. De weg veert onder de zware aanhanger en de wind pakt haar kleren vast, zodat ze een stap opzij moet zetten. Het opwaaiende stof neemt een bekertje van McDonald's mee.

Saga loopt door, stapt over de rafelige resten van een autoband, blijft voor nooduitgang 24 staan, hoest en spuugt op de grond. Ze opent de metalen deur en stapt een trappenhuis binnen waar het stinkt naar ontlasting en bedorven eten. De vloer ligt vol met vieze plastic zakken, matrassen, conservenblikjes, beroet aluminiumfolie en lege snoepverpakkingen.

In een fauteuil zit een baardige man met meerdere lagen kleren over elkaar te slapen. Zijn broek is nat van de urine. Een vrouw staat met hese stem te schreeuwen naar iemand hoger op de trap. Ze is boos en slaat zo hard met haar hand op de metalen leuning dat het tussen de muren weergalmt.

Saga ziet een propvolle plastic tas staan, ze pakt hem op, trekt de hengsels uiteen en ziet dat er babyjurkjes en gehaakte slabbetjes in zitten.

'Ik wil mijn geld, verdomme,' schreeuwt de vrouw.

'Hou toch je kop,' mompelt de man met de baard zonder zijn ogen te openen.

Saga pakt een andere tas, haalt er een verbleekte spijkerbroek uit en vindt een blauwe regenjas met rode stippen.

'Ik vermoord ze,' zegt de vrouw met een snik in haar stem en ze komt de trap af.

Saga neemt de regenjas mee, sluipt de autotunnel in en loopt weer tegen de stroom van voorbijrazende voertuigen in.

Voor haar loopt een zwarte rat langs de muur, hij verdwijnt door een open klep boven de grond.

Saga trekt al lopend de regenjas aan.

Vlak na nooduitgang 23 deelt de tunnel zich als een slangentong. Ze kiest de linkerbuis.

Een plastic zak die aan een ventilator aan het dak is blijven hangen wappert als een kapotte vlag in de luchtstroom.

Een vrachtwagenchauffeur toetert lang naar haar als hij langsdendert. Van de laadbak waait stof op en in de wolk die in de lucht blijft hangen, ziet Saga het daglicht weer. Als ze bij de monding komt gaat ze langzamer lopen, ze trekt haar kleren recht en stopt haar haar onder de capuchon.

Verkeersplein Norrtull is een van de grootste van Stockholm. Stromen auto's passeren op verschillende niveaus en in verschillende richtingen. Er is geen politie te zien. In de schaduw onder het viaduct van de E20 rent ze twaalf rijstroken over. Op het trottoir naast het met gras begroeide talud vertraagt ze haar tempo. Er zijn mensen aan het hardlopen of aan het wandelen met een hond of een kinderwagen. Kleuterklassen in oranje hesjes lopen in de rij naar het Hagapark.

Door het gebladerte verderop glinstert het water van Brunnsviken.

Saga daalt af over het beschaduwde voetpad naast restaurant Stallmästaregården. Op de snelweg zijn sirenes van hulpdiensten te horen.

Een geasfalteerde helling langs een bouwvallige muur leidt omlaag naar de leveranciersingang.

Saga voelt zich net een rat als ze de helling af glipt en onder het laadperron achter een rij containers gaat zitten uitrusten.

In een oud verfblik liggen peuken.

Tegen de gele gevel staan vijf rolcontainers met insteekhekken. Ze probeert haar gedachten te ordenen. Ze had echt niet verwacht dat Joona haar zou verraden, ook al had ze dat risico niet uitgesloten. Nu heeft ze haar kans gemist om haar naam te zuiveren, om uit te leggen hoe deze zaak er vanuit haar perspectief uitziet. Het lijkt wel of haar gedachten in een ijsbad duikelen: bij de NOA moet iedereen er rotsvast van overtuigd zijn dat zij medeplichtig is aan de moorden. Anders zouden ze nooit het besluit hebben genomen om haar uit te schakelen toen ze van plan was zich aan te geven.

80

Joona loopt met grote stappen door de gang, langs de glazen wanden naar de kantoren en vergaderkamers van de NOA. De blaadjes op het prikbord over deelname aan het politiekoor, vacatures en vervolgcursussen fladderen in de tocht. Een collega van Internationale Samenwerking zit in de keuken met een plastic bakje opgewarmde dumplings.

'Wat is er gebeurd?' vraagt hij als hij Joona's gezicht ziet.

Joona loopt door zonder antwoord te geven, duwt een postkarretje opzij en loopt naar de kamer van de plaatsvervangende chef.

Hij duwt de deur open met zijn hand en gaat naar binnen. Greta, Petter en Morgan zitten in de fauteuils rond de glazen salontafel. Ze richten hun ogen allemaal op hem. Ze kijken bang.

'Je had me iets beloofd,' zegt Joona tegen Morgan.

'We zijn in bespreking,' antwoordt de chef. 'Kun je even...'

'*Turpa kiinni*,' valt Joona hem in de rede en hij richt zich tot de anderen. 'Waren jullie er ook bij betrokken?'

Petter slaat zijn ogen neer en Greta legt haar handen op haar schoot voordat ze antwoordt. Pieken grijs haar hangen voor haar gezicht als ze hem in de ogen kijkt.

'Ja... en we hadden besloten jou erbuiten te houden.'

'De situatie was veranderd,' legt Morgan rustig uit. 'Saga Bauer wordt verdacht van de moord op Manvir Rai, we konden het risico niet lopen dat ze nogmaals zou ontsnappen, maar... dat een van de scherpschutters zijn wapen afvuurde was een vergissing, hij had geen definitieve opdracht gekregen. Dat zal door de bijzondere kamer bij het gerechtshof worden onderzocht.'

'Ik houd jou verantwoordelijk,' zegt Joona, wijzend naar Morgan.

'Uiteindelijk ben ik dat natuurlijk ook,' antwoordt hij rustig, zonder dat hij de angst in zijn blik kan verbergen. 'Maar alle betrokkenen stonden onder hoogspanning. Niet om mezelf of de scherpschutter vrij te pleiten, maar we waren er allemaal van overtuigd dat de persoon die naar de afspraak kwam Saga was, de verdachte van moord op een politieman. Ze is op de afgesproken plaats, heeft een nieuw pakje onder haar arm, moeten we haar weer laten ontsnappen, de tijd tikt door...'

'Wacht, wat zei je daar? Had ze een pakje?' vraagt Greta op gestreste toon.

'Dat heeft het arrestatieteam meegenomen,' zegt Morgan. 'Verder weet ik het niet.'

'Verdomme,' zegt Petter en hij staat op.

Greta belt de operationele staf en legt de situatie snel uit. Ze kan daarbij haar ergernis niet verbergen.

'Jullie begrijpen dat we het nu meteen moeten hebben!' roept ze uit.

'Kutzooi,' mompelt Petter. Hij gaat voor het raam staan en kijkt naar buiten. Zachtjes vloekend strijkt hij met zijn hand over zijn bobbelige schedel.

'Morgan, je zei dat Saga niet nog eens mocht ontsnappen. Wat bedoelde je daarmee; het was toch de eerste keer?' vraagt Joona.

'Eerder is er een inval in haar appartement geweest,' antwoordt Greta.

'Een inval?' zegt Joona.

'Ik nam het besluit het landelijke arrestatieteam te laten binnentreden,' antwoordt Morgan.

'Jullie zeiden dat het een huiszoeking was,' zegt hij.

'Joona, nu zijn er nog twee agenten ernstig gewond geraakt, we kennen de slachtoffers, jij ook, dit is persoonlijk, het waren vrienden en collega's van ons,' probeert Greta uit te leggen.

'Er is altijd wel iemand die het slachtoffer kent,' zegt Joona. Hij pakt zijn dienstpas en smijt hem in de prullenbak.

'Je verlofaanvraag wordt ingewilligd. Je pasje wordt over een uur geblokkeerd,' zegt Morgan rustig. 'Leg je dienstwapen op mijn bureau.'

'Ik heb het nodig,' antwoordt hij.

'Dit is een bevel. Lever je...'

Morgan zwijgt als Joona hem de rug toekeert en wegloopt. Ze horen zijn voetstappen door de gang naar de liften gaan.

Greta pakt een appel van de schaal op de glazen tafel, maar blijft er dan mee in haar hand zitten. Petter kijkt op zijn telefoon en Morgan staat op om de deur achter Joona dicht te doen.

'De man die in Saga's plaats naar de afgesproken plek kwam, heet Karl Speler,' zegt Morgan en hij gaat weer in zijn fauteuil zitten. 'Hij is opgegroeid in Zuid-Afrika, heeft in Zweden de school voor journalistiek gedaan en heeft acht jaar voor *Expressen* gewerkt, totdat hij zijn baan kwijtraakte.'

'Wat is zijn relatie met Saga?' vraagt Greta.

Er wordt aangeklopt en de deur wordt opengeduwd. Otis van de FO komt binnen in zijn rolstoel, met het pakje op schoot.

'Dit is met een helikopter gekomen,' zegt hij en hij schuift zijn bril hoger op zijn neus.

Morgan staat op, pakt het doosje en zet het op de glazen tafel.

Petter keert terug naar zijn plaats en schuift een stoel opzij om Otis ruimte te geven.

Greta trekt de tape eraf, vouwt de kartonnen flappen open en geeft een gil.

Met een ratelend geluid komt een clown in geel- en roodzijden pak uit het doosje gesprongen. Hij schommelt heen en weer op de veer, zijn armen gespreid voor een knuffel. Hij heeft starende ogen en een grote, rode glimlach. Midden op de borst van de clown zit een briefje met de tekst: IK VERTROUWDE JE, JOONA.

81

Nadat Saga zeven uur achter de rij containers heeft gezeten, staat ze op. Ze trappelt met haar voeten en rolt met haar schouders.

Twee keer is ze met haar voorhoofd op haar knieën ingedommeld, maar meteen weer met bonzend hart wakker geschrokken.

Ze weet dat ze haar waakzaamheid niet mag verliezen.

Een man met een vieze schort heeft vijf keer op het laadperron staan roken. Na elke sigaret ging hij op de rand staan om zijn peuk in het blik te laten vallen.

Ze wist niet of hij haar meteen had gezien, maar de derde keer zette hij een glas water en een bord met een groot broodje kaas voor haar neer.

Ze at en dronk, zette het bord en het glas op het laadperron en ging daarna weer op haar plaats zitten.

Toen hij weer kwam roken, liet hij de peuk in het blik vallen en zei voor zich uit dat de containers over minder dan een uur opgehaald zouden worden en dat er elke nacht een beveiligingsbedrijf kwam om de deuren te controleren.

Saga loopt de geasfalteerde helling op.

In de scheuren in de muur groeit onkruid.

Als ze op het trottoir komt, is het eentonige dreunen van het verkeer duidelijker te horen.

Ze heeft bijna geen gevoel meer in haar benen na al die uren zitten.

Er zijn nu veel minder mensen op straat.

Toen ze achter de containers zat, had Saga een paar keer terugverlangd naar het gewone leven. Ze kreeg tranen in haar ogen toen ze bedacht hoe het zou zijn om weer met Nick en Astrid naar ballet te gaan.

Saga trekt haar regenjas uit en kijkt in het beschaduwde water van

Brunnsviken. Rondom de jachthaven staan hekken met vijf rijen prikkeldraad erop.

Het slaapgebrek van de laatste dagen gaat als een krachtige onderstroom door haar heen. Ze wacht totdat een hardloper uit het zicht is verdwenen en daalt dan af naar de vervuilde oever.

Drie bruine eenden zwemmen zonder haast weg.

Saga spreidt de regenjas uit op de grond en kijkt naar de door de zon verbleekte bordjes over beveiligingsbedrijven, alarm en camerabewaking. Ze trekt haar schoenen, sokken en broek uit, legt de kledingstukken op de regenjas, wikkelt ze erin en neemt het bundeltje mee als ze in het lauwe water stapt.

Ze waadt langs de afrastering. De ronde rotsen zijn glibberig onder haar voeten. Een motorboot van gelakt mahonie ligt aan de dichtstbijzijnde steiger.

Ze houdt zich vast aan de meerlijn, legt het bundeltje kleren op de steiger, pakt zich ook met de andere hand vast, zet een voet op de tros en klimt op de kant.

Het hoge hek omsluit de jachthaven en het grote grindveld voor winteropslag. Aan de verschillende steigers liggen vijftig boten. Op het gerimpelde water deinen witte en oranje boeien.

Er is geen mens te zien.

Saga strijkt het water van haar benen, ziet dat haar knie bloedt, raapt het bundeltje op en loopt over de steiger.

Alles is roerloos en stil.

Naast de gele huisjes is een terras met blankhouten meubels, een vlaggenmast met de wimpel van de watersportvereniging, een roestige hijsinstallatie en een paar bolderwagens.

Saga blijft voor een grote witte motorboot staan, hij is bijna twintig meter lang, heeft een door glas omsloten brug en zonnedekken op verschillende niveaus.

Ze trekt aan het touw, de boot glijdt langzaam naar de kant en neemt de boei voor de voorsteven mee. Als de afstand klein genoeg is geworden, springt ze met een bons aan boord.

Ze laat zich onder de reling door in de achtersteven zakken en wacht even voordat ze een hoek van het dekzeil losmaakt en naar binnen kruipt.

Ze bevindt zich bij een eetgedeelte onder een zonnescherm. Door een glaspartij is een donkere keuken te zien met een tafel en acht stoelen.

De schuifdeur zit op slot.

Saga trekt haar pistool, slaat de deurkruk en het cilinderslot kapot met de kolf, opent de deur en gaat naar binnen.

Wanden en keukenkastjes zijn afgewerkt met mahoniefineer en alle beslag is van koper.

Saga komt door een tv-kamer met leren banken en gaat naar de wc. Ze plast in het donker, gaat onder de douche staan en wast zich snel. Ze droogt zich af met een handdoek uit de linnenkast en trekt haar broek en schoenen weer aan.

Ze keert terug naar de tv-kamer. In de bar staat tussen de drankflessen een grote gistfles met water, ze haalt hem uit de houder, drinkt eruit en neemt hem mee naar de keuken.

De koelkast is leeg en staat uit, maar in de voorraadkast vindt ze een blikje ravioli in tomatensaus, dat ze met een vork koud opeet.

Ze loopt naar de grote slaapkamer, gaat op de sprei liggen, kijkt door het dakraam naar de donkergrijze hemel en denkt na over Mara en hoe ze verder moet gaan.

Saga dacht dat ze Joona kon vertrouwen.

Als zij op het fluitje blies, zou Karl het pakketje op de grond laten liggen en snel in de tunnel verdwijnen. Zo hadden ze het afgesproken.

Als Joona een arrestatieteam bij zich had gehad, had ze dat van verre gezien, maar een verdekt opgestelde sluipschutter ontdek je in principe pas als het al te laat is.

Ze kan niet begrijpen dat ze hadden besloten haar ter plaatse terecht te stellen.

82

Saga wordt met een schok wakker als iemand door het dakraam met een zaklamp in haar gezicht schijnt.

Ze laat zich zachtjes op de vloer rollen en kruipt naar de wand naast de kledingkast.

Op het dek klinken voetstappen en stemmen.

Ze voelt de trillingen van de mensen door de romp gaan en dan wordt de schuifdeur aan de kant van de achtersteven opengeschoven.

'We waarschuwen de politie als je niet meteen naar buiten komt,' roept een man naar binnen.

Ze staat op en begint te lopen, maar in de deuropening van de keuken blijft ze staan als twee beveiligers met een zaklamp op haar schijnen.

'Van de eigenaren mocht ik hier slapen,' probeert ze.

'Nee, dat is niet zo.'

'Kijk, ik heb niets gejat,' gaat Saga verder en ze laat haar handen zien. 'Ik had alleen een paar uur slaap nodig.'

De beide mannen komen de keuken in en het licht van de zaklamp gaat in het rond. De oudste van de twee heeft een dikke buik en een kaalgeschoren hoofd, de jongste heeft zijn zwarte haar in een paardenstaart.

'Het slot is kapot,' zegt de oudste.

'Dat was een ongeluk, ik ga nu weg,' zegt Saga.

'Waarom zouden we je niet aan de politie overdragen?' vraagt de jongste.

'Omdat ik niets heb gestolen, omdat...'

'Dit wordt als inbraak gezien,' valt hij haar in de rede.

'Ik ga bellen,' zegt de oudste en hij pakt zijn telefoon.

'Niet doen, alsjeblieft,' smeekt Saga.

'Waarom zouden we niet?' vraagt de jongste.

'Hou op, Marko... ik ga bellen.'

'Geef me een reden,' zegt hij en hij komt dichter bij haar staan.

Hij steekt zijn wapenstok uit, kijkt haar in de ogen en laat hem langzaam over haar heup omlaagglijden, rond haar knie en aan de binnenkant van haar been langzaam omhoog.

Saga spreidt haar benen, ziet zijn blik omlaaggaan, zet een snelle stap naar voren en raakt hem met een harde rechtse hoek op zijn wang.

De wapenstok valt tussen haar voeten op de grond, hij wankelt zijwaarts, met zijn hand tegen zijn wang, en valt op zijn knie.

'Godsamme,' hijgt hij.

Ze beweegt zich snel, draait haar heupen en schopt hem in de nek, zodat hij voorover klapt. Hij komt op zijn buik neer, terwijl de oudere man haar met zijn wapenstok op de onderrug slaat.

Ze strompelt naar voren, botst tegen de eettafel, draait zich om en duikt op tijd weg, zodat de wapenstok alleen door haar haar strijkt.

Ze geeft een jab met haar linkerhand.

De jongste zit nu kreunend op handen en voeten.

Zijn zaklamp rolt onder de tafel en werpt een scherpe ellips van licht over de vloer.

De oudere beveiliger komt naar Saga toe, steekt zijn ene hand naar voren, terwijl hij een agressieve klap met zijn wapenstok voorbereidt.

Zijn telefoon ligt op het aanrecht – er zweeft een blauwe wolk van licht boven het scherm.

Saga blijft staan, laat de beveiliger dichterbij komen en raakt zijn hand met een jab. Alle combinaties van slagen liggen opgeslagen in haar spiergeheugen. Ze hoeft niet na te denken om hem op het verkeerde been te zetten. Saga begint met een linkse directe, maar in plaats van het verwachte voetenwerk zet ze een lange pas schuin naar voren met haar rechtervoet, zodat ze naast hem komt.

Ze geeft hem een keiharde rechtse en raakt hem op de wang, zodat zijn hoofd wegdraait; in het licht van de zaklamp ziet ze zijn lippen trillen en het speeksel rondspatten.

De forse beveiliger valt als een gevelde boom, landt op zijn schouder, komt met een hevige bons met zijn slaap op de grond en blijft roerloos liggen.

Saga schopt de andere man tegen de ribben, pakt de oplichtende telefoon van het aanrecht en houdt hem voor haar oor, terwijl ze door de glazen deur naar buiten loopt.

'Hallo? Dit is de regionale alarmcentrale,' zegt een vrouwenstem.

Saga verbreekt de verbinding, terwijl ze het achterdek op stapt en ziet dat de beveiligers een loopplank hebben uitgelegd vanaf de steiger. Ze loopt eroverheen en trekt hem daarna weg. Terwijl ze over het grind rent, belt ze Randy. De deur van het hek is open. Ze verlaat de jachthaven en rent naar de passage onder het treinspoor als hij opneemt.

'Met Randy,' fluistert hij.

'Bel me over tien minuten op dit nummer.'

Ze beëindigt het gesprek, verlaat het voetpad, rent door het park, passeert het Wenner-Gren-centrum, steekt de straat over en loopt door het Vanadispark.

Ze heeft twee bloedende knokkels aan het gevecht overgehouden, ze zuigt erop en steekt haar hand uit als ze onder een straatlantaarn komt. Hechten is niet nodig, maar een pleister eigenlijk wel.

Saga loopt door in het donker, steekt een grasveld over en is al bijna bij de speeltuin als Randy terugbelt.

'Ja,' zegt ze, terwijl ze over het voetpad loopt.

'Ik hoorde wat er is gebeurd,' zegt hij met gedempte stem. 'Het is totaal krankjorum, ik snap er niets van...'

'Nee, dat...'

'Ik ben geschorst, mijn nummer stond in de telefoon van Karl Speler.'

'Sorry,' zegt ze.

'Dat komt wel goed, het maakt niet uit, ik ben nog steeds blij om wat je zei toen we...'

'Is Linda thuis?' kapt ze hem af.

'Ze slaapt.'

'Randy, ik wil je hier absoluut niet in betrekken, maar ik heb niemand anders en nu heb ik echt een schuilplaats nodig.'

'Ik zal zien wat ik kan doen, maar ik moet je nog vertellen dat er een nieuwe ansichtkaart is gekomen.'

*

Randy staat in de schemerige keuken op de benedenverdieping van het rijtjeshuis. Hij loopt naar het raam, blijft staan en verbeeldt zich dat hij het geluid hoort van blote voeten die op het linoleum achter hem blijven staan.

Hij verbergt zijn telefoon, schuift het gordijn aan de tuinkant open en ziet in de ruit dat de gang naar de trap achter hem leeg is.

'Wat? Van Mara?' vraagt Saga.

Randy gaat de kleine werkkamer binnen waar de computer en de naaimachine staan.

Naast de lamp op het bureau liggen een elektriciteitsrekening van Vattenfall en een verzekeringsbewijs voor zijn Volvo.

Buiten ziet hij vaag de tuin met het terras, de parasol en de kunststof strandstoelen.

'Ja, die is gisteren gekomen.'

'Gisteren? Ik snap het niet, wie heeft hem gevonden?' vraagt Saga.

'Hij zat bij ons in de brievenbus. Linda had de post gehaald en toen ze zag dat hij voor jou was, heeft ze hem in de afvalbak gegooid...'

'Je kunt daar niet blijven,' valt ze hem in de rede.

'Hou op,' zegt hij geruststellend en hij voelt een koude tocht langs zijn enkels gaan.

'Mara weet waar je woont, ze weet...'

'Het is geen probleem, rustig maar... Ik weet zeker dat ze alleen maar met jou wil communiceren,' zegt hij en hij kijkt naar de takken van de wilg die bewegen in de wind.

'Wat stond er op de kaart?'

'Wacht even.'

Hij trekt de deur voorzichtig dicht, maar toch klikt het slot als hij de kruk loslaat.

Gisteravond laat hadden hij en Linda ruzie gehad over zijn schorsing en toen had Linda gesnauwd dat ze niet van plan is voor de post van Saga Bauer te zorgen.

'Hè? Waar heb je het over?' had hij gevraagd.

Uiteindelijk gaf Linda toe dat ze een ansichtkaart voor Saga had weggegooid. Randy was uit bed gestapt en had de kaart uit de afvalbak gevist. Toen hij terugkwam, had Linda zijn telefoon verstopt, zodat hij Saga niet kon bellen. Ze bleef ruziën en Randy verwijten maken, totdat hij met een kussen op zijn hoofd in slaap viel.

’s Nachts had Linda de telefoon zonder iets te zeggen op zijn nachtkastje gelegd.

‘Wat staat erop?’ vraagt Saga nogmaals.

Randy opent de bovenste la van het bureau, tilt het doosje met bonnetjes op en haalt de ansichtkaart tevoorschijn.

Op de voorkant staat een zwart-witfoto van een kapotgebombardeerde stad. Op de voorgrond zijn as en beroete puinhopen te zien, het brandt overal en de lucht is vol met rook. Verderop staan de resten van de oude bebouwing, ruïnes van kathedralen en barokpaleizen. Onder de foto staat gedrukt: *Königsberg 1945*.

‘Het is een mededeling voor jou,’ zegt hij en hij draait de kaart om.

*

Terwijl ze met Randy praat, loopt Saga door het park en gaat op een bankje onder een grote boom zitten.

‘Nu zijn er nog maar twee witte kogels over,’ leest Randy.

‘Dat weten we.’

‘Joona zal mijn familie spoedig ontmoeten,’ gaat hij verder. ‘En daaronder staan drie Russische woorden... ondertekend door Mark av Omaar... met twee a’s.’

‘Oké,’ zegt ze verbaasd en dan begrijpt ze het anagram. ‘Wat staat er op de voorkant?’

‘Een foto van het eind van de Tweede Wereldoorlog... een stad genaamd Koningsbergen is bijna totaal verwoest.’

‘Kun je foto’s van beide kanten sturen?’

‘Natuurlijk.’

‘En het zou heel fijn zijn als je kon uitzoeken wat die Russische woorden betekenen.’

‘Ik laat het weten zodra ik...’

Randy zwijgt als de deur van het kantoor opengaat. Saga hoort dat Linda tegen hem schreeuwt en dan wordt de verbinding verbroken.

De telefoon wordt donker in haar hand.

Ze kijkt over het voetpad naar de dichtstbijzijnde straatlantaarn. Over het asfalt, het gras en de lage struiken ligt een cirkel van licht. Maar buiten de lichtkring is het aardedonker.

Saga herinnert zich de woorden van Sven-Ove Krantz, Mara's psycholoog, die haar had verteld wat zijn patiënt allemaal had gezegd. Jurek Walter had Mara's familie ontvoerd, ze waren nog in leven en werden gevangengehouden in een gevangeniscel in een plaats die misschien Moja vejave heette.

Maar die plaats bestaat niet, niet in Zweden en niet in Rusland.

Mara was door de politie op de middenberm van de snelweg gevonden, dicht bij Skärholmen, en naar het Karolinska Ziekenhuis in Huddinge gebracht. Van daaruit werd ze overgeplaatst naar Ytterö.

Toen de psycholoog haar belde, zat Saga midden in het chaotische vooronderzoek naar de moorden die erop wezen dat Jurek nog leefde. Een storm die snel zou aanwakkeren tot een orkaan blies haar hele leven omver.

Uiteindelijk stortte ze mentaal in en had ze geen gelegenheid om zich te verdiepen in wat de psycholoog had verteld.

Na Jureks dood ging ze met ziekteverlof en Joona was geschorst vanwege een intern onderzoek.

Politie, hondengeleiders en forensisch onderzoekers onderzochten alle punten die deel uitmaakten van Jureks ingewikkelde systeem. Er werden een heleboel graven gevonden, maar geen verdere overlevenden. Zij en Joona waren niet meer in dienst toen het besluit werd genomen om geen hoge prioriteit meer te geven aan het vooronderzoek.

Saga denkt aan de tekening van schedels en botten in de verborgen koektrommel. 'Mijn familie' stond eronder.

Ze huivert, trekt haar benen op en legt haar kin op haar knieën om warm te blijven.

Bedoelt Mara dat Joona haar dode familie zal ontmoeten als hij dood is – of bedoelt ze dat hij de resten van haar familie zal zien op de plek waar Jurek hen heeft opgesloten?

Want die resten zijn ergens.

Opeens is Saga klaarwakker.

Om het centrale metronet te ontwijken is ze van plan naar Årstaberg te lopen, daar de trein naar Skärholmen te nemen en rond de plek waar de politie Mara heeft gevonden langs de snelweg te gaan zoeken.

83

Randy wordt wakker van gerammel in de keuken en beseft dat hij voor de tv op de bank ligt.

Hij heeft een pyjamabroek en een verwassen T-shirt aan.

De ruwe roze deken is op de grond gevallen.

Het ochtendlicht valt in dunne slierten door de neergelaten luxaflex.

Toen hij met Saga belde, was Linda het kantoortje binnengestormd en had zo hard tegen hem geschreeuwd dat haar stem oversloeg.

Hij realiseert zich dat hij geen gelegenheid heeft gehad om Saga foto's van de ansichtkaart te sturen. Hij gaat rechtop zitten, concentreert zich en loopt dan de keuken in.

Linda zit met een kop koffie en een schaaltje lactosevrije yoghurt aan tafel en leest de krant op haar iPad. Ze heeft zich al opgemaakt en haar haar geföhnd. De zwartleren aktetas staat op de stoel naast haar.

'Goedemorgen,' zegt hij met gedempte stem en hij schenkt een kop koffie in.

Ze reageert niet, maar hij gaat toch op zijn gewone plaats zitten en begint de nieuwssamenvatting van *The New York Times* te lezen.

'Nieuwe liefdesberichten?' vraagt ze zonder op te kijken.

'Nee... die stuur je me al een tijdje niet meer,' antwoordt hij.

'Hoe zou dat nou komen?' zucht ze.

Hij legt zijn iPad neer en haalt diep adem.

'Linda, we hebben het hierover gehad, ik heb je niet bedrogen en...'

'Je bent zo ontzettend oneerlijk,' valt ze hem in de rede. 'Je glipt midden in de nacht uit bed en zit te fluisteren met die hoer... Wie doet zoiets? Dat is toch volkomen gestoord?'

'Het was voor werk.'

'Midden in de nacht?'

'Ja, ze was...'

'Je hebt niet eens meer werk, je bent ontslagen vanwege...'

'Ik ben niet ontslagen, ik ben alleen op non-actief gesteld...'

'Op non-actief? Volgens mij ben je juist heel actief, maar dan in de verkeerde dingen.'

'Doe nou eens rustig.'

'Je hebt aldoor gelogen, ik snap niet hoe je zo gemeen kunt zijn, zo ontzettend wreed,' gilt ze, terwijl de tranen stromen. 'We zijn gaan samenwonen, ik ben er echt voor gegaan, voor onze relatie... Snap je hoe ik me hierbij voel? Snap je dat? Ik voel me compleet waardeloos, ik worstelde altijd al met mijn zelfvertrouwen... hoe kun je me dit aandoen?'

'Misschien heb ik het niet zo handig aangepakt met jouw jaloezie, maar...'

'Pleur op, idioot,' schreeuwt ze en ze pakt haar tas van de stoel. 'Pleur op, ik wil je nooit meer zien! Fuck you!'

'Nou ga je te ver...'

'Hou gewoon je bek!'

'Oké, Linda... We praten wel als je weer rustig bent...'

'Je kunt de boom in, het maakt mij niet uit wat je doet, voor mijn part ga je je sletje neuken, mij kan het niet schelen,' zegt ze en ze loopt stampvoetend naar de gang.

Randy blijft zitten en neemt een slok koffie. De voordeur slaat zo hard dicht dat de ingelijste foto tegen de muur rammelt.

Hij weet dat Linda naar het openbare parkeerterrein van de wijk gaat, in haar auto stapt, zich met stijf opeengeklemde lippen vermant, haar tranen droogt en haar make-up bijwerkt, voordat ze de auto start en achteruitrijdt.

Ze is ervan overtuigd dat hij niet over zijn liefdesrelatie met Saga heen is, maar hij begrijpt niet eens wat dat zou inhouden. Ook al houdt hij van Linda, hij kan of wil Saga niet uit zijn hart verbannen.

Hij heeft alle foto's die hij van Saga gemaakt heeft weggegooid, maar de negatieven bewaard, zodat hij nieuwe afdrukken zou kunnen maken als hij dat wilde.

Toen ze hem met de telefoon van Karl Speler belde, had ze hem haar grote liefde genoemd. Aan die woorden moet hij steeds denken. Hij weet dat ze het heeft gezegd, maar kan bijna niet geloven dat hij het goed heeft verstaan.

Als Linda vanavond thuiskomt van haar werk op een kantoor voor vastgoedbemiddeling zal ze net doen of de ruzie nooit heeft plaatsgevonden. Dat heeft hij nu al zo vaak meegemaakt.

Randy gaat weer naar het kantoortje, haalt de ansichtkaart tevoorschijn, fotografeert beide kanten en mailt de foto's aan Saga.

Hij aarzelt even en mailt dan dezelfde foto's aan Greta, waarna hij teruggaat naar de keuken, Linda's schaaltje omspoelt, twee eieren bakt, ze op een snee geroosterd zuurdesembrood legt en er wat ketchup en worcestersaus op doet.

Onder het eten denkt hij na over hoe hij Saga kan helpen met het vinden van een schuilplaats. Hij is lid van een vereniging van fotografen en ze hebben een gemeenschappelijke doka in een souterrain op het industrieterrein van Edsberg. Straks zal Randy de voorzitter bellen om te vragen of hij die ruimte twee dagen kan reserveren.

Randy gaat naar boven, poetst zijn tanden, wast zijn gezicht en kijkt zichzelf in de spiegel boven de wastafel aan. Zijn ogen staan verdrietig en zijn mond staat bezorgd.

Er lopen waterspetters over het glas, door zijn gezicht, ze laten zijn gelaatstrekken smelten en maken ze lang. Even trekt een geluid zijn aandacht. Een getik alsof iemand spelden van de trap gooit.

Hij strijkt over zijn hoofd, loopt naar de slaapkamer, doet zijn horloge om, opent de kledingkast en trekt een schone onderbroek, een zwart T-shirt en een blauwe spijkerbroek aan.

Randy weet dat Saga alles zal doen om de dader te grijpen en Joona te redden. Koste wat het kost. Hoe kan iemand denken dat zij bij de moorden betrokken is?

Hij zet het krukje voor de kast, gaat erop staan, schuift de witte Stetson-hoed opzij en pakt het sigarenkistje van de bovenste plank.

Hij gaat op het bed zitten en maakt het deksel open.

In een huis verderop in de straat klinkt het opgewonden geblaf van een hond en daarna begint de rottweiler van de buren schor te blaffen.

Bij een windvlaag trekt het slaapkamerraam voorzichtig aan zijn haak.

Randy staat op en kijkt door de appelboom heen naar de straat. Een auto met een dakkoffer rijdt langzaam langs en verdwijnt. De takken schokken in de vlagerige wind. Tussen de bladeren door zijn de abrikooskleurige gevels te zien. Hij kan de krachtige luchtbeweging met zijn ogen volgen door de tuintjes van de buren. Opeens bedenkt hij dat hij na Linda's vertrek de deur niet op slot heeft gedaan. Waarom zou hij ook, ze hebben de deur overdag nooit op slot.

Hij keert terug naar het sigarenkistje, haalt er behoedzaam een ontwikkeld filmrolletje uit met vier negatieven op halfkleinbeeldformaat, hetzelfde tafereel met ongeveer een minuut tussenruimte gefotografeerd.

Saga ligt naakt op haar rug in een zevenpuntige ster van kersen.

Hij had de camera aan een pantograaf aan het plafond van de studio gemonteerd om recht naar beneden te kunnen fotograferen. Misschien is dit het gelukkigste moment van zijn leven.

Ze aten pizza uit de doos, waarna hij de camera, lampen en reflectoren opstelde en de kersen in de grote sterformatie legde.

Op het negatief zijn haar lippen en tepels stralend wit, terwijl haar slanke lichaam donkergrijs is met lichte, gloeiende contouren. Het straalt tussen haar vingers, terwijl het witte laken onder haar zwart is.

Hij staart naar de schitterende duisternis tussen haar benen, als een witte driehoek met holle zijden, een cirkel van Bankoff die zijn blik naar zich toe zuigt.

Randy had net als altijd twaalf foto's gemaakt en daarna waren ze op het bed in zijn atelier gaan vrijen. Hij weet nog precies hoe hij haar borsten, buik en fraai gewelfde venusheuvel had gekust. Heel zachtjes had hij haar gelikt, was met zijn tong keer op keer langs de schede gegaan. Zo eigenaardig warm en glad. Ze hield zijn hoofd met haar ene hand vast, spreidde haar benen iets verder en duwde zich tegen zijn lippen.

84

Randy wordt uit zijn herinneringen opgeschrikt als het raam klappert en aan zijn haak trekt. De harde windvlaag dreunt in de ventilatieopening in de badkamer. Beneden klinkt een geluid. Alsof de hangertjes over de kledingroede in de gang schuiven.

Randy's hart gaat sneller slaan als hij bedenkt dat Linda weer thuis is gekomen. Voorzichtig legt hij de negatieven weer in het kistje, doet het deksel dicht, gaat op het krukje staan en zet het kistje achter de hoed.

Misschien had Linda in de auto al spijt, begreep ze dat het niet zo erg is dat hij met Saga praat, dat hij uit bed was geglipt omdat hij haar niet wakker wilde maken omdat ze weer vroeg op moest.

Randy staat nog op het krukje, hij draait zich om naar het raam en kijkt weer naar buiten.

De zon is achter de wolken verdwenen, de kleuren zijn donkerder geworden en de wind lijkt met de minuut verder aan te wakkeren. De boomtoppen buigen zich trillend. Beneden klinkt een zacht kloppen. Het is alsof de takken van de treurwilg in de windvlagen tegen ruiten en vensterbanken tikken.

Hij stapt van het krukje, zet het aan de kant en haalt zijn scheerapparaat van de oplader. Er tikt weer iets tegen het glas. Hij scheert zich terwijl hij de slaapkamer uit loopt, het licht in de badkamer uitknipt en de trap af gaat.

Het gebrom van het scheerapparaat galmt zo luid door zijn hoofd dat hij de treden niet onder zijn eigen gewicht hoort kraken. Hij komt beneden en loopt de gang in naar de keuken.

Als hij zich onder zijn neus scheert, klinkt er een schrapend geluid. Hij blijft staan, schakelt het scheerapparaat uit, spitst zijn oren en hoort de wind om het huis gaan. Het tikt en ratelt als er takken tegen de ramen slaan. Hij gaat weer door met scheren en loopt de keuken in.

Het is nu nog te vroeg, maar over veertig minuten kan hij de voorzitter van de fotoclub bellen.

Achter het raam werpen de takken van de struiken zich alle kanten op, de ranken van de treurwilg zwiepen in het rond. De wind buldert in de afzuigkap. Hij huivert en draait zich snel om. De deur van de schoonmaakkast is opengegaan.

Hij loopt de gang weer in. De slang van de stofzuiger komt naar buiten, hij duwt hem de kast in en sluit de deur. Hij houdt zijn adem in en wacht een paar seconden voordat hij het scheerapparaat weer aanzet. Het maakt een enorm kabaal als hij bij zijn oren komt.

Hij kijkt over zijn schouder. Het is nog donkerder geworden in de keuken. Misschien gaat het regenen.

Er kraakt iets in de schoonmaakkast. Het tocht langs zijn benen.

Hij zet het scheerapparaat uit en loopt naar het halletje. Het raam van de slaapkamer trekt weer aan zijn haak. Als hij in het halletje komt, slaat de voordeur met een klap open. De ingelijste foto van Linda valt van de muur en het glas verbrijzelt op de vloer.

Er staat een doos op de deurmat.

Randy begrijpt meteen waar het om gaat.

Mara Makarov heeft geen adres meer van Saga, maar weet natuurlijk dat Randy met haar communiceert.

De deur slaat dicht en de deurbel rinkelt van de klap. Randy doet snel de deur op slot.

Hij neemt de doos mee naar de werkkamer en zet hem op het bureau. Blaadjes en rekeningen vallen op de grond.

Trillend weet hij met zijn nagel een hoekje van de lichtbruine tape los te peuteren. Hij trekt hem eraf, vouwt de flappen open en haalt een papieren prop tevoorschijn, die hij voorzichtig openvouwt. Hij houdt het tinnen figuurtje tussen duim en wijsvinger. Even wordt alles zwart. Hij knippert met zijn ogen en houdt het tinnen figuurtje schuin tegen het licht.

Het poppetje stelt hemzelf voor.

Ik ben het volgende slachtoffer, denkt hij, terwijl zijn hartslag in zijn hoofd dreunt. Hij pakt snel zijn telefoon, maar trilt zo dat hij de code niet kan invoeren, hij doet nog een poging maar het is weer verkeerd. Randy probeert rustiger adem te halen, hij legt de telefoon voor zich op het bureau, ondersteunt zijn rechterhand met de linker en dwingt zichzelf de code langzaam in te toetsen. De telefoon is geopend. Hij gaat naar de lijst van oproepen en belt het nieuwe nummer van Saga.

'Hallo,' antwoordt ze neutraal.

'Met mij, Randy... er is een nieuw pakketje gekomen, bij mij thuis... Ik ben het volgende slachtoffer, ik heb het tinnen figuurtje hier en...'

'Randy,' valt Saga hem in de rede. 'Doe wat ik zeg, laat alles liggen, neem alleen je portemonnee, je telefoon en je autosleutel mee en verlaat het huis, trek geen andere kleren aan, doe geen deuren op slot – ga gewoon weg!'

'Oké,' zegt hij en hij staat op. 'Maar moet ik niet...'

'Ben je al op weg?'

'Ja.'

Met een sterk gevoel van onwerkelijkheid loopt hij door de gang. De deur van de schoonmaakkast staat weer open.

'Moet ik de regionale meldkamer niet bellen?'

'Ze kunnen nooit snel genoeg bij je zijn.'

Hij passeert de kast, komt in de hal, pakt zijn tas van de haak, trekt zijn schoenen aan, haalt de deur van het slot en verlaat het rijtjeshuis.

De wind ruist en rukt aan de bladermassa's. Zijn fiets is omgevallen en de bladermand ligt in de tuin van de buren.

'Ben je buiten?' vraagt Saga met luide stem.

'Ja, ik loop langs...'

'Schiet op,' onderbreekt ze hem. 'Stap in je auto en rij weg, zeg tegen niemand waar je naartoe gaat, kies een plek waar je geen binding mee hebt, waar je nooit eerder bent geweest, waar je het nooit over hebt gehad... Bel of stuur een berichtje, zodat ik weet dat je veilig bent.'

Ze beëindigt het gesprek en hij rent langs het abrikooskleurige huizenblok. Stof, bladeren en troep waaien over het asfalt. Het parkeerterrein tussen de grijze gebouwen is bijna leeg.

Hij rent naar zijn Volvo, blijft hijgend staan, haalt de sleutel uit zijn tas, maar trilt zo hevig dat hij hem laat vallen. Hij bukt en kijkt onder de auto. Naast de ene band ligt een poppenhoofdje met blond haar.

Hij raapt de sleutel op, richt zich op, opent de auto, stapt snel in, start en rijdt achteruit, schakelt en rijdt het parkeerterrein af. Op de Vibyvägen slaat hij rechts af en verhoogt zijn snelheid.

85

Na het telefoontje van Randy klopt Saga's hart snel. Ze bevindt zich bijna midden op de zeshonderd meter lange Västerbrug. In de diepte ziet ze schuimende golven. Ze loopt rechts, omdat het dichtstbijzijnde verkeer dan van achteren komt. De harde wind dreunt tegen de stof van de capuchon.

Eerder vandaag is ze naar een van de boetiekjes in het NK-warenhuis geweest, ze heeft een aantal kledingstukken meegenomen naar de paskamer, een mosgroen windjack uitgezocht en de beveiligingstag eruit gescheurd. Met het jack onder haar trui is ze naar buiten gelopen.

Saga zorgt ervoor dat de telefoon niet op slot gaat en weet dat ze hem over een uur of wat ergens moet zien op te laden.

Achter haar nadert een politiewagen met zwaailicht. Als hij voorbijrijdt, doet Saga net of ze op haar telefoon kijkt. Ze dwingt zichzelf de auto niet na te kijken en loopt gewoon door met haar hoofd omlaag.

Na een minuut of wat blijft ze staan, draait zich met haar rug naar het verkeer toe, kijkt tussen de kabels door uit over het water en naar de dicht op elkaar staande flats op de eilanden.

Haar vingers zijn koud als ze Joona's telefoonnummer intoetst en de telefoon tegen haar oor houdt.

'Met mij... Ik bel even om te zeggen dat Randy een doos thuisbezorgd heeft gekregen, hij is het volgende slachtoffer. Ik heb tegen hem gezegd dat hij in de auto moet stappen en naar een plaats moet rijden waar hij nooit is geweest en die hij nooit heeft genoemd.'

'Mooi, helemaal goed,' zegt Joona.

'Volgens mij zijn het figuurtje en de verpakking nog bij hem thuis, maar ik ben niet in de gelegenheid om erheen te gaan.'

'Saga, het spijt me van...'

Ze beëindigt het gesprek. Joona belt terug, maar ze neemt niet op en loopt gewoon verder over de brug in de richting van Långholmen en Hornstull.

De wind trekt aan haar jack en Saga herhaalt bij zichzelf dat Randy het wel zal redden, als hij doet wat ze heeft gezegd, als hij maar ver genoeg wegrijdt van Stockholm naar een plaats waar hij zich kan verstoppen tot dit voorbij is.

Dan heeft Mara's plan eindelijk een deuk opgelopen. En als ergens een deuk in zit, kun je het makkelijker kapotmaken.

Het moet mogelijk zijn om haar tegen te houden.

Saga zal om te beginnen in Skärholmen langs de snelweg lopen en naar Moja vejave zoeken. De plaats waar alles is begonnen. Daar wil Mara Joona naartoe lokken om hem met de laatste witte kogel in de rug te schieten.

86

Joona rijdt Randy's straat in en stopt voor zijn huis. Hij stapt uit de auto en loopt naar de deur. De ranken van de treurwilg worden heen en weer gesmeten in de vlagerige wind. Hij belt aan, doet de deur open en loopt naar binnen.

Op de vloer ligt een foto met verbrijzeld glas.

Joona kijkt om zich heen en loopt snel de gang door. In de keuken blijft hij staan. De tafel en het aanrecht zijn leeg. De wind dreunt in de afzuigkap.

Joona opent de deur van een kleine kamer. Rekeningen en bonnetjes zijn op de vloer gevallen. Op het bureau staat een opengescheurde doos. Het tinnen figuurtje ligt naast de verfrommelde vellen papier waar het in verpakt was. Joona ziet dat het zonder twijfel op Randy lijkt en vouwt dan het grotere stuk papier open.

Buiten wordt een tak afgerukt, die met een bons op de vensterbank valt.

Het grotere vel is uit een wegenatlas gescheurd, die de meeste mensen gebruikten voordat er internet en gps waren.

De achterkant is wit en de voorkant is een inleidende kaart, die een overzicht geeft van alle grote wegen en verkeersroutes van Stockholm en Uppsala in de jaren vijftig. Joona inspecteert de kaart en probeert te zien of er een plaats gemarkeerd is. Hij knipt de bureaulamp aan, houdt de kaart onder het licht en zoekt naar speldenprikken, maar vindt niets.

De binnenste verpakking is een dun stukje papier waarop in een ouderwets handschrift met inkt een korte notitie staat.

De vraag die ik hier lofwaardiglijk beantwoord: Als de natuur zwavel en ijzer ♂ in goud verandert, kunnen wij de natuur dan haar ~~zorgvuldig bewaarde~~ geheim niet ontlokken en hetzelfde doen?

Joona leest de woorden twee keer en begrijpt dat het om August Strindbergs alchemistische periode in Parijs gaat.

Zwavel en ijzer worden goud.

Het taalgebruik is ouderwets.

Maar het woord 'ijzer' is later door Mara onderstreept, bedenkt hij.

Het alchemistische ideogram voor ijzer is hetzelfde als voor het mannelijk geslacht en voor de Romeinse oorlogsgod Mars.

Hij kijkt weer op de kaart.

Als ze daarmee op Järntorget, het IJzerplein, in Gamla Stan doelt, is Randy veilig, hij rijdt Stockholm uit.

In het Sweden Solar System bevindt de planeet Mars zich in winkelcentrum Mörby, maar dat bestond in de jaren vijftig nog niet en staat niet op de wegenkaart. Dit wordt niks. Hij moet net zo denken als Mara. Alchemie, ijzer, Mars.

Joona gaat zitten en ziet het verzekeringsbewijs van een Volvo op de grond liggen.

Het symbool van Volvo is het teken voor ijzer.

Joona huivert.

Mara is van plan om Randy in zijn auto te vermoorden, op een van de wegen van Stockholm.

Een strandstoel waait vanuit de tuin van de buren over het hek en landt op het gras voor het raam.

Joona staat op en belt Randy. De telefoon gaat over en dan wordt hij doorgeschakeld naar de voicemail. Hij doet nog een poging, hij moet Randy waarschuwen, tegen hem zeggen dat hij niet mag stoppen als iemand hem van de weg wil duwen of hem naar de kant van de weg wenkt.

87

De snelweg verdwijnt onder de auto. Aan zijn rechterhand flitsen geluidswallen en hoge elektriciteitsmasten voorbij.

Randy heeft nog steeds een verhoogde hartslag, maar de hoogste adrenalinetop was afgevlakt toen hij zich eenmaal op de snelweg bevond.

Zonder zelf na te denken had hij gedaan wat Saga tegen hem zei, hij was naar de auto gerend, de woonwijk uit gereden, naar de oude gistfabriek en langs de Coop, die zijn vader nog steeds Obs noemt.

Hij haalt een betonmixer met draaiende molen in.

Op het dak van een wit industriegebouw staat een man in oranje werkkleding te bellen.

Randy probeert het feit te bevatten dat Mara Makarov hem als het volgende slachtoffer heeft uitgezocht.

Het is onbegrijpelijk, onwerkelijk.

Hij snapt niet waarom.

Eigenlijk zou hij naar het politiebureau willen rijden, de auto voor de deur zetten en naar binnen rennen, maar hij begrijpt dat Mara dat zou kunnen voorzien.

Saga zei dat hij weg moest gaan uit Stockholm.

Bij Kista sorteert hij links voor. In gedachten verzonken rijdt hij over de E18. De ruzie met Linda en het pakket met het tinnen figuurtje wervelen door zijn brein. Hij kan zich de verpakking helemaal niet herinneren.

Saga heeft gezegd dat hij naar een plaats moet rijden waar hij geen binding mee heeft, een plaats waar hij nooit eerder is geweest en nooit over heeft gepraat.

Misschien is deze weg ook te voor de hand liggend, te groot?

Hij weet het echt niet en bedenkt dat hij de route beter lukraak kan kiezen. Daarom verlaat hij de snelweg bij Bålsta en volgt de Enköpingsvägen tot aan weg 263.

Hij is nu veilig, hij hoeft alleen maar te blijven rijden.

Een eerste kalmte begint zich door zijn lichaam te verspreiden.

Randy volgt de zachte kronkelingen van de smalle geasfalteerde weg door het enorme natuurgebied. De weilanden gaan over in berkenbos, dat na verloop van tijd dichter wordt met een steeds groter aandeel van sparren en dennen.

In een bocht remt hij af en als hij eruit komt, geeft hij gas.

Even verderop staat links een auto in de berm. Een knipperend geel licht hangt boven het asfalt en klimt langs de rechte dennenstammen omhoog. De motorkap staat open.

Een oudere man in een gekreukt pak loopt met een gevarendriehoek in zijn hand door de berm.

Randy mindert vaart, draait het raam open en stopt vlak voor de man.

'Hebt u hulp nodig?' vraagt Randy. 'Ik ben politieman.'

De man blijft staan en houdt zijn ene hand op de dunne witte pieken op zijn hoofd.

'Het is de accu.'

'Hebt u startkabels?' vraagt Randy.

'Jazeker.'

Randy rijdt over de middenstreep, stopt tegenover de andere auto en ontgrendelt de motorkap. De man zet de driehoek neer en komt weer terug.

Randy stapt uit en opent de kap. De harde wind buldert door de kronen van de dennen. Er vallen dennenappels op de droge grond. Als de man zijn kofferbak opent om de startkabels te pakken, probeert Randy door zijn voorruit naar binnen te kijken. De witte hemel wordt in het glas weerspiegeld, zodat het ondoorzichtig wordt. Zit er iemand op de bijrijdersstoel?

De man rommelt in de kofferbak. Randy gaat in de berm staan, kijkt door het zijraam en heeft het idee dat hij achter de weerspiegelingen een grijs gezichtje kan zien.

De man komt terug met de kabels in een plastic hoes.

'Heel vriendelijk van u,' zegt hij.

Er komt een grotere auto aan.
De oude man heeft de rode kabel gepakt en buigt zich over Randy's motor.
'Pluspool aan pluspool,' mompelt hij en hij bevestigt de kabel.
De naderende auto is een witte bestelbus met een kapotte koplamp.
Randy begint zich ongemakkelijk te voelen. Zijn telefoon zit nog in de tas op de bijrijdersstoel.
De oude man maakt het andere uiteinde aan zijn accu vast en pakt de zwarte kabel.
'Minpool aan motorblok,' zegt de oude man en hij komt weer naar Randy's auto.
De bestelbus remt af en komt dichterbij. Randy gaat naast zijn auto staan.
De witte pieken van de oude man waaien alle kanten op.
In de bosrand schuren takken met een scherp krakend geluid langs elkaar.
De bestelbus rijdt langzaam voorbij. Op de achterbank zit een kind door het raam te filmen met een telefoon.
'U kunt nu starten,' zegt de man.
Randy stapt in, ziet de bestelbus verdwijnen, start de motor en laat hem stationair draaien.
De man staat in de berm en veegt zijn handen af aan het hoge gras.
De persoon op de bijrijdersstoel doet het portier half open, maar stapt niet uit.
Na vijf minuten schakelt Randy de motor uit en de man haalt de kabels in omgekeerde volgorde los. Hij stapt in zijn auto, start zonder probleem en steek zijn duim op achter het raam.
Randy rijdt eerst achteruit en dan naar de rechterkant van de weg en hoort de oude man vrolijk toeteren als hij gas geeft.
Hij heeft nog steeds geen idee waar hij naartoe gaat, maar bedenkt dat hij misschien over kleine wegen langs Uppsala kan rijden om daarna een hotelletje te zoeken.
Als Randy het bos uit komt, slaat hij op de rotonde rechts af, komt op Rijksweg 55 en ontdekt dat hij moet tanken.
Na vier kilometer komt hij bij een industrieterrein en ziet bijna meteen een onbemand tankstation met een rood verlicht dak.

88

Randy neemt gas terug, slaat af en rijdt naar het tankstation, als hij zich realiseert dat hij niet weet of hij zijn portemonnee wel heeft meegenomen.

Tien meter van de pompen blijft hij staan.

Op het verlaten asfalt staat verderop een houten gebouwtje met donkere ramen. Aan het hek voor het lege terras hangt een spandoek met de tekst PIZZA, KEBAB, HAMBURGERS.

Randy pakt de tas van de bijrijdersstoel en is opgelucht als hij zijn portemonnee vindt.

Het scherm van de telefoon gaat aan door de beweging en hij ziet dat hij vijf oproepen van Joona Linna heeft gemist. Hij pakt de telefoon en net op dat moment beweegt er iets achter de auto langs. Hij neemt alleen de beweging waar. Een stuk grijze stof, leek het. Hij kijkt in de buitenspiegel. Op het asfalt zit een kraai in een plastic zak te pikken. De veren op zijn kop staan rechtop in de wind. De kraai fladdert op als er een vrachtauto langsrijdt over de grote weg.

Randy kijkt door de voorruit. Voor de pompen trilt het bord met een sigaret met een kruis erdoor. Afval en stof wervelen over het asfalt. De auto schommelt heen en weer. Weer kijkt hij in de buitenspiegel. De kraai is weer terug bij de zak. Het leek wel of de hele grond trilde toen hij landde. Randy opent de telefoon om Joona te bellen als er weer een schok door de auto gaat. Hij kijkt in de buitenspiegel. Er is nog een kraai op de grond neergestreken. Randy klikt zijn autogordel los, draait zich om naar de achterruit en – staart opeens recht in een gezicht.

Hij hapt naar adem. Er zit een jonge vrouw op de achterbank. Hij begrijpt dat het Mara Makarov is. Haar ogen zijn zwart en haar wangen stoffig.

Hij tast naar de kruk van het portier als een harde knal alle andere geluiden overstemt. De stoel stoot tegen zijn rug. In de voorruit zit een zwart gat, omgeven door een grotere cirkel van wit gebarsten glas.

Er stroomt warm bloed langs zijn linkerzij en hij heeft een piep in zijn oren.

Op de motorkap liggen kleine stukjes glas.

Langzaam zwaait het portier open. Hij rolt naar buiten, komt met zijn schouder op de grond en blijft met zijn voet onder de stoel hangen. Zijn telefoon landt geruisloos op het asfalt.

Hij trekt zijn voet los, raakt zijn schoen kwijt, kruipt een stukje en staat op.

De beide kraaien stijgen fladderend op.

De kogel is schuin omhoog door de zijkant van zijn romp gegaan. Het voelt alsof hij zich heeft gebrand. Met zijn hand tegen de uitgangswond rent hij naar het afgesloten terras, terwijl een van de achterportieren opengaat. Hij begint de pijn te voelen, die schiet omhoog naar zijn gezicht, zijn neusgangen voelen gespannen aan en de tranen springen in zijn ogen.

Vanuit een ooghoek ziet hij dat Mara achter hem aan komt met het rode pistool voor zich uitgestoken. De piep in zijn oren wordt doffer.

Hijgend strompelt hij het toilethokje aan de zijkant van het gebouw binnen en doet de deur op slot. Dit gebeurt niet, dit kan niet, zegt hij telkens weer tegen zichzelf.

De piep verdwijnt en maakt plaats voor het geluid van klotsende golven. De vlaggen klapperen in de wind en de voetstappen buiten stoppen.

'Wat wil je?' roept Randy en hij ademt snel. 'Wat heb ik je misdaan?'

De deurkruk gaat omlaag en het slot klikt als ze aan de deur trekt.

'Mara, ik weet dat je ergens wraak voor wilt nemen en ik luister graag als je...'

Hij hoort een motor brommen en daarna het knarsen van banden als een auto het tankstation binnenrijdt.

'Ik kan je misschien helpen, snap je... Ik kan...'

Mara's voetstappen verdwijnen en Randy gaat kermend op de wc staan en kijkt door het raampje.

Bij de ene pomp staat een gele personenwagen met twee portieren open. In het witte licht van de platte overkapping staat een jonge vrouw in een blauwe spijkerbroek en een bruinleren jack naast een meisje in een roze jurk.

Mara loopt naar hen toe, het pistool bungelend in haar rechterhand.

Het meisje moet plassen en staat te trappelen.

Mara blijft voor hen staan en zegt iets. De vrouw kijkt bang, rommelt in haar tas, geeft haar telefoon aan Mara, zegt iets tegen het meisje en laat haar weer instappen.

Randy stapt op de vloer, er spat bloed op zijn linkerschoen. Hij doet de deur open, verlaat het hokje en duwt de deur dicht. Hij sluipt langs de achterkant van het terras en ziet de gele auto over de weg verdwijnen. Mara is weg. Het spandoek aan het hek klappert in de wind en een van de rode parasols ligt tussen de tafels.

Bloedspatten volgen Randy over het asfalt als hij naar zijn auto rent. Hij gaat achter het stuur zitten en kreunt luid van de pijn.

Mara komt met grote stappen om het gebouw heen. Zonder het portier te sluiten start Randy met trillende handen de auto. Ze komt op hem af en heft het wapen. Hij schakelt en rijdt met loeiende motor weg. Ze richt en geeft steun met haar andere hand.

Hij scheurt weg, het portier raakt een lantaarnpaal en slaat dicht.

Mara schiet.

Er gaat een zucht door de voorruit.

De kogel is dwars door zijn borstkas gegaan en hij rijdt recht tegen de benzinepomp aan. Het glas vliegt alle kanten op. Hij klapt met zijn voorhoofd op het stuur, opent zijn ogen en hoest bloed over het dashboard.

Mara komt dichterbij. Hij probeert achteruit te rijden, maar de motor ratelt alleen maar, als een theelepeltje in een keukenmachine. Er stroomt benzine over de grond.

Met een zwarte, ondoorgrondelijke blik kijkt Mara hem aan. Hij drukt met zijn hand op de claxon en houdt die zo lang mogelijk ingedrukt.

Mara opent het achterportier en in de spiegel ziet Randy dat ze een jerrycan pakt. Hij ademt snel en rochelend, hij heeft bloed in zijn keel. Ze komt zijn kant op en opent het portier.

Hij stikt bijna en geeft opnieuw bloed op. Ze houdt de zware jerrycan omhoog en giet een troebele vloeistof over zijn borst. Een prikkende geur vult de auto. Het brandt op zijn buik en tussen zijn benen. Hij valt bijna flauw, maar slaagt erin de motor opnieuw te starten.

Mara laat de lege jerrycan op de grond vallen en doet een stapje opzij. Hij legt zijn hand op de versnellingspook en trekt er krachteloos aan. De motor verstomt.

Ze kijkt hem aan, stapt achteruit, heft het pistool en schiet hem voor de derde keer in zijn romp. De kogel gaat door hem heen en raakt een metalen onderdeel van de auto. Meer dan die kleine vonk is niet nodig om de benzinedampen te laten ontbranden. Er klinkt een geluid als van een parachute die openklapt, terwijl een blauwe vuurbal de auto en de pompen omhult.

De seconden voordat Randy het bewustzijn verliest, is hij weer bij Saga. Maar het hele oude atelier zit in een filmnegatief, een wereld waarin licht en donker omgedraaid zijn.

'Mijn grote liefde,' fluistert hij.

In het zwarte schijnsel van de fotolampen lichten haar lippen en tepels wit op. Ze gaat schrijlings op hem zitten, laat hem naar binnen glijden en omsluit hem. Ze buigt zich naar voren, leunt op zijn borstkas en zoent hem. Haar gezicht heeft glinsterende bleke contouren en haar mond is met licht gevuld als ze kreunend haar ogen sluit.

Hij houdt haar billen met beide handen vast en merkt het niet als de grote tank onder de benzinepomp explodeert.

De enorme kracht laat glas en metaaldelen alle kanten op vliegen en sleurt het grootste deel van de overkapping mee.

Er stijgt een vijftien meter hoge, felgele wolk van vuur op, die snel om zijn eigen as draait.

Stalen balken vallen rammelend op de grond.

Een rode aluminium plaat komt voor het terras neer.

Een oliezwarte rookzuil schiet omhoog naar de hemel en leunt achterover in de wind.

De resten van de auto en het tankstation staan in lichterlaaie.

Het vuur krijgt nieuwe brandstof en wordt met waanzinnige snelheid de zwarte, walmende wolk in geslingerd.

89

In de bibliotheek van Årsta gaat Saga met haar rug naar de ingang achter een computer zitten. Ze heeft het evacuatieplan bestudeerd en houdt via de weerspiegeling in een raam de deur in de gaten.

Randy heeft nog niets van zich laten horen. Dat is een goed teken, hoopt ze, maar ze gaat zich met de minuut meer zorgen maken.

Joona heeft drie keer gebeld.

Saga logt in bij haar webmail en ziet dat Randy vanochtend iets heeft gestuurd. Als ze de deur hoort opengaan, kijkt ze op. Er komt een oudere man op krukken binnen.

Ze opent snel Randy's mailtje en ziet dat het foto's van Mara's ansichtkaart bevat. Zoals Randy al had gezegd, staat er een zwart-witfoto van een kapotgebombardeerd Koningsbergen op de voorkant. Ze klikt de foto van de beschreven kant aan en leest:

Saga Bauer,
Nu zijn er nog maar twee witte kogels over. Joona zal mijn familie spoedig ontmoeten.
ИДИ В МОЯАВЕЯБ!

Mark av Omaar

Saga gaat naar Google Translate, kiest het toetsenbord voor cyrillisch schrift en typt de woorden letter voor letter in, ook al begrijpt ze eigenlijk al wat er staat.

Er beweegt een blauw licht over het schuine betonnen dak van de bibliotheek – er staat een politieauto op het plein.

Snel verplaatst ze de cursor, ze klikt en krijgt meteen de vertaling: Ga naar Moyabe.

Ze zet het geluid van de computer heel zacht, klikt op het icoontje met de luidspreker, buigt zich naar voren en hoort een vrouw zeggen: 'Idi vemoja vejave.'

De deur achter haar gaat open en via de weerspiegeling in het raam ziet ze een agent in uniform binnenkomen. Ze logt snel uit, wist de zoekgeschiedenis en volgt de agent met haar blik. Als hij de trap op loopt, staat ze rustig op en draait zich om naar de ingang.

Daar staat nog een agent.

Saga slaat een pad achter een boekenkast in, volgt dat tot het eind, wringt zich langs een groep scholieren, verbreekt het zegel van de nooduitgang en opent de deur. Het brandalarm loeit achter haar als ze het centrum van Årsta uit rent en het spoor en de rijstroken oversteekt.

Pas als ze achter de bomen bij de volkstuintjes is, vertraagt ze haar tempo. Ze veegt met haar hand over haar mond, dwingt zichzelf rustig te lopen en probeert haar gedachten te ordenen.

Waarschijnlijk had Mara na haar vlucht uit de gevangenschap een bord gezien met de tekst MORABERG. In haar verwarde toestand zag ze het Latijnse schrift voor cyrillisch aan, ze las de R als *Я* en de G als б – en las de naam als MOЯABEЯб.

'Idi vemoja vejave,' had ze telkens in het Russisch geroepen, maar niemand had begrepen dat ze daarmee 'Ga naar Moraberg!' bedoelde.

Moraberg is een verkeersplein met een groot winkelcentrum aan de E20 even ten oosten van Södertälje.

Dit moet de enige plaats in Jureks systeem zijn waar geen stoffelijke resten of sporen van hem zijn gevonden.

Saga kijkt weer op haar telefoon. Ze heeft nog steeds geen berichtje van Randy. Met een hart dat bonst van angst gaat ze op een bankje zitten en belt hem. Als de telefoon vijf keer is overgegaan neemt er een vrouw op. 'Hallo?'

Saga denkt nog dat het Randy's vriendin Linda moet zijn, als het opeens tot haar doordringt dat het Greta van de NOA is.

'Hallo? Met wie spreek ik?' vraagt Greta.

Saga verbreekt de verbinding, staat op en belt Joona.

'Wat is er gebeurd? Waar is Randy?' vraagt ze en ze hoort de angst in haar eigen stem.

'Ik vind het heel erg,' zegt hij alleen.

'Nee... nee, ik snap het niet. Greta nam zijn telefoon op en...'

'Greta is op de plaats delict, een tankstation op een industrieterrein even ten noorden van Enköping.'

Saga's keel doet pijn van angst en door haar tranen kan ze bijna niets zien.

'Is hij dood?'

'Saga, ik wil...'

'Geef gewoon antwoord,' kapt ze hem af.

'Het smeult daar nog steeds, zijn auto is volledig uitgebrand, ze hebben resten van een verkoold lichaam gevonden.'

'Ik snap het niet. Hoezo Enköping?'

'Mara moet al in de auto verstopt hebben gezeten toen hij van huis wegreed.'

'Natuurlijk,' fluistert ze.

'Saga, ik weet niet wat je hebt gedaan, maar de situatie begint gevaarlijk te worden voor jou en...'

'Ik weet het, ik kan niet meer... Ik geef me over, ik ben schuldig, ik heb iedereen vermoord...'

'Dat moet je niet zeggen,' onderbreekt hij haar.

'Maar het is zo, door mij is iedereen dood, alleen jij bent nog over.'

'Saga, ik ken je.'

'Nee, je kent me niet,' zegt ze en ze hangt op.

Ze slaat haar handen voor haar gezicht, vermant zich, veegt haar tranen weg en loopt met snelle passen door het park.

Ze heeft haar best gedaan, ze heeft gevochten, maar in alle opzichten gefaald. Het was haar taak om negen mensen te redden. Van Mara's raadsels heeft ze er niet één op tijd weten op te lossen en nu zijn Randy, Verner en Margot dood.

Als in gedrogeerde toestand volgt ze het smalle voetpad over het Årstafält. De grote grasvlakten zweven als in een droom voorbij. Het geluid van het knerpende grind onder haar schoenen lijkt uit een andere wereld te komen.

Saga komt uit bij een autoweg in de schaduw van hoge flats en volgt het trottoir in zuidelijke richting.

Alles wat ze aanraakt, wordt bezoedeld en sterft.

Saga laat haar mobiel door het rooster van een putje vallen, steekt de straat over, blijft op het parkeerterrein staan en staart naar het politiebureau van Hägersten.

De glazen deur wordt met een wig opengehouden.

Voor de ingang staan twee agenten in uniform een voetbal tegen de blinde muur te trappen.

Schieten ze haar dood als ze naar binnen gaat en haar pistool op de balie legt? Het maakt haar niet uit. Het is allemaal haar schuld. Hoe is het mogelijk dat ze Randy niet kon redden? Wanhopig laat ze haar gedachten weer naar de raadsels gaan. Op de ansichtkaart die Mara haar via Randy heeft gestuurd, schreef Mara dat Joona haar familie spoedig zal ontmoeten. En ze sluit af met de instructie: Ga naar Moraberg! Daarmee doelt Mara ongetwijfeld op Jureks systeem, op de coördinaten die naar het midden van een snelweg ten oosten van Södertälje wijzen.

Maar op die plek bevonden zich geen stoffelijke resten of sporen van Jurek.

Ik ben weer terug bij af, bedenkt Saga. Sinds ik drie jaar geleden de eerste ansichtkaart kreeg ben ik geen stap dichter bij haar gekomen. Mijn acties zijn compleet waardeloos geweest.

Het enige wat ze hebben opgeleverd is dat ik van betrokkenheid bij de moorden word verdacht.

Er blijft me niets anders over dan mezelf aan te geven bij de politie en te hopen dat mijn naam gezuiverd zal worden.

Saga probeert zich schrap te zetten voor wat er gaat komen: het geschreeuw, de wapens en de handboeien. Ze slaat haar ogen neer, luistert naar het bonzen van de bal, de snelle voetstappen van de agenten en hun ademhaling. Ze loopt naar de ingang. De bal rolt haar kant op en ze schopt hem terug. De agenten zwaaien glimlachend naar haar.

Misschien is er nooit een kans geweest om Mara te overwinnen, bedenkt Saga terwijl ze verder hun kant op loopt. Misschien was Mara's raadsel even onoplosbaar als dat van de zeven bruggen van Koningsbergen. De onoplosbaarheid wordt theoretisch bewezen door de wiskundige grafentheorie.

Saga blijft staan als ze inziet dat het raadsel niet theoretisch kan worden opgelost, maar wel in de realiteit, driedimensionaal. In de werkelijkheid kun je zwemmen of onder de bruggen door gaan. Saga's hartslag stijgt. Het antwoord op Mara's werkelijke raadsel is dat haar familie wel degelijk op Jureks laatste plaats was. Niet óp de snelweg, maar eronder.

Saga weet dat de politie en de hondengeleider langs beide kanten van de snelweg zijn gelopen. Er waren geen luiken, ingangen of onderaardse gangen. Saga heeft er zelf stadsontwikkelingskaarten bij gepakt en gedetailleerde tekeningen bekeken uit de tijd dat de snelweg werd aangelegd, toen er explosieven tot ontploffing werden gebracht en er grond werd afgegraven. Toch moeten er ruimtes zijn. Dat is het antwoord op het raadsel.

Mara heeft nog maar één witte kogel in haar Makarov.

Saga is de enige die Joona kan redden.

Als ik faal, is het voorbij, maar eerder niet, bedenkt ze.

Ze keert haar rug naar het politiebureau en loopt ervan weg. Ze weet precies met wie ze moet praten. Ze moet op bezoek bij Jackie Molander.

90

Terwijl Joona Randy's rijtjeshuis verlaat, denkt hij aan het gesprek met Saga. Hij hoopt dat ze zichzelf aangeeft, anders moet hij jacht op haar maken. Maar eerst moet hij begrijpen op wat voor manier Saga en Mara met elkaar in verband staan. Daar draait het om. Hij stapt in de auto en belt Greta nog eens om te horen of er nieuws is.

'Je hebt verlof,' zegt ze stijf. 'Ik kan geen informatie geven over een lopend onderzoek.'

'Hier heb ik geen tijd voor,' zegt Joona rustig.

'Het is jouw keus geweest om weg...'

'Greta,' valt hij haar in de rede. 'Ik begrijp dat iedereen verdrietig is en van slag, maar ik ben degene die als het negende slachtoffer is aangewezen, en ik moet proberen Mara tegen te houden voordat het te laat is.'

'Oké, maar dit is de laatste keer... We hebben één witte patroonhuls en twee gewone. De FO is net begonnen, maar alles wijst erop dat het slachtoffer Randy is... Op grond van wat ik daar heb gezien, interpreteer ik de brand als onopzettelijk. Hij is tegen een pomp aan gereden toen hij probeerde te ontsnappen en toen zijn de benzinedampen in brand gevlogen... Mara en Saga hadden ditmaal geen tijd om het lichaam op te lossen. Randy is waarschijnlijk levend verbrand,' besluit ze met zware stem.

'Zijn daar sporen van Saga?' vraagt Joona.

'Ja, en we zullen hard optreden en hen allebei onschadelijk maken als het moet, dat begrijp je toch wel? En jij gaat...'

'Jouw baas heeft me iets beloofd,' onderbreekt Joona haar. 'Dat ik Saga naar de gevangenis zou brengen, zodat ze de kans krijgt haar rol hierin uit te leggen.'

'Bel me niet meer,' zegt Greta en ze hangt op.

Joona rijdt weg, mindert vaart voor een zebra waar twee jongetjes met de armen om elkaars schouders oversteken, rijdt verder en slaat de volgende zijstraat in.

Als Mara zich hier al in Randy's auto heeft verstopt, staat haar pick-up waarschijnlijk ergens in de buurt. Hij rijdt langs abrikooskleurige rijtjeshuizen, tuintjes met terrasmeubels en lege parkeerplaatsen. Joona bedenkt dat Jurek nooit iets overbodigs deed. Zijn systeem was slechts zijn manier om herinneringen te structureren, een gedachtepaleis. Bij hem was er nooit sprake van communicatie met de politie, van spelletjes of raadsels.

Misschien geldt dat ook voor Mara. Waarschijnlijk zijn haar raadsels alleen maar draden in het web van de spin, haar methode om hen te verstrikken op de manier die zij wil.

Hij rijdt door naar de Lantgårdsvägen en komt door een buurt met wit en grijs geverfde huizen. Op een parkeerterrein staan een camper en een afgedekte personenwagen.

Een baardige man loopt over een voetpad met een baby in een draagzak op zijn borst.

Joona doorzoekt het gebied rond Randy's huis systematisch. In de Mäster Henriks allé gaat hij iets harder rijden. Recht voor zich ziet hij een laag hek met schilferende witte verf voor een goed onderhouden gazon tussen grote loofbomen.

Hij mindert vaart, slaat links af, passeert een vrouw met een rollator en rijdt naar het volgende parkeerterrein.

In de schaduw van een dicht bebladerde eik staat een Ford pick-up met een krachtige elektrische lier. Joona zet zijn auto zo neer dat de uitrit geblokkeerd wordt, trekt zijn pistool en stapt uit.

De wind rukt aan de boomkronen.

Er zit opgedroogde modder op de banden en spatborden van Mara's pick-up.

De witte hemel maakt de ramen ondoorzichtig.

Joona nadert de auto schuin van achteren.

In de laadbak liggen twee plastic jerrycans, spanbanden en een strak opgerold dekzeil.

De haak aan de kabel van de lier schommelt in de wind.

De achterruit is met ducttape afgedicht.

Joona ziet zijn eigen weerspiegeling in de vieze ruit aan de bestuurderskant. Hij trekt aan de kruk, maar het portier zit op slot. Door zijn eigen spiegelbeeld heen ziet hij vaag het stuur, de ronding van de stoel, de versnellingspook en de handrem. De kolf van zijn pistool schraapt over het glas als hij zich naar voren buigt en het licht met zijn handen afschermt. Op de bestuurdersstoel staat de laatste doos.

Hij zet een stap naar achteren en slaat de ruit in met zijn pistool. Kleine blokjes glas regenen op de stoel.

De vrouw met de rollator staart hem aan en keert met een grote bocht om.

Joona steekt zijn hand naar binnen, opent het portier en pakt de doos. Hij is zwaarder dan de vorige dozen.

Hij rent naar zijn auto, opent de achterklep, zet de doos in de bagageruimte, begint de tape eraf te trekken, maar bedenkt opeens dat hij ditmaal voorzichtig moet zijn. Hij haalt het vouwmes uit het dashboardkastje en maakt voorzichtig een gat in de onderkant van de doos. Die zit vol met aarde.

Hij snijdt de hele onderkant eruit en laat de aarde langzaam in een plastic zak vallen.

Er wordt een tinnen figuurtje zichtbaar, zilvergrijs tegen het zwart.

Hij pakt het op, blaast de aarde eraf en begrijpt opeens alles.

91

Joona rijdt met honderdvijftig kilometer per uur over Europaweg 20 richting Södertälje voor een korte tussenstop in het Hågelbypark.

Hij moet met Bo F. Wrangel praten.

Joona weet nu zeker dat de laatste moordplaats ook het laatste punt van de enorme M van Mara is.

Het ligt midden op de snelweg ten oosten van Södertälje.

Dit punt maakte ook deel uit van Jureks coördinatensysteem en is de enige plaats waar geen lijken of sporen van zijn activiteiten zijn gevonden.

Ze hadden een groot gebied doorzocht, de snelweg afgesloten en met een echolood naar holtes gezocht. Zonder resultaat. Er zijn geen tekeningen of kaarten die duiden op het bestaan van diep gelegen kamers.

Maar nu de negende doos behalve het tinnen figuurtje alleen aarde bevat, denkt Joona dat er toch een onderaardse kamer moet zijn.

Tijdens Joona's militaire basistraining was Bo F. Wrangel zijn commandant. Wrangel leidde het exerceren op het grote, stoffige grindveld. Hij was extreem autoritair en koos favorieten en pispaaltjes uit.

Hij deed net of hij Joona niet verstond vanwege zijn Finse accent en liet hem daarom bij elke exercitie honderd keer opdrukken.

Er werden continu sneren gemaakt over Joona's Finse achtergrond en er werd beweerd dat hij naar Koskenkorva stonk. Er werden grappen gemaakt over de Finse Winteroorlog en de oorlogskinderen die naar Zweden werden gestuurd.

Nu werkt Wrangel alweer elf jaar voor MUST – de Zweedse Militaire Inlichtingen- en Veiligheidsdienst – en is verantwoordelijk voor alle geheime installaties.

Na Jureks dood had Joona zelf niet deelgenomen aan het zoeken naar slachtoffers die nog leefden, naar stoffelijke resten, voorraden en overblijfselen. Hij was op non-actief gesteld, terwijl zijn rol in de gewelddadige gebeurtenissen in Nederland werd onderzocht.

Pas later nam Joona alle documentatie door over de grote zoekacties en het uitvoerige forensisch technische werk.

Hij had contact opgenomen met MUST, omdat hij toen hetzelfde dacht als nu: als er ruimtes zijn onder de snelweg, dan moeten die militair zijn.

Wrangel had Joona aangehoord en daarna met een glimlach in zijn stem verteld dat die vraag hem al door de Säpo was gesteld.

Joona had geen bevoegdheid om materiaal op te vragen en kon niet naar een hogere instantie gaan. Hij had zijn toenmalige chef wel verteld wat hij dacht.

Het hoogste niveau van vertrouwelijkheid wordt 'zeer geheim' genoemd. Dat wordt gebruikt voor zaken die van groot belang zijn voor de staatsveiligheid.

Joona zei dat er waarschijnlijk een nog hoger niveau van geheimhouding bestond, aangezien de Säpo geen toegang had gekregen tot de informatie, of Wrangel wilde gewoon niet helpen.

Het zou Joona niet verbazen als zijn voormalige commandant zich vanuit zijn positie nog steeds met persoonlijke machtsspelletjes bezighield.

Joona weet niet of de NOA of de Säpo de kwestie ooit met de minister van Defensie heeft besproken, hij weet alleen dat er niet verder is gezocht.

Nu hij het negende tinnen figuurtje heeft, is Joona er stellig van overtuigd dat er onder de snelweg bij Moraberg wel degelijk ruimtes zijn.

Hij mindert snelheid, rijdt een smalle, gebarsten asfaltweg in langs een koolzaadveld en voelt de eerste steek van een heftige migraineaanval.

Er valt een druppel inkt in een glas water, hij breidt zich uit tot een zwarte ster.

Niet nu, denkt hij en hij duwt met twee vingertoppen tegen zijn linkerooglid.

De auto rijdt langs een vol parkeerterrein, draait tussen de palen van het hek door, rijdt verder door een laan en stopt op het grind voor het gele landhuis.

Het is de tweede dag van een groot budokamp met deelnemers uit heel Europa. Beoefenaren van verschillende Japanse vechtsporten zijn hier bijeen voor trainingen en wedstrijden.

Joona heeft met zijn oud-collega Anja Larsson gesproken, die tegenwoordig op het kantoor van de opperbevelhebber werkt, en zij heeft hem verteld dat Wrangel hier zijn laatste vakantieweek doorbrengt.

Hij heeft de zwarte band, tiende dan. Naast zijn werk leidt hij de Bujinkan Danderyd Dojo en geeft al jaren op het hoogste niveau les in ninjutsu.

Boven de voordeur van het landhuis hangen spandoeken met Japanse tekens, die opbollen in de wind.

Op de voetpaden en grasvelden staan mensen in voor het merendeel witte pakken te stretchen, trappen te oefenen of te praten.

Voor de brede stenen trap brengt Joona zijn auto tot stilstand. Hij schakelt de motor uit, sluit zijn ogen en voelt dat de pijn zich weer terugtrekt.

Hij zet zijn zonnebril op, stapt uit en rent naar een man van middelbare leeftijd in een zwart pak, die een jongere man een ouderwets wapen aan een ketting laat zien.

'Weet u waar Wrangel is?' vraagt Joona, die met trillende handen de knopen van zijn jasje sluit.

'Ze zijn al begonnen,' zegt de man en hij wijst schuin door het park.

Joona rent over het grindpad om het landhuis heen, voelt dat de pijn weer komt opzetten en gaat over op wandelen. De migraine laait opeens op en maakt hem blind.

Hij tast naar steun, wankelt opzij, trapt in losse aarde, schramt zich aan een rozenstruik en blijft staan.

Er steekt een storm op boven een verlaten landschap.

Hij staat stil, strijkt over zijn lippen en hoort zijn eigen hijgende ademhaling, totdat zijn zicht na een paar keer knipperen terugkomt.

Via het luidsprekersysteem worden nieuwe programmapunten aangekondigd.

Uit een open raam klinkt opgewonden praten en lachen.

Joona stapt het voetpad weer op, stampt de aarde van zijn schoenen, loopt snel door en voelt bij elke stap de pijn in zijn oog pulseren.

Hij passeert een groep ernstige vrouwen met houten zwaarden en komt tussen de loofbomen.

Op een grasveldje verderop zitten in het zwart geklede mannen in een grote kring in de zon. Ze zitten op hun knieën met hun handen op hun bovenbenen.

Joona legt het laatste stukje met resolute pas af.

Hij wordt verblind door de migraine en ziet de mensen door een halo van wit licht.

Midden in de kring staat Wrangel in een zwart pak met een strak aangetrokken band om zijn middel. Hij draagt een broek met veters om de kuiten en zachte hoge schoenen met een losse grote teen. Zijn grijze haar is gemillimeterd en hij heeft wratten op zijn wangen.

Tegenover hem staat een twintiger die zijn handpalmen naar boven houdt.

Joona verstaat niet wat Wrangel zegt, maar opeens zet hij een stap naar voren en slaat de ander bliksemsnel in zijn hals.

De jongeman geeft een gil, wankelt met tranen in zijn ogen de kring uit en gaat op zijn zij in het gras liggen.

'Wrangel, we moeten praten,' roept Joona, die buiten de kring blijft staan.

De volgende man staat op, hij heeft een kaalgeschoren hoofd en een roze litteken achter zijn oor. Hij rolt met zijn schouders en kijkt bang en gegeneerd.

'Herinner je je mijn vraag over de snelweg bij Moraberg nog?' vraagt Joona en hij loopt door de opening de kring in.

'Een vrijwilliger,' constateert Wrangel.

'Toen heb je tegen me gelogen,' zegt Joona en hij gaat tegenover hem staan. 'Maar nu...'

Een nieuwe pijngolf dient zich aan en Joona duwt weer met twee vingers tegen zijn ooglid. Hij probeert rustig adem te halen, wetend dat hij nu eigenlijk doodstil in een donkere kamer zou moeten liggen.

De jongeman met het kaalgeschoren hoofd keert terug naar zijn plaats in de kring. Wrangel schraapt zijn keel en zegt: 'Ik zal nu een variant van Mawashi geri demonstreren.'

'Kun je me één minuut geven?' vraagt Joona, die moet lachen om het absurde van de situatie.

Wrangel loopt recht op hem af en begint aan een trap vanaf rechts. Joona brengt zijn rechterhand omhoog om de trap te blokkeren, als die onverwacht van richting verandert en zijn linkerwang raakt, zodat zijn zonnebril op de grond valt.

De leerlingen klappen in de handen.

Wrangel stapt soepel naar achteren en gaat in een eigenaardige, lage positie zitten met zijn ene hand voor zijn keel en de andere open, als het vizier van een wapen naar voren gericht.

92

Er parelen zweetdruppels op Joona's voorhoofd. De pijn kronkelt snel naar de top van de migraineaanval, verspreidt zich over zijn wangen en zijn kin.

'Ik heb... hier geen tijd voor,' zegt Joona, als zijn gezichtsvermogen bijna helemaal wordt uitgeschakeld.

Er knarst iets in Joona's hoofd en hij steekt een hand op om Wrangel tot kalmte te bewegen, hij knippert met zijn ogen en ziet de lichte hemel boven de boomtoppen.

Wrangel zegt iets en er jaagt een schaduw over het gras, zoals wanneer de zon op een winderige dag achter de wolken verdwijnt.

Hij beweegt naar voren en Joona krijgt een harde trap tegen zijn borstkas, zet een paar wankelende passen naar achteren en blijft dan staan.

Door de migraine verliest hij even het bewustzijn. Hij komt bij als hij op zijn knieën in het gras valt en hoort tegelijkertijd het applaus van de mannen in de kring.

'Allemachtig...'

Joona buigt zich naar voren, steunt op zijn handen en komt overeind.

Zijn benen trillen. Hij maakt knijpbewegingen met zijn handen en voelt het bloed in zijn vingers prikken.

'Dit is niet nodig, dit...'

Hij kreunt van de pijn, maar dan begint de uitdijende zwarte ster in zijn hersenen weer in te krimpen.

'*Tobi ger taihen*,' zegt Wrangel rustig.

Hij rent naar voren, brengt zijn linkerknie omhoog, zet af, springt en trapt met zijn rechtervoet.

Er komen grassprietjes mee in de beweging.

Joona blijft staan, draait zijn lichaam, probeert Wrangels voet weg te sturen als het been wordt gestrekt.

De onderkant van de schoen krast over Joona's wang en hij slaat blindelings een rechtse directe.

Zijn knokkels komen tegen Wrangels borst.

Met een zucht worden zijn longen in elkaar gedrukt.

Het is een harde klap en Wrangel landt op zijn rug, komt met zijn achterhoofd in het gras, glijdt snel weg met wijd open ogen en komt wankelend overeind.

De migraine zit weer als een zwarte parel achter zijn ene oog. Joona probeert het laatste stukje verblinding weg te knipperen, raapt zijn zonnebril van de grond en zet hem op.

De toeschouwers komen bezorgd overeind.

'Kunnen we nu stoppen met die spelletjes?' vraagt Joona.

Wrangel komt snel met uitgestrekte arm op hem af, alsof hij naar Joona wijst.

Hij maakt een schijnbeweging met zijn voet en deelt dan een houw uit.

Dit keer is Joona gefocust op wat er gebeurt. Na al zijn militaire training, alle jaren krav maga, reageren zijn spieren autonoom.

Joona beweegt zich soepel, zet een stap naar voren, zodat de kracht van Wrangels slag verloren gaat, hij draait rond en stoot met zijn elleboog hard tegen zijn wang.

Wrangels hoofd wordt opzij geworpen.

Het zweet spat in de slagrichting.

Hij blaast een stoot koffieadem uit.

Wrangel zakt in elkaar en grijpt Joona's jasje vast om zijn evenwicht te bewaren. Hij grijnst met bloed tussen zijn tanden, geeft een zwakke hoekstoot en raakt Joona in z'n nek.

Joona ziet Wrangels pupillen klein worden, terwijl zijn gezichtsveld krimpt en zijn knieën knikken. Hij slaat niet nog eens, maakt alleen Wrangels handen los en laat hem op de grond vallen.

Wrangel landt met een bons op zijn heup, tast met zijn hand naar zijn wang, rolt op zijn zij en probeert op te staan als Joona zijn zwarte band afrukt, die om zijn voet slaat en hem meesleept.

De toeschouwers stappen opzij als Joona hem over het gras naar de schaduw onder de boom trekt. Wrangel tast met zijn armen, zijn jas glijdt omhoog en hij rolt op zijn buik.

'Godsamme,' brengt hij verward uit.

Joona blijft staan en laat de band los. De naweeën van de pijn golven langzaam achter zijn oog en strooien glinsterende schilfers over zijn gezichtsveld.

Wrangel is nog steeds als verdoofd als hij zich omdraait en zijn achterhoofd op het gras laat rusten. Er zitten grasvlekken op zijn kin en zijn bleke buik.

'Ik heb nu antwoorden nodig,' zegt Joona.

Wrangel komt half overeind, spuugt bloed in het gras, trekt zijn jas recht en kijkt op.

'Wie denk je verdomme wel dat je bent?'

De wind trekt paardenbloembollen kapot en de pluisjes zweven tussen hen in door de lucht.

'Je weet waar ik het over heb, de vorige keer dat ik het vroeg heb je tegen me gelogen,' zegt Joona.

'Dat heb je als iets als geheim geclassificeerd staat,' antwoordt hij.

'Dan smeek ik je,' zegt Joona. 'Dit is ontzettend belangrijk, het gaat om mensenlevens, maar...'

'Dat maakt mij niet uit.'

'Als het jou niet uitmaakt, heb je over vijf minuten twee gebroken benen,' zegt Joona.

'Bedreig je me?'

'Zeker weten,' antwoordt Joona.

Een aantal leerlingen komt voorzichtig dichterbij. Wrangel kijkt hen aan, gaat rechtop zitten en bevochtigt zijn lippen.

'Er is geen vestingwerk in dat gebied en als het wel zo was, zou ik het jou niet vertellen.'

'Integendeel, er is een vestingwerk en daar ga je me nu over vertellen,' zegt Joona.

'Ik bel je commandant als je...'

'Welke commandant?' valt Joona hem in de rede. 'Ik ben hier privé, ik maak me niet druk om de gevolgen, sta op, we gaan verder met sparren.'

Er blijft een paardenbloempluisje aan Wrangels wenkbrauw hangen.

'Ik ben je geen zak verschuldigd,' zegt hij en hij grijnst.

'De demonstratie gaat over vier minuten verder,' zegt Joona tegen de leerlingen die het dichtstbij zitten.

'Wat verbeeld je je wel?'

Joona pakt zijn ene been vast en begint hem terug te slepen.

'Hou op, verdomme...'

'Je laatste kans,' zegt Joona en hij laat het been los.

'Oké, maakt ook niet uit, het is het niet waard,' zegt Wrangel en hij gaat weer zitten. 'Ik praat als jij me voortaan met rust laat.'

'Praat maar.'

'Waar jij op doelt, dat is een deel van het Zuidelijke Front,' begint Wrangel en hij spuugt bloedig speeksel uit. 'Zoals je weet was het Front een militaire vestinglinie om Stockholm te beschermen tegen aanvallen uit het zuiden.'

'Dat weet ik,' zegt Joona.

'Ja, maar ken je overste John Bratt?' vraagt Wrangel en hij boert zachtjes.

'Ik heb haast.'

'Hij begon meer dan honderd jaar voor onze tijd als officier in Karlsborg. Bratt stond aan het hoofd van de Vereniging voor Stockholms Vaste Verdediging. Hij bouwde schuttersputjes, geschutsbatterijen en forten. Aan het begin van de Eerste Wereldoorlog liep het Zuidelijke Front van Tullinge tot aan Erstaviken in het oosten en kon het met veertigduizend soldaten worden bemand.'

'Maar Moraberg ligt ten zuiden van het Zuidelijke Front.'

'Nu komen we bij geheim materiaal, Linna... Bratt was een gerenommeerd strateeg en hij zette de bouw door van een ondergronds vestingwerk ten zuiden van het Zuidelijke Front... om bij een loopgravenoorlog de vijand in de rug te kunnen aanvallen.'

'Waar precies?'

'Het Zuidelijke en het Noordelijke Front hebben nu natuurlijk hun militaire betekenis verloren, maar juist dit vestingwerk besloten ze geheim te houden, daarom staat het niet op de kaarten... behalve op de onze, uiteraard.'

'Hoe kom je erin?'

93

Saga was naar Årstaberg gerend en had de pendeltrein, lijn 41, naar station Tullinge genomen. Nu loopt ze over de Alice Tegnérs väg tussen villa's met grote tuinen door. Over hekjes en door goed bijgehouden heggen heen zijn trampolines, voetbaldoelen en schommels te zien. Op de bestrate opritten staan nieuwe auto's.

Vier jaar geleden, toen Jackie Molander zestien was, werden zij en twee vrienden door de Säpo van huis gehaald, vanwege het binnendringen van een militair complex op Muskö.

Saga had de eerste verhoren afgenomen, waarna een collega de zaak overnam.

Jackies moeder was vijf jaar eerder overleden en haar vader had een nieuw gezin gesticht. Saga herkende zichzelf in het rebelse meisje en kon het binnendringen niet anders zien dan als een onbezonnen *urban exploration*.

Het vooronderzoek naar spionage zou net aan de officier van justitie worden overgedragen, toen Saga per ongeluk de beveiligingsopname van Muskö wiste.

Nu loopt Saga langs een wit hek en een transformatorhuisje en kijkt naar een groot bruinrood huis met witte kozijnen. Op het gazon staat een opblaasbadje onder een appelboom.

De wind heeft kleren van de waslijn getrokken en in de struiken geblazen.

Saga opent het poortje, loopt over het tuinpad, stapt over een omgevallen driewieler heen, slaat de hoek om en belt aan.

Snelle kindervoeten rennen over de vloer, er klinken opgewonden kreten en dan wordt de deur geopend door een vrouw van middelbare leeftijd in een verwassen shirt en een joggingbroek.

'Is Jackie thuis?' vraagt Saga.

'Wie kan ik zeggen?' vraagt de vrouw en ze kijkt haar vragend aan.

'Saga Bauer.'

Het ruikt naar versgebakken broodjes, de tv staat aan en twee kinderen rennen ieder met een kussen rond. Het huis is ingericht met kleden, rustieke houten meubels van boerderijveilingen, keramiek en textielkunst.

De vrouw heeft zich nog maar net omgedraaid naar de trap, als Jackie op de bovenste tree verschijnt. Ze draagt een zwart hemdje met de tekst ANTIFASCISTISCHE ACTIE en een witte sportbroek. Haar hoofd is kaalgeschoren en haar armen zijn donker van tatoeages.

'Saga?' zegt ze verbaasd.

'Kunnen we praten?'

'Natuurlijk. Kom boven.'

Saga trekt haar schoenen uit en loopt de trap op.

De muren en de vloer van Jackies kamer zijn met kalkverf geschilderd en zien eruit als kaal beton. Op een onopgemaakt bed en twee overvolle kledingkasten met open deuren na is de kamer leeg.

'Zo woont een prinsesje,' zegt ze met een breed handgebaar.

'Hoe gaat het met je?'

'Goed,' antwoordt ze en ze steekt een sigaret op.

'Ik heb ergens hulp bij nodig,' zegt Saga.

'Zeg het maar,' antwoordt ze.

'Er zijn ondergrondse ruimtes in Södertälje die ik moet vinden,' zegt Saga.

'Oké,' knikt Jackie en ze neemt een lange hijs.

'Dat hoort bij jouw terrein, toch?'

'Zeker.'

'Heb je een kaart?'

Jackie gaat op het bed zitten, legt de sigaret op de rand van de asbak, pakt een vieze laptop van de vloer, opent Google Maps en typt 'Södertälje' in het zoekvenster. Saga gaat naast haar zitten en wijst naar de snelweg. Jackie vergroot de kaart en Saga wijst de precieze plaats nog eens aan.

'Pal onder de weg,' zegt ze.

Jackie trekt even aan het ringetje in haar onderlip en staart een hele poos naar de kaart.

'Nee, ik geloof niet dat daar iets is.'
'Dat moet, ik weet het zeker,' zegt Saga.
'Is het militair?'
'Ik heb geen idee, maar waarschijnlijk wel,' antwoordt Saga.
'Waarschijnlijk,' herhaalt Jackie en ze opent het VPN-programma op haar laptop.
'Wat ben je van plan?'
'Eerst leg ik een tunnel... En nu ga ik naar een forum om te kijken of ik contact kan krijgen met een vriendin,' zegt ze en ze typt met ratelende toetsen.
'Ik heb een beetje haast,' zegt Saga.
'Dat merk ik.'
Jackie wacht even, pakt haar sigaret, steekt hem tussen haar lippen en typt weer iets.
'Is er geen andere manier?' vraagt Saga gestrest.
'Misschien wel,' antwoordt ze langzaam, terwijl ze typt.
'Zullen we proberen...'
'Wacht, we hebben contact,' kapt ze Saga af.
'Vraag naar de snelweg bij Moraberg.'
Jackie typt, wacht en voegt nog iets toe. Het licht van het scherm op haar gezicht verandert.
'Oké, je hebt gelijk,' zegt ze. 'My lijkt er zeker van te zijn dat daar grote ruimtes zijn... maar de ingang zit ontzettend ver weg...'
'Vraag haar naar de coördinaten.'
Jackie typt weer iets en krijgt meteen respons.
'Geen coördinaten...'
'Kom op,' fluistert Saga.
Jackie wacht, terwijl er een langer antwoord wordt gegeven.
'Het komt goed,' zegt ze dan. 'Op My kun je bouwen.'
Saga's hart begint harder te kloppen. Ze heeft nu vreselijk veel haast. Misschien heeft Joona het laatste pakket van de Spin al gekregen en wordt hij op dit moment de ondergrondse ruimtes in gelokt.
'Mag ik je telefoon gebruiken om een bericht te versturen?'
'Ja, hoor...'
Zonder haar ogen van het scherm af te wenden ontgrendelt Jackie haar telefoon en geeft hem aan Saga. Die toetst Joona's nummer in en schrijft: 'Ga niet naar Moraberg. Het is een val!'

94

Jackie had een kompas, een hoofdlamp, een flesje water en een kleine rugzak van Jackie geleend, was teruggerend naar het station, had de pendeltrein naar Södertälje genomen en voor het gele stationsgebouw een fiets gejat.

De bel rinkelde toen ze het slot opentrapte.

Jackie had gezegd dat er waarschijnlijk andere ingangen waren die My niet kende, maar deze begon met een ontzettend lange ladder en daarna een smalle gang in zuidelijke richting.

Nu slaat Saga de Österhöjdsvägen in en rijdt recht het grote loofbos in. Ze fietst zo hard ze kan, maar toch duurt het allemaal veel te lang.

Boven op de heuvel staat een enorme watertoren, een cilindervormig reservoir op een ring van hoekige betonnen palen.

Saga stopt, rijdt de fiets de struiken in en laat hem vallen.

Haar bovenbenen doen pijn na alle heuvels.

Ze rent terug naar de watertoren en gaat pas langzamer lopen als ze een kleine persoon in witte sportkleren ontdekt die binnen de ring van palen staat.

'My?' vraagt ze en ze loopt langzaam verder. 'Ik ben Saga.'

Het meisje kijkt haar met een neutrale blik aan. Ze lijkt niet ouder dan vijftien. Haar bleke gezicht is mager, haar neus krom en haar ogen zijn ijsblauw.

'Ik wil de tunnels in,' deelt Saga mee.

Alle palen zijn vanaf de fundering tot drie meter hoog met graffiti bespoten.

'Mijn vriendin Jackie zei dat jij me kon helpen,' verduidelijkt ze.

My legt een grote hand op haar platte borst, aarzelt en maakt dan een nonchalant gebaar naar het bos.

'Is het daar?' vraagt Saga. 'Moet ik die kant op lopen? Hoe ver ongeveer?'

My loopt verstrooid langs de palen, klimt van het fundament en loopt tussen de bomen door. Saga loopt achter haar aan, vijftig meter recht het bos in. Ze dalen af over een rots, slaan rechts af en blijven voor een roestig metalen luik op een betonnen plaat staan. Op de grond ernaast ligt een zwaar hangslot tussen de bosbessenstruiken.

'Is dit de ingang?' vraagt Saga en ze loopt erheen.

Ze opent het zware luik en ziet een ladder die recht omlaag de berg in gaat. Kleine grijze motten komen op de muffe lucht omhoog.

'Als je even wilt wachten en het luik wilt dichtdoen als ik beneden ben,' zegt Saga.

My glimlacht met scheve tanden.

'Wil je dat doen?'

My's ogen worden weer afwezig.

'Dan kan ik de treden zien als ik...'

Saga zwijgt als My zich omdraait en terugloopt naar de watertoren. Ze kijkt de smalle gestalte na, zet dan de rugzak op de grond, haalt de hoofdlamp eruit en schijnt ermee in de schacht. Duizenden kruisende spinnendraden glinsteren een meter of twintig lager en daaronder is het alleen maar donker.

Ze doet de rugzak weer om, zet de hoofdlamp in de laagste stand en trekt de band in haar nek strak.

Ze laat zich voorzichtig in de schacht zakken.

Er vallen stenen naar beneden, ze ratelen op de treden en verdwijnen in de diepte.

Ze houdt zich vast aan het betonnen fundament en zet haar gewicht voorzichtig op een trede, waarna ze zich uitstrekt naar het zware luik en het boven zich sluit.

Het wordt donker.

De hoofdlamp maakt een lichte cirkel op de muur ter grootte van een eetbord. Zwarte spinnen trekken zich in de hoeken terug.

Ze begint af te dalen, houdt zich stevig aan de geribbelde sporten vast, zoekt een stabiele plek voor haar voeten en telt de treden.

Het knispert van webben die kapotgetrokken worden.

Het zweet loopt over haar rug.

De akoestiek verandert en wordt steeds indringender, hoe dieper ze komt.

Als ze er wat meer vertrouwen in krijgt, verhoogt ze haar snelheid.

Drieëntachtig, vierentachtig, vijfentachtig.

Opeens ontbreekt er een sport, haar linkervoet schiet door naar de volgende en glijdt eraf.

Ze houdt zich met haar handen vast.

Haar schouders kraken als haar armen gestrekt worden. Ze stoot haar mond tegen de ene steun en haar knie tegen de andere. Haar hartslag dreunt in haar oren.

Ze vindt snel weer houvast en blijft een poosje stilstaan voordat ze verder afdaalt, nu weer voorzichtiger.

Het wordt steeds kouder.

Ze daalt af en plet per ongeluk een spin met haar hand.

Het geluid komt zo indringend op haar af dat ze het idee krijgt dat ze doof wordt.

Ze hoort alleen haar eigen ademhaling, het geknisper van de spinnenwebben en het klinkende geluid van haar handen op het metaal.

Na tweehonderd sporten blijft Saga staan, ze houdt zich met haar oksel vast, zet de lichtsterkte van de hoofdlamp hoger en kijkt naar beneden. Ze is nu nog maar tien meter van de bodem.

Snel legt ze het laatste stuk af en opeens staat ze op een betonnen vloer met naar beneden gevallen aarde en oude bladeren.

Witte mugjes wervelen in het licht van haar hoofdlamp.

Met koude, stijve vingers klopt ze spinnenwebben uit haar haar en van haar kleren.

De enige weg is een rechte gang van tweeënhalve meter breed en tweeënhalve meter hoog.

Het is volkomen stil.

Saga vermindert de lichtsterkte van de lamp weer om haar komst niet bij voorbaat te verraden, ze trekt haar pistool en zet zich in beweging.

De gang is eentonig recht.

Het licht reikt slechts drie meter, de rest is volkomen zwart.

Saga denkt aan het briefje in de koektrommel met een tekening van schedels en botten.

'Mijn familie', had ze eronder geschreven.

Op de derde ansichtkaart, die Mara met een anagram van haar eigen naam had ondertekend, had ze geschreven: 'Joona zal mijn familie spoedig ontmoeten.'

Hierbeneden liggen ze.

Achteraf is het Mara duidelijk geworden dat Joona de enige was die Jurek kon tegenhouden, maar voordat hij dat deed, liet hij iedereen aan zijn lot over om zijn dochter te redden.

Daarom is Mara's familie dood.

Saga weet zeker dat Mara op de een of andere manier zal proberen Joona hierheen te lokken. Waarschijnlijk heeft hij de laatste doos in ontvangst genomen en het raadsel opgelost en is hiernaartoe gereden. Als hij Saga's waarschuwing maar op tijd heeft gekregen.

Anders is hij al hierbeneden.

Mara wil Joona in de rug schieten en de zak recht onder de snelweg hangen, op Jureks oorspronkelijke plaats.

Ze is bezeten van raadsels en patronen en is van plan haar eigen constellatie en die van Jurek te laten samenvallen op dit ondergrondse punt, als een soort doorgang naar de Hades.

Jurek krijgt zijn wraak vanuit het graf en Joona zal Mara's familie ontmoeten.

Na ongeveer driehonderd meter komt ze bij een stevige metalen deur die handmatig bediend lijkt te moeten worden, met behulp van een draaikruis gekoppeld aan een tandwieltrein.

De deur is twintig centimeter boven de grond blijven steken.

Saga loopt naar het draaikruis, maar daar is geen beweging in te krijgen.

Waarschijnlijk zijn de tandraderen verroest.

De deur moet minstens vijfhonderd kilo wegen.

Saga trekt haar hoofdlamp af en knipt hem uit.

Het wordt aardedonker.

Ze steekt haar hand uit, bereikt de deur door lagen spinnenwebben, laat zich zakken, doet haar rugzak af en gaat plat op de grond liggen. Ze houdt haar adem in en luistert door de opening.

In de verte zijn doffe bonzen te horen, als watermassa's die tegen de romp van een vaartuig slaan. Misschien zijn het de eigen bewegingen van het oergebergte.

Ze draait het pistool naar de opening, richt de lamp en knipt hem aan.

Het schijnt onder de deur door en valt op twee voeten, slechts een meter van haar verwijderd.

Haar vinger trilt op de trekker van het pistool, voordat ze begrijpt dat het maar een paar kapotte rubberlaarzen zijn.

Haar hart bonst.

Vijf meter achter de laarzen staan twee oude olievaten op de betonnen vloer.

Saga veegt een paar grote spinnen opzij met haar pistool, dooft de lamp en voelt dat haar hartslag weer afvlakt, ze gaat op haar rug liggen, draait haar hoofd opzij en probeert onder de deur door te schuiven.

De koude onderkant van de stalen deur duwt tegen haar slaap. Wanneer die recht boven haar oor is, hoort ze een krakend geluid in het metaal.

De deur zou haar hoofd verbrijzelen als hij vijf centimeter zakte.

Ze zet zich voorzichtig af met haar voeten en probeert zich klein te maken.

Haar borstkas wordt ingedrukt en de knopen van haar jas schrapen langs de onderkant van de deur.

Ze komt door de opening, reikt achter zich en tast met haar hand over de vloer, vindt de rugzak, trekt hem naar zich toe en rolt weg.

Haastig komt ze overeind, ze richt het pistool naar voren en knipt de lamp weer aan.

De gang is leeg.

Pissebedden kruipen de hoeken in.

Ze richt over de olievaten heen, blijft even doodstil staan, loopt dan snel naar voren en wijst er met het pistool omheen. Daar is niemand. Op de grond ligt een roestige spuitbus, ingesponnen in wit spinsel.

Ze zet de hoofdlamp weer op en loopt door. Er vliegen motten door het licht.

Het gedreun is weer te horen, alsof de berg heel langzaam ademhaalt.

Ze begint sneller te lopen, recht het duister in. Het pistool houdt ze op de vloer gericht. In de nauwe lichtkring kan ze maar vijf stappen ver voor zich kijken.

Spinnendraden kriebelen in haar gezicht.

Ze komt bij een kruising van gangen, blijft bij de rechterwand staan, doet haar lamp af, dooft hem en blijft in het donker staan luisteren.

Ze bedenkt dat ze de lichtsterkte op maximaal moet zetten voordat ze de lamp aanzet en hem als een wapenlamp moet gebruiken door hem bij het pistool te houden, zodat de lichtkegel de vuurlijn volgt als ze de gangen checkt.

Haar ogen beginnen steeds meer aan de dichte duisternis te wennen en ze ziet aan haar linkerhand een zwak pulserend licht verschijnen.

Eerst weet ze niet zeker of het echt is. Ze denkt dat haar ogen nog enigszins verblind zijn.

Maar het licht schommelt zachtjes verder langs de betonnen muur.

Het beweegt de linkerkant op, weg van haar, komt langs de hoek en schijnt de gang voor haar in.

Saga begrijpt dat de eigenlijke lichtbron zich rechts van haar moet bevinden en dat die zich in verschillende richtingen verplaatst, zodat het licht heen en weer gaat langs de hoek.

Ze veegt haar hand af aan haar broek en pakt het pistool beter vast.

Nu komt het erop aan.

Ze sluipt voorzichtig de hoek om, met haar wapen geheven.

De gang mondt ongeveer tien meter verder uit in een grotere ruimte. In een wijnfles staat een brandende kaars.

Saga loopt zo zachtjes mogelijk en ziet met elke stap die ze zet iets meer van de ruimte.

Voor de kaars glinstert een bloedplas op de betonnen vloer.

Er lopen sleepsporen pal naar links.

Er is iemand in de ruimte.

De kaarsvlam flakkert in de luchtbewegingen.

De wanden lijken te wijken en te bollen in het veranderende licht.

Ze moet veel dichter bij de monding van de gang komen om de ruimte te overzien.

Er zijn zachte stappen van blote voeten te horen.

Saga staat stil en luistert, maar kan het geluid niet lokaliseren.

Het kan net zo goed van voren als van achteren komen.

Ze loopt langzaam door.

Haar blik gaat naar het spoor van uitgesmeerd bloed, volgt het naar de zijkant, totdat de hoek de rest van de vloer aan het zicht onttrekt.

Ze zet een stap naar voren. Het knarst onder haar schoen als ze op een glasscherf trapt.

Ze blijft staan en houdt haar adem in.

Alles is stil.

De andere persoon houdt ook de adem in en luistert. Heel zachtjes zuigt Saga lucht op in haar longen.

Een dikke spin verplaatst zich over zijn web, zodat alle grijze bundeltjes met prooien ervan schommelen.

De kaarsvlam trilt.

De groengekleurde schaduw rond de fles maakt een grote draai over de vloer.

Iemand verplaatst zich snel.

Het klinkt alsof de voetstappen hoog over de muur bewegen.

Saga loopt door.

De voetstappen verplaatsen zich weer naar de vloer.

Iemand kreunt vermoeid van pijn.

Saga komt aan het eind van de gang en kijkt in de grote ruimte. Die is vierkant en heeft vier deuropeningen: in elke muur een.

In het kaarslicht lijkt de kamer te pompen als een hart.

Waarschijnlijk bevindt ze zich nu pal onder de snelweg.

Op de vloer links ligt een grote bundel in een bloedplas.

Joona's horloge, dat hij van zijn dochter heeft gekregen, is kapotgetrapt.

Haar hart gaat sneller slaan.

In het donker van de dichtstbijzijnde deuropening ontwaart Saga een voorzichtige beweging. Grijze armen en benen vangen wat verspreid licht op. Langzaam komt Mara Makarov naar buiten met het rode pistool gericht op het lichaam op de vloer.

Haar vinger ligt al op de trekker.

Als Saga haar pistool op Mara zou afvuren, kan Mara Joona doden voordat de kogel haar onschadelijk maakt.

Saga's handen trillen als ze op Mara's borst richt, haar vinger van de beugel naar de trekker verplaatst en de druk erop langzaam opvoert.

95

Joona rent bijna geruisloos door het donker. De migraine was tien minuten geleden helemaal verdwenen en had een ijzingwekkende echo in zijn hersenen achtergelaten.

Hij passeert een dikke laag spinnenwebben en loopt zachtjes verder door de gang naar het flakkerende kaarslicht in de ruimte voor hem.

Het schijnsel beweegt onrustig over een grote stapel dekens in een bloedplas recht voor hem.

Zijn horloge, dat drie weken geleden was verdwenen, ligt op de grond.

Joona heeft zijn Colt Combat doorgeladen en houdt hem schuin omlaag. Tijdens zijn training in stedelijke oorlogvoering heeft hij zich snel en geruisloos leren verplaatsen.

Als hij de monding van de gang bereikt, komt Mara net op dat moment een deur uit, haar rode Makarov op de bundel gericht.

Joona maakt een zwaaiende, zijwaartse beweging met zijn pistool.

Saga staat in de andere deuropening, met haar vinger op de trekker van haar Glock.

'Mara,' zegt ze.

Joona zet een stap en weet een perfecte vuurlijn te vinden als Mara reageert. Het haar wappert langs haar gezicht als ze het wapen omdraait naar Saga, maar dan heeft Joona al geschoten.

De scherpe knal en de duw van de terugslag tegen zijn schouder zijn net een bliksemsnelle pistonbeweging.

De lege huls wordt uit zijn pistool geworpen.

De kogel treft doel.

Het bloed spat over de muur achter Saga.

De huls tolt glinsterend door de lucht.

Joona draait zijn pistool naar Mara, maar die is al in het duister van de gang verdwenen.

De knal weergalmt door de onderaardse ruimtes.

Joona rent door de wolk van kruitdampen.

De huls valt rammelend op de grond.

De kaarsvlam buigt opzij en wordt blauw.

De kamer trekt zich samen tot een matglazen bol.

Saga valt, stoot haar hoofd tegen de muur en landt met een smak op de grond.

*

Drie zwarte helikopters bewegen in een rij over de zilvergrijze zwaardkling van de Södertäljeviken. Hun schaduwen schieten over het water.

Het zware geratel van de hoofdrotoren weergalmt tussen de steile oevers.

Zes operators hangen aan een SPIE-touw onder de laatste helikopter. Ze dragen allemaal een helm, een keramisch kogelwerend vest en een pistoolmitrailleur met wapenlamp.

Als de vuurtoren aan de Kiholm-engte in zicht komt, stijgen de helikopters op alsof ze aan elkaar vastzitten. Ze vliegen over hoogspanningsleidingen, maken een draai naar links en volgen dan een ontboste strook door het donkergroene sparrenbos.

Ze vliegen rond de noordelijke randen van Södertälje en verdelen zich als ze bij de snelweg komen.

De eerste maakt een bocht over het openluchtmuseum van Torekällberget, vermindert de aanvalshoek van de rotorbladen en daalt schommelend af boven de watertoren.

Bij een krachtige windvlaag draait de helikopter naar links, maar de piloot kan de beweging compenseren met het voetpedaal.

Het licht van de zoeklampen wiegt onrustig over het beton.

De piloot houdt de helikopter op zijn plaats boven de toppen van de masten, terwijl zes operators op het platte dak van de watertoren worden neergelaten.

Snel koppelen ze hun lijnen vast en springen achteruit over de rand.

Als een soort langzame sterrenregen dalen ze af, ze maken de touwen los uit de touwremmen en zoeken dekking.

De tweede helikopter stopt recht boven de snelweg en gaat langzaam omhoog. Een scherpschutter zit met een gordel om half buiten de cabine, met zijn voeten op het landingsgestel.

De derde helikopter maakt een wijde bocht boven de wijk Fornhöjden. Het SPIE-touw met de operators zwaait naar buiten.

De boordtechnicus vermindert het schommelen door zijn voet op de lijn te zetten.

Het geratel van de hoofdrotor wordt dieper als het toerental zakt.

De piloot zet de daling in achter het prikkeldraadhek aan het eind van de Alpvägen.

Bomen en struiken buigen trillend opzij in de sterke wind.

Ze dalen af boven de inrit voor het afgesloten huis.

De onderste operator nadert de grond, maakt de karabijnhaak los uit het ingesplitste oog en houdt het uiteinde van de lijn stil.

Op dat moment komt de staartrotor met een ratelend geluid in de kroon van een berk.

De lijn wordt uit zijn handen getrokken.

De tweede operator wordt opzij geslingerd.

Het regent gescheurde blaadjes.

De helikopter schommelt, maar wordt dan weer stabiel.

Een voor een komen de operators op de grond, ze maken de lijnen los, rennen weg en nemen hun positie in.

Het terrein, dat eigendom is van Defensie, werd tijdens de Koude Oorlog aangepast voor het ontvangen van troepentransportvoertuigen, maar vervolgens was het ondergrondse stelsel nooit in gebruik genomen.

De ingang zit verscholen achter een grote garage met hoge stalen vouwdeuren.

De zes operators rennen er twee aan twee naartoe.

Het slot van de loopdeur is opengeboord en de commandant gebaart naar de anderen dat ze zich naar de zijkanten moeten verspreiden.

*

De kaarsvlam flakkert, rekt zich uit en wordt weer geel. Het vertrek wordt groter en de betonnen muren stabiliseren zich.

De bloedplas onder Saga wordt groter.

Haar Glock ligt een meter verder op de grond.

Mara's snelle voetstappen verdwijnen de donkere gang in.

Saga's wimpers trillen.

Joona trekt zijn dolk en gaat op zijn knieën voor haar zitten. Het zweet stroomt over zijn wangen. Ze doet haar ogen open, ademt in stootjes en kijkt hem verward aan.

Hij snijdt haar jack open en legt de schotwond in haar schouder bloot. Het bloed gutst er in snelle stoten uit.

'Joona, verdomme... ik ben er niet bij betrokken,' zegt ze hijgend.

'Dat weet ik.'

Hij snijdt haar T-shirt stuk, maakt van de katoenen stof twee harde rollen en gebruikt het elastiek van de hoofdlamp om een provisorisch drukverband aan te leggen. Ze kermt van de pijn en kijkt hem weer aan.

'Maar waarom... waarom heb je me neergeschoten, als je...'

'Ik ben zo terug,' zegt hij en hij staat op.

'Wees voorzichtig... als je achter haar aan een ruimte binnenloopt, is ze achter je.'

Joona rent achter Mara aan de donkere gang in, naar een zwak licht verderop. Het schijnt op de ene muur, waardoor het beton er vochtig uitziet.

Het geklepper van haar natte voeten sterft weg.

Joona bedenkt dat hij als het uiteindelijke doelwit werd aangewezen in de serie van negen moorden. Maar dat was maar een val, een plakkerig spinnenweb.

In de door de psycholoog gefilmde sessies komt Mara telkens terug op Saga. Over Joona heeft ze het niet, ze noemt hem niet één keer.

Daaruit maakte Joona op dat hij het uiteindelijke doelwit niet kon zijn, wat er ook op de ansichtkaarten stond. Dit gaat niet om hem. Het gaat alleen om Saga.

96

Joona rent zachtjes langs de donkere muur, komt bij een nieuwe ruimte, steekt zijn wapen om de hoek en wordt verblind.

Hij vangt een vluchtige glimp op van Mara's snelle lichaam, waarna ze door de schaduwen wordt opgeslokt. Het ging te snel, hij had geen tijd om te schieten.

Hij loopt door.

De kou van de berg is drukkend.

Op een stoel ligt een zaklamp. Het licht schijnt zijn kant op. Op de vloer staan conservenblikken, flessen water en een campingbrander vol spinnenwebben.

Hij slaat een pikzwarte gang in en laat de vingers van zijn ene hand over de muur strijken.

Het geluid van haar voetstappen verdwijnt. Het klinkt alsof ze in een van de spleten onder het dak kruipt.

Als hij met zijn gezicht door spinnenwebben komt, hoort hij het knisperen.

Hij komt bij een deur, zoekt op de tast naar de kruk en duwt hem open.

Jurek heeft Mara Makarov afgebroken en opgebouwd. Van hem heeft ze geleerd om pragmatisch te zijn.

Ze heeft het hele vertrouwelijke vooronderzoek gelezen en begrepen hoe haar wraak eruit moest zien.

Meester Fauster heeft haar de praktijk geleerd, hoe je iemand vermoordt en hoe je voorkomt dat je ongewenste sporen achterlaat.

Maar Jurek bleef haar mentor en zij zijn leerling.

In lijn met zijn mentaliteit waren de raadsels en de communicatie met de politie nooit narcistisch, maar dienden ze aldoor een doel.

Alle mededelingen die ze deed, ook als dat onopzettelijk leek, waren pogingen om alle betrokkenen de kant op te sturen die zij wilde.

De deur zwaait open en Joona kijkt een kleine kamer in met een lamp in de vorm van een vliegenzwam.

Er ligt een rood schijnsel over de vloer en de muren.

Hij luistert en loopt naar binnen, kijkt naar links om te zien of het veilig is en draait zijn wapen dan snel naar rechts.

Een zware gepantserde deur staat op een kier en hij ziet Mara erdoorheen glippen.

Hij spurt achter haar aan, blijft naast de deuropening staan en hoort haar snelle passen en een droog geritsel over de vloer.

Hij trekt de zware deur verder open. Die zwaait geruisloos opzij aan zijn scharnieren.

Het matte staal vangt een zwak licht van binnen op.

Joona begrijpt dat hij zich nu exact op het punt bevindt waar haar M wordt voltooid.

Hij loopt door de opening en scant beide zijden.

Hier is niemand.

Ze is al door naar de volgende kamer.

Vijf meter verder staat een lamp op de vloer die bijna geen licht geeft.

Hij loopt langzaam door, richt zijn wapen op de gesloten stalen deur aan de andere kant van de donkere ruimte en blijft staan.

Eerst snapt hij niet goed wat hij ziet.

Midden in de vierkante ruimte bevindt zich een stapel schedels met een lantaarn erop. De batterij is bijna leeg, maar er valt nog een zwak licht op een bleekgele cirkel van honderden skeletdelen van acht mensen op de vloer.

Ze zijn symmetrisch geordend.

De skeletten strekken zich vanaf de naaf van schedels uit als de spaken van een wiel.

Het onderkaakbeen wordt gevolgd door een rij nekwervels, sleutelbeenderen en schouderbladen.

Het geheel lijkt op een sneeuwvlok waarvan de buitenste punten bestaan uit scheenbenen, voeten en tenen.

Met het wapen op de deur gericht loopt Joona voorzichtig tussen de delen door. Hij schopt per ongeluk tegen een dijbeen, dat heen en weer schommelt en met een houtachtig geluid tegen het heupbeen tikt.

Joona hoort een geluid als van iets wat langs metaal glijdt en kijkt naar de deurkruk recht voor zich.

Nadat Mara uiteindelijk was ontslagen uit Ytterö, kreeg ze grote delen van het materiaal in handen dat de NOA over Jurek had. Toen ze met behulp daarvan deze ruimtes wist te vinden was haar hele familie al dood.

Maar aangezien Saga twee jaar eerder – toen Mara zich via de psycholoog tot haar wendde – precies hetzelfde materiaal in handen had, had zij die ruimtes ook kunnen vinden als ze dat had geprobeerd. Toen leefde Mara's familie nog.

Daarom is Saga in haar ogen schuldig aan hun dood.

Acht mensen zijn gestorven omdat Saga niet heeft gedaan wat ze had moeten doen, terwijl Mara opgesloten zat op Ytterö.

Daarom begon Mara mensen te vermoorden met wie Saga een conflict had, om haar verdacht te maken.

Ze bracht sporen en DNA van Saga aan op de plaatsen delict, chemicaliën op haar motor en paardenhaar in haar motortas.

Mara's hele gecompliceerde web was gemaakt om naar de situatie in de onderaardse ruimte te leiden.

Het plan was dat Saga door Joona zou worden gedood of dat ze zou worden gearresteerd en als seriemoordenaar veroordeeld.

De lantaarn op de stapel schedels verliest nog meer aan kracht en de skeletdelen in de lichtkring glimmen oranje.

Dit is de negende vindplaats en die is zonder twijfel een graf.

Mara heeft de acht skeletten van haar familieleden op de vloer in elkaar gepuzzeld.

Joona bedenkt dat hij zijn zaklamp moet pakken voordat het helemaal donker wordt.

Hij richt op de deur recht voor zich.

Het rode licht van de vliegenzwamlamp treedt sterker naar voren als het licht van de lantaarn nog verder verzwakt.

Zijn schaduw strekt zich uit over de stalen deur.

Uit een roestige buis sijpelt water, het loopt met een tikkend, murmelend geluid langs bobbelige kalkafzettingen naar een putje in de vloer.

Hij zet een stap opzij om niet op een borstbeen met ribben te trappen die van een kind zijn geweest.

Joona's schaduw zwaait over de muur. Tussen de kruk van de stalen deur en de deurpost ziet hij een spinnenweb glinsteren.

Er gaat een ijskoude adrenalineschok door zijn lichaam.

De deur gaat achter zijn rug dicht.

Hij draait zich om en rent terug. Stukken bot breken onder zijn voeten.

Het ogenblik staat bijna stil, is zwaar en geluidloos.

De deur sluit zich.

Het streepje licht van buiten wordt smaller.

Joona rent, werpt zich naar voren en steekt zijn pistool tussen de deur. De loop wordt verfrommeld, metalen delen vallen op de grond, maar de deur zit niet dicht.

Hij staat snel op.

Zijn hoofd dreunt.

Hij heeft zijn ellebogen gestoten en zijn rechterknie bloedt.

Joona duwt de deur open.

De resten van zijn Colt Combat vallen rinkelend op de betonnen vloer.

Daar staat Mara, ze richt haar rode Makarov op hem.

Haar ogen zijn wijd open.

Ze heeft een vies gezicht en ademt snel door haar halfopen mond. De spieren van haar slanke armen zijn gespannen en gevuld met bloed.

'Mara, het is voorbij,' zegt hij en hij steekt zijn handen op.

Hij loopt langzaam naar haar toe en zij beweegt naar achteren. Het pistool is recht op zijn borst gericht.

'Ik heb het laatste figuurtje gezien,' zegt hij en hij komt voorzichtig dichterbij.

Haar ogen schieten heen en weer als ze het pistool naar zichzelf toe draait en de loop in haar mond stopt.

'Wacht, je moet naar me luisteren. Jurek heeft jou en je familie dit aangedaan, het was niet jouw schuld, hoor je me?' zegt Joona en hij steekt geruststellend zijn handen uit.

Mara's ogen vullen zich met tranen en het wapen trilt tegen haar tanden.

‘Jurek vergiftigde iedereen die bij hem in de buurt kwam, hij drong hun hoofd binnen en bleef daar... tot ver na zijn dood.’

Haar vingertop op de trekker wordt wit.

‘Doe het niet, Mara... Ik heb nooit aan iemand verteld wat Jureks laatste woorden waren,’ zegt Joona en hij ziet in haar ogen dat er een zweem van belangstelling is gewekt. ‘Ik had hem kunnen grijpen, maar ik koos ervoor hem te doden... en toen hij in mijn ogen zag wat er zou gebeuren, fluisterde hij iets wat dagelijks door mijn hoofd speelt. Wil je weten wat hij...’

Joona pakt haar rechterarm vast en deelt in een en dezelfde beweging met zijn andere hand een klap uit. Hij raakt met zijn pols haar voorhoofd, zodat de loop uit haar mond wordt gerukt en haar achterhoofd tegen de muur bonkt.

Er spettert speeksel op haar kin.

Hij trekt haar aan haar arm terug, brengt haar uit balans en schopt haar benen onder haar vandaan.

Ze verliest het contact met de grond.

Haar haar wappert voor haar gezicht.

Hij houdt de arm met het pistool vast en trekt hem omhoog, terwijl zij valt.

Mara hapt naar adem, terwijl ze zou moeten brullen van de pijn als het gewricht uit de kom wordt getrokken, terwijl ze tegen de grond slaat.

Joona maakt het wapen los uit haar slappe hand, stopt het snel in zijn schouderholster, duwt haar op haar buik, bindt haar armen met kabelbinders op haar rug en zet haar tegen de muur.

‘De seconden voordat Jurek stierf, keek hij me in de ogen en hij fluisterde: “Nu ruilen we van ziel – jij valt en ik blijf staan”,’ vertelt Joona.

Ze kreunt als er een golf van pijn door haar heen gaat. Er loopt bloed over haar lippen en ze kijkt Joona met donkere ogen aan.

‘Hij wist wat hij deed, hij wilde zeggen dat ik zou veranderen als ik hem terechtstelde,’ legt Joona uit. ‘Hij was niet bang om te sterven, hij wilde mij alleen laten geloven dat ik net zo was geworden als hij... En zijn woorden hebben me vervolgd, hebben me doen twijfelen aan wie ik ben... Maar als ik was zoals hij, alleen gebonden aan mijn eigen duistere orde, had ik jou hier op de grond gedood.'

Joona haalt haar pistool uit de holster, haalt de laatste witte kogel eruit en steekt die op zijn open hand naar haar uit.

97

Saga ligt in bed in een patiëntenkamer van het Karolinska Ziekenhuis in Huddinge. Haar schouder is verbonden met een steriel verband.

Joona's kogel heeft de kop van haar bovenarmbeen verbrijzeld. De chirurg heeft de fractuur gestabiliseerd, de bloeding gestelpt en de wond opengelaten voor secundaire wondgenezing.

Het ochtendlicht valt tussen de bleekroze gordijnen door naar binnen, over het verrijdbare nachtkastje met een boek over het raadsel van Fermat heen, op Saga's scheenbeen.

Er wordt op de deur geklopt en Joona komt binnen. Hij komt naar haar toe en kijkt naar haar alsof ze zijn zieke zusje is, hij steekt zijn hand uit en aait over haar wang.

'Hoe gaat het met je?' vraagt hij.

'Je snapt toch dat het pijn doet als je op me loopt te schieten?' zegt ze.

'Sorry, maar ik kon zo gauw niets anders.'

'Wat was er eigenlijk gebeurd?'

Joona zet het negende tinnen figuurtje naast haar op het nachtkastje. De zon glanst in het bleekgrijze metaal.

Het figuurtje stelt een jonge vrouw met verwarde haren voor. Ze staat wijdbeens met haar armen langs haar lichaam. In haar rechterhand houdt ze een pistool.

Het negende slachtoffer is zonder twijfel Mara Makarov.

'Ik dacht dat jij het laatste figuurtje zou zijn,' zegt Saga.

'Ja, maar het ging de hele tijd om jou en haar... en om niemand anders,' antwoordt Joona.

'Dus de ansichtkaarten... en de dreiging jegens jou, ik snap het niet,' zegt ze.

'Ik was maar een draad in het spinnenweb.'

'Waar ik in verstrikt ben geraakt,' zegt ze met een zucht.

'Omdat Mara haar overleden familie kon vinden met behulp van het materiaal waar jij toegang toe had, had jij hen moeten kunnen vinden toen ze nog leefden.'

'Dat is waar, ik weet het. Het is mijn schuld dat ze...'

'Nee, dat is niet waar, dat is niet jouw schuld, dat is de schuld van Jurek. Maar Mara heeft jou de schuld gegeven... ze wilde dat jij voor negen moorden veroordeeld zou worden.'

'Ik begrijp haar,' zegt Saga zacht.

Joona trekt een stoel naar zich toe en gaat zitten. Saga pakt het tinnen figuurtje op en bekijkt het van alle kanten.

'Onder de snelweg,' gaat Joona verder. 'Toen Mara zich naar jou omdraaide, was ze niet van plan om te schieten, ze wilde jou alleen zover zien te krijgen dat je haar doodschoot...'

'Dus eigenlijk was het allemaal een uitgebreide variant van suicide by cop.'

'Ja.'

'En jij hebt mij neergeschoten om te voorkomen dat ik haar doodde,' zegt Saga en ze zet het figuurtje weer op het nachtkastje.

'Anders was je waarschijnlijk veroordeeld voor de moorden, in elk geval voor de laatste,' zegt hij. 'In de stapel dekens zat een brief die beschreef dat je haar dreigde te vermoorden als ze met haar verhaal naar de media ging.'

'Ze had overal aan gedacht,' zegt Saga.

'Mara gaf jou de schuld dat je haar familie niet had gered, maar ze veroordeelde zichzelf het hardst van iedereen,' gaat Joona verder. 'Het was haar gelukt om uit de bunker te ontsnappen en haar familie dacht waarschijnlijk dat dat hun redding zou betekenen, dat ze hulp ging halen. Maar ze was zo verzwakt door de tijd in het donker, dat ze wegliep zonder de plaats in zich op te nemen waar ze had gezeten.'

'Alleen Moraberg... Dat herhaalde ze tegen de psycholoog, maar het was niet duidelijk wat ze bedoelde,' zegt Saga zacht.

'Als ze geen psychische inzinking had gekregen en niet op een gesloten afdeling terecht was gekomen, had haar familie het gered...'

'Ze droeg een zware schuld.'

'Daarom keerde ze terug, omdat ze vond dat ze het verdiende om op dezelfde plaats te sterven als de anderen.'

'Hoe heb jij de onderaardse ruimtes gevonden?' vraagt Saga.

'Alle negen vindplaatsen vormen samen een gigantische M of W, met een basis van honderd kilometer. Toen ik het negende figuurtje zag, begreep ik dat moordplaats en vindplaats deze laatste keer zouden samenvallen.'

'Omdat Mara haar eigen lichaam niet zou kunnen verplaatsen,' zegt Saga en ze knikt.

'Precies... En vanuit haar patroon wist ik waar de laatste vindplaats moest zijn.'

'Je leert steeds bij,' zegt Saga en ze glimlacht.

Joona blijft nog even zitten en vertelt dat hij verslagen heeft gekregen uit de Kronoberggevangenis, waar Mara in volledige beperkingen zit. Tijdens de eerste verhoren van de officier van justitie heeft ze geen woord gezegd, maar niemand twijfelt eraan dat ze voor de moorden veroordeeld zal worden.

Ze praten een hele poos over alle slachtoffers. Saga's gezicht wordt leeg en bleek als ze het over Margot en Verner hebben, maar pas als ze bij Randy's gevecht voor zijn leven komen, begint haar kin te trillen en lopen de tranen over haar wangen.

'Waarom moest iedereen dood?' fluistert ze.

'Soms krijg je het gevoel dat... de prijs te hoog is.'

'Ja.'

'Ik weet dat Jurek mij, mijn gedachten, heeft vergiftigd... als ik denk dat ik net zo ben geworden als hij,' zegt Joona.

'Dat ben je niet.'

'Het valt me alleen zwaarder... Na elke zaak moet ik als het ware teruglopen over het bloederige slagveld, zo zie ik dat voor me...'

'Ik begrijp het,' zegt ze.

'Ik moet bij elke dode stilstaan en de angst en het lijden herbeleven... en het verdriet dat ze achterlaten.'

'De slachtoffers laten mij ook niet los,' fluistert Saga.

Joona kijkt haar in de ogen.

'Ik heb lang het gevoel gehad dat ik de wereld slechter maak,' geeft hij toe.

'Maar je bent de beste,' zegt ze.

'Ik vind jou de beste,' antwoordt hij. 'We zouden veel vaker moeten samenwerken.'

'Dat zeker,' zegt ze. Ze glimlacht en veegt de tranen van haar wangen.

Saga ligt naar het plafond te kijken als Joona opstaat en weggaat. Ze hoort hem een paar woorden wisselen met de beide collega's die voor de deur op wacht staan en dan verdwijnt hij door de gang.

Saga sluit haar ogen en denkt aan de lange ladder waarlangs ze in de onderwereld was afgedaald, hoe de duisternis haar omsloot. Ze valt in slaap, maar wordt wakker van luide stemmen voor de deur van haar kamer.

'Laat me los! Ik moet...'

'Achteruit!' onderbreekt de ene agent hem. 'We moeten een geldig legitimatiebewijs zien en...'

'Ik heb het recht mijn vriendin te zien! Ik moet naar...'

'Rustig,' kapt de andere agent hem af. 'Als je niet rustig wordt en geen stap terug doet...'

'Schieten jullie me neer?'

'Niemand zal je neerschieten, maar we zullen je tot de orde roepen als je niet doet wat we zeggen.'

Even later wordt er op de deur geklopt en een van de agenten komt met een beschaamd gezicht binnen.

'Er is een zekere Karl Speler voor je,' zegt hij.

'Laat hem maar binnen,' zegt Saga glimlachend. 'Maar ik ben niet zijn vriendin.'

Karl komt binnen en glimlacht zijn spitse hoektanden bloot. Met het grote verband om zijn hoofd lijkt hij op de dichter Apollinaire. Hij draagt een zwart T-shirt met de tekst TANGERINE DREAM en heeft een grote bos rode rozen in zijn armen.

'Heeft iemand je verteld dat je op een prinses lijkt?' vraagt hij als hij voor Saga is blijven staan.

'Nee,' antwoordt ze.

'De kogel heeft een stuk van het slaapbeen weggeslagen,' zegt hij met een nonchalant gebaar naar zijn hoofd.

'Ik geloof niet dat je kapsel erop vooruit is gegaan,' zegt ze met een ingehouden glimlach.

'Maar het was het proberen waard,' antwoordt Karl.

98

Joona en Valeria zitten in de rustige, chique eetzaal van Wedholms visrestaurant, met brandende kaarsen en witte tafellakens. Ze eten gegrilde tarbot. Er zijn op dit tijdstip nog maar een paar gasten overgebleven en het personeel beweegt zich bijna geruisloos door het vertrek.

'Ik heb zitten denken dat alles wat je doet... maar ook wat je niet doet, op de weegschaal zal worden gelegd en zal bepalen wie je bent,' zegt hij.

'Ja.'

'En dat op de wereld niets helemaal verdwijnt, ook al zou je dat soms wensen.'

Joona vertelt Valeria altijd over ingewikkelde en heftige zaken als ze afgelopen zijn. Dat is een stilzwijgende afspraak die ze hebben. Zij laat hem opgaan in zijn werk zonder vragen te stellen, maar wordt later deelgenoot gemaakt, als de boeggolven op de oever slaan.

Tijdens het voorgerecht heeft hij met gedempte stem de tinnen figuurtjes beschreven, de raadsels en de tijdsdruk. Bij het hoofdgerecht heeft hij over de valstrik verteld, de oplossing en het eindspel in de onderaardse gangen.

'Mara zal een forensisch psychiatrisch onderzoek ondergaan, maar ik weet het niet... ik heb haar nooit in die zin als psychisch gestoord gezien, volgens mij was ze dat zelfs in de periode van haar gedwongen opname niet,' zegt hij en hij legt zijn bestek neer. 'Ze was moe en ondervoed, getraumatiseerd en wanhopig...'

'En ze had een verhaal dat moeilijk te geloven was.'

'Mara hoopte dat Saga haar familie zou redden... en dat had Saga kunnen doen met behulp van de informatie die de psycholoog haar gaf, in combinatie met het materiaal dat we over Jurek hadden... Saga kreeg te horen dat de patiënt vlak na haar ontsnapping een bord had gezien met de naam MOJA VEJAVE. Als ze had geweten dat Mara een Zweedse naam als Russisch had gelezen, was ze terugredenerend op Moraberg gekomen. En aangezien ze al wist dat Jureks systeem uitgerekend naar dat punt wees...'

'Oké, ik begrijp het... het was zeker mogelijk geweest,' zegt Valeria. 'Maar dat je... hoe moet ik het zeggen, er niet in slaagt een raadsel te herkennen en op te lossen... dat is geen misdrijf.'

'Nee, dat is het ook niet, maar omdat ze er zelf wel in was geslaagd toen ze eenmaal uit de inrichting kwam, besloot ze het om te draaien... en te kijken of Saga het raadsel zou oplossen als haar eigen leven op het spel stond,' zegt Joona.

'Dus het was allemaal een soort rechtszaak. Als Saga erin slaagde de bunker te vinden in een poging zichzelf te redden, zou ze schuldig zijn aan de dood van Mara's familie.'

Joona neemt een slok wijn en bedenkt dat Mara, net als de rattenvanger van Hamelen, iedereen het geluid van haar fluit moest laten volgen, tot het beslissende moment waarop ze met haar familie herenigd zou worden en tegelijkertijd recht zou spreken.

'Mara maakte raadsels, vervalste motieven, bewijzen en sporen... om ervoor te zorgen dat Saga en ik een voorsprong hadden op alle andere politiemensen en arrestatieteams,' gaat Joona verder. 'Mara wilde ons vlak achter zich hebben, los van elkaar, ieder met zijn eigen raadsel om op te lossen.'

'Want ze was ervan overtuigd dat Saga haar op het laatste moment zou doodschieten om jou te redden.'

'Geen mens weet wie hij in een extreme situatie wordt, het gaat te snel, er is geen tijd om na te denken,' zegt hij.

'Maar jij werd een held,' zegt ze.

'Nee... verre van.'

Hij zwijgt en zijn blik wordt donker.

'Denk je aan de fluistering?' vraagt Valeria zacht.

'Ik weet het niet, misschien is het onvergeeflijk... dat ik Jurek heb gedood, dat ik hem over de rand heb geduwd... Daar moet ik mee leven. Een deel van mij is van dat dak gevallen, een deel van hem is in mij blijven zitten, maar we zijn niet van plaats verwisseld, ik ben niet Jurek geworden.'

'Nee... jij bent jij... en ik hou met de dag meer van jou,' zegt ze.

'Dat kan ik niet geloven.'

Ze legt haar hand op de zijne en kijkt hem in de ogen.

'Maak je geen zorgen,' zegt ze ernstig.

'Waar denk je aan?' vraagt Joona.

'Ik zeg ja.'

'Je zegt ja?'

'Als je het vraagt,' zegt Valeria en ze houdt een glimlach in, zodat er rimpels verschijnen in de punt van haar kin.

Joona staat op, steekt zijn hand in zijn linkerbinnenzak, haalt de ring tevoorschijn en knielt voor haar neer.

EPILOOG

Dertien maanden later

Vanaf grote hoogte lijkt het grote gebouwencomplex op twee Bourgondische kruisen, omgeven door een bos dat in zijn felle herfstkleuren gloeit.

Helix is een modern centrum van dertigduizend vierkante meter voor zeer gespecialiseerde forensisch psychiatrische zorg.

Saga Bauer rijdt tussen rode essen en gele berken door, stopt op het bovenste parkeerterrein en hangt haar helm aan het stuur van de motor.

De grijze gevel van het hoofdgebouw krijgt een warme tint waar het schuine zonlicht over de boomtoppen valt.

Aan de voorkant zijn de zes meter hoge muur en het elektrische hek rond het terrein niet te zien.

Saga gaat naar binnen en meldt zich bij de receptie. De inrichting is zo licht en exclusief dat ze het gevoel krijgt dat ze in een luxehotel incheckt. Ze krijgt haar legitimatie terug als de receptionist heeft geverifieerd dat haar bezoek door de hoofdarts is goedgekeurd.

Na de toegangs- en veiligheidscontrole krijgt ze een bewijs dat ze haar telefoon, tas en alle losse voorwerpen heeft ingeleverd.

Een lange verzorger met treurige ogen en een personenalarm om zijn nek haalt Saga op in de wachtkamer. Hij neemt haar mee door lange gangen, haalt zijn pasje langs een scanner en toetst codes in op weg naar afdeling H1, die het hoogste veiligheidsniveau van het land heeft.

Een paar jaar geleden is er een Opcat-inspectie uitgevoerd na geruchten dat er bij Helix een onmenselijke of op marteling lijkende behandeling van patiënten plaatsvond.

'Bezoekers moeten vier meter afstand houden van de patiënten, wat inhoudt dat elk fysiek contact verboden is... Je mag ook niets geven of in ontvangst nemen... Van de gesprekken worden beeld- en geluidsopnames gemaakt voor opleidingsdoeleinden.'

Een vrouwelijke bewaarder met eczeem om haar mond fouilleert Saga nog een keer snel en dan laat de centrale beveiliging hen via een sluis naar binnen.

Ze lopen door de personeelsafdeling met gepantserd glas aan de kant van de patiëntenkamers. De meeste gedetineerden liggen met hun ogen open op bed.

'De meest voorkomende diagnoses hier zijn verschillende varianten van schizofrenie,' fluistert de lange verzorger. 'Aan iedereen wordt zorg verleend volgens de wet op de forensisch psychiatrische zorg, er gelden uitgebreide beperkingen en verlof of ontslag is alleen mogelijk met instemming van justitie.'

'Waarom fluister je?' vraagt Saga.

'In sommige gangen is het extreem gehorig,' antwoordt hij.

Ze lopen langs de isoleerafdeling, passeren een nieuwe sluis en stoppen voor een gepantserde deur met de tekst HELIX OMEGA.

'En het spookt hier, echt, al zeggen veel collega's dat zij het is die door de spleten in de muren kruipt.'

Er klinkt een scherp gebrom van het slot als de centrale beveiliging groen licht krijgt en dan een klik als de zware deur openzwaait.

'Ik loop niet verder mee, maar ze zit in kamer 3,' zegt hij zacht en hij probeert een glimlach tevoorschijn te toveren. 'Het komt goed, er zijn alarmknoppen en je wordt elke seconde geobserveerd.'

Saga loopt naar binnen, blijft voor het bord met veiligheidsinstructies staan en hoort de deur achter zich dichtgaan.

De echo snelt door de gang en dan wordt het stil.

Deze afdeling voor langdurige isolatie van extreem gevaarlijke patiënten werd in het verslag van het onderzoek niet genoemd.

De patiënten worden met beveiligingscamera's gefilmd, ook als ze slapen, op de wc zitten of douchen.

De gang leidt langs drie kamers met vier lagen gepantserd glas en stalen deuren.

De lampen glinsteren in de waterbestendige vloerbedekking.

Saga loopt door en werpt een snelle blik in de eerste cel.

Op het bed ligt boven op de fixatiebanden een dikke man op zijn rug catatonisch te masturberen.

In de muur van gewapend beton is een sluis voor voedsel en medicijnen met automatische deurtjes die niet tegelijkertijd open kunnen.

Behalve het ruisen van de airconditioning is alleen het geluid van Saga's voetstappen te horen.

De tweede patiënt is een jongeman met kapotgebeten handen, die op zijn hurken vlak bij het glas zit en haar met een grote glimlach aankijkt. De weinige meubels zijn met bouten in de vloer verankerd. Het bed dat midden in de kamer staat heeft geen voeten- of hoofdeinde en er liggen geen lakens op. Om het risico op ophanging te verkleinen zit er geen bril of klep op de wc.

Door een raampje met tralies en vaste, kantelbare stalen lamellen is een schaduwrijke binnenplaats te zien. Saga blijft even staan, zet zich schrap en loopt dan door naar de laatste kamer.

Mara Makarov draagt de joggingbroek van de inrichting en heeft een bloot bovenlichaam. Ze zit op een stoel met haar rug naar een muur die bedekt is met wiskundige berekeningen. Ze staart schuin omlaag naar de betonnen vloer. Haar hoofd is kaalgeschoren en ze heeft oude littekens en nieuwe wonden over haar hele romp, in haar hals, op haar kleine borsten en holle buik.

Saga wacht even, slikt moeizaam en stapt dan over de rode lijn, gaat dicht bij het gepantserde glas staan en spreekt in de microfoon.

'Mara... je arts heeft je over mijn bezoek geïnformeerd,' zegt ze.

'De wiskunde herbergt geen goden,' zegt Mara bijna geluidloos. 'Alleen maar duisternis...'

'Weet je wie ik ben?'

Mara tilt haar hoofd op en kijkt haar door het glas heen aan.

'Diep in elk stelsel raast een melkwitte kogel met de lichtsnelheid in het kwadraat op ieder van ons af... en vanwege de tijdsdilatatie zijn wij allen gedoemd om geraakt te worden voor we er klaar voor zijn.'

Haar schouders en armen zijn nog altijd gespierd en haar opgehouden handpalmen zijn donkergrijs gekleurd.

'Wat er met jouw familie is gebeurd was niet mijn schuld, dat weet jij eigenlijk ook wel,' zegt Saga. 'Het was allemaal het werk van Jurek

Walter. Hij heeft hen naar de bunker gebracht... en als hij niet was tegengehouden had hij hen levend begraven... Maar op één punt ben ik het met je eens, ik had hen moeten vinden. Maar ik heb hen niet gedood.'

Mara staart Saga aan met haar eenzame ogen.

'Wil je van me horen dat ik je vergeef?' vraagt ze langzaam.

'Het maakt niet uit wat ik wil... Ik vond het moeilijk om mezelf te vergeven, maar nu begin ik te geloven dat het mogelijk is, jezelf vergeven. Ook voor jou.'

'O ja?' vraagt Mara zonder haar ogen van Saga af te wenden.

'Ja... maar dat is een proces dat misschien nooit helemaal voltooid kan worden... en misschien hoeft dat ook niet,' antwoordt Saga. 'Dat kwam ik alleen even zeggen, dat iedereen vergissingen begaat, dat we als consequentie daarvan allemaal verantwoordelijk zijn voor elkaars leven. Een gedachte die het leven zowel moeilijker als makkelijker maakt.'

Uit het ingebouwde mondstuk van de douche vallen druppels langzaam in het putje. In een hoek ligt een deken van ruwe stof die niet geknoopt of in stukken gescheurd kan worden.

'Ben ik psychisch ziek?' vraagt Mara en ze kijkt Saga weer aan.

'Mijn mening is niet relevant.'

'Voor mij wel.'

'Je zit hier vanwege een ernstige psychische stoornis, maar dat is een juridisch begrip, geen diagnose,' antwoordt Saga. 'Je psychiater spreekt van een wankel realiteitsbesef, met elementen van waanvoorstellingen en verwarring... uitgesproken dwangmatigheid en een laag sociaal functioneringsniveau.'

'Ja,' zegt ze met een zucht.

'Mara, ik kan je daden nooit accepteren, maar ik begrijp je pijn, ik zie je logica... en ik weet dat je heel intelligent bent.'

Mara bijt op de nagelriem van haar duim en kijkt dan naar Saga.

'En jij bent weer rechercheur,' zegt ze.

'Ja, ik ben weer in dienst gegaan,' antwoordt Saga verbaasd.

'Operationeel inspecteur bij de NOA?'

'Goed geraden.'

Mara maakt een gebaar over haar schouder naar haar berekeningen.

'Wat heb je nog meer uitgerekend?'

'Dat je bent gaan daten met een bokser genaamd Rick Santos,' antwoordt ze.

'Hoe ben je daarachter gekomen?'

'Dat is gewoon wiskunde.'

Saga kijkt naar de berekeningen. De tekentjes staan zo dicht op elkaar dat de witte wand zwart lijkt.

'Hoelang blijf je hier?'

Mara glimlacht alleen, staat dan op, gaat met haar rug naar de ruit staan en met haar gezicht naar de wiskundige formules op de muur.

Saga kijkt naar de wonden op haar blote rug en naar de beweging van de spieren als ze haar hand optilt en liefkozend over de cijfers en symbolen strijkt.

'Heb je nog iets uitgerekend?' vraagt Saga met gedempte stem.

'Ja.'

'Wat?'

'Dat je het spoedig van je eigen duisternis zult verliezen,' antwoordt Mara zonder zich om te draaien.